KB011298

제노의 의식

La coscienza di Zeno

Italo Svevo

대산세계문학총서 143

제노의 의식

La coscienza di Zeno

이탈로 스베보 지음 — 한리나 옮김

문학과지성사

대산세계문학총서 143_소설

제노의 의식

지은이 이탈로 스베보
옮긴이 한리나
펴낸이 우찬제 이광호
펴낸곳 ㈜문학과지성사
등록번호 제1993-000098호
주소 04034 서울 마포구 잔다리로7길 18(서교동 377-20)
전화 02) 338-7224
팩스 02) 323-4180(편집) 02) 338-7221(영업)
전자우편 moonji@moonji.com
홈페이지 www.moonji.com

제1판 제1쇄 2017년 6월 30일

ISBN 978-89-320-3007-4
ISBN 978-89-320-1246-9 (세트)

이 도서의 국립중앙도서관 출판예정도서목록(CIP)은 서지정보유통지원시스템 홈페이지(http://seoji.nl.go.kr)와
국가자료공동목록시스템(http://www.nl.go.kr/kolisnet)에서 이용하실 수 있습니다.
(CIP제어번호: CIP2017012195)

이 책은 대산문화재단의 외국문학 번역지원사업을 통해 발간되었습니다.
대산문화재단은 大山 愼鏞虎 선생의 뜻에 따라 교보생명의 출연으로 창립되어
우리 문학의 창달과 세계화를 위해 다양한 공익문화사업을 펼치고 있습니다.

차례

일러두기

1. 이 책은 Italo Svevo의 *La coscienza di Zeno*(Torino: Einaudi, 2001)를 우리말로 옮긴 것이다.
2. 본문의 주는 모두 옮긴이의 것이다.

1. 서문*

나는 이 책에서 이따금 조금 과장된 표현으로 등장하는 제노의 주치의이다. 정신분석의들**은 환자가 의사에게 쏟아내는 반감을 어떻게 다뤄야 하는지 잘 알 것이다.

정신분석에 대해선 이 책에서 충분히 다루었기 때문에 더 이상 언급하지 않겠다. 환자에게 자서전을 쓰도록 한 일에 대해서는 미안한 마음을 전하고 싶다. 다른 정신분석학자들은 이런 생소한 시도***에 아마

---

* 주인공 제노에게 자서전을 쓰도록 권한 의사 S의 서문은 주인공의 프롤로그와 더불어 이 소설의 주제를 암시하는 역할을 하고 있다. 의사 S로 대변되는 정신분석, 즉 과학의 세계는 '건강함'을, 주인공 제노가 속한 환자의 세계는 '병'을 각각 나타내는데 소설 속에서 이 두 세계가 어떤 식으로 대립하면서 전개될지 지켜보는 것도 흥미로울 것이다. Eduardo Saccone, *Commento a "Zeno"*(Il Mulino, 1973) 참조.

** 이탈로 스베보는 당시 보편화되지 않았던 프로이트의 정신분석에 주목했고, 『제노의 의식』에서 시대를 앞선 예언자적인 시각을 보여주고 있다. 이것은 그가 쇼펜하우어와 니체의 철학은 물론 벤야민적 관점과 묵시록적 세계관에 영향을 받은 특징이기도 하다. 원문에서 '정신분석에 종사하는 의사들'로 표현된 이 부분을 '정신분석'이라는 과학에 대립하는 환자 '제노'의 심리를 반영한 의미로서 '정신분석의'라고 표현했다. Paolo Bartolini, '이탈로 스베보 세미나' 2014년 6월 24일 참조.

*** 당시 진보적인 신경학계에서는 환자에게 자서전을 쓰도록 권한 반면, 프로이트 정신분석요법에서는 환자의 구술만을 다루었다. Italo Svevo, *La coscienza di*

얼굴을 찌푸릴 것이다. 하지만 그는 노인이기에 그처럼 과거를 회상함으로써 생기를 되찾길 바랐다. 그리고 자서전이 정신분석의 좋은 자료가 되리라 희망했다. 지금 생각해도 내 판단은 적절했다고 본다. 왜냐하면 그로 인해 기대 이상의 놀라운 결과를 얻었기 때문이다. 만일 환자가 자신의 기억을 토대로 오랫동안 끈기 있게 시행한 내 분석을 신뢰하고 가장 중요한 시기에 치료를 기피하지 않았다면 지금보다 더 나은 결과를 얻었을 것이다.

나는 그 복수를 할 참으로 이 책을 출간하는 것이기에 당연히 그가 마음에 들어 하지 않길 바란다. 그러나 그에게 다시 치료를 시작하겠다는 조건으로 출간된 이 책으로 내가 얻게 될 영광스러운 찬사들을 흔쾌히 그와 함께 나눌 준비가 되어 있음을 그가 알아주었으면 한다. 그는 자기 자신을 무척이나 알고 싶어 했다! 그가 여기에 서술해놓은 수많은 진실과 거짓들이 자신에게 얼마나 놀라운 변화를 가져다줄지 알게 되기를!

S 박사

Zeno(Giunti, 2012) Note 참조.

2. 프롤로그

나의 유년기? 50년도 더 거슬러 올라가야 할 까마득한 과거지만, 노안이 된 두 눈에도 여전히 비치는 빛이 어떤 방해도 받지 않아 차단되지 않는다면 지난 세월의 저 높고 거대한 기억의 산맥에 희미하게나마 가닿을 수 있을지 모르겠다.

의사는 내게 너무 먼 과거만을 보려고 하는 것은 좋지 않다고 조언해주었다. 최근에 일어난 일들, 특히 전날 밤 꾸었던 꿈이나 머릿속에 떠오른 상상들이 오히려 과거를 아는 데 중요하다고 한다. 그러나 순서에 따라 이야기하는 게 낫지 않을까. 따라서, 최초의 기억*부터 시작하기 위해 한동안 트리에스테를 떠나 있게 될 의사와 헤어지자마자 그의 수고를 덜어주기 위해 정신분석을 다룬 책 한 권을 사서 읽었다. 이해하기 어렵진 않았으나 무척이나 지루한 책이었다.

점심을 먹고 나서, 나는 손에 연필과 종이를 쥐고 소파에 편안히 드러누웠다. 머릿속에서 모든 긴장을 없애서인지 이마의 주름이 펴지

* ab ovo: '처음부터'라는 뜻의 라틴어. 여기서는 맨 처음 기억이라는 의미로 '최초의 기억'으로 옮겼다.

는 기분이다. 아무래도 내 생각은 나와 동떨어져 있는 것 같다. 나는 그것을 본다. 떠오르고 가라앉고…… 그것이 유일한 움직임이다. 나는 그게 바로 생각이며, 그렇게 계속 드러나야만 한다고 생각을 자극하기 위해 연필을 잡는다. 그러나 이내 이마를 찡그리고 말았다. 내가 적어 내려간 단어들은 모두 많은 철자로 이루어진 것들이며 그 안에서 고압적인 현재가 격렬히 솟아올라 상대적으로 과거는 희미해졌기 때문이다.

어제 나는 될 수 있는 한 긴장을 풀려고 노력했다. 이 같은 시도는 깊은 잠에 빠져들면서 끝이 났다. 결과적으로 잘 쉬었다는 느낌과 잠을 자는 동안 뭔가 중요한 것을 본 듯한 신기한 느낌만이 남았다. 하지만 그 이미지는 늘 그렇듯 잊히고 사라졌다.

오늘 손에 쥔 메르세 연필은 꽤 활발히 움직이고 있다. 내 과거와 아무런 관련도 없는 기괴한 이미지들이 어렴풋이 보인다. 이를테면, 셀 수 없이 많은 객차를 끌고 높은 곳으로 오르는 증기기관차 같은 것이다. 그 기차가 어디에서 와서 어디로 향하는지 그리고 왜 지금 내 눈앞에 나타났는지 누가 알겠는가?

잠에서 깨어나면서, 이런 방식으로 초기 유년기를 기억해낼 수 있다고 주장하는 내 기록을 떠올린다. 곧바로 어떤 갓난아기가 보였지만 그 아기가 과연 나일까? 그 아기는 전혀 나를 닮지 않았고, 오히려 몇 주 전에 처제가 낳은 아기라는 생각이 든다. 그 아기는 아주 작은 손과 큼직한 눈을 지니고 있었다. 가여운 아이! 내 유년 시절을 기억나게 하는구나! 이제 삶을 시작한 네게 어떤 말을 해줘야 할지 모르겠다. 그렇지만 네 삶을 기억하는 것은 너의 지능과 건강에 유익할 거란 생각이 드는구나. 삶을, 너를 괴롭히는 삶의 많은 부분들까지도 기억하는 것이 좋으리란 걸 언제쯤 알게 될까? 한편으로, 쾌락을 찾는 무의식이라는 너의 작은 유기체를 추적하다 보면 대단한 발견이 너를 질병과 고통으로 데려갈 것이고, 그것을 꺼리는 사람들에게마저 너는 거부당할 것이다. 그럼 어떻게 할까? 네 유년기를 지키는 건 불가능하단다. 아가! 네 가슴속에서는 신비한 일들이 벌어지는데, 흘러가는 1분 1초가 그 안에 어떤 반응을 일으킨단다. 네게는 너무나 많은 질병의 위험이 도사리고 있기도 하지. 네가 살아가는 모든 순간이 순수할 수 없기 때문이야. 그렇지만, 아가! 너는 내가 아는 사람들의 자손이다. 지금 흘러가는 이 순간들이 순수할 수도 있겠지만, 네가 태어나기까지 모든 세기에 그러한 순간은 없었다.

이런, 꿈속에 나타난 이미지들에서 너무 멀리 와버렸군. 내일 다시 시작해야겠다.

3. 흡연

앞서 말한 의사는 내 흡연 의존증상에 대해 시간 순서대로 분석하면서 자서전을 써보라고 했다.

"적고 또 적어보세요! 그러면 어떻게 내면의 의식에 다다르는지 보게 될 겁니다."

흡연에 관한 것이라면 꿈을 꾸러 소파에까지 가지 않고서도 얼마든지 여기 내 책상에서 쓸 수 있으리란 생각이 든다. 하지만 어떻게 시작해야 할지 모르겠다. 내 손에 쥐여 있는 펜과 다를 바 없는 담배들에게 도움을 청한다.

오늘은 도무지 생각나지 않던 몇 가지 기억이 곧바로 떠오른다. 내가 처음으로 피운 담배는 이제 더 이상 판매되지 않는다. 그것은 1870년 무렵 오스트리아에서 머리 둘인 독수리* 상표의 작은 케이스에 담겨 팔리던 담배였다. 그 담배 케이스 하나에 여러 사람들이 모여들곤 했다.

* 오스트리아-헝가리 제국의 상징.

이름 정도야 알고 있지만 생각지 못한 만남으로 반가울 정도는 아닌 사람들이었다. 나는 더 자세한 기억을 되살리기 위해 소파로 간다. 사람들의 모습이 희미하게 떠오르고 제각기 자기 자리에서 나를 비웃는 모습이 보이기 시작한다. 나는 다시 침울해져서 책상으로 돌아온다.

그 사람들 가운데 하나, 거친 목소리의 주인공은, 나와 동갑인 소년 주세페였다. 또 다른 인물은 오래전에 세상을 떠난 나보다 한 살 아래 동생이다. 주세페는 자기 아버지에게 용돈을 많이 받아 우리에게 독수리표 담배를 사주곤 했다. 그러나 나보다는 동생에게 더 많이 주었던 걸 확실히 기억한다. 그러니 나는 알아서 담배를 마련할 수밖에 없었다. 결국 나는 훔치고야 말았다. 여름에 아버지는 거실 의자에 조끼를 걸쳐놓곤 했는데, 주머니에는 항상 동전이 들어 있었다. 나는 귀한 담배를 사는 데 필요한 10솔도*를 훔쳤고, 절도의 해로운 열매를 오래 남겨두지 않기 위해 담뱃갑에 든 담배 열 개비를 연거푸 피워버렸다.

내 의식에 드리워진 모든 것이 손으로 옮겨진다. 전에는 중요한지 몰랐던 탓에 지금에야 떠오른다. 내 고약한 습관의 기원을 적어놓았으나 어쩌면 그 버릇은 이미 고쳐졌는지도 모르겠다. 그래서 그 사실을 입증하기 위해 마지막 담배 한 개비에 불을 붙여본다. 아마 불쾌한 느낌이 들어 금방 던져버릴 것이다.

그다음엔 어느 날 조끼를 손에 들다 아버지를 보고 놀랐던 일이 생각난다. 지금까지도 여전히 혐오스럽고(글쎄 이런 혐오감이 치료에 큰 의미가 있을는지 모르겠다) 다시 되풀이하기 힘든 뻔뻔스러운 태도를 보이며, 나는 호기심에 조끼 단추를 세어보고 싶었다고 아버지에게 말

* Soldo: 이탈리아 화폐로 1리라lira가 20솔도다.

했다. 아버지는 내가 산수나 재봉에 관심이 있는 줄 알고 웃었다. 내가 당신의 조끼 주머니에 손을 넣었다는 걸 눈치채지 못한 것이다. 맹세컨대, 아버지의 그 미소는 이미 사라져버린 나의 순수함을 향한 것이었으며, 내가 다시는 도둑질을 하지 못하도록 막기에 충분했다고 말할 수 있다. 그러나…… 나는 다시 훔치고 말았다. 나도 모르게 일어난 일이었다. 아버지는 집에서 반쯤 태운 버지니아 담배를 탁자나 다른 가구 위에 올려두곤 했다. 나는 그것이 아버지가 담배를 버리는 방식인 줄 알았고 게다가 우리 집 가정부인 카티나 할머니가 그것들을 내다버리는 줄 알았다. 나는 몰래 그 담배들을 피웠다. 이미 헤어 나올 수 없게 된 내 못된 버릇 때문에 나는 무시무시한 공포를 느꼈다. 어떤 고통이 닥쳐올지 뻔히 알면서 아버지가 남겨둔 담배를 피워댔다. 이마에 흐르는 식은땀이 멈추고 위통이 가라앉을 때까지 담배를 피웠다. 사정이 이러니 내 유년기가 활기 없이 무덤덤했다고는 말하지 못할 것이다.

나 역시도 아버지처럼 이 습관에서 치유되었다는 걸 아주 잘 알고 있다. 어느 여름날 나는 수학여행을 마치고 지치고 땀에 젖은 모습으로 집에 돌아왔다. 어머니는 내가 옷 벗는 걸 거들어주고 가운을 입혀주었다. 그러고는 당신이 앉아 바느질을 하는 소파에 나를 눕히고 재워주셨다. 나는 금방 잠이 들 것 같았지만, 두 눈에 햇살이 가득 비쳐 들어서 쉽게 잠들지 못했다. 그 나이 때 고단함 뒤에 누리는 휴식의 달콤함이 내게는 어떤 이미지처럼 분명하고, 마치 더 이상 존재하지 않는 사랑스러운 그 몸 곁에 다시 돌아간 것처럼 너무나 생생하다.

어린 우리들이 놀던 크고 시원한 방이 기억난다. 요즘처럼 공간에 인색한 시대라면 두 개의 공간으로 나누었을 법한 방이었다. 그런데 그 장면에 동생은 등장하지 않는다. 동생도 분명히 수학여행을 다녀와서 함께 쉬었을 텐데 이상하다. 큰 소파의 다른 쪽 끝에서 동생 역시 잠을 자고 있었을까? 그쪽을 바라보았지만 텅 비어 있다. 휴식의 달콤함을 누리는 나와 어머니밖에 보이지 않는다. 곧이어 아버지의 목소리가 들려온다. 아버지는 거실에 들어서서 큰 소리로 어머니를 불렀는데 그러느라 나를 보지 못했다.

"마리아!"

어머니는 살짝 입술을 움직여 내가 깨지 않도록 쉿 소리를 냈다. 어머니는 내가 잠든 줄 알았지만 실제로는 또렷한 의식 속에서 유영하고 있었다. 나는 아버지가 꼼짝 않고 있는 나를 위해 조심스러워하는 것이 무척이나 좋았다.

아버지가 낮은 목소리로 하소연했다.

"내 정신이 이상해지나 봐. 틀림없이 30분 전에 반쯤 피운 담배를 저 가구 위에 올려놓은 것 같은데 감쪽같이 사라졌단 말이야. 기분이 영 안 좋아. 내 물건들이 자꾸 사라지네."

어머니는 나를 깨울까 봐 웃음을 억지로 참으며 나지막한 목소리로 대답했다.

"하지만 점심시간 이후로 그 방에는 아무도 없었는 걸요."

아버지가 볼멘소리로 중얼거렸다.

"그걸 알기 때문에 내가 이상해지는 것 같다고 한 거야!"

아버지는 돌아서서 나갔다.

나는 눈을 반쯤 뜨고 어머니를 바라봤다. 어머니는 하던 일로 다시 돌아갔지만 여전히 미소를 머금고 있었다. 걱정을 털어놓는데 웃는다며 아버지가 화를 내지는 않을 거라 생각하시는 게 분명했다. 그 미소는 내 마음에 아주 인상적으로 남았는데, 언젠가 아내의 입가에서 그 미소를 발견하고 곧바로 어머니를 떠올린 적이 있다.

그 뒤로 나의 악습이 만족을 얻지 못할 만큼 돈에 구애받는 일은 없었지만, 금기 자체가 악습을 부추겼다.

나는 가능한 곳이라면 어디든 들어가 담배를 피워댔다. 심한 메스꺼움 때문에 지금은 유치한 옷차림밖에 생각나지 않는 다른 아이 두 명과 어두운 지하 창고에서 30분 동안이나 머물렀던 기억이 난다. 세월이 몸의 흔적을 지운 까닭에 서 있는 아이들의 긴 양말밖에 떠오르지 않는다. 아무튼 우리는 많은 담배를 가지고 있었고, 누가 짧은 시간에 담배를 더 많이 피우는지 겨루고 싶어 했다. 결국 내가 이겼고, 이상한 시합이 불러온 고통을 영웅적으로 받아들였다. 그러고 나서 우리는 햇빛과 바람을 쐬러 밖으로 나갔다. 나는 현기증에 쓰러지지 않으려고 눈을 감아야만 했다. 나는 다시 승리감에 으쓱했다. 그러자 두 아이 중 한 명이 내게 말했다.

"난 져도 아무렇지 않아. 피울 수 있는 만큼 다 안 피우니까."

그 순간 나를 바라보던 그 아이의 건강한 얼굴은 기억나지 않지만 그 지당한 말은 똑똑히 기억한다.

그러나 그때에는 내가 담배와 담배 맛 그리고 니코틴이 내게 일으키는 변화를 좋아하는지 싫어하는지조차 모르고 있었다. 담배를 증오하게 됐을 때는 이미 모든 것이 나빠져 있었다. 스무 살 무렵에 그 사실을 알았다. 당시 나는 몇 주 동안 극심한 통증과 열을 동반한 인후염을 앓았다. 의사는 휴식과 절대 금연을 처방했다. '절대'라는 그 말이 아직도 잊히지 않는다. 그것은 나를 상심시켰고, 열이 오를수록 상심은 부각됐다. 그것은 커다란 공허함이었고, 공허함 주위에 당장 만들어지는 거대한 압력을 견딜 만한 것은 아무것도 없었다.

의사가 떠나자 아버지는(어머니는 오래전에 돌아가셨다) 시가를 입에 물고 얼마 동안 더 내 곁을 지켰다. 아버지는 열이 나는 내 이마를 손으로 부드럽게 짚어보고는 자리를 떠나며 말했다.

"담배 피우지 마라, 응!"

극심한 불안이 엄습했다. '이렇게 아프게 하니 다시는 담배를 피우지 말아야지. 하지만 그전에 마지막으로 딱 한 번만 피우고 싶어'라는 생각이 들었다. 나는 담배에 불을 붙였다. 한 모금 들이켜자마자 금세 불안감에서 해방된 기분이었다. 열은 더 오르고, 한 모금씩 들이켤 때마다 허파는 뜨거운 장작불이 닿은 듯 따끔거렸지만 말이다. 나는 어떤 의식을 치르듯이 조심스럽게 담배 한 대를 다 피웠다. 병을 앓는 동안에도 여전히, 끔찍한 고통을 겪으면서도, 많은 담배를 피우고 말았다. 아무것도 모르는 아버지는 시가를 물고 왔다 갔다 하면서 말했다.

"장하구나! 며칠 더 금연해야겠지만 다 나았어!"

그 말을 듣는 순간 아버지가 어서 자리를 떠나시길 바랐고, 당장 담배를 피우고 싶었다. 그래서 아버지가 얼른 자리를 뜨도록 일부러 잠든 척하기도 했다.

그 병은 또 다른 걱정거리를 낳았다. 그것은 어쨌든 흡연이라는 첫 번째 문제에서 벗어나야 한다는 고민이었다. 하루하루는 넘쳐나는 담배와 되풀이되는 금연 계획으로 끝이 났다. 솔직히 말하면 지금도 가끔 그러하다. 스무 살 무렵부터 시작된 마지막 담배에 대한 혼란스러운 고민은 지금도 여전하다. 금연 결심도 확고하지 못한 데다 설령 내 약한 의지가 다시 담배를 찾는다 해도 이미 늙어버린 마음에 어쩌지 못한다. 노인이 되면 삶과 삶에 담긴 모든 것에 미소 짓게 된다. 가끔 많은 담배를 피우곤 하는데, 그게 마지막 담배라고는 말할 수 없다.

한 어휘사전 겉표지에 내가 보기 좋게 써놓은 글귀가 눈에 들어온다. '1886년 2월 2일 오늘, 법학부에서 화학부로 전과. 마지막 담배!!'

그것은 아주 중요한 의미를 지닌 마지막 담배였다. 거기에 뒤따랐던 모든 희망을 기억한다. 나는 삶과 매우 동떨어져 보이는 교회법에 화가 났고, 비록 실험관 안에 한정되긴 하지만 삶 자체인 과학으로 관심을 돌렸다. 그날 피운 마지막 담배는 학구열을 포함한 활동 욕구와 차분하고 긍정적이며 신념 어린 생각을 가지려는 열정을 의미했다.

그러나 신뢰할 수 없는 탄소 결합 사슬에서 도망치기 위해 나는 다시 법률 공부로 돌아왔다. 안타까운 일이다! 그건 실수였고, 책에 적힌 날짜를 보고 알게 된 그날의 마지막 담배 또한 기록되었다. 이것 역시 중요했는데, 마침내 탄소 결합 사슬에서 벗어나, 나는 나와 다른 사람들이 각자 최선책을 내놓는 바람에 상황을 복잡하게 만드는 곳으로 다시 돌아왔다. 정교한 실험 능력이 부족한 탓인지 나는 화학에는 별다른 소질이 없었다. 터키인처럼 끝없이 담배를 피우는데 어떻게 그럴 수 있겠는가?

나 자신을 분석하려는 지금 한 가지 의문이 든다. 혹시 내 무능함을 담배 탓으로 돌리기 위해 그토록 담배를 즐겨 피웠던 건 아닐까? 금연을 했다면 내가 마음속으로 바라던 그 이상적이고 강한 남자가 되었을지 누가 알겠는가? 어쩌면 나 자신을 영웅적인 존재라고 생각하며 살아가는 가장 손쉬운 방법이 흡연이었는지도 모르겠다. 젊은 날의 나약함을 설명하기 위해 이러한 가설을 전개해보는 것일 뿐, 확신 같은 건 없다. 늙어서 이제는 아무도 내게 뭐라 하지 않는 지금, 나는 금연 결심을 했다 다시 담배를 피우고 다시 금연 결심을 하곤 한다. 지금에 와서 이런 결심들이 무슨 의미가 있을까? 골도니*의 희곡에 등장하는 늙은 위생사처럼 평생 동안 병들어 살았을지언정 죽을 때는 건강한 모습으로 죽고 싶은 걸까?

학생 때 기숙사를 옮기면서 자비를 들여 내가 지내던 방 벽을 도배해야 했다. 벽에 날짜가 가득 적혀 있었기 때문이다. 그 방은 희망 가득한 내 계획들의 무덤으로 변했기 때문에 아마 그런 이유로 그 방을 떠났을 것이다. 그리고 타인들의 공간에서 내 계획을 구체화하는 것이 더 이상 가능하지 않다고 생각했다.

담배는 마지막이라는 생각으로 피울 때 가장 강렬한 맛을 낸다고 생각한다. 물론 다른 경우에도 특별한 맛을 느낄 수 있지만 그것보다 강렬하지는 못하다. 마지막 담배는 자신을 이겨낸 승리감에서 나온 맛과 더 건강해질 미래에 대한 희망을 느끼게 한다. 마지막이 아닌 담배들 역시 불을 붙이는 순간 자유를 느끼게 하지만 건강하고 활기 찬 미래는 먼 얘기가 된다.

기숙사 벽에 적힌 날짜들은 여러 가지 색깔을 하고 있었는데 심지어 유화 물감으로 적힌 것도 있었다. 더없이 순진한 믿음으로 다시 세워진 결심은 이전의 결심을 무색하게 할 만큼 강렬한 색채로 표현되었다. 그중 일부 날짜는 특색 있는 조합의 숫자 때문에 특히 좋아했다. 지난 세기, 내 악습을 관에 넣어 영원히 봉해버려야 할 것 같았던 한 날짜가 떠오른다. '1899년 아홉째 달 아홉째 날.' 정말 무슨 의미가 있었던 것일까? 새로운 세기는 이와 달리 매우 음악적인 리듬이 느껴지는 날짜들로 기록되어 있다. '1901년 첫째 달 첫날'이 그렇다. 지금도 그날이 다시 돌아온다면 새로운 삶을 시작할 수 있을 것만 같다.

하지만 달력에는 날짜가 차고 넘치니, 약간의 상상력만으로도 좋은

* Carlo Goldoni(1707~1793): 이탈리아 베네치아 출신의 극작가로 150여 편의 작품을 남겼다.

결심에 어울릴 만한 날짜를 고를 수 있을 것이다. 다음 날짜는 명령하듯 딱딱 끊어지는 뉘앙스가 있어서 기억하고 있다. '1912년 여섯째 달의 셋째 날 24시'라는 표현은 마치 각각의 숫자가 우편번호를 반복하는 듯 들린다.

1913년은 내게 조금 곤란한 해였다. 연도와 맞출 열세번째 달이 없었기 때문이다. 하지만 마지막으로 담배를 피운 날을 기억하려고 반드시 조화를 이루는 날짜를 고집할 필요는 없다. 나는 좋아하는 책이나 그림에서 부조화를 이루고 있는 날짜들을 발견할 때도 많다. 예를 들어 1905년 둘째 달 셋째 날 6시라는 날짜를 보라! 각각의 숫자가 앞의 숫자를 거스른다는 점에서 그 나름의 고유한 리듬을 갖고 있다고 할 수 있다. 많은 사건들 그러니까 교황 비오 9세의 죽음에서 내 아들의 출생에 이르기까지 모든 사건들이 변함없이 기릴 가치가 있게 여겨진다. 우리 가족은 행복한 일이든 슬픈 일이든 어떤 기념일도 잊지 않는 내 기억력에 놀란다. 그리고 나를 아주 사려 깊은 사람이라고 믿고 있다!

터무니없어 보이지 않도록 마지막 담배에 집착하는 내 증상에 철학적인 의미를 부여해보았다. 사람들은 으레 아주 멋진 태도로 말한다. "절대 다시는 안 피워!" 그 약속이 지켜지지 않으면 그때 보인 태도는 어떻게 되는가? 다시 결의를 다져야 할 때면 더 이상 그 태도를 취하기가 어려워진다. 그렇더라도 내게 시간은 흘러가기만 하는 것이 아니다. 오직 내게만은 돌아오는 것이기도 하다.

*

질병은 확실한 '선고'와 같다. 나는 태어나면서 이미 선고를 받은 셈이다. 그 당시 만난 의사에게 털어놓지 않았다면 나는 20년 동안의 질병을 대단하지 않게 기억했을 것이다. 어떻게 누군가에게 한 말이 공중에 파장을 일으키지 않는 감정보다 더 잘 기억되는지 신기하다.

전기로 신경 질환을 치료한다는 의사가 있다고 해서 찾아갔다. 전기 치료를 통해 금연에 필요한 힘을 얻을 수 있으리라는 생각에서였다.

의사는 배가 많이 나온 데다 숨을 쉴 때마다 기침을 하는 바람에 처음 진료 과정에서 전기치료기로 환자를 찌르는 실수를 저질렀다. 나는 적잖이 실망했는데, 의사가 나를 진료하면서 내 피를 더럽힌 독소를 발견할 거라 기대했기 때문이다. 오히려 의사는 내 건강 상태가 양호하다고 말했다. 하지만 내가 소화불량과 불면증을 호소하자 위산이 부족하고 연동운동(의사는 그 후로도 이 말을 여러 번 했기 때문에 절대 잊지 않고 있다)이 활발하지 않다는 진단을 내렸다. 그러고는 내게 어떤 산 성분을 처방해주었는데, 그것이 내 몸을 엉망으로 만들어놓아 그때부터 위산과다로 고생하고 있다.

그가 혼자서는 내 혈액에 녹아 있는 니코틴을 발견하지 못하리라는 사실을 깨달았을 때, 그를 돕고 싶어서 내 불편한 증상이 니코틴 때문일 거라고 말했다. 그는 묵직한 어깨를 힘겹게 으쓱해 보였다.

"연동운동…… 위산…… 니코틴은 상관없어요!"

그 후로도 전기치료는 70번이나 계속되었는데, 내가 이 정도면 충분하다고 말하지 않았다면 지금까지도 계속되었을 것이다. 나는 어떤 기적도 바라지 않고 단지 의사가 나를 설득해 확실한 금연 처방을 내려주기를 바라며 진료실로 달려가곤 했다. 그때 그 같은 처방이 내려져서 내가 결심을 굳혔다면 어떤 일이 벌어졌을지 자못 궁금하다.

여기, 당시 내가 의사에게 설명했던 질병의 징후들을 적어보겠다.

'공부를 할 수도 없고, 제시간에 잠자리에 든 적도 거의 없어요. 새벽에 성당 종소리가 울릴 때까지 잠을 이루지 못해요. 그래서 잠잘 시간에 법률과 화학책을 뒤적거려요. 몇 시에 일어날지 모르지만 두 과목 모두 정해진 시간만큼 공부해야 하거든요.'

"어떤 불면증이든 전기치료로 나을 수 있습니다."

환자가 아니라 시계에 시선을 둔 채 아이스쿨라피우스* 의사가 단언했다.

나는 그가 정신분석을 이해하는 줄 알고 조심스럽게 한 발짝 더 나아갔다. 나는 그에게 여자들과 얽힌 나의 불행을 털어놓았다. 나는 한 여자만으로는 만족할 수 없었고, 여러 여자들로도 충분하지 않았다. 세상 모든 여자들을 원하고 있었던 것이다! 그때 나의 열정은 엄청난 것이어서 지나가는 여자들이 모두 내 여자였다. 나를 야성적으로 느끼게 하려고 강렬한 눈빛으로 여자들을 쳐다보곤 했다. 상상 속에서 나는 부츠만 남기고 그녀들의 옷을 모두 벗긴 다음 품 안에 안았으며, 그녀들을 샅샅이 알게 될 때까지 놔주지 않았다.

그러나 전부 쓸데없는 말이자 지나친 솔직함이었다! 의사는 숨이 차서 말했다.

"전기치료가 그 병만큼은 낫지 않게 했으면 좋겠군요. 바로 그 생각 말예요. 그런 효과를 걱정한다면 룸코르프**에 더 이상 손대지 않았을 거요."

그는 자신이 아주 흥미롭게 여기는 일화 하나를 들려주었다. 나와

---

* 그리스 로마 신화에 나오는 의술(醫術)의 신(神).

** 1851년 독일의 전기학자 하인리히 룸코르프Heinrich Ruhmkorff가 만든 유도 코일. 여기서는 이 유도 코일을 이용한 전기치료기계를 가리킨다.

똑같은 병을 가진 어떤 환자가 자신의 병을 고치려고 어느 유명한 의사를 찾아갔다고 한다. 그런데 의사는 완벽하게 치료를 하고도 이민을 떠나야 했다. 그러지 않으면 환자가 그를 가만두지 않을 것이기 때문이었다.

"내가 느끼는 흥분은 좋은 게 아니라니까요!"

나는 소리쳤다.

"그건 혈관에 퍼진 독 때문이에요!"

의사는 안타까운 얼굴로 중얼거렸다.

"아무도 자기 처지에 만족할 줄 모른다니까."

그를 납득시키기 위해 병과 관련된 모든 증상을 모아 내 병에 대한 분석을 펼쳤다. "나의 부주의한 실수! 그것까지 제 공부를 방해해요. 그라츠*에서 치를 첫 국가고시를 준비하고 있었고, 마지막 시험 때까지 필요한 모든 텍스트를 신중히 점검했죠. 시험을 며칠 앞두고서야 내가 공부한 것들이 몇 년 뒤에나 소용 있다는 걸 알았어요. 그러니 시험을 연기할 수밖에 없었죠. 사실 이웃집 여자 때문에 준비하던 부분들도 조금밖에 공부하지 못했어요. 그녀는 뻔뻔스러울 정도로 유혹적이었거든요. 그녀가 창가에 나타나기라도 하면 저는 더 이상 책을 볼 수가 없었어요. 그런 것에 몰두하는 건 바보 같은 짓 아닌가요?" 창가에 있었던 작고 하얀 그녀의 얼굴이 떠오른다. 갸름하고 매력적인 갈색 곱슬머리를 드리웠던 얼굴. 나는 내 베개 위에 누운 그녀의 하얀 얼굴과 붉은 갈색 머리를 상상하면서 그녀를 바라보곤 했다.

아이스쿨라피우스 의사는 중얼거리며 말했다.

* 오스트리아 슈티리아Stiria 주의 주도.

"이성을 향한 욕망 뒤에는 언제나 좋은 점이 있어요. 내 나이가 되면 더 이상 관심이 없을 겁니다."

지금은 그가 이성을 향한 욕망에 대해 전혀 아는 바가 없었다고 확신한다. 이제 내 나이 쉰일곱, 만일 담배를 끊지 못하거나 정신분석 치료가 소용없게 된다면, 침대에서 죽어가는 내 마지막 눈길은 나를 간호하는 여인을 향한 욕망의 표현일 거라 확신한다. 그녀가 내 아내가 아니고, 아내가 그래도 괜찮다고 허락한다면 말이다.

나는 고해성사를 하듯 솔직하게 말했다. 여자의 전부를 좋아하는 것이 아니라, 그들의 특정 부분들을 사랑했다. 아름다운 구두를 신은 여자들의 작은 발, 가냘프거나 강인한 느낌을 주는 목선 그리고 아담한 가슴을 사랑했다. 여자의 해부학적인 신체 부위를 계속해서 열거하고 있는데, 의사가 내 말을 중단시켰다.

"바로 그 부분들이 합해져 완전한 여성을 이루는 겁니다."

그 순간 나는 중요한 말을 했다.

"건강한 사랑은 상대의 성격과 지성을 포함해 한 여자 전체를 끌어안는 것이죠."

그때까지 나는 그런 사랑에 대해서 알지 못했고, 정작 사랑이 찾아왔을 때는 건강마저 허락되지 않았다. 하지만 병의 근원과 실체를 추적해간 기억은 중요하다. 더구나 의사가 환자의 건강을 돌보는 병원에서 나의 진단은 틀림이 없었던 것으로 드러났다.

의사가 아닌 한 친구가 나와 내 병을 더 잘 이해하고 있다는 것을 알게 되었다. 그렇다고 엄청난 도움을 받은 건 아니지만 그 친구를 알게 된 건 지금까지도 내 삶에 영향을 주는 새로운 사건이었다. 친구는 학문 연구와 문학 저술로 한가함을 달래는 부유한 신사였다. 그는 글보다 화술이 뛰어난 친구였고, 그래서 세상은 그처럼 뛰어난 문학가를 알 기회가 없었다. 그는 거대한 몸집에 훤칠하게 키가 컸다. 그를 알게 되었을 무렵, 친구는 체중 감량을 위해 대단한 노력을 기울이고 있었다. 며칠 뒤 그는 놀라운 결과에 이르렀고, 모두들 병든 그에게서 건강함을 느낄 수 있기를 바라면서 그의 곁에 몰려들었다. 나는 그에게서 질투심을 느꼈다. 그는 자신이 원하는 것을 이루어낼 줄 아는 사람이었기 때문이다. 나는 그가 치료를 계속하도록 부추겼다. 그는 내게 매일 줄어드는 자신의 배를 만져보라고 했다. 시기심에 사악해진 나는 그의 결심이 허물어지길 바라면서 말했다.

"다이어트가 끝났으니, 이제 이 피부는 어떻게 할 건가?"

그의 야윈 얼굴이 코믹해 보일 만큼 아주 침착하게 그가 대답했다.

"이틀 뒤부터 마사지 치료가 시작될 걸세."

치료는 세부적으로 잘 계획되어 있었고 그가 모든 날짜에 정확히 실행하리란 건 틀림없었다.

결과적으로 나는 그를 굳게 신뢰하게 되어 그에게 내 병에 대해 털어놓게 되었다. 그날의 고백 역시 잊지 않고 있다. 그 친구에게 나는 하루 세 끼 식사를 거르는 것보다 매 순간 유혹을 이겨내면서 담배를 피우지 않는 게 더 힘들다고 말했다. 담배를 피우지 않겠다는 결심을 반복하느라 다른 것을 시도해볼 여력이 없다. 오직 율리우스 카이사르*만이 동시에 가장 많은 일을 해낼 수 있었던 사람이다. 나의 유산관리인 올리비 씨가 살아 있는 한 아무도 내가 하는 일에 대해 묻지 않아서 다행이지만, 공상하거나 소질도 없는 바이올린을 어설프게 연주하는 것 말고

* 고대 로마의 집정관.

는 이 세상에서 할 줄 아는 게 없는 나 같은 사람은 어쩌란 말인가?

살이 빠진 체격 큰 친구는 곧바로 대답해주지 않았다. 그는 분석적인 사람이라 대답에 앞서 한참 동안 생각에 잠겼다. 그런 다음 학자다운 풍모로, 내가 앓는 진짜 병은 금연 결심이지 담배가 아니라고 했다. 각오를 다지지 않고서도 흡연이라는 악습에서 벗어나려고 노력해야 한다는 것이다. 그의 말에 따르면, 내 안에는 두 자아가 있어서 한 자아는 명령을 내리고 다른 자아는 노예와 다름없이 복종하고 있는 것이라 했다. 억압하는 자아의 통제가 소홀해지는 틈을 타 억압된 자아는 자유를 향한 열망 때문에 지배자의 뜻을 거스르고 있다고 했다. 그러므로 종속된 자아에게 진정한 자유를 베푸는 동시에 나의 악습은 마치 새로운 현상을 대하듯 직면해야 한다는 것이다. 악습과 싸울 필요 없이, 별로 중요하지 않은 사람을 대하듯 태연하게 대하면서 무시하고 잊어버릴 필요가 있다고 말했다. 정말 간단하지 않은가?

실제로 그가 말한 해결책은 단순해 보였다. 그 후로 내 머릿속을 가득 채운 강박적 결심들을 없애려고 노력하다 보니 놀랍게도 장시간 담배를 피우지 않을 수 있었다. 하지만 니코틴이 사라져 입안이 말끔해지자 신생아들이 느낄 만한 순수한 미각이 느껴졌고, 다시 담배를 피우고 싶은 마음이 들었다. 결국 담배를 피우고 나서, 없애고자 했던 지난날의 잘못된 습관을 되풀이한 죄책감이 들었다. 친구가 제시해준 방법은 더 오래 효과를 볼 수 있었지만 다시 수포로 돌아가고 말았다.

악당 같은 올리비 씨가 어느 날 한 가지 제안을 했다. 내기를 걸어서 각오를 더 단단히 하는 기회로 삼으라는 것이었다.

나에게 올리비 씨는 예나 지금이나 변함없는 모습이다. 여든 살에 등이 약간 굽었지만 항상 정정한 노인의 모습으로 말이다. 그는 나를 위해서 일해왔고 지금도 일하고 있다. 하지만 나는 그가 자신이 하는 일을 내게는 하지 못하게 했다는 생각이 들어서 그를 좋아하지 않는다.

어쨌든 우리는 내기를 했다! 먼저 담배를 피우는 사람이 돈을 내기로 하고, 내기가 끝난 다음에는 마음껏 담배를 피우기로 했다. 유산관리인 올리비 씨는 그런 식으로 내가 아버지의 유산을 낭비하지 못하도록 하면서, 내 마음대로 관리하던 어머니의 유산을 줄이려고 했다.

그날의 도박은 아주 위험했다. 나는 더 이상 번갈아 나타나는 자아의 주인이 되지 못했고, 고작 좋아하지도 않는 올리비 씨의 노예에 불과했다! 나는 금세 담배를 피웠다. 그러고는 몰래 담배를 피우면서 그를 속일 방법을 궁리했다. 그럼 애초에 내기는 왜 했단 말인가? 금연을 목적으로 올리비 씨와 내기를 시작한 날부터 시합을 끝내기에 적합한 날이 언제일지 찾아봤다. 그러나 반칙은 계속되었고, 몰래 피우는 담배 때문에 극심한 불안에 시달려야 했다. 나는 괴로움의 무게에서 벗어나기 위해 올리비 씨에게 가서 사실을 털어놓았다.

노인은 웃으면서 내기 돈을 챙겼다. 그리고 곧바로 주머니에서 큰 여송연을 꺼내더니 너무나 행복한 얼굴로 담배를 피우기 시작했다. 내 생각에 그는 내기 조건을 살피고 있었던 게 분명했다.

아들이 막 세 살이 되었을 무렵 아내는 내게 한 가지 좋은 아이디어를 내놓았다. 치료를 위해서라도 얼마 동안 요양소에서 지내는 게 어떻겠느냐는 것이었다. 나는 즉시 그 제안을 받아들였다. 무엇보다 아들이 자라서 아버지인 나를 판단할 나이가 되었을 때 평온하고 안정적인 모습을 보여주고 싶었기 때문이다. 그리고 또 한 가지, 건강 상태가 좋지 않은 올리비 씨가 자기가 하던 일을 내게 일임하겠다고 으름장을 놓았기 때문인데, 몸 안에 니코틴이 잔뜩 들어 있는 상태로는 그런 중대한 일을 해낼 수 없다는 절박함이 생겼기 때문이었다.

처음엔 오래된 요양소들이 모여 있는 이스비체라 지방을 생각했지만, 물리라는 의사가 트리에스테에 요양소를 열었다는 소식을 접하고는 아내더러 그 의사를 찾아가보라고 했다. 의사는 한 명의 전담 간호사를 비롯해 다른 직원들이 통제하게 될 작은 폐쇄 병실 하나를 내 자리로 마련해주었다. 아내는 그 말을 전하면서 미소를 짓다가 곧 폭소를 터뜨렸다. 그녀는 내가 병실에 갇혀 지내게 된 것이 재미있었던 모양이다. 나는 속으로 그런 그녀를 비웃었다. 어찌 됐든 아내는 처음으로 내 치료 의지를 거들어준 것이었다. 그때까지 아내는 내 병을 심각하게 생각하지 않았다. 오히려 과도한 흡연이 약간 이상하긴 하지만 생활을 따분하지 않게 해준다고 말했다. 다른 많은 것들을 떨쳐버리지 못하듯이 자유에 집착하던 나와 결혼한 후 그녀가 처음으로 유쾌하게 느낀 사건이었을 것이다.

우리는 올리비 씨로부터 어떤 경우든 한 달 이상 지체할 수 없다는 말을 들은 날 요양소로 향했다. 여행 가방에 속옷 몇 벌을 챙겨서 그날 저녁 바로 의사 물리 씨를 찾아갔다.

의사는 문 앞에서 우리를 맞아주었다. 그는 정말 잘생긴 젊은이였다. 그때는 한여름이라, 작고 예민해 보이는 젊은 의사는 햇빛에 그을린 얼굴을 하고 있었다. 검게 그을린 얼굴은 생기 있는 눈동자를 더욱 빛내주었고, 구두까지 길게 내려온 깃 달린 흰 가운은 우아한 인상을 풍겼다. 그의 용모는 감탄을 자아내기에 충분했다. 하지만 나 또한 단지 그의 치료 대상일 뿐이었다.

나는 넋을 잃고 그를 바라보다가 약간 당황스럽게 말을 건넸다.

"그렇군요. 선생님은 치료의 필요성도, 제가 느끼는 문제의 심각성도 믿지 않으시는군요."

의사 물리 씨는 매력적인 미소를 지으며 말했다.

"왜죠? 어쩌면 우리 의사들이 허용하는 정도보다 제노 씨에게는 담배가 훨씬 해로운 게 사실일지 모르지요. 그건 그렇고 왜 제노 씨는 흡연량을 줄이지 않고 '느닷없이'* 담배를 끊으려고만 하시는지 궁금하군요. 담배를 너무 많이 피워도 안 되겠지만 아주 나쁘기만 한 건 아니니까요."

솔직히, 무턱대고 담배를 끊을 생각만 했지 줄여볼 생각은 전혀 해보지 않았다. 하지만 요양소까지 온 이상, 의사의 충고 때문에 계획을 수포로 돌릴 수는 없었다. 그래서 나는 분명하게 말했다.

"이미 결정을 내렸으니 치료를 받아보도록 해주십시오."

"받아보다니요?"

의사는 거만하게 웃었다.

"마음의 준비를 하셨으니 치료는 잘되겠지요. 가여운 조반나에게 완력을 쓰지 않고서는 여기서 나갈실 수 없습니다. 흡연 습관에서 벗어나실 때쯤 퇴원 절차가 진행될 겁니다."

우리는 3층으로 올라갔다가 다시 1층으로 내려와 배정된 병실로 들어섰다.

"자, 보이시죠? 저기 닫힌 문은 이곳과 출구가 있는 1층의 다른 구역을 차단하고 있습니다. 조반나 역시 열쇠를 갖고 있지 않아요. 그녀도 밖으로 나가려면 3층까지 올라가야 하지요. 하지만 오직 그녀만 모두에게 개방되어 있는 건물 층계참 열쇠를 가지고 있어요. 그밖에, 3층

---

* 원문은 ex abrupto: '갑자기, 느닷없이'라는 의미의 라틴어.

에는 항상 감시원이 있습니다. 아이들과 산모에게 지정된 요양소로는 괜찮지요?"

그러고 나서 의사는 웃기 시작했다. 아마 나를 아이들 사이에 가둬 둘 생각에 그랬던 것 같다.

그는 조반나를 불러 내게 소개해주었다. 그녀는 마흔 살에서 예순 살까지 볼 수 있을 만큼, 나이를 정확히 가늠하기가 어려운 조그만 여자였다. 머리는 희끗희끗하고, 두 눈은 작으면서 강렬한 빛을 뿜어냈다. 의사 물리 씨가 그녀에게 말했다.

"여기 이분이 앞으로 조반나가 싸워야 할 분이에요."

그녀는 나를 자세히 살펴보고는 얼굴을 붉히며 귀에 거슬리는 목소리로 외쳤다.

"전 제 할 일을 하겠지만 저분과 실랑이를 벌일 수 없어요. 만약 저분이 위협적으로 나오면 힘센 간호사를 부르겠어요. 만일 간호사가 빨리 오지 않으면 그가 원하는 데로 가게 내버려둘 거예요. 환자 때문에 위험해지고 싶지 않아요!"

나중에야 의사가 그녀에게 꽤 많은 보수를 약속하고 간호를 맡겼다는 것과 첫 만남에서 그녀를 놀라게 한 것이 무엇인지 알게 됐다. 하지만 당시에 그녀가 한 말은 나를 몹시 불쾌하게 만들었다. 나는 제 발로 아주 고약한 곳에 찾아 들어온 것이다!

"어휴, 무서워라!"

나는 소리쳤다.

"누가 감히 저 분을 건드리겠어요."

그러고는 의사를 돌아보며 말했다.

"저 여자가 절 귀찮게 하는 일이 없도록 조심했으면 좋겠군요! 책을 몇 권 가져왔으니 조용히 방해받지 않고 지내고 싶습니다."

그러자 의사는 조반나에게 몇 가지 훈계를 늘어놓았다. 그녀는 항변하려고 계속해서 나를 공격했다.

"제게는 어린 딸이 둘이나 있어요. 그러니 살아야지요."

"누가 당신을 죽인다고 한 게 아니에요."

그러나 그 대답은 가엾은 여자를 안심시키지 못했다.

의사는 그녀에게 뭔가를 가지고 오라고 지시를 내려 자리를 뜨게 했다. 그런 후 그는 뿔이 난 그녀 대신 다른 사람을 보내겠다고 했다.

"나쁜 사람은 아니에요. 제가 신중하게 처신하라고 주의를 주면 더 이상 불평하지 않지요."

나는 누가 맡든 상관없다는 뜻을 밝히려고 그녀를 받아들였다. 나는 마음을 가라앉힐 필요를 느꼈고, 주머니에서 마지막으로 남은 담배 두 개비 중 하나를 집어 걸신들린 듯 피웠다. 그러고는 의사에게 담배는 단 두 개비만 가져왔으며, 자정이 되면 금연을 시작하고 싶다는 뜻을 비쳤다.

아내는 나와 의사를 남겨두고 떠나면서 미소를 지었다.

"이런 생활을 하기로 결정했으니 잘 견뎌요."

너무나 사랑하는 아내의 미소가 그 순간 비웃음처럼 보였다. 마음속으로 문득 이처럼 진지하게 시작하지만 결국 이번에도 비참하게 실패하리라는 생각이 들었다. 나는 곧 기분이 나빠졌다. 하지만 홀로 남겨지자 유독 나를 괴롭히는 것이 있었다. 그것은 어리석게도 젊은 의사를 향한 맹렬한 질투심이었다. 그는 잘생긴 데다 자유롭기까지 하다! 사람들은 그를 의사들 사이의 비너스라 부른다. 아내라고 그를 좋아하지 않겠는가. 모두들 자리를 떠날 때 의사는 그녀를 뒤따라가며 우아한 구두를 신은 아내의 발을 바라봤다. 그때 나는 결혼 후 처음으로 질투심을 느꼈다. 정체를 알 수 없는 슬픔! 그것은 분명 감옥 생활과도 같은 끔찍한 생활을 해야 하는 내 처지 탓이었으리라. 아니다 싸워보자! 아내가 보여준 그 미소는 평상시의 미소였지, 나를 집에서 내쫓고 싶어 짓는 비웃음이 아니었다. 흡연의 영향을 심각하게 생각하지 않으면서도 요양을 권한 것은 확실히 그녀였지만, 내가 행복해지길 바라서 그랬을 것이다. 아내를 사랑하기가 쉽지 않았다는 걸 잊어버린 걸까? 의사는 틀림없이 연인에게 어떤 선물을 사주면 좋을까 해서 아내의 발을 봤을 것이다. 하지만 나는 당장 마지막 남은 담배를 피워버렸다. 그 시간은 마지막 담배를 피우기 위해 약속한 자정이 아니라 한 시간 더 기다려야 했던 밤 11시였다.

나는 책을 펼쳐 들고 읽을 생각도 없이 훑어 내려갔다. 아니 그냥 보고 있었다는 표현이 맞을 것이다. 그런데 환영이 보였다. 내가 뚫어져라 바라보던 장에는 잘생긴 외모와 우아함을 한껏 드러낸 의사 물리 씨의 사진이 실려 있었다. 도저히 견딜 수 없었다! 나는 조반나를 부를 수밖에 없었다. 혹시 얘기를 나누면 마음을 진정시킬 수 있을지 몰랐다.

그녀는 병실로 들어오더니 의심스러운 눈빛으로 나를 쳐다봤다. 그리고 또다시 거슬리는 목소리로 투덜거렸다.

"일을 알아서 할 때까지 기다리지를 않는군요."

나는 그녀를 진정시킬 요량으로 일이 그리 될 줄 몰랐다고 거짓말했다. 그러고는, 책 읽는 게 싫증나서 그녀와 잠깐이라도 얘기를 나누고 싶다고 했다. 그런 후 그녀에게 내 앞에 있는 의자에 앉으라고 권했다. 정말이지 그녀의 할머니 같은 외모와 젊어 보이지만 약한 동물들에게서나 볼 수 있는 불안한 눈동자의 움직임이 거슬렸다. 그런 말동무와 있어야 하는 나 자신이 가엽게 느껴졌다. 이상하게 나는 자유로운 상황에서도 어울릴 만한 친구들을 선택하지 못했다. 아내가 그랬듯이 언제나 그들이 나를 선택하는 양상이었기 때문이다.

나는 조반나에게 기분전환을 시켜달라고 부탁했다. 그러나 그녀는 나의 관심을 끌 만한 얘기를 알지 못한다고 했다. 그래서 이번에는, 세상 모든 사람들에게 적어도 가족이 한 명은 있지 않느냐면서 그녀에게 가족 이야기를 들려달라고 청했다.

그러자 그녀는 내 말에 수긍하더니, 자신의 두 아이를 빈민 보호 시설에 맡겨야 했던 불행한 과거사를 들려주었다.

나는 그녀의 이야기를 즐겁게 경청했다. 18개월 동안 이어진 임신에 대해 그녀가 덤덤하게 이야기하는 것이 무척 재밌었기 때문이다. 그러나 조반나는 싸움꾼 같은 성격이었다. 결국은 별수 없이 적은 월급으로 생활하는 사정이며, 며칠 전 의사 물리 씨가 그녀의 가족이 빈민 보호 시설에 있으니 급여는 하루에 2크로나*면 충분할 거라고 말한 것이 너무하다고 하소연했는데, 나는 제대로 귀 기울여 듣지 않았다. 그러자 그녀가 목소리를 높여 말했다.

"그럼 다른 건 어떻게 해결하겠어요? 먹을 것과 옷만 있으면 아무것도 필요 없다는 건가요!"

그러고는 자기 아이들에게 필요한 것들을 나열했는데, 지금은 전혀 기억나지 않는다. 그때 나는 그녀의 시끄러운 목소리가 귀에 거슬려서 딴생각을 하고 있었다. 그러나 어찌해도 피할 도리가 없자 그에 맞는 보상을 받아야겠다고 생각했다.

---

* Crona: 화폐 단위. 황동 주화. 당시 트리에스테가 오스트리아 문화권에 속해 있어서 크로나를 사용했다.

"담배 한 대만 피우면 안 될까요, 딱 한 대만? 한 개비만 갖다주면 10크로나를 줄게요. 오늘 말고 내일. 지금은 돈이 한 푼도 없군요."

조반나는 내 제안에 무척이나 놀라는 눈치였다. 그녀는 버럭 소리를 질렀다. 그러고는 당장 남자 간호사를 부르려고 자리에서 일어났다. 나는 그녀의 입을 막으려고 태도를 바꿨다. 무슨 말이라도 해서 그녀를 진정시키려고 생각나는 대로 질문을 던졌다.

"그러면 최소한 이 감옥엔 마실 건 있어요?"

조반나는 이번에는 언성을 높이지 않고 놀랄 만큼 침착한 말투로 대답했다.

"그럼요! 의사 선생님께서 나가시기 전에 코냑 한 병을 건네주셨어요. 아직 따지도 않았어요. 자, 봐요. 그대로잖아요."

내게는 술을 마시는 것 외에 다른 탈출구가 없었다. 아내를 믿고 결정한 곳이 이런 곳이라니!

그 순간 흡연이라는 악습을 떨쳐버리려는 노력은 더 이상 중요하지 않게 느껴졌다. 나는 벌써 30분 전부터 담배를 피우지 않고 있었다. 아내와 의사에 대한 생각에 몰두해서인지 괴로움도 느껴지지 않았다. 어쨌든 모든 것이 좋아지긴 했지만 결과적으로는 우습게 되어버렸다.

나는 술병을 따서 술잔에 노란 술을 따랐다. 조반나는 입을 다물지 못한 채 그런 나를 바라보고 있었다. 그러나 그녀에게 술을 건네기가 망설여졌다.

"이 술을 다 마시면 한 병 더 얻을 수 있을까요?"

그녀는 여전히 명랑한 말투로 나를 안심시켰다.

"정말 술을 좋아하시는군요! 당신을 만족시키려면 물품 담당 부인이 자정에 일어나야겠어요!"

나는 요양소의 인색함에 조금도 신경 쓰지 않았다. 조반나는 곧 코냑을 가득 따른 술잔을 받아 들었다. 그녀는 금세 술잔을 비우고는 술병에서 눈을 떼지 않으며 계속 고맙다고 했다. 그런 모습을 보니 갑자기 그녀를 취하게 만들고 싶어졌다. 하지만 쉽지 않은 일이었다.

그날 그녀가 한 이야기들을 정확히 옮기기는 어려울 듯싶다. 그녀는 술을 여러 잔 마시고 나더니 특유의 트리에스테 방언으로 이런저런 하소연을 늘어놓았다. 하지만 나는 도무지 그녀의 말에 집중할 수 없었다. 만일 내 근심에서 벗어났더라면 그녀의 소박한 방언을 귀담아들었을 것이다.

하여튼 그녀는 자신의 일을 좋아한다며 솔직한 속내를 털어놓았다. 어쩌면 이 세상 모든 사람에게는 매일 몇 시간이라도 안락한 소파에 앉아 좋은, 그리 해롭지만은 않은 술을 마실 권리가 있을지 모르겠다.

나도 솔직한 얘기를 건네볼 생각에 그녀의 남편이 살아 있었을 때에도 요양소에서 일했는지 물었다.

그녀는 웃기 시작했다. 살아 있을 때 그녀의 남편은 사랑보다 폭력을 앞세우는 사람이었다고 했다. 그래서 남편을 부양하느라 일해야 했던 지난날에 비하면 지금은 모든 것이 편안하게 여겨질 정도라는 것이다. 물론 내가 요양소에 치료 받으러 오기 전까지 얘기였다.

조반나는 잠시 생각에 잠기더니, 죽은 사람이 살아 있는 사람이 하는 일을 보고 있다고 믿느냐고 물었다. 나는 짧게 '그렇다'라고 했다. 그녀는 사람들이 죽어서 저승으로 갔을 때 이승에서의 삶을 잊지 않고 있는지 궁금해했다.

그 질문은 나로 하여금 잠시 딴생각을 하게 만들었다. 그녀가 마치 죽은 이들이 듣지 못하게 하려는 듯 아주 작은 소리로 물었기 때문이었다.

나는 그녀에게 말했다.

"그러니까 당신은 남편을 배신했군요."

그녀는 내게 목소리를 낮추라고 했다. 불륜을 저지르긴 했지만 그건 신혼 초에 잠깐 있었던 일일 뿐이라고 고백했다. 그녀 말로는 그 후로 남편의 구타가 아무렇지 않게 여겨졌고, 그를 사랑하게 되었다고 했다.

나는 더 자세히 들어보려고 다른 질문을 던졌다.

"그럼 두 딸 중 큰 딸은 다른 남자의 아이겠군요?"

그녀는 여전히 낮은 목소리로 몇 가지 닮은 점을 보면 그런 것 같다고 시인했다. 그녀는 남편을 배신한 일을 몹시 후회하고 있었지만 말을 하면서 여전히 웃고 있는 걸 보면 고통스럽긴 해도 그다지 심각하게 여기지는 않는 모양이었다. 그러나 남편이 죽고 나자 비로소—전에는 남편이 미처 모르고 있었으므로—그 일이 문제가 되었다.

나는 그녀에게 동정심을 느끼게 됐고, 그녀의 고통을 위로해주고 싶었다. 그래서 그녀에게 죽은 사람들이 모든 것을 알고 있긴 하겠지만, 어떤 일에는 무관심할 거라고 말했다.

"오직 살아 있는 사람들만이 고통을 겪는 거죠!"

나는 주먹으로 테이블을 내려치며 고함쳤다. 결국 손에 멍이 들고 말았다. 그러나 새로운 생각들을 불러일으키는 데 육체적 고통보다 더 좋은 것은 없다. 아내가 내 요양소 생활을 틈타 불륜을 저지를지 모른다는 생각에 괴로우면서도, 한편으로는 의사가 요양소 안에 있을 테니 다시 안심할 수 있다는 생각이 스쳐 지나갔다. 나는 조반나에게 의사가 있는지 가서 확인해달라고 부탁했다. 의사에게 할 말이 있어서라고 둘러대면서 그 대가로 남은 술을 병째 주겠다고 했다. 그녀는 술을 그 정도로 좋아하지 않는다고 불평했지만 곧 내 요구를 들어주었다. 잠시 후 그녀가 폐쇄 병동을 빠져나가려고 3층까지 비틀거리며 나무 계단을 오르는 소리가 들렸다. 그러고는 다시 내려오다가 그만 쿵 소리와 함께 비명을 지르며 넘어지고 말았다.

"이런 젠장, 대체 무슨 일이야!"

나는 화가 나서 중얼거렸다. 그녀가 목뼈라도 부러지는 날엔 내 입장이 곤란해질 테니 말이다.

그러나 조반나는 별로 다치지 않았는지 싱긋 웃으며 나타났다. 그녀는 취침하러 가는 남자 간호사와 얘기를 나눴다고 했다. 그러나 내가 돌변할 경우를 대비해서 침대 옆 자기 자리에 서 있었다. 그녀는 검지를 치켜세운 채 말했는데 꼭 미소를 띠며 협박하는 것 같았다. 그러더니 더 무뚝뚝하게 말하길, 의사 물리 씨가 아내와 함께 나간 후 아직 들어오지 않았다는 것이다. 바로 그 시간 이후로 말이다! 몇 시간 전부터 어떤 환자가 의사를 찾는 바람에 오히려 남자 간호사가 그를 기다렸다고 했다.

나는 그녀의 얼굴에 번진 미소가 습관적인 것인지 아니면 의사가 환자의 아내와 함께 있을지 모른다는 의심 때문에 의식적으로 나타난 것인지 자세히 살폈다. 이유야 어찌 됐든 나는 현기증이 일 정도로 화가 났다. 언제나처럼 그 순간 내 안에서는 두 자아가 싸우고 있었다. 둘 중 더 이성적인 자아가 이렇게 말했다. '멍청한 놈! 어째서 아내가 널 배신한다고 생각하는 거야? 그녀는 너를 요양소에 가둬놓고 기회를 엿볼 필요가 없어.' 그러자 담배를 피우고 싶어 하는, 자아가 확실한 다른 자아가 오히려 먼젓번 자아를 바보 취급하며 소리쳤다. '남편이 없을 때 얼마나 해방된 기분이 드는지 몰라? 네 아내는 너 때문에 만나게 된

그 젊은 의사와 지금 함께 있다니까!'

조반나는 여전히 술을 홀짝이며 말했다.

"어머, 3층 문 닫는 걸 잊어버렸네. 다시 두 층이나 올라가긴 싫어요. 뭐, 위층에는 항상 사람들이 있으니까 만일 도망갈 생각을 한다면 그건 정말 바보 같은 짓이에요."

"그렇군요!"

나는 가엾은 여자를 속이는 데 필요한 최소한의 위선으로 가장했다. 그녀를 따라 코냑을 마시면서 이젠 마음껏 술을 마시고 있어서 담배에 더 이상 미련이 없다는 걸 보여주었다. 그녀는 쉽게 나를 믿었다. 그래서 내가 금연하길 원한 건 사실 내가 아니라 아내였다고 말했다. 내가 담배 열 개비 정도를 피우는 날엔 끔찍하게 변하기 때문인데, 그때는 어떤 여자든 내 곁에 있으면 위험해진다고 말했다.

조반나는 의자 뒤로 몸을 젖히며 호탕하게 웃었다.

"그러면 담배 열 개비를 못 피우게 한 사람이 당신 부인이에요?"

"그렇다니까요! 나한테만은 못 피우게 하더라고요."

코냑에 잔뜩 취해 있었는데도 조반나는 조금도 호락호락하지 않았다. 그녀는 크게 웃다가 하마터면 의자에서 넘어질 뻔했다. 그러나 말을 멈추고 숨을 고르고 나서는 내 병에 관한 그럴듯한 가정을 내렸다.

"담배 열 개비라…… 30분 정도 걸린다 치고…… 자명종을 맞추고 나서…… 또……"

나는 그녀의 말을 정정했다.

"담배 열 개비를 다 피우려면 한 시간 정도는 걸려요. 그런데다 니코틴 효과를 제대로 보려면 한 시간 정도가 더 필요해요. 10분 정도 차이가 나긴 하지만……"

갑자기 조반나는 심각한 얼굴을 하고는 자리에서 벌떡 일어났다. 그러고는 머리가 아파서 그만 자러 가야겠다고 말했다. 나는 그녀에게 술병을 가져가라고 했다. 마실 만큼 충분히 마셨기 때문이었다. 그 대신 다음 날엔 좋은 포도주를 가져오길 바란다는 가식적인 말을 했다.

하지만 그녀는 포도주는 생각조차 하지 않았다. 나가기 전에 그녀는 술병을 옆구리에 끼고 섬뜩한 눈빛으로 나를 뚫어지게 쳐다봤다. 그러고는 문을 열어둔 채 나갔다.

얼마 후 작은 상자 하나가 병실 한가운데로 날아왔다. 나는 재빨리 그것을 집어 들었는데 안에는 열한 개비의 담배가 들어 있었다. 가여운 조반나는 불안감을 조금이라도 덜기 위해 그동안 담배를 모아왔던 모양이다. 질이 약간 떨어지는 헝가리산 담배였다. 그러나 첫 담배 맛은 썩 괜찮았고, 기분이 한결 나아졌다. 아이들이 지내기에는 더없이 좋은 곳이지만 내게는 그렇지 않았던 요양소 규칙을 어긴 것이 처음엔 만족스럽게 생각됐다. 그러나 시간이 지나자 내가 아내마저 기만하고 말았다는 걸 알았다. 그녀에게 큰 위자료를 줘야 할 일이라는 생각까지 들었다. 그렇게라도 해야 나의 질투심이 그럭저럭 버틸 수 있는 호기심으로 바뀔 수 있을 테니 그랬을까? 나는 메스꺼운 담배를 피우면서 차분해졌다.

30분쯤 지나자, 조반나가 보상을 기대하는 이 요양소에서 어서 빨리 도망쳐야겠다는 생각이 들었다. 나는 신발을 벗고 복도로 나갔다. 조반나의 방문이 살짝 열려 있었는데 시끄럽고 규칙적인 숨소리가 들리는 걸 보니 잠이 든 모양이었다. 나는 아주 조심스럽게 의사 물리 씨가 자랑스러워하던 문제의 그 출구로 연결된 3층까지 올라갔다. 나는 신발을 신고, 층계참으로 빠져나와 들키지 않게 천천히 계단을 내려갔다.

2층 층계참에 도착했을 때, 단정한 복장의 여자 간호사가 내게 정중히 묻기 위해 뒤따라왔다.

"누구를 찾으시나요?"

간호사는 예쁘장했고, 그녀 가까이서 담배 열 개비를 다 피워도 나쁘지 않을 것 같았다. 나는 약간 저돌적인 미소를 지었다.

"의사 선생님 안 계신가요?"

그녀는 눈이 휘둥그레졌다.

"이 시간에는 여기 안 계시죠."

"어딜 가야 지금 의사 선생님을 만날 수 있습니까? 집에 의사 선생님이 필요한 환자가 있어서요."

그녀는 친절하게 의사의 주소를 알려주었고 나는 그것을 기억하는 것처럼 보이려고 여러 번 반복해 외웠다. 간호사가 등을 돌리고 가버리지 않았다면 나는 서둘러 그곳을 떠나지 않았을지도 모른다. 어쨌든 나는 마침내 감옥에서 빠져나왔다.

아래층에서는 어떤 여자가 문을 열어주려고 대기 중이었다. 나는 가진 돈이 없어서 중얼거렸다.

"팁은 다음에 드리겠습니다.

미래는 알 수 없다. 하지만 내게는 자주 반복되는 일들이 있다. 그곳으로 다시 돌아가는 것 또한 그랬다.

그날 밤은 맑고 무더웠다. 나는 자유의 바람을 더 느끼고 싶어서 모자를 벗었다. 고개를 들고 방금 전 정복이라도 한 듯이 사랑스럽게 별들을 바라봤다. 요양소를 떠난 다음 날부터 담배를 끊을 결심으로 그때까지 문을 연 카페에서 질 좋은 담배를 구했다. 가여운 조반나가 준 담배로 흡연자 생활을 청산할 수는 없는 노릇이었다. 카페 종업원은 나를 알고 있던 터라 외상으로 담배를 주었다.

집에 도착한 나는 신경질적으로 초인종을 울렸다. 처음에는 가정부가 창으로 내다보더니 조금 뒤 아내가 보였다. 나는 냉정히 벼르면서 그녀를 기다렸다. '의사가 있는 모양이군.' 그러나 다시 정신을 차려 보니 아내는 모든 의심을 거두기에 충분한 진솔한 웃음을 텅 빈 거리에 퍼뜨렸다.

집으로 들어간 나는 탐정처럼 여기저기를 둘러보느라 멈칫했다. 그날 내가 겪은 일들을 아내는 벌써 알고 있는 듯 내게 물었다.

"들어가서 자지 않고 뭐해요?"

나는 변명거리를 찾으며 말했다.

"아무래도 당신이 내가 없는 동안 가구를 옮긴 것 같아서 말이지."

집 안의 물건들이 늘 자리가 바뀌었고 아내가 꽤 자주 그것들을 옮겼던 게 사실이다. 하지만 그 순간에는 아담하고 우아한 의사 물리 씨가 어디에 숨어 있는지 보려고 구석구석 살폈다.

아내가 한 가지 좋은 소식을 들려주었다. 요양소에서 돌아오는 길에 올리비 씨의 아들을 만났는데, 새로운 의사에게 처방 받은 대로 약을 먹고 나서 노인의 건강 상태가 매우 좋아졌다는 소식이었다.

잠이 들면서 나는 요양소를 떠나오길 잘했다고 생각했다. 천천히 치료해나가도 시간은 충분했다. 옆방에서 자고 있는 아들 역시 아직은 나를 비판하거나 모방할 나이가 아니었다. 서두를 필요가 전혀 없었다.

4. 아버지의 죽음

의사는 떠났다. 정말 아버지의 생애를 이야기하는 것이 필요한지 잘 모르겠다. 아버지에 대해 너무나 상세하게 이야기한다면 내 병을 치료하기 위해서 아버지를 먼저 분석할 필요가 있다는 결론이 나올지도 모른다. 그렇게 되면 치료가 불가능한 상태에 처할지 모른다. 만일 아버지가 나와 똑같은 치료를 받았어야 했더라도 그건 내가 앓는 병과 전혀 다른 것이라는 걸 잘 알기 때문에 용기를 내어 아버지에 대한 기억을 털어놓겠다. 아무튼 괜한 시간낭비를 막기 위해 기억이 가닿을 수 있는 한에서만 아버지에 대해 말하겠다.

'1890년 4월 15일 4시 반. 아버지께서 돌아가시다. U. S.'* 마지막 약자가 무슨 뜻인지 모르는 사람을 위해서 말하자면, 이것은 유나이티드 스테이츠United States가 아니라 마지막 담배를 뜻한다. 처음부터 그럴 생각은 아니었는데 여러 날 붙잡고 있던 오스트발트**의 실증주의 철

* ultima sigaretta: 마지막 담배.

** Wilhelm Ostwald(1853~1932): 독일의 화학자로 1909년 노벨 화학상을 수상했다.

학서에서 발견한 메모다. 아무도 믿지 않겠지만 이 간단한 메모는 내 삶의 가장 중요한 사건을 기록하고 있다.

어머니는 내가 열다섯 살이 되기도 전에 세상을 떠났다. 어머니를 추모하는 시를 쓰기도 했지만 내용만큼 고통스럽게 슬픔에 잠겨 운 적은 없었다. 그때부터 나는 늘 자기 자신을 위해 삶을 진지하게 생각하고 매사에 최선을 다해야 한다는 감정에 사로잡혀 있었다. 슬픔 그 자체는 매우 강렬한 삶을 암시했다. 그리고 무엇보다 그때만 해도 아직 식지 않았던 신앙심이 나를 지탱하고 내 끔찍한 불행을 달래주었다. 어머니는 내게서 멀리 떠났지만 계속 살아 숨 쉬면서 내가 노력하여 이뤄 나가는 성공들을 함께 기뻐해줄 수 있었다. 얼마나 멋진 위안인가!

당시 내가 어떤 상태였는지 정확히 기억한다. 어머니의 죽음과 그것이 내게 일으킨 격렬한 동기 때문에 당연하게도 모든 것이 더 좋아질 수밖에 없었다.

그러나 아버지의 죽음은 진정 엄청난 재앙이었다. 천국은 더 이상 존재하지 않았고 나이 서른에 나는 끝장난 사내가 되었다. 그랬다! 내 삶의 가장 중요하고 결정적인 부분이 사라졌으며 다시 돌이킬 수 없다는 것을 처음으로 깨달았다. 나의 슬픔은 지금 한 말에서 느껴지는 인상처럼 단순히 자기중심적이기만 한 것이 아니었다. 그건 전혀 다른 문제였다! 나는 아버지와 나 자신 때문에 눈물을 흘렸다. 아버지가 돌아가셨다는 이유만으로 나를 위해 울었다. 그때까지 나는 줄담배를 피우고 있었고, 내 능력과 적성을 확신하고 다니던 학부를 옮겼다. 아버지가 돌아가시지 않았다면 인생을 달콤하게 물들였던 그 확신이 오늘날까지 유지되었을지 모른다. 아버지의 죽음으로 더 이상 미래의 계획을 세울 내일이 없었다.

여러 번 그 생각에 잠길 때마다 아버지의 죽음으로 생겨난, 이전에는 없었던 나 자신과 내 미래에 대한 이 같은 절망이 낯설게만 여겨져 흠칫 놀라게 된다. 하지만 이건 비교적 최근의 일들이라 내가 겪은 불행의 특징과 나의 거대한 고통을 기억해내기 위해 (정신)분석가들이 바라는 대로 몽상에 빠져들 필요는 없다. 나는 모든 걸 기억하지만 의도하는 바는 아무것도 없다. 아버지가 돌아가실 때까지 나는 아버지를 위해 살지 않았다. 그에게 가까이 다가가려는 어떤 노력도 하지 않았다. 아버지의 마음을 상하게 하지 않고도 가까워질 수 있었을 때는 그 기회를 외면했다. 대학 시절 내 친구들은 내가 붙인 '돈주머니 실바 노인'이라는 별명으로 아버지를 알고 있었다. 아버지와 나를 가까워지게 한 것은 정작 아버지를 죽음으로 몰고 간 병이었다. 아버지를 죽음으로 몰고 간 그 병은 아주 빠른 시간에 악화되었고, 의사는 곧 가망이 없다는 진단을 내렸다. 내가 트리에스테에 있을 때 우리는 길어야 하루에 한 시간 남짓 얼굴을 보곤 했다. 아버지와 많은 시간을 함께 지낸 적이 한 번도 없었다. 돌아가신 후에야 내 울음 속에서 오래도록 함께했다. 아버지를 잘 돌봐드렸다면 눈물도 덜 흘렸을 것을! 그럼 나는 덜 병들었을 것이다. 아버지와 나는 관심사가 전혀 달라 더욱 함께하기 어려웠다. 우리는 서로를 바라보면서 똑같이 안쓰러운 미소를 지었다. 하지만 내 미래에 대한 걱정 때문에 아버지의 미소가 더 씁쓸했다. 반면에 나는, 아버지가 허약해지는 것은 어느 정도 나이 탓이라 생각해서 그다지 대수롭지 않게 여길 수 있었다. 아버지는 처음으로 내 의욕을 불신한 사람이었다. 그것은 지나치게 섣부른 판단으로 보였다. 논리적 근거가 부족하지만, 아버지가 나를 못미더워한 이유를 추측해보면 내가 아버지의 아들이기 때문이었는데, 그것만으로도 아버지를 향한 나의 불신은 커졌다.

아버지는 능력 있는 사업가라는 명성을 누렸지만 오래전부터 올리비 씨가 아버지의 사업들을 직접 관리했다. 사업 경영에 소질이 없는 건 아버지와 나의 닮은 점이었다. 하지만 이것 말고는 비슷한 점이 아무것도 없었다. 우리 두 사람 관계에서 내가 강인함을 내세웠다면 아버지는 약함을 드러냈다고 말할 수 있다. 아마도 나의 가장 큰 불행은 구제불능의 충동적 성격을 타고난 것이리라. 그건 내가 이 분석일지에 쓴 내용을 봐도 알 수 있듯이 나와 늘 함께한 성격이고 지금도 변함이 없다. 평정심과 강인함에 대한 나의 갈망은 그것이 아니면 설명할 수 없다. 아버지는 그런 것을 전혀 모르고 지냈다. 아버지는 적절한 방식으로 완벽하게 조화를 이루며 살았다. 그러나 나는 아버지가 스스로 더 나아지려고 노력한 적이 한 번도 없었다고 생각한다. 아버지는 하루 종일 담배를 피웠는데, 어머니가 돌아가신 후 밤에 잠을 이루지 못할 때에도 담배를 피웠다. 저녁 식사 자리에서는 꽤 많은 술을 마셨다. 그 정도는 마셔야 베개에 머리가 닿자마자 확실히 잠이 들 수 있다고 믿는 눈치였다. 아무튼 아버지에게 흡연과 음주는 효과적인 약이었다.

여자 문제에서는 어머니가 질투할 만한 몇 가지 이유가 있었다는 사실을 친척들을 통해 알았다. 고분고분한 성격의 어머니가 이따금 남편을 바로잡기 위해 저돌적으로 변할 수밖에 없었던 모양이다. 그러면 아버지는 사랑하고 존중하는 아내의 뜻에 순순히 따랐지만, 어머니는 남편에게서 바람을 피웠다는 고백을 받아내는 데 번번이 실패한 것 같다. 그 때문에 어머니는 자신이 잘못 판단했다는 생각을 지니고 숨을 거두었다.

그러나 착한 친척들 말로는, 어머니가 평소 의심을 품고 있던 양장

점에서 거의 확실히 남편의 덜미를 잡았었다고 한다. 아버지는 어떻게든 사태를 무마시키려고 결백을 주장하며 이리저리 둘러댔다. 그날 이후로 어머니는 더 이상 그 양장점에 가지 않았고 아버지 역시 마찬가지였다. 내가 아버지 입장이라면 고백했을 테지만, 여자 재봉사를 포기할 수는 없었을 것이다. 내가 선 곳에 뿌리를 내리는 법이니까.

아버지는 진정한 가장으로서 평화와 안식을 지킬 줄 알았다. 당신의 집과 영혼에서 이러한 평온함을 잃지 않았다. 무겁지 않고 도덕적인 교훈이 담긴 책들을 골라 읽었는데, 결코 위선이 아니라 아주 솔직한 신념 때문이었다. 내 생각에 아버지는 도덕적인 교훈의 진실을 깊이 느꼈고, 아버지의 양심은 미덕에 대한 가식 없는 관심으로 평온을 얻었다고 생각한다. 나이가 든 지금, 전형적인 가장의 모습에 가까워진 나 역시도 뻔뻔한 부도덕함이 어떤 부정한 행위보다 더 처벌받아 마땅한 것이라 생각한다. 사랑이나 증오 때문에 살인이 일어나고, 그 살인을 부추기는 것은 오직 사악함뿐이다.

아버지와 나 사이에는 공통점이 거의 없었다. 그래서 아버지는 이 세상에서 당신을 가장 불안하고 고통스럽게 하는 사람이 바로 나라고 털어놓았다. 건강에 대한 집착 때문에 인간의 몸을 공부한 나와 달리 아버지는 당신의 기억에서 그 해괴망측한 메커니즘에 대한 생각을 모조리 제거해버리셨다. 아버지에게 심장이란 뛰지 않는 것이었고, 신체 장기들이 어떻게 생명을 유지하는지 설명하기 위해서 판막과 혈관, 신진대사 등을 기억할 필요가 없었다. 심장은 아무런 움직임이 없었다. 움직이면 움직이는 대로 무언가에 사로잡히고 말았다는 사실을 경험이 말해주었기 때문이다. 지구 역시 아버지에게는 움직이지 않고 중심에 단단히 연결된 것이었다. 물론 단 한 번도 그 얘기를 입 밖에 꺼낸 적은 없지만, 그 개념에 관한 이야기가 나오면 아버지는 불편해하는 기색을 감추지 않았다. 어느 날인가 아버지에게 반대 의견을 제시하자 아버지는 불쾌한 표정으로 내 말을 막았다. 터무니없는 사고방식을 지닌 사람들의 그 같은 생각이 아버지의 속을 뒤집어놓았던 것이다.

아버지는 두 가지 다른 문제를 가지고도 나를 꾸짖으셨다. 나의 산만하고 부주의한 성격과 심각한 일을 대수롭지 않게 웃어넘기는 성향이었다. 아버지는 산만하고 부주의한 나와는 전혀 달랐다. 실수로 뭔가를 잊고 빠뜨리는 일이 없도록 아버지는 모든 걸 작은 수첩에 메모하고, 하루에도 몇 번이고 다시 펼쳐보았다. 그런 방식으로 당신의 질병을 이겨냈다고 믿었고, 더 이상 그 때문에 고통스러워하지 않았다. 아버지는 수첩에 메모하는 방법을 내게도 권했다. 하지만 나는 마지막 담배라는 메모만 몇 번 기록했을 뿐이다.

심각한 문제를 우습게 보는 태도가 내 문제점이었다면, 세상일들을 지나치게 심각하게 생각한 것이 아버지의 가장 큰 단점이었다고 생각한다. 예를 들자면 이렇다. 법학에서 화학으로 전공을 바꾼 뒤에 다시 아버지의 허락을 받고 법학과로 돌아갔을 때, 아버지는 내게 조용히 말했다.

"네가 제정신이 아닌 건 분명해."

그 말에 나는 조금도 마음이 상하지 않았다. 그저 허락에 감사할 따름이었다. 웃음을 안겨드려서 아버지에게 보답을 하고 싶을 정도였다. 그래서 진찰을 받아 진단서를 발급받을 작정으로 의사 카네스트리니* 씨를 찾아갔다. 긴 시간이 걸리는 까다롭고 세세한 검사를 받아야 했기

---

* 루이지 카네스트리니(Luigi Canestrini, 1854~1926): 당시 트리에스테 시립병원 신경과에서 50년 이상 근무한 의사.

때문에 사정은 수월하지 않았다. 마침내 진단서를 손에 거머쥔 나는 자신만만하게 아버지에게 보여드렸다. 하지만 아버지는 전혀 웃지 않았다. 아버지는 슬픈 목소리로 눈가에 눈물을 글썽이며 탄식했다.

"아! 네가 정말 미쳤구나!"

이것이 번거로운 준비 과정을 거쳐 내가 연출한 익살극에 대한 보상이었다. 아버지는 결코 나를 용서하지 않았고, 그래서 단 한 번도 그것을 우스갯거리로 삼은 적이 없었다. 장난으로 의사를 만나러 가는 사람이 있을까? 장난삼아 비용이 많이 드는 진단서를 발급받는다? 정말 정신 나간 짓이다!

아무튼 나는 아버지에게 강하게 밀고 나갔고, 나를 흥분시키던 아버지의 허약함이 사라진 것이 내게는 어떤 해결책처럼 여겨졌다는 생각이 이따금씩 든다.

나는 올리비 씨가 음흉한 계략에 따라 아버지에게 유언장을 작성하도록 했을 때 아버지의 허약함이 어떻게 드러났는지 기억한다. 아버지는 올리비 씨에게 그가 후견인으로서 내 사업을 관리해야 한다는 내용의 유언장을 만들도록 지시했다. 아무래도 그가 오랫동안 그 성가시고 괴로운 작업을 하도록 늙은 아버지를 설득한 것 같았다. 결국 아버지는 결정을 내렸지만, 아버지의 평온하고 넓은 얼굴은 어두워졌다. 아버지는 유언장을 작성한 일이 죽음과 계약을 맺어 당장 그것을 앞당기기라도 한 것처럼 죽음에 관한 생각을 한시도 떨쳐버리지 못했다.

어느 날 밤, 아버지가 내게 물었다.

"사람이 죽으면 모든 게 끝이라고 생각하니?"

나는 하루도 빠짐없이 죽음의 신비에 대해 생각한다. 하지만 그 무렵에는 아직 아버지의 질문에 대답할 만한 수준이 아니었다. 아버지를 기분 좋게 해드리기 위해서 나는 우리의 미래인 죽음에 대해 가장 행복한 믿음을 생각해냈다.

"제 생각에 기쁨은 살아남는 것 같아요. 고통은 더 이상 필요 없으니까요. 몸은 썩어가도 육체적 쾌락은 기억될 거예요. 물론 몸이 분해되면서 휴식과 행복의 느낌이 함께하겠죠. 원래의 몸으로 돌아가려면 아주 힘드니까 말이죠. 죽어서 몸이 썩는 건 분명히 인생의 선물이에요!"

내 시도는 완전히 실패로 돌아갔다. 저녁 식사가 끝난 뒤에도 우리는 여전히 식탁에 앉아 있었다. 아버지는 아무 대답 없이 의자에서 일어나 컵을 한 잔 더 비우고는 말했다.

"지금은 딱히 너와 철학을 논할 시간이 아니구나!"

그렇게 말하고 아버지는 밖으로 나갔다. 나는 씁쓸한 마음으로 아버지를 뒤따랐다. 아버지가 슬픈 생각들에서 벗어나시도록 곁에 있어야겠다는 생각이 들었다. 아버지는 내가 죽음과 그 쾌락을 생각나게 한다며 나를 돌려보냈다.

아버지는 내게 유언장 얘기를 꺼낼 때까지 그 생각을 머릿속에서 떨쳐버리지 못했다. 나를 볼 때마다 계속 그 생각을 떠올렸던 것이다. 어느 날 밤 아버지가 불쑥 내뱉었다.

"실은 내가 유언장을 작성했단다."

나는 악몽 같은 아버지의 걱정을 덜어드리기 위해 아버지의 통보를 들었을 때 놀란 마음을 진정시키며 말했다.

"저는 그런 수고를 할 일이 없을 거예요. 제 상속자들이 모두 저보다 먼저 죽기를 바라니까요!"

아버지는 그토록 중요한 문제를 가볍게 넘기는 우스갯소리에 곧바로 입을 다물었다. 당장이라도 혼을 내고 싶어 어쩔 줄 몰라 했다. 그래서인지 아버지는 나를 올리비 씨의 관리 아래 둔다는 충격적인 이야기를 아무렇지 않게 했다.

그 순간 내가 착한 아이처럼 처신했음을 밝혀야겠다. 나는 아버지가 당신 자신을 괴롭히는 그 강박관념에서 빠져나오도록 하기 위해서라도 불평하지 않기로 했다. 그래서 아버지의 마지막 소원이 무엇이든 받아들이기로 결심했다.

나는 한마디 덧붙였다.

"혹시 아버지의 마지막 바람이 바뀌게끔 제가 처신을 잘하게 될지 모르죠."

아버지는 당신이 오래 살 수 있도록 내가 순순히 행동하는 걸 보고서 흡족해했다. 그렇긴 해도 다른 유언을 덧붙이지 않는 한 절대로 올리비 씨의 권한을 축소하지 않겠다는 맹세를 내 입으로 직접 하길 바랐다. 내가 한 약속을 아버지가 그다지 탐탁지 않아 하는 것 같아 나는 정식으로 맹세했다. 그 당시 나는 거스름이 없이 순종하기만 했다. 아버지가 돌아가시기 전에 충분히 사랑하지 않았다는 후회로 고통스러울 때 항상 그 순간을 떠올린다. 솔직히 아버지가 정한 대로 따르는 것은 쉬운 일이었다. 그 당시, 일하지 않아도 된다는 생각은 오히려 환영할 만한 것이었다.

아버지가 돌아가시기 일 년 전쯤 나는 아버지의 건강을 위해 내 주장을 강력하게 밀어붙인 적이 있다. 아버지가 통증을 호소했기 때문에 나는 당장 병원에 가야 한다며 직접 아버지를 모시고 병원에 갔다. 의사는 몇 가지 약을 처방하고 몇 주 후에 다시 오라고 말했다. 하지만 아버지는 의사들이 장의사들만큼이나 싫다며 다시 오라는 의사의 지시를 완강히 거부했다. 그리고 처방받은 약 역시 복용하지 않았다. 그 또한 아버지에게는 의사와 장의사를 떠올리게 만들기 때문이었다. 아버지는 몇 시간 동안 담배도 피우지 않고 와인도 없이 식사만 했다. 치료에서 벗어나자 아버지의 몸 상태는 아주 좋아 보였다. 나는 아버지가 기뻐하는 모습을 보면서 치료에 관한 생각을 그만두었다.

그 뒤로 아버지는 종종 슬퍼 보였다. 하지만 이전처럼 행복하고 독립적인 늙은 아버지를 보았다면 이상했을 것이다. 오히려 그게 더 자연스러웠다.

*

3월이 끝나가는 어느 날 저녁 나는 평소보다 조금 늦게 집에 돌아왔다. 특별히 안 좋은 일이 있었던 건 아니었다. 그날따라 그리스도교의 기원에 대한 생각을 내게 심어주고 싶어 하는 박식한 친구에게 붙잡혔을 뿐이다. 처음으로 그는 그리스도교의 기원에 대한 내 생각을 듣고 싶어 했다. 아니면 친구의 장황한 연설을 기꺼이 들어주기에 내가 적합했던 모양이다. 밖에는 보슬비가 내리고 날씨가 쌀쌀했다. 친구가 말하는 그리스도인과 유대인들의 이야기는 마뜩잖았고 음울했지만, 나는 두 시간가량이나 그 괴로움을 견뎌냈다. 내겐 일상적인 약점이었다! 지금도 마찬가지로 다른 사람의 말에 반발하거나 거절하는 데 익숙하지 못하다. 만약 누군가 내게 천문학을 가르치려고 진지하게 접근해도 나는 역시 거절하지 못할 것이다.

나는 우리 집을 둘러싸고 있는 정원으로 들어섰다. 정원에는 차가 들어갈 수 있는 짧은 진입로가 나 있었다. 창문에서 나를 기다리고 있던 가정부 마리아가 내가 오는 소리를 듣고는 어둠 속에서 크게 외쳤다.

"제노 씨예요?"

마리아는 더할 나위 없이 성실한 가정부였다. 그 무렵 그녀는 15년 가까이 우리 집에서 일하고 있었다. 그녀는 매달 봉급의 일부를 노후 생활을 위해 저축은행에 예금했다. 그러나 그녀는 내가 결혼식을 치른 지 얼마 지나지 않아 평상시처럼 집에서 일만 하다 세상을 떠났기 때문에 그 돈은 영영 쓸모가 없었다.

마리아는 아버지가 몇 시간 전에 집에 돌아오셨는데 나와 함께 저녁 식사를 하겠다고 고집을 부리셨다는 얘기를 전했다. 아버지께 식사하시도록 내내 권했지만 아버지는 못마땅한 반응만 보이고 그녀를 내보냈다는 것이다. 그러면서 아버지는 내가 도착했는지 여러 번 걱정스럽고 불안한 기색으로 물으셨다고 했다. 마리아는 아버지의 건강이 좋지 않은 것 같다고 내게 조심스럽게 말했다. 아버지는 말하기가 불편하고 숨쉬기도 수월하지 않은 상태였다. 그녀는 항상 아버지와 단둘이 있어서인지 아버지가 아프시다는 생각에 자주 빠져들곤 했다. 적막하고 쓸쓸한 집 안에서 그 가여운 여인은 관심을 기울일 일이 별로 없었다. 어머니가 돌아가신 뒤로는 모두가 자기 자신보다 먼저 죽을 거라 여기고 있었다.

나는 걱정보다 궁금한 마음에 급히 주방으로 달려갔다. 아버지는 나를 보자마자 누워 있던 소파에서 바로 일어나 나를 반갑게 맞아주었다. 하지만 원망 섞인 질책의 눈길이 먼저 보였기 때문에 감동으로 이어지지 못했다. 그래도 기뻐하는 모습이 건강을 알리는 신호로 여겨졌기 때문에 나는 충분히 안심할 수 있었다. 평소 아버지가 마리아와 대화할 때 나타났던 말을 더듬거나 숨이 차는 증세가 보이지 않았다. 아버지는 나를 나무라는 대신에 고집스럽고 완고했던 태도에 대해 사과했다.

"어쩌겠니? 이 세상에 가족은 우리 둘뿐이고 자러 가기 전에 널 보고 싶었단다." 아버지는 부드럽게 말했다.

그때 내가 이런저런 생각 없이 아버지를 대하고, 병 때문에 많이 온화하고 다정해진 아버지를 두 팔로 꽉 안아드렸다면 얼마나 좋았을까! 그러나 나는 냉정하게 상황을 분석하기 시작했다. 실바 노인이 왜 이리 온순해졌지? 어디 아픈가? 나는 의심스럽게 아버지를 쳐다봤다. 그러고는 퉁명스럽게 성질을 부리고 말았다.

"아니 왜 지금까지 식사를 안 하고 기다리셨어요? 먼저 드시고 절 기다리셨어야죠!"

아버지는 싱글벙글 웃었다.

"둘이 먹는 게 더 좋아."

이런 쾌활함은 왕성한 식욕의 징조이기도 했다. 나는 마음이 놓였다. 그런 후 늦은 저녁을 먹기 시작했다. 슬리퍼를 신은 아버지는 엉거주춤한 걸음으로 탁자에 다가와 평상시 앉는 자리에 앉았다. 그러고는 내가 먹는 모습을 물끄러미 바라보았다. 아버지는 몇 술을 뜨는 둥 마는 둥 하다 다른 음식엔 손도 안 대고 입맛을 떨어뜨린 당신의 접시를 멀찌감치 치웠다. 하지만 아버지의 주름진 얼굴에선 미소가 떠날 줄 몰랐다.

내가 가끔 아버지를 쳐다보면 아버지가 얼른 시선을 돌리던 모습이 마치 어제 일처럼 또렷이 기억난다. 사람들은 그것을 거짓의 징후라고 말하지만, 나는 이제 그것이 병의 한 징후라는 걸 알고 있다. 아픈 동물은 자신의 약점인 질병이 엿보이도록 틈을 주지 않는다.

아버지는 하루 종일 내가 몰두했던 일을 듣고 싶어서 늘 늦게까지 나를 기다렸다. 아버지가 몹시 기대하고 있는 모습을 보면서 나는 잠시 식사를 멈췄다. 그리고 아주 무뚝뚝한 목소리로 내가 그 시간까지 그리스도교의 기원에 대해 토론했다는 사실을 건성으로 말했다.

아버지는 어리둥절하고 의아한 표정으로 나를 쳐다봤다.

"너도 이제 종교에 대해 생각하는 거냐?"

그 주제로 아버지와 생각을 나눈다면 분명히 아버지에게 크나큰 기쁨과 위안을 줄 수 있었을 것이다. 하지만 아버지가 살아 계신 동안 늘 반대편에 서고 싶었던 나는 대학가에 위치한 카페에서 날마다 들리는 평범한 대화 내용으로 대답했다.

"저한테 종교는 공부해볼 필요가 있는 어떤 현상에 불과해요."

"현상이라니?"

아버지는 기가 막히다는 반응이었다. 아버지는 딱 맞는 대답을 찾아내 반박하려고 입을 열다가 잠시 망설이고는 마침 마리아가 가져온 요리를 물끄러미 바라보았다. 자연스럽게 입을 다물기 위해서인지 아버지는 시가 꽁초를 물고 불을 붙이다가 곧 멈추었다.

그러고는 조용히 생각에 잠겼다. 그러다 아주 잠깐 나를 힐끗 바라보았다.

"넌 종교를 비웃지 않을 테지?"

항상 그랬듯이 나는 불성실하고 게으른 학생처럼 볼멘소리로 대답했다.

"비웃다니요! 종교를 공부한다고요!"

아버지는 아무 말 없이 접시에 내려놓은 시가 꽁초를 바라보았다. 그때 아버지가 내게 왜 그런 말을 했는지 이유를 알 것 같다. 이미 흐릿해진 아버지의 정신에 스쳐간 모든 생각을 지금은 알겠다. 그래서 당시에 아버지의 생각을 전혀 이해하지 못한 나 자신이 놀랍기만 하다. 그 시절 내 마음에는 많은 걸 이해하고 깨닫게 해줄 애정이 부족했다는 생각이 든다. 그 후에는 얼마나 자연스러웠던가! 아버지는 나의 냉소적인 회의론에 맞서는 걸 피했다. 그 무렵 아버지에게 그것은 너무나 버거운 싸움이었다. 하지만 아픈 환자에게 적절한 방식으로 온유하게 허점을 공격하려고 애썼다. 아버지가 말할 때 호흡이 가빠지고 말을 더듬던 기억이 난다. 전투를 준비하기 위한 엄청난 노력이었다. 하지만 나는 아버지가 아무 말도 안 하고 잠자리에 들지는 않을 거라 생각했다. 그래서 벌어지지도 않을 논쟁을 미리 준비했다.

아버지는 거의 타들어간 시가 꽁초에서 여전히 눈길을 떼지 않으며 말문을 열었다. "나는 삶에서 얻은 경험과 지식이 대단하다고 느낀다. 오랜 세월 헛사는 사람은 없단다. 많은 걸 알고 있지만 안타깝게도 내가 바라는 만큼 전부 다 네게 가르쳐줄 재간이 없구나. 그러면 얼마나 좋겠냐! 나는 세상의 내면을 들여다볼 수 있단다. 무엇이 옳고 진실한지 또 그렇지 않은지 알 수 있지."

반박할 여지가 없었다. 나는 계속해서 음식을 먹으며 시큰둥하게 중얼거렸다.

"네! 아버지!"

아버지의 마음을 상하게 하고 싶지 않았다.

"이렇게 늦게 와서 안타깝구나. 아까만 해도 덜 피곤해서 많은 이야기를 해줄 수 있을 것 같았는데 말이야."

나는 아버지가 내가 늦게 온 걸로 여전히 나를 나무라고 싶어 한다고 생각했다. 그래서 그 이야기는 다음 날 하자고 말했다.

"말다툼을 하려는 게 아니다." 아버지는 흐릿한 눈길로 말했다. "전혀 차원이 다른 얘기지. 논쟁거리가 될 수도 없고, 내 말이 다 끝나기도 전에 너 또한 알게 될 게다. 그런데 말로 하기가 너무나 어렵구나!"

그 말에 나는 염려가 되어 물었다.

"몸이 안 좋으세요?"

"아픈 건 아니고 너무 피곤해서 얼른 자러 가야겠다."

아버지는 벨을 울려 마리아를 불렀다. 그녀가 오자 잠자리가 다 준비됐는지 물었다. 그러고는 즉시 슬리퍼를 끌어당겨 신고 자리에서 일어날 준비를 했다. 아버지는 내게 다가와 고개를 숙이고 매일 밤 잠자기 전에 하던 것과 같이 내 볼에 당신 볼을 가져다 대는 인사를 했다.

힘겹게 비틀거리며 움직이는 아버지를 보면서 나는 다시 아버지가 아프신 게 분명하다는 생각이 들었다. 그래서 아버지께 다시 물었다. 우리 둘 다 똑같은 말만 여러 번 반복했다. 아버지는 아픈 게 아니라 피곤한 것이라며 나를 안심시켰다. 그러고 나서 한마디 덧붙였다.

"이제 내일 네게 해줄 얘기들을 곰곰이 생각해봐야겠구나. 분명히 넌 고개를 끄덕이게 될 거다."

"아버지."

나는 울컥해져서 말했다. "기꺼이 들을게요."

아버지는 당신의 인생 경험을 귀담아들으려는 나를 보더니 잠자리에 들길 주저했다. 이렇게 다정한 분위기가 흐르는 순간을 놓치고 싶지 않았던 것이다! 아버지는 손으로 이마를 훔치고 내게 볼 키스를 하려고 기댔던 의자에 앉았다. 아버지는 약하게 숨가빠했다.

"이유를 모르겠구나! 네게 아무 말도 할 수가 없어. 정말이지 아무 말도."

아버지는 당신 안에서 움켜쥐지 못하는 것을 밖에서 찾으려는 것처럼 주위를 둘러봤다.

"그렇지만 난 많은 걸 알고 있어. 아니 모든 걸 알고 있단다. 내 인생의 크나큰 경험이 가져온 결과 덕분이지."

아버지는 표현하지 못하는 걸 그다지 괴로워하지 않았다. 왜냐하면 자신의 능력과 우월함에 대해 만족하기 때문이었다.

그때 내가 왜 당장 의사를 부르지 않았는지 모르겠다. 슬픔과 후회 속에서, 그때 내가 아버지의 말씀을 이전에도 자주 느꼈던 연설투로 받아들였음을 고백하지 않을 수 없다. 그러나 아버지는 내 앞에서 나약함의 흔적을 감추지 못했고, 다만 그 이유로 나는 논쟁을 벌이지 않았다. 사실, 아주 쇠약한 상태인데도 여전히 당신이 강하다는 환상에 잠겨 행복해하는 아버지를 보는 게 좋았다. 아버지의 지식을 내게 전해주려는 바람이 담긴 사랑과 다정함이 느껴졌다. 물론 아버지의 말을 이해하고 받아들이지 못할 거라 강하게 확신했지만 말이다. 아무튼 아버지를 기쁘게 해드리고 안심시키기 위해 지금 당장 떠오르지 않는 생각들을 찾아내려고 애쓸 필요는 없다고 말씀드렸다. 그런 경우, 가장 뛰어난 과학자들 역시 지나치게 복잡한 생각과 정보들이 저절로 정리되고 간단명료해지도록 뇌 속 어느 영역에 저장해놓는다고 말이다.

아버지가 대답했다.

"내가 말하려고 하는 건 그렇게 복잡하지 않단다. 한마디만, 딱 한마디만 찾아내면 되는 거야. 그걸 찾아낼 테다! 하지만 오늘 밤은 아무 생각 없이 잠을 푹 자야 할 테니까 안 되겠구나."

그러나 아버지는 자리에서 일어나지 않았고, 망설이는 표정으로 잠시 내 얼굴을 슬쩍 쳐다보며 말했다.

“내가 생각하는 걸 말할 수 없게 될까 봐 두렵구나. 그저 모든 걸 가볍게 웃어넘기는 네 태도 때문에 말이야.”

아버지는 마치 당신 말에 언짢아하지 말라고 당부하는 것처럼 미소 지었다. 그러고는 의자에서 일어나 내게 두번째 볼키스를 해주었다. 나는 언쟁하고 설득하길 포기했다. 이 세상에는 웃어넘길 수 있고 그래야 하는 많은 것들이 있다고 따지며 설득하기를 포기하고, 대신 힘껏 껴안는 행동으로 아버지를 안심시키고 싶었다. 하지만 아버지가 좀 전보다 더 숨이 가빠져서 내게서 몸을 뺀 걸 보면 아마 내 포옹이 지나치게 거셌던 것 같다. 하지만 아버지가 나의 애정을 느낀 것이 확실했다. 내게 다정히 손을 흔들며 인사했으니까.

“이제 잠자리에 들자!” 아버지는 기분 좋게 말하고 방으로 갔고, 마리아가 그 뒤를 따랐다.

나는 홀로 남아(이 역시 낯설었다!) 아버지의 건강을 걱정하기보다 아들로서 아버지에게 존경심을 느끼며 감동했다. 그토록 깊은 통찰력을 지닌 아버지의 정신이 더 높은 차원으로 나아갈 가능성을 찾지 못했다는 게 몹시 안타까웠다. 이 글을 쓰는 지금, 아버지의 나이에 가까워지다 보니 확실히 알게 됐다. 오로지 지성 자체에 대한 애정만을 지닌 바로 그 지고한 로고스를 스스로 깨달을 수 있다는 사실을. 그러니 숨을 깊게 들이쉬고 변하지 않는 모든 자연을 받아들이고 사랑하는 것, 천지창조를 원했던 창조주가 스스로 드러난 것으로서 우리에게 주어진 자연을 사랑하는 것이었다. 아버지 편에서, 당신의 마지막 빛나는 순간 속에서 로고스에 대한 감정과 강렬한 인식이 갑작스러운 종교적 영감에서 비롯되었다는 것은 확실하다. 내가 그리스도교의 기원에 대해서 토론했다는 말을 먼저 꺼냈기 때문에 아버지가 자연스럽게 종교 얘기를 했음이 분명하다.

그러나 지금에서야 아버지의 그 강렬한 감정이 뇌출혈의 첫 증상이었음을 알고 있다.

마리아는 곧 식탁을 치우러 왔고, 아버지가 곧바로 잠이 드신 것 같다고 말했다. 그래서 나 역시 아무런 걱정 없이 잠을 청하러 갔다. 그 날 밤엔 바람이 윙윙 소리를 내며 세차게 몰아쳤다. 나는 따뜻하고 아늑한 침대에서 점점 더 멀어지는 자장가처럼 바람 소리를 들으며 잠이 들었다.

얼마나 오래 잤는지 모르겠다. 나를 깨운 사람은 마리아였다. 꽤 여러 번 내 방을 드나들며 나를 부르고 다시 달려갔던 모양이다. 깊은 잠을 자고 있던 나는 처음엔 뭔가가 수면을 방해한다는 느낌이 들었다가 나중에 방에서 안절부절못하고 뛰어다니는 늙은 여인을 어렴풋이 보았고, 마침내 그것이 어떤 상황인지 깨달았다. 마리아는 어떻게든 나를 깨우고 싶어 했는데, 막상 내가 일어나자 그녀는 방에 없었다. 바람 소리는 귓가를 맴돌며 계속해서 졸음을 일으켰다. 진실을 말하자면, 나는 억지로 잠에서 깨어난 고통을 느끼며 아버지가 계신 방으로 갔다. 마리아는 언제나 아버지의 상태를 위태롭게 보고 있었다. 그때 아버지가 위급한 상황이 아니었다면 그녀는 내 볼멘소리를 들어야 했을 것이다.

그다지 크지 않은 아버지의 방은 조금 지나치다 싶을 정도로 가구가 많았다. 어머니가 돌아가시자 그 빈자리를 잊기 위해 아버지는 방을 바꾸었다. 그리고 원래 방에 있던 가구를 모조리 더 작은 방으로 옮겼다. 아주 낮은 침실 탁자에 놓인 가스 등불만이 희미하게 비추는 아버지의 방은 온전히 어둠 속에 잠겨 있었다. 마리아는 기력 없이 누워 있는 아버지를 부축하고 있었지만 아버지의 상체 일부가 침대 밖으로 비스듬히 기울어져 있었다. 땀으로 흥건한 아버지의 얼굴은 가까이서 비치는 불빛 때문에 불그스름했다. 아버지는 믿음직스러운 가정부의 품에 머리를 기대고 있었다. 고통으로 거친 신음 소리를 내며 입은 힘없이 벌어져 침이 턱으로 흘러내렸다. 아버지는 아무런 움직임 없이 정면의 벽을 바라보고 있었고, 내가 방으로 들어갔을 때 역시 돌아보지 않았다.

마리아는 아버지의 고통스러운 흐느낌을 들었다고 말했다. 마침 그녀가 방에 도착했을 때 침대에서 떨어질 뻔한 아버지를 붙잡았다고 했다. 처음에는 훨씬 더 격앙된 상태였는데, 지금은 비교적 안정을 찾아 다행이긴 하지만 그래도 아버지를 혼자 계시도록 하는 건 위험할 거라고 했다. 마리아가 나를 깨운 건 잘한 일이라고 생각하는 동안 그녀는 자기 행동을 미안해하는 눈치였다. 그녀는 내게 말하면서 울음을 터뜨렸지만 나는 그녀를 따라 울지 않았다. 오히려 그녀에게 조용히 하라고 타이르며 울음소리로 한밤중에 더 큰 소란을 더 일으키지 말라고 당부했다. 그녀는 여전히 상황을 완전히 이해하지 못했다. 가여운 여인은 애써 흐느낌을 진정시키기 위해 모든 노력을 다했다.

나는 아버지의 귀에 대고 큰 소리로 말했다.

"왜 흐느끼세요, 아버지? 어디 아프세요?"

나는 아버지가 내 말을 들었다고 믿는다. 신음 소리가 약해지면서 마치 나를 보려는 것처럼 정면 벽을 바라보던 시선을 내 쪽으로 돌렸기 때문이다. 하지만 나를 돌아보는 정도까지는 이르지 못했다. 나는 계속해서 여러 번 아버지의 귀에 대고 똑같은 질문을 외쳐댔다. 하지만 결과는 늘 같았다. 나의 용감한 행동은 순식간에 사그라들었다. 그때 아버지는 나보다 죽음에 더욱 가까워져 있었다. 나의 고함 소리는 더 이상 아버지에게 가닿지 않았다. 거대한 두려움이 나를 덮쳐왔다. 그 순간 무엇보다 제일 먼저 떠오른 것은 전날 저녁 아버지와 내가 나누었던 대화였다. 불과 몇 시간 후에 아버지는 우리 둘 중 누가 옳았는지 보려고 세상을 떠날 채비를 했다. 어찌 된 일인가! 나의 슬픔은 후회와 더불어 밀려왔다. 나는 아버지의 베개에 고개를 파묻고 절망적으로 울었다. 조금 전에 울지 말라고 마리아를 나무란 내가 흐느낌 소리를 내면서 절망적으로 울음을 쏟아냈다.

이제는 그녀가 나를 진정시키려 애썼다. 하지만 이상한 방식의 위로였다. 그녀는 한편으로 아버지 얘기를 하면서 나를 진정시키려 했다. 그녀는 넋을 잃은 눈으로 마치 죽은 사람을 놓고 말하듯이 한탄했다.

"가여운 양반! 이렇게 돌아가시다니 이렇게 풍성하고 아름다운 머리숱을 지니시고서!" 마리아는 그렇게 말하며 아버지의 머리를 어루만졌다. 그건 사실이었다. 아버지의 머리는 풍성하고 하얀 곱슬머리였지만 나는 서른의 나이에 벌써 머리가 듬성했다.

나는 이 세상에 의사들이 있다는 것과 사람들 생각대로 가끔은 그들이 사람의 목숨을 구한다는 사실을 까맣게 잊고 있었다. 벌써 고통으로 일그러진 아버지의 얼굴에 죽음이 드리워진 것을 보았고, 더 이상의 희망을 바랄 수 없었다. 먼저 의사를 부르자고 한 사람은 마리아였다. 그녀는 일꾼을 깨워 의사를 불러오게 하려고 나갔다.

나는 혼자 남아 아버지를 지켰다. 10여 분 남짓한 시간이었지만 내게는 영원처럼 느껴졌다. 어떻게든 마음에 차오른 사랑과 다정한 손길로 아버지의 고통스러운 몸을 어루만졌다. 아버지는 내 말을 들을 수 없었다. 어떻게 해야 내가 아버지를 얼마나 사랑하는지 전할 수 있을까?

일꾼이 들어왔을 때 나는 메모를 적어주러 방으로 향했다. 의사가 즉시 필요한 약을 가져올 수 있도록 상황을 정확히 설명하기가 힘들었다. 피할 수 없는 아버지의 죽음이 내 앞으로 시시각각 다가오는 것이 보였다. 나는 스스로에게 물었다. '이제 이 세상에서 뭘 해야 하지?'

그 후로 오랜 기다림의 시간이 흘렀다. 지금까지도 그 시간을 상당히 정확하게 기억하고 있다. 처음 발견한 후 한 시간쯤 지났을 때 의식을 잃고 침대에 누워 있는 아버지를 더 이상 돌볼 필요가 없었다. 아버지의 신음 소리는 멈췄지만, 의식이 전혀 깨어나지 않았다. 아버지는 가쁜 숨을 쉬었고, 나는 무의식적으로 아버지의 호흡을 따라 했다. 하지만 그 속도에 맞춰 오랫동안 숨 쉴 수가 없었다. 나는 병든 아버지가 아들과 함께 편안히 쉬기를 바라며 중간중간 따라 하던 호흡을 멈추었다. 그러나 아버지는 지칠 줄 모르고 계속 가쁜 숨을 내쉬었다. 가정부와 나는 아버지에게 차를 한 모금 떠먹이려 했으나 소용없는 짓이었다. 아버지의 의식은 우리의 행동을 거부하고 자신을 보호하려고 할 때는 다소 깨어나는 듯했다. 아버지는 이를 악물었다. 의식이 없는 상태에서도 아버지는 완강하게 버텼다. 동이 트기 훨씬 전에 아버지의 호흡 속도가 바뀌었다. 건강한 사람의 호흡처럼 보이는 안정적인 호흡 주기로 바뀐 것이다. 그러다 어느 때는 아버지의 죽음을 알리는 전조처럼, 공포스러울 만큼 길게 멈추고 끊기는 가쁜 호흡이 뒤따랐다. 하지만 호흡 주기는 점점 일정하게 되돌아왔다. 아무런 색깔 없이 끝없는 슬픔을 지닌 음악적 주기였다. 늘 일정하지는 않지만 항상 요란스러운 아버지의 호흡은 그 방의 일부처럼 변해갔다. 그리고 그 시간부터 늘 오래도록 영원히 거기에 머물러 있었다!

마리아가 침대 옆에 앉아 지켜보는 동안 나는 소파에 몸을 내던지고 몇 시간을 보냈다. 그 위에서 말할 수 없이 뜨거운 눈물을 쏟아내며 울었다. 울음은 우리의 죄를 모호하게 하고 우리로 하여금 자기모순을 겪지 않고 운명에 저항하게 해준다. 항상 의지하며 살아왔던 아버지를 잃게 되자 눈물이 흘렀다. 아버지와 지낸 시간이 적은 것은 중요하지 않았다. 내가 더 나은 사람이 되려고 노력한 것은 아버지를 만족시켜드리기 위해서가 아니었던가? 내가 그토록 성공을 열망한 것 역시 항상 나를 못미더워하고 불안해하던 아버지에게 자랑하기 위한 것이었다. 그런데 지금은 아버지가 더 이상 나를 기다릴 수가 없었다. 아버지는 나의 병적인 나약함을 확신하며 떠나가고 있었다. 나는 쓰디쓴 눈물을 흘렸다.

고통스러운 기억을 기록하는 이 글을 쓰면서 나는 처음으로 내 과거를 돌이킬 때 나를 사로잡았던 이미지, 즉 줄줄이 이어진 객차를 끌고 정상을 향해 올라가는 기관차의 이미지를, 바로 그때 소파에서 아버지의 숨소리를 들으며 처음으로 떠올렸다는 것을 깨달았다. 아버지의 숨소리는 엄청난 무게를 감당하며 객차를 끌고 올라가는 기관차 소리와 같았다. 규칙적인 입김을 내뿜으며 출발해서 점점 가속도를 내다가 그 소리를 듣고 사람들이 저러다 언덕 아래로 추락하는 건 아닌지 걱정이 들 만한 순간에 급정거를 하곤 했다. 정말 그랬다! 기억을 끄집어내는 첫번째 노력이 나를 그날 밤, 내 인생의 가장 중요한 시간으로 다시 데려갔다.

의사 코프로시크 씨는 날이 밝기도 전에 약상자를 챙겨 든 남자 감호사와 함께 집에 도착했다. 그는 사나운 돌풍 때문에 마차를 타지 못해 걸어서 와야만 했다.

나는 울면서 그를 맞았다. 그는 내가 희망을 잃지 않도록 다독이면서 매우 따뜻하게 나를 대했다. 그렇지만 그날 만남 이후 코프로시크 씨는 이 세상에서 내가 정말 싫어하는 몇 안 되는 사람 가운데 하나가 되었다는 것을 밝혀야겠다. 오늘날까지 그는 노쇠한 몸으로 도시 전체의 존경을 받으며 여전히 살아 있다. 바깥바람을 쐬고 산보를 다니느라 기력 없이 엉거주춤하게 거리를 걸어 다니는 그를 보면 지금도 여전히 적개심이 불쑥 일어난다.

당시 그 의사는 마흔을 조금 넘긴 나이였다. 그는 법의학에 헌신한 인물로서 훌륭한 이탈리아인으로 유명했지만 오스트리아 황실은 그에게 매우 중요한 연구를 맡겼다. 그는 마르고 신경질적이었고, 이마가 훤히 드러난 대머리에 볼품없는 외모였다. 게다가 그의 또 다른 약점은 그를 매우 특징적으로 보이게 했다. 안경을 올릴 때(생각에 잠길 때는 늘 그렇게 하곤 했다) 시력이 약한 그의 두 눈은 대화 상대의 옆이나 그 너머를 바라봤는데, 색깔 없는 동상의 눈처럼 단조로운 눈빛이 위압감을 주기도 했고 어찌 보면 아이러니한 느낌을 주는 신기한 모습이었다. 그 당시에도 마음에 들지 않는 눈길이었다. 그는 딱 한 단어라도 할 말이 있을 때면 콧잔등 위의 안경을 다시 고쳐 썼다. 그러면 그의 두 눈은 자신이 하려는 말을 신중하게 고려하는 부유한 부르주아의 눈으로 되돌아가곤 했다.

그는 현관 거실에 앉아서 잠시 휴식을 취했다. 그는 처음 응급 상황부터 자신이 도착할 때까지 일어났던 일을 자세히 말해달라고 요구했다. 그는 안경을 벗었고, 이상한 눈으로 내 뒤에 있는 벽에 시선을 고정했다.

나는 내가 처한 상황을 설명하기가 쉽지 않았지만 정확히 전달하려고 노력했다. 의사 코프로시크 씨 또한 의학에 대해 잘 모르는 사람들이 그 분야의 전문가인 양 의학 용어를 사용하는 걸 참지 못했다. 그래서 '뇌간 호흡'과 같은 개념이 떠올라 말을 건넸을 때도 그는 안경을 고쳐 쓰면서 이렇게 말했다. "의학적 정의는 신중해야 합니다. 어떤 증상인지 곧 알게 될 겁니다." 나는 거기에 덧붙여 평상시와 다른 아버지의 이상한 태도라든가 나를 보려고 고집하셨던 것, 서둘러 잠자리에 들려고 했던 행동에 대해서도 말했다. 그러나 아버지가 들려준 낯설고 이상한 얘기들은 말하지 않았다. 어쩌면 내가 아버지에게 했던 대답들까지 다 말해야 하는 상황이 두려웠던 것 같다. 그렇지만 아버지가 당신의 생각을 정확하게 표현하지 못한 것과 머릿속에 맴도는 어떤 생각들에 깊이 몰입한 듯 보였으나 구체적으로 드러내지는 못했다는 걸 얘기했다. 의사는 안경을 다시 코에 걸치고 이제 다 파악했다는 듯이 확신에 차서 말했다. "아버님의 머릿속에서 무슨 일이 일어났는지 알겠어요!"

그건 나도 알고 있었다. 하지만 의사를 화나게 하지 않으려고 말을 안 했을 뿐이다. 그건 뇌출혈이었다.

우리는 아픈 환자의 침대로 갔다. 의사는 남자 간호사의 도움으로 축 늘어진 불쌍한 아버지의 몸을 이리저리 돌리며 살펴봤다. 그 시간이 내게는 너무나 길게 느껴졌다. 그는 아버지의 호흡을 확인하고 몸 상태를 진찰했다. 환자 본인의 반응을 이끌어내려 했지만 소용없는 일이었다.

"됐습니다!" 어느 순간 의사가 말했다. 그는 안경을 손에 들고 바닥을 내려다보면서 내게 다가왔다. 그러고는 한숨을 내쉬며 말했다.

"마음을 단단히 하십시오! 아주 위중한 상태입니다."

의사와 나는 내 방으로 자리를 옮겼다. 그는 거기서 손만이 아니라 얼굴까지 씻느라 안경을 벗고 있었다. 그가 얼굴을 닦으려고 고개를 들었을 때, 그의 젖은 머리는 어설픈 솜씨로 만들어진 이상한 부적 같았다. 의사는 우리가 몇 달 전에 진료실에서 만났던 것을 기억했다. 그리고 아버지와 내가 그 이후로 한 번도 그를 찾아가지 않은 것에 대해 놀라워했다. 오히려 다른 의사한테 가느라 자신을 외면했다고 믿고 있었다. 그는 아버지가 계속 치료를 받았어야 했다고 매우 단호하게 입장을 밝혔다. 안경도 쓰지 않고 비난을 퍼부을 때의 그는 끔찍했다. 그는 목소리를 높였고 그렇게 하지 않은 이유를 듣고 싶어 했다. 그의 두 눈은 어떻게든 이유를 찾아내고 있었다.

그의 말이 전적으로 옳다. 그리고 나는 비난받을 만했다. 여기서 밝히자면 그때 들은 말 때문에 코프로시크 씨를 미워하는 건 아니다. 나는 아버지가 의사와 병원 치료를 불신한 이야기를 하면서 사과했다. 나는 울먹이면서 말을 이어갔고, 성품이 너그러운 의사는 나를 위로하며 진정시키려 했다. 우리가 진작 치료에 들어갔더라도 자신의 의술은 기껏해야 지금 맞닥뜨린 재앙을 늦출 수 있었을 뿐 막을 수는 없었을 거라고 말했다.

그러나 계속해서 아버지의 증세를 꼼꼼히 묻고 경청하던 의사는 나를 비난할 새로운 근거를 찾아냈다. 그는 아버지가 최근 몇 달 사이에 자신의 건강 상태, 식욕이나 수면에 대해서 고통을 호소했었는지 알고 싶어 했다. 나는 아무것도 정확하게 말해줄 수가 없었다. 날마다 함께 앉아 식사하던 식탁에서 아버지가 많이 드셨는지 적게 드셨는지조차 알지 못했다. 내가 저지른 죄의 증거가 내 덜미를 잡았다. 하지만 의사는 집요하게 묻지는 않았다. 의사는 내 말을 통해 마리아가 항상 아버지에게서 죽음의 그림자를 보고 있었고 나는 그것을 대수롭지 않게 여겼다는 사실을 알게 됐다.

그는 천장을 쳐다보면서 귀를 닦았다.

“아마 몇 시간 안에 부분적으로라도 의식을 되찾으실 겁니다.” 그가 말했다.

“그럼 희망이 있다는 말인가요?” 나는 크게 소리쳤다.

“전혀요!” 그는 냉랭하게 대답했다. “하지만 이 경우에 거머리를 사용하면 확실히 효과가 있어요. 틀림없이 약간의 의식은 회복하실 테지만 그 뒤로는 의식을 잃게 될 겁니다.”

다른 도리가 없다는 듯 그는 어깨를 으쓱하고는, 수건을 제자리에 놓았다. 그가 어깨를 으쓱한 것은 치료가 부질없다는 뜻이었다. 그는 내가 말을 마저 하도록 용기를 북돋았다. 나는 아버지가 자신이 죽어가는 걸 보기 위해 혼수상태에서 깨어날지도 모른다는 두려움에 싸여 있었다. 만일 의사가 어깨를 으쓱하지 않았다면 말을 할 엄두가 나지 않았을 것이다.

“선생님! 아버지가 의식을 차리도록 하는 건 잔인한 짓 아닐까요?”

나는 울음을 터뜨렸다. 울고 싶은 마음은 언제나 불안정한 신경 속에 늘 지니고 있었지만, 눈물이 보일까 신경 쓸 겨를도 없이 터져 나오고야 말았다. 의사의 치료에 대해 감히 판단을 내렸던 나를 그가 용서해주길 바라는 듯이. 그는 매우 다정하고 자상하게 말했다.

“이런, 진정하십시오. 환자의 의식은 자신의 상태를 깨달을 만큼 그렇게 또렷하지 않을 겁니다. 아버님은 의사가 아닙니다. 죽어간다는 얘기를 환자에게 하지 않으면 환자는 알지 못할 거예요. 그보다 상황이 더 악화될 수 있어요. 정신착란이 일어날 수 있다는 거죠. 하지만 구속복을 가져왔고, 남자 간호사도 여기 남아 있을 겁니다.”

굉장히 놀란 나는 아버지에게 거머리 치료를 하지 말라고 의사에게 간청했다. 그러자 의사는 아주 침착한 목소리로 자신이 아버지의 방에서 나오기 전에 지시를 내렸기 때문에 간호사가 벌써 치료에 들어갔을 거라고 말했다. 그 말에 나는 몹시 화가 났다. 환자를 살릴 최소한의 희망도 없이 그저 절망에 빠뜨리고 고통스럽게 만드는 구속복을 입히려고 환자의 의식을 깨우는 행위는 너무나 사악했다. 나는 격렬하게, 그러나 여전히 울먹이는 목소리로 아량을 베풀어달라는 듯, 죽음을 맞을 수밖에 없는 사람을 평화롭게 떠나지 못하게 하는 것은 상상할 수도 없는 잔인함이라고 말했다.

그 사람을 증오하게 된 건 그때 의사가 내게 화를 냈기 때문이다. 나는 그를 결코 용서할 수 없었다. 그는 안경을 쓰는 것도 잊어버릴 만큼 몹시 흥분했다. 그렇지만 끔찍한 눈으로 내 머리께를 정확하게 응시했다. 그는 내가 아직 남아 있는 실낱같은 희망마저 끊어버리려 한다고 말했다. 그는 잔인하게도 정확히 그렇게 말했다.

상황은 자칫 다툼으로 이어질 뻔했다. 나는 고함치고 울부짖으면서 방금 전에 환자를 살릴 어떤 희망도 없애버린 장본인이 바로 그라는 걸 분명히 했다. 우리 집에 사는 사람이 의학적 실험 대상이 될 이유가 없었다. 그런 실험은 이 세상 다른 곳에서 얼마든지 할 수 있으니까!

그는 대단히 엄격하고 위압적일 만큼 침착하게 대답했다.

"아까와 같은 응급 상황에 어떤 의료 행위가 적절한지 당신에게 설명했지만, 당장 30분 후에 또는 내일 안으로 무슨 일이 벌어질지 누가 장담할 수 있습니까? 당신 아버지의 생명을 지키면서 모든 가능성에 길을 열어놓는 것입니다."

그러고 나서 그는 안경을 쓰고 잘난 척하는 사무원 같은 얼굴로 한 가족의 경제적 운명에서 의사의 개입이 지니는 중요성을 끝없이 설명했다. 추가적으로 30분 이상 더 호흡을 유지하는 것은 유산 상속의 운명을 결정지을 수 있다는 말이었다.

나는 그토록 고통스러운 순간에 그런 말을 가만히 듣고 있어야 하는 나 자신이 가엾고 안쓰러워서 눈물이 났다. 너무나 지쳐서 논쟁을 그만두었다. 어쨌든 거머리는 벌써 아버지에게 달라붙어 있었다!

환자의 침대 곁에 있을 때 의사는 막강한 권한을 가진다. 그래서 나는 의사 코프로시크 씨를 최대한 존중하려고 애썼다. 다른 치료 방법을 제안할 엄두마저 내비치지 못한 건 분명 그러한 존중 때문이었다. 나는 오랜 세월 이것을 두고 스스로를 원망했다. 지금은 그러한 후회마저 모르는 사람에게 일어난 일을 말하듯이 아무 감정 없이 말하고 있지만, 그날을 떠올리면, 지금까지도 그 의사를 향한 미움과 반감만이 남아 있다.

시간이 어느 정도 지나서 우리는 다시 아버지의 침실로 갔다. 아버지는 오른쪽 옆으로 누워 편안하게 주무시고 계셨다. 그들은 거머리 때문에 생긴 상처를 덮으려고 아버지의 관자놀이에 거즈를 올려놓았다. 의사는 아버지의 의식이 전보다 돌아왔는지 당장 확인하고 싶어 했다. 그래서 아버지의 귀에 대고 크게 소리쳤다. 그러나 환자는 아무런 반응도 보이지 않았다.

"차라리 그편이 나아요!"

나는 여전히 울먹이며 용기를 내어 말했다.

"기대하는 효과가 틀림없이 나타날 겁니다!" 의사가 대답했다.

"호흡이 벌써 달라진 게 안 보이십니까?"

실제로, 가쁘고 숨쉬기 곤란했던 아버지의 호흡은 더 이상 걱정스러운 호흡 주기가 아니었다. 남자 간호사는 의사에게 뭔가를 말했고, 의사는 고개를 끄덕였다. 환자에게 구속복을 입히자는 내용이었다. 그들은 가방에서 그 옷을 꺼내고는 아버지를 억지로 일으켜 세워 침대 위에 앉혔다.

그러자 의식이 없던 아버지가 눈을 떴다. 아직 빛을 인지할 수 있는 정도가 아니라 가물가물한 의식 상태였다. 나는 아버지가 주위를 보고 금세 모든 상황을 알아차릴까 봐 겁이 나서 다시 흐느껴 울었다. 그러나 아버지의 머리가 다시 베개 위로 쓰러지고 아버지의 두 눈이 마치 인형처럼 다시 감겼다.

의사는 자신만만하게 말했다.

"뜻밖의 결과로군요."

그는 중얼거렸다.

그렇다. 전혀 다른 결과였다! 내 눈에는 심각한 증세로밖에 보이지 않았다. 나는 아버지의 이마에 뜨겁게 입 맞추며 속으로 아버지에게 간절히 바랐다.

'아, 주무세요! 영원한 잠에 다다를 때까지 주무세요!'

그렇게 나는 아버지에게 죽음을 빌었다. 하지만 의사는 그 사실을 눈치채지 못하고 기분 좋게 말했다.

"이제 아버님이 의식을 되찾으실 테니 기쁘시겠어요!"

동이 터오를 무렵 의사가 떠났다. 어슴푸레하게 안개가 낀 흐린 새벽이었다. 여전히 소용돌이치는 바람은 얼어붙은 눈발을 휘날리고 있었지만 지난 밤보다는 조금 잦아든 것 같았다.

나는 정원까지 의사를 배웅했다. 의사가 내 적대감을 눈치채지 못하도록 과장스러울 정도로 예의 바른 태도를 취했다. 나의 얼굴은 오로지 사려 깊고 배려심 있는 표정으로 가득했다. 그가 대문 쪽으로 멀어져가는 걸 보고서야 억지스러운 노력에서 벗어난 역겨움에 얼굴을 찌푸렸다. 눈발이 내리는 가운데 작고 검게 보이는 그의 형상이 매서운 바람이 불 때마다 멈춰 서서 온몸으로 바람을 막아내며 비틀거리고 있었다. 나는 혐오감에 찬 표정을 짓고도 기분이 풀리지 않았다. 그토록 힘들게 마음 졸인 보상으로 뭔가 과격한 화풀이가 필요했다. 나는 추위 속에서 모자도 쓰지 않고 수북이 쌓인 눈 속에 난폭하게 발자국을 내면서 잠시 거리를 걸었다. 어린아이같이 치솟은 분노가 의사를 향한 것이었는지 아니면 나 자신을 향한 것이었는지는 모르겠다. 무엇보다도 아버지가 돌아가시길 바랐지만 차마 솔직히 말하지 못한 나 자신에게 느낀 분노였을 것이다. 나의 침묵은 자식으로서 느끼는 가장 순수한 사랑에서 비롯된 바람을 끔찍한 죄악으로 변질시켰다.

아버지는 여전히 잠들어 있었다. 이따금 내가 알아듣지 못하는 두어 마디 말만을 흘리셨다. 하지만 대화를 나누듯이 아주 조용한 어조였는데, 그럴 때마다 안정과 너무나 거리가 먼 숨 가쁜 호흡이 이어져 매우 불안했다. 아버지는 정말이지 의식을 되찾고 자신의 죽음을 알게 되는 절망으로 점점 다가갔던 걸까?

그때 마리아는 남자 간호사와 침대 옆에 앉아 있었다. 간호사는 신뢰가 가는 인물이었다. 단지 그의 지나치게 투철한 직업의식이 마음에 들지 않았다. 마리아가 환자에게 수프를 조금 떠먹이면 어떻겠느냐고—그녀는 수프가 좋은 약이라고 믿고 있었다—물었지만 간호사는 반대했다. 의사가 수프에 대해서 말한 바가 없었기 때문에 간호사는 중대한 결정을 위해 의사가 돌아올 때까지 기다리길 원했다. 그는 질문에 비해 필요 이상으로 단호하게 말했다. 불쌍한 마리아는 고집부리지 않았고 나 역시 그랬다. 그렇지만 나는 또 한 번 반감으로 얼굴을 찡그렸다.

그들은 내게 눈을 좀 붙이라고 권했다. 간호사와 돌아가며 밤새 환자를 돌봐야 하기 때문인데, 두 사람으로 충분해서 한 명은 소파에서 쉴 수 있었다. 나는 자리에 누워 금세 의식을 잃고 곯아떨어졌다. 확신하는데 꿈이라곤 눈곱만큼도 꾸지 않았다.

그러나 이런 기억들을 되살리기 위해 어제 하루 상당한 시간을 보낸 끝에 간밤에는 아주 생생한 꿈을 꾸었다. 수많은 시간과 나날을 거슬러 어마어마한 도약으로 나를 과거로 데려간 꿈이었다. 거머리와 구속복에 관해 언쟁을 벌였던 바로 그 방에 다시 의사와 함께 있는 내가 보였다. 지금은 나와 아내가 사용하는 침실이어서 그 순간 그 방은 전혀 다른 모습이었다. 나는 의사에게 아버지를 치료하고 보살피는 방법을 가르치고 있었다. 지금처럼 늙고 쇠약한 모습이 아니라 활기차고 신경질적인 의사는 화가 잔뜩 나 있었다. 그는 안경을 손에 들고 불안한 시선으로 많은 시도를 하는 건 아무 소용이 없다며 고함을 지르면서, 정확히 이렇게 말했다. "거머리는 환자의 생명과 고통을 함께 불러올 겁니다. 그러니까 거머리 치료를 할 필요가 없어요!" 반면에 나는 의학책을 주먹으로 내리치면서 소리쳤다. "거머리! 거머리가 필요해요! 그리고 구속복도!"

아내가 나를 깨운 걸 보면 내 꿈은 떠들썩했던 것 같다. 먼 기억의 그림자들! 나는 그것들을 알아보려면 시력 보조 도구가 필요한데, 이것이 그림자를 거꾸로 뒤집는다고 믿는다.

나의 평화로운 수면이 그날의 마지막 기억이다. 그 뒤로 비슷비슷한 날들이 며칠 길게 이어졌다. 날씨는 좋아졌고, 아버지의 상태 역시 호전되었다. 아버지는 방 안에서 혼자 힘으로 자유롭게 움직일 수 있었고, 공기를 더 많이 들이마시고 숨을 더 크게 쉬려고 침대에서 소파까지 이동하기도 했다. 그러다 닫힌 창문을 통해 잠시 햇살 아래 눈 덮인 정원을 바라보기도 했다. 내가 이따금 아버지의 방에 들어갈 때마다 의사 코프로시크 씨가 기대하던 원래 의식을 뚜렷이 찾아보기는 어려웠다. 아버지는 하루하루 지날수록 더 잘 듣고 이해하는 조짐을 보였지만 원래의 의식은 점점 더 멀어졌다.

안타깝게도 아버지가 돌아가신 침대 옆에서 이상하게 나의 고통을 압도하고 슬픔을 변질시킨 커다란 증오심이 내 마음에 자리 잡았음을 고백해야겠다. 이 거대한 분노는 우선 처음에 의사 코프로시크 씨에게 향했다. 그리고 그 감정이 표시나지 않도록 억누를수록 점점 더 커져갔다. 나중에는 나 자신에게도 똑같은 감정이 생겼다. 그의 의술을 전혀 신뢰하지 않고 아버지의 고통이 줄어들기를 바라는 마음에 아버지가 돌아가시길 바라면서도 의사와 논쟁을 벌이지 못한 나 자신에게 똑같은 감정이 들었다. 아픈 아버지에게도 나는 그런 마음을 품었다. 간호사처럼 돌볼 능력이 없어서 다른 사람들이 하는 모든 것을 그저 방관자처럼 지켜보며 몇 날 몇 주를 말없는 환자 곁에 있어본 사람은 나를 이해할 것이다. 이후로 나의 마음을 가다듬기 위해 그리고 아버지와 나 자신을 향한 고통을 조절하고 어쩌면 음미하기 위해 긴 휴식이 필요했다. 그러나 정작 당시에는 아버지가 알약을 삼키도록 하느라, 또 방에서 나가는 걸 막느라 한바탕 실랑이를 벌여야 했다. 다툼은 언제나 증오심을 불러일으키기 마련이다.

어느 날 밤 간호사 카를로가 아버지에게 나타난 새로운 증상을 확인시키기 위해 나를 불렀다. 나는 늙은 아버지가 자신의 병을 제대로 깨닫고 내게 원망을 늘어놓을지 모른다는 착잡한 마음으로 달려갔다.

아버지는 머리에 빨간 실크 수면 모자를 쓰고 속옷만 입은 채 방 한가운데에 서 있었다. 여전히 가쁜 숨을 몰아쉬었지만 무슨 뜻인지 알 수 있는 짧은 단어를 이따금씩 내뱉고 있었다. 내가 들어갔을 때 아버지는 간호사에게 말했다.

"열어!"

아버지는 창문이 열리길 원했다. 간호사 카를로는 날씨가 굉장히 추워서 그럴 수 없다고 대답했다. 그사이 아버지는 잠깐 자신의 요구를 잊어버렸다. 그러고는 창문 옆에 있는 소파 의자에 가서 앉고는 편안하게 휴식을 취하려고 몸을 길게 뻗었다. 아버지는 나를 보자 미소를 짓고 물었다.

"잠은 잤느냐?"

아버지가 내 대답을 알아들었으리라고는 생각하지 않는다. 그토록 두려워했던 본래의 의식이 아니었다. 사람이 죽음을 맞이할 때, 그는 죽음에 대한 생각으로 가득 찬다. 아버지의 모든 신체 기관은 호흡에 집중하고 있었다. 그래서 내 말을 듣는 대신 카를로에게 다시 소리쳤다.

"열어!"

아버지는 편안히 쉬지 못했다. 아버지는 두 발로 서기 위해 소파 의자에서 일어난 후 힘겹게 간호사의 도움을 받아 천천히 침대에 누웠다. 처음에는 왼쪽으로, 금세 오른쪽으로 몸을 뒤척였다. 그러나 불과 몇 분뿐이었다. 아버지는 다시 간호사에게 일어나서 걸을 수 있게 도움을 청했다. 그러고는 결국 이따금씩 오래 머무르던 소파로 돌아가고야 말았다.

그날 아버지는 침대에서 소파 의자로 가다가 거울 앞에 멈췄다. 아버지는 거울에 비친 자신을 자세히 들여다보면서 중얼거렸다.

"멕시코 사람 같군!"

아마도 아버지는 침대와 소파 사이를 오가는 끔찍한 지루함에서 벗어나고 싶어 했던 것 같다.

그날 아버지는 소파 의자에 앉아 담배를 피웠다. 딱 한 모금 연기를 빨아들였을 뿐인데도 금세 숨이 가빠졌다.

간호사 카를로는 아주 잠깐 의식이 또렷해진 아버지의 상태를 보여주려고 나를 불렀다.

"내가 심각하게 아픈 거냐?"

아버지는 불안한 기색으로 물었다. 아버지의 멀쩡한 의식은 그것이 마지막이었다. 얼마 지나지 않아 아버지는 순간 착란증세를 일으켰다. 갑자기 아버지는 침대에서 일어나더니, 지난 밤 빈의 호텔에서 자고 깨어났다고 생각했다. 어쩌면 아버지는 바짝 마른 입에 시원한 물을 들이켜고 싶어서 빈 꿈을 꾸셨을지 모른다. 그 도시의 맑고 차가운 물을 떠올리신 게 틀림없다. 빈에 갔을 때 아버지는 근처 분수에서 차례를 기다리다 물을 마시고는 곧바로 좋은 물이라고 말했었다.

보통 때 아버지는 조용하고 얌전한 환자였다. 나는 만에 하나라도 아버지가 당신이 처한 상황을 알아차리는 순간에 난폭해진 자기 모습을 보게 될까 늘 두려웠다. 그래서인지 아버지가 온순한 태도를 보이더라도 나의 크나큰 불안은 사그라들지 않았다. 아무튼 아버지는 어떤 요구에도 순순히 응했다. 뭘 하든 숨 쉬기 곤란한 상태에서 당신을 벗어나게 해주길 원했기 때문일 것이다. 간호사는 아버지에게 우유 한 잔 가져다드릴까요 하고 물었고, 아버지는 아주 기쁘게 그러라고 했다. 아버지는 꿈을 꿀 때와 똑같은 열망으로 우유를 기다렸지만, 한 모금 남짓 마신 뒤에는 그만 드시고 싶어 했다. 아버지는 당장 만족감을 못 느낀 탓에 컵을 바닥에 그냥 떨어뜨렸다.

의사는 환자 상태에 전혀 실망한 기색을 보이지 않았다. 매일 증세가 호전된다고 주장했지만 이미 닥쳐올 재앙을 보고 있었다. 어느 날 의사는 마차를 타고 오더니 서둘러 떠나버렸다. 의사는 혈액순환에 가장 좋으니 환자를 가능한 한 오래, 반듯이 누워 있게 하라고 조언했다. 그러고는 그 말을 알아들은 아버지에게도 똑같은 당부를 했다. 아버지는 방 한가운데 서서 아주 잘 이해한 듯한 표정으로 약속했다. 그러고는 순식간에 흐릿한 의식 상태로 돌아가 가쁜 숨을 몰아쉬었다.

그날 밤 내내, 아버지의 의식이 되살아나는 두려운 상황을 맞이할까 봐 마지막으로 굉장한 공포를 느꼈다. 아버지는 창가 소파 의자에 앉아 유리창 너머로 수많은 별들이 빛나는 투명한 밤하늘을 바라봤다. 아버지는 여전히 가쁜 숨을 몰아쉬었지만 까마득한 밤하늘을 바라보면서 고통을 잊은 듯 보였다. 호흡 때문인지 몰라도 아버지는 고개를 끄덕이는 것 같았다.

나는 무서운 생각이 들었다. "이제 드디어 아버지가 항상 회피해왔던 문제들을 생각하시는구나." 나는 아버지의 시선이 향하는 밤하늘의 정확한 지점을 찾아보려고 애썼다. 아버지는 아주 높은 구멍으로 뭔가를 몰래 들여다보는 사람처럼 변함없이 상체를 꼿꼿이 세우고 계셨다. 아버지는 바로 플레이아데스 성단*을 바라보는 것 같았다. 어쩌면 아버지는 당신의 인생을 통틀어 그렇게 머나먼 세계를 오랫동안 쳐다본 적이 없었을 것이다. 갑자기 아버지가 허리를 세운 채 고개를 돌려 나를 봤다.

* Pleiades: 황소자리의 산개성단(散開星團)을 가리키는데 수백 개의 별들 중 여섯 개의 별은 맨눈으로도 볼 수 있다.

"봐라! 저것 봐!"

아버지는 훈계하듯이 엄한 얼굴로 말했다. 그러고는 다시 밤하늘에 시선을 고정하는가 싶더니, 이내 다시 나를 돌아보았다.

"봤니? 봤어?"

아버지는 다시 별들을 보려고 했지만 그럴 수 없었다. 기운이 다한 아버지는 소파 등받이에 몸을 기댔다. 내게 보여주고 싶어 하셨던 게 뭐냐고 물었을 때, 아버지는 내 말을 알아듣지 못했다. 조금 전에 본 것과 내가 보기를 바랐던 것도 기억하지 못했다. 어떻게든 내게 말해주려고 애써 찾았던 그 단어는 영영 아버지에게서 달아나버렸다.

그 밤은 길었지만, 나와 간호사를 특별히 괴롭힌 밤은 아니었다. 우리는 환자가 원하는 대로 할 수 있도록 내버려두었다. 아버지는 자신이 이상한 복장으로 죽음을 기다리고 있음을 전혀 인식하지 못한 채 방 안을 걸어 다녔다. 그러다 어느 순간 몹시 추운 복도로 나가려고 했다. 나는 아버지가 나가지 못하도록 막았고, 아버지는 금세 내 말을 따랐다. 또 한 번은 의사의 지침을 들은 간호사가 침대에서 일어나려는 아버지를 말렸다. 하지만 이번에는 당신 뜻을 굽히지 않았다. 아버지는 울고 욕설을 퍼부으면서 일어나려 했다. 나는 아버지가 원하는 대로 내버려두자고 제안했다. 그러자 아버지는 금방 진정이 되어 다시 조용한 삶으로, 안정을 찾아 방 안을 휘젓고 다니는 일상으로 돌아왔다.

의사가 돌아왔을 때 아버지는 그가 요구하는 대로 호흡을 최대한 깊게 하려고 애썼다. 그런 후에 아버지는 내게 고개를 돌렸다.

"뭐라고 하시냐?"

아버지는 잠시 나를 외면하다가 다시 돌아봤다.

"언제쯤 내가 나갈 수 있지?"

고분고분하게 따르는 환자 덕에 자신감을 얻은 의사는 아버지에게 해야 할 말을 내게 일러주었다. 침대에 더 오래 누워 계시도록 노력할 것을 권하는 말이었다. 아버지는 이미 익숙한 대로 나와 마리아 그리고 간호사의 목소리에만 귀를 기울였다. 나는 의사의 충고가 효과적인지 미심쩍었지만 어찌 되었든 강압적인 말투를 목소리에 담아 의사의 말대로 따랐다.

"그래, 그래." 아버지는 고개를 끄덕이며 일어나 소파로 갔다.

의사는 아버지를 보고 기대를 버린 듯 중얼거렸다.

"위치를 바꾸는 게 아버님에게 조금 안정감을 주는 것 같군요."

의사가 돌아간 뒤 나는 침대에 누웠지만 눈을 감고 잘 수 없었다. 내가 누구를 위해 더 나은 사람이 되려고 노력해야 하는지 그 이유를 찾으며 앞으로 다가올 일을 예측해보았다. 한참 동안 울었지만, 그것은 쉴 새 없이 방 안을 돌아다니는 불행한 아버지가 아니라 나 자신을 위해 흘린 눈물이었다.

내가 일어나자 마리아가 자러 갔다. 나는 간호사와 함께 아버지 옆을 지켰다. 나는 낙담했고 지쳐 있었다. 아버지는 그날따라 유난히 잠을 이루지 못했다.

그 순간 결코 잊지 못할 끔찍한 광경이 벌어졌다. 나의 모든 용기와 기쁨을 앗아간 그 처참한 광경은 스스로 그림자를 끝없이 멀리 드리웠다. 고통을 잊기 위해서 내 모든 감정은 세월에 닦이고 또 닦여나가야만 했다.

간호사가 내게 말했다.

"환자를 침대에 눕게 하면 좋을 텐데요. 의사 선생님께서 굉장히 중요하다고 하시니까요!"

그때까지 소파에 편안히 앉아 있던 나는 일어나 침대로 갔다. 그리고 아버지는 너무나 불안한 얼굴로 잠자리에 들었다. 나는 결심했다. 의사가 휴식을 취해야 한다고 지시한 대로 아버지를 최소한 30분가량 침대에 모셔야겠다고 결심했다. 그것이 내가 해야 할 의무였다.

잠시 후 아버지는 나의 강압에서 벗어나 자리에서 일어나기 위해 침대 끄트머리로 몸을 굴렸다. 나는 단단히 힘이 들어간 손으로 아버지의 어깨를 눌러 침대 밖으로 나가지 못하게 막았다. 동시에 크고 단호한 목소리로 아버지에게 움직이지 말라고 명령했다. 아주 잠시 아버지는 공포에 떨며 따랐다. 하지만 곧 비명을 질렀다.

"나 죽는다!"

그런 후 아버지는 벌떡 일어났다. 고함 소리에 놀란 나는 아버지를 세게 누르던 손에서 힘을 뺐다. 그래서 아버지는 나와 정면으로 마주보며 침대 가장자리에 앉을 수 있었다. 잠시라도 움직임에 방해를 받으면 아버지는 화가 치밀어 오르는 모양이었다. 내가 가로막고 서서 앉아 있는 아버지에게 햇빛을 빼앗아갔던 것처럼, 아버지는 당신에게 꼭 필요한 공기마저 내가 빼앗아간다고 여기시는 것 같았다. 아버지는 초인적인 힘으로 두 발로 일어섰다. 그러고는 마치 손의 무게를 지탱하는 힘밖에 남아 있지 않은 것처럼 손을 높이 치켜들었다. 그러고는 나의 뺨에 손을 떨어뜨렸다. 그런 후 침대 위로 쓰러지고는 다시 바닥으로 넘어졌다. 돌아가신 것이다!

그때까지만 해도 아버지가 돌아가신 줄 몰랐지만, 죽음을 맞으면서까지 내게 내리고자 했던 처벌의 고통으로 내 심장은 찢어질 듯했다. 카를로의 도움으로 아버지를 일으켜 세워 침대에 눕혔다. 나는 꼭 벌받은 아이처럼 울면서 아버지의 귀에 대고 소리쳤다.

"제 잘못이 아니에요! 그 망할 의사가 아버지를 눕히라고 했다고요!"

하지만 그건 거짓말이었다. 나는 여전히 어린아이처럼 다시는 안 그러겠다고 약속했다.

"원하는 대로 움직이시도록 할게요."

간호사가 말했다.

"돌아가셨습니다."

사람들은 나를 그 방에서 억지로 끌어내야 했다. 아버지는 돌아가셨고 나는 더 이상 내 결백을 주장할 수 없었다!

고독 속에서 나는 다시 정신을 가다듬으려 노력했다. 의식 밖에 있던 아버지가 나를 처벌하기로 결정하고, 정확히 내 뺨을 때릴 수 있었다는 생각은 터무니없는 것이었다.

내 판단이 옳은지 어떻게 확신할 수 있겠는가? 나는 의사 코프로시크 씨를 찾아갈 생각까지 했다. 그 의사는 죽어가는 사람의 행동과 판단 능력에 대해 무언가를 말해줄 수 있을 터였다. 나는 호흡을 도우려고 노력한 결과의 희생양이 될 수 있었다! 하지만 의사 코프로시크 씨에게 말하지 않았다. 아버지가 어떻게 내 곁을 떠났는지 설명하러 가는 건 있을 수 없는 일이었다. 아버지에 대한 애정이 부족했다고 이미 나를 비난한 그에게 말이다!

저녁에 간호사인 카를로가 주방에서 마리아에게 하는 얘기를 듣는 순간, 나는 돌이킬 수 없는 엄청난 충격을 받았다.

"아버지가 손을 높이 치켜들더니 마지막엔 아들의 뺨을 때리더군요." 그는 그 사실을 알고 있었고 의사도 조만간 알게 될 것이었다.

아버지의 관을 모신 방으로 들어가자, 그들이 아버지의 시신에 수의를 입혔다는 걸 알았다. 분명히 간호사가 곱고 하얀 아버지의 머리를 단장했을 것이다. 죽음은 오만하고 위협적으로 누워 있는 시신을 벌써 단단히 굳혀놓았다. 아버지의 크고 힘 있어 보이는 멋진 손은 검푸른색이었다. 하지만 아버지의 손은 누군가를 붙잡아서 벌을 주려고 벼르는 것처럼 아주 자연스럽게 놓여 있었다. 나는 더 이상 죽은 아버지를 볼 수도 없었고, 보고 싶지도 않았다.

이후 장례식에서 나는 유년 시절 이후 항상 보아왔던 마음 약하고 선량한 아버지의 모습을 떠올릴 수 있었다. 그래서 아버지가 내 뺨을 때린 것은 아버지가 원해서 일어난 일이 아니라는 확신이 들었다. 나는 마음이 편안하고 너그러워졌다. 그리고 아버지에 대한 기억은 점점 더 달콤한 추억이 되면서 나와 함께했다. 기분 좋은 꿈과 같았다. 우리는 거의 완벽할 정도로 마음이 맞았고, 나는 더 약하게 그리고 아버지는 더 강하게 변해 있었다.

나는 다시 과거로 돌아가 오랫동안 유년 시절의 절대적인 믿음 안에 머물렀다. 그 시절 나는 내 잘못이 아니라 의사의 잘못이었다고 아버지에게 말할 수 있는 상황을 상상하곤 했다. 거짓말이라 해도 상관없었는데, 아버지는 벌써 모든 걸 이해하고 있었고 나 역시 그랬기 때문이다. 그리고 한동안 아버지와의 대화는 마치 불륜처럼 달콤하고 은밀하게 계속되었다. 왜냐하면 모든 사람 앞에서 모든 종교적 관습에 대해 비웃었기 때문이다. 한편으로는, 여기서 고백하지만, 아버지의 영혼을 날마다 열렬한 마음으로 누군가에게 맡긴 것이 사실이다. 아주 가끔, 어쩔 도리가 없는 것에 위안을 얻으려고 크게 떠벌릴 필요가 없는 것, 그것이야말로 진정한 종교다.

5. 나의 결혼 이야기

중산층 가정 출신 젊은이의 머릿속에 자리 잡은 인간다운 삶이란 성공과 관련이 깊다. 청춘 시절의 성공이란 나폴레옹 1세 정도의 성공을 뜻한다. 황제가 되려고 꿈꾸지 않아도 된다. 훨씬 더 낮은 위치에서 나폴레옹을 닮을 수 있기 때문이다. 가장 열정적이고 강렬한 삶은 한마디로 매 순간 나타나고 변화하여 죽음에 이르는 파도 소리처럼 지극히 야성적인 소리로 이야기된다. 그래서 나 역시 나폴레옹이나 파도 같은 존재가 되어 그렇게 삶을 마치길 바랐다.

내 삶은 기복이 없고 우아하며 부유했다. 몇몇 사람들은 그런 나를 시기했지만, 정작 내 삶은 끔찍하게 무기력했다. 내 전 생애에 걸쳐 친구들은 한결같이 나를 부러워했다. 분별력이 생기는 나이에 이르러서는 나 또한 스스로에 대한 고정관념을 크게 바꾸지 않았다.

그래서 단조롭고 고상하기만 한 생활을 영위하고 즐기는 데 지친 나는 결혼을 생각하기 시작했다. 결혼생활을 경험해보지 않은 사람은 결혼을 실제보다 훨씬 더 중요하게 생각한다. 선택받은 배우자는 자녀들을 통해 혈통을 더 나아지게 하든 나빠지게 하든 변화를 일으킬 것이다. 하지만 이를 원하는 자연의 섭리는 강압적인 방식으로 우리를 마음대로 끌고 갈 수 없다. 왜냐하면 결혼할 시기에는 아이들에 대한 생각은 전혀 없고, 다만 아내가 우리 남자들을 새롭게 변화시킬 거라 믿기 때문이다. 어떤 책에서도 찾아볼 수 없는 흥미진진한 환영에 빠져드는 것이다. 실제로, 우리 자신과 너무나 다른 사람에 대한 적대감이나 우리보다 더 뛰어난 사람에 대한 시기심 때문이 아니라면, 한 사람은 다른 사람 곁에서 그럭저럭 안정적으로 살아갈 수 있다.

흥미롭게도 결혼이라는 나의 모험은 미래의 장인어른을 알게 되면서 시작되었다. 처음에 우리의 관계는 우정과 존경심으로 시작되었고, 나중에야 그가 혼기가 찬 딸들을 둔 아버지라는 사실을 알게 되었다. 그러니 내 결심에 따라 미지의 반쪽을 향해 나아간 것이 아니라는 게 분명해진다.

인연이라 믿게 될 아가씨의 존재는 잠시 잊고, 나는 미래의 장인 조반니 말펜티 씨와 더욱 가깝게 지냈다. 운명을 믿고 싶었다. 내 마음에 자리 잡은 새로움에 대한 갈망은 말펜티 씨 덕분에 충족되었다. 그는 나와 아주 달랐고, 그때까지 내가 우정이나 동료애를 나누고자 했던 사람들과도 달랐다. 나는 오래도록 나태한 생활을 했음에도 불구하고 매우 교육 수준이 높다고 여겨지는 두 개의 대학 학부를 마쳤기 때문에 충분한 학식과 교양을 갖추고 있었다. 반면에 그는 무식하고 활동적인 대사업가였다. 하지만 그는 자신의 무지함에서 추진력과 안정감을 이끌어냈고 나는 그를 시기하면서도 그런 모습에 매료되고 말았다.

그 시절 말펜티 씨는 쉰 살 정도 나이에 강철같이 건강했다. 키가 크고 몸무게가 100킬로그램이 넘을 만큼 건장한 체구였다. 그는 자신의 커다란 머리에 떠오르는 몇 가지 생각들을 아주 분명하게 제시했고, 포기를 모르는 열정으로 매일 늘어나는 여러 가지 새로운 업무에 그 생각들을 적용시켰다. 그것은 그의 일부가 되어 사업가적 실천력과 성격을 이루었다. 그러한 아이디어 면에서 나는 빈털터리에 지나지 않았고, 사업가로 더 성장하기 위해 그를 따라다녔다.

나는 올리비 씨의 조언대로 테르제스테오* 증권거래소로 갔다. 올리버 씨는 증권거래소를 드나들면 비즈니스 활동에 도움이 될 것이며, 그곳에서 자신에게 유용한 정보들을 가져다줄 수도 있을 거라고 말했다. 나는 미래의 장인에게 배당된 테이블에서 꼼짝도 하지 않았다. 오래전부터 찾아 헤매던 비즈니스 학교에 도착한 듯한 착각이 들었다.

말펜티는 내가 자신에게 감탄하는 것을 일찌감치 알아차렸다. 그리고 즉시 부성애와 같은 우정으로 나를 다독였다. 미래의 장인은 앞으로 어떤 결말을 보게될지 단번에 알았을까? 대사업가의 본보기인 그를 보고 야망이 불타오른 나는 어느 날 저녁 내가 직접 사업을 경영하고 싶다고 올리비 씨에게 밝혔다. 그는 내 계획이 걱정스러웠는지 조언을 아끼지 않았다. 나는 사업에 몰두할 수 있었지만 말펜티 씨와 알고 지내는 올리비 씨와도 항상 돈독한 관계를 유지해야 했다.

말펜티 씨는 흔쾌히 나를 가르쳐줄 태도였다. 더욱이 어떤 회사든 성공적으로 성장시키기 위해 필요하다고 자신이 생각하는 세 가지 지침을 직접 내 노트에 적어주었다. 다음이 바로 그 내용이다.

첫째, 일하는 법을 반드시 알아야 할 필요는 없다. 하지만 다른 사람들에게 일 시키는 법을 모르는 사람은 실패한다.

---

* 트리에스테의 유서 깊은 건물. 제노가 살던 시대에 증권거래소가 자리 잡고 있었다.

둘째, 관심 가는 일을 하지 않는 것보다 더 큰 후회를 남길 일은 없다.

셋째, 사업에서 이론은 아주 유용하지만, 사업 거래가 성사된 후에야 적용시킬 수 있다.

나는 이것뿐만 아니라 다른 이론들도 많이 기억하고 있지만, 내게는 별 소용이 없었다.

나는 누군가를 따르고 싶은 마음이 생기면 즉시 그를 닮으려고 노력한다. 미래의 장인 말펜티 씨 역시 예외가 아니었다. 나는 그처럼 영리해지고 싶었다. 언젠가 한번은 내가 그보다 더 영리하다고 상상했다. 그의 사업 시스템에 오류를 발견했다고 생각한 나는 그에게 신임을 얻기 위해 즉시 그 사실을 말하고 싶었다. 하루는 테르제스테오 증권거래소의 테이블에서 사업 문제로 논의하다가 질문하는 상대에게 욕설을 퍼붓는 그를 말리기도 했다. 나는 그가 뛰어난 수완을 공공연히 드러내는 것이 위험해 보인다고 귀띔했다. 사업에서 진짜 영리한 사람은 어수룩하게 보이도록 처신할 필요가 있었다. 그는 내 말을 비웃었다. 수완이 좋다는 평판은 매우 쓸모가 있다는 것이다. 그에게 조언을 구하러 오는 사람들에게 중세 이래로 축적되어온 비법에서 확인된 핵심적이고 유용한 조언들을 전해주면 그들은 그에게 새로운 정보를 건네준다는 것이다. 이따금 그는 정보를 얻으면서 덤으로 상품을 판매할 수 있는 기회까지 얻었다. 결국에는 수익을 내면서 팔거나 사기 위해, 모두들 머리 회전이 가장 빠른 사람에게 몰려들기 마련이었다. 그는 이 대목에서 드디어 나를 가르칠 주제를 찾아냈다고 생각했는지 큰 소리로 말하기 시작했다.

어수룩한 사람은 번번이 자기 이익을 줄이는 방향으로 이끄는 수밖에 달리 방법이 없었다. 하지만 그의 상품은 영악한 사람들 것보다 항상 더 비쌌다. 장인은 구입하는 순간에 이미 속았기 때문이다.

나는 테이블에서 그에게 가장 중요한 인물이었다. 그는 내게 자신의 사업 기밀들을 털어놓았고, 나는 단 한 번도 배신하지 않았다. 그의 신뢰는 매우 두터웠다. 그러나 내가 그의 사위가 된 뒤로 그는 두 번이나 나를 속였다. 처음에는 능수능란한 수완으로 내 자금을 끌어갔다. 하지만 직접 속은 당사자는 올리비 씨였으므로 나는 그다지 속상하지는 않았다. 올리비 씨는 정보를 잘 빼내오도록 나를 말펜티 씨에게 보냈었고, 결국 정보를 손에 넣었다. 그러나 그 정보들은 더 이상 신뢰가 가지 않는 내용들이었다. 내가 정보를 전하기 위해 입을 열면 그는 이렇게 물었다. "누구한테 들은 정보입니까? 장인어른인가요?" 나는 나 자신을 지키기 위해 말펜티를 옹호해야 했다. 나중에는 나 스스로가 속은 사람이 아니라 사기꾼 같은 느낌이 들었다. 아주 통쾌한 기분이었다.

하지만 그 후로 바보 노릇을 하고야 말았지만 장인에 대한 원망을 누그러뜨릴 수 있었다. 그는 내게 시기심을 불러일으키다가 때로는 한껏 기분을 상승시켰다. 나는 사업상 불행에 맞닥뜨릴 때마다 그가 자세히 설명한 적 없는 그의 이론들이 정확히 들어맞는 것을 보아왔다. 그는 내 불행의 우스꽝스러운 면을 조롱하면서 나를 비웃는 방식도 터득했다. 딱 한 번, 장인이 내게 몹쓸 짓을 했다고 공개적으로 고백한 적이 있다. 장인의 딸이자 내게는 처형이 되는 아다의 결혼식에서 샴페인을 마신 후였다. 평소에 생수만 들이켜던 장인의 거대한 체구에 한껏 취기가 올랐을 때였다. 그는 술에 취해 횡설수설하면서 흥에 겨워 큰 소리로 떠들었다.

"아무튼 그 법령이 나왔지 뭔가! 나는 낙담해서 손해가 얼마나 될지 계산하고 있었어. 그때 내 사위가 들어왔지. 나보고 사업을 해보고 싶다는 거야. '마침 좋은 기회가 있네'라고 말했어. 사위는 올리비 씨가 금방이라도 훼방하러 올까 봐 얼른 서둘러서 서류에 서명을 했지. 그렇게 계약이 된 거야."

그러고 나서 그는 과장스러운 칭찬을 늘어놓았다.

"우리 사위는 고전에 해박해. 누가 무슨 말을 했는지 전부 알고 있다고. 그런데 신문은 영 읽을 줄 모른다니까!"

그건 사실이었다! 내가 매일 읽는 다섯 개 신문에서 눈에 띄지 않는 칸에 기사로 실린 그 법령을 봤더라면, 장인의 덫에 걸려들지 않았을 것이다. 곧장 법령을 이해했을 것이고 그 법령으로 인해 세율이 낮아져 해당 상품의 가치가 하락하기 때문에 수익을 얻기가 쉽지 않다는 것을 예측했을 것이다.

다음 날 장인은 자기가 한 고백을 취소했다. 우리들의 거래는 전날 밤 이전, 장인이 취하기 전으로 돌아갔다. "와인이 한 짓이라고." 그는 태평하게 말했다. 그리고 문제의 법령은 우리가 계약을 마무리 지은 이틀 뒤에 발표되었다고 덤덤하게 말했다. 그러나 내가 그 법령 기사를 보았더라도 잘 이해하지 못했을 거란 말을 입 밖에 꺼내지는 않았다. 장인은 나를 추켜세웠지만 그건 넓은 아량 때문이 아니었다. 모든 사람들이 신문을 읽으면서 자신의 관심사에만 집중해 기억한다고 생각하기 때문이었다. 하지만 나는 신문을 읽을 때 여론의 시각으로 살핀다. 따라서 관세 인하 소식을 읽게 되면 코브던*과 자유방임주의가 떠오르게 되고 이런 사상들이 너무 중요해서 내 사업을 생각할 여지가 없게 된다.

---

* Richard Cobden(1804~1865): 19세기에 곡물법 폐지를 주장한 영국의 자유주의 정치가.

그런가 하면 장인이 내게 감동해 탄복한 일도 있었다. 무기력한 내 모습 그대로에, 그리고 나의 가장 문제적인 성격에 감탄한 일이었다. 한동안 나와 장인은 주식시장에서 기적을 일으키리라 기대하던 설탕 공장의 주식을 소유하고 있었다. 그러나 주가는 어느새 매일 조금씩 하락하고 있었다. 주식시장의 흐름을 거슬러 모험을 하고 싶지 않았던 장인은 자신의 주식을 처분하고 내게도 주식을 팔라고 설득했다. 나는 장인의 조언에 완전히 동의했다. 그래서 내 중개인에게 주식을 팔도록 지시하기로 마음먹었다. 그러면서 장인이 일러준 사업 비법을 적어놓은 노트에 그 내용을 메모해놓았다. 하지만 일하는 동안에는 주머니를 들여다보지 않게 마련이다. 그렇게 여러 날이 지난 밤, 나는 잠자리에 들려는 순간 주머니에 들어 있는 메모를 발견하고 소스라치게 놀랐다. 행동을 취하기에는 너무 늦어버렸다. 나는 화가 나서 고함을 한 번 내지르고는 아내가 무슨 일인지 자세히 캐묻지 않도록 혀를 잘못 깨물었다고 말했다. 그리고 또 한 번, 바보 같은 실수에 어처구니가 없어서 두 손을 깨물었다. "이제 발을 조심해야겠어요!" 아내는 웃으면서 말했다. 그 후엔 이미 포기해버린 탓에 다른 불상사는 없었다. 나는 멍하게 그 저주스러운 노트를 물끄러미 바라봤다. 낮 동안 너무 바빠서 무게감을 느끼지 못한 데다 전날 밤까지도 까맣게 잊을 만큼 노트는 너무나 얇았다.

그러던 어느 날, 갑작스러운 폭우가 내려 비를 피해 테르제스테오로 간 적이 있었다. 거기서 우연히 나의 주식중개인을 만났는데, 최근 여드레 동안 내가 산 주식이 거의 두 배 가까이 올랐다는 소식을 전했다.

"그럼 이제 팔아야겠군!" 나는 승리감에 취해 외쳤다.

장인에게 달려갔더니 그는 벌써 주식 가격이 올랐다는 사실을 알고 있었고, 자기 주식을 팔아버린 것과 그보다는 조금 덜하지만 내게 주식을 팔라고 조언했던 것을 무척 속상해했다.

"좀 두고 보자고!" 그는 애써 웃으면서 말했다. "내 충고대로 했다가 처음으로 손해를 본 경우로군."

손해를 입은 다른 경우는 그의 충고가 아니라 제안에 의한 결과였기 때문에 둘은 큰 차이가 있었다.

나는 기분 좋게 웃었다.

"그런데 제가 장인어른 충고를 아예 따르지 않았어요!" 나는 전적으로 행운 덕분이 아니라 내가 어느 정도 기여했다는 걸 자랑하고 싶었다. 나는 장인에게 주가가 올랐다고 해서 다음 날 바로 주식을 팔지는 않을 거라고 으스댔다. 나는 그에게 전하지 못한 주식 정보를 가지고 있었으며, 그래서 장인의 충고대로 하지 않았다고 믿게 만들고 싶었다.

창피를 당한 장인은 매서운 눈초리로 내 얼굴을 쳐다보지도 않고 말했다.

"자네 같은 정신을 가진 사람은 사업과 맞지 않아. 그렇게 약삭빠른 행동을 저지를 때는 입을 다물어야 한다네. 자네는 아직도 배워야 할 것이 많군."

나는 그를 화나게 한 것이 유감스러웠다. 그는 내게 손해를 입힐 때가 훨씬 더 즐거워 보였다. 나는 자초지종을 솔직하게 털어놓았다.

"거보게, 나와 같은 정신을 가진 사람이 사업에 종사해야 하는 거라고."

그는 즉시 화가 풀려서 함께 웃었다.

"그렇게 얻은 수익은 도움이 되지 않아. 그건 보상이지. 자네의 머리는 이미 많은 대가를 치렀고, 마땅히 자네가 잃은 부분에 대해 보상 받는 것이 옳다네!"

내가 왜 장인과 있었던 얼마 안 되는 갈등을 자세히 애기했는지 모르겠다. 나는 그를 진심으로 좋아했다. 그는 생각을 분명히 하기 위해 고함치는 버릇이 있었지만 사업 파트너로 그와 함께하고 싶었던 건 사실이다. 내 고막은 그의 고함을 견뎌낼 수 있었다. 장인이 소리를 덜 질렀다면 그의 부도덕한 사업 이론은 더 공격적이었을 것이다. 만약 장인이 교육을 더 잘 받았다면 그의 영향력은 덜 중요해 보였을 것이다. 그리고 내가 그와는 많이 다르더라도, 나는 그가 내가 그를 대한 것과 같은 애정으로 나를 대했다고 믿는다. 그가 그렇게 일찍 세상을 떠나지 않았다면 아주 확실하게 알았을 것이다. 장인은 내가 결혼한 뒤로도 내게 계속해서 자세하게 사업에 대해 가르쳐주었다. 그는 잦은 고함과 무례한 언행으로 수업을 흥미롭게 만들었는데, 나는 장인이 그럴 만한 자격이 있다고 받아들였다.

나는 그의 딸과 결혼했다. 신비로운 자연의 섭리가 나를 이끌었는데, 그것은 거부할 수 없는 폭력으로 묘사될 것이다. 지금도 가끔씩 내 아이들의 얼굴을 훑어보면서 내 나약함이 드러나는 가냘픈 턱과 몽상적인 눈을 닮았는지, 아이들의 할아버지로 선택한 장인의 투쟁적인 추진력의 흔적은 없는지 살펴보곤 한다.

그래서인지 장인이 내게 한 마지막 작별 인사가 애틋하지 않았는데도, 나는 그의 무덤에서 눈물을 흘렸다. 그는 죽음을 맞이한 침대에서 나를 자유롭게 움직일 수 있게 해주는 뻔뻔한 행운이 부러웠다고 말했다. 그는 침대에서 꼼짝도 하지 못하는데 나는 마음대로 움직일 수 있어서였다. 당황한 나는 내가 아프길 바라는 이유가 무엇인지 그에게 물었다. 그러자 그는 정확히 이렇게 대답했다.

"자네에게 병을 넘겨줘서 자유로울 수 있다면 당장이라도 내 병을 줄 텐데. 아니 두 배로 해서 주겠네! 내겐 자네가 지닌 그 인도주의적 망상이 조금도 없어!"

상처가 되는 말은 아니었다. 그는 가치가 떨어진 상품을 내게 떠맡겼던 (앞에서 말한) 사업을 되풀이하고 싶었는지 모른다. 더욱이 그가 나의 약점을 인도주의적 망상으로 풀이하는 게 기분 나쁘지 않았던 터라 그때 또한 서로 다정한 손길이 오고 갔다.

아버지의 무덤에서와 마찬가지로 장인의 무덤에서 나는 나 자신의 일부분이 그곳에 묻힌 고통을 느꼈다. 나의 약점과 문화적 수준, 나의 소심한 성격마저 두드러지게 했던 평범하고 무식하며 용맹한 투사인 두번째 아버지를 잃었으니 말이다. 내가 겁쟁이인 건 사실이다. 장인 조반니와 가까이 지내지 않았다면 그 사실을 모르고 지나쳤을 것이다. 그가 살아서 내 곁에 남아 있었다면 더 확실히 알았을 텐데 말이다!

자신의 모습 그대로, 때로는 부정적인 모습까지도 드러내길 좋아했던 장인이었지만 테르제스테오 증권거래소의 테이블에서만큼은 그에게 하나의 철칙이 있었다. 집에 관한 얘기는 절대 하지 않는 것이었다. 어쩌다 대답을 피할 수 없을 경우에는 평상시보다 조금 더 부드러운 목소리로 침착하게 말할 뿐이었다. 그는 가정을 대단히 소중히 여겼다. 어쩌면 그 테이블에 찾아오는 사람 모두가 그의 가정에 대해 알아야 할 필요는 없다고 생각했는지 모르겠다. 그의 가족에 대해 알려진 것이라야 고작 딸이 넷이라는 것과 이름이 전부 알파벳 A로 시작된다는 것뿐이었다. 이것은 아주 유용했는데, 이니셜이 새겨진 물건들을 차례차례 물려줄 수 있었기 때문이다. 딸들의 이름은 아다, 아우구스타, 알베르타 그리고 안나였다(나는 그들의 이름을 즉시 기억했다). 테이블에서 그는 네 딸 모두 예쁘다고 자랑했다. 이니셜 A는 실제 느낌보다 훨씬 더 인상적으로 다가왔다. 나는 네 명의 소녀가 자신들의 이름으로 단단히 결속되어 있을 거라 상상했다. 마치 함께 움직일 수밖에 없는 한 묶음처럼 여겨졌다. 그리고 그들의 이니셜에는 또 다른 의미가 있었다. 내 이름이 제노*이므로, 고향에서 멀리 있는 아내를 얻어야 할 것 같은 느낌을 주었다.

말펜티 가족에게 나를 소개하기 전에, 상당히 오래 지속됐던 한 여자—그녀는 더 나은 대우를 받아 마땅한 여자였다—와의 관계를 청산한 것이 어쩌면 우연이었을지 모르겠다. 하지만 생각해봐야 할 우연이었다. 이별은 비교적 사소한 이유로 결정되었다. 가여운 내 애인은 질투심을 유발하는 것이 우리 관계를 단단히 할 수 있는 좋은 방법이라 생각했던 모양이다. 그러나 내가 그녀에게 의심을 품게 되자 결정적으로 나는 그녀를 떠나게 되었다. 그녀는 당시 내가 결혼을 심각하게 고민하면서, 그녀와는 결혼할 수 없다고 생각한다는 걸 몰랐다. 이유는 뚜렷하지 않았다. 다만 그녀와 결혼하면 새롭게 시작된 삶이 큰 의미를 갖지 못할 것 같았기 때문이다. 그녀가 교묘히 불러일으킨 질투심은 오히려 그런 종류의 의심이 있어서는 안 될 결혼생활의 가장 중요한 본질을 증명하는 것이었다. 의심이 사실로 나타났을 때, 그녀가 돈을 함부로 썼다는 생각이 떠올랐다. 24년간 충실히 결혼생활을 한 지금에서는 더 이상 그때 일을 생각하지 않는다.

오히려 그녀에게는 이별이 진짜 행운이었다. 나와 헤어진 뒤 몇 달

* Zeno: 알파벳의 마지막 글자 Z로 시작하는 주인공의 이름은 A로 시작하는 말펜티 가문의 딸들 이름과 대조를 이루고 있다. 제노는 마지막을 암시하는 묵시록적 의미를 담고 있다.

안 되어 매우 부유한 남자와 결혼해서 나보다 먼저 환경의 변화를 누렸기 때문이다. 내가 결혼하고 나서 얼마 후 우리 집에서 그녀를 만났다. 그녀의 남편이 장인의 친구였던 것이다. 우리는 자주 마주쳤지만, 우리의 젊음이 가시기까지 오랜 세월 동안 서로 최대한 거리를 두고 과거에 대해 어떤 기미도 내비치지 않았다. 얼마 전에 그녀는 희끗희끗한 머리에 젊은 사람처럼 발그레한 얼굴로 느닷없이 내게 물었다.

"그때 왜 나를 떠났어요?"

나는 거짓말을 지어낼 만한 시간이 없어서 솔직하게 말했다.

"모르겠어. 하지만 인생의 많은 것들이 그렇잖소."

"유감이네요." 그녀가 말했고 나는 벌써 그녀가 건네는 인사말에 고개를 숙였다.

"나이 들고 보니 당신은 아주 재미있는 사람 같아요." 나는 다시 허리를 곧추세웠다. 감사해야 할 일은 아니었다.

어느 날 말펜티 씨 가족이 시골에서 여름을 보내며 오랫동안의 즐거운 여행을 마치고 도시로 돌아왔다는 소식을 들었다. 장인이 나보다 발 빠르게 움직이는 바람에 그 집에 찾아가 나를 소개할 기회가 없었다.

미래의 장인은 내 소식을 묻는 가까운 친구의 편지를 보여주었다. 편지를 쓴 사람은 나와 학교 동기였는데, 틀림없이 뛰어난 화학자가 될 거라 믿으며 한때 아주 좋아했던 친구였다. 하지만 그 무렵에는 나는 그에게 전혀 관심이 없었다. 그가 비료를 파는 큰 상인이 되었기 때문이다. 상인이 된 그 친구를 나는 전혀 알지 못했다. 장인은 내가 자기 친구의 친구였기 때문에 나를 집에 초대했다. 나는 흔쾌히 받아들였다.

처음으로 그 집을 방문한 날을 어제 일처럼 기억하고 있다. 잔뜩 흐리고 쌀쌀한 가을 오후였다. 외투를 벗을 때 느꼈던 그 집의 따뜻한 온기와 편안함마저 기억한다. 목적지를 바로 코앞에 둔 순간이었다. 여전히 통찰력 있다고 자부하던 그때의 눈멀음을 나는 지금도 사랑한다. 나는 건강과 정당성을 원하고 있었다. 네 명의 아가씨들은 모두 이름이 이니셜 A로 시작하는 공통점이 있었지만 그들 가운데 세 명은 즉시 탈락 대상이었다. 네번째 아가씨는 곧 혹독한 시험을 치를 대상이었다. 나는 매우 엄격한 심판관이 될 것이었다. 하지만 그랬다면 내가 그녀에게 요구하고 또 싫어할 특징들을 알아내지 못했을 것이다.

크고 우아한 거실에는 두 가지 다른 양식의 가구들이 놓여 있었다. 하나는 루이 14세 양식이었고, 다른 하나는 당시 유행하던 대로 두 부분으로 분리되어 가죽에 황금 인장이 새겨진 베네치아풍 가구였다. 나는 창가에 앉아 홀로 책을 읽고 있는 아우구스타를 발견했다. 그녀는 내게 악수를 청했는데, 내 이름을 알고 있었다. 그녀는 자기 아버지가 내 방문을 미리 알렸기 때문에 기다리고 있었다는 말까지 했다. 그러고 나서 그녀는 어머니를 부르러 급히 달려갔다.

이들 똑같은 머리글자를 가진 네 명의 아가씨들 중 한 명은 나와 이야기를 나눈 만큼 탈락의 길을 향해 가고 있었다. 누가 그녀를 아름답다고 했을까? 그녀에게서 가장 먼저 눈에 띈 것은 그녀가 심한 사팔뜨기라는 것이었다. 한동안 그녀를 만나지 않다가 다시 떠올리면 제일 먼저 그 사실이 생각날 정도다. 게다가 그녀는 숱이 많은 금발이 아니라 윤기가 적은 어두운 색깔의 머리를 하고 있었다. 몸매 전체는 그리 보기 흉하지 않았지만 나이에 비해 조금 살집이 있었다. 잠시 혼자 남겨졌을 때 나는 이런 생각이 들었다. '나머지 세 명도 이 여자와 비슷하면 어쩌지!'

얼마 후 네 명의 아가씨는 두 명으로 줄어들었다. 탈락자 두 명 중

한 명은 엄마와 함께 들어왔는데, 나이가 겨우 여덟 살이었다. 가늘고 긴 곱슬머리가 어깨까지 내려온 귀여운 꼬마였다! 귀엽고 동글동글한 얼굴은 라파엘로 산치오가 그린 생각에 잠긴—물론 입을 다물고 있을 때만—아기 천사처럼 보였다.

나의 장모는…… 그렇다! 그녀에 대해서는 함부로 말하고 싶지 않다. 오래전부터 장모는 내게 어머니 같은 분이라 나는 그녀를 좋아한다. 하지만 지금은 아주 오래전 이야기를 하고 있으니 처음부터 친구처럼 친근하게 묘사되지는 않을 것이다. 장모가 이 글을 보는 일은 결코 없겠지만 호의적이지 않은 말은 하고 싶지 않다. 게다가 장모가 내 일에 간섭하는 일은 생각나지 않을 정도로 아주 적었고 그 기간도 매우 짧았다. 장모로서 당연히 가했던 공격은 내가 중심을 잃고 흔들릴 정도로 강하지 않았다. 어쩌면 장모가 간섭하지 않아도 중심을 잃었을지 모른다. 술에 만취해서 내가 하는 사업에 대해 떠벌리는 장인의 행동이 도저히 상상될 수 없을 만큼 장모는 매우 교양 있는 사람이다. 실제로 장모가 술에 취하는 일은 없었다. 그래서 확실히 밝혀지지 않은 이야기를 하려고 한다. 장모의 딸들 가운데 내가 원하지 않았던 그녀와 결혼한 것이 장모의 영리함 때문인지 나의 무분별한 어리석음 때문이었는지 모르겠다.

아무튼 처음으로 그 집을 방문했을 때 본 장모는 너무나 아름다운 여인이었다. 조금은 화려하고 고상한 옷차림 역시 우아했다. 그녀의 모든 것이 온화하고 조화로웠다.

그렇게 나는 나의 장인과 장모에게서 내가 꿈꾸던 남편과 아내의 완벽한 조화로움을 발견했다. 장모가 늘 떠들썩한 장인을 보며 공감과 안쓰러움을 의미하는 미소를 지으면서 함께하는 모습이 너무나 행복해 보였다. 그녀는 체구가 큰 남편을 사랑했고, 그는 사업 성공으로 그녀를 사로잡은 뒤 그 사랑을 줄곧 지켜나가는 것이 분명해 보였다. 이기심이 아니라 진정한 존중과 사랑으로 그들은 하나가 되어 있었다. 내가 장인에게서 쉽게 존경심을 느낄 수 있었던 이유였다. 하나의 상품과 두 명의 경쟁자밖에 없는, 언제나 변화무쌍하고 새장같이 아주 제한된 공간에서 그가 뿜어내는 대단한 활력은 삶에 놀랍도록 생기를 불어넣었다. 그는 사업에 관한 일을 모두 아내에게 말했다. 사리분별이 뛰어난 그녀는 남편을 잘못된 길로 이끌까 염려해서 절대 충고를 하지 않았다. 그 역시 말없는 내조의 필요성을 느꼈지만 때로는 아내의 조언을 구해야겠다는 생각에 집으로 달려가곤 했다.

장인이 자신을 배신하고 있다는 사실을 알면서도 장모가 아무런 증오심을 품지 않는다는 사실을 알았을 때 나는 별로 놀랍지 않았다. 내가 결혼한 지 일 년 정도 되던 어느 날, 장인 말펜티는 몹시 걱정스러운 얼굴로 아주 중요한 편지를 잃어버렸다고 내게 이야기했다. 그러면서 내게 건넨 서류들 속에 있을지 모른다며 다시 살펴보고 싶어 했다. 그러고 나서 불과 며칠 뒤 그는 더없이 행복한 표정으로 자기 지갑에서 그 편지를 찾았다고 말했다. "여자가 준 건가요?"라고 내가 물었다. 그는 행운을 자랑하면서 그렇다는 표시로 고개를 끄덕였다. 그런 일이 있고 나서 언젠가 서류를 잃어버렸다고 장인에게 비난받았을 때 나는 스스로를 변호하기 위해 아내와 장모에게 그 이야기를 언급했다. 서류가 제 발로 지갑 속으로 돌아오는 장인의 행운이 내게는 없다고 말이다. 장모는 크게 웃었는데, 그걸 보면서도 나는 장모가 그 편지를 제자리에 돌려놓은 장본인이라고 의심하지 않았다. 분명히 그들 관계에서는 그런 일이 중요하지 않았다. 모두들 자기 방식대로 사랑을 한다. 그렇다고 그들의 사랑이 가장 어리석은 방식의 사랑은 아니다.

아무튼 장모는 나를 극진히 맞아주었다. 어린 안나를 15분 이상 다른 사람에게 맡길 수가 없어서 데리고 있다며 양해를 구했다. 꼬마 아이는 자못 진지한 눈길로 나를 유심히 쳐다보았다. 아우구스타가 돌아오자 안나는 나와 말펜티 부인이 앉은 자리 맞은편 작은 소파에 앉았다. 꼬마는 언니에게 가서 무릎에 올라탔다. 그녀는 귀여울 정도로 끈질기게 나를 관찰했다. 그 작은 머릿속에서 어떤 생각들이 오가는지 몰랐을 때는 그 집요함이 귀여워 보였다.

대화는 곧바로 즐거운 분위기를 띠지는 않았다. 교육을 잘 받은 사람들이 다 그렇듯이 말펜티 부인도 첫 만남에서 재미를 느끼는 사람이 아니었다. 나를 그 집에 소개했다고 우기는, 세례명조차 기억나지 않는 친구에 대해서도 지나치게 많이 물었다.

드디어 아다와 알베르타가 들어왔다. 나는 호흡을 가다듬었다. 두 명 모두 아름다웠고, 그때까지 없었던 빛을 응접실에 몰고 왔다. 둘 다 갈색머리에 키가 크고 날씬했지만 서로 확연히 달랐다. 선택은 어렵지 않았다. 알베르타는 그 무렵 열일곱 살이 채 안 되었다. 그녀는 갈색 머리이지만 자기 어머니처럼 투명하고 발그레한 피부를 지니고 있었다. 이 때문에 그녀의 얼굴은 더욱 아이같이 보였다. 반면에 아다는 벌써 눈처럼 창백한 얼굴에 진지한 눈빛을 띤 여인이었다. 그녀의 풍성한 머리는 우아하고 단정하게 정리되어 있었다.

변화하고 요동치는 감정의 근원을 알아내기는 어렵다. 하지만 분명한 것은 내가 아다에게 이른바 첫눈에 반한 것*은 아니었다는 사실이

---

* coup de foudre: 프랑스어 표현. 첫눈에 반함.

다. 첫눈에 반하는 대신 확신이 그 자리를 차지했다. 그녀를 본 순간 곧바로, 내가 필요로 하던 여자가 그 여인이며 성스러운 일부일처제를 위해 도덕적이고 육체적인 건강으로 나를 이끌 운명의 여인이라 확신했다. 그때 일을 떠올리면 어떻게 첫눈에 반하지 않고 강한 확신이 들었는지 놀라울 뿐이다. 남자들이 애인이나 정부에게서 느낀 좋거나 싫은 점을 아내에게서 찾지 않는다는 건 잘 알려진 사실이다. 그러니 나 또한 아다의 모든 우아함과 아름다움을 곧바로 한꺼번에 보지 못했던 것 같다. 대신 그녀에게서 발견한 또 다른 장점, 예컨대 그녀 아버지의 성격 중에서 내가 좋아하는 진지함과 열정에 빠져들었다. 나는 내 판단이 틀리지 않았다고 믿었다(지금도 그렇게 믿는다). 아다는 젊은 아가씨다운 기질을 지녔다고 생각했다. 나 자신이 뛰어난 관찰자라고 생각할 수 있지만, 눈먼 자이기도 하다.

첫 만남에서 나는 오직 아다와 사랑에 빠지고 싶은 욕망으로 그녀를 바라봤다. 그것이 그녀와 결혼하기 위해 거쳐야 하는 과정이었기 때문이다. 나는 늘 개인적인 청결에 몰두하던 힘으로 그녀와 사랑할 준비를 했다. 언제 그랬는지는 말하지 못하겠다. 아마 그날 첫 방문 때의 비교적 짧은 시간에 이미 그랬던 것 같다.

조반니는 딸들에게 내 얘기를 많이 했을 것이다. 그녀들은 내가 법학부에서 화학과로 전공을 바꿨다가—불행히도—다시 처음의 법학부로 되돌아갔다는 사실을 알고 있었다. 나는 상황을 설명하려고 노력했다. 한 학부에만 몰두하게 되면 지성의 대부분이 무지로 가려지게 된다는 생각을 분명히 하면서 말했다.

"그때 인생의 진지함과 맞닥뜨리지 않았다면, 여전히 이 학부 저 학부를 옮겨 다녔을 거예요." 결혼하기로 마음먹은 뒤부터 이런 진지함이 생겼다는 말은 하지 않았다.

그런 후 그들을 웃게 하려고, 내가 시험을 봐야 할 시기에 맞춰 학부를 떠나게 된 게 신기하다고 말했다.

"우연이었죠." 나는 거짓말을 일부러 드러내고 싶어 하는 사람처럼 미소를 띠면서 말했다. 그러나 계절이 바뀔 때마다 학업을 바꾼 것이 사실이다.

나는 그렇게 아다의 마음을 얻기 위한 행동에 들어갔다. 그녀의 진지함 때문에 그녀를 선택했다는 사실을 잊은 채 그녀가 나를 보고 웃도록 끊임없이 노력했다. 나는 약간 엉뚱한 사람이지만 그녀에게는 정말이지 제정신이 아닌 사람으로 보였을 것이다. 모든 게 내 탓은 아니었다. 선택에서 제외된 아우구스타와 알베르타가 나를 다르게 판단한 걸 보면 그렇다. 하지만 그때 아다는 자신의 둥지에 받아들일 남자를 찾아 아름다운 눈동자로 주위를 둘러볼 정도로 굉장히 진지했고, 자신을 웃게 만드는 사람을 사랑하기 어려웠다. 그녀는 웃고 또 웃었다. 너무나 오랫동안 웃어서 그녀의 웃음은 그녀를 웃게 한 사람을 우스운 꼴로 만들어버렸다. 그녀의 웃음은 정말 천박했고 그녀의 이미지를 훼손시켰다. 그러나 그 웃음은 먼저 내게 상처를 주었다. 입을 다물고 침묵을 지켰더라면 아마도 상황은 다르게 흘러갔을 것이다. 그러면 그녀의 말을 통해 그녀의 모습이 드러나고 내가 그녀를 바라볼 수 있는 시간이 있었을 것이다.

네 명의 아가씨들은 작은 소파에 앉았다. 얼마나 작은지 안나가 아우구스타의 무릎에 앉아 있어도 좁아 보일 정도였다. 그렇게 함께 모여 있으니 아름다웠다. 나는 구애와 사랑을 향해 거침없이 나아간 것을 내심 만족해하면서 그 사실을 확인했다. 정말이지 그녀들은 아름다웠다!

아우구스타의 어두운 머리색은 다른 자매들의 긴 갈색 머릿결을 빛내주고 있었다.

나는 대학교 이야기를 꺼냈고, 고등학교 마지막 학년에 다니고 있던 알베르타는 자신의 학교 공부에 관해 말했다. 그녀는 라틴어가 너무 어렵다며 불만을 터뜨렸다. 나는 라틴어는 여성들에게 맞지 않는 언어라고 생각했기 때문에 별로 놀라운 일이 아니라고 말했다. 더 나아가 고대 로마에서조차 여성들은 일찌감치 이탈리아어를 사용했을지 모른다고 말하고 나서 아무튼 라틴어는 내가 가장 좋아하는 과목이었다고 털어놓았다. 그러나 잠시 후 내가 라틴어 인용구를 빌려 말하는 경솔함을 저지르자, 알베르타가 틀린 부분을 바로잡아주었다. 정말 운이 나빴다! 나는 그것을 대단치 않게 여기고, 알베르타에게 대학교를 졸업한 지 10년쯤 지났을 때는 그녀 역시 라틴어 인용구를 말할 때 조심해야 할 거라고 충고했다.

얼마 전에 아버지와 몇 달 동안 영국에서 지내고 온 아다는 그 나라에선 많은 소녀들이 라틴어를 알고 있다고 말했다. 그녀는 여전히 진지하고 높낮이가 없으며 우아한 얼굴에 비해 약간 낮은 목소리로 말했다. 그녀는 영국 여자들이 이탈리아 여자들과 전혀 다르다고 말했다. 그들은 자선을 목적으로 한 단체를 비롯해 종교적이거나 경제적인 성격의 단체까지 조직하고 있었다. 다른 자매들은 그 시대 우리가 사는 도시의 소녀들에게 놀랍게만 들리는 그런 이야기들을 다시 듣고 싶어 아다를 채근했다. 아다는 동생들에게 떠밀려 이야기를 계속했고 그들을 즐겁게 해주려고, 단체장이나 기자, 비서 또는 정치 운동가로 활동하는 영국 여성들에 대해서 이야기했다. 그들은 반대자들에 의해 말이 끊기거나 그들의 주장이 비난당할 때에도 얼굴이 빨개지거나 당황하는 일 없이 수백 명 앞에서 연설하기 위해 연단에 올라간다는 이야기였다. 아다는 우리를 놀라게 하거나 웃기려는 의도 없이 담담한 어투로 간결하게 말했다.

나는 그녀의 간결한 표현이 좋았다. 반면에 나는 입만 열면 사물이나 사람들을 부풀리고 왜곡하곤 했다. 그러지 않으면 말할 필요가 없게 느껴질 정도였다. 뛰어난 언변가도 아니면서 병적인 말버릇을 가지고 있었던 것이다. 나에게 말은 그 자체를 위한 하나의 사건이 되어야 하는 것이었고, 그래서 그 외 다른 어떤 일에 이용당해 갇혀 있을 수 없는 것이었다.

어쨌든 나는 못미더운 앨비언*을 무척 싫어했다. 그래서 영국에 대한 반감이나 애정을 전혀 보이지 않는 아다의 기분은 신경 쓰지 않고 나의 감정을 그대로 드러냈다. 나는 영국에서 몇 개월을 지낸 적이 있었지만 아버지의 사업가 친구들이 써준 몇 통의 소개 편지를 여행 중에 잃어버렸기 때문에 상류층 영국인을 만나본 적이 없었다. 런던에서는 몇몇 프랑스 가족과 이탈리아 가족들만 만났을 뿐이다. 그래서 그 도시의 교양 있고 예의 바른 사람들은 모두 유럽 대륙에서 왔다는 결론을 내렸다. 영국인에 대한 나의 지식은 매우 미미했다. 그렇지만 시인 친구들의 도움으로 섬나라 사람들의 삶이 갖는 몇 가지 특징을 이해할 수 있었다. 무엇보다 그들이 영국인이 아닌 모든 이들에게 적대감을 갖는다는 사실을 알 수 있었다.

나는 어린 아가씨들에게 적들 한가운데에서 체류한 경험 때문에 생긴 달갑지 않은 감정을 자세히 설명했다. 만일 불쾌한 사건만 일어나

---

* Albian: 영국인을 뜻하는 이름.

지 않았다면, 아버지와 올리비 씨가 바라는 대로 영국 경제 무역(그러나 비밀스러운 장소에서 이뤄지는 듯 보였기 때문에 나는 직접 경험한 적이 없었다)을 공부하기 위해 6개월 동안 그곳 체류를 참고 견디었을 것이다. 내가 사전을 찾아보려고 서점에 갔을 때였다. 서점 안 계산대 위에는 크고 멋진 앙고라 고양이가 누워 있었는데, 정말이지 부드러운 털을 쓰다듬어주고 싶은 마음을 불러일으켰다. 맙소사! 단지 부드럽게 쓰다듬었을 뿐인데, 그 수컷 고양이는 배은망덕하게도 내게 덤벼들어 사납게 손을 할퀴었다. 그 순간부터 나는 더 이상 영국을 견딜 수 없었고, 바로 다음 날 파리로 건너갔다.

아우구스타와 알베르타 그리고 말펜티 부인 역시 너무나 우스워 폭소를 터뜨렸다. 반면에 아다는 놀란 눈치였는데, 잘못 들었다고 생각하는 것 같았다. 서점 주인이 홀대하고 할퀴었다는 말이에요? 나는 형편없이 반복되는 똑같은 말을 지루하게 되풀이해야 했다.

똑똑한 알베르타가 나를 도우려 했다.

"고대인들도 동물들의 움직임을 보고 중요한 결정을 내렸잖아요."

그건 도와주는 게 아니었다. 영국 고양이는 전혀 예언적인 행동을 하지 않았다. 운명대로 반응한 것이다!

눈이 커진 아다가 설명을 더 자세히 듣고 싶어 했다.

"그 고양이가 제노 씨에게는 영국인 전체를 나타낸다고 여겨졌나요?"

정말 운이 나빴다! 그 사건이 진실인 만큼 내게는 특정한 의미가 있는 것처럼 교훈적이고 흥미롭게 여겨졌지만, 이탈리아에서는 그 고양이의 행동이 그 정도의 중요성을 갖지 못했다. 나는 그 사실을 미처 알아차리지 못했다. 나는 질문에 대한 대답 대신 이렇게 말했다.

"틀림없이 이탈리아에서는 어떤 고양이도 그런 행동을 하진 않을 겁니다."

아다는 한참이나 웃었다. 마지막에 덧붙인 설명으로 사건은 형편없어지고 나까지 참담해졌기 때문에 내게 일어난 일이 지나치게 과장된 듯한 기분이었다.

"서점 주인은 고양이의 반응에 놀랐어요. 다른 손님들에게는 얌전하고 순했거든요. 그 사건은 저라서 일어난, 아니 제가 이탈리아인이기 때문에 일어난 겁니다. It was really disgusting.* 그래서 도망쳐야 했죠."

그 순간 정신이 번쩍 나는 사건이 벌어졌다. 그때까지 아무 말 하지 않고 나를 물끄러미 바라보고 있던 꼬마가 아다의 감정을 표현하기라도 하는 듯 큰 목소리로 말했다.

"아저씨가 미쳤다는데, 완전히 미친 게 사실이에요?"

말펜티 부인은 안나를 야단쳤다.

"입 좀 다물래? 어른들 얘기에 끼어드는 게 창피하지 않아?"

야단친 것이 더 나쁜 결과를 가져왔다. 안나는 크게 외쳤다.

"아저씨는 미쳤어요! 고양이들과 말한다고요! 어서 끈으로 아저씨를 묶어야 해요!"

난감해져 얼굴이 빨개진 아우구스타가 일어나 안나를 꾸짖고서 내게 대신 사과를 하고는 여동생을 데리고 나갔다. 하지만 어린 독사는 문밖으로 나가면서도 여전히 나를 똑바로 쳐다보면서 얼굴을 잔뜩 찡그리고 소리쳤다.

---

* 영어로, "그건 정말 혐오스러웠어요"라는 뜻.

"사람들이 아저씨를 꽁꽁 묶을 테니 두고 봐요!"

예상치 못한 갑작스러운 공격에 나는 즉시 나를 방어할 방법을 찾지 못했다. 그렇지만, 아다 역시 자신의 감정을 동생이 그런 식으로 표현한 것만 같아 미안해하는 걸 보고 나는 다행으로 여겼다. 어린 꼬마의 무례한 언행이 아다와 나를 다시 가까워지게 만든 것이다.

나는 한바탕 웃으면서 내 정신 상태를 종합적으로 검사한 공식적인 진단서가 집에 있다고 말했다. 그렇게 해서 그들은 내가 늙은 아버지에게 했던 장난을 알게 되었다. 나는 안나에게 그 진단서를 보여줄 참이었다.

내가 그만 가려는 눈치를 보이자 그들은 더 있다 가라고 말렸다. 떠나기 전에 또 다른 고양이가 할퀸 상처를 잊기를 바랐다. 그들은 차 한 잔을 가져다주며 나를 붙들었다.

아다에게 호감을 얻기 위해서는 실제 내 모습에서 조금 달라져야 한다는 걸 어렴풋이 느꼈다. 그녀가 원하는 모습으로 내가 변하는 것은 쉬울 거라 생각했다. 나는 아버지의 죽음에 대해서 그녀와 계속 이야기를 나눴다. 나를 무겁게 억누르는 커다란 고통을 드러내면 진지한 그녀가 나와 함께 그 고통을 공감할 수 있을 것 같았다. 하지만 그녀와 닮아 가려는 노력을 할수록 나는 나의 자연스러움을 잃어버렸다. 그래서 얼마 못 가 그녀에게서 멀어졌다. 아버지를 잃은 상실 때문에 일어난 고통은 이루 말할 수 없는 것이어서, 만약 내게 자식들이 생긴다면 내가 세상을 떠난 후에 크나큰 고통을 겪지 않도록 나를 덜 사랑하게 할 거란 말을 했다. 그런 목적을 이루기 위해 어떤 방식으로 처신하겠느냐고 그들이 물었을 때 살짝 당황스러웠다. 아이들을 학대하고 때릴 것인가?

알베르타가 웃으면서 말했다. "가장 확실한 방법은 자식들을 죽이는 거네요."

아다는 내 기분이 상하지 않기를 바라는 듯했다. 그녀는 망설이고 있었고, 온갖 노력에도 결국 그 망설임을 넘어서지 못했다. 곧 그녀는 내가 자식들의 삶을 그렇게 이끌어가려고 계획하는 것은 자식에 대한 배려 때문이겠지만, 죽음을 준비하기 위해 살아가는 건 옳지 않은 것 같다고 말했다. 나는 고집을 굽히지 않았고, 죽음이야말로 진정한 삶의 주관자라고 주장했다. 나는 언제나 죽음에 대해서 생각했고, 죽어야 하는 운명이라는 단 한 가지 고통만을 지니고 있었다. 다른 모든 것들은 그보다 중요하지 않았으므로 기분 좋은 미소를 짓거나 아주 유쾌한 웃음으로 넘길 수 있었다. 내 삶에서 이미 굉장히 중요한 부분이 된 그녀와 함께 있다는 생각에 진실성이 떨어지는 이야기들을 아무렇지 않게 했다. 솔직히 내가 아주 유쾌한 남자라는 것을 그녀에게 알리고 싶은 욕망 때문에 그렇게 말했다고 생각한다. 유쾌함은 종종 여자들과의 관계를 수월하게 해주었다.

생각에 잠겨 머뭇거리던 그녀는 나와 같은 성향을 좋아하지 않는다고 고백했다. 삶이 지닌 가치가 하락하면서 삶은 어머니 자연이 원했던 정도보다 위태로워지고 있었다. 진심으로 그녀는 내가 그녀를 위한 상대가 아니라고 말했다. 하지만 그녀를 망설이게 하고 생각에 잠기게 하는 데는 성공했으며, 그것이 내게 성공으로 비춰졌다.

알베르타는 나와 비슷하게 삶을 해석한 어느 고대 철학자의 말을 인용했고, 아우구스타는 웃음이야말로 너무나 아름다운 것이라고 말했다. 그녀의 아버지 또한 웃음이 많았다.

"왜냐하면 전망 있는 사업을 좋아하니까요." 말펜티 부인이 웃었다. 드디어 그날의 잊을 수 없는 방문이 끝났다.

이 세상에서 가장 어려운 것은 원하는 바대로 결혼하는 일일 것이다. 내 경우를 보더라도 결혼하겠다는 결심이 약혼자 선택보다 훨씬 앞서 있었다. 왜 신붓감을 선택하기 전에 될수록 많은 여자들을 만나지 않았을까? 아니다! 지나치게 많은 여자들을 만나는 것은 정말이지 내키지 않았고, 그런 일로 피곤해지고 싶지 않았다. 하지만 결혼할 여자를 선택하더라도 조금 더 살펴볼 기회가 있었을 테고, 최소한 그녀가 행복한 결말로 끝나는 연애소설의 등장인물처럼 나와 역경을 헤쳐갈 각오가 되어 있는지 확인해볼 수 있었을 것이다. 그러나 나는 진지한 목소리에 조금은 헝클어졌지만 단정한 머리를 한 여자를 선택했다. 그녀는 매우 신중해서 나처럼 지적이고 못생기지 않은 데다 부유하고 좋은 가문 출신인 남자를 거절하지 않을 거라 생각했다. 우리가 나눈 몇 마디 말에 벌써 나는 어떤 어그러짐을 느꼈지만, 그것은 일치로 향하는 길이었다. 차라리 그때 내 생각을 고백해야겠다. '나는 그녀를 좋아하니까 그녀가 원한다면 달라지겠어. 하지만 그녀는 지금 모습 그대로 남아 있어야 해'라고 생각했다. 다른 사람들을 변화시키는 것보다 자기 자신이 변화하는 게 더 쉽다는 건 분명하기 때문에 여러 면에서 나는 매우 순종적이었다.

얼마 지나지 않아 말펜티 가족은 내 삶의 중심이 되었다. 장인이 나를 가족들에게 소개한 뒤로 그를 따라 매일 저녁 그 집에 들렀다. 그는 더욱 친밀하고 허물없는 태도로 나를 대했다. 그의 친밀함에 힘입어 나는 적극적으로 변해갔다. 맨 처음에는 일주일에 한 번씩 말펜티 가의 여인들을 보러 갔다. 그 뒤로 횟수가 점점 잦아졌고, 결국에는 하루도 빠짐없이 그 집에 가서 오후 시간을 보냈다. 집을 방문하기 위한 핑계는 부족한 법이 없었고, 내게 그 기회들이 주어진 게 틀림없다고 믿었다. 가끔 나는 바이올린을 가져갔는데, 그 집안에서 유일하게 피아노를 연주하는 아우구스타와 잠깐씩 음악을 연주하곤 했다. 아다가 피아노 연주를 못하는 것이 안타까웠다. 게다가 내 바이올린 연주 실력이 무척 형편없다는 것과 아우구스타가 뛰어난 음악가가 아니라는 것은 더욱 유감스러웠다. 나는 소나타를 연주할 때마다 바이올린을 연주한 지 너무 오래됐다는 거짓 핑계를 대면서 곡이 너무 어려워 어쩔 수 없이 몇 소절을 건너뛰어야만 했다. 피아니스트는 거의 늘 아마추어 바이올리니스트보다 우위에 있기 마련이다. 아우구스타는 괜찮은 연주 실력을 가지고 있었지만 그녀보다 연주 실력이 훨씬 떨어지는 나는 도무지 내 실력이 만족스럽지 않았다. 그래서 나는 이런 생각을 했다. '내가 그녀처럼 연주할 수 있다면 얼마나 좋아질까!' 내가 아우구스타를 판단하고 있는 동안 다른 이들은 나를 평하고 있었다. 나중에야 알게 됐지만 평가는 우호적이지 않았다. 아우구스타는 언제라도 기꺼이 우리의 소나타를 기쁜 마음으로 되풀이해서 연주했을 테지만, 나는 아다가 지루해하는 걸 알아차렸다. 그래서 여러 번이나 바이올린을 깜박 잊고 집에 두고 온 척했다. 그러자 아우구스타는 더 이상 연주에 대해서 말하지 않았다.

그 집에서 시간을 보내는 동안 나는 안타깝게도 아다와만 지낼 수는 없었다. 그러다 얼마 지나지 않아 하루를 온전히 그녀와 함께할 기회가 찾아왔다. 그녀는 내가 선택한 여인이었고 그래서 이미 내 사람이었다. 나는 인생의 선물이 너무나 아름다워 보였기 때문에 부푼 꿈들로 그것을 장식했다.

스스로 필요를 느끼고 또 내게 부족했던 많은 성향들을 모두 그녀에게 투영해 가꾸었다. 그녀는 나의 동반자를 넘어서서 전투와 승리를 통해 나를 온전히 남자다운 삶으로 이끌어갈 두번째 어머니가 되어야만 했기 때문이다.

꿈속에서 그녀를 나른 이들에게 넘기기 전에 외모 역시 아름답게 꾸몄다. 실제로 살아오는 동안 나는 많은 여자들의 꽁무니를 따라다녔고, 대부분은 다가오도록 허락했다. 꿈에서 나는 모든 여자들의 마음을 얻었다. 물론 그들의 모습을 더욱 아름답게 변형시키지는 않았다. 하지만 아름다운 여인들의 초상화를 그릴 때 다른 아름다운 것을 떠올리는, 가령 아주 정교한 도자기 인형에 생각을 집중하는 섬세한 화가 친구처럼 나 또한 그렇게 했다. 그것은 위험한 꿈이었다. 꿈에 등장한 여인들에게 새로운 힘을 부여하고, 현실로 돌아와서도 꿈속에서 그녀들에게 덧입혀졌던 과일과 꽃, 그리고 도자기 인형들의 어떤 환영들이 그녀들에게 고스란히 간직되어 있기 때문이다.

내가 아다에게 구애했던 이야기를 하는 건 어렵다. 바보 같은 시도를 잊기 위해 내 삶의 기나긴 시기를 노력하며 보내야 했다. "짐승처럼 날뛰었던 나는 내가 아니에요!"라고 고함치고 따지고 싶을 만큼 그때의 무모한 시도가 정말이지 나를 부끄럽게 만들었다. 그때의 그는 누구였던가? 마음속 반발은 어느 정도 위로를 가져왔고 그렇다고 우겼다. 스무 살에 그런 식으로 행동했다면 덜 볼썽사나웠을 것이다! 그러나 결혼을 결심했다는 이유로 야만인 취급을 받은 것이 내게는 너무나 부당하게 여겨진다. 항상 무모함에서 나온 충동에 이끌려 이미 온갖 모험을 경험한 내가 사랑하는 여인이 눈치채지 못하게 손을 슬쩍 만져보고, 그와 같은 접촉의 영광을 얻은 신체 부위를 애지중지하는 수줍은 어린 소년이 되고 말았다. 내 인생의 가장 순수한 모험이었던 이 사건은 노인이 된 오늘날까지 가장 부끄러운 일로 기억되고 있다. 마치 열 살짜리 소년이 유모의 가슴에 매달린 것처럼 장소와 시간 모두 어긋나버린 일이었다. 생각만 해도 정말이지 역겨운 일이었다! 오랫동안 내 마음을 분명하게 말하지 못한 망설임을 어떻게 설명해야 할까. "결정해! 나를 원해 아니면 원하지 않아?"라고 말하지 못한 망설임을. 나는 꿈에서 깨어 그 집으로 향하곤 했다. 2층으로 향하는 계단을 오르면서 계단 수가 홀수이면 그녀가 나를 사랑하는 것이라 생각하며 숫자를 세어보았다. 계단은 마흔세 계단이라서 항상 홀수였다. 나는 뚜렷한 확신을 가지고 그녀 곁으로 다가갔다. 그러고는 전혀 다른 엉뚱한 얘기로 끝을 맺기 일쑤였다. 아다는 내게 아직 싫은 감정을 드러낼 기회를 찾지 못했다. 그리고 나는 침묵으로 일관했다. 나 역시 아다의 입장이라면 서른 살 남자의 엉덩이를 걷어찼을 것이다!

어떤 면으로는 사랑하는 여자가 끌어안길 기다리며 아무 말도 못하는, 사랑에 빠진 스무 살 청년 같기만 했던 건 아니다. 그런 일은 전혀 기대하지 않았다. 고백은 곧 할 테지만 나중 일이었다. 내가 관계를 진척시키지 않은 것은 나 자신에 대한 깊은 의심 때문이었다. 나는 아름답고 고귀한 아가씨보다 더욱 품위 있고, 더욱 강하고, 더욱 자격을 갖추게 되기를 기다리고 있었다. 언젠가는 가능한 일이었다. 그러니 왜 기다리지 않겠는가?

다만 내가 실패를 향해 나아간 것을 제때 알아차리지 못한 것이 부끄럽다. 나는 그 아가씨들 중에서도 가장 단순한 성격을 지닌 아가씨에게 구애했던 것이다. 하지만 그녀에 대한 환상 때문인지 내게 그녀는 마치 가장 능수능란한 바람둥이 여자처럼 보였다. 그녀가 나에 대해 알고 싶어 하지 않는다는 진심을 분명히 드러냈을 때, 내가 느낀 깊은 슬픔과 고통은 부당하게 느껴졌다. 하지만 현실과 꿈은 분간할 수 없을 정도로 뒤섞여 있어 그녀가 내게 키스한 적이 없다는 사실이 불분명할 정도였다. 여성을 오해하는 것은 다름 아닌 남자다움이 부족하다는 표시다. 이전에는 결코 그런 실수를 한 적이 없었다. 아다에 대해서 나 스스로를 속였다고 생각할 수밖에 없었다. 처음부터 내가 아다와 나의 관계를 왜곡시켰기 때문이다. 나는 그녀를 정복하기 위해서가 아니라 그녀와 결혼하기 위해서 접근한 것이었다. 그것은 사랑의 특별한 길이고 아주 넓고 편안한 길이지만 그녀에게 가까이 다가가기에는 그 절반에도 이르지 못하는 길이었다. 이렇게 다가간 사랑에는 기본적인 성격이 빠져 있다. 여성의 복종적인 태도가 그것이다. 그런 조건이 충족되면, 남성은 자기 입장에서 시각과 청각을 비롯한 자신의 모든 감각을 확장할 수 있는 대단히 느긋한 여유 속에서 자기 나름대로 준비에 들어간다.

나는 매일 세 명의 아가씨에게 꽃을 선물했다. 그 결과 세 명 모두에게 그릇된 환상을 심어주었다. 무엇보다도, 믿기지 않을 만큼 가벼운 마음으로 매일같이 그들에게 지난 내 삶의 이야기를 들려주었다. 현재가 가장 중요해질 때, 기억은 과거보다 더 열정적으로 다가온다. 죽어가는 사람들은 숨을 거두는 마지막 순간에 자신들의 전 생애를 다시 본다고 한다. 이제 내 과거는, 내가 과거에서 점점 멀어진 듯하자 마지막 작별을 고하는 강력한 힘으로 나를 붙잡고 있었다. 확실하진 않지만 아다가 보인 무관심을 무마시킬 정도였던 아우구스타와 알베르타의 관심에 용기를 얻어 나는 세 아가씨들에게 내 과거 이야기를 들려주었다. 타고난 온화함을 지닌 아우구스타는 쉽게 감동했고, 알베르타는 자기도 그와 비슷한 모험들을 경험하고 싶은 열망에 볼이 발그레해져서 자유분방했던 내 학창 시절 이야기에 귀를 기울였다.

많은 세월이 지난 뒤에 세 자매 중 누구도 내 이야기가 사실이라고 믿지 않았다는 걸 아우구스타에게서 들었다. 그래서 아우구스타에게는 더 소중하게 여겨졌다고 했다. 그녀에게는 내가 지어낸 이야기들이 실제로 운명이 초래한 것보다 더 내 것 같았기 때문이다. 알베르타는 믿음이 가지 않던 이야기에서 아주 좋은 힌트를 얻었기 때문에 오히려 즐겁게 받아들였다. 나의 거짓말에 불쾌해했던 사람은 오직 진지한 아다뿐이었다. 온갖 노력에도 불구하고 나는 목표물의 한가운데를 노렸으나 그 옆자리를 명중시킨 사수처럼 되어버렸다.

그렇지만 내 이야기의 대부분은 사실이었다. 말펜티 가의 딸들 이전에 만났던 다른 여러 여자들에게도 그 이야기들을 들려줬기 때문에 얼마나 사실인지는 말하지 못하겠다. 내 의도와는 달리 원래 이야기보다 표현이 더 풍부해지고 내용도 좀 바뀌었다. 하지만 그렇게 얘기할 수밖에 없었던 그 순간에는 전부 사실이었다. 지금에 와서 진실인지 아닌지를 밝히는 건 별로 중요하지 않다. 내가 지어낸 것을 기꺼이 믿는 아우구스타의 환상을 깨고 싶지 않으니까.

아다의 경우, 이제는 생각을 바꾸어 그 이야기들을 사실로 여긴다고 믿는다. 드디어 내 생각을 분명하게 말해야겠다고 판단한 바로 그 순간에 아다를 향한 내 모든 실패가 현실이 되어 나타났다. 놀랍고 믿기지 않는 심정으로 그 증거를 알게 되었다. 그녀는 내게 반감을 드러내는 말을 단 한 마디도 하지 않았다. 그러는 동안 나는 그녀가 큰 호감이 없음을 나타내는 미미한 징후들마저 보지 않으려고 눈을 감았다. 나 또한 해야 할 고백을 미루고 있었다. 심지어 나는 아다가 내가 자신과 결혼하려고 마음먹은 걸 모르고 있었으며 괴상하고 덕이 부족한 학생인 내가 그와는 전혀 다른 걸 원할 거라 여긴 건 아닌지 추측해보기도 했다.

결혼이라는 너무나 분명한 목적 때문에 오해는 언제까지나 계속됐다. 나는 꿈속에서 잊을 새 없이 볼에 윤을 내고 손과 발을 더 아담하게 만들고 그녀의 신체 치수를 날씬하고 세련되게 변형시켜왔던 바로 그 대상, 정말 아다의 모든 것을 원했다. 그녀를 아내로서 그리고 연인으로서 욕망했다. 그러나 처음에 다가가는 방식이 결정적으로 중요했다.

그 무렵 그 집에 갔을 때 다른 두 자매가 번갈아 세 번이나 나를 맞이하는 일이 벌어졌다. 아다가 없는 이유가 처음엔 누군가를 방문하느라, 두번째는 몸이 좋지 않아서라는 핑계로 이어졌고, 세번째는 초조해진 내가 질문을 할 때까지 아무런 변명도 없었다. 그때 아우구스타는 내 질문에 대답하지 않았다. 대신 그녀가 도와달라는 눈빛으로 바라본 알베르타가 대답했다. 아다는 어느 친척분 댁에 갔다는 것이다.

나는 숨이 막히는 듯했다. 아다가 나를 피하는 것이 분명했다. 전날까지만 해도 그녀의 빈자리를 견뎌냈고, 그녀가 드디어 나타나길 바라면서 오히려 방문을 미루었다. 그날 나는 아무 말도 하지 못하고 잠깐 그곳에 머물렀다. 잠시 후 갑작스러운 두통이 일어나 자리를 피해 일어났다. 나를 밀어내는 아다의 행동과 맞닥뜨리면서 그날 처음 느낀 맹렬한 감정은 분노와 혐오감이었다! 조반니에게 말해 큰딸에게 명령을 내리도록 해볼까 하는 생각까지 했다. 결혼에 안달 난 남자는 조상들이 하던 행동을 그대로 따라 하면서 역시나 비슷한 짓을 저지르게 마련이다.

아다가 세번째로 집을 비운 것은 더욱 의미심장하게 다가왔다. 그녀가 집에 있었으면서 방 안에 조용히 숨어 나오지 않았다는 사실을 알았다.

게다가 그 집에서 내가 마음을 얻지 못한 또 한 사람이 있었다는 걸 이야기해야겠다. 바로 어린 안나였다. 다른 가족들이 호되게 야단친 덕분에 그녀는 더 이상 나를 공격하지 않았다. 몇 번인가 그녀 역시 언니들을 따라 내가 들려주는 이야기들을 듣기도 했다. 하지만 내가 떠날 때는 현관 입구까지 따라 나와서 신사답게 자기에게 고개를 숙이라고 명령하며 발끝을 세웠다. 그러고는 내 귀에 작은 입을 대고 나밖에 들을 수 없는 작은 목소리로 속삭였다.

"아저씨는 미쳤어. 정말 미쳤어!"

재미있는 점은 다른 사람들 앞에서는 그 말썽쟁이 꼬마가 내게 존댓말을 썼다는 것이다. 말펜티 부인이 그 자리에 있으면 그녀는 당장 엄마 품으로 달려갔고, 그녀는 어린 딸을 어루만지며 말했다.

"우리 꼬마 안나가 얼마나 공손해졌는지 몰라요! 안 그런가요?"

나는 아무런 대꾸도 하지 않았고, 공손한 안나는 여전히 전과 똑같은 방식으로 미쳤다고 나를 놀려댔다. 그녀의 공격에 나는 감사 표시처럼 야비한 미소로 응대했다. 나는 그 꼬마가 어른들에게 자신의 공격적 행동을 털어놓을 용기가 없기를 바랐다. 어린 여동생이 나에 대해 내린 판단이 아다에게 알려지기를 바라지 않았기 때문이다. 그 꼬마는 실제로도 나를 당황하게 만들고야 말았다. 다른 사람들과 말하고 있을 때 눈이 그녀와 마주치면 즉시 다른 데로 시선을 돌려야 했다. 자연스럽게 그렇게 하기가 어려웠다. 틀림없이 내 얼굴은 빨개져 있었을 것이다. 나를 미치광이로 보는 그 철부지 꼬마가 나를 파괴할 수 있을 것처럼 느껴졌다. 그녀에게 선물을 가져다주었지만 그녀의 마음을 돌리는 데는 소용이 없었다. 그녀는 자신의 권력과 나의 약점을 명확히 알아차렸다. 그래서 다른 사람들이 있으면 나를 거만한 표정으로 뚫어지게 살펴보았다. 우리 몸에 감춰져 있는 어떤 섬세한 지점처럼 우리의 의식 안에 생각하기를 꺼리는 부분이 있다는 생각이 든다. 그것이 무엇인지 모르지만 분명히 있다는 건 알고 있다. 나를 샅샅이 탐색하고 싶어 하는 그 꼬마의 시선에서 나는 고개를 돌렸다.

그러나 혼자서 쓸쓸히 그 집을 나섰던 그날은, 안나가 나를 따라와 평상시 하던 말을 들려주려고 내게 허리 숙여 인사하라고 시켰을 때 나는 정말 미친 사람 같은 이상한 얼굴로 고개를 숙였다. 그러고는 손톱을 잔뜩 세운 손을 그녀를 향해 위협적으로 뻗었다. 그녀는 소리를 지르고 울면서 달아나버렸다.

그렇게 해서 결국 여동생의 고함 소리를 듣고 나온 아다를 보게 되었다. 어린 꼬마는 내게 미치광이라고 했더니 자기를 무섭게 겁줬다고 훌쩍이면서 말했다.

"저 아저씨는 미쳤으니까 얘기해주고 싶었어. 그게 뭐 나빠?"

아다가 집에 있었던 걸 보고 놀란 나는 어린아이의 말이 들리지 않았다. 그러니까 그녀의 여동생들이 전부 나를 속인 것이다. 아우구스타는 변명할 책임을 알베르타에게 떠넘겼으니 알베르타 혼자 그랬다고 해야 할 것이다! 잠시 동안 모든 상황을 추측해가면서 완벽한 결론에 다다랐다. 나는 아다에게 말했다.

"당신을 보게 되어 반갑군요. 사흘 전부터 친척분 댁에 계신 줄 알았어요."

그녀는 울고 있는 어린 동생을 달래느라 고개를 숙이고 있던 탓에 바로 대답할 수 없었다. 나는 그녀의 설명을 기다리다 머리끝까지 화가 치밀었다. 나는 할 말이 없었다. 다시 현관문으로 가기 위해 발걸음을 떼었다. 만약 아다가 대답하지 않았다면 그대로 떠나서 다시는 돌아가지 않았을 것이다. 나는 끓어오르는 분노를 느끼면서, 그토록 오랫동안 간직해온 꿈을 포기하는 것이 너무나 쉽게 생각됐다.

그 순간 그녀가 얼굴을 붉히며 다가와, 친척분이 집에 안 계셔서 방금 전에 들어왔다고 말했다. 그녀의 말은 내 분노를 가라앉히기에 충분했다. 울음을 그치지 않는 어린 동생을 자상하게 달래는 그녀는 얼마나 아름다운지! 어린 동생에게 더 가까이 다가가려고 움츠린 그녀의 몸은 너무나 유연하게 움직였다. 나는 다시 그녀를 내 여자로 생각하면서 그녀의 모습에 감탄하느라 시간을 지체하고 있었다.

나는 마음이 많이 누그러져서 그녀가 조금 전에 내가 보였던 분노를 잊기를 바랐다. 그래서 아다는 물론 안나에게도 최대한 친절하게 대했다. 나는 진심으로 웃으면서 말했다.

"안나가 자주 미치광이라고 놀려서 진짜 미친 사람의 얼굴과 몸짓을 보여주고 싶었어요. 용서해요! 울보 꼬마 안나, 난 착한 미치광이니까 겁내지 마요."

아다 또한 상당히 예의를 지켰다. 계속해서 울먹이는 어린 동생을 타이르고는 내게 사과하라고 시켰다. 만일 안나가 화가 나서 달아나버리는 행운이 있었다면 그녀에게 말했을 것이다. 외국어 문법책에 있을지 모를 한 문장, 자기가 머무는 나라의 언어를 모르는 사람이 겪는 삶의 어려움을 덜어줄 목적으로 만들어진 아름다운 한 문장을 말했을 것이다. "당신 아버지께 당신의 손을 건네달라고 해도 될까요?"라고. 결혼하고 싶다는 마음이 든 것은 그때가 처음이었다. 그래서 나는 전혀 모르는 낯선 땅에 있는 기분이었다. 그때까지 나는 사귀었던 여자들을 아주 다르게 대해왔고 덥석 그녀들의 손부터 잡았었다.

하지만 아다에게는 얼마 되지 않는 그 짧은 문장조차 말하지 못했다. 그 말이 나오기 위해서는 시간이 필요했다! 얼굴에는 애원하는 표정이 따라줘야만 했다. 안나는 물론 아다와도 갈등을 겪은 직후에 금세 그런 표정을 짓기는 어려웠다. 복도 끝에서는 어린 딸의 울음소리를 들은 말펜티 부인이 벌써 저만치서 걸어오고 있었다.

나는 작별 인사로 정중히 내미는 아다의 손을 잡고 그녀에게 말했다.

"내일 뵙지요. 부인께 죄송하다고 전해주세요."

그러나 내 손에 편안히 놓인 그녀의 손을 놓기가 망설여졌다. 이렇게 떠나면 여동생의 무례한 행동에 대한 보상으로 친절을 베푼 그녀에게 말할 유일한 기회를 포기해야 할 것 같았다. 나는 그 순간에 느낀 직감을 따랐다. 고개를 숙여 그녀의 손에 입을 맞추었다. 그때까지 왼손으로 치마를 붙들고 있는 안나를 잡고 있던 아다가 내 입술이 닿은 오른손에 뭐라도 쓰여 있는 것처럼 금세 놀라서 쳐다보는 모습을 보고 나는 재빨리 문밖으로 나갔다. 그 순간 말펜티 부인은 내 행동을 눈치채지 못했다고 믿는다.

전혀 의도하지 못한 내 행동에 나 자신도 놀라서 계단에서 잠시 주춤했다. 내가 닫고 나온 그 문으로 다시 돌아가 초인종을 누르고, 아까 아다가 자신의 손에서 부질없이 찾던 고백의 말들을 그녀에게 전할 수 있을까? 아니다! 지나치게 조급해 보여서 품위가 떨어질지 모른다. 더욱이 앞서 다시 오겠다고 말했기 때문에 그녀에게 내 행동을 해명해야 했다. 그녀에게 설명할 기회를 얻고 답변을 듣는 건 시간을 다툴 문제가 아니었다. 그렇게 해서 세 자매에게 개인사 얘기는 그만하게 되었고, 대신 자매들 중 한 명의 손에 입맞춤을 할 수 있었다.

그러나 그날 하루는 오히려 불쾌한 기분이었다. 나는 불안하고 안절부절못했다. 힘겹게 실행한 내 시도가 어떤 결말을 맺을지 빨리 보고 싶은 성급함이 불안을 부채질했다. 아다가 나를 거부한다면 나는 아주 담담하게 다른 여자들을 찾아 나서는 상상을 했다. 그녀에 대한 집착은 모두 내 멋대로 세운 해결책에서 비롯되었다. 그 해결책은 이제 또 다른 여인이 나타나야만 지울 수 있었다! 그러나 그 순간 이 세상에는 다른 여자들은 존재하지 않았으며, 오직 아다만이 필요했다.

그날 밤도 너무나 길게만 여겨졌다. 나는 거의 잠을 이루지 못하고 밤을 보냈다. 아버지가 돌아가신 뒤로 나는 늦게까지 잠들지 못하는 올빼미 습관을 버렸었다. 그러나 결혼하기로 결심한 이후 이상하게 예전 버릇이 다시 생겼다. 그래서 빨리 시간이 지나가도록 잠을 청하려고 일찌감치 잠자리에 들었던 것이다.

낮에 그 집 거실에 있었을 때는 아다가 세 번이나 자리를 비운 이유에 대해 설명한 것을 곧이곧대로 믿고 받아들였다. 그 믿음은 내가 선택한 진지한 여인이 거짓말을 할 줄 모른다는 굳은 확신에서 나온 것이었다. 그러나 밤이 되자 그러한 믿음이 약해졌다. 아우구스타가 말하길 꺼려했을 때, 알베르타가 언니는 친척집에 갔다는 핑계를 댄 사실이 떠올랐다. 화가 치밀어 올라 어떤 말을 내뱉었는지 잘 기억나지 않지만 내 입으로 직접 그 핑계를 떠벌린 건 틀림없었다. 맙소사! 내가 그런 행동을 하지 않았더라면, 그녀는 변명을 둘러대기 위해 다른 이야기를 꾸며냈을지 모른다. 그러면 나는 그녀가 거짓말하는 것을 알아차리고, 그녀를 원하고 있다고 벌써 고백했을 것이다.

그런 식으로 흘러갔다면 나는 내게 아다가 얼마나 중요한 존재인지 깨달았을 것이다. 흥분한 마음을 가라앉히기 위해 그녀가 나를 원하지 않으면 영원히 결혼을 포기하리라 다짐했기 때문이다. 어쨌든 그녀의 거절은 내 삶을 변화시켰을 것이다. 혹시 그녀의 거절이 내게는 행운이 될지 모른다는 생각에 잠겨 계속해서 꿈을 꾸었다. 결혼을 하는 사람이

나 혼자 살아가는 사람이나 모두 후회할 거라 말했던 그리스 철학자가 떠올랐다. 아무튼 나는 모험을 즐길 만한 힘을 여전히 잃지 않았다. 내게 부족한 유일한 능력은 잠을 자는 능력이었다.

새벽이 밝아올 무렵에 나는 겨우 잠이 들었다. 내가 깨어났을 때는 말펜티 가족을 방문할 시간이 가까워진 매우 늦은 시간이었다. 그래서 아다의 마음이 어떤지 밝혀줄 다른 사인을 찾아 공상에 빠져 있을 필요가 없었다. 하지만 너무나 중요한 사안에 몰두해 있을 때는 생각을 제어하기 어렵다. 그렇게 할 수 있다면 인간은 가장 축복받은 동물일 것이다. 그날 과장스럽게 행동한 내 모습을 곰곰이 돌아보느라 다른 것은 생각할 겨를이 없었다. 아다의 손에 입 맞춘 것이 잘한 일인가 아니면 그녀의 입술에 키스했어야 했는가?

그러나 바로 다음 날 아침, 사춘기 소년 같은 호기심에 생각해낸 남성다운 작전을 무너뜨리고 결정적으로 나를 굴복시킨 한 가지 생각이 머릿속에 떠올랐다. 그것은 아주 고통스러운 의심이었다. 만약 아다가 부모님의 설득에 못 이겨 나를 사랑하지도 않으면서, 아니 정말 내키지 않는데 나와 결혼한다면 어떻게 할 것인가? 말펜티 가족들, 즉 미래의 장인 조반니, 말펜티 부인, 아우구스타와 알베르타는 모두 나를 좋아했다. 오직 한 사람, 아다에 대해서만 확신이 서지 않았다. 가족의 강요에 떠밀려 하기 싫은 결혼을 억지로 하는 소녀가 등장하는 그저 그런 대중 소설이 떠올랐다. 하지만 나는 그런 상황을 허용하지 않을 것이다. 그래서 아다와 얘기를 나누어야 할, 아니 오직 아다와 단둘이 얘기를 나눠야 할 또 다른 이유가 생겼다. 지금까지 준비했던 고백으로는 충분하지 않을 것이다. 나는 그녀의 눈동자를 바라보면서 '나를 사랑하느냐?'고 물을 것이다. 그녀가 그렇다고 대답한다면 나는 진심인지 느끼기 위해 그녀를 두 팔로 껴안을 것이다.

그러고 나니 준비가 다 된 듯했다. 그러나 내가 말해야 할 부분을 확인하지 않고 구술시험을 보러 간 것과 같은 결과를 초래하고 말았다.

말펜티 부인이 혼자서 나를 맞이했다. 그녀는 나를 커다란 응접실 한쪽으로 안내하고는 내가 딸들 소식을 물어볼 겨를도 없이 생기발랄하게 수다를 늘어놓기 시작했다. 나는 당황스러웠지만 적절한 순간에 고백할 내용을 잊지 않기 위해 마음속으로 되뇌고 있었다. 그러다 순식간에 트럼펫 소리를 들은 듯 귀가 번쩍 띄었다. 말펜티 부인은 본론의 머리말을 꺼내고 있었다. 그녀는 자신과 남편이 내게 느끼는 우정 그리고 어린 안나를 포함한 가족 전체가 나에게 갖는 애정을 털어놓았다. 우리가 알고 지낸 지 오래되었으며 넉 달 동안 나를 매일 보아왔노라고 말했다.

"다섯 달이죠!" 나는 부인의 말을 수정했다. 처음 방문했을 때가 가을이었고 지금은 한창 봄이라는 사실을 기억하면서 지난밤에 셈해둔 덕분이었다.

"그래요! 다섯 달이네요!" 부인은 내 계산을 다시 셈하듯이 생각에 잠겨 말했다. 그런 후 속마음을 따지는 듯한 분위기로 말했다.

"제가 보기에 당신은 아우구스타를 난처하게 모는 것 같아요."

"아우구스타요?" 나는 잘못 들은 거라 생각하면서 물었다.

"네!" 부인이 또렷이 대답했다. "당신은 그 애를 좋아하는 것처럼 대하다가 부끄럽게 만들고 있어요."

나는 순진하게 내 감정을 밝혔다.

"하지만 전 아우구스타에게 아무런 감정이 없는데요." 그녀는 놀라워하며 충격 받은(그렇게 보인 걸까?) 표정과 반응을 보였다.

그녀의 말을 듣자마자 나는 사태의 심각성을 깨달았고, 서둘러 그녀의 오해에 대해 해명해야 했다. 아다를 알기 위해 다섯 달 동안 이 집을 방문했던 날들을 하나하나 떠올리면서 곰곰이 생각에 잠겼다. 아우구스타와 음악을 연주했고, 실제로 가끔은 아다보다 내 얘기를 잘 들어주는 그녀와 더 많은 대화를 나누었다. 하지만 그건 단지 그녀가 재미있어하는 내 이야기가 아다에게 전해지도록 하기 위해서였다. 사실대로 솔직하게 부인에게 털어놓고, 아다에 대한 내 마음을 얘기할까? 하지만 조금 전까지 아다와 단둘이 얘기를 나눠보고 그녀의 마음을 알아보자고 결심하지 않았는가. 아마 말펜티 부인에게 있는 그대로 말한다면 상황은 거꾸로 흘러갈지 모른다. 결국 아다와 결혼할 수 없게 되고, 아우구스타와도 결혼하지 못할 것이다. 나는 말펜티 부인을 만나기 전에 결심했던 대로 하기로 하고, 그녀의 당황스러운 얘기들을 듣고도 침묵을 지켰다.

골똘히 생각했지만 그럴수록 더욱 혼란스러워졌다. 상황을 이해하고 서둘러 파악하고 싶었다. 눈을 너무 크게 뜨면 사물이 더 잘 보이지 않는다. 자칫 잘못했다가는 말펜티 가족이 나를 집 밖으로 쫓아낼지도 모른다는 생각이 들었다. 하지만 그 위기를 넘길 수 있을 것 같았다. 그들이 보호하려 드는 아우구스타에게 구애한 적이 없으므로 나는 결백했다. 어쩌면 아다에게 다가가지 못하게 할 의도로 아우구스타를 들먹였는지 모른다. 그렇다면 그들은 왜 그런 식으로 더 이상 어린아이가 아닌 아다를 보호하는가? 나는 꿈속에서마저 그녀의 머리를 매만진 적이 없었다. 사실 내 입술로 그녀의 손등을 스친 것이 전부였다. 그녀를 포기하기 전에 아다와 얘기하고 싶었기 때문에, 나는 그 집에 출입이 금지되는 상황을 원하지 않았다. 그래서 떨리는 목소리로 부인에게 물었다.

“부인, 누구에게도 상처를 주지 않으려면 제가 어떻게 해야 할지 말씀해주세요.”

그녀는 망설였다. 내게는 큰소리를 치며 자기 생각을 떠들어대는 조반니를 상대하는 것이 더 편했다. 잠시 후 뭔가를 결심한 듯한 그녀가 예의 바르게 보이려 노력하면서 차분한 목소리로 말했다.

“당분간은 저희 집에 오시는 횟수를 줄이는 게 좋겠어요. 그러니까 매일이 아니라 일주일에 두세 번쯤요.”

그녀가 당장 그 집을 나가 다시는 찾아오지 말라고 딱 잘라 말했다면 늘 구애 계획에 집중해 있던 나는 아다와의 관계를 분명히 결정짓기 위해 최소한 하루나 이틀 더 그 집을 방문할 수 있게 해달라고 청했을 것이다. 걱정했던 것보다 훨씬 부드러운 그녀의 말은 오히려 내가 느낀 섭섭함을 표현할 용기를 주었다.

“부인께서 원하신다면 이 집에 다시는 발을 들여놓지 않겠습니다!”

그제야 내가 원했던 일이 일어났다. 그녀는 가족 전체의 호감에 대해서 다시 강조하고는 자신의 말에 서운해하지 말라고 부탁했다. 나는 너그러운 태도를 보였다. 그녀가 원하는 대로 하겠다고 약속했다. 그러니까 그 집에 나흘이나 닷새 동안은 찾아오지 않을 것이며, 그 후로는 정기적으로 일주일에 두 번 내지 세 번 방문할 것이고, 무엇보다 그녀에게 악감정을 가지지 않겠다고 말이다.

그러한 약속을 하고 나서 나는 그것을 지키겠다는 표시를 하고 싶었다. 그래서 당장 떠나기 위해 자리에서 일어났다. 부인은 웃으면서 나를 말렸다.

"이렇게까지 하실 필요 없어요. 그냥 머물러 계세요."

나는 그제야 중요한 일이 기억났다며 잠깐 자리를 비워도 되겠느냐고 물었다. 사실은 내게 찾아온 이 특별한 모험을 침착하게 생각해보기 위해 한시라도 빨리 혼자 있고 싶었다. 부인은 내가 가지 않아야 그녀에게 화가 나지 않았다는 증거를 보여주는 거라며 남아 있으라고 간곡히 청했다. 결국 나는 유행을 따르기 싫다는 여성복 패션에 관한 이야기며, 연극 소식 그리고 봄을 알리는 건조한 날씨에 대해서까지 한바탕 쏟아낸 말펜티 부인의 무의미한 수다를 형벌처럼 듣고 있어야만 했다.

하지만 곧 그것이 오히려 다행으로 여겨졌다. 마지막으로 한 가지 확인해야 할 것이 있었기 때문이다. 나는 질문을 하기 위해 흘려듣던 부인의 말을 가로막았다.

"제가 이 집과 거리를 둘 거라는 걸 가족 모두가 알고 있나요?"

그녀는 우리 사이에 오간 약속조차 기억하지 못하는 것처럼 보였다. 그러더니 영문을 모르겠다는 듯이 말했다.

"저희 집과 거리를 두다니요? 단 며칠 동안만이라고 얘기했을 텐데요. 그 얘기는 아무한테도 안 할 거예요. 남편한테도요. 오히려 당신도 저와 똑같이 생각하신다면 기쁘겠어요."

나는 그렇게 하겠다고 약속했다. 만일 내가 전처럼 자주 오지 않는 이유를 말해야 한다면 다양한 변명거리를 준비해놓겠다고 했다. 그때 나는 부인의 말을 철석같이 믿었고, 내가 갑자기 나타나지 않아 당황스러워하고 슬퍼할 아다의 모습을 그려보았다. 정말 기분 좋은 상상이었다!

이후로도 말펜티 부인이 최근에 급격히 오른 식료품 가격에 대해 말하는 동안 나를 이끌어줄 더 좋은 영감이 떠오르길 기다리면서 계속 더 머물렀다.

그러나 새로운 영감 대신 장인 조반니의 손위 누나이며 그보다는 훨씬 지적이지 못한 로지나 고모가 그곳에 도착했다. 도덕적인 면에서는 그녀가 누나임을 나타내는 몇 가지 닮은 점이 있었다. 우선 자신의 권리와 다른 사람들의 의무에 대해서 우스울 정도로 똑같은 의식을 가지고 있었다. 그녀는 의무에 대한 실천력이라고는 눈곱만큼도 없었고, 동생과 마찬가지로 쉽게 언성을 높이는 안 좋은 버릇을 갖고 있었다. 그녀는 자신이 남동생 집에서 많은 권리를 가지고 있다고 믿고 있었다. 나중에 안 사실이지만 오랫동안 말펜티 부인을 외부 침입자로 생각했다고 한다. 그녀는 결혼하지 않았고, 늘 자신의 가장 큰 적처럼 묘사하는 하녀 한 명과 살고 있었다. 임종 시에 그녀는 내 아내에게 살림을 맡아 하던 하녀가 떠날 때까지 집을 잘 감시하라고 당부했다.

조반니 가족은 모두 그녀의 호전적인 성격을 무서워하면서 참고 견뎠다. 그때까지 나는 그 집에 있었다. 로지나 고모는 조카들 중에서 아다를 가장 좋아했다. 나 역시 까다로운 고모의 우정을 쟁취하고 싶었다. 그래서 그녀에게 호감을 줄 만한 말을 찾았다. 전에 그녀를 마지막으로 보았을 때(당시에는 그녀를 쳐다볼 필요를 느끼지 못해서 얼핏 곁눈질해 보았었다) 그녀가 떠나자마자, 조카들이 고모의 안색이 좋지 않더라고 말했던 기억이 어렴풋이 났다. 그들 가운데 누군가가 이렇게 말했다.

"하녀한테 화가 난 일이 있어서 얼굴이 창백해지셨나 봐!"

드디어 내가 찾던 말을 발견했다. 나는 늙은 부인의 주름진 넓은 얼굴을 다정하게 바라보면서 말했다.

"많이 좋아지셨네요, 부인."

나는 결코 그 말을 꺼내지 말았어야 했다. 화들짝 놀란 그녀가 나를 쳐다보며 반박했다.

"난 늘 똑같아요. 언제보다 좋아졌다는 거죠?"

그녀는 내가 자신을 마지막으로 본 날을 알고 싶어 했다. 나는 정확히 그 날짜가 기억나지 않아, 그때도 똑같은 응접실에서 지금 우리가 앉아 있던 방향이 아니라 다른 방향에서 세 아가씨와 함께 오후를 보냈노라고 상기시켜야 했다. 나는 그녀에게 관심을 보이려고 한 것인데, 그녀가 요구한 설명이 대화를 너무 길게 끌고 갔다. 나의 가식적인 행위는 진짜 고통을 일으키며 나를 무겁게 짓눌렀다.

말펜티 부인은 미소를 지으며 대화에 끼어들었다. "로지나 고모님이 살쪘다는 얘기를 하려던 건 아니죠?"

맙소사! 로지나 고모가 발끈한 이유가 거기에 있었다. 그녀는 남동생처럼 몹시 뚱뚱해서 어떻게든 살을 빼기를 바라고 있었다.

"살이 찌셨다고요? 말도 안 돼요! 저는 부인의 혈색이 좋아지셨다는 얘길 하고 싶었던 것뿐입니다."

나는 다정한 모습을 잃지 않으려고 노력했고, 그녀에게 무례한 말을 하지 않기 위해 스스로 조심했다.

로지나 고모는 그때까지도 내 설명이 탐탁지 않아 보였다. 그녀는 최근 들어 아픈 적이 없었다. 그래서 왜 자신이 아파 보였는지 이해가 되지 않았다. 그러자 말펜티 부인이 자기 생각을 말했다.

"오히려 안색이 변하지 않는 게 고모님의 특징이에요. 그래 보이지 않나요?" 말펜티 부인은 나를 돌아보며 말했다.

내가 보기에도 그랬다. 오히려 아주 분명해 보였다. 나는 곧바로 자리를 떴다. 나는 로지나 고모의 마음이 누그러지길 바라면서 정중하게 손을 내밀었다. 그러나 그녀는 다른 데를 쳐다보면서 마지못해 손을 내밀었다.

그 집 문을 나서자 내 마음이 가뿐해졌다. 얼마나 자유로웠는지! 말펜티 부인의 의중을 살펴볼 필요도 없었고, 로지나 고모를 기분 좋게 하려고 노력할 필요도 없었다. 솔직히 로지나 고모가 무례하게 끼어들지만 않았어도 말펜티 부인의 지략은 완벽히 목적을 달성했을 것이고, 나는 제대로 대우받은 기분에 아주 기쁜 마음으로 그 집을 나섰을 것이다. 나는 성큼성큼 계단을 내려왔다. 로지나 고모는 말펜티 부인에게 좋은 핑곗거리나 마찬가지였다. 말펜티 부인은 내게 며칠 동안 그 집에서 떨어져 지내달라고 당부했다. 너무나 친절한 부인! 그녀가 기대하는 것 이상으로 기쁘게 해줄 것이다. 그리고 앞으로 나를 다시 보는 일은 절대 없을 것이다. 그녀와 고모 그리고 아다까지 나를 괴롭혔다! 대체 무슨 권리로 그럴 수 있단 말인가? 내가 결혼하고 싶어 하기 때문에? 하지만 나는 더 이상 그 생각을 하지 않았다! 자유는 얼마나 아름다운가!

나는 한껏 고조된 기분으로 15분 정도 거리를 활보했다. 그런 후 더 큰 자유의 필요성을 느꼈다. 그 집에 발을 들여놓지 않겠다는 나의 의지를 단호하게 드러내 보일 방법을 찾고 싶었다. 그러자 이별을 알리는 편지를 쓰는 게 어떨까 하는 생각이 스쳐 지나갔다. 내가 그 이유를 말하지 않는다면 그들을 영영 떠나는 것은 여전히 마음을 상하게 할 것이다. 그러나 나는 어렵지 않게 조반니와 그의 가족 전체를 잊어버릴 것이다. 나는 내 의지를 표현할 진중하고 매너 있는 그래서 조금은 역설적인 작별 방법을 찾아냈다. 나는 꽃집으로 달려가, 배달 날짜만 적은 카드와 함께 말펜티 부인에게 보낼 화려한 꽃다발을 골랐다. 다른 건 필요 없었다. 내가 결코 잊지 못할 날짜였고, 아다와 그녀의 어머니 역시도 잊지 않을 날짜였다. 바로 나폴레옹이 사망한 날인 5월 5일이었다.

나는 서둘러 꽃 배달을 요청했다. 정해진 바로 그날에 꽃다발이 도착하는 것이 무엇보다 중요했다. 하지만 그다음엔? 더 이상 할 일이 없었기 때문에 모든 일은 끝났다! 아다는 나와 떨어져 가족 모두와 함께 있었고, 나는 더 이상 어찌해볼 도리 없이 그들 중 누군가가 나를 찾아와 뭔가를 할 수 있는 기회를 주거나 아니면 새로운 소식을 전하러 오길 기다리며 지내야 했다.

나는 혼자만의 시간을 보내기 위해 서재로 달려갔다. 만일 내가 고통스러운 조바심을 참지 못하고 굴복했다면 꽃다발이 도착하기 전에 당장 그 집으로 달려갔을 것이다. 변명거리는 얼마든지 있었다. 깜박 잊고 우산을 두고 갔다고 말할 수도 있었다!

그러나 그런 행동은 하고 싶지 않았다. 꽃다발을 보냄으로써 나는 신사답게 지켜야 할 멋진 태도를 유지했다. 다음 반응은 그들의 몫이었기 때문에 나는 잠자코 가만히 있기로 했다.

서재에서 위안을 얻고자 반성한 끝에 내가 눈물 날 정도로 격분해서 절망에 빠졌던 이유를 분명히 알게 되었다. 나는 아다를 사랑하고 있었다! 그 표현이 정확한지 내 감정을 계속 분석했다. 나는 그녀가 내 여자만이 아니라 내 아내이길 원했다. 연약한 몸에 대리석같이 창백한 얼굴을 지닌 그녀, 불가해한 나의 정신을 이해하지 못하는 진지한 그녀, 지성과 직업적 삶을 내게 가르쳐줄 그녀를 사랑했다. 나는 그녀의 모든 것을 원했고, 그녀에게서 모든 것을 원하고 있었다. 결국 정확한 표현은 '아다를 사랑한다'는 것으로 결론지어졌다.

나는 나를 이끌어줄 수 있는 뭔가 중요한 것을 생각했던 것 같다.

망설임은 가라! 그녀가 나를 사랑하는지 아닌지 아는 것은 더 이상 중요하지 않았다. 그녀를 얻기 위한 노력으로 충분했고, 조반니가 허락할지 그녀와 얘기할 필요는 더군다나 없었다. 당장 행복에 다다르거나 반대로 모든 걸 잊고 상처에서 자유로워지기 위해 내 감정을 분명히 밝힐 필요가 있었다. 왜 기다림 속에서 그토록 고통받아야 하는가? 내가 확실히 아다를 잃었다는 사실을 알게 되면—조반니를 통해서만 그 사실을 알 수 있었다—하염없이 느리게 흘러가는 시간과 더는 싸울 필요가 없었다. 운명적인 것은 시간과 떨어져 있어 언제나 평온하다.

나는 즉시 조반니를 만나러 갔다. 그러나 그를 만나려고 두 번이나 장소를 옮겨야 했다. 처음에 향한 곳은 예부터 '새로운 주택가'라 불리는 거리에 위치한 사무실이었다. 그 거리의 높고 오래된 집들은 해 질 무렵 인적이 드문 바닷가 가까운 거리에 그림자를 드리우고 있었다. 나는 발걸음을 재촉했다. 걸어가면서 내가 그에게 말해야 할 문장을 가장 짧고 간결하게 준비하는 데에만 생각을 집중했다. 그의 딸과 결혼하겠다는 결심을 말하는 것으로 충분했다. 그를 이겨야 할 것도 없고 설득시킬 것도 없었다. 사업가인 그는 내 요구를 듣자마자 어떤 대답을 해야 할지 알 것이다. 정작 문제는 그와 같은 중요한 경우에 표준 이탈리아어로 말해야 할지 피에몬테 방언으로 말해야 할지가 걱정이었다.

그러나 조반니는 이미 사무실을 떠나 테르제스테오 증권거래소로 간 뒤였다. 그래서 나는 그곳으로 향했다. 증권거래소에서 그와 단둘이 얘기를 나누려면 한참 동안 기다려야 한다는 걸 알기 때문에 가능한 한 천천히 이동했다. 카바나 거리에 도착했을 때 좁은 길을 가득 메운 사람들 탓에 발걸음을 늦출 수밖에 없었다. 그 많은 군중을 스쳐 지나가는 동안 나는 환영을 보듯 드디어 오랜 시간 찾고 있던 뚜렷한 해답을 찾아냈다. 말펜티 가족은 내가 아우구스타와 결혼하길 원하며 아다와 결혼하길 원하지 않는다는 것이었다. 아우구스타가 나를 사랑하고 아다는 전혀 그렇지 않다는 단순한 이유 때문이었다. 그게 아니라면 아다와 나를 떼어놓으려고 간섭하지 않았을 것이다. 그들은 내가 아우구스타를 난처하게 만든다고 말했었다. 하지만 나를 사랑해서 그녀 스스로 난처해진 것이다. 그 순간 나는 모든 걸 아주 분명하게 이해했다. 마치 말펜티 가족 중 누군가가 내게 그 사실을 말한 것 같았다. 그러고는 아다가 내가 그 집과 멀어지는 데 동의했다고 추측했다. 그녀는 나를 사랑하지 않으며, 적어도 그녀의 여동생이 나를 사랑하는 한 절대로 나를 사랑하지 않을 것이다. 인파로 붐비는 카바나 거리에서 나는 적막한 내 서재에서보다 더욱 명료하게 생각을 정리했다.

오늘날, 나를 결혼으로 이끈 그 잊지 못할 닷새의 기억을 떠올리면 가여운 아우구스타가 나를 사랑한다는 사실을 알면서도 내 마음이 흔들리지 않았다는 게 놀랍다. 나는 말펜티 가족에게 쫓겨나다시피 했지만 열정적으로 아다를 사랑했다. 말펜티 부인이 나를 애써 멀리 떼어놓으려 한 이유가 내가 그 집을 방문하면서 아다에게 가까이 다가갔고, 아우구스타의 마음을 훔쳤기 때문일까? 분명한 이유를 알았는데도 왜 나는 만족스럽지 못할까? 아우구스타를 부끄럽지 않게 하려고, 그녀와 결혼하라는 말펜티 부인의 요청은 내게 또 다른 모욕처럼 느껴졌다. 내가 사랑하는 아름다운 그녀가 내게 느꼈을 깊은 경멸감이 나를 사랑하는 못생긴 아가씨에게 느껴졌다.

나는 걸음을 더욱 빨리했지만 가던 길에서 벗어나 우리 집으로 향했다. 이제는 어떻게 처신해야 할지 뚜렷해졌기 때문에 더 이상 조반니와 대화할 필요가 없었다. 너무나 느리게 흘러가는 시간에서 벗어나 평화로워질 수 있는 지독히 절망적인 증거 때문이었을까. 막무가내인 조반니와 그 문제에 대해 얘기를 나누는 것은 더욱 위험했다. 말펜티 부인은 내가 카바나 거리에서 뒤늦게 깨달을 정도로 이해하기 어려운 방식으로 말했다. 그녀의 남편은 정반대로 행동할 사람이었다. 아마 내게 직접 대놓고 이렇게 말할 것이다. "왜 아다와 결혼하고 싶나? 잘 생각해보라고! 아우구스타와 결혼하는 게 낫지 않겠나?" 그에게는 내가 기억하는 원칙이 있는데, 그것이 이번 경우에 적용될 우려가 있었다.

"사업상 논의할 때 자네 경쟁자에게 항상 분명하게 설명해야 하네. 그래야 상대보다 사업을 더 잘 간파하고 있다고 확신할 수 있기 때문이지." 그다음엔? 피할 수 없는 절교가 뒤따를 것이다. 나는 더 이상 그 문제에 개입할 어떤 이유도 없을 것이므로 그제야 시간은 원하는 대로 움직일 것이다. 그리고 나는 마침표에 다다를 것이다!

나는 조반니의 또 다른 원칙도 기억했다. 나는 커다란 희망을 품고 있었기 때문에 그것에 집착했다. 닷새 동안 그 원칙에 매달렸고, 그 닷새 동안 나의 열정은 병적인 집착으로 변질되었다. 조반니는 사업 거래에서 어떤 이익이 기대되지 않을 때 거래를 서둘러 매듭지을 필요가 없다고 주장했다. 기나긴 세계의 역사에서 해결되지 않은 채로 남아 있는 사업은 매우 적다는 사실이 증명하듯이, 모든 사업은 조만간 저절로 결과에 이르기 때문이었다. 거래가 전부 이뤄지기 전까지는 어떤 사업이건 아직 이익을 취할 가능성이 있었다.

조반니의 원칙들 중에 이와 반대인 것들이 있었는지 기억나지 않았다. 아무튼 그 원칙에 매달렸다. 벌써 뭔가를 붙잡고 의존해야만 했다. 새로운 뭔가가 떠올라 내 계획에 도움이 된다고 느껴지기 전까지는 원래 생각을 그대로 놔둘 작정이었다. 어쩌면 이 때문에 나의 어떤 계획도 오랫동안 지속되지 못했고, 그에 따르는 손해를 입었다.

결심을 실행하려던 즈음, 말펜티 부인에게서 카드를 받았다. 봉투에 쓰인 글씨체를 알아보고 그것을 열기 전에, 나의 굳은 결심이 부인으로 하여금 나를 함부로 대한 걸 후회해 다시 찾도록 만들었다는 생각이 들어 기분이 우쭐해졌다. 그러나 내가 보낸 꽃에 감사를 표하는 p. r.*이라는 이니셜만 적힌 카드를 보고 나는 이내 절망해 침대 위로 몸을 던졌다. 계획이 무산되지 않도록 나 자신을 못 박듯이 베개에 얼굴을 파묻었다. 그 짧은 이니셜이 얼마나 역설적인 평온함을 가져오는가! 이것은 어떤 결심과 어쩌면 질책의 의미까지도 담고 있는 5월 5일이라는 날짜보다 훨씬 의미심장한 의미를 지닌 표현이었다. 찰스 1세**는 단두대에 올라 목이 잘리기 전에 'Remember(기억하라)'라고 말했다. 그래서 그 날짜가 기억된 것이다! 나 역시 적수인 말펜티 부인에게 그것을 기억시키고 두렵게 내몬 것이다!

닷새 동안 끔찍한 낮과 밤이 지나갔다. 사랑으로 심장이 다시 고동치게 될 자유의 시간을 기다리며 시작과 끝을 의미하는 동트는 새벽과 해 질 녘 풍경에서 눈을 떼지 않았다.

나는 일생일대의 전투를 준비하고 있었다. 나의 여인이 내가 어떻게 하기를 원하는지 이미 알고 있었다.

그 당시 내가 결심했던 계획들을 떠올리는 건 어렵지 않다. 먼저, 그때와 똑같은 계획을 최근에 세웠기 때문이기도 하고, 종이에 메모해 놓아 지금까지 보관하고 있기 때문이기도 하다. 나는 좀더 신중하게 대처하기로 마음먹었다. 그러니까 못생긴 아우구스타에게는 사랑받고 내

---

* p. r.(per ringraziamento): '감사를 전하며'라는 뜻.

** 찰스 1세(1600~1649): 1625년에서 1649년 사이 영국을 다스린 왕.

가 사랑하는 아다에게는 멸시를 받아가면서 듣는 이들을 웃게 만들고 나를 바보로 만들었던 그 어리석은 농담들은 더 이상 하지 않겠다고 결심했다. 또한 오래전부터 발길을 끊고 있던 내 사무실에 매일 아침 8시에 꼬박꼬박 출근하기로 결심했다. 올리비 씨와 내 권리를 두고 다투기 위해서가 아니라, 그와 함께 일하면서 더 늦기 전에 내 사업을 맡아 운영할 수 있는 역량을 키우기 위해서였다. 그것은 앞으로 더 안정적인 시기에 실천할 계획이었다. 끔찍할 정도로 지루한 휴식기를 더 악화시킬 필요가 없기 때문에 나의 자유를 되찾게 되면 그 뒤엔 담배도 끊어야겠다고 생각했다. 아다에게는 당연히 완벽한 남편이 어울렸다. 그래서 나는 깊이 있는 독서와 매일 30분 정도 펜싱하기 그리고 일주일에 여러 차례 승마하기 등 다양한 계획을 덧붙였다. 하루 스물네 시간은 길지 않았다.

은둔하던 며칠 동안 너무나 쓰라린 질투심이 종일 나를 따라다녔다. 몇 주 후에 아다를 정복하기 위해 모든 약점을 고치기로 결심한 것은 영웅적인 계획이었다. 하지만 그동안은? 내가 가장 혹독한 절제를 실천하고 있는 동안 그 도시의 다른 남자들이 마음 놓고 내게서 나의 여인을 데려가려 한다면 어떻게 할 것인가? 그들 중에는 마음에 들기 위해 굳이 노력할 필요가 없는 남자도 분명히 있을 것이다. 나는 아다가 자기 마음에 드는 누군가를 만나면 사랑에 빠질 때까지 기다리지 않고 곧바로 허락하리란 걸 알고 있고 또 당연히 그러리라 생각했다. 며칠 동안, 간혹 가다 말끔하게 잘 차려입고 건강하며 밝은 남성과 마주치기라도 하면 그가 아다가 좋아할 만한 사람처럼 보여서 싫었다. 그러한 나날에 가장 기억나는 것은 내 삶에 안개처럼 내려앉은 질투심이었다.

아다를 빼앗길지 모른다는 가혹한 의심을 품고 지냈던 그 나날들을 웃어넘길 수 없다. 일이 어떤 결과로 이어졌는지 지금은 알고 있지만 말이다. 열정으로 가득한 그날들을 다시 생각하면 예언자적인 내 영혼에 커다란 감탄을 느낀다.

밤이면 여러 번 그 집 창문 밑을 지나갔다. 위를 얼핏 바라보니 내가 있었을 때처럼 화기애애한 분위기가 여전히 흘러 나왔다. 자정이나 자정에 가까운 시간에 응접실 불빛이 모두 꺼졌다. 그때쯤 그 집을 나서는 방문객들이 있어 나를 알아볼까 봐 나는 도망치듯 자리를 떠났다.

나는 조바심 때문에 하루하루 매시간이 고통스러웠다. 왜 아무도 내 소식을 묻지 않을까? 왜 조반니는 아무 반응이 없을까? 자기 집에서나 증권거래소에서도 내가 보이지 않아 걱정해야 하는 게 아닌가? 그러니까 그 역시 내가 그 집과 멀어지는 걸 동의했단 말인가? 나는 낮이나 밤에 자주 하던 산책을 그만두고 집으로 달려갔다. 누가 내 안부를 물으러 왔는지 확인하기 위해서였다. 그런 의심이 가득 찬 상태에서는 잠자리에 들 수가 없었다. 그리고 누가 왔었는지 물어보려고 가여운 마리아를 깨우곤 했다. 나는 방문객이 나를 가장 쉽게 찾을 수 있는 장소인 집에서 몇 시간씩 기다리곤 했다. 하지만 아무도 내 소식을 물으러 오는 사람은 없었고, 내가 직접 움직이지 않으면 홀로 지낼 것이 확실했다.

어느 날 저녁 나는 클럽에 게임을 하러 갔다. 아버지와의 약속을 지키기 위해 꽤 여러 해 동안 그곳에 출입하지 않았다. 아버지는 그때의 고통스러운 상황과 기분전환의 절박한 필요성을 예견할 수 없었을 테니, 그 약속은 더 이상 지킬 필요가 없어 보였다. 처음에는 운 좋게 게임에서 이겼다. 그러나 그것은 마치 사랑에 운이 없는 내게 어떤 보상처럼 여겨져서 울적해졌다. 그런 후 나는 게임에 졌고, 사랑에 굴복당한 것처럼 게임에 지배당한 것 같아서 한층 더 굴욕감이 일어났다.

그러다 곧 새로운 게임에 싫증이 났다. 나를 위해서 그리고 아다를 위해서도 부질없는 일이었다. 사랑은 나를 얼마나 순수하게 했던가!

그때를 생각하면 사랑에 대한 꿈들이 냉정한 현실로 인해 파괴되었다는 것 역시 알 수 있다. 그 꿈은 이제 전혀 다른 것으로 변했다. 나는 사랑 대신 승리를 꿈꾸었다. 한번은 꿈속에서 아다가 나를 찾아왔다. 그녀는 웨딩드레스를 입고 나와 함께 성당 제대(祭臺) 앞으로 갔다. 하지만 우리 둘만 남겨졌을 때 그때마저도 우리는 사랑을 나누지 않았다. 나는 그녀의 남편이었다. '어떻게 나를 이런 식으로 취급할 수 있었느냐?'고 물을 권리가 있었고, 다른 권리는 관심 밖이었다.

나는 어느 서랍에서 내가 아다와 조반니 그리고 말펜티 부인에게 쓴 편지들을 발견했다. 그 무렵에 쓴 편지였다. 말펜티 부인에게는 긴 여행을 떠나기 전에 작별 인사를 전하는 짧은 편지를 썼다. 그러나 어떤 의도로 썼는지는 기억나지 않는다. 아무도 날 찾아오지 않을 거라는 확신이 아직 없었기 때문에 도시를 떠날 수 없었다. 그들이 찾아왔는데 내가 없다면 얼마나 불행한 사태인가! 나는 그 편지들 가운데 한 통도 보내지 않았다. 보낼 의도가 아니라 다만 종이에 내 생각들을 적기 위한 목적으로 썼을 거라는 생각이 든다.

오래전부터 나는 스스로 병들었다고 생각했지만 나 자신보다 다른 사람들을 더 고통스럽게 하는 병을 앓고 있다고 생각했다. 그 '고통스러운' 병을 알게 된 것은 그 시절이었다. 그것은 나를 불행으로 몰고 가는 불쾌한 신체적 감각들의 집합이었다.

고통스러운 병은 이렇게 시작되었다. 새벽 1시쯤 잠이 영 오지 않아서 일어난 나는 한 번도 가본 적 없고, 아는 사람을 마주칠 일도 없는 야외 카페에 가기 위해 포근한 밤길을 걸어갔다. 나는 그곳이 무척 마음에 들었다. 왜냐하면 잠자리에서 시작된 말펜티 부인과의 언쟁을 아무도 방해하지 않는 곳에서 계속하고 싶었기 때문이다. 말펜티 부인은 내게 새로운 비난을 퍼부었다. 그녀는 내가 자신의 딸들에게 '수작'을 걸려고 했다고 말했다. 만일 내가 그러한 일을 저질렀다면 맹세코 오직 아다에게만 해당된 일이었다. 말펜티 가족의 집에서 나를 향한 비난들이 흘러나왔을 거라 생각하자 식은땀이 흘렀다. 자리에 없는 사람은 항상 잘못을 뒤집어쓰기 마련인데다, 그들은 내가 멀리 떨어져 있는 점을 이용해 한목소리로 내 단점들을 늘어놓을 수 있었다. 카페의 밝은 불빛 속에서 나는 스스로를 더 잘 방어할 수 있었다. 물론 가끔씩 내 발로 아다의 발을 건드리고 싶었고, 한번은 그녀의 말없는 허락을 얻었다고 생각한 적이 있었다. 그러나 사실은 테이블의 나무 받침을 눌렀던 것이고, 그래서 아무 반응이 없었던 것이다.

카페에서 나는 당구 게임에 관심 있는 척했다. 목발을 짚은 한 신사가 다가오더니 바로 내 옆자리에 앉았다. 웨이터가 주문을 기다리고 있었기 때문에 나는 레몬 맛을 못 견디면서도 레몬주스를 시켰다. 그때 우리가 앉아 있던 소파에 기대놓은 그의 목발이 바닥으로 미끄러졌다. 나는 거의 본능적으로 목발을 주우려고 몸을 숙였다.

"오, 제노!" 불쌍한 절름발이 신사가 고마움을 표시하다가 나를 알아봤다.

"튤리오!" 나는 크게 놀라며 그에게 악수를 청했다. 우리는 학교 동창이었는데, 오랫동안 만나지 못했다. 내가 아는 건 그가 고등학교를 졸업하고 은행에 들어가 좋은 자리에 있다는 정도였다.

그러나 너무 갑작스러운 상황이라 나는 어쩌다 목발을 짚게 됐느냐고 무심결에 물었다.

친구는 사람 좋은 표정으로, 여섯 달 전에 류머티즘을 앓았는데 결국 다리가 심하게 손상됐다고 했다.

나는 서둘러 여러 가지 치료법을 그에게 알려주었다. 커다란 노력 없이 진심 어린 관심을 보일 수 있는 가장 좋은 방법이었다. 그는 모든 방법을 다 시도해봤다고 했다. 그래서 나는 한 번 더 일러주었다.

"이 시간에 왜 아직 잠자리에 들지 않았나? 내가 보기에 밤공기를 쐬는 게 자네 몸에 좋을 것 같지가 않아."

그는 내게도 밤공기가 좋을 것 같진 않다면서, 류머티즘을 앓아보지 않은 사람은 목숨이 붙어 있는 한 언제든 류머티즘에 걸릴 수 있다고 속 좋은 농담을 던졌다. 늦은 시간까지 잠자리에 들지 않을 권리는 심지어 오스트리아 의회에서 승인받은 것이었다. 일반적인 생각과 반대로 추위와 더위는 류머티즘과 아무런 상관이 없다는 것이었다. 그는 자신의 병을 연구했는데, 오로지 병의 원인과 치료법만 파고들었다고 했다. 단순히 치료에 머무르지 않고, 그 연구에 몰두하기 위해 은행에서 장기 휴가를 받았다고 했다. 그러고는 내게 이상한 치료를 받고 있다고 말했다. 매일 엄청난 양의 레몬을 먹는다는 것이었다. 그날은 서른 개 정도를 먹었지만 연습해서 더 많은 양에 도달할 수 있기를 바란다고 했다. 그는 레몬이 다른 많은 질병에도 효과가 있는 것 같다고 말했다. 레몬을 먹은 후로 그 역시 지나친 흡연으로 인한 불편한 증상을 덜 느낀다는 것이다.

몹시 시큼한 레몬을 상상하니 온몸이 떨렸다. 하지만 곧바로 삶에 관한 조금 더 즐거운 상상을 하게 되었다. 레몬을 좋아하지 않지만, 만약 그것이 어떤 해도 주지 않고 다른 모든 압박에서 나를 풀어주면서 내가 해야 할 또는 원하는 걸 할 수 있는 자유를 준다면, 나 역시 그처럼 많은 레몬을 먹어치웠을 것이다. 원하는 것을 할 수 있는 완전한 자유는 덜 좋아하는 것을 행하는 조건으로 얻어진다. 진정한 노예 상태는 금욕의 형벌에 처한 상태이다. 헤라클레스가 아닌 탄탈로스*인 것이다.

툴리오 역시 내 소식을 묻기가 조심스러운 척했다. 나는 그에게 내가 겪고 있는 불행한 사랑에 대해 이야기하지 않기로 결심했다. 하지만 뭔가 분출할 필요가 있었다. 나는 나의 질병들을 과장해서 말했다(그 질병들을 기록해보았는데 모두 가벼운 질병들이었다). 툴리오는 내가 그보다 더 아프다고 믿어 점점 기분이 나아지고 있었고 나는 결국 눈물을 글썽이고 말았다.

그는 내가 일하고 있는지 물었다. 이 도시의 모든 사람들이 내가 아무것도 하지 않는다고 말하곤 했다. 나는 그가 나를 시기할까 봐 두려웠다. 그래서 순간적으로 동정심을 불러일으킬 만큼 불쌍해 보일 필요성을 절실히 느꼈다. 나는 거짓말을 했다! 많은 시간은 아니지만 매일 최소한 여섯 시간을 사무실에서 일하고, 아버지와 어머니에게 물려받은 아주 복잡한 사업 문제 때문에 여섯 시간을 더 일한다고 했다.

"열두 시간이나!" 툴리오는 만족스러운 미소를 띠며 말했다. 그는 내가 바라던 대로 동정심을 보였다. "자네가 조금도 부럽지 않군!"

그의 결론은 정확했다. 나는 너무 감정이 격해져서 눈물을 흘리지 않기 위해 억지로 참아야 했다. 나 스스로 너무나 불행한 느낌이었다. 자기 연민의 민감한 상태에서 내가 상처 입었다는 걸 알게 됐다.

툴리오는 자신의 주요 관심사이기도 한 류머티즘에 관해 다시 이야

* Tantalos: 제우스의 아들로 올림포스의 신들에게 사랑을 받았으나, 신들의 음식인 넥타르와 암브로시아를 훔쳐서 인간에게 주고, 신들을 시험한 죄로 타르타로스에서 영원한 배고픔과 갈증에 시달리는 형벌을 받았다.

기를 꺼냈다. 그는 다리와 발의 해부학적 구조를 공부했다고 했다. 사람이 빠른 걸음으로 한 걸음을 걷는 데 걸리는 시간이 0.5초를 넘지 않는데, 그 0.5초 동안 54개가 넘는 근육이 움직인다는 사실을 웃으면서 말해줬다. 너무 놀란 나는 그 무시무시한 근육 조직을 찾아보기 위해 곧장 내 다리를 생각했다. 나는 그 근육 조직들을 찾아냈다고 믿었다. 물론 54개의 근육을 일일이 식별할 수는 없지만, 대신 내가 관심을 집중하자 거대하고 복잡한 조직이 작은 부분들로 나누어졌다.

나는 다리를 절면서 카페에서 나왔다. 그리고 며칠 동안 계속해서 다리를 절었다. 걸음걸이는 나에게 너무나 버겁고 약간은 고통스럽기까지 한 노동으로 변했다. 작은 조직이 모인 관절은 윤활액이 부족한 것처럼 느껴졌고, 움직일 때면 서로 부딪혀 상처를 입는 것 같았다. 며칠 후에 나는 더 심각한 병에 걸리고 말았는데, 앞으로 말하게 될 병에 비하면 지금 이 병은 별것 아닌 것처럼 여겨졌다. 하지만 이 글을 쓰는 오늘날까지도 만약 누군가 내가 움직이는 걸 쳐다본다면 내 다리의 54개 근육은 이내 부자연스럽게 움직이며 휘청거릴 것이다.

이 병 역시 아다 탓이라고 해야겠다. 많은 동물들이 사랑에 빠져 있을 때 사냥꾼들이나 다른 동물들의 먹이가 된다. 당시 나는 질병의 먹이가 되었다. 만약 다른 때에 기괴한 근육 조직에 대해 알았다면 어떤 피해도 입지 않았을 것이다.

내가 간직한 종이 카드에 써놓은 글을 보면 그 무렵에 내가 또 다른 이상한 모험을 시도한 것이 떠오른다. 마지막 담배라는 메모 외에 54개의 근육이 움직이는 병에서 나으리라는 믿음을 표현한 시를 써놓은 것이다. 한 마리 파리에 관한 시였다. 만약 모르고 보면 그 시구들은 어느 순수한 아가씨가 벌레를 너라고 부르며 지은 것이라 믿을 것이다.

하지만 내가 쓴 시이니, 게다가 내가 직접 경험한 일이니 사람은 어떤 일이든 겪을 수 있다고 믿을 수밖에 없다.

그 시는 이렇게 태어났다. 늦은 밤 집으로 돌아와 잠을 자는 대신 서재로 향한 나는 불을 밝히기 위해 가스등을 켰다. 그러자 파리 한 마리가 불빛을 맴돌아 나를 괴롭히기 시작했다. 나는 파리가 달려들지 못하도록 가볍게 내리쳤다. 그러고는 파리를 잊어버렸는데, 잠시 후 테이블보에서 그것이 다시 천천히 움직이는 것이 눈에 띄었다. 파리는 가만히 똑바로 서 있었다. 다리 하나를 다쳐서 구부리지 못했기 때문에 전보다 훨씬 커 보였다. 두 개의 뒷다리로 쉴 새 없이 날개를 문지르고 있었다. 파리는 움직이려고 했지만 그만 뒤로 벌렁 뒤집어졌다. 그러나 다시 일어나 계속해서 고집스럽게 부지런히 움직였다.

그때 그 시를 썼다. 큰 고통을 겪는 그 작은 생명체가 두 가지 실수를 저지르며 부질없는 노력을 하는 데 놀랐다. 먼저, 그 곤충은 다치지 않은 날개를 그토록 고집스럽게 문지르면서도 자신의 고통이 어느 신체 기관에서 비롯됐는지 모르고 있다는 걸 보여주었다. 그다음엔 부지런한 노력을 통해 미미한 정신 속에도 건강이 가장 중요하며 그것을 잃었을 때 반드시 되찾아야 한다는 기본적인 믿음이 있다는 걸 증명했다. 단 한 계절만을 살고, 삶의 경험을 쌓을 시간이 없는 한 곤충에게는 쉽게 용서될 수 있는 실수들이었다.

그러다 일요일이 다가왔다. 말펜티 가족을 마지막으로 방문한 지 닷새가 되는 날이었다. 아주 조금밖에 일하지 않는 나로서는 짧은 기간으로 시간을 나누어 삶을 좀더 견딜 만하게 만드는 휴일에 언제나 대단한 의미를 부여했다. 그 주말은 또한 나의 고단한 한 주를 마무리하는 기쁨을 가져다주었다. 내 계획은 아무것도 달라지지 않았지만 그날은 그럴 필요가 없었고, 나는 다시 아다를 볼 수 있었다. 어떤 말로도 그 계획을 바꾸지 않을 테지만, 상황이 이미 내게 유리하게 달라졌을 가능성을 무시할 수 없으니 그녀를 다시 볼 필요가 있었다. 상황이 바뀌었는데도 쓸데없이 계속 고통스러워한다면 그 얼마나 애석한 일이겠는가.

그래서 정오 무렵 내 불쌍한 다리로 최대한 빨리 도시를 향해, 그리고 말펜티 부인과 딸들이 미사를 마치고 돌아오는 길에 지나가는 거리로 달려갔다. 햇빛이 눈부시게 쏟아지는 일요일이었다. 나는 걸으면서 어쩌면 이 도시에서 기대하던 소식, 바로 아다의 사랑이 나를 기다리고 있을지 모른다는 생각을 했다!

사실은 그렇지 않았지만 잠시나마 상상에 빠져들었다. 그러나 믿을 수 없는 행운이 나를 도와주었다. 혼자 길을 가던 아다와 정면으로 마주친 것이다. 나는 걸음이 흔들리고 숨이 막혔다. 어떻게 할까? 그 상황에서는 멀찌감치 떨어져 그녀에게 정중한 인사를 하고 지나가도록 비켜설 결심을 했을 것이다. 하지만 머릿속에서는 조금 혼란스러웠다. 이미 다른 결심을 해놓았는데, 그 가운데 하나가 그녀에게 분명히 내 마음을 전해서 그녀의 입에서 내 운명을 듣겠다는 것이었다. 나는 물러나지 않았다. 다행히 방금 전에 헤어졌다 만난 것처럼 그녀가 인사했고 나는 그녀를 따라 함께 걸었다.

그녀가 말했다.

"안녕하세요, 코시니 씨! 제가 좀 바빠서요."

그래서 내가 말했다.

"잠시 동행해도 될까요?"

그녀는 미소를 띠며 허락했다. 하지만 진작 말해야 했을까? 그녀는 곧장 집에 가는 길이라고 했고, 그래서 나는 말할 수 있는 시간이 5분 정도밖에 없다는 걸 깨달았다. 그리고 그 시간마저도 중요한 말을 하기에 충분한 시간인지 계산하느라 일부를 소모하고 말았다. 전부 이야기하지 못하느니 아예 얘기하지 않는 게 나았다. 당시 우리들이 사는 도시에서 아가씨가 젊은 남자와 함께 길을 걷는 것은 위험한 행동이었기 때문에 나는 어떻게 처신해야 할지 혼란스러웠다. 그녀는 내게 동행을 허락했다. 그것으로 이미 만족할 수 없었던 걸까? 나는 분노와 의심으로 퇴색된 나의 사랑을 온전히 새롭게 느껴보려고 시도하면서 그녀를 바라보았다. 최소한 내 꿈들을 다시 찾을 수 있을까? 그녀는 조화로운 자태 속에서 작으면서도 크게 느껴졌다. 잃어버린 꿈들은 현실의 그녀 곁에서 열정적으로 되살아나고 있었다. 그것이 내 욕망의 방식이었고, 나는 강렬한 기쁨을 느끼며 열정을 되찾았다. 어떤 분노나 슬픔의 흔적도 내 마음에 남아 있지 않았다.

하지만 우리 뒤에서 머뭇거리며 부르는 소리가 들렸다.

"아가씨, 괜찮으시다면!"

나는 화가 나서 뒤를 돌아봤다. 누가 감히 내가 아직 시작하지 않은 고백을 방해하는가? 수염을 깎은 창백한 얼굴의 갈색 머리 청년이 조심스러운 눈길로 그녀를 쳐다보고 있었다. 나는 그녀가 내게 도움을 청하기만을 바라며 아다를 바라보았다. 그녀가 손짓만 해도 나는 그 불청객에게 몸을 날릴 준비가 되어 있었다. 그리고 뻔뻔스러운 무례함을 저지른 이유를 캐물었을 것이다. 그가 계속 고집을 부려서 내가 폭력적인 행동을 할 수 있게 된다면 나의 병은 금세 나아졌을 것이다.

하지만 아다는 그런 신호를 보이지 않았다. 그녀는 양 볼과 입 모양, 심지어 눈빛까지 가볍게 변해 자연스러운 미소를 지으면서 그에게 손을 내밀었다.

"귀도 씨!"

그 이름은 나를 고통스럽게 했다. 조금 전에 그녀는 예의를 지키느라 내 이름 대신 성을 불렀었다.*

나는 귀도라는 남자를 자세히 쳐다봤다. 그는 세련되고 우아한 차림을 하고 있었고, 장갑을 낀 오른손에는 긴 상아 손잡이가 달린 지팡이를 들고 있었다. 나는 1킬로미터마다 계산을 해서 돈을 준다 하더라도 가지고 다니지 않을 지팡이였다. 그런 남자가 아다에게 접근한 것을 보게 된 것에 대해 나 자신을 원망하지는 않았다. 우아하게 입고 그런 지팡이까지 가지고 다니는 일부 수상한 인물들이 있었으니까.

아다의 미소는 나를 다시 상류사회 사교계로 데려갔다. 아다는 그에게 나를 소개했고 나 역시 미소를 지었다! 아다의 미소는 어딘가 가벼운 바람에 일렁이는 맑고 투명한 물결을 떠올렸다. 나의 미소 역시 비슷한 움직임이었지만, 물에 던져진 돌이 만들어낸 물결이 연상되었다.

그의 이름은 귀도 스파이어였다. 곧바로 귀에 거슬릴 만한 이야깃거리가 생겼기 때문에 나는 아주 자연스러운 미소를 지었다.

"당신은 독일인이신가요?"

그는 자신의 이름을 듣고 모두들 그렇게 생각한다며 점잖게 말했다. 하지만 그의 가족 서류를 보면 대대로 이탈리아 집안임을 증명한다고 했다. 나와 아다는 철저히 피에몬테 방언을 쓰는 데 비해 그는 매우 자연스럽게 토스카나 방언, 즉 표준어를 말했다.

그가 하는 말을 더 잘 듣기 위해 나는 그를 바라보았다. 그는 매우 잘생긴 젊은이였다. 자연스럽게 벌어져 있는 입술 사이로 하얗고 가지

* 가까운 사이에서는 상대방의 이름을 부르고 예의를 지켜야 할 때 성을 호칭하는 관습상, 이것이 제노에게는 거리를 두는 것으로 받아들여지고 있다.

런한 이가 보였다. 그의 눈동자는 생기 있고 표현력이 풍부해 보였다. 그가 모자를 벗었을 때 나는 자연의 섭리대로 머리를 빼곡히 덮고 있는 약간 곱슬인 그의 갈색 머리를 볼 수 있었다. 반면에 내 머리의 대부분은 이마에서부터 훤히 벗어져 있었다.

아다가 없었더라도 나는 그를 미워했을 것이다. 그 미움은 참기 어려웠지만 나는 누그러뜨리려고 애썼다. '아다에게는 너무 젊군'이라고 생각했다. 그래서 그녀가 그에게 보이는 친근함과 친절은 아버지의 가르침에서 나온 것이라 생각했다. 아마도 말펜티 가의 사업상 중요한 인물일지도 모르고, 그런 경우 가족 전체가 협조하는 게 도리라고 보았다. 나는 그에게 질문했다.

"트리에스테에 자리 잡으신 건가요?"

그는 한 달 전에 그곳으로 왔으며 무역회사를 설립했다고 대답했다. 나는 안심했다! 추측한 대로였다. 나는 절뚝거리며 걸었지만 누구도 알아차리지 못할 만큼 상당히 자연스러웠다. 나는 아다를 바라보며, 우리와 함께 걷고 있는 다른 남자를 포함한 모든 것을 신경 쓰지 않으려 했다. 중요한 것은 내가 현재를 사는 인간이라는 것이다. 뚜렷한 그림자로 현재를 암울하게 하지 않는 한 미래를 생각하지 않는다. 아다는 남자 둘 사이에서 걸으며, 거의 미소에 가까운 알 듯 모를 듯한 기분 좋은 표정을 짓고 있었다. 그 기분 좋은 표정이 내게는 새로워 보였다. 누구를 위한 미소일까? 오랫동안 보지 못한 나를 위한 걸까?

나는 그들이 나누는 대화에 귀를 쫑긋 세웠다. 그들은 심령술에 관한 얘기를 나누고 있었는데, 나는 귀도가 말펜티 가족에게 위자보드*를

---

* Ouija board: 강신술에 쓰이는 점술 판.

소개했음을 곧 알아차렸다.

나는 아다의 입가에 맴도는 부드러운 미소가 나를 향한 것인지 확인하고 싶은 욕망으로 불타올라서, 갑자기 죽은 영혼들의 이야기를 꺼내며 불쑥 그들의 대화에 끼어들었다. 어떤 시인도 즉흥적으로 정형적인 운율을 나보다 더 잘 만들어낼 수 없었을 것이다. 아직 이야기의 결말을 어떻게 끝맺을지도 모른 채, 전날 내게 일어난 일 때문에 나 역시도 이제는 죽은 영혼들을 믿게 됐다고 말하며 운을 뗐다. 우리가 걷고 있던 바로 그 거리에서…… 아니다! ……그 거리와 나란히 위치한 거리에서 말이다. 아다 또한 얼마 전 은퇴 후 피렌체에서 세상을 떠난 베르티니 교수를 안다고 말했다. 우리는 지역 신문에 난 짧은 기사를 통해 그의 죽음을 알게 되었는데, 베르티니 교수를 생각할 때, 나는 휴식을 즐기며 카시네 공원*을 산책하는 그가 떠올랐다. 바로 전날, 우리가 걷고 있는 거리와 나란히 뻗은 길이라고 내가 가리킨 바로 그 지점에서, 나를 아는 그리고 내가 알 만한 신사가 내게 다가왔었다. 그는 편하게 걸으려고 몸을 흔들어대는 여자같이 희한한 걸음걸이를 하고 있었다.

"맞아요! 베르티니 교수였겠네요!" 아다는 웃으면서 말했다. 그 웃음은 나로 인한 것이었다. 나는 용기를 얻어 말을 이어갔다. "아는 사람이라 생각했지만 누구인지 기억나지 않았어요. 우리는 정치 얘기를 했죠. 양 울음 같은 목소리로 터무니없는 얘기들을 주절거린 걸로 봐서 베르티니 교수가 분명했어요……"

"역시 목소리로 알아봤군요!" 이번에도 아다는 나를 쳐다보며 어서 결말을 듣고 싶다는 표정으로 웃었다.

* 산책길로 이루어진 피렌체의 큰 공원.

"그래요! 틀림없이 베르티니 교수였을 거예요." 나는 내 안에서 되살아난 대단한 배우의 연기력으로 놀라는 척하면서 말했다. "그는 나와 헤어지기 전에 악수를 하고 가벼운 걸음으로 그 자리를 떠났어요. 나는 정신을 차리려고 노력하면서 그를 몇 걸음 따라갔죠. 그를 시야에서 놓쳤을 때 내가 베르티니 교수와 말했다는 걸 알았어요. 일 년 전에 죽은 베르티니 교수와 말이죠!"

잠시 후 아다는 자기 집 대문 앞에서 멈춰 섰다. 그녀는 귀도와 악수를 나누면서 그날 저녁에 그를 기다리겠다고 말했다. 그런 다음 내게도 인사를 하면서 내가 조금 지루해도 괜찮다면 그날 저녁 자신의 집에서 위자보드를 하자고 말했다.

나는 대답하지 않았고 고마움을 나타내지도 않았다. 초대를 받아들이기 전에 그 초대의 성질을 분석해야만 했다. 내게는 그 말이 의무적인 인사치레로 들렸던 것 같다. 그래, 어쩌면 내게 그 휴일은 그 만남으로 마무리될지 모를 일이었다. 하지만 나는 모든 가능성을 열어두기 위해 정중하게 보이고 싶었다. 초대에 응하는 것 역시 그러했다. 나는 마침 할 얘기가 있던 조반니에 대해서 물었다. 그녀는 자기 아버지가 급하게 처리할 일이 있어 사무실로 갔다며 그곳에 가면 만날 수 있을 거라 대답했다.

귀도와 나는 잠깐 동안 멈춰 서서 현관의 어둠 속으로 사라지는 아다의 우아한 모습을 바라보고 있었다. 그 순간에 귀도가 무슨 생각을 했는지 모르겠다. 다만 내 기분은 아주 침울했다. 그녀는 왜 나를 먼저 초대하고 그다음에 귀도를 초대하지 않았을까?

우리는 아다와 마주쳤던 장소 부근까지 함께 돌아갔다. 예의 바르고 침착한(침착함이야말로 내가 다른 사람들에게 가장 부러워하는 점이었다)

귀도는 내가 느닷없이 꺼낸 그 이야기를 진지하게 받아들이며 여전히 관심을 보였다. 사실 그 이야기의 실체는 이랬다. 베르티니 교수가 세상을 떠난 후 트리에스테에서 터무니없는 얘기를 떠벌리고 다니는, 발끝으로 움직이는 것처럼 보이는 희한한 걸음걸이와 이상한 목소리를 지닌 사람이 살고 있었다. 그 즈음 나는 그를 알게 됐는데, 어느 순간 그가 베르티니 교수를 연상시켰다. 귀도가 내가 꾸며낸 얘기를 골똘히 생각하느라 머리 아파했지만 나는 미안하지 않았다. 그는 말펜티 가족에게 중요한 사업가일 뿐이기 때문에 그를 미워할 필요는 없었다. 하지만 그의 세련된 우아함과 지팡이가 내게 반감을 일으켰다. 나는 빨리 그와 헤어지고 싶을 정도로 그가 몹시 싫었다. 그가 이야기의 결론을 내렸다.

"당신이 얘기를 나눴던 사람이 베르티니 교수보다 훨씬 젊었다는 것도 가능합니다. 근위병처럼 걸었고 남자다운 목소리를 가진 사람이었고, 닮은 점은 엉터리 같은 얘기들을 했다는 것뿐이네요. 그 정도면 베르티니 교수라고 단정하시기에는 충분할 겁니다. 하지만 그것을 공감하려면 당신이 매우 부주의한 사람이란 것 역시 인정해야겠군요."

나는 그 말에 동의할 수 없었다.

"내가 부주의하다고요? 황당하군요! 난 사업가예요. 내가 부주의하다면 어떻게 되겠습니까?"

나는 시간을 낭비하고 있다는 생각이 들었다. 조반니를 만나고 싶었다. 딸을 만났으니 중요성은 덜하지만 그녀의 아버지 또한 만날 수 있을 터였다. 여전히 사무실에 가서 그를 만나고 싶다면 빨리 서둘러야 했다.

귀도는 기적을 겪었다는 당사자나 목격했다는 사람이 착각한 결과 얼마나 많은 신비한 일이 생겨나는지 곰곰이 생각하고 있었다. 나는 얼른 그 자리를 떠나고 싶었고, 그만큼이나 침착해 보이고 싶었다. 그래서 결국 무례하리만치 서둘러 그와의 대화를 중단하고 그곳에 그를 둔 채 그냥 떠나려 했다.

"제 생각에 기적은 존재하기도 하고 존재하지 않기도 해요. 지나치게 파고들어 복잡하게 만들 필요는 없어요. 믿든 믿지 않든 두 가지 경우 모두 이치는 아주 단순합니다."

나는 그에게 반감을 드러내고 싶지 않았다. 나는 확고한 실증주의자이고 기적을 믿지 않았기 때문에 내가 한 말은 그의 생각을 어느 정도 인정하는 것처럼 보이게 둘러댄 것이었다. 불편한 심기가 만들어낸 양보였던 셈이다.

나는 다리를 심하게 절면서 자리를 떠났고, 귀도가 나를 뒤돌아보지 않기를 바랐다. 나는 조반니와 대화할 필요성을 절실히 느꼈다. 그러면 그날 저녁 내가 어떻게 처신해야 하는지 가르쳐줄 것이다. 나는 아다에게 초대 받았으므로, 조반니의 태도를 통해서 그 초대에 따라야 할지 아니면 그 초대에 응하는 것이 말펜티 부인과의 약속을 고의로 깨는 것임을 명심해야 할지 알 수 있을 것이다. 말펜티 가족과 나 사이에는 분명함이 필요했다. 그리고 명확한 답을 얻는 데 일요일로 부족하다면 월요일까지 끌고 가야 할 것이다. 나는 나의 계획들을 계속 어기면서도 그 사실을 깨닫지 못하고 있었다. 오히려 닷새 동안의 성찰 이후에 얻은 결론을 따르는 듯이 느껴졌다. 그것이 그 시절에 내가 행동하는 방식이었다.

조반니가 호탕한 인사말로 맞이해준 덕분에 나는 기분이 좋아졌다. 그는 내게 자신의 책상에서 정면으로 보이는 소파에 앉으라고 권했다.

"딱 5분만 기다리게! 금방 가겠네!"

그러고는 곧 "다리를 왜 절지?"라고 내게 물었다.

나는 얼굴이 빨개지고 말았다! 하지만 갑자기 할 말이 떠올라서, 카페에서 나오다가 미끄러졌다고 말하고는 사고가 일어난 카페를 알려주었다. 알코올 때문에 정신이 흐릿해져서 넘어졌다고 생각할까 봐 두려웠다. 그러고는 웃으며 내가 넘어졌을 때 다리를 저는 류머티즘 환자와 함께 있었던 특별한 상황을 덧붙여 말했다.

사원 한 명과 운반 직원 두 명이 조반니의 책상 옆에 서 있었다. 그는 물품 운송과 관련해 몇 가지 복잡한 문제를 확인해야 했다. 조반니는 창고 운영에 대해 쓴 소리를 하고 있었다. 어느 누구도 아닌 오직 그만이 해낼 수 있는 것이라 믿고 가끔씩 참견하는 문제였다. 그는 자신의 명령들을 직원들의 귀에 새겨 넣으려는 것처럼 평상시보다 큰 소리를 냈다. 사무실과 창고 사이의 업무 관계에 관한 규정을 세우는 내용인 듯했다.

조반니는 장부에서 뜯어낸 서류 한 장을 오른손에서 왼손으로 옮겨 들면서 소리쳤다.

"이 서류는 자네가 서명할 거고, 이걸 전달 받을 직원이 거기에 직접 서명을 할 걸세."

그는 안경 너머로 직원들의 얼굴을 빤히 쳐다보았다. 그러고는 또 한 번 고함으로 마무리했다. "다들 알겠나?"

그는 처음부터 다시 설명하려 했지만 내게는 시간 낭비로 보였다. 내가 서두르면 아다의 마음을 경쟁 상대보다 더 잘 얻을 수 있지 않을까 하는 호기심이 생겼다. 그러나 아무도 나를 기다리지 않고 나 역시 아무도 기다리지 않으며, 그가 나를 위해 할 수 있는 것이 아무것도 없다는 사실을 분명하게 깨달았다. 나는 조반니에게 악수를 청했다.

"오늘 저녁에 댁으로 찾아가겠습니다."

그는 직원들이 떠나자 곧장 내게로 다가왔다.

"왜 오랫동안 보기가 힘들었나?" 그는 거두절미하고 물었다.

나는 당혹스러움에 어쩔 줄 몰랐다. 그건 바로 아다가 내게 하지 않았던 그리고 앞으로 마땅히 들어야 할 질문이었다. 만일 다른 사람들이 그 자리에 없었다면, 내게 그 질문을 던지고, 내가 입은 상처에 어떤 음모라도 있는 듯이 느껴지던 의혹에서 결백함을 드러낸 조반니에게 솔직하게 말했을 것이다. 그만이 결백했고 온전히 신뢰할 수 있었다.

그때에도 내가 당장 확신한 건 아니었으리라. 사원과 운반 직원들이 자리를 떠날 때까지 기다리지 못한 것이 증거다. 혹시 귀도가 느닷없이 나타나는 바람에 아다가 그 질문을 하지 못했던 건 아닌지 알고 싶었다.

하지만 조반니 또한 다시 자기 업무를 보려고 몹시 서둘렀기 때문에 말을 꺼내지 못했다.

"그럼 오늘 저녁에 보세. 자네가 들어본 적 없는 바이올리니스트의 연주를 듣게 될 걸세. 그는 바이올린 연주를 직업으로 삼을 필요가 없는 부자라 자신을 아마추어 연주자라고 소개한다네. 곧 사업에 뛰어들 거라는군." 장인이 비꼬듯 어깨를 으쓱했다.

"나도 사업을 좋아하는 사람이라 내가 그 청년이라면 악보 따위는 보지 않을 걸세. 자네가 그를 아는지 모르겠군. 귀도 스파이어라는 젊은이네."

"정말입니까?" 나는 믿기지 않아 고개를 흔들고 입까지 벌리는 등 놀라움을 표현할 모든 방법을 동원하며 물었다. 그 잘생긴 젊은이가 바이올린까지 연주한다고?

"정말요? 그 정도로 잘하나요?"

그저 조반니가 농담하는 것이길 바랐다. 귀도가 어설픈 바이올린 연주로 사람을 괴롭히는 엉터리라는 뜻을 칭찬처럼 표현한 것이려니 했다. 하지만 장인은 여전히 고개를 끄덕이며 대단한 찬사를 늘어놓았다.

"이따가 뵙죠!"

나는 장인과 악수를 하고, 문까지 다리를 절뚝이며 걸어갔다. 문득 어떤 의혹이 일어나 가던 길을 멈췄다. 조반니의 반응을 볼 때, 어쩌면 그날 초대를 받아들이지 않는 게 나을지 모를 일이었다. 나는 그에게 되돌아가려고 몸을 돌렸다. 그런데 바로 그 순간 그가 나를 가까이서 유심히 바라보고 있다는 걸 알았다. 나는 그러한 상황을 견딜 수 없어 자리를 떠났다.

바이올리니스트라! 그가 연주를 굉장히 잘하는 게 사실이라면 나는 단번에 희망이 없는 남자가 된다. 최소한 악기를 연주하지 말든지 아니면 말펜티 가족의 집에서 연주하지 않았어야 했다. 나는 그들의 마음을 사로잡기 위해 그 집에 바이올린을 가져간 것이 아니었다. 다만 그들과 머무는 시간을 늘리기 위한 하나의 핑곗거리였다. 정말이지 어리석고 무모한 행동이었다! 덜 창피스러운 핑곗거리를 얼마든지 만들어낼 수 있었을 텐데 말이다!

그렇다고 해서 그 누구도 내가 제멋대로 환상에 빠져 있었다고는 말할 수 없을 것이다. 나는 내게 깊은 음악적 감수성이 있다는 걸 알고 있었다. 그렇다고 그것을 자랑하기 위해서 가장 난해한 음악을 고른 것은 아니었다. 하지만 수년 전부터 나의 음악적 감수성은 내 연주 실력이 듣는 사람에게 즐거움을 줄 수준에 결코 이르지 못할 것이라는 점을 경고해왔다. 그런데도 연주를 계속한다면 그 이유는 내가 치료를 받는 것과 똑같이 건강 때문일 것이다. 아프지 않았다면 연주를 더 잘할 수 있었을 텐데. 네 현의 균형을 맞출 때도 나는 건강을 살핀다. 내 몸 안에는 가벼운 마비 증세가 있는데, 바이올린을 연주할 때 그 증세가 그대로 드러나서 치료가 더 쉬어진다. 가장 하등한 존재조차, 무엇이 3행과 4행인지 그리고 6행인지 안다면, 빛을 받은 눈동자가 한 색깔에서 다른 색깔로 변할 수 있듯이 정확한 리듬으로 한 음에서 다른 음으로 옮겨갈 줄 알 것이다. 그러나 내 경우에는 한 소절을 연주하면 그 부분이 내게 달라붙어서 옴짝달싹하지 못한다. 그래서 그 소절이 다음 소절에 끼어들어 음률을 변형시키고 만다. 음표를 제자리에 놓으려면 나는 발과 머리로 박자와 싸울 수밖에 없는데, 그렇게 되면 우아함이나 평온한 고요 그리고 음악과는 영영 이별이다. 균형 잡힌 신체에서 연주되는 음악은 음악 스스로가 만들어내어 마무리하는 박자와 똑같다. 내가 그것을 해내면 병이 나을 것만 같다.

처음으로 나는 마음의 휴식을 취하기 위해 트리에스테를 떠나 다른 곳으로 갈 생각을 했다. 더 이상 희망을 둘 대상이 없었다. 아다는 내게서 떠났다. 그건 틀림없었다! 그녀가 남편 될 사람을 마치 학위 자격을 심사하듯 이모저모 살피고 판단한 후에 결혼하리란 걸 몰랐단 말인가?

솔직히, 남편을 선택하는 데 바이올린이 중요한 요소가 될 수 없다고 생각했기 때문에 내게는 우습게만 보였다. 하지만 그런 생각이 위로가 되지는 못했다. 나는 바이올린 음악의 중요성을 느끼고 있었다. 그것은 새들의 노랫소리처럼 결정적인 영향을 미칠 수 있었다.

나는 서재에 틀어박혀 두문불출했다. 다른 사람들에겐 휴일이 아직 끝나지 않았다! 나는 바이올린을 산산조각 낼지 아니면 연주할지 갈팡질팡하면서 바이올린을 케이스에서 꺼냈다. 그러고는 마지막 작별을 고하듯 연주를 시작했다. 결국에는 불후의 작품인 「크로이처」*를 연주하기 시작했다. 똑같은 자리에서 나는 바이올린 현을 따라 수 킬로미터를 넘나들었고, 어떤 혼란스러움을 느끼며 다시 기계적으로 따라가기 시작했다.

그 저주받을 네 현에 몰입하는 사람들은 하나같이 자신이 고립되어 살아가는 줄도 모르고 작은 노력 하나하나가 음악적 진보를 가져온다고 믿는다. 그렇지 않다면 누군가를 죽도록 괴롭히는 불행한 운명처럼 이 끝도 없이 힘겨운 작업에 누가 자신을 내어놓겠는가? 어느 정도 시간이 지나자 귀도와의 전투가 완전히 패배한 건 아니라는 생각이 들었다. 성공적인 바이올린 연주로 귀도와 아다 사이에 끼어들 수 있을지 모를 일이었다.

이것은 과장된 억측이 아니라, 나 자신이 늘 헤어 나오지 못하는 평상시의 낙관론이었다. 처음에는 불행이 온갖 협박으로 겁을 주지만 곧바로 불운을 피할 수 있으리라는 자신만만한 믿음 덕분에 불행은 잊히고 만다. 바이올리니스트로서의 내 재능에 대해 이제 나는 오직 긍정적인 판단을 할 필요가 있었다. 예술 분야에서 확실한 판단은 부족했던 부분의 비교 평가에서 비롯되는 것이 아닌가. 진정한 바이올린 연주는 마음으로 가는 가장 짧은 길인 귀에서 아주 가까이 울려 퍼진다. 피곤해진 나는 연주를 멈추고 혼잣말을 했다.

"잘했어 제노. 그만하면 충분해."

나는 조금도 망설임 없이 말펜티 가족의 집으로 향했다. 이미 초대를 받아들였고 이제 빠져나갈 도리가 없었다. 그 집 가정부가 친절한 미소로 나를 맞이했는데, 그동안 아파서 오지 못했느냐는 질문이 좋은 징조로 여겨졌다. 나는 그녀에게 팁을 주었다. 가족 전체를 대표해 그

* 베토벤의 바이올린 소나타 9번 「크로이처Kreutzer」를 가리킨다.

녀가 내게 질문한 셈이니까.

그녀는 짙은 어둠 속에 잠긴 응접실로 나를 안내했다. 현관의 밝은 불빛 아래 있다 와서인지 잠시 동안 아무것도 보이지 않아 움직일 엄두가 나지 않았다. 조금 뒤, 응접실 한쪽에 꽤 멀찌감치 떨어진 테이블 주위로 여러 사람들이 앉아 있는 게 어렴풋이 보였다.

어둠 속에서 아다가 인사했는데, 그 목소리가 묘하게 관능적으로 들렸다. 마치 그녀가 미소를 지으며 부드럽게 나를 쓰다듬는 듯했다.

"그쪽에 앉으세요. 영혼들을 방해하시면 안 돼요!" 이 말을 하지 않고 그대로 계속했다면 분명 영혼들을 방해하지 않았을 것이다. 테이블 다른 편에서 또 다른 목소리가 들려왔다. 알베르타 아니면 아마 아우구스타였을 것이다.

"영혼 불러오기를 하고 싶다면 여기 아직 한 자리가 남았어요."

나는 멀뚱히 떨어져 있지 않기로 작정하고, 굳은 결심 끝에 아다의 인사가 들려온 곳을 향해 다가갔다. 그러나 온통 모서리투성이인 베네치아식 테이블 모서리에 무릎을 부딪혔다. 나는 격렬한 통증을 느꼈지만, 부축을 받기 싫어 누가 내어준지 모르는 빈 의자에 털썩 주저앉았다. 나는 두 여자 사이에 앉았는데, 내 오른편이 아다, 왼편이 아우구스타라고 생각했다. 나는 아우구스타와의 접촉을 아예 피하려고 곧장 아다 쪽으로 다가앉았다. 그러나 내가 실수로 잘못 안 게 아닌지 의심이 들었다. 그래서 오른쪽에 앉은 여자의 목소리를 들어보려고 질문을 던졌다.

"영혼들과 벌써 소통을 좀 했나요?"

그러자 정면에 앉은 것으로 보이는 귀도가 "조용!" 하고 호통을 치며 말을 가로막았다.

그러더니 좀더 부드럽게 말했다.

"모두 정신을 집중하고 온 신경을 모아 죽은 이들 가운데 불러오고 싶은 사람을 떠올리세요."

나는 저세상과 교신하려는 어떤 종류의 시도에도 전혀 거부감이 없다. 오히려 사람들의 관심을 얻는 데 성공한 그 위자보드를 조반니의 집에 소개한 사람이 내가 아니라는 사실이 신경에 거슬렸다. 어쨌든 나는 귀도의 지시에 따르고 싶지 않아서 전혀 집중하지 않았다. 그러고는 아다에게 분명한 속뜻조차 전하지 못하고 일이 이 지경에 이르도록 만든 스스로에게 원망을 퍼부었다. 바로 옆에 있는 그녀에게 어둠이라는 절호의 기회 속에서 모든 걸 이야기할 수도 있었다. 나는 그녀를 영원히 잃었다고 상심한 뒤 처음으로 그녀가 그토록 내 곁에 가까이 있는 황홀한 기분에 오롯이 사로잡혀 있었다. 내 옷을 스치는 따뜻한 옷감의 부드러움을 깨닫고, 우리가 그토록 가까이 있어 나의 발이 저녁이면 짧은 에나멜 부츠를 신는 그녀의 발을 건드릴 거라 생각했다. 기나긴 형벌 끝에 찾아온 지나친 호사였다.

귀도가 다시 입을 열었다.

"제발 집중하세요. 이제 테이블을 움직여 자신을 나타내라고 영혼에게 청하세요."

나는 그가 계속해서 위자보드에 몰두하는 상황이 마음에 들었다. 이는 아다가 거의 내 온 무게를 참으며 받아들이고 있다는 뚜렷한 증거라 할 만했다! 만일 그녀가 나를 사랑하지 않는다면 내 행동을 참지 않았을 것이다. 모든 것이 밝혀질 시간이 다가왔다. 나는 테이블에서 오른손을 들어 천천히 아주 천천히 그녀의 허리를 팔로 감싸 안았다.

"당신을 사랑합니다, 아다!" 그녀가 내 목소리를 잘 들을 수 있도록 얼굴을 그녀 얼굴 가까이 대고 낮은 목소리로 말했다.

그녀는 곧바로 대답하지 않았다. 잠시 후 그녀가 아닌 아우구스타의 목소리가 내게 말했다.

"왜 그토록 오랫동안 오지 않으셨어요?"

나는 놀라움과 불쾌함으로 거의 의자에서 굴러 떨어질 뻔했다. 그러나 마음에 안 드는 그 아가씨를 내 운명에서 쫓아내야 하더라도, 사랑하는 여자에게 그러하듯 가장 추한 여자에게도 내가 얼마나 멋진 기사도를 발휘하는지 보여줄 필요가 있었다. 그녀는 나를 너무나 사랑하고 있다! 나의 슬픔 속에서 그녀의 사랑을 느꼈다. 그녀에게 아다가 아님을 말하지 않도록, 그러면서 아다에게 기대했던 부질없는 질문을 내게 하도록 이끈 것이 사랑이 아니고 무엇이겠는가. 그녀는 아다와 달리 나를 다시 만나면 즉시 질문할 준비가 되어 있었다. 그것은 부인할 수 없는 사랑이었다.

나는 본능을 따라서 그녀의 물음에 대답하지 않았다. 하지만 잠시 머뭇거리다 그녀에게 말했다.

"당신에게 속마음을 털어놓을 수 있어서 기뻐요. 아우구스타, 제 생각에 당신은 너무나 좋은 사람이에요!"

나는 곧바로 흔들리는 의자에서 균형을 되찾았다. 아다에게는 내 마음을 전할 수 없었지만 대신 아우구스타에게 진심을 전한 셈이다. 이 부분에 대해서는 다른 오해의 여지가 없었다.

귀도가 다시 경고했다.

"여러분이 조용히 하지 않으면, 우리가 이 아까운 시간을 어둠 속에서 보낼 이유가 전혀 없습니다!"

그는 모르고 있었지만, 어쨌든 나는 혼자 떨어져 생각을 정리할 수 있는 어둠이 조금은 필요했다. 내가 저지른 실수를 만회할 방법은 다시 의자에 고쳐 앉는 것뿐이라는 사실을 깨달았다.

아다와는 앞으로 얘기하게 될 테지만 밝은 불빛 아래에서일 것이다. 나는 왼쪽에 있는 여자가 아다가 아니라 알베르타일 거라는 의심이 들었다. 그게 사실인지 어떻게 확인할까? 커지는 의문에 나는 왼쪽으로 거의 넘어지다시피 했다. 그러고서 다시 균형을 되찾기 위해 테이블에 몸을 기댔다. 모두들 큰 소리로 외치기 시작했다. "움직여요, 움직인다고요!" 의도하지 않았던 내 행동이 사실을 밝혀줄 수 있을 것 같았다. 아다의 목소리가 어디서 들리는 거지? 그러나 귀도가 목소리를 높여 다른 사람들의 목소리를 가리고 말았다. 그는 정작 내가 그에게 요구하고 싶은 침묵을 모두에게 강요했다. 그런 후 목소리를 바꿔 정중한 말투로(얼마나 바보 같은가!) 그곳에 나타났다고 믿는 영혼과 말하기 시작했다.

"부탁할게요, 우리의 알파벳으로 이름을 말해줘요!"

그는 모든 걸 예측해두고 있었다. 영혼이 그리스어 알파벳을 기억할까 봐 두려워하는 눈치였다.

나는 여전히 아다를 찾기 위해 어둠 속을 살피면서 우스꽝스러운 희극을 계속해나갔다. 잠깐 망설인 후에 테이블을 일곱 번 들어 올려 알파벳 G를 가리켰다. 좋은 생각이라 여겨져서 그다음엔 더 여러 번 테이블을 움직여 알파벳 U를 나타냈다. 이것은 바로 귀도를 가리키는 것이었다. 솔직히 그의 이름을 가리키면서 나는 영혼들 틈으로 그를 쫓아버리고 싶은 욕망에 이끌렸다.

귀도라는 이름이 완성됐을 때 드디어 아다가 입을 열었다.

"당신의 조상인가요?"

그녀는 바로 귀도 옆에 앉아 있었다. 나는 그 둘 사이로 테이블을 던져서라도 두 사람을 떨어뜨려놓고 싶었다.

"아마도!" 귀도가 말했다. 그는 조상들이 왔다고 믿었지만 나는 두렵지 않았다. 그는 감정이 격해져서 목소리가 높아졌다. 그의 반응을 보고, 나는 상대가 생각만큼 무서운 적수가 아니라는 사실을 깨달은 펜싱 선수처럼 기뻤다. 그는 결코 영혼 불러오기를 감행할 만한 냉철한 사람이 아니었다. 그는 진짜 어리석은 바보였다! 다른 사람들의 모든 약점은 쉽게 동정심을 불러일으켰지만 그의 약점은 그렇지 않았다.

잠시 후 그가 영혼에게 말을 걸었다.

"당신의 성이 스파이어라면 한 번만 움직이세요. 아니라면 테이블을 두 번 움직이세요." 그는 조상들이 오길 원했기 때문에 나는 테이블을 한 번 움직여 그의 소원을 들어주었다.

"할아버지예요!" 귀도가 중얼거렸다.

그런 다음 영혼과의 대화가 빠르게 진행됐다. 귀도는 전하고 싶은 소식이 있는지 영혼에게 물었다. 할아버지 영혼은 그렇다고 대답했다. 사업요 아니면 다른 소식요? 사업! 이 대답은 테이블을 한 번만 움직이면 되는 단순한 이유로 결정되었다. 곧이어 귀도는 좋은 소식인지 나쁜 소식인지 물었다. 나쁜 소식은 테이블을 두 번 움직여야 했는데, 이번에는 주저 없이 두 번을 움직이려 했다. 하지만 두번째 움직임에서 나는 곤경에 빠졌다. 좋은 소식이기를 바라는 누군가가 훼방을 놓은 것이 틀림없었다. 혹시 아다였을까? 두번째로 움직이기 위해서 나는 테이블에 직접 몸을 던졌고 쉽게 이겼다! 나쁜 소식이었다!

힘겨루기 탓에 두번째 움직임이 과장되게 흔들렸고, 그 바람에 모두들 몸이 흔들렸다.

"이상하군!" 귀도가 중얼거렸다. 잠시 후 그는 결심한 듯 소리쳤다.

"그만! 그만합시다! 여기 누군가가 우리에게 장난을 치고 있어요!"

많은 사람들이 동시에 그의 명령대로 따랐다. 응접실은 즉시 여러 군데서 켜진 불빛으로 술렁였다. 귀도의 얼굴이 하얗게 질려 있었다! 아다는 그 사람의 술책에 속은 것이며 나는 그녀의 눈을 뜨게 해줄 작정이었다.

응접실에는 세 명의 아가씨 외에 말펜티 부인과 또 다른 부인이 있었다. 나는 그 부인이 로지나 고모라고 믿었기 때문에 보자마자 불편하고 당황스러웠다. 각기 다른 이유로 두 부인은 예의를 차린 내 인사를 받았다.

가장 큰 사건은 테이블에 나와 아우구스타만이 나란히 앉아 있었다는 것이다. 그것은 새로운 위기였지만, 귀도 주위에 앉아 있는 다른 모든 사람들과 어울리기 위해 다가서기가 어려웠다. 죽은 사람의 영혼이 아니라 살아 있는 악당이 테이블을 움직였다는 사실을 알아차린 과정을 설명하는 귀도 주위로 다른 사람들이 모두 모여들었기 때문이다. 그는 지나치게 수선을 피웠는데, 테이블을 움직이지 못하게 한 장본인은 아다가 아니라 그였다. 그러면서 말하기를, "두번째로 움직이는 걸 막아보려고 온 힘을 다해 테이블을 붙잡았어요. 누군가 저와 힘겨루기에서 이기려고 직접 테이블에 몸을 내던지더군요."

그의 영매 의식은 대단했다. 죽은 이의 영혼에서는 강력한 힘이 나올 수 없는 것이었다!

나는 불쌍한 아우구스타를 바라봤다. 언니를 향한 나의 사랑 고백을 들은 후에 그녀가 어떤 표정을 짓고 있는지 보기 위해서였다.

그녀의 얼굴은 빨갛게 달아올랐지만, 다정한 미소로 나를 바라보고 있었다. 그제야 그녀는 자신이 고백을 들었다는 사실을 확인해주었다.

"아무한테도 말하지 않을게요!" 그녀는 나지막한 목소리로 말했다.

그 말에 나는 무척 기뻤다.

"고마워요." 작지 않지만 완벽하게 모양을 갖춘 그녀의 손을 잡고서 속삭였다. 나는 아우구스타의 좋은 친구가 될 준비가 되어 있었다. 나는 못생긴 사람들과는 친구로 지내지 않았기 때문에 그전 같으면 불가능했을 것이다. 하지만 아까 팔로 두를 때 보니 그녀의 허리가 생각보다 가늘어서 그런대로 괜찮았다. 그녀의 얼굴 역시 그다지 뒤떨어지지 않았다. 다만 초점이 맞지 않는 눈동자 때문에 못생겨 보일 뿐이었다. 나는 그녀가 못생겼다는 걸 몸 전체로 확대해서 과장스럽게 생각했음이 분명하다.

그들은 귀도에게 레모네이드를 가져다주라고 말했다. 나는 그를 에워싸고 있는 사람들에게로 다가가다가 무리에서 떨어져 나오는 말펜티 부인과 마주쳤다. 나는 호탕하게 웃으면서 그녀에게 물었다.

"귀도 씨에게 피로를 풀어줄 음료가 필요한 모양이죠?"

그녀는 입술을 살짝 샐쭉했다.

"저 사람은 어쩐지 남자답지 않네요!" 그녀가 단번에 말했다.

나의 승리가 가까이 왔다는 생각에 나는 우쭐해졌다. 아다가 자기 어머니와 다르게 생각할 리 없었다. 승리감은 나와 같은 특징을 지닌 남자들에게 빼놓을 수 없는 효과를 즉시 불러왔다. 모든 걱정과 슬픔이 사라지고, 귀도가 마지막에 고통을 겪지 않기를 바랐다. 많은 사람들이 나와 비슷하다면 세상은 확실히 더 살 만할 것이다.

나는 그의 옆에 앉아 다른 사람들은 쳐다보지도 않고 말했다.

"귀도 씨, 용서하세요. 제가 나쁜 장난을 쳤습니다. 당신의 이름을 말하는 영혼 노릇을 하면서 테이블을 움직인 건 저였습니다. 당신 할아버지가 똑같은 이름이란 걸 알았다면 그런 짓은 하지 않았을 거예요."

귀도의 안색이 하얗게 변했다. 내 고백이 그에게 중요했던 것 같다. 그러나 그는 내 사과를 받아들이지 않았다.

"여기 계신 부인들은 너무나 친절하시네요! 저를 위로하실 필요가 전혀 없습니다. 그 일은 조금도 중요하지 않아요. 솔직하게 얘기해주셔서 감사합니다. 하지만 누군가 우리 할아버지 노릇을 했다는 걸 이미 알아차렸어요."

그는 만족스럽게 웃으며 얘기했다.

"당신은 아주 힘이 세군요! 오늘 참가자들 중 저 말고 유일한 남자가 테이블을 움직였다는 걸 진작 눈치챘어야 했는데요."

나는 그보다 더 강하다는 걸 보여주었다. 하지만 이내 그보다 더 약하다는 기분이 들었다. 아다가 싸늘한 눈길로 나를 쳐다보았다. 그녀의 아름다운 볼이 빨갛게 달아올랐다. 그녀는 나를 비난했다.

"그런 장난을 치시다니 유감이군요."

나는 숨이 막히는 듯했다. 그러고는 말을 더듬으며 해명했다.

"재미있게 하려고 했어요! 우리 가운데 누구도 테이블에서 영혼이 말하는 이야기를 진지하게 받아들일 거라 생각하지 않았어요."

귀도를 공격하기에는 이미 때가 늦었다. 공격은커녕 내가 민감한 귀를 가졌다면 그와의 싸움에서 승리는 절대로 내 것이 될 수 없다는 소리를 들었을 것이다. 아다가 내게 보인 분노는 매우 의미심장한 것이었다. 그녀가 이미 완전히 그의 여자라는 걸 어떻게 모를 수 있었을까? 하지만 아다가 진지한 눈으로 찾던 남자는 귀도가 아니며 그는 그녀를 차지할 자격이 없다는 생각이 내 머릿속으로 고집스럽게 파고들었다.

심지어 말펜티 부인도 그렇게 느끼지 않았는가?

모두들 내 잘못을 감쌌는데, 이는 상황을 악화시켰다. 말펜티 부인이 웃으면서 말했다.

"아주 성공적인 장난이었어요."

로지나 고모는 웃느라 거대한 몸을 흔들며 감탄했다. "대단해요!"

귀도가 매우 너그러워서 오히려 미안한 마음이 들었다. 이미 그에게는 테이블에서 그가 들은 나쁜 소식이 영혼이 알려준 게 아니라는 걸 확인하는 것만이 중요했다. 그가 말했다.

"처음에는 계획적으로 테이블을 움직인 게 아니라고 생각해요. 첫 번째는 예기치 않게 움직였겠죠. 그 후에는 장난삼아 테이블을 움직여 보기로 결정한 겁니다. 그렇게 해서 당신이 즉흥적인 충동에서 벗어나기로 결심한 순간까지 아까 벌어졌던 일이 중요하게 여겨진 겁니다."

아다는 고개를 돌려 호기심 어린 눈길로 나를 쳐다봤다. 그녀는 귀도가 나를 용서했기 때문에 그녀 역시 나를 용서함으로써 귀도에게 과장된 애착심을 보여주려 하고 있었다. 나는 그것을 막고 나섰다.

"아닙니다!" 나는 단호하게 말했다. "오지 않는 영혼을 기다리다 지쳐서 재미 삼아 흉내를 낸 겁니다."

아다는 어깨를 으쓱하며 내게서 고개를 돌렸다. 그 모습에 나는 한 대 얻어맞은 느낌이었다. 그녀의 목덜미에 드리워진 곱슬머리까지도 내게는 경멸의 의미로 받아들여졌다.

언제나 그렇듯이 나는 그때도 내 생각에만 몰두해 있었다. 나는 아다가 무시할 정도로 품위를 떨어뜨린 내 행동에 마음이 무거웠다. 내가 사랑하는 여인이 나를 배신한 사실을 마주한 것처럼 엄청난 고통을 느꼈다. 그녀가 이미 귀도를 향한 애정을 드러냈는데도 나는 여전히 그녀가 내 여자가 될 수 있다고 생각했다. 하지만 그녀의 태도는 절대 용서하지 못할 거라 느꼈다. 이전에 일어난 일들이 남긴 인상들이 머릿속에서 지워지기 전에 계속해서 벌어지는 사건들을 따라잡기에는 내 사고가 지나치게 느린 걸까? 그렇지만 계획한 대로 정해진 길을 가야 했다. 진실로 눈먼 고집이었다. 나는 나의 계획을 또 한 번 드러내어 더 강하게 굳히고 싶었다. 나는 용기를 북돋아주는 진솔한 미소로 나를 걱정스럽게 바라보고 있는 아우구스타에게 다가갔다. 그리고 그녀에게 진지하고 비장하게 말했다.

"어쩌면 오늘이 제가 이 집에 오는 마지막 날이 될 것 같군요. 오늘 밤 아다에게 사랑을 고백할 테니까요."

"그러시면 안 돼요. 여기서 무슨 일이 일어나고 있는지 모르세요? 당신이 고통스러워지면 제 마음도 그럴 거예요."

아우구스타는 나와 아다 사이를 계속해서 중재하고 있었다. 나는 그녀를 난처하게 만들었다.

"아다에게 말하겠어요. 그래야 하니까요. 그런 후엔 그녀가 무슨 대답을 하든 상관하지 않겠어요."

나는 다시 다리를 절뚝거리며 귀도에게 다가갔다. 그의 곁에 다가가 나는 담배에 불을 붙였다. 거울에 비친 내 모습은 너무나 창백했고, 귀도 때문에 더더욱 핏기를 잃고 말았다. 나는 기분이 나아져 담담해 보이기 위해 애썼다. 이중의 노력을 기울이다 내 손이 엉겁결에 귀도의 컵을 잡았다. 한번 그것을 움켜잡자 컵을 비우는 것 외에 다른 좋은 방법이 없었다.

귀도가 웃음을 터뜨리기 시작했다.

"조금 전에 나도 그 컵에 든 것을 마셨으니까 내 생각을 전부 아시겠군요."

레몬 맛은 언제나 나를 언짢게 했다. 마치 내가 독이라도 마신 것처럼 보이게 했다. 무엇보다 그의 컵에 입을 댄 것이 귀도와 역겨운 접촉을 한 것처럼 여겨졌기 때문이다. 게다가 화가 잔뜩 난 게 분명한 아다의 표정에 충격을 받은 것도 이유였다. 그녀는 당장 하녀를 불러 레모네이드를 또 한 잔 가져오도록 했다. 귀도가 더 이상 목마르지 않다고 말했는데도 그녀는 고집을 부렸다.

그 순간 정말이지 그녀가 불쌍했다. 그녀는 점점 더 자신의 품위를 떨어뜨리고 있었다.

"미안해요, 아다." 나는 어떤 설명을 기대하는 것처럼 그녀를 쳐다보면서 낮은 목소리로 말했다.

"당신을 언짢게 하려던 건 아니었어요."

잠시 후 나는 두 눈에 눈물이 흐르지 않을까 두려웠다. 나는 우스꽝스러운 상황에서 벗어나려고 크게 고함을 질렀다.

"눈에 레몬주스가 튀었어요."

나는 손수건으로 눈을 가렸다. 그래서 더 이상 눈물을 감출 필요가 없었다. 흐느껴 울지 않도록 조심하는 것으로 충분했다.

나는 결코 손수건 뒤에 드리워졌던 그 어둠을 잊지 못할 것이다. 나는 눈물만이 아니라 광기의 순간 역시 감추고 있었다. 그녀에게 모든 걸 말하면 그녀는 나를 이해하고 사랑할 것이며, 나는 절대 그녀를 용서하지 않으리라 생각하고 있었다.

나는 얼굴에서 손수건을 떼고, 모두에게 눈물이 흐른 내 눈을 드러내 보였다. 나는 웃고, 또 웃기기 위해 노력했다.

"조반니 씨가 주스를 만들기 위해 구연산을 가져다놓았나 보군요."

바로 그때 조반니가 도착했다. 그는 평상시처럼 아주 친절하고 정중하게 내게 인사했다. 나는 작은 위로를 얻었지만 그것 역시 오래가지 않았다. 그가 귀도의 연주를 듣고 싶어서 평상시보다 일찍 왔다고 말했기 때문이다. 그는 이야기를 하다가 내가 왜 눈물을 흘렸는지 물었다. 그들은 그가 만든 주스의 품질에 대해 내가 드러낸 의심을 그에게 들려주었고, 그 말에 그는 웃었다.

나는 비겁하게도 조반니가 귀도에게 연주를 청하는 데 열렬히 동참했다. 그날 저녁 귀도의 바이올린 연주를 들으러 온 것이 아니지 않은가? 게다가 귀도를 부추김으로써 아다의 화를 누그러뜨리고 싶어 하다니. 나는 그날 밤 처음으로 마침내 그녀와 연결되기를 바라면서 그녀를 쳐다봤다. 그러나 얼마나 이상한가! 그녀에게 할 말이 있었고, 용서하지 못할 일이 있지 않았던가? 그러나 나는 그녀의 뒷모습과 그녀의 목덜미에 드리워져 나를 비웃고 있는 곱슬머리를 보고만 있었다. 그녀는 케이스에서 바이올린을 꺼내러 급히 달려갔다.

귀도는 15분 정도 더 조용히 시간을 갖게 해달라고 부탁했다. 그는 망설이는 듯했다. 이후로 오랜 세월 그를 알고 지내면서 나는 그가 누군가에게 부탁을 받게 되면 비록 사소한 일이라도 언제나 망설인다는 것을 알게 됐다. 그는 자신이 좋아하는 것만을 했고, 어떤 청을 받아들이기 전에 자신이 진정으로 원하는지 알아보기 위해 내면 깊숙이 파고들었다.

잊지 못할 그날 저녁 시간 중 그 15분이 내게는 가장 행복했다. 나의 변덕스러운 잡담은 아다를 포함한 모두를 즐겁게 했다. 그건 분명히 내가 흥분한 탓이었지만, 점점 더 가까이 다가오는 위협적인 바이올린 연주를 이기려는 최대한의 노력이기도 했다. 다른 사람들이 내 노력으로 몹시 즐거워했던 그 짧은 시간을 나는 치열한 전투에 바친 시간으로 기억한다.

조반니는 집에 올 때 다고 온 전차에서 가슴 아픈 장면을 목격했다고 얘기했다. 어떤 여자가 아직 정차하지 않은 전차에서 갑자기 내리는 바람에 심하게 넘어져 다쳤다고 했다. 조반니는 그 여자가 뛰어내릴 각오를 하는 것 같아 보였을 때 저러다 길바닥에 쓰러져 다칠게 분명하다는 예감이 들어 불안했다는 얘기를 조금은 과장 섞인 제스처로 묘사했다. 그는 그런 예감이 들었는데도 그녀를 제때 구하지 못한 것을 무척 마음 아파했다.

나는 한 가지 좋은 생각이 떠올랐다. 나는 과거에 나를 괴롭혔던 현기증에 대해 말하면서 한 가지 치료법을 발견했다는 얘기를 들려주었다. 아주 높은 곳에서 연습하는 체조 선수를 보았을 때, 혹은 너무나 나이 들었거나 힘없는 사람이 달리는 전차에서 내리는 것을 볼 때, 오히려 그들에게 불행한 일이 일어나길 바라면서 모든 불안에서 벗어나곤 했다. 급기야는 그들이 떨어지고, 다치길 바라는 악담을 중얼거리기까지 했다. 그렇게 하면 이루 말할 수 없이 마음이 안정되어 사고에 대한 두려움에서 완전히 벗어나 편안히 바라볼 수 있었다. 만약 내 바람이 이루어지지 않으면 더더욱 만족할 수 있었다.

귀도는 내 이야기에 완전히 매료당했고, 그에게 그런 사고방식은 어떤 심리학적 발견처럼 비쳐졌다. 그는 모든 사소한 일을 다룰 때처럼 그것을 분석했고, 당장 치료법을 실험해보고 싶어 했다. 하지만 불길한 소원이 불행을 증가시키지 않는다는 조건을 내걸었다. 아다는 그와 함께 미소를 지었는데, 내게 감동 어린 시선을 던지기까지 했다. 어리석은 나는 그녀의 반응에 굉장히 기뻤다. 내가 그녀를 절대 용서할 수 없다는 건 사실이 아니라는 걸 깨달았다. 이것 또한 대단한 이점이었다.

우리는 서로를 좋아하는 마음씨 좋은 젊은이들처럼 함께 많이 웃었다. 어느 순간에 나는 응접실 한쪽에 로지나 고모와 단둘이 남게 되었다. 그녀는 여전히 테이블에서 있었던 일을 말하고 있었다. 뚱뚱한 그녀는 자기 의자에 꼼짝없이 앉아, 나를 쳐다보지도 않으면서 수다를 쏟아냈다. 나는 내가 지루해한다는 것을 다른 사람들에게 알릴 방법을 찾아냈다. 모두들 고모의 눈에 띄지 않는 곳에서 조심스럽게 웃으며 나를 바라보고 있었다. 즐거움을 더하기 위해 나는 아무런 준비 없이 그녀에게 내 생각을 말했다.

"그런데 부인께서는 아주 좋아 보이세요. 다시 젊어지신 것 같아요."

그녀가 화를 냈다면 웃어넘길 유머였다. 하지만 그 부인은 화를 내는 대신 매우 고마워했고, 실제로 최근에 앓던 병에서 회복된 뒤로 많이 좋아졌다고 말했다.

나는 그녀의 대답에 몹시 당황했다. 그녀가 바랐던 즐거운 분위기가 나타난 만큼이나 내 얼굴은 아주 우스운 표정이었을 것이다. 잠시 후 그 비밀이 풀렸다. 그녀는 전에 본 로지나 고모가 아니라 말펜티 부인의 언니인 마리아 이모였다. 그렇게 해서 심하지는 않지만 마냥 불편했던 응접실에서 빠져나올 수 있었다.

시간이 되자 귀도는 바이올린을 달라고 했다. 그는 그날 저녁 피아노 반주 없이 「샤콘」*을 연주했다. 아다는 그에게 감사의 미소를 띠며 바이올린을 건네주었다. 그는 아다를 보지 않고, 마치 자신이 영감에

* chaconne: 바로크 시대를 대표하는 기악변주곡. 여기서는 바흐의 「샤콘」을 말한다.

휩싸여 악기와 함께 홀로 남아 있는 것처럼 바이올린을 바라봤다. 그런 다음 거실 한가운데에서 대다수 청중에게 등을 돌리고 서서 바이올린을 조율하기 위해 활로 현을 가볍게 두드렸다. 그러고는 아르페지오* 몇 곡을 연주했다. 그는 연주를 멈추고는 미소 지으며 말했다.

"제게는 대단한 용기가 필요하군요. 지난번에 여기서 마지막으로 연주하고 바이올린에 손을 대지 않았습니다!"

거짓말쟁이! 그는 아다에게도 등을 돌리고 있었다. 나는 그녀가 괴로워하는지 보려고 불안한 마음으로 그녀를 쳐다봤다. 그렇지는 않았다! 그녀는 테이블 위에 팔꿈치를 대고 손으로 턱을 괸 채 음악을 들으려고 자세를 가다듬고 있었다.

잠시 후 내 뒤에서 위대한 작곡가 바흐가 살아 돌아왔다. 그전이나 후에도, 그 네 줄의 현에서 탄생한 음악이 마치 미켈란젤로가 대리석으로 조각한 천사처럼 그토록 아름다운 선율을 이루는 걸 결코 들어보지 못했다. 내 영혼마저 내게 새롭게 다가왔으며, 너무나 새로운 세계로 향하듯이 음악은 나를 황홀경으로 이끌어갔다. 그러나 나는 그 음악에서 멀어지기 위해 싸워야 했다. '조심해! 바이올린은 세이렌**이야. 영웅의 심장을 갖지 않고도 눈물을 자아낼 수 있어!'라고 끊임없이 생각했다. 그러나 나는 나를 사로잡은 그 음악에 공격당하고 말았다. 음악은 나의 병과 고통을 따뜻한 미소와 손길로 누그러뜨리고 어루만지는 것 같았다. 하지만 연주로 말하는 이는 귀도였다! 그래서 나는 "저렇게 연

---

* arpeggio: 화음의 구성 음을 동시에 연주하지 않고, 한 음씩 차례로 연주하는 방법을 말한다.

** seiren: 그리스 신화에 나오는 바다의 요정으로 상반신은 여자, 하반신은 새의 모습이다. 현악기를 연주하며 아름다운 노랫소리로 뱃사람들을 유혹해 배를 난파시켰다.

주하는 데는 리듬 체계와 확실한 손놀림 그리고 모방 능력을 잘 배열하기만 하면 돼. 전부 내가 가지지 않은 것이지만 그건 열등한 게 아니라 운이 나쁜 거야"라고 스스로에게 말하며 연주를 외면하려 애썼다.

나는 저항하고 있었지만 바흐는 운명처럼 당당하게 전개됐다. 열정적으로 고음을 노래했고, 바소 오스티나토*를 찾아 음이 내려갔다. 귀와 마음이 먼저 느낄 정도로 놀라운 연주였다. 모든 음들이 정확히 제 위치에 놓였다! 하지만 잠시 후면 음악은 사라져갈 테고, 방금 전에 음악에 실려 숨 막히게 하던 울림에 다다를 수 없을 거라 생각했다. 그런데 귀도에게 그런 일은 일어나지 않았다. 바흐를 대면하면서도 그의 팔은 떨리지 않았다. 그것은 내게 진정한 열등감을 불러일으켰다.

이 글을 쓰는 지금 그것을 모두 증명할 수 있다. 당시 상황을 아주 자세히 들여다보면 그리 즐겁지 않다. 그때 나는 귀도를 향한 미움과 나의 영혼처럼 받아들인 그 음악으로 차올라 있었고, 그것은 가라앉을 줄 몰랐다. 그 뒤로는 매일 되풀이되는 평범한 일상이 찾아와 나로서는 어떤 저항도 하지 못한 채 그것을 잊어버렸다. 그렇다! 평범한 삶은 그러한 일을 수없이 저지른다. 천재들이 그 사실을 깨닫는다면 고통스러울 뿐이다!

귀도는 지혜롭게 연주를 멈췄다. 조반니를 제외하고는 어느 누구도 박수를 치지 않았다. 그리고 얼마 동안 아무도 말이 없었다. 그러나 불행하게도 나는 말을 참을 수가 없었다. 내 바이올린 연주를 알고 있는 사람들 앞에서 어떻게 그럴 수 있었을까? 그런 음악을 열망하는 것은 헛되다고 내 바이올린이 말하는 것 같았다. 그리고 상대방이—이 점은

* Basso ostinato: 지속하는 저음(低音)이라는 의미로, 저음의 성부가 반복되면서 다른 성부가 변화하는 걸 말한다. 변주곡의 기원으로 알려져 있다.

부정할 수 없었는데—음악은 삶이고 빛이자 공기가 되었다고 힐난하는 것만 같았다.

나는 "대단해요!"라고 말했고, 이 말은 환호라기보다 애써 인정하는 말투였다. "그런데 왜 마무리 부분에서 바흐가 레가토*로 작곡한 선율을 스타카토**로 연주했나요?"

나는 「샤콘」의 음표 하나하나를 알고 있었다. 내 연주 실력이 나아지리라 믿고 그와 같은 어려운 연주에 도전하던 시절이 있었다. 그리고 몇 달 내내 바흐가 작곡한 몇몇 작품을 소절마다 조심스럽게 연습하며 보냈다.

거실에 있던 사람들이 모두 내게 비난과 조롱을 쏟아내리라고 느꼈다. 그러나 나는 여전히 적대감과 맞서 싸우며 말했다.

"바흐는 곡 중반부에서 활을 현란하게 다루는 걸 허용하지 않는 간결함이 특징이죠."

아마도 내 말이 옳았을 것이다. 하지만 내가 그의 연주 방식으로 활을 현란하게 움직일 수 없다는 것 또한 분명했다.

귀도는 즉시 나만큼이나 과장스러운 반응을 보였다.

"어쩌면 바흐는 그런 표현의 가능성을 모르고 있었을 겁니다. 제가 바흐에게 새로운 표현을 선물한 거죠!"

그는 바흐의 어깨에 올라타고 있었지만, 그 상황에서 아무도 반박하지 않았다. 오로지 나만 그의 어깨에 올라서려고 시도했기 때문에 그는 나를 비웃었다.

그때 아주 중요한 일이 일어났는데, 내게는 결정적인 일이었다. 우

* legato: 음악에서 계속되는 음과 음 사이를 끊지 말고 원활하게 연주하라는 표.
** staccato: 음을 하나하나 짧게 끊어서 연주하는 연주법(창법).

리가 있던 거실에서 멀리 떨어진 방에서 어린 안나의 울음소리가 들려왔다. 나중에야 알았지만 넘어져서 입술에 피가 난 것이었다. 모두들 거실에서 달려 나가는 바람에 나는 몇 분 동안 아다와 단둘이 남겨졌다. 귀도는 다른 사람들을 따라 나가기 전에 자신의 소중한 바이올린을 아다의 손에 맡겼다.

"바이올린 제가 갖고 있을까요?" 나는 다른 사람들을 따라갈지 망설이는 아다를 보며 물었다. 정말이지 고대하던 기회가 마침내 찾아왔다는 사실을 나는 여전히 깨닫지 못하고 있었다.

그녀는 멈칫했지만 알 수 없는 불신이 그녀를 덮쳤다. 그녀는 바이올린을 자기 쪽으로 더 끌어안으며 대답했다.

"아니에요. 저까지 다른 사람들과 갈 필요는 없어요. 안나는 많이 다치지 않았을 거예요. 별것 아닌데도 울음을 터뜨리거든요."

그녀는 바이올린을 들고 자리에 앉았다. 그녀의 그런 행동이 내게 이야기할 기회를 주는 것 같았다. 그녀에게 마음을 털어놓지 않고서 어떻게 집으로 갈 수 있겠는가? 그 기나긴 밤을 무엇으로 지새울 것인가? 나는 침대에서 이리저리 뒤척이며 잠 못 이루거나 거리를 쏘다니다 기분전환을 위해 술집을 전전할 것이었다. 안 될 일이었다! 확실한 답변과 평온함을 얻지 못한 채 그 집을 떠날 수는 없었다.

나는 단순하고 솔직하게 처신하고자 노력했다. 나는 숨이 막혔기 때문에 더 그런 상황으로 내몰렸다. 그녀에게 말했다.

"당신을 사랑해요, 아다. 당신 아버지께 말씀드려도 될까요?"

그녀는 놀라고 당황한 얼굴로 나를 쳐다봤다. 그녀가 다른 곳에 있는 어린 여동생처럼 소리를 지를까 봐 겁이 났다. 나는 그녀의 진지한 눈빛과 단아한 얼굴을 보며 그녀가 사랑을 모르리라는 건 알고 있었지만, 지금 처음 접하는 그녀의 표정을 보니 사랑과 동떨어져 있다는 걸 새삼 느끼게 되었다. 그녀는 뭐라고 말을 하기 시작했는데, 서론이 장황했다. 하지만 나는 분명한 대답을 원했다. 그렇다든지 아니라든지! 어쩌면 그녀의 망설임이 이미 내게 상처가 되었을지 모른다. 나는 서둘러 결정을 내리도록 재촉하기 위해 시간을 좀더 가지려는 그녀를 다그쳤다.

"어떻게 그 사실을 눈치채지 못했나요? 당신은 제가 아우구스타에게 호감이 있다고 믿으셨군요!" 나는 내 고백에 힘을 싣고 싶었지만, 너무 서두른 탓에 제 위치를 벗어나고 말았다. 가여운 아우구스타의 이름이 경멸조의 말투와 제스처에 실려 튀어나온 것이다.

이런 내 태도에 아다는 당혹감에서 벗어났다. 그녀는 아우구스타에 대한 모욕만을 문제 삼았다.

"왜 당신이 아우구스타보다 우월하다고 생각하세요? 난 아우구스타가 당신의 아내가 되고 싶어 할 거라고 전혀 생각하지 않아요!"

그 말을 마치자마자 그녀는 내 고백에 대답해야 한다는 걸 기억해냈다.

"저로서는…… 당신이 그런 생각을 품었다는 데 놀랐어요."

그녀의 싸늘한 대답은 아우구스타를 위한 복수가 분명했다. 너무나 혼란스러워진 나는 그 말 역시 별다른 의도가 없다고 생각했다. 그녀가 나를 때렸다면 그 이유를 곰곰이 따져보느라 멈칫했을 것이다. 그래서 더욱 강하게 밀어붙였다.

"잘 생각해보세요, 아다. 저는 나쁜 남자가 아닙니다. 저는 부유하고…… 조금 엉뚱하긴 하지만 얼마든지 고칠 수 있는 부분이죠."

아다는 좀더 부드러워졌지만 다시 아우구스타 얘기를 꺼냈다.

"당신도 잘 생각해보세요, 제노 씨. 아우구스타는 좋은 아이예요. 정말로 당신에게 잘 맞을 거예요. 그녀를 대신해서 말할 수는 없지만 그래도 제 생각은……"

아다가 처음으로 내 이름을 불러주어서 나는 황홀감을 느꼈다. 이건 더 분명하게 내 마음을 말하라는 신호가 아닐까? 어쩌면 그녀를 얻는 데 실패하거나 아니면 적어도 지금 당장 나와의 결혼을 받아들이지 않더라도 그녀가 귀도 때문에 체면을 구기는 일이 없도록 귀도와 더욱 가까워지는 위험한 상황은 막아야 했다. 나는 귀도에 대해서는 어떻게든 그녀가 눈을 뜨도록 할 작정이었다. 나는 침착해졌고, 먼저 그녀에게 아우구스타를 존중하고 좋게 생각하지만 아우구스타와 결혼하고 싶은 건 결코 아니라고 말했다. 나를 잘 이해하도록 만들기 위해 '그녀와 결혼하고 싶지 않다'는 말을 두 번이나 했다. 처음에는 내가 아우구스타를 모욕한다고 믿었던 아다의 마음을 누그러뜨릴 수 있기를 바랐다.

"아우구스타는 착하고 친절하고 사랑스러운 아가씨지만 내 사람은 아니에요."

복도에서 웅성거리는 소리가 들렸고, 곧 하던 말이 끊어질 수 있었기 때문에 나는 고백을 서둘렀다.

"아다! 그 남자는 당신에게 맞지 않아요. 멍청이라고요! 테이블에서 엉터리 대답을 듣고 괴로워하는 걸 못 봤어요? 바이올린 연주를 잘하지만, 원숭이들도 연주는 할 줄 알아요. 그가 하는 말은 모두 어리석고 한심해요……"

아다는 자신에게 노골적으로 쏟아진 내 말의 의미를 어떻게 받아들여야 할지 난감한 표정으로 듣더니 내 말을 끊었다. 그녀는 여전히 바이올린과 활을 손에 들고서 벌떡 일어섰다. 그러고는 내게 공격적인 말을 쏟아부었다. 나는 그것을 잊기 위해 최선을 다한 끝에 그렇게 하는데 성공했다. 어떻게 귀도와 아우구스타에 대해 그렇게 말할 수 있느냐며 그녀가 큰 목소리로 따지기 시작했던 것만 기억난다! 나는 놀라서 눈이 휘둥그레졌다. 왜냐하면 나는 분명 귀도에 대해서만 싫은 소리를 한 것 같았는데 말이다. 나는 그녀가 내게 퍼부었던 수많은 비난은 잊었지만, 분노로 빨갛게 달아오른 그녀의 아름답고 고귀하며 건강했던 얼굴과 적개심으로 마치 대리석처럼 차가워지고 날카로웠던 얼굴선은 잊히지 않는다. 그날 역시 결코 잊히지 않았다. 내 사랑과 청춘을 생각할 때면 나를 그녀의 운명에서 완전히 몰아낸 그 순간의 아름답고 고귀하며 건강했던 아다의 얼굴이 다시 떠오른다.

모두들 돌아와 아직도 울고 있는 안나를 품에 안은 말펜티 부인 주위로 모여들었다. 어느 누구도 나나 아다에 대해 신경 쓰지 않았다. 나는 아무에게도 인사하지 않고 거실에서 나와 복도에 있던 내 모자를 집어 들었다. 이상했다! 떠나려는 나를 잡으러 나오는 사람이 아무도 없었다. 그래서 나는 혼자 나 자신을 추슬렀다. 예절에 어긋나는 행동을 해서는 안 되기 때문에 가기 전에 모두에게 예의상 인사를 해야 한다는 생각이 들었기 때문이다. 지나간 닷새 동안의 밤보다 더 고통스러운 밤이 너무나 일찍 시작되리라는 생각에 그 집을 떠나기가 망설여졌다. 마침내 뚜렷한 답을 얻은 나는 이제 또 다른 필요를 느끼고 있었다. 평화였다. 모두와의 평화. 만약 아다와 다른 모든 사람들과의 관계에서 빚어지는 쓰디쓴 고통을 모두 이겨낼 수 있다면 나는 더 쉽게 잠들 수 있을 것이다. 왜 그러한 고통이 있어야 하는가? 비록 귀도는 그럴 만한 자격이 없지만 아다가 그를 좋아한다고 해서 아무런 잘못도 없는 그에게 화를 낼 수는 없는 것이었다!

내가 복도에서 걸어오는 것을 알아챈 유일한 사람은 아다였다. 내가 돌아온 것을 봤을 때, 그녀는 불안한 얼굴로 나를 쳐다봤다. 어떤 일이 펼쳐질지 두려웠던 걸까? 나는 당장 그녀를 안심시키고 싶었다. 그녀 곁을 지나면서 작은 목소리로 말했다.

"당신을 기분 나쁘게 했다면 용서하세요!"

그녀는 편안하게 내 손을 그러쥐었다. 그것은 커다란 위안이 되었다. 나는 내 영혼이 그로부터 얼마나 큰 평화를 얻는지 오롯이 느끼기 위해 잠시 눈을 감았다.

모든 사람들이 계속해서 어린아이에게 신경 쓰는 동안 내 운명은 나를 알베르타 옆에 앉혔다. 나는 알베르타를 보지 못했지만 그녀가 내게 말을 걸었을 때에야 누구인지 알아보았다.

"아무 일도 아니에요. 아빠가 해결하셔야 하는 게 큰 문제죠. 쟤가 울면 아주 좋은 선물을 사주시거든요."

나는 나 자신을 완전히 볼 수 있었기 때문에 스스로를 분석하는 짓을 그만두었다. 평화를 얻기 위해서는 그 거실이 내게 절대적으로 금지된 공간이 아닌 것처럼 행동해야만 했다. 나는 알베르타를 바라봤다! 그녀는 아다와 닮았다! 아다보다 더 작고 몸에는 아직 어린 티가 남아 있었다. 쉽게 목소리를 높이곤 했고, 종종 지나치게 터져 나오는 웃음이 작은 얼굴 한가득 번지며 얼굴이 빨개지곤 했다. 이상했다! 그 순간 아버지의 충고가 떠올랐다. "젊은 여자를 골라라. 네 방식대로 길들이기가 훨씬 수월할 테니까." 기억은 결정적인 역할을 했다. 나는 다시 알베르타를 쳐다봤다. 나는 머릿속으로 그녀의 옷을 벗기느라 정신이 없었고, 예상했던 대로 부드럽고 싹싹한 모습이 마음에 들었다.

나는 그녀에게 말했다.

"내 말 좀 들어봐요, 알베르타! 한 가지 생각이 있어요. 당신은 남편을 얻을 나이라고 생각한 적 없나요?"

"선 결혼 생각 안 해봤어요!" 그녀는 당황하거나 얼굴을 붉히는 일 없이 나를 온화하게 바라보며 미소 지었다.

"대신 공부를 계속할 생각이에요. 엄마도 그걸 바라시고요."

"공부는 결혼한 후에도 계속할 수 있어요."

나는 번뜩 떠오른 생각을 곧바로 그녀에게 말했다.

"나도 결혼 후에 공부를 다시 시작할 생각이에요."

그녀는 한바탕 웃었다. 하지만 나는 시간을 낭비하고 있다는 걸 깨달았다. 왜냐하면 그런 바보 같은 짓으로 아내와 평화를 얻을 수는 없었기 때문이다. 두 사람 모두 진지할 필요가 있었다. 그녀가 아다와는 완전히 다르다고 느꼈기 때문에 고백하기가 쉬웠다.

나는 정말로 진지해졌다. 내 미래의 아내는 모든 걸 알아야 했다. 나는 떨리는 목소리로 그녀에게 말했다.

"전, 지금 당신에게 했던 프러포즈를 조금 전 아다에게 똑같이 했어요. 그녀는 비웃으며 거절하더군요. 제가 어떤 상태에 있는지 상상할 수 있을 거예요."

슬픔에 잠긴 태도로 전한 이 말은 다름 아닌 아다를 향한 나의 마지막 고백이었다. 나는 너무나 심각해졌으나 미소를 잃지 않고 덧붙였다.

"만약 당신이 제 청혼을 받아준다면 나는 아주 행복하고, 당신과 있으면 모든 걸 잊을 수 있을 거예요."

그녀는 굉장히 진지하게 말했다.

"제노 씨, 기분 나쁘게 들으시면 안 돼요. 제가 미안해질 테니까요.

당신이 아주 좋은 분이라고 생각해요. 배워서 아는 것만 정확히 아는 제 교수님들과 달리, 당신은 배우지 않고도 아주 많은 것들을 알고 계신 현명한 분이란 걸 알고 있어요. 전 결혼하고 싶지 않아요. 혹시 마음이 바뀔지도 모르지만 지금은 한 가지 생각만 하고 있어요. 저는 작가가 되고 싶어요. 제가 얼마나 당신을 신뢰하는지 보셨죠. 전 그 사실을 아무한테도 말하지 않았어요. 제 믿음을 저버리지 않으셨으면 좋겠어요. 전 아무에게도 당신의 프러포즈를 말하지 않겠다고 약속해요."

"아니, 모두에게 얘기해도 돼요!" 나는 화가 나서 그녀의 말을 막았다. 나는 다시 응접실에서 추방당할 위험에 처한 기분이었다. 그래서 급히 해결책을 찾았다. 내 프러포즈를 거절한 알베르타의 자존심을 꺾을 단 한 가지 방법이 있었다. 나는 그것을 알아내자마자 선택했다.

"이제 똑같은 프러포즈를 아우구스타에게 하겠어요. 언니와 동생이 나를 거절했기 때문에 그녀와 결혼하겠다고 모두에게 말하겠어요."

나는 지나치게 기분이 좋아져서 웃었다. 과장된 기분은 앞서 했던 이상한 행동을 계속하게 만들었다. 굉장한 자부심을 현실에 그대로 구현한 것은 말이 아니라 행동이었다.

나는 아우구스타를 찾기 위해 주위를 둘러보았다. 그녀는 안나를 진정시킬 음료가 반쯤 담긴 컵을 쟁반에 담아 복도로 나왔다. 나는 그녀의 이름을 부르며 뒤따라 뛰어갔고, 그녀는 나를 기다리며 벽에 기대어 있었다. 나는 그녀와 정면으로 얼굴을 맞대고 곧바로 말했다.

"잘 들어요, 아우구스타. 우리 둘이 결혼하는 거 어때요?"

프러포즈는 정말이지 형편없었다. 나는 그녀와 결혼해야 했고, 그녀는 나와 결혼해야만 했다. 그래서 나는 그녀가 어떻게 생각하는지 묻지 않았고, 또 내가 무언가 설명을 해야 한다는 생각도 하지 않았다. 나는 모두가 원하는 걸 하고 있을 뿐이었다!

그녀는 놀라서 휘둥그레진 눈으로 시선을 들어 올렸다. 다른 쪽 눈에 비해 사시인 눈이 보통 때보다 훨씬 두드러져 보였다. 그녀의 보드랍고 하얀 얼굴이 처음에는 더 하얘졌다가 나중에는 금세 빨개졌다. 그녀는 오른손으로 쟁반 위에 흔들리는 컵을 잡았다. 그러고는 가느다란 목소리로 내게 말했다.

"농담하시는군요. 그건 나쁜 짓이에요."

나는 그녀가 울까 봐 두려웠고, 나의 슬픔을 그녀에게 말하면서 그녀를 위로해야겠다는 괴상한 생각이 들었다.

"농담 아니에요." 나는 진지하면서도 슬프게 말했다.

"처음에는 아다에게 청혼했지만 그녀는 불같이 화를 내며 거절했어요. 그다음엔 알베르타에게 결혼하자고 했고, 그녀 역시 좋은 말로 거절했죠. 두 사람을 원망하지는 않아요. 다만 제가 몹시, 아니 너무나 불행하다고 느껴요."

나의 고통 앞에서 그녀는 마음을 가라앉히고 깊이 생각에 잠긴 흥분된 시선으로 나를 바라보았다. 그녀의 시선은 어떤 어루만짐과 비슷했는데, 내게는 전혀 기쁨이 되지 못했다.

그녀는 "그러니까 당신이 나를 사랑하지 않는다는 사실을 기억해야 한다는 건가요?"라고 물었다.

이 불가사의한 문장은 무슨 의미였을까? 허락한다는 뜻이었을까? 그녀는 기억하길 원했다! 나와 함께하는 삶 전체를 기억하려 했을까? 나는 자신을 파괴하려고 스스로 위험한 입장에 서 있다가 지금은 목숨을 구하려고 안간힘을 쓰는 사람의 기분을 느꼈다. 그날 아우구스타 역시 나를 거부해서 너무나 고통스러운 나의 서재로 되돌아가는 것이 더 좋지 않았을까? 나는 그녀에게 말했다.

"그래요! 난 아다를 사랑해요. 그리고 지금은 당신과 결혼하려 합니다……"

아다와 아무 연관도 없는 사람이 되는 건 견딜 수 없으니 제부라도 되어야겠다고 말하려는 순간이었다. 하지만 그건 지나치게 잔인한 말이었고, 아우구스타는 자신을 조롱한다고 믿었을 것이다. 그래서 "혼자 지내는 걸 더 이상 견딜 수 없어요"라고만 말했다.

그녀는 여전히 벽에 기대어 있었다. 어쩌면 기댈 곳이 필요했을지 모른다. 그렇지만 그녀는 더 차분해진 듯 보였고, 쟁반을 한 손으로만 받치고 있었다. 나는 위험에서 빠져나왔다. 그렇다면 나는 그 거실을 떠나야만 하는가 아니면 머무를 수 있는가 그리고 결혼해야 하는가? 나는 그녀가 대답을 못 하고 머뭇거리는 데 지쳐서 억지로 몇 마디 덧붙였다.

"전 영리하고 좋은 사람이에요. 저와 함께라면 대단한 사랑 없이도 편안하게 살 수 있을 거예요."

아다가 내게 큰 사랑을 느끼지 않더라도 청혼을 허락하도록 유도하기 위해 오랜 나날 준비했던 말이었다.

아우구스타는 약간 숨이 가빠졌고, 여전히 아무 말이 없었다. 그 침묵은 배려 있는 거절을 의미할 수도 있었다. 나는 구원받은 머리에 모자를 찾아 쓰기 위해 뛰어가려 했다.

그러나 결심을 굳힌 아우구스타는 결코 잊을 수 없는 우아한 움직임으로 기대고 있던 벽에서 떨어져 나와 똑바로 섰다. 그러고는 넓지 않은 복도에서 정면에 서 있는 내게로 점점 더 가까이 다가왔다. 그녀가 대답했다.

"제노 씨, 당신에게는 당신을 위해 살고 당신을 내조해줄 여자가 필요해요. 제가 그 여자가 될게요."

그녀는 내게 통통한 손을 내밀었고, 나는 본능적으로 그 손에 키스했다. 달리 행동할 가능성은 더 이상 없었다. 그 순간, 가슴 가득 만족감이 넘쳐흘렀음을 밝혀야겠다. 모든 것이 해결되었기 때문에 나는 더 이상 아무것도 해결할 것이 없었다. 이것이 진정한 분명함이었다.

그렇게 해서 나는 아우구스타와 약혼했다. 우리는 곧바로 화려하고 떠들썩한 파티를 열었다. 내가 해낸 일은 대단한 성공을 거둔 귀도의 바이올린 연주와 어느 면에서 비슷했다. 우리는 모든 사람들의 열렬한 박수를 받았다. 조반니가 내게 축하 키스를 했고 즉시 나를 '자네'라고 불렀다. 그러고는 과장된 애정 표현으로 내게 말했다.

"자네에게 사업상 조언을 시작한 뒤로 난 오래전부터 내가 자네 아버지라고 느껴왔네."

미래의 장모 역시 내게 볼을 대고 가볍게 키스했다. 그 키스는 아다와 결혼했더라도 피할 수 없었을 것이다.

"난 모든 걸 짐작하고 있었어요." 그녀는 믿을 수 없을 정도로 거침없이 말했다. 나는 반박할 수도, 반박하고 싶지도 않아서 대꾸하지 않았다.

그런 후 그녀는 아우구스타를 포옹했다. 그녀는 기쁨을 표현하다 못해 흐느꼈다. 나는 말펜티 부인의 행동을 참을 수 없었지만, 그녀의 흐느낌은 적어도 그날 저녁 내내 나의 약혼을 다정하고 중요한 빛으로 물들였다고 말해야겠다.

알베르타는 환한 미소를 지으며 내 손을 꼭 잡았다.

"형부에게 좋은 처제가 될게요." 그리고 아다는 "훌륭해요, 제노 씨!"라고 말하고 나서 낮은 목소리로 "이것만은 알아두세요. 어떤 일을 성급하게 결정했다고 믿는 어떤 남자보다도 당신이 더 현명하게 행동했어요."

귀도는 굉장히 놀라운 말을 했다.

"당신이 말펜티 아가씨들 중 누군가를 좋아한다는 걸 아침부터 알았어요. 하지만 누구인지는 몰랐어요."

그러니까 내가 청혼한 일을 아다가 말하지 않았다면 그들은 아직 대단히 가까운 사이가 아니었을 것이다! 정말 내가 성급하게 행동한 건 아닐까?

그러나 잠시 후 아다가 내게 말했다.

"오빠처럼 저를 좋아해주셨으면 해요. 다른 일은 잊으세요. 귀도에게는 절대 아무 말도 하지 않을게요."

그 다른 일이 한 가족에게 커다란 기쁨을 가져다주었다는 건 멋진 일이었다.

나는 마음껏 즐길 수 없었는데, 그건 순전히 피곤했기 때문이었다. 졸리기까지 한 것은 내가 굉장히 신중하게 행동했다는 증거였다. 나는 아늑한 밤을 맞을 것이다.

저녁 만찬에서 아우구스타와 나는 우리를 위해 마련된 축하 파티를 아무 말 없이 지켜봤다. 그녀는 사교적인 말주변이 없음을 미안해했다.

"저는 아무 말도 못 하겠어요. 당신은 모든 걸 기억하고 있어야 해요. 저는 불과 30분 전만 해도 제게 무슨 일이 벌어질지 전혀 모르고 있었거든요."

아우구스타는 언제나 정확히 진실만을 이야기했다. 그녀는 웃음과 눈물을 한꺼번에 보이며 나를 바라봤다. 나 역시 눈길로 그녀를 어루만지고 싶었다. 아마 그렇게 했는지도 모르겠다.

그날 저녁 나는 테이블에서 또 다른 상처를 입고 말았다. 다름 아닌 귀도에게서 말이다. 내가 영혼 부르기 의식을 했던 자리로 가기 직전이었던 것 같다. 귀도가 느닷없이 내 얘기를 꺼냈는데, 오전에 내가 결코 부주의하지 않다고 주장했다는 얘기였다. 그러자 다들 내가 감쪽같이 속였던 경우들을 그에게 곧장 일렀다. 그는 복수하려고 그랬는지 아니면 그림을 잘 그린다는 걸 보여주려고 그랬는지 나를 모델로 캐리커처 두 장을 그렸다. 첫번째 그림에서 나는 코를 하늘로 치켜든 채 우산을 땅에 꽂고 기대어 있는 모습이었다. 두번째 그림에서는 우산이 부러져서 손잡이가 주인공의 등을 찌르고 있었다. 두 장의 캐리커처는 원하던 목적을 달성했고, 나라는 인물을 그리는 간단한 방법으로 사람들에게 웃음을 안겨주었다. 그림 속 인물은 나와 전혀 닮지 않았지만 머리가 벗어진 모습이 특징이었다. 첫번째 그림이 자세히 묘사했다면, 두번째 그림은 스케치 정도였다. 그런데도 우산이 주인공을 찌르는 상황 때문에 별 다른 수고 없이 매우 경솔한 모습을 표현할 수 있었다.

그림을 보고 모두들 큰 소리로 폭소를 터뜨렸다. 나를 웃음거리로 만들었는데도 그는 미안해하지 않았다. 그때 나는 처음으로 찌르는 듯한 고통을 느꼈다. 오른쪽 팔뚝과 엉덩이에 격렬한 통증이 느껴졌다. 신경이 타들어가는 느낌이 들고 스멀거리는 걸로 봐서 곧 마비가 일어날 것만 같았다. 당황한 나는 오른손을 엉덩이에 대고 왼손으로 저린 팔뚝을 잡았다. "왜 그래요?" 아우구스타가 내게 물었다.

나는 예전에 카페에서 넘어진 부위에 통증이 느껴진다고 대답했다. 나는 당장 그 고통에서 빠져나오기 위해 온 힘을 다했다. 내게 가해진 조롱에 복수할 수 있다면 금방 나아질 것 같았다. 나는 종이 한 장과 연필을 달라고 부탁하고 뒤집힌 작은 탁자에 깔려 있는 남자를 그렸다. 그런 후 그 옆에는 갑작스러운 재앙 때문에 손에서 떨어져 나뒹구는 지팡이를 그려 넣었다. 아무도 그 지팡이를 알아보지 못했고, 그래서 내가 원하던 보복은 성공하지 못했다. 탁자에 깔린 사람이 누군지, 그리고 어떻게 그런 자세로 있게 되었는지 알아볼 수 있도록 그림 아래에 '탁자에 깔린 귀도 스파이어'라고 썼다. 탁자 아래 있는 운 나쁜 남자는 다리밖에 보이지 않았다. 복수심에 찬 유령이 유치한 내 그림을 더 망쳐놓지 않았다면, 실제 귀도의 모습과 비슷했을 것이다.

멈추지 않는 고통 때문에 무척 서둘러 그림을 그렸다. 물론 불쌍한 내 몸은 결코 고통을 느끼고 싶어 하지 않았기 때문에 만약 다룰 줄도 모르는 연필 대신 사브르*를 손에 넣었다면 치료는 성공했을 것이다.

귀도는 내 그림을 보고 솔직하게 웃었지만 곧 부드러운 눈길로 그림을 관찰했다.

"탁자가 저를 다치게 한 것 같지는 않은데요!"

실제로 그를 다치게 한 건 아니었다. 그리고 그것이 내가 괴로움을 느낀 부당함이었다. 아다는 귀도의 그림 두 장을 집어 들고, 그것을 보관하고 싶다고 말했다. 나는 원망스러운 표정으로 그림을 바라봤다. 그녀는 내게서 시선을 돌렸다. 그녀가 나를 더욱 고통스럽게 만들었기 때문에 내게는 그녀를 비난할 권리가 있었다.

내 편을 들어준 사람은 아우구스타였다. 그녀는 내 그림에 우리의 약혼 날짜를 적어두고 싶어 했다. 그녀 역시 그 엉터리 그림을 간직하길 원했다. 처음으로 그녀가 내게는 너무나 소중한 존재라는 걸 깨닫게

---

* sabre: 기병이 사용하는 검. 특성상 한 손으로 다룰 수 있도록 가볍게, 그리고 가능한 한 길게 만들어졌다.

해준 그녀의 애정 표현으로 내 혈관에서는 뜨거운 피가 물결쳤다. 그러나 고통은 그치지 않았고, 아우구스타의 애정 어린 행동을 아다가 했더라면 내 혈관 속에 끓어오르는 뜨거운 피가 내 신경에 쌓여 있는 모든 불순물들을 말끔히 쓸어버렸을 거라는 생각이 들었다.

통증은 그 후로도 가실 줄 몰랐다. 노인이 된 지금은 그런 생각이 들 때 '아! 네가 왔구나. 내가 한때 젊었다는 확실한 증거인가?'라는 여유로운 마음으로 견뎌내기 때문에 그것이 덜 고통스럽다. 하지만 젊을 때는 얘기가 달랐다. 통증 때문에 가끔 자유롭게 움직이지 못하거나 밤새도록 잠을 이루지 못하긴 했지만 그래도 통증이 엄청난 것이었다고 말하지는 않겠다. 하지만 그것이 내 삶의 대부분을 차지했다. 나는 그것에서 벗어나고 싶었다! 왜 평생토록 내 몸에 패배의 징표를 지니고 살아야 하는가? 귀도의 승리를 위한 살아 있는 기념물이 되기 위해서? 어서 몸에서 그 통증을 없앨 필요가 있었다.

그렇게 해서 치료가 시작되었다. 하지만 얼마 후에 이 질병의 화근은 잊혔고, 지금은 그 근원을 되새기는 것조차 어려울 지경이다. 다른 방도가 없었다. 나는 나를 치료하는 의사들을 무척 신뢰했다. 그리고 그들이 통증에 대해서 신진대사의 문제라고 했다가 혈액순환이 원활치 않아서라고도 하고, 나중에는 결핵이나 다소 불명예스러운 감염이 원인이라고 진단 내렸을 때도 진심으로 그들을 믿었다. 또 모든 치료가 내게 일시적인 안정을 주어 매번 매우 효과적인 새로운 진단이 확인되었다는 것도 고백해야겠다. 이러한 진단들은 곧 정확하지 않은 것으로 밝혀졌지만, 내게 완벽하게 들어맞는 치료법은 없었기에 전부 잘못된 것은 아니었다.

딱 한 번 진짜 실패한 치료가 있었다. 수의사에게 진료를 맡긴 적이 있었는데, 그는 좌골신경에 자신이 처방한 발포제를 오랫동안 붙이라고 고집을 부렸다. 하지만 치료를 받는 동안 저 멀리 엉덩이에서 목덜미까지, 그러니까 좌골신경과 연결된 모든 신경에서 통증이 발생해 의사 꼴이 우습게 되어버렸다. 의사는 화가 나 내게 문을 가리켰고 나는 진료실을 나왔다. 지금도 아주 생생히 기억하는데 나는 전혀 기분이 상하지 않았다. 오히려 몸의 다른 부위에서 느끼는 통증이 전혀 달리 느껴지지 않는다는 데 놀랐다. 엉덩이가 아플 때는 도저히 어쩔 도리가 없는 맹렬한 통증으로 남았다. 우리 몸의 각 부분이 똑같은 형태로 아프다는 게 신기할 따름이다.

그 밖의 다른 진단들은 모두 내 몸에 아주 정확히 적용되어 서로 우위를 다투고 있다. 때로는 소변이 원인이 되어 특이 체질로 변하는 시기가 있는데, 혈관 염증으로 인해서 특이 체질이 사라져 회복되기도 한다. 나는 약을 따로 보관하는 서랍장을 가지고 있으며, 그것이 내가 직접 정리하는 유일한 서랍장이다. 나는 나의 약들을 사랑한다. 그중 하나를 더 이상 복용하지 않게 되더라도 얼마 안 가서 다시 그 약을 먹기 시작하리라는 것을 안다. 그 때문에 시간을 낭비했다고 생각하지 않는다. 만약 질병이 만성적으로 내 몸을 장악하기 전에 통증이 나타나 병을 치료하도록 미리 자극하고 유도하지 않았다면, 내가 아주 오래전에 다른 어떤 질병으로 죽었을지 누가 알겠는가.

하지만 근본적인 원인을 설명할 수는 없더라도 내 통증이 언제 처음으로 나타났는지는 알고 있다. 바로 나보다 훨씬 잘 그린 귀도의 그림을 본 뒤부터였다. 물방울 하나가 병의 물을 넘치게 한다! 나는 그전에 단 한 번도 그러한 통증을 느낀 적이 없었다. 의사에게 그 병의 원인을 설명하고 싶었지만 의사는 내 말을 이해하지 못했다. 누가 알겠는가? 어쩌면 정신분석이야말로 그 무렵, 정확히 약혼 이후 몇 시간 동안 내 신체 조직에 일어났던 혁명과도 같은 엄청난 변화의 이유를 밝혀줄지 모른다.

그 시간은 전혀 짧지 않았다! 늦은 밤이 되어 파티가 끝나자 아우구스타가 행복하게 내게 말했다. “내일 봐요!”

그 말은 내가 목표를 달성했고 아무것도 끝나지 않았으며, 다음 날에는 모든 것이 계속될 거라는 걸 증명하는 것이어서 그녀의 초대가 마음에 들었다. 그녀는 내 눈을 바라보면서, 그녀를 안심시킬 만한 활기찬 동의를 확인했다. 나는 계단을 내려갔다. 그러나 더 이상 계단 수를 세지 않았다. 그러면서 스스로에게 물었다.

“그녀를 사랑하는 걸까?”

평생 동안 나를 따라다닌 의문이었다. 그리고 지금은 많은 의혹이 뒤따르는 사랑이 진정한 사랑이라는 생각이 든다.

하지만 그 집을 떠난 뒤에도 나는 잠자리에 들지 못했고, 그날 저녁 내가 취한 행동의 결과를 느긋하고 편안한 수면 속에서 누릴 수 없었다. 날씨가 더웠다. 아이스크림이 먹고 싶어진 귀도는 내게 카페에 가자고 제안했다. 그는 다정하게 내 팔을 붙잡았고 나 역시 다정하게 그의 팔을 받쳐주었다. 그는 내게 너무나 중요한 사람이어서, 나는 어떤 것도 거부할 수 없었을 것이다. 곧장 침대에서 나를 곯아떨어지게 할 만한 엄청난 피곤이 평상시보다 나를 고분고분하게 만들었다.

우리는 가여운 툴리오가 자신의 병을 나에게 전염시켰던 바로 그 카페에 들어갔다. 그러고는 따로 떨어진 테이블에 자리를 잡았다. 얼마나 끈질기게 나를 따라다닐지 알 수 없었던 통증이 거리에서 나를 무척이나 고통스럽게 했는데, 자리에 앉은 뒤로는 그나마 가라앉은 듯했다.

귀도와 동행하는 건 정말이지 끔찍했다. 그는 아우구스타와의 사랑 이야기에 대단한 호기심을 보이며 내게 이것저것 물었다. 그는 내가 자신을 속였다고 의심했던 걸까? 나는 그에게 말펜티 저택을 처음으로 방문했을 때 아우구스타를 보자마자 즉시 사랑에 빠졌다고 뻔뻔스럽게 말했다. 나는 통증을 잊기 위해 끊임없이 말했다. 그런데 지나치게 말을 많이 했다. 만약 귀도가 더 주의 깊게 들었다면, 내가 아우구스타를 그다지 사랑하지 않는다는 걸 알아챘을 것이다. 나는 아우구스타의 몸에서 가장 흥미로운 점, 즉 다른 신체 부위까지 제자리에 있는지 의심스럽게 하는 그녀의 사시에 대해 말했다. 그러고는 왜 더 일찍 청혼하지 않았는지 설명하고 싶었다. 아마 귀도는 내가 그 집에서 마지막 순간에 약혼하는 걸 보고 놀랐을 것이다. 나는 큰 소리로 말했다.

"말펜티 자매들은 호화로운 생활에 익숙한데, 내가 그러한 생활을 책임질 만한지 모르겠더군요."

나는 아다에 대해서도 그런 식으로 말한 것이 마음에 걸렸지만 다른 방도가 없었다. 아다에게서 아우구스타를 따로 떼놓고 말하는 것은 너무나 어려웠다! 나는 실수하지 않도록 조심하느라 목소리를 낮춰가며 말을 계속해나갔다.

"그래서 계산을 해야 했어요. 돈이 충분하지 않다는 사실을 알았죠. 그래서 내 사업을 확장할 수 있는지 궁리해봤지요……"

뒤이어, 계산을 하는 데 많은 시간이 걸렸으며, 그래서 닷새 동안 말펜티 가족을 방문하지 않았다고 말했다. 드디어 스스로 아무렇게나 말하던 혀가 조금 솔직함을 찾았다. 나는 울음이 터져 나오려 했고, 엉덩이를 뭉그적거리며 중얼거렸다.

"닷새는 긴 시간이에요!"

귀도는 내게서 매우 신중한 모습을 발견해 기쁘다고 말했다.

나는 "신중한 사람이라는 말이 경솔한 사람이라는 말보다 더 기분 좋은 건 아니군요!"라며 예민하게 받아들였다.

귀도는 "신중한 사람이 경솔한 사람을 옹호하다니 특이한데요!"라고 말하며 웃었다.

그러고 나서 귀도는 뜸도 들이지 않고 아다에게 청혼할 거라는 얘기를 무덤덤하게 했다. 내게 그 고백을 하려고 카페로 데려온 것일까 아니면 내 얘기를 너무 오랫동안 듣고 있기가 따분해서 복수를 한 걸까?

나는 그에게 내가 보여줄 수 있는 가장 큰 놀라움과 기쁨을 제대로 보여주었다고 확신한다. 하지만 곧바로 그의 마음에 뼈아픈 상처가 될 말을 찾아냈다.

"이제야 왜 아다가 그런 식으로 변주된 바흐 곡을 좋아하는지 알겠군요! 연주는 훌륭했지만, 8장은 몇 군데에서 변주가 허락되지 않죠."

나의 비아냥거림은 강력한 일격이었고, 귀도는 고통스러워 얼굴을 붉혔다. 그 순간 그는 자신의 연주에 열광하는 관중의 지지가 없었기 때문에 대답하길 주저했다.

"이런!" 그는 시간을 벌기 위해 천천히 운을 뗐다. "가끔은 연주하면서 변주할 때가 있어요. 그 방에서 바흐의 곡을 아는 사람은 아주 적어서 조금 현대화된 바흐 곡을 소개했습니다."

그는 자신의 답변에 만족해하는 듯 보였다. 하지만 그 말이 내게는 어떤 변명이나 항복 같아서 나도 똑같이 만족스러웠다. 어쨌든 덕분에 내 기분을 가라앉힐 수 있었다. 나는 결코 미래의 아다 남편과 말다툼하고 싶지 않았다. 나는 아마추어 연주자가 그렇게 연주를 잘하는 건

들어본 적이 없다고 말했다.

하지만 그는 내 말에 만족하지 않았다. 그는 자신이 단지 직업 연주자처럼 보이길 꺼리기 때문에 아마추어 연주자로 여겨질 뿐이라고 말했다.

이것이 그가 바라던 것이었나? 나는 그의 말이 옳다고 했다. 그가 아마추어 연주자로 간주될 수 없다는 건 명백한 사실이었다.

우리는 다시 사이좋은 친구가 되었다. 그때 그가 불쑥 여자들에 대해 험담을 늘어놓기 시작했다. 나는 놀라 입을 다물지 못했다! 그를 잘 알게 된 지금은 그가 대화 상대를 즐겁게 할 수 있다고 확신하면 어떤 이야기든 청산유수처럼 쏟아낸다는 걸 안다. 좀 전에 나는 말펜티 가 자매들의 호화스러움에 대해 얘기했고, 그는 여자들의 다른 나쁜 본성에 대해 이야기를 시작했다. 나는 너무 피곤해서 그의 말에 반박할 수가 없었다. 나는 어쩔 수 없이 동감의 표시를 계속할 수밖에 없었는데 그게 나를 무척 지치게 했다. 피곤하지 않았다면 나는 분명히 그의 주장에 반박했을 것이다. 나는 아다와 아우구스타 그리고 미래의 장모에 이르기까지 여자들에 대해 나쁘게 말할 이유를 모조리 가지고 있었다. 하지만 그에게는 자신을 사랑하는 아다로 대표되는 여성에게 반감을 품을 이유가 없었다.

귀도는 아는 것이 꽤 많았다. 그래서 나는 피곤한데도 불구하고 감탄하는 마음으로 그의 얘기를 들었다. 많은 시간이 흐른 후에 그가 젊어서 자살한 바이닝거*의 천재적인 이론을 인용했다는 사실을 알았다. 그때 나는 바흐의 대리자 같은 부담감에 짓눌리고 있었다. 따라서 그가

---

* Otto Weininger(1880~1903): 오스트리아 출신의 사상가. 1903년에 발표한 대표적 저술 『성(性)과 성격』에서 여성과 남성의 차이를 철학적 · 심리적 관점에서 다뤘다.

나를 치료하고 싶어 하는 게 아닌가 의심이 들 정도였다. 그렇지 않다면 왜 여자가 천재가 될 수 없을뿐더러 착할 수도 없다는 사실을 내게 설득시키려 했을까? 귀도가 시도했기 때문에 치료는 성공하지 못한 것으로 여겨졌다. 하지만 나는 바이닝거의 저서를 읽으면서 그가 말했던 이론과 설명들을 마음속에 간직했다. 그 이론들은 누군가를 치유하지는 못하지만, 여자들의 뒤를 따라다닐 때는 도움이 될 것이다.

귀도는 아이스크림을 다 먹고 나서 시원한 바람을 쐬고 싶어 했다. 그는 내게 도시 외곽으로 같이 산책을 가자고 제안했다.

내 기억에, 그 당시 도시에서는 모두들 때 이른 더위를 식혀줄 비가 조금이라도 내려주기를 바라고 있었다. 하지만 나는 그 더위조차 인식하지 못했다. 그날 밤 하늘은 가벼운 흰 구름으로 덮이기 시작했다. 사람들이 많은 비가 내리길 기대하는 구름이었지만, 여전히 맑고 짙푸른 하늘에는 그 구름을 모조리 삼켜버릴 듯한 커다란 보름달이 떠 있었다. 실제로 달빛이 비치는 곳마다 구름이 옅어지고 투명해졌다.

나는 형벌처럼 계속 고개를 끄덕여야 하는 귀도의 수다를 멈추고 싶었다. 그래서 그에게 시인 잠보니*가 바라봤던 달의 입맞춤을 묘사했다. 내 옆에서 귀도가 벌이는 부당한 행위와 비교하면 밤 한가운데에서 달의 키스는 얼마나 달콤한가! 열기에 휩싸여 말하고 시의 내용에 열중하면서 내 통증은 잦아든 것 같았다. 그것은 내 반항에 대한 보상이었고 나는 그것을 고집했다.

귀도는 잠시 여자들에 대한 얘기를 그만두고 하늘을 올려다봤다. 하지만 그것도 잠깐이었다! 내 얘기를 따라가다 달 속에서 여성의 창백

---

* Filippo Zamboni(1826~1910): 이탈리아의 시인.

한 이미지를 발견하고는 다시 이전의 대화 내용으로 돌아갔다. 그는 농담을 곁들이면서 텅 빈 거리에서 자기 혼자 폭소를 터뜨렸다.

"저 달 속의 여인도 여느 여자들처럼 많은 걸 보겠죠! 하지만 역시 여느 여자들처럼 그것들을 기억할 수 없으니 안타깝군요."

여자는 기억력이 좋지 않아서 천재가 될 수 없다는 것이 그의 이론(혹은 바이닝거의 이론)의 한 부분이었다.

우리는 벨베데레 거리 입구에 도착했다. 귀도는 언덕을 조금 오르는 게 몸에 좋을 거라고 말했다. 이번에도 나는 흔쾌히 받아들였다. 언덕 위에 오르자 귀도는 어린애들이나 하는 행동을 하며 낭떠러지 길을 따라 늘어선 낮은 담장 위에 드러누웠다. 10미터 아래로 떨어질 위험을 무릅쓰면서 스스로 용감한 행동을 한다고 여기는 모양이었다. 처음에 나는 그가 그토록 위험한 행동에 덤벼드는 것을 보고 당연히 몸서리를 쳤지만, 고통스러운 상황에서 벗어나기 위해 그날 밤 내가 즉흥적으로 고안한 방법을 떠올렸다. 그가 떨어지기를 열렬히 바랐던 것이다.

그는 누운 자세로 계속 여자들을 비난했다. 여자들은 어린이들처럼 장난감을 좋아하지만 무척 비싼 것만 찾는다고 말했다. 나는 아다가 보석을 매우 좋아한다고 말했던 것이 기억났다. 그러니까 지금 그는 다름 아닌 그녀에 대해 말하고 있는 걸까? 그 순간 나는 무서운 생각을 품었다! 그를 밀어 10미터 아래로 떨어뜨리는 게 어떨까? 아다를 사랑하지 않으면서 내게서 그녀를 빼앗아간 남자를 죽이는 것은 정당하지 않을까? 그 순간에 그를 살해하고 아다에게 달려가면 살인에 대한 보상을 즉시 받을 수 있을 것만 같았다. 그녀는 이 달빛 가득한 이상한 밤에 귀도가 자신을 얼마나 모욕했는지 들어야만 했다.

그때 나는 정말로 귀도를 죽일 마음이 있었음을 고백해야겠다! 나는 담장 위에 누워 있는 그의 곁에 서서 계획을 성공시키기 위해 그를 어떻게 붙잡아야 할지 냉정하게 가늠했다. 곧 그를 붙잡을 필요도 없다는 사실을 깨달았다. 그는 두 팔을 머리 뒤로 해서 팔베개를 하고 누워 있었다. 제대로 떠밀기만 하면 그는 별수 없이 균형을 잃고 떨어질 것이다.

그때 밤하늘을 비추며 지나가는 큰 달에 비교할 수 있을 만큼 중요해 보이는 또 다른 생각이 내게 떠올랐다. 내가 그 밤에 마음 놓고 편히 잠들기 위해 아우구스타와 약혼하기로 결심했다는 사실이다. 귀도를 죽인다면 어떻게 잠들 수 있겠는가? 이 생각이 나와 그를 구했다. 나는 귀도를 떠밀어 그를 죽이라고 유혹하던 곳에서 얼른 빠져나왔다. "아, 아파, 너무 아파!" 나는 그렇게 소리치며 머리가 땅바닥에 닿을 정도로 털썩 주저앉았다.

귀도는 놀라서 벌떡 일어나 왜 그러느냐고 물었다. 나는 아무 대답 없이 점점 더 기어들어가는 소리로 신음 소리를 냈다. 내가 왜 신음 소리를 내는지 스스로 알고 있었다. 그건 살인을 저지르고 싶었기 때문이고, 또 어쩌면 그렇게 할 수 없었기 때문일 것이다. 통증과 신음 소리는 모든 걸 감추는 핑곗거리였다. 신음 소리는 귀도를 죽이고 싶지 않았다고 소리치는 것 같았고, 만약 죽였더라도 내 잘못이 아니라고 소리치는 것 같았다. 모든 것이 내 질병과 통증 탓이었다. 하지만 바로 그 순간 통증이 완전히 사라졌고, 내 신음 소리는 순전히 희극으로 남았던 것을 아주 또렷이 기억한다. 억지로 통증이 있는 듯 보이려고 괴로워하는 흉내를 내면서 헛되이 노력했던 것이다. 그러나 통증은 원할 때 돌아오지 않았고, 그런 노력은 부질없는 짓이었다.

평상시처럼 귀도는 가설을 내세웠다. 그는 여러 가지를 묻던 중 카페에서 넘어졌을 때 느꼈던 통증과 똑같은 증세인지 물었다. 내가 듣기에는 좋은 생각이라 그렇다고 대답했다.

그는 내 팔을 붙잡고 다정하게 일으켜 세웠다. 그러고는 조심스럽게 나를 부축하면서 작은 언덕을 내려가도록 도와주었다. 우리가 내려왔을 때, 나는 몸이 조금 나아진 것 같다고 말했다. 그에게 의지한 덕분에 더 빨리 내려올 수 있었다고 생각했다. 그렇게 해서 마침내 나는 잠자리에 들 수 있게 된 것이다! 그날 내가 처음으로 느낀 진정 큰 기쁨이었다. 그는 나를 거의 안아 들고 오다시피 했다. 결국 내 바람대로 그를 움직인 사람은 나였다.

우리는 아직 문을 열고 있는 약국을 찾아냈다. 그는 내게 안정제를 주어 잠자리에 들게 하려고 했다. 그는 실제 통증과 통증이 과장된 아픈 느낌에 대한 하나의 이론을 세웠다. 통증은 통증 자체가 만들어낸 악화 현상 때문에 더 커진다는 이론이었다. 그날 산 작은 약병을 시작으로 내 약품 수집이 시작되었다. 그 작은 약은 물론 귀도가 고른 것이었다.

그는 자신의 이론에 더 단단한 근거를 제공하기 위해 내가 여러 날 전부터 그 통증을 앓았을 거라고 추측했다. 나는 그에게 만족스러운 답을 줄 수 없어 미안했다. 그날 저녁 말펜티 씨 집에서 나는 어떤 통증도 느끼지 못했다고 밝혔다. 내 오랜 꿈이 실현되는 바로 그 순간에 나는 도무지 아플 수가 없었다.

그리고 나는 스스로를 세뇌하듯 여러 번 말했다. "아우구스타를 사랑해. 아다를 사랑하지 않아. 아우구스타를 사랑해. 그리고 오늘 밤 내 오랜 꿈이 이루어졌어"라고 되뇌었다.

그렇게 우리는 달빛이 빛나는 밤거리를 걸었다. 나는 내 몸무게 때문에 귀도가 무척 힘들었을 거라고 생각했다. 왜냐하면 마침내 그가 입을 다물었기 때문이었다. 그러나 그는 나를 침대까지 데려다주겠다고 했다. 나는 거절했고, 내 뒤로 대문이 닫혔을 때에야 비로소 안도의 한숨을 내쉬었다. 틀림없이 귀도 역시 똑같은 한숨을 쉬었을 것이다.

나는 계단을 성큼성큼 올라갔다. 그리고 10분쯤 지나서 침대에 누웠다. 나는 금방 잠이 들었고, 잠이 들기 전 짧은 순간에는 아다도 아우구스타도 떠오르지 않았다. 오직 한 사람, 너무나 자상하고 착하고 인내심 많은 귀도만이 기억났다. 물론 불과 얼마 전까지 그를 죽이고 싶어 했던 것을 잊지 않았다. 하지만 그건 아무도 모르는데다 흔적이 남아 존재하는 것도 아니기 때문에 전혀 중요하지 않았다.

다음 날 나는 약간 주저하면서 약혼녀의 집으로 향했다. 나는 전날 저녁에 한 맹세들이 내가 반드시 지켜야 하는 그런 가치를 갖고 있는지 확신이 들지 않았다. 그러나 모두의 마음속에 그 맹세는 이미 그런 가치를 갖고 있다는 걸 깨달았다. 아우구스타 역시 나보다 훨씬 더 확고하게 약혼녀의 자리를 지키고 있었다.

인내가 필요한 약혼이었다. 나는 여러 번 약혼을 파기하고 싶었지만 어렵게 다시 마음을 돌리곤 했다. 아무도 그 사실을 눈치채지 못했다는 게 놀랍다. 정말이지 나는 결혼까지 간다는 확신을 가진 적이 한 번도 없었다. 그런데도 나는 누가 봐도 사랑에 빠진 약혼자처럼 행동했던 것 같다. 실제로 나는 기회가 주어질 때마다 아다의 여동생에게 키스를 하고 힘껏 안았다. 신부는 그래야 한다고 믿는 것처럼 아우구스타는 나의 공격적인 애정 표현을 순순히 받아주었다. 다만 말펜티 부인이 잠시라도 우리 둘만 있도록 허락하지 않았기 때문에 나는 비교적 잘 처신했다. 나의 신부는 내가 생각했던 것보다 훨씬 덜 못생겼다. 나는 그녀의 가장 아름다운 모습을 그녀에게 키스하면서 발견했다. 그건 바로 그녀의 붉게 달아오른 얼굴빛이었다! 그녀에게 키스하는 곳에 우아하게도 불꽃이 솟아올랐는데, 나는 연인의 열정보다 호기심 가득한 실험 정신으로 그녀에게 키스를 하곤 했다.

욕망은 부족함이 없었고, 심각했던 그 시기를 조금 더 가볍게 해주었다. 감사하게도 아우구스타와 그녀의 어머니는 내가 종종 바랐던 것처럼 단 한 번에 열정의 불꽃을 불사르지 못하게 했다. 그럼 어떻게 사랑할 수 있었을까? 적어도 나의 욕망은 아다를 내 여자로 만들기 위해 계단을 올랐을 때와 똑같은 열망으로 계속해서 그 집의 계단을 오르게 만들었다. 그 이상한 계단은 아우구스타가 원했던 약혼의 본질을 내가 그날 그녀에게 보여줄 수 있다고 장담했다. 나는 나의 모든 자유로운 감정을 되돌려줄 과격하고 열정적인 행위를 꿈꾸고 있었다. 다른 것은 조금도 원하지 않았다. 다만 아우구스타가 내가 원하는 게 뭔지 깨달았을 때, 그것을 사랑의 열병을 앓고 있는 표시라고 해석했다는 건 꽤나 이상한 일이다.

내 기억 속에 그 시기는 두 가지 상황으로 나뉜다. 첫번째는 말펜티 부인이 알베르타를 시켜 우리를 자주 감시하게 하거나, 아니면 꼬마 안나와 그녀의 여선생님을 우리와 함께 응접실로 내보내는 것이다. 아다는 어떤 방식으로든 절대로 우리와 연결되지 않았다. 그리고 나는 그 사실을 기뻐해야 한다고 스스로에게 말하곤 했다. 하지만 언젠가 아다가 보는 앞에서 아우구스타와 키스할 수 있다면 너무나 만족스러울 것 같다는 생각을 했던 것이 흐릿하게 기억난다. 얼마나 과격하게 그런 행동을 했을지 모를 일이다.

두번째 상황은 귀도가 공식적으로 아다와 약혼했을 때 시작되었다.

상황 파악이 빠른 말펜티 부인은 서로 감시할 수 있게 두 커플을 같은 응접실에 모아놓았다.

첫번째 상황에서 아우구스타는 나에 대해 완벽하게 만족한다고 말했었다. 그녀에게 (욕망 때문에) 달려들지 않을 때면 나는 굉장한 수다쟁이가 되었다. 수다는 내게 필요한 것이었다. 나는 아우구스타와 결혼할 것이므로 그녀를 가르쳐야 한다는 핑계로 기회를 마련했다. 나는 그녀에게 다정한 태도, 애정 그리고 무엇보다 정절에 대해 가르쳤다. 어떤 형식으로 결혼생활에 대한 설교를 했는지 정확히 기억나지 않는다. 아우구스타는 그것들을 잊지 않았고 그중 어떤 훈계를 내게 상기시키기도 했다. 그녀는 내 얘기를 조용히 주의 깊게 들었다. 한번은 내가 가르치는 내용에 열을 올린 나머지, 만약 그녀가 내 배신 행위를 알게 된다면 그녀도 똑같은 방식으로 앙갚음해도 된다고 큰소리쳤다. 화가 난 그녀는 내가 허락해도 나를 배신할 수 없을 것이며, 내 배신이 그녀에게 가져다줄 결과는 오직 끝없는 눈물뿐이라고 반박했다.

뭔가를 말하려는 목적에 불과했던 내 설교는 결혼생활에 긍정적인 영향을 끼쳤다. 실제로 아우구스타에게 미친 영향은 대단했다. 내 배신 행위에 대해 그녀는 전혀 아무것도 몰랐기 때문에 그녀의 정절은 한 번도 시험대에 오른 적이 없었다. 하지만 그녀의 애정과 다정함은 그녀에게 약속을 받아낸 순간처럼 우리가 함께 보낸 오랜 세월 동안 변함없이 그대로 남았다.

귀도가 청혼했을 때, 내 약혼 시절의 두번째 상황은 다음과 같은 결심과 함께 시작되었다. "이제 난 아다를 향한 사랑에서 치유됐어!" 그때까지 나는 아우구스타의 붉게 달아오른 얼굴이 나를 치유하는 데 충분했다고 믿었다. 하지만 나는 완전히 나은 것이 아니었다! 붉게 달아오른 얼굴은 귀도와 아다 사이에서도 볼 수 있을 거라 생각하게 되었다. 이것은 다른 어떤 것보다 훨씬 더 강력하게 나의 모든 욕망을 사라지게 만들었다.

첫번째 상황에서는 아우구스타를 차지하고 싶은 욕망이 강했지만, 두번째 상황에서는 그러고 싶은 마음이 훨씬 수그러들었다. 말펜티 부인은 아주 작은 노력으로 실수 없이 우리를 감시한 셈이었다.

한번은 장난삼아 아우구스타에게 키스를 했던 기억이 난다. 귀도는 나를 놀리는 대신 아다와 키스를 하기 시작했다. 내가 보기에 그의 키스는 섬세하지 못했다. 왜냐하면 나는 그들을 생각해서 가볍게 키스한 반면 그는 아다의 입술을 핥듯이 노골적으로 키스했기 때문이다. 당시에는 아다를 여동생처럼 생각하는 데 이미 적응되었지만, 그런 식으로 키스하는 모습을 볼 마음의 준비는 되어 있지 않았다. 진짜 오빠라도 여동생이 순수함을 잃는 모습을 좋아했을까 하는 의구심이 든다.

그래서 나는 귀도가 보는 앞에서 두 번 다시 아우구스타와 키스를 하지 않았다. 그러나 귀도는 내가 보는 앞에서 또 한 번 아다를 끌어안으려 했다. 그러나 아다가 거부하자 다시는 시도하지 않았다.

나는 우리가 함께 보낸 수많은 밤들을 매우 혼란스럽게 뒤엉킨 채로 기억한다. 내 머릿속에 언제까지라도 반복될 것 같은 장면 하나가 인상적으로 남아 있다. 우리 네 사람 모두 베네치아풍의 테이블에 둘러앉아 있고, 테이블 위에는 연두색 전등갓이 덮인 커다란 석유램프가 불빛을 밝히고 있다. 주위의 다른 모든 것을 어둠 속에 잠기게 하는 전등 불빛 아래에서 두 약혼녀가 자수를 놓고 있다. 아다는 실크 손수건을 들고 수를 놓고 있고, 아우구스타는 작고 둥근 자수틀에 수를 놓는다. 귀도는 열변을 토해내고 나 혼자 종종 그의 말에 옳다고 맞장구를 치고 있다. 아다의 곱슬거리는 검은 머리가 아직도 기억난다. 연두색 불빛이 빚어내는 효과로 그녀의 머리는 특별해 보였다.

우리는 램프 불빛과 이다의 진짜 머리색에 대해 논쟁을 벌였다. 역시 그림을 그릴 줄 알았던 귀도는 색깔 구분법에 대해 우리에게 설명했다. 그의 설명은 이후로도 잊히지 않아 오늘날까지 선명히 기억하고 있다. 지금도 나는 어떤 풍경의 색채를 선명하게 파악하고 싶을 때면, 많은 선이 사라지고 오직 빛이 단 하나의 진짜 색으로 희미하게 드러날 때까지 눈을 반쯤 감는다. 하지만 내가 그러한 분석에 들어갈 때, 내 눈동자의 망막 위에는 실제적인 이미지들에 뒤이어 거의 물리적 반응에 가까운 연두색 불빛과 처음으로 나의 눈을 단련시켰던 그 갈색 머리칼이 나타난다.

아우구스타가 질투심을 드러낸 데다 내가 곧바로 비난 받을 만한 경솔한 행동을 하는 바람에 그 무수한 밤들 중에서도 특히 잊을 수 없는 밤이 기억난다. 귀도와 아다가 우리를 놀리려고 일부러 우리와 멀리 떨어져 응접실 다른 편에 있는 루이 14세풍의 테이블에 앉았다. 그래서 나는 그들과 대화를 하려고 고개를 돌리느라 금세 목에 통증을 느꼈다. 아우구스타가 내게 말했다.

"내버려둬요! 저기서 진정한 사랑을 나누나 보죠."

그래서 나는 아무 생각 없이 그녀에게 귀도는 여자를 사랑하지 않기 때문에 그들의 사랑을 믿을 필요가 없다고 낮은 목소리로 말했다. 그런 방법으로 나는 두 연인 사이의 대화에 끼어든 것을 변명한 셈이었다. 하지만 다분히 악의적이고 경솔한 이 말로 인해 귀도가 약혼녀들의 가족 앞에서는 절대 말한 적이 없지만 내게는 쏟아내던 여자들에 대한 얘기들을 아우구스타에게 알리고 만 결과가 되었다. 귀도를 죽이고 싶었던 기억이 내 마음을 괴롭힌 것은 불과 한 시간도 되지 않았지만, 그때 내가 한 그 말들이 자꾸 떠올라 며칠 동안 괴로웠다. 살인 역시 마땅히 배신이지만, 친구의 믿음을 저버리는 것보다는 차라리 남자다운 행동이다.

그때 아우구스타가 아다를 질투한 것은 잘못이었다. 내가 힘들게 목을 돌린 건 아다를 보기 위해서가 아니었기 때문이다. 말을 많이 하는 귀도는 내가 그 긴 시간을 잘 보낼 수 있게 도와주었다. 나는 이미 그를 좋아하고 있었고, 내 하루 일과의 일부를 그와 함께 보내곤 했다. 그는 자신이 만나는 다른 사람들에게 나에 대해 좋게 말해주었고, 이러한 배려 때문에 나는 그에게 고마운 마음을 가지고 있었다. 심지어 아다까지 당시 내가 말할 때 주의 깊게 듣게 되었다.

매일 저녁 나는 초조한 마음으로 우리를 저녁 식사에 부르는 벨소리를 기다렸다. 저녁 식사를 거듭하면서 나는 매번 소화불량이었던 기억이 난다. 나는 활달한 모습을 계속 보이고 싶어서 지나치게 많이 먹었다. 저녁 식사에서 음식이 가득 든 내 입이 허락하는 딱 그만큼 아우구스타에게 애정 어린 말들을 쏟아냈다. 그리고 그녀의 부모님은 나의 야수 같은 식탐 때문에 딸에 대한 엄청난 애정이 줄어들었다는 좋지 못한 인상만 갖게 되었다. 그들은 내가 신혼여행에서 돌아왔을 때 식욕이 예전 같지 않은 걸 보고 놀랐다. 더 이상 내가 느끼지 못하는 열정을 억지로 보여줄 필요가 없었으므로 식탐은 사라졌다. 신부와 침실로 가는 순간 그녀의 부모에게 신부와 냉랭한 모습을 보이는 것은 금물이다! 아우구스타는 저녁 식탁에서 내가 속삭였던 사랑스러운 말들을 특히 잘 기억한다. 입안 가득 음식을 담고 씹는 사이에 그 멋진 말들을 만들어낸 게 분명한데, 내가 한 말들 같지 않아서 깜짝 놀라곤 했다.

심지어는 눈치 빠른 나의 장인 조반니도 속아 넘어갈 정도였다. 그는 생전에 엄청난 사랑의 열정을 예로 들 때면, 내가 자신의 딸, 즉 아우구스타에게 한 말을 인용하곤 했다. 좋은 아버지였던 그는 그 얘기를 하면서 행복한 미소를 지었다. 하지만 나에 대한 반감은 점점 늘어갔다. 그가 보기에 자신의 운명을 모두 여자 손에 맡기는 남자는 남자답지 않으며, 특히 이 세상에 아내 외에 다른 여자들도 있다는 사실을 깨닫지 못하는 남자는 진정한 남자가 아니라고 생각했기 때문이다. 그런 점을 보더라도 내가 항상 정당하게 평가받은 것은 아니었다.

반면에 장모는 아우구스타 본인이 내 사랑을 신뢰할 때마저 그 사랑을 믿지 않았다. 오랜 세월 그녀는 자신이 가장 사랑하는 딸의 운명적인 남자를 불신 속에서 못미더운 시선으로 지켜보았다. 이런 이유로 그녀는 내가 약혼을 결심한 시절로 돌아가 초심을 잃지 않도록 나를 이끌 수밖에 없었을 것이다. 나 자신보다 더 내 마음을 잘 아는 그녀를 속이는 건 역시 불가능했다.

마침내 결혼식 날이 다가왔다. 바로 그날 나는 마지막으로 망설였다. 아침 8시에 신부의 집에 있어야 했지만 7시 45분이 되도록 나는 결정을 내리지 못하고 있었다. 환하게 밝아오는 창문을 바라보며 그해 겨울 처음으로 온전히 얼굴을 드러낸 태양을 비웃으면서 여전히 침대에서 신경질적으로 담배를 피우고 있었다. 나는 아우구스타를 저버릴까 고민하고 있었던 것이다! 아다 곁에 머무르는 게 더 이상 의미가 없어진 지금 결혼은 명백한 모순으로 다가왔다. 내가 약속 시간에 나타나지 않는다 해도 결코 큰일이 일어나지는 않을 것이었다! 더욱이 아우구스타는 사랑스러운 신부이긴 하지만 결혼 후에 어떻게 행동할지 전혀 알 수 없었다. 만약 내가 그런 식으로 고민에 빠져들었다는 이유로 그녀가 당장 나를 짐승 같은 놈이라고 한다면 어땠을까.

다행히 귀도가 찾아왔고, 나는 아무 저항 없이 결혼식 시간을 착각하는 바람에 준비가 늦어서 미안하다고 했다. 그는 나를 비난하는 대신 자신도 부주의한 탓에 여러 번 약속 시간을 지키지 못했다는 이야기를 들려주었다. 꼼꼼하지 못한 점에서도 그는 나보다 우월해지고 싶어 했다. 나는 집을 나서기 위해 다른 얘기는 귀 기울여 듣지 않았다. 그렇게 달리듯 빠른 걸음으로 결혼식장으로 갔다.

나는 매우 늦게 도착했다. 하지만 어느 누구도 수군거리지 않았고, 신부를 제외하고 모두들 나 대신 귀도의 설명을 듣고 만족해했다. 아우구스타는 입술이 파랗게 될 정도로 몹시 창백한 표정이었다. 그녀를 사랑한다고 말할 수는 없었지만, 그녀를 고통스럽게 하고 싶지는 않았다. 나는 나의 무례함을 만회하기 위해 어리석게도 세 가지 이유를 들어 내가 늦은 것에 대해 변명을 늘어놓았다. 게다가 세 가지나 되는 변명이 겨울 태양을 바라보다가 침대에서 생각에 잠겼다는 식으로 쓸데없이 구체적이어서, 아우구스타가 평정을 되찾느라 성당으로 출발하는 시간을 늦춰야 했다.

제대 앞에서 나는 아우구스타에 대한 깊은 연민을 느끼며 내 지각에 대한 가장 나은 설명이 될 네번째 해명을 준비하고 있었기 때문에 멍한 상태로 "네"라고 대답했다.

그러나 우리가 성당 문을 나섰을 때, 나는 아우구스타가 다시 원래 얼굴빛을 되찾았다는 걸 알았다. 나는 좀 짜증이 났는데, 왜냐하면 나의 '네'라는 대답이 그녀가 내 사랑을 다시 확신하기에 충분한 것으로 여겨지지 않았기 때문이었다. 나는 만약 그녀가 나중에 내가 계략에 걸려들었다며 바보 취급을 한다면 그녀를 매우 거칠게 다룰 작정을 하고 있었다.

하지만 그녀는 친정집에서 우리 단둘이 남겨진 순간을 이용해 눈물을 흘리며 내게 이렇게 말했다.

"나를 사랑하지도 않으면서 결혼한 걸 절대 잊지 않겠어요."

그것은 부정할 수 없을 만큼 너무나 분명한 사실이어서 나는 변명하지 않았다. 나는 연민으로 가득 차 그녀를 끌어안았다.

이런 일이 있은 뒤 나와 아우구스타 사이에서는 더 이상 그 문제에 대해 아무 말도 오가지 않았다. 결혼은 약혼보다 훨씬 단순했기 때문이었다. 일단 결혼하게 되면 사랑에 대해서는 더 이상 말다툼하지 않게 된다. 그런 말을 할 필요성을 느낄 때면 동물적인 본능이 서둘러 나타나 침묵하게 된다. 이제 이런 동물적 본능은 아마도 인간적인 것이 될 텐데, 그 말인즉슨 매우 복잡하고 인위적인 것이 된다는 뜻이다. 그리고 당신은 여인의 머리카락에 고개를 파묻으면서 존재하지 않는 어떤 빛을 되살리려는 노력 역시 하게 된다. 눈을 감으면 여인은 또 다른 존재로 변신하고, 다시 그녀를 떠날 때 그녀는 원래의 모습으로 되돌아간다. 그러한 노력이 성공했다면 당신은 매우 감사해야 할 것이다. 그러므로 나는 다시 태어난다 해도(어머니 자연은 모든 게 가능하다!) 아우구스타와 결혼할 것이다. 하지만 절대 그녀와 약혼하지는 않겠다.

기차역에서 아다는 형제처럼 내 볼에 키스했다. 우리를 배웅하러 온 많은 사람들로 정신이 없던 그때서야 나는 그녀를 보았다. 그리고 곧바로 이런 생각이 들었다. '당신은 바로 나를 이 지경으로 몰아넣은 사람이야!' 나는 내 입술이 그녀의 부드러운 볼에 스치지 않도록 조심하면서 얼굴을 가까이 했다. 잠시 동안이나마 나는 내 결혼이 가져다준 장점을 음미했는데, 그것이 내가 그날 처음으로 만족을 느낀 순간이었다. 예컨대 나는 아다와 키스할 수 있는 유일한 기회를 거부하면서 복수를 한 것이다! 잠시 후 달리는 기차에서 아우구스타 옆에 앉은 나는 내가 잘못 처신한 게 아닌가 하는 생각이 들었다. 귀도와의 우정이 흔들릴까 두려웠다. 어쩌면 그 생각보다 아다는 내가 자신의 볼에 키스하지 않았다는 것조차 알아차리지 못했을 거라는 생각에 더 괴로웠는지도 모른다.

사실 아다는 알고 있었다. 나는 여러 날이 지난 후 이번에는 그녀가 똑같은 기차역에서 귀도와 함께 떠날 때 그 사실을 알게 되었다. 아다는 다른 사람에게 모두 키스를 하면서 내게는 매우 정중하게 손을 내밀었던 것이다. 나는 냉정하게 그녀와 악수했다. 상황이 완전히 변했기 때문에 그녀의 복수는 너무나 늦은 것이었다. 왜냐하면 내가 신혼여행에서 돌아온 뒤 우리는 이미 제부와 처형 사이가 되었으므로, 그녀는 내게 키스하지 않은 이유를 설명할 방법이 없었다.

6. 아내와 연인

내 인생에서 내가 건강과 행복으로 나아가고 있다고 믿었던 때가 여러 번 있었다. 그러나 신혼여행 기간과 집으로 돌아온 후 몇 주 동안만큼 이런 믿음이 강했던 적은 없다. 그것은 나를 놀라게 한 한 가지 발견에서 시작되었다. 아우구스타가 나를 사랑하는 것처럼 내가 아우구스타를 사랑한다는 사실이었다. 처음에는 믿기지 않는 마음으로 하루를 즐겁게 보냈고, 다음 날이면 전혀 다른 감정이 되리라 예상했다. 그러나 다음 날에도 전날과 다름없는 아우구스타의 헌신적인 다정함을 느낄 수 있었고 놀랍게도 나 역시 그러한 마음이었다. 매일 아침 나는 그녀에게서 변함없이 감동적인 사랑을 발견했으며 내게서도 비록 사랑이 아니라 해도 사랑에 아주 가까운 고마운 마음을 발견했다. 내가 절뚝거리며 아다와 알베르타에게 갔다가 거절당하고 아우구스타에게 안착하리라고 누가 예상할 수 있었을까? 나는 다른 사람들에게 휘둘린 눈먼 짐승이 아니라 아주 능력 있는 남자였다. 스스로 놀라워하는 내 모습을 보면서 아우구스타가 말했다.

“왜 그렇게 놀라요? 결혼이 이런 줄 몰랐어요? 당신보다 훨씬 무식한 나도 알고 있었어요!”

사랑보다 먼저인지 나중인지 모르겠지만 내 마음에는 어떤 희망이 생겨났다. 내가 너무나 건강한 아우구스타와 마침내 닮아갈 수 있으리라는 크나큰 희망이었다. 약혼 기간 동안 나는 먼저 나 자신을, 그다음엔 아다와 귀도를 놓고 연구하고 분석하는 데 온통 몰입해 있었기 때문에 그녀의 건강함을 알아보지 못했다. 그날 응접실의 석유램프는 숱이 적은 아우구스타의 머리를 한 번도 밝게 비춘 적이 없었다.

그녀의 발그레한 얼굴빛은 아무것도 아니었다! 새벽의 색채들이 태양빛에 사라지듯이 그녀의 발그레한 얼굴빛이 단번에 사라졌을 때, 아우구스타는 법과 질서에서 모든 것을 찾거나 반대로 그 안에서 모든 것을 포기하는 이 지상의 여자들이 걸어갔던 길을 용기 있게 따라갔다. 비록 나에게 토대를 두었기 때문에 위태롭게 세워졌지만 그래도 나는 그녀의 신념을 사랑하고 존경했다. 따라서 그 신념을 대할 때는 적어도 영혼을 부르는 의식에서처럼 겸손한 태도로 처신해야만 했다. 강신술은 얼마든지 존재할 수 있으며, 따라서 삶의 신념 역시 존재할 수 있었다.

아무튼 그녀는 나를 놀라게 했다. 그녀가 하는 말 한 마디, 행동 하나하나가 그녀가 내면 깊숙이 영원한 삶을 믿는다는 증거였기 때문이다. 그녀가 직접 그렇게 말한 건 아니었다. 언젠가 한번 그녀의 실수를 탓하던 내가 그녀에게 짧은 인생의 덧없음을 얘기하려 하자 그녀는 놀라움을 나타냈다. 뭐라고요! 그녀는 모든 사람이 죽어야 한다는 것을 알고 있었지만, 우리가 결혼한 그 모습으로 언제나 함께할 거라는 생각에서 벗어나지 않았다. 그러니까 그녀는 이 세상에서 두 사람이 맺어져 시작된 결혼생활이 아주 짧은 시기 동안만 지속된다는 것을 알지 못했으며, 어떻게 거의 무한에 가까운 시간 동안 서로 알지 못했던 우리가 부부가 되고 또다시 무한에 가까운 시간 동안 서로를 볼 수 없게 되는지 우리로서는 도저히 설명할 수 없다는 것도 알지 못했다. 그녀에게 현재는 그 안에서 움츠릴 수도 있고 열정적일 수도 있는 실재적인 진실이라는 사실을 깨달았을 때, 나는 마침내 완벽한 인간의 건강이 무엇인지 이해할 수 있었다. 나는 그 사실을 받아들이려고 노력했고, 나와 그녀를 비웃지 않으려는 결심으로 그 상태를 유지해보려 했다. 그녀의 믿음을 깨려는 이러한 시도가 내가 앓는 병에 지나지 않고, 그래서 최소한 나를 신뢰하는 사람을 힘들게 하지 않는지 스스로를 감시해야 한다는 생각 때문이었다. 역시나 그녀를 지키려고 노력하면서 나는 잠시나마 건강한 남자처럼 행동할 수 있었다.

그녀는 나를 절망으로 내몰 모든 것들을 알고 있었지만, 자신의 손에서 그 모든 것들의 본성을 바꾸어버렸다. 지구가 돈다고 해서 멀미가 일어날 일은 전혀 없다! 오히려 반대다! 지구는 움직이지만 모든 것들은 자기 자리에 그대로 머물러 있다. 그리고 움직이지 않는 이것들은 엄청난 중요성을 지닌다. 결혼반지, 온갖 보석, 초록색과 검정색 드레스, 집에 오면 그녀가 옷장에 넣어두는 산책용 옷, 낮에는 물론 저녁에도 연미복과 함께가 아니라면 입을 일이 전혀 없는 드레스 등등. 그리고 식사 시간은 취침 시간과 마찬가지로 엄격하게 지켜졌다. 그런 시간은 존재했고, 늘 제자리에 있었다.

일요일이면 아우구스타는 미사에 참석했고, 나는 이따금 그녀가 어떻게 고통과 죽음의 상징적 이미지를 견디는지 보려고 그녀와 동행했다. 하지만 그녀에게 성당은 그런 곳이 아니었으며, 미사는 그녀에게 일주일 내내 평온함을 불어넣어주었다. 그녀가 기억하는 몇몇 축일에도 그녀는 성당에 가곤 했다. 그것이 전부였다. 만약 내가 신앙심이 있었다면 하루 종일 성당에 있으면서 영원한 행복을 보장받았을 것이다.

이곳 지상에도 그녀를 안심시킬 권위의 세계가 있다. 먼저, 거리와 집에서 안전을 지켜주는 오스트리아나 이탈리아의 공권력이 있다. 나는 언제나 그들을 존중하려고 최선을 다했다. 다음으로는 우리가 신이 원하지 않는 어떤 질병에 걸렸을 때 우리를 살리기 위해 끊임없이 연구하는 의사들이 있다. 나는 하루도 빠짐없이 그 권위들을 이용했다. 그러나 그녀는 결코 그런 적이 없었다. 하지만 죽음에 이를 질병이 내게 닥쳐왔을 때 나의 잔인한 운명이 어떻게 될지 알고 있었다. 그러나 천상과 지상을 아우르는 세계에 의지하는 그녀는 그 순간에도 구원의 가능성이 있으리라 믿고 있었다.

나는 그녀의 건강을 분석하고 있지만, 그녀를 분석하면서 병든 사람으로 만들 거란 사실을 깨달았기 때문에 실패했다. 그리고 그녀의 건강에 대해 쓰면서 그녀에게 치료나 처방이 필요하다는 의심이 들지도 모른다. 하지만 오랜 세월 그녀 곁에서 살아오면서 그러한 의심이 든 적은 한 번도 없었다.

아! 그녀의 작은 세계에서 중심은 항상 나였다! 음식과 옷을 고르는 것뿐만 아니라 친구를 사귀고 책을 선택하는 모든 문제에서 내 생각을 말해야 했다. 그런 까닭에 나는 나를 성가시게 하지 않는 다른 다양한 활동에 뛰어들어야 했다. 하나의 가부장적 가정을 구성하는 데 협조해가면서, 나 자신이 예전에는 그토록 싫어했지만 지금은 건강의 표상처럼 보이는 가장이 되어갔다.

가장이 되는 것과 그러한 권위를 지닌 사람을 존경하는 것은 전혀 다른 문제다. 나는 가장이 아닌 다른 가족들을 병들게 하면서도 내 건강을 원했다. 특히 신혼여행 때 이따금 기마상에서나 보았던 권위적인 자세를 취하면서 말이다.

하지만 신혼여행에서 그런 자세를 취하기가 늘 쉬운 건 아니었다. 아우구스타는 마치 수학여행이라도 간 것처럼 모든 걸 보고 싶어 했다. 피티 궁전*을 가보는 정도로는 충분하지 않았다. 모든 예술 작품 앞에서 최소한 잠시라도 멈춰 서면서 궁전 안의 수많은 방들을 모두 구경하고 싶어 했다. 나는 단지 게으름에 대한 변명거리를 찾아내기 귀찮아서 첫번째 방을 떠나지 않으려 했고 다른 데는 아예 보지 않았다. 나는 메디치 가문의 영광을 누린 위인들의 초상화 앞에서 반나절을 보냈다. 그러다 그들의 얼굴이 카네기와 밴더빌트**를 닮았다는 사실을 발견했다. 놀라운 일이었다! 그러나 그 위인들은 나와 같은 민족이었다! 아우구스타는 나의 놀라움에 크게 신경 쓰지 않았다. 그녀는 그 두 사람이 양키라는 건 알고 있었지만 내가 누구인지는 여전히 잘 몰랐다.

그때 아내의 컨디션이 좋지 않아서 박물관 관람을 포기해야 했다. 언젠가 루브르 박물관에 갔을 때 나는 수많은 예술 작품들 속에서 정신을 차릴 수 없었고 하마터면 비너스상을 산산조각 낼 뻔했다는 얘기를 그녀에게 했다. 아우구스타가 체념한 듯 말했다.

"신혼여행 때 박물관을 볼 수 있어서 다행이에요. 다음에는 절대 못 그럴 테니까요!"

실제로 삶에는 박물관들이 지닌 변함없는 일관성이 부족하다. 액자에 넣을 만한 기념적인 날들이 지나가긴 하나 그 나날들은 소리로

---

* 1450년 이탈리아 피렌체에 세워진 궁전으로 지금은 박물관과 미술관으로 쓰인다.

** Cornelius Vanderbilt(1794~1877): 해운업과 철도 산업으로 재산을 모은 미국의 사업가이자 자선가.

풍요로워지고 더욱이 선과 색채를 넘어선 독특하고 진정한 빛이 넘쳐 흐른다.

건강은 활동을 부추기고 산더미같이 성가신 일들을 떠맡게 한다. 박물관들이 문을 닫으면 쇼핑이 시작된다. 우리 집에 살아본 적이 없는 그녀가 나보다 더 우리 집을 잘 알고 있었다. 어떤 방에 거울이 없고 다른 방에는 카펫이 없으며 그리고 세번째 방에는 작은 조각상을 놓기 적합하다는 걸 알았다. 그녀는 거실 전체에 놓을 가구들을 구입했고, 우리가 머물렀던 도시마다 최소한 화물 하나씩이 생겨났다. 내가 보기엔 우리가 사는 트리에스테에서 쇼핑하는 것이 덜 수고스럽고 합리적일 것 같았다. 어쨌거나 우리는 배송, 화물보험 그리고 세관 통과에 대해서 생각해야 했다.

"당신은 모든 물건들이 운송돼야 한다는 걸 몰랐어요? 당신은 사업가잖아요?" 그녀는 그렇게 말하고는 웃었다.

물론 맞는 말이긴 했다. 그러나 나는 반론을 제기했다.

"물건들은 판매와 이윤을 위해 운송되는 거요! 그런 목적이 아니면 멀리 갈 일이 없고, 소란을 겪지 않아요!"

하지만 과감한 모험심은 내가 가장 사랑하는 그녀의 특징 중 하나였다. 그녀의 모험심은 그토록 순진무구하고 사랑스러웠다! 그녀는 어떤 물건을 구입하는 것만으로도 좋은 거래를 했다고 믿을 만큼 세계사에 무지한 순진함을 지니고 있다. 그녀가 보기에 판매되는 물건들은 모두 구입하기 적절한 물건인 것이다.

나는 스스로 한창 회복기에 있다고 믿었다. 나의 상처들은 전보다 견딜 만해졌다. 행복에서 비롯된 안정적인 태도를 지닐 수 있었던 그때부터였다. 잊을 수 없는 날들 속에서 아우구스타와 그렇게 지내는 것이야말로 나의 도리 같았다. 그것은 삶이 나보다 강했을 때 잠시도 거스르지 않았던 유일한 맹세였다. 나는 언제나 그녀에게 미소 지었기 때문에 우리 사이는 다정히고 긍정적이었고 또 그렇게 남았다. 아무것도 모른다고 생각되던 그녀가 앞으로 고쳐나갈 많은 실수와 지식을 내게서 배울 것이기에 더욱 그러했다. 나는 다시 병이 깊어졌을 때에도 겉으로는 행복하게 지냈다. 마치 나의 고통이 간지러움이라도 되는 듯이 말이다.

비록 새로운 건강을 발견했지만 이탈리아 전역을 오래 여행하는 과정에서 나는 많은 고통을 겪고야 말았다. 우리는 추천서도 없이 떠났고, 가는 곳마다 마주치는 낯선 사람들 대다수가 적들로 느껴졌다. 그것은 터무니없는 두려움이었지만 이겨낼 수가 없었다. 나는 공격받고, 모욕당하며, 무엇보다 비방에 시달릴 위기에 놓여 있었다. 그럼 누가 나를 보호해줄 수 있겠는가?

이 두려움은 우리에게 정말 위기였지만, 다행히 아무도, 심지어는 아우구스타도 눈치채지 못했다. 나는 거리에서 판매되는 거의 모든 종류의 신문을 사들였다. 어느 날 신문 가판대 앞에 멈춰 섰을 때, 문득 그곳에서 신문 한 부만 산 내가 다른 곳에서 구입해 아직 펼쳐보지 않은 여러 신문을 겨드랑이에 끼고 있었기 때문에 판매인이 아무 거리낌 없이 나를 도둑으로 신고할지 모른다는 의심이 들었다. 나는 도망치듯 걸음을 재촉했는데, 뒤따라오던 아우구스타에게는 그 이유를 말하지 않았다.

그러나 마부와 관광 안내인과는 친하게 지냈다. 그들과 있으면 최소한 어이없는 절도 누명을 쓰고 고소당하는 일은 없으리란 확신이 들었다.

나와 마부 사이에는 뭔가 통하는 면이 있었다. 카스텔리 와인을 몹시 좋아하는 그는 때때로 자기 발이 붓는다고 내게 말했다. 그가 병원에 가서 치료를 받았을 때 와인을 마시지 말라는 의사 지시를 여러 번 다짐받고 나서야 퇴원했다고 한다. 당시 그는 맹세에 매듭을 지어 자신의 금속 시곗줄에 묶어두고는 굳은 맹세라고 부르는 맹세를 하곤 했다. 하지만 내가 그를 알았을 때는 시계 사슬이 매듭 없이 조끼에 걸쳐져 있었다. 나는 그에게 트리에스테에 와서 함께 지내자고 초대했다. 그에게 자신의 고향 와인과는 사뭇 다른 우리 지역 와인 맛에 대해 자세히 설명했다. 나의 새로운 극약 처방에 망설이는 그를 안심시키기 위해서였다. 하지만 그는 내 말을 들으려 하지 않았으며, 벌써 고향을 그리워하는 기색이 역력한 얼굴로 내 제안을 사양했다.

나는 또 관광 안내인과 친해졌는데, 그가 동료들 중에서 가장 나아 보였기 때문이었다. 그는 나보다 훨씬 많은 역사 지식을 갖고 있었다. 그러나 아우구스타는 그의 안내가 정확한지 자신의 베데커 여행 안내서*와 꼼꼼하게 비교했다. 젊은 그는 조각상으로 넘치는 거리 이곳저곳을 빠른 걸음으로 옮겨 다녔다.

이 두 친구들과 헤어졌을 때 나는 로마를 떠났다. 내게서 많은 돈을 받은 마부는 가끔씩 와인이 머리에 어떤 피해를 주는지 보여주었다. 그 때문에 우리는 대단히 단단하고 견고한 고대 로마의 건축물과 충돌하기도 했다. 그 일이 있고 난 다음, 관광 안내인은 고대 로마인들이 전기에너지에 대해서 매우 잘 알고 있었고, 광범위하게 사용했음을 보여주려고 하루 일정을 잡았다. 그는 그 사실을 입증하는 라틴어 시구도 암송했다.

하지만 그 무렵 나는 치료가 불가능한 사소한 병을 얻었다. 아주

---

* 독일의 출판업자 칼 베데커가 창간한 여행 안내서.

사소한 병이었다. 나이 듦에 대한 두려움, 무엇보다 죽음에 대한 두려움이었다. 나는 이 두려움이 질투의 어떤 특별한 형태에서 생겨난 거라 믿었다. 나를 죽음에 가깝게 한다는 이유만으로 나이 드는 게 두려웠다. 내가 살아 있는 동안 아우구스타는 나를 배신하지 않을 것이다. 하지만 내가 죽어 묻히자마자, 무덤이 제대로 정돈되고 필요한 미사를 드린 후에 곧바로 지금 나를 행복하게 하는 질서 있고 건강한 세상에서 그녀를 감싸줄 후계자를 찾아 나설 것이다. 내가 죽었다는 이유로 그녀의 아름다운 건강이 죽을 수는 없는 일이었다. 그녀의 건강에 대해 나는 너무도 확신했기에 그녀는 달리는 기차 아래 깔리는 일만 없다면 죽을 일이 없을 거라고 생각할 정도였다.

신혼여행 중, 어느 날 저녁 베네치아에서 곤돌라를 타고 깊은 고요에 잠긴, 그러다 가끔 갑자기 나타나는 거리의 불빛과 소음이 정적을 깨는 운하들 가운데 한 곳을 지나갔던 기억이 난다. 아우구스타는 언제나 그렇듯 주위 풍경을 자세히 바라보고 있었고 섬세하게 마음에 기록했다. 수위가 낮아진 지반 위로 솟아오르는 푸르고 싱싱한 정원, 어두운 물결에 비치는 종탑의 모습 그리고 불빛과 사람들의 물결 끝에서 시작되는 길고 어두운 골목길. 반면에 나는 도시의 어둠 속에서 절망스러운 기분으로 나 자신을 느끼고 있었다. 나는 그녀에게 시간은 이렇게 덧없이 지나갈 것이고 오래 지나지 않아 그녀는 다른 남자와 신혼여행을 다시 하게 될 거라는 말을 했다. 이미 일어난 일을 말하는 것처럼 나는 아주 확신에 차 있었다. 그리고 그녀는 그 이야기가 사실이 아니라고 부정하며 울기 시작했는데, 내겐 그녀의 반응이 적절치 못하게 여겨졌다. 어쩌면 내 얘기를 오해했거나, 내가 자살하려는 의도를 내비치는 것으로 믿는 것 같았다. 전혀 반대다! 내 생각을 더 잘 설명하기 위해 내가 죽음을 맞이한 상황을 묘사했던 것뿐이다. 나의 다리는 감염된 혈액이 이미 퍼져나가 썩어 들어가기 시작할 것이며, 그 증상은 점점 번져나가 신체의 모든 기관에 퍼질 것이고, 눈을 뜰 수 있도록 하는 주요 기관까지 건드릴 거라고 말했다. 그러면 나는 눈을 감고 가장다운 작별을 고할 것이다! 그러니 또 다른 가장을 만들어야 할 것이다.

그녀는 계속해서 울먹였다. 내게는 운하의 거대한 슬픔 속에서 그녀의 눈물이 너무나 중요하게 느껴졌다. 혹시 자신의 건강에 대한 나의 정확하고 무자비한 예견 때문에 절망해서 우는 건 아니었을까? 그렇다면 인류애 전체가 그 울음 뒤에서 흐느끼게 될 지경이었다. 그러나 나중에 그녀가 건강이 무엇인지도 모르고 있다는 사실을 알았다. 건강은 자기 자신을 분석하지 않으며 거울에 자신을 비춰보지도 않는 것이다. 오로지 우리 병자들만이 자신에 대해 뭔가를 알고 있다.

그때 그녀는 자신이 나를 만나기도 전에 이미 나를 사랑했노라고 말했다. 그녀의 아버지가 나에 대해 말할 때 이름을 듣고서 나를 사랑했다는 것이다. 그녀의 아버지는 제노 코시니가 솔직하고 꾸밈이 없는 사람이며, 자신이 어떤 사업적인 판단이라도 말하면 매우 주의 깊게 듣고, 곧잘 잃어버리긴 하지만 사업의 철칙을 기록해둔 노트에 서둘러 메모를 해놓는다고 말했다는 것이다. 만약 우리의 첫 만남에서 그녀가 당황하는 걸 내가 미처 눈치채지 못했다면, 그 이유는 나 역시 당황스러웠기 때문이다.

그 집에서 이니셜 A로 시작하는 네 명의 아름다운 아가씨들을 만나게 되리라 기대했으므로, 아우구스타를 보고서 그녀의 못생긴 모습에 당황스러웠던 기억이 났다. 그녀가 오래전부터 나를 사랑하고 있었다는 사실을 이제 깨달았지만, 무엇이 그 사실을 증명했던가? 나는 생각을 돌려 그녀를 만족시키지 않았다. 내가 죽는 순간 그녀는 다른 남자를 얻을 테니 말이다. 그녀는 울음을 멈추면서 여전히 내게 기대었다. 그러고는 금세 웃으면서 물었다.

"당신의 후계자를 어디서 찾겠어요? 내가 못생긴 게 안 보여요?"

아마도 나는 평온한 삶에서 이와 같은 낙담의 시간을 얼마간 허용했을지 모른다. 그러나 나이 듦에 대한 두려움은 내게서 떠나지 않았고, 언제나 다른 남자들에게 내 아내를 넘겨줘야 할지 모른다는 두려움을 느꼈다. 그녀를 배신했을 때 역시 두려움은 사그라들지 않았고, 그와 똑같은 방식으로 연인을 잃을 거라는 생각으로 두려움은 더 커졌다. 그건 전혀 다른 문제였고 서로 별개의 문제였다.

죽음의 두려움이 나를 덮쳤을 때, 나는 다친 손을 엄마에게 내밀어 뽀뽀 받는 어린아이들처럼 아우구스타에게 위안을 얻으려고 했다. 그녀는 나를 위로하기 위해 언제나 새로운 말들을 찾아냈다. 신혼여행에서 그녀는 다시 30년의 젊음을 내게 주었고, 오늘날까지도 그렇다. 그러나 나는 행복했던 몇 주 동안의 신혼여행이 나를 죽음 직전의 끔찍한 고통에 더 가까이 다가가게 했다는 걸 알았다. 아우구스타는 여전히 자기가 하고 싶은 말을 할 수 있었고, 계산은 일찌감치 끝나 있었다. 나는 매주 그만큼씩 죽음에 다가가고 있었다.

내가 똑같은 고통을 너무나 자주 겪고 있음을 깨달은 순간, 항상 똑같은 말을 해서 그녀를 피곤하게 만들까 봐 조심했다. 위로가 필요할 때면 "불쌍한 코시니!"라고 중얼거리는 데 그쳤다. 그러면 그녀는 내가 무엇 때문에 힘들어하는지 정확히 알고, 그녀의 크나큰 사랑으로 나를 감싸주러 달려오곤 했다. 그렇게 나는 완전히 다른 고통으로 힘들어할 때도 위로를 얻는 데 성공했다. 어느 날, 그녀를 배신했다는 고통으로 아파하며 나도 모르게 "불쌍한 코시니!"라고 중얼거렸다. 그 순간에도 역시 그녀의 위로는 내게 소중했기 때문에 나는 커다란 위안을 얻었다.

신혼여행에서 돌아온 나는 새로운 환경에 깜짝 놀랐다. 그토록 편안하고 따뜻한 집에 살아본 적이 없었기 때문이다. 아우구스타는 자신의 집에서 누리던 아늑함과 편리를 고스란히 그곳에 적용시켰다. 하지만 그녀 스스로 고안해낸 다른 여러 가지 아이디어들도 있었다. 내 기억에 아주 오래전부터 내 방 침실에서 5백 미터나 떨어졌다 싶을 정도로 멀리, 복도 맨 끝에 있던 욕실이 우리 방 옆으로 옮겨졌다. 그리고 욕실 안에는 상당히 많은 수도꼭지가 설치되었다. 그다음에 식품저장실 근처에 있던 버려진 작은 방은 커피를 마시는 방으로 변신했다. 카펫이 깔리고 큰 가죽 소파가 갖춰진 그 방에서 우리는 매일 점심 식사 후 한 시간 정도를 보내곤 했다.

내 뜻과는 반대로 그 방엔 흡연을 위해 필요한 모든 것이 비치되어 있었다. 나의 작은 서재 역시 내가 고집해온 만큼이나 새롭게 개조되었다. 나는 그 변화들 때문에 서재를 싫어하게 될까 봐 두려웠다. 하지만 곧 달라진 방을 본 나는 그제야 지낼 만한 공간이 되었다는 생각이 들었다. 아우구스타는 책상에 앉아서는 물론, 안락의자에 눕거나 소파에서 옆으로 누워 책을 읽을 수 있게 조명을 배치했다. 심지어 바이올린 연주를 위해서 눈을 자극하지 않고 악보를 비추는 작은 램프가 달린 악보대도 준비되어 있었다. 그 방 역시나 내 의지와는 상관없이 편안하게 흡연하는 데 필요한 모든 도구들이 갖춰져 있었다.

그렇게 신혼집은 대대적인 개조 공사가 벌어져 한동안 우리의 평화로움을 방해하는 어수선한 무질서가 이어졌다. 영원을 위해 일하는 그녀에게 잠깐의 불편함 정도는 대수롭지 않았지만, 내게는 아주 다른 문제였다. 그녀가 정원에 있는 작고 허름한 건물을 개조해서 작은 세탁실로 만들고 싶은 바람을 비쳤을 때 나는 강하게 반대했다. 아우구스타는 집에 세탁실이 있어야 아기들의 건강을 지킬 수 있다고 주장했다. 하지만 나로서는 아직 아기가 없는데도 아기들이 생기기 전부터 내가 불편하게 지내야 할 필요성을 전혀 느끼지 못했다. 그러나 그녀는 나의 오래된 집에 바깥 공기를 맞아들여 사랑으로 가득한 집을 만들겠다는 본능을 끌어왔다. 그녀는 태어날 새끼들을 위해 곧바로 둥지를 떠올리는 엄마 제비 같았다.

하지만 나 역시 사랑을 나누고, 집에 꽃과 보석을 가져왔다. 나의 삶은 결혼으로 완전히 바뀌었다. 처음에는 약한 목소리로 반대해보다가 내 뜻대로 내 시간을 쓰는 걸 포기했다. 그리고 더 엄격한 일과에 적응했다. 이러한 상황에서 나에 대한 훈육은 탁월한 결실을 맺게 되었다. 신혼여행을 다녀온 직후, 하루는 집에 점심 식사를 하러 가는 게 내키지 않아 별 생각 없이 가지 않았다. 그러고는 카페에서 간단히 점심을 먹고 저녁때까지 밖에 있었다. 밤이 되어 집에 돌아가자, 아우구스타가 그날 점심을 먹지 않았다는 사실을 알게 됐다. 그녀는 배고픔에 기운을 잃고 있었다. 그녀는 내게 아무런 비난도 하지 않았다. 하지만 자신이 잘못했다고 여기도록 놔두지 않았다. 그녀는 부드럽게 그러나 단호하게 만약 식사 전에 미리 알려주지 않으면 점심은 물론 저녁 시간까지 나를 기다리겠다고 엄포를 놓았다. 그건 장난이 아니었다! 또 한번은 바깥에서 새벽 2시까지 친구와 어울리다가 집에 가보니 아우구스타가 난로를 꺼둔 채 추위에 이를 덜덜 떨면서 나를 기다리고 있었다. 그때도 그녀는 기분이 조금 상해 있었지만, 잊지 못할 훈계를 내게 남겼다.

어느 날 나는 그녀에게 다른 큰 선물을 하기로 했다. 일을 하기로 한 것이다! 그녀도 내가 일하길 원했고, 나 또한 일이 건강에 도움이 될 거라 생각했다. 아플 시간이 거의 없는 사람은 당연히 덜 아플 수밖에 없다. 나는 일하러 갔다. 만약 이 결심을 줄곧 유지하지 못했다 해도 정말이지 그건 내 잘못이 아니었다. 나는 진정한 겸손과 좋은 의도를 가지고 출근했다. 사업 경영에 직접 참여하겠다고 고집하지 않았고, 오히려 장부를 담당하겠다고 요청했다. 도로와 주택에 관한 규정이 필사로 기록된 두툼한 장부 앞에서 나는 한없는 존경심을 느꼈고, 떨리는 손으로 적어내려가기 시작했다.

모든 상업 관련 학문에 해박한 데다 자제력이 뛰어난 올리비 씨의 아들은 안경을 쓴 우아한 젊은이였다. 그는 나를 대신해 중요한 업무를 맡았는데, 그 부분에서는 정말 나무랄 데가 없었다. 다만 그가 누가 들어도 뻔한 경제학과 수요 공급의 법칙에 대해 얘기할 때는 가끔 기분이 언짢았다. 하지만 그에게는 소유주에 대한 어느 정도의 존경심이 엿보였다. 그의 아버지에게 그러한 존중을 배웠을 리 없으므로 나는 그 점을 훨씬 기쁘게 받아들였다. 그러한 존중은 분명 그가 배운 경제학의 일부분이었을 것이다. 내가 자주 장부 기록에 실수를 저질러도 그는 나를 질책하지 않았다. 단순히 잘 몰라서 일어난 일이라 여겼고, 내게 정말이지 불필요하게 많은 설명을 해주었다.

사업상 거래를 지켜보면서 직접 뛰어들어 거래를 하고 싶을 때 문제가 발생했다. 장부를 보면서 내 주머니를 어느 정도 채울 수 있는지 아주 확실히 분별하게 되었다. 그리고 고객들의 '지불대금' 총액을 기록할 때면 나는 손에 펜이 아니라 도박판에서 흩어진 돈을 끌어 모으는 갈퀴를 쥐고 있는 것처럼 느껴졌다.

젊은 올리비 씨는 회사로 오는 우편물까지 내게 보여주었다. 그러면 나는 다른 사람들보다 더 잘 이해하고 싶어서 원칙적으로 차근차근 편지를 읽어갔다. 어느 날 아주 평범한 사업 제안이 내게 열정을 불러일으켰다. 그 편지를 읽기도 전에 내 가슴 안에서 뭔가가 움직이는 걸 느꼈다. 이따금 내기 판에서 나에게 찾아오던 어떤 알 수 없는 예감을 알아차렸을 때처럼 말이다. 어떤 예감인지 구체적으로 말하기는 어렵다. 그것은 폐부 가득 공기가 차오르도록 마음껏 강렬하게 쾌락을 느끼며 호흡하기 위해 혈관이 확장되는 것과 마찬가지였다. 하지만 그뿐만이 아니었다. 당신들은 내기 돈을 두 배로 받을 때 기분이 훨씬 더 좋아질 거란 걸 금방 알 것이다. 그렇지만 이 모든 것을 습득하려면 경험이 필요하다. 무엇보다 빈털터리가 되어 부주의했다는 후회 속에서 도박판을 떠날 필요가 있다. 그러면 도박판은 더 이상 당신을 피할 수 없게 된다. 그리고 만일 당신이 도박판을 무시한다면 그땐 카드의 복수가 일어나 구원은 어디에도 없게 된다. 그러나 도박이 벌어지는 초록 테이블에서 부주의하게 처신하는 것이 눈 앞의 장부를 소홀히 취급하는 것보다 훨씬 더 용서받기 쉬운 일이다. 나는 마음속에서 '말린 과일을 어서 사들여!'라고 외치는 소리를 생생하게 들었다.

나는 올리비 씨에게 당연히 내 생각이라는 걸 밝히지 않고 조심스럽게 말린 과일에 대해 운을 뗐다. 올리비 씨는 적은 이윤을 남길 수 있을 경우, 제3자를 통해서 거래할 수밖에 없다고 대답했다. 그는 내 거래 제안에서 사업적 영감의 가능성은 배제하고 제3자만 고려하고 있었다.

밤이 되어 나의 확신은 더욱 강해졌다. 그러니까 예감이 내 안에 일어났다. 나는 잠이 들 수 없을 정도로 심호흡을 했다. 아우구스타는 나의 불안을 감지했고, 나는 그 이유를 털어놔야 했다. 그녀는 즉시 나와 똑같은 직감을 가졌고, 자면서 잠꼬대를 하기까지 했다.

"당신이 소유주 아닌가요?"

아침이 되어 내가 집을 나서기 전에 그녀가 걱정스럽게 말했다.

"올리비 씨와 불화를 일으키는 건 당신에게 좋지 않아요. 제가 아빠에게 말씀드려볼까요?"

조반니 역시 사업적 영감에 대해서 시큰둥한 반응을 보이리란 걸 알고 있었기 때문에 그건 내키지 않았다. 나는 내 사업 아이디어를 지켜내기 위해, 특히 전날 밤 겪은 고통스러운 불면을 갚아주기 위해서 맞부딪쳐보기로 단단히 결심하고 사무실에 도착했다. 싸움은 제안 수락을 위한 최종 시한이 얼마 남지 않은 정오 무렵까지 계속되었다. 올리비 씨는 꿈쩍도 하지 않았고, 평소처럼 내 제안을 거부했다.

"혹시 돌아가신 선친께서 제게 위임하신 권한을 줄이고 싶으십니까?"

마음이 상한 나는 질문을 듣는 순간 다시는 사업에 개입하지 않겠다고 다짐하면서 장부를 기록하는 일로 돌아갔다. 그러나 건포도 맛이 입안에 맴돌아, 매일 테르제스테오에서 그 가격을 확인해보곤 했다. 다른 건 중요하지 않았다. 높이 뛰어오르기 위해서 힘을 모으려는 것처럼 가격은 느릿느릿 천천히 올라갔다. 그러다가 단 하루 만에 가격이 급등했다. 포도 수확이 너무나 보잘것없었는데, 그 사실이 그제야 알려지기 시작했다. 영감이란 얼마나 이상한가! 부족한 수확량을 예상한 건 아니지만 가격 상승은 예측했던 것이다.

도박판의 카드들이 복수한 것이었다. 나는 더 이상 장부 앞에만 있을 수 없었고, 사업 스승들에게 가졌던 모든 존경심을 잃었다. 특히 올리비 씨는 제대로 일을 하고 있다는 인상을 주지 못했다. 나는 웃고 또 비웃었다. 이것이 내가 주로 하는 일이었다.

두번째 거래에서는 거의 두 배 가격의 제안이 들어왔다. 올리비 씨는 내 비위를 맞추느라 조언을 청했고, 나는 보란 듯이 우쭐대며 나라면 그 가격에 포도를 먹지 않을 거라고 말했다. 그 말에 기분이 상한 올리비 씨가 중얼거렸다.

"평생 동안 해왔던 시스템을 포기하지 않겠어요."

그러고는 구매자를 찾아 나섰다. 그는 아주 적은 양을 사들일 구매자를 찾아냈고, 늘 그렇듯 최선을 다할 의도로 내게 돌아왔다. 그러고는 망설이며 물었다.

"이 소량 판매를 거래할까요?"

나는 변함없이 까칠하게 대답했다.

"저라면 거래를 하기 전에 물량을 확보했겠죠."

결국, 올리비 씨는 거래에 대한 확신을 잃었고 판매를 마무리하지 않은 채 손을 놓았다. 건포도 가격은 계속해서 올랐고, 우리는 그 소량 거래에서 잃을 수 있는 건 모두 잃었다.

하지만 올리비 씨는 내게 화를 내면서, 오직 나를 기쁘게 하려고 모험을 벌였다는 말을 내뱉었다. 약삭빠른 올리비 씨는 내가 빨강에 돈을 걸라고 조언하자 나를 이기기 위해 검정에 돈을 걸었다는 사실을 까맣게 잊고 있었다. 우리의 논쟁은 돌이킬 수 없었다. 올리비 씨는 우리 사이에서 회사는 항상 손해를 볼 것이며, 나의 가족이 그 상황을 바란다면 자신과 아들은 경영권을 넘겨주고 퇴사하겠다고 장인에게 호소했다. 장인은 당장 올리비 씨를 돕기로 결정했다. 그리고 내게 말했다.

"건포도 거래 건은 너무나 교훈적이었네. 당신들 두 사람은 함께할 수 없는 사람들이야. 이제 누가 회사를 나가겠는가? 상대방 없이 단 한 건의 거래로 이익을 낼 뻔한 사람인가 아니면 반세기 동안 한 회사만을 경영해온 사람인가?"

아우구스타 역시 아버지의 뜻에 따라 사업에 더 이상 관여하지 말라고 나를 설득했다.

"당신의 좋은 마음씨와 순진함은 사업과 맞지 않는 것 같아요. 나와 집에서 지내요"라고 그녀가 말했다.

화가 난 나는 집 안에서 꼼짝하지 않은 채 서재에 틀어박혀 지냈다. 한동안 책장을 넘기기도 하고 바이올린을 연주하다가 나중에는 좀더 진지한 활동을 하고 싶은 욕구가 일어났다. 그래서 다시 화학 공부를 하다가 나중에는 법률 공부를 했다. 그러다가 결국 정말 왜 그랬는지 모르겠지만 얼마 동안 종교를 연구했다. 아버지가 돌아가셨을 때 시작했던 공부를 다시 시작한 느낌이었다. 어쩌면 이번에는 아우구스타와 그녀의 건강을 더 이해하려는 노력의 일환이었을 것이다. 그녀와 함께 미사에 참석하러 가는 것으로는 충분하지 않았다. 그래서 나는 다른 방법, 즉 르낭*과 슈트라우스**를 읽는 방법을 강구했다. 르낭의 책은 흥미롭게 읽었지만 슈트라우스의 책은 형벌처럼 힘겹게 읽어갔다. 아우구스타에게 충실하려는 거대한 욕망을 밝힐 목적으로 이 사실을 여기서 털어놓는다. 아우구스타는 내 손에 있는 복음 해설서를 보았는데도 이러한 욕망을 알아내지 못했다. 그녀는 학문에는 줄곧 무관심했고, 그래서 그녀에게 내가 전하는 최대한의 애정 표시를 소중히 여길 줄 몰랐다. 그녀는 습관처럼 몸단장을 하거나 집안일을 하다가 멈추고서 인사말을 하

---

* Jeseph Ernest Renan(1823~1892): 프랑스의 언어학자, 종교사가, 철학자. 콩트의 실증주의를 계승했으며 기독교를 실증주의적 입장에서 받아들여 유명한 『예수전(傳)*Vie de Jesus*』을 썼다.

** David Friedrich Strauss(1808~1874): 독일의 신학자이자 철학자. 헤겔 철학에 영향을 받아 복음서를 신화로 해석했고, 이로 인해 헤겔학파가 분열되었다.

러 내 방문 앞에 나타나곤 했는데, 책에 파묻혀 있는 나를 보면서 입을 찡그렸다.

"아직도 그걸 읽고 있어요?"

아우구스타가 생각하는 종교는 받아들이거나 신앙생활을 하기 위해서 이런저런 것들을 고려할 필요가 없었다. 고개 숙여 기도하고는 곧바로 일상의 삶으로 돌아가는 것! 그것이 전부였다. 내게 종교는 전혀 다른 모습이었다. 만일 내가 진정한 믿음을 가진다면, 이 세상에서 오직 바로 그 신앙심만을 지닐 것이다.

멋지게 꾸며진 내 방에도 가끔 권태가 찾아왔다. 정확히 말해 불안감이었다. 그 당시 나는 일할 능력이 있다고 느꼈지만 삶이 내게 어떤 임무를 줄지 기다리고 있었기 때문이다. 그 대답을 기다리는 동안 나는 자주 외출을 했고, 테르제스테오 증권거래소나 몇 군데 카페에서 많은 시간을 보내곤 했다.

나는 뭔가 열심히 활동하는 척하며 살고 있었다. 그러나 아주 지루하고 따분한 활동이었다. 한 대학교 친구가 위중한 병을 치료받기 위해 슬로베니아 접경 지대인 오스트리아 남부 슈타이어마르크의 작은 마을에 갔다가 다급하게 귀국했다. 그의 방문은 겉보기에는 그렇지 않았지만 내게는 형벌이나 마찬가지였다. 그는 트리에스테로 돌아와 한 달 동안 침대에 누워 지낸 후 나를 찾아왔다. 한 달 사이 급성 신장염이 만성 신장염으로 변했고, 어쩌면 치료가 불가능할지 모를 상태로 악화되었다. 그러나 그는 자신의 병이 나아질 거라 믿고 있었고, 곧 다른 지역으로 거처를 옮길 준비를 하고 있었다. 우리 도시보다 더 따뜻한 기후를 가진 곳에서 봄을 지내면서 완전히 건강을 회복하리라 기대하고 있었다. 음산한 이곳 고향땅에서 너무 오래 머무는 것이 그에게는 어쩌면 치명적이었을지 모른다.

많이 아프지만 웃음을 잃지 않는 행복한 친구의 방문은 내게 매우 불길하게 여겨졌다. 아니 어쩌면 내가 잘못 생각했는지도 모른다. 내가 극복해야 할 인생의 한 사건일 뿐이었다. 내 친구 엔리코 코플러는 내가 조반니를 통해 자신의 소식과 투병 생활에 대해서 들어 알고 일을 거라 생각했는데 전혀 모르고 있었다고 하자 무척 놀라워했다. 그러나 조반니 역시 아팠기 때문에 누군가를 위해 내어줄 시간이 없었다. 해가 뜨는 날이면 우리 집 정원에서 몇 시간씩 잠을 자러 오면서도 내게 아무 말도 하지 않았다.

아픈 두 남자와 함께 우리는 아주 즐겁고 유쾌한 오후를 보냈다. 그들은 자신들의 병, 즉 아픈 사람에게 가장 큰 전환점을 마련해주고 그 얘기를 듣는 사람들에게 너무나 큰 슬픔을 불러일으킬 정도는 아닌 질병에 대해 이야기를 나눴다. 조반니가 다른 손님에게는 금지되어 있는 바깥 공기를 쐬고 싶어 했기 때문에 그것만 유일하게 의견이 일치하지 않았다. 그러나 바람이 조금 일어 조반니 또한 우리와 작고 따뜻한 방에 머물기로 하면서 의견 충돌은 눈 녹듯 사라졌다.

코플러는 고통은 없으나 몸의 힘을 빼앗아가는 자신의 병에 대해 들려주었다. 몸 상태가 좀 나아진 그때서야 그는 자신이 얼마나 아팠는지 알게 되었다. 그는 자신에게 투약됐던 약들에 대해 말했는데, 그 순간 나의 관심은 더 활기를 띠었다. 그의 담당 의사는 그가 수면제를 먹지 않고서도 긴 수면을 취할 수 있는 효과적인 치료 방법을 제시했다. 이 치료 방법이야말로 내가 너무나 원했던 것이었다!

불쌍한 친구는 약이 필요하다는 내 얘기를 듣고서 나도 똑같은 병에 걸렸나 보다 하며 잠시 으스댔다. 그러면서 의사에게 상태를 보여주고 조언에 따라 검사를 해보라고 권했다.

아우구스타는 크게 웃음을 터뜨리고는 내가 스스로 아프다고 상상하는 환자일 뿐이라고 폭로했다. 그러자 코플러의 야위고 파리한 얼굴에 뭔가 언짢은 기색이 스쳐 지나갔다. 하지만 그는 이내 개의치 않는다는 듯 활력 넘치는 모습으로 나를 힐난하면서 즉시 남자답게 열등감에 빠진 듯한 상태에서 벗어났다.

"상상으로 아픈 환자라? 그렇지만 저는 실제 환자인 게 더 좋습니다. 우선 상상으로 아픈 사람은 우스꽝스러운 괴물인 데다 무엇보다 약도 없거든요. 하지만 보시다시피 저 같은 진짜 환자는 잘 듣는 약들이 약국에 항상 있지요!"

그의 말은 건강한 남자가 하는 말처럼 들렸고, 솔직히 말해 나는 그 점이 괴로웠다.

장인은 그의 말에 크게 공감했지만, 그 친구의 말은 상상 환자를 비웃는 데까지 이르지 않았다. 왜냐하면 건강한 사람에 대한 시기심을 너무나 분명하게 드러냈기 때문이다. 그는 만일 자신이 나처럼 건강했다면 불평으로 옆 사람을 괴롭히는 대신 자신의 소중하고 유익한 사업에 뛰어 들었겠지만 지금은 겨우 뱃살을 줄이는 데 성공했다고 말했다. 그는 체중 감소가 좋은 증상이 아닌 것조차 모르고 있었다.

코플러의 공격으로 나는 정말 환자처럼, 게다가 함부로 취급받는 환자처럼 보였다. 아우구스타는 나를 구하기 위해 상황에 개입할 필요성을 느꼈다. 테이블에 올려놓은 내 손을 어루만지면서 나의 병이 누군가에게 해를 입히거나 고통을 주지 않으며, 내가 삶의 큰 기쁨을 누리고 있기 때문에 스스로 환자라고 믿는다는 사실이 납득이 되지 않는다고 말했다. 그렇게 해서 코플러는 자신이 속박되어 있던 열등감의 상태로 돌아갔다. 그는 이 세상에서 완전히 혼자였고, 건강 문제로는 나와 다툴 수 있을지 몰라도 아우구스타가 내게 보여준 헌신과 같은 애정은 받지 못했다. 그는 간호사의 필요성을 절실히 느끼면서 나중에야 아우구스타의 사랑 때문에 나를 무척이나 시기했다고 고백했다.

이 같은 논쟁은 장인 조반니가 정원에서 낮잠을 잘 때 조용한 말투로 며칠 동안 계속되었다. 코플러는 우리 얘기를 곰곰이 생각해본 후, 이제는 상상으로 아픈 환자가 실제로 아픈 환자이며, 이들은 실제 환자들보다 더욱 내면적이고 또 근원적으로 아프다고 주장했다. 실제로 상상 환자의 신경은 앓고 있지도 않은 질병을 호소할 정도로 예민해지는데, 그러면서도 신경은 정상적으로 기능하므로 통증을 통해 환자에게 경고하고 도움을 찾아 나서도록 하는 역할을 할 거라 여겨졌다.

"맞아!" 나는 말했다. "치아의 경우처럼 통증은 오직 신경이 드러나 있을 때만 느껴지는데, 치료를 위해서는 신경을 파괴해야 하지."

우리의 토론은 실제 환자와 상상 환자가 똑같이 고통을 겪는다는 데 동의하면서 끝이 났다. 그의 경우엔 신장염이 진행되는 동안 신경이 보내는 경고 신호가 없었다. 그러나 나의 신경은 너무나 예민해서 몇십 년 후에 죽게 될 병을 알릴 정도였다. 그러니까 내 신경은 완벽했고, 유일한 단점은 이 세상에서 행복하게 지낼 날을 단 며칠밖에 허용하지 않는다는 것이었다. 나를 환자들 틈에 끼워 넣는 데 성공한 코플러는 매우 만족스러워했다.

그 가여운 친구가 왜 여자들에 대해 열광적으로 이야기했는지 모르겠지만, 아내가 자리를 비우면 그는 오로지 여자 이야기만 했다. 그는 우리가 알고 있는 질병들을 앓는 실제 환자들이 몸의 자연스러운 방어작용으로 성욕이 약해지지만, 상상 환자들은 신경과민 증상(이것은 우리의 진단이었다)으로 고통 받으므로 성욕이 병적으로 강하다고 주장했다. 나는 내 경험으로 그의 이론을 증명했다. 그리고 우리는 서로 상대방을 안쓰럽게 여겼다.

나는 오래전부터 그 같은 무절제와는 거리가 멀었으면서 왜 그에게 그렇게 말하고 싶지 않았는지는 잘 모르겠다. 그의 기분이 나빠지지 않게 건강하지는 않더라도 회복되고 있다는 정도는 최소한 말할 수 있었을 것이다. 우리 몸의 모든 복잡한 신체 기관의 작용이 밝혀지면 건강하다고 말하기는 어려울 것이기 때문이다.

"자네는 눈에 보이는 미인들을 다 원하나?" 코플러가 또 한 번 질문했다.

"전부는 아니야!" 나는 그 정도까지 병들지는 않았다고 말할 작정으로 중얼거렸다. 나는 매일 저녁 보는 아다에게 욕망을 느끼지 않았다. 그녀는 내게 금지된 여인이었다. 그녀의 치마가 스치는 소리가 들려도 내게는 아무런 영향을 주지 않았으며, 만일 내 손으로 직접 만질 수 있었다 하더라도 마찬가지 상황이 벌어졌을 것이었다. 다행히 그녀와 결혼하지 않았다. 이 무관심은 내게 진정한 건강의 표시였다. 어쩌면 그녀를 향한 나의 욕망이 저절로 사라져버릴 정도로 격렬했었는지 모르겠다. 하지만 단정하고 검소한 교복을 입은 귀여운 알베르타에게도 나는 똑같이 무관심했다. 아우구스타를 아내로 맞은 것이 말펜티 가족 전체를 향한 나의 욕망을 가라앉히기에 충분했을까? 그 선택은 정말이지 매우 도덕적이었다!

나는 생각으로 항상 아우구스타를 배신하고 있었기 때문에 내 미덕(배우자로서의 충실함)에 대해서는 말하지 않았던 것 같다. 코플러와 얘기하던 그 순간에도 떨리는 욕망으로 그녀 때문에 지나쳐야 했던 모든 여자들을 생각했다. 나는 거리를 바삐 걸어가는 여자들을 떠올렸다. 온몸을 꽁꽁 싸맨 그녀들의 관능적 기관(성적 기관)들은 마치 그 기관들이 사라지기라도 한 듯이 그것을 소유한 여성에게서 감춰져 있을 때 더욱 소중해졌다. 나는 언제나 모험을 열망했다. 그 모험은 부츠와 장갑, 치마와 같은 여성의 몸을 감싸고 변형시키는 모든 것들에 대한 동경심에서 시작되었다. 하지만 그 욕망은 그 자체로는 죄가 아니었다. 그러나 코플러는 나를 제대로 분석하지 못했다. 누군가에게 내가 어떤 사람인지 설명하는 건 상대로 하여금 내가 원하는 대로 행동하게 만들려는 것이다. 그러나 코플러는 자신이 말하거나 행동할 때 나를 어디로 이끌어야 할지 갈피를 잡지 못했다.

코플러가 내게 들려준 그와 관계되는 모든 감각과 사물 그리고 사람들 이야기는 지금도 떠오를 정도로 내 기억 속에 중요하게 남아 있다. 나는 해가 지기 전에 집에 돌아가야 하는 친구를 정원까지 바래다주었다. 언덕 위에 있는 우리 집에서 지금은 새로 들어선 공장들로 막혀 있는 항구와 바다가 보였다. 우리는 멈춰 서서 가벼운 바람에 출렁이는 먼바다를 바라보았다. 바람은 하늘에 번진 고운 노을을 물결 위에 옮겨 무수한 붉은빛으로 퍼뜨리고 있었다. 거대한 활처럼 바다에 펼쳐진 이스트리아 반도*는 푸른 물결의 온화함으로 눈을 편안히 해주었다. 선이 지나치게 뚜렷한 부두와 방파제는 작고 볼품없었으며, 항구 안쪽의 바닷물은 움직임이 없어서 어둡고 검어 보였다. 아니 어쩌면 더럽게 오염된 것이었을지 모른다. 드넓은 풍경 속에서 평화는 물결 위에 번진 찬란한 붉은 노을에 비해 작은 것이었다. 눈이 부신 우리는 바다를 등

* 동부유럽 아드리아 해 북부에 있는 반도.

지고 돌아섰다. 집 앞의 작은 잔디밭에는 벌써 어두운 밤의 기운이 드리워지고 있었다.

현관 기둥 앞 큰 소파 위에서 장인은 미리에 모자를 쓰고 모피 외투의 깃을 세우고는, 다리에 담요를 두른 채 잠을 자고 있었다. 우리는 가만히 서서 그를 바라보았다. 장인은 입을 활짝 벌리고 마치 죽은 사람처럼 아래턱을 늘어뜨리고 있었고, 호흡은 무척이나 빨리 소란스럽게 이어졌다. 그러다 가끔씩 머리를 가슴팍으로 떨구었는데 깨지 않은 상태로 다시 머리를 들어 올렸다. 그 순간 그의 눈꺼풀이 균형을 되찾으려고 눈을 뜰 것처럼 바르르 떨렸다. 그런 후 그의 호흡이 규칙적으로 바뀌었다. 그것은 정말 잠을 방해하는 것이었다. 장인의 심각한 병이 확실하게 드러난 것은 그때가 처음이었다. 나는 마음속 깊이 고통을 느꼈다.

코플러가 목소리를 낮춰 내게 말했다.

"치료를 받으셔야겠어. 아마 신장염을 앓고 계실 거야. 저건 주무시는 게 아냐. 나는 그게 어떤 상황인지 알아. 안쓰러워라!"

그는 마지막에 자신의 의사를 부르라는 조언을 잊지 않았다.

조반니는 우리 얘기를 듣고 눈을 떴다. 그는 금세 덜 아픈 사람처럼 보였고, 코플러에게 농담을 던졌다.

"바깥 공기를 쐬어도 괜찮은가? 몸에 안 좋을 텐데?"

그는 잠을 잘 잤다고 여기는 듯했고, 그의 얼굴에 불어오던 드넓은 바닷바람 덕에 공기가 부족했다는 생각은 하지 않았다! 그러나 그의 목소리에는 힘이 없었고, 그의 말은 가빠지는 숨 때문에 끊겼다. 그는 하얗게 질린 창백한 얼굴이었고 소파에서 일어나면서 온몸이 굳어버린 듯 느꼈다. 서둘러 집 안으로 자리를 옮겨야 했다. 담요를 팔에 끼고 숨을 헐떡이면서도 웃으면서 우리에게 인사를 건네며 잔디밭을 지나가던 그의 모습이 아직도 생생히 떠오른다.

"정말 아픈 환자가 어떤지 봤지?" 머릿속을 장악한 강박관념에서 자유로워지지 못한 코플러가 말했다. "그는 죽어가고 있지만 자신이 아프다는 걸 모르고 있어."

내가 보기에도 실제 환자들은 고통을 덜 느끼는 것 같았다. 나의 장인과 코플러 역시 오래전에 눈을 감아 성 안나 묘지에 잠들어 있다. 그러나 어느 날 그들의 무덤 곁을 지날 때, 그들이 일찌감치 무덤 아래 묻혀 있다는 사실 때문에 두 사람 중 하나가 지지하던 명제가 무효가 되는 건 아니라는 생각이 들었다.

가문 대대로 살아온 오래된 저택을 떠나기 전에 코플러는 자신의 사업을 정리했고, 그래서 나처럼 사업에 신경 쓸 일이 전혀 없었다. 그러나 그는 아침에 침대에서 일어나면 가만히 있지 못했다. 그는 비록 자신의 일은 없어졌지만 매우 흥미로워 보이는 다른 사람들의 일에 관여하기 시작했다. 나는 코웃음을 쳤지만, 나 역시 누군가를 위한 일이 얼마나 기쁘고 즐거운지 나중에 깨닫게 되었다. 코플러는 자선 활동에 몰두했고, 자기 소유의 자본에서 얻는 이자로만 살기로 계획하면서 자신의 비용으로 사치를 누리는 일을 스스로 허용하지 않았다. 그래서 자선 기부금을 모집하고 친구들과 지인들에게 기부를 부탁했다. 그는 과거 유능한 사업가였던 만큼 모든 걸 기록했고, 나는 그 장부를 그가 애지중지하는 보물이라 생각했다. 내가 그의 입장이 되어 가족도 없고 삶이 얼마 남지 않은 상태라면, 나의 재산을 통틀어 실컷 부를 누렸을 것이다. 하지만 그는 상상으로는 건강한 사람이었기에 자신의 미래가 짧다는 것을 인정할 수 없어서 이자만으로 생활하는 것이었다.

하루는 그가, 나와 다른 사람들이 매달 조금씩 생활비를 대주고 있는 어느 불쌍한 소녀에게 작은 피아노를 마련해줄 거라면서 내게 몇 백 코로나를 기부하라고 청한 적이 있었다. 마침 좋은 가격에 나온 피아노가 있어서 빨리 행동을 취할 필요가 있다는 것이었다. 나는 그의 요청을 거부할 수 없어 그야말로 마지못해 응했고, 그날 집에서 나오지 말걸 하는 생각이 들었다. 이따금 나는 지나치게 인색해질 때가 있다.

코플러는 돈을 받고 짧게 감사하다는 말을 하고 자리를 떴다. 하지만 그 효과는 며칠 후에 나타났는데, 불행히도 중요한 의미를 남기고 말았다. 그는 피아노가 전달되었으며, 카를라 제르코 양과 그의 어머니가 내게 감사를 전하기 위해 자신들의 집을 방문해주길 바란다는 말을 전하러 왔다. 코플러는 새로운 자선가를 잃을까 두려워 내가 기부한 두 사람에게 감사 인사를 받아 기쁨을 누리도록 해주고 싶어 했다. 처음에는 그가 아주 적절한 자선 행위를 했다고 인정함으로써 귀찮은 일에서 벗어나고 싶었다. 하지만 결국 그의 끈질긴 요구에 응하는 수밖에 없었다.

"예뻐?" 내가 웃으면서 물었다.

"굉장히 아름다워. 하지만 우리 스타일은 아니야." 그가 대답했다.

그가 내 취향을 자기와 함께 묶어서 얘기한 것이 신기했다. 자신의 치부를 내게 말하게 될 위험이 있는데도 말이다. 그는 몇 년 전 가장을 잃고 몹시 비참한 가난 속에서 정직하게 살아가는 그 불행한 가족의 바른 양심에 대해서 내게 들려주었다.

그날은 날씨가 좋지 않은 하루였다. 차디찬 바람이 불어 나는 모피코트를 입은 코플러를 부러워했다. 바람이 거세 손으로 모자를 붙잡고 있어야 했는데, 안 그러면 바람에 날아갔을 것이다. 그러나 내가 베푼 자선에 대한 감사 인사를 받으러 가고 있었기 때문에 기분은 괜찮았다. 우리는 걸어서 코르시아 스타디온을 지나 도시 공원을 가로질러 갔다. 내가 한 번도 가본 적 없는 도시 구역이었다. 우리는 40여 년 전에 우리 조상들이 도시에서 멀찍이 떨어진 외곽에 건설한 주거 지구의 주택가 중 한 집에 들어갔다. 건물의 외관은 수수하지만 그래도 오늘날에 같은 용도로 지어진 집들보다 더 나아 보였다. 계단은 좁은 공간을 차지하고 있어서 매우 가파르고 높았다.

우리는 2층에 도착했다. 친구는 걸음이 굉장히 느려서 내가 먼저 도착했다. 나는 층계 위에 있는 현관문 세 개를 보고 놀랐다. 양쪽 옆에 있는 두 개의 문에는 카를라 제르코의 명패가 압정으로 꽂혀 있었고, 세번째 문에는 다른 이름으로 된 명패가 붙어 있었다. 코플러는 제르코 가족이 오른쪽에 주방과 침실을 가지고 있고, 왼쪽에는 카를라 양이 공부방으로 쓰는 방 하나만 있다고 설명해주었다. 그들은 아파트 중앙의 방을 얻을 수 있었던 덕분에 임대료를 아주 적게 내고 있었지만, 한 방에서 다른 방으로 가려면 층계를 지나야 하는 불편함이 있었다.

우리는 우리가 방문할 거라는 소식을 듣고 기다리고 있을 어머니와 딸이 있는 왼쪽의 공부방을 노크했다. 코플러는 그들에게 나를 소개했다. 부인은 눈이 내린 듯 하얀 머리가 눈에 띄는, 검고 허름한 옷을 입은 수줍음 많은 사람이었다. 그녀는 미리 준비한 것이 틀림없는 짧은 인사말을 내게 건넸다. 내가 방문해서 영광이며, 기부한 선물에 감사한다는 말이었다. 그러고 나서 그녀는 줄곧 입을 다물었다.

코플러는 국가고시에서 자신이 어렵게 가르쳤던 내용을 다시 듣는 교수처럼 처신했다. 그는 내가 피아노만 기부한 게 아니라 매달 조금씩 그들의 생활비를 후원하고 있다는 사실을 부인에게 말하면서 그녀의 말을 정정했다. 그는 정확한 걸 좋아했다. 카를라 양은 앉아 있던 피아노 옆 의자에서 일어나, 내게 손을 내밀며 간단한 인사말을 했다.

"감사합니다!"

이 역시 짧게 끝났다. 박애 정신으로 가득해진 마음이 나를 무겁게 누르기 시작했다. 나 역시 여느 실제 환사처럼 다른 사람들의 일에 신경 쓰기 시작했다! 그 아름답고 우아한 아가씨는 내게서 무엇을 보았을까? 존경스럽지만 남자로 보이지 않는 사람! 그녀는 정말로 아름다웠다! 어린 시절에 입던 치마를 집에서 입는 게 아니라면 그 시대의 유행보다 훨씬 더 짧은 치마를 입은 그녀는 자신의 나이보다 어려 보이고 싶어 한다는 생각이 들었다. 그렇지만 그녀의 머리 모양은 여성스러웠다. 다른 사람의 시선을 사로잡을 만한 머리 장식을 보기 좋게 하고 있었다. 풍성한 갈색 갈래머리는 귀와 목 부근까지 덮도록 가지런하게 내려뜨렸다. 나는 매우 점잖은 태도를 취했고, 코플러의 감시관 같은 시선이 두려워서 처음에는 그녀를 제대로 쳐다보지도 않았다. 하지만 지금은 그녀의 모든 걸 안다. 그녀의 목소리는 음악처럼 들렸다. 그녀는 천성적으로 여겨질 만큼 자연스러운 발음 기법으로 마치 소리를 어루만지려는 것처럼 음절을 늘여서 발음했다. 그래서 몇몇 특정 모음은 트리에스테 방언과 비교해도 지나치게 길게 늘어졌다. 그녀의 언어는 뭔가 이국적이었다. 이후 발성법을 가르치는 어떤 선생들은 모음의 가치를 매우 중요하게 여긴다는 사실을 알게 됐다. 그녀의 발음은 아다의 발음과 전혀 달랐다. 그녀의 소리 하나하나가 내게는 사랑에서 나오는 것 같았다. 그날 우리가 방문해 있는 동안 카를라 양은 줄곧 미소를 지었다. 어쩌면 그 표정이 감사를 표현하는 전형적인 표정이라고 생각했는지 모른다. 실제로 그녀의 미소는 진정한 감사의 표현이었다. 카를라를 만나고 나서 몇 시간 뒤에 다시 그녀를 떠올리기 시작했을 때, 나는 그녀의 얼굴에 기쁨과 고통 사이의 투쟁이 그늘져 있었다고 상상했다.

하지만 그녀에게서 이런 모습은 전혀 발견하지 못했고, 한 번 더 여성적인 아름다움이 얼마나 황홀한지 깨달았다. 어떤 전투가 그려진 그림도 그토록 영웅적인 감정을 불러일으키지 못할 것이다.

코플러는 두 여인이 자신의 작품이기나 한 것처럼 그들을 소개하는 데 만족하는 듯 보였다. 그는 그녀들에 대해 내게 자세히 소개했다. 그들은 자신들의 운명에 항상 기뻐하며 일한다고 했다. 코플러는 교과서에서 인용한 듯한 말을 하면서 기계적으로 고개를 끄덕였다. 그 모습은 내가 마치 이미 해놓은 숙제를 확인받기 원하고, 돈이 없고 정숙한 여인들이 어떻게 살아가는지 알아차렸다고 단정하는 눈치였다.

그런 후 그는 카를라에게 우리를 위해 노래를 불러달라고 요청했다. 그녀는 감기에 걸렸다며 거절했다. 그러면서 언제 기회가 되면 나중에 불러주겠다고 약속했다. 나는 그녀가 우리의 판단을 두려워한다는 느낌이 들어 안쓰러웠다. 하지만 그곳에 더 오래 머물고 싶어서 나는 코플러의 요청에 덩달아 목소리를 보탰다. 나는 내가 매우 바쁘기 때문에 그녀가 나를 다시 볼 수 있을지 모르겠다고 말했다. 코플러는 내가 이 세상에서 아무런 할 일이 없다는 걸 알면서도 내 말에 무척 진지하게 동의했다. 그가, 내가 카를라를 다시 만나지 않기를 바란다는 걸 쉽게 깨달았다.

그녀는 여전히 망설였지만 코플러는 명령에 가까운 요구를 계속했다. 그리고 그녀는 그 말에 순종했다. 그녀를 복종시키기가 얼마나 쉬웠던가!

그녀는 「나의 깃발La mia bandiera」*을 불렀다. 나는 편안한 소파에

---

* 이탈리아 작곡가 아우구스토 로톨리Augusto Rotoli의 곡.

앉아 그녀의 노래를 따라 불렀다. 내심 그녀에게 감탄해 찬사를 쏟아낼 수 있기를 갈망했다. 천재성이 발현된 탈바꿈한 그녀를 본다면 얼마나 멋지겠는가! 하지만 바람과 달리, 그녀가 노래를 부르는 동안 그녀의 목소리에서 어떤 음악성도 찾아볼 수 없어 나는 놀라고 말았다. 노력에 미치지 못하는 실력이었다. 카를라는 연주할 줄 몰랐고, 어울리지 않는 피아노 반주는 엉망인 노래를 더 엉망으로 만들었다. 나는 그저 학생의 노래를 듣고 있다고 여기고 그녀의 성량이 충분한지 분석했다. 성량은 오히려 풍부했다! 그러나 좁은 곳이어서 내 귀는 제대로 들을 수 없었다. 그녀를 계속해서 격려하기 위해 나는 그녀의 학교가 형편없이 가르쳤다고 생각했다.

그녀가 노래를 마쳤을 때, 나는 열렬히 박수치고 찬사를 늘어놓는 코플러에 합세했다. 그가 말했다.

"훌륭한 오케스트라가 함께한다면 당신의 목소리는 빛을 발할 거예요."

그 말은 틀림없는 사실이었다. 그녀의 목소리에는 모든 악기가 갖춰진 강력한 오케스트라가 필요했다. 나는 최대한 솔직하게 대답했다. 몇 달 뒤에 그 자리에서 그녀의 노래를 다시 듣고 싶으며, 그때 가서 그녀의 성악 실력에 대해 말하겠다고 했다. 또한 그보다는 덜 솔직하게, 분명히 그 목소리는 일류 음악 학교에 어울린다는 말을 덧붙였다. 내가 처음 한 말에 담겨 있을지 모를 불쾌한 내용을 덜어내기 위해, 뛰어난 목소리를 위한 훌륭한 학교를 찾아야 할 필요성에 대해 변론했다. 이 과장된 표현은 모든 걸 무마시켰다. 하지만 이후에 혼자 남게 되자, 카를라에게 솔직해져야 할 필요성을 느꼈다. 벌써 그녀를 사랑하게 된 걸까? 나는 여전히 그녀를 잘 쳐다보지 못했다!

미심쩍은 냄새를 맡은 코플러가 계단에서 말했다.

"그녀의 목소리는 너무 크고 강해. 연극에 어울리는 목소리야."

그때까지도 그는 내가 자신과 다른 생각을 가지고 있다는 걸 몰랐다. 나는 그녀의 목소리가 청중들이 성악이라는 예술의 소박함을 즐기고 삶과 고통을 예술로 승화시키길 꿈꾸는 작은 공연장에 어울린다고 생각했다.

나와 헤어지면서 코플러는 카를라의 선생님이 대중적인 콘서트를 개최하는 대로 내게 알려주겠다고 말했다. 그는 이 선생님이 도시에서 아직은 이름이 덜 알려진 성악가지만, 미래에는 분명 대단한 유명인사가 될 거라고 얘기했다. 코플러는 그 선생이 꽤 나이가 들었지만 그래도 그 확신에는 변함이 없노라고 말했다. 실제로 코플러가 그를 알게 된 뒤로 조금은 유명해진 것처럼 보인다고도 했다. 이것이 죽음을 앞둔 음악 선생님과 코플러 두 사람의 착각이었다.

알 수 없는 건, 내가 아우구스타에게 그날의 방문에 대해 말하고 싶었다는 것이다. 코플러가 이미 알고 있고, 그에게 말하지 말라고 부탁하고 싶지 않았기 때문에 신중했는지도 모르겠다. 하지만 그렇다고 보기에는 지나치다 싶을 정도로 나는 너무나 간절히 말하고 싶었다. 대단한 감정의 분출이었다. 그날 방문에 관해 아우구스타에게 얘기하지 않은 부분을 제외하면 그때까지 나는 죄의식을 가질 만한 게 아무것도 없었다. 따라서 이제 나는 완전히 결백했다.

아우구스타는 내게 그녀에 대한 몇 가지 정보를 묻고 그녀가 아름다운지 물었다. 나는 대답하기가 곤란했다. 그 가여운 아가씨가 무척 빈혈이 심해 보였다고 말했다. 잠시 후 좋은 생각이 떠올랐다.

"당신이 좀 돌봐주는 게 어떨까?"

아우구스타는 새로운 신혼집에서 할 일이 많았고, 친정에서는 아픈 아버지를 돌봐달라고 수시로 그녀를 부르곤 했다. 그러니 더는 생각할 것도 없었다. 그런 점에서 내 생각은 정말로 적절했다.

코플러는 아우구스타를 통해 내가 그날 우리의 방문에 대해 아우구스타에게 모두 이야기했다는 걸 알게 되었다. 그리고 그 역시 상상 환자에게 부여했던 특징들을 까맣게 잊어버렸다. 그는 아우구스타가 있는 자리에서 얼마 후에 다시 카를라의 집을 방문할 거라고 말했다. 그는 나를 완전히 신뢰하고 있었다.

무기력한 생활을 하던 나는 다시 카를라를 보고 싶은 욕망에 사로잡혔다. 나는 코플러가 그 사실을 알아차릴까 두려워서 감히 그녀에게 달려가지 못했다. 그러나 핑계는 얼마든지 있었다. 코플러 몰래 더 많은 도움을 주기 위해 그녀의 집에 갈 수 있었다. 하지만 먼저 그녀가 비밀을 지키는 데 동의할 거라는 확신이 있어야 했다. 만약 실제 환자인 그 친구가 이미 그녀의 연인이라면? 나는 실제 환자들에 대해선 정말 아무것도 몰랐고, 그들이 연인들을 위해 다른 사람들에게 대신 지불하게 하는 습관이 있을 가능성이 매우 높아 보였다. 제 발로 위험에 빠지려면 딱 한 번 카를라를 찾아가는 것으로 충분하다. 하지만 우리 가족의 평화를 위태롭게 할 수 없었다. 이 말은 곧 카를라를 향한 나의 욕망이 커지지 않는 한 위험하지 않다는 뜻이었다.

그러나 욕망은 한없이 커져갔다. 헤어지면서 그녀와 악수했던 순간보다 그녀의 모습이 훨씬 더 생생하게 떠오르곤 했다. 특히 그녀의 하얀 목을 덮고 있던 검은 갈래머리가 떠올랐다. 그러자 그 머리가 가리고 있는 피부에 키스하려면 코로 머리카락을 밀어내야겠다는 생각이 들었다. 내가 사는 작은 도시의 어느 건물 층계참에 아름다운 아가씨가 있으며, 조금만 걸어가면 그녀를 만나러 갈 수 있다는 걸 떠올리는 것만으로도 내 욕망이 타오르기에 충분했다! 카를라가 그곳에 사는 한 매일 그리고 매 순간 똑같은 죄와 싸워야 했기 때문에 싸움은 너무나 어려워져만 갔다. 카를라라는 이름에 담긴 긴 모음들이 나를 부르고 있었다. 혹시 그 모음이 내는 소리가 내 영혼에 확신을 심어주었는지 모르겠다. 새로운 사랑에 대한 나의 저항이 사라졌을 때, 다른 저항감들은 더 이상 설 자리가 없었다. 그러나 내가 스스로를 기만할 수 있다는 것도 부정할 수 없는 사실이었다. 아마 코플러는 상황을 정확히 꿰뚫어 보고 있었을 것이다. 이러한 의구심은 또한 나의 저항감을 줄여주었다. 여자로서 저항하는 것이 마땅한 카를라에게 거부당함으로써 가여운 아우구스타가 나의 배신으로부터 벗어날 수 있다는 생각에서였다.

그 무렵 나를 위협하던 권태에서 벗어나게 해주려고 때마침 다가온 욕망이 왜 내게 죄의식을 불러일으킬 거라 생각했을까? 실제로는 아우구스타와 나의 관계를 망가뜨리기는커녕 오히려 정반대의 결과를 가져왔다. 그날 이후 나는 아내에게 늘 해왔던 애정 표현뿐만이 아니라, 카를라를 위해 마음속으로 생각해둔 말까지 했다. 우리 집에서 그처럼 따뜻한 애정과 자상함이 흘러넘친 적이 없어서 아우구스타는 완전히 빠져든 것 같았다. 나는 가족 시간표라 부르던 집안 일정을 항상 정확히 지켰다. 미래에 느낄 양심의 가책을 줄이기 위해 그때 벌써 대처 방안을 준비해둘 정도로 나의 양심은 매우 예민했다.

내 안의 감정적 저항이 결코 부족하지 않았다는 사실은 내가 카를라에게 갑자기 다가가지 않고 천천히 가까워진 것으로 증명된다. 처음 며칠 동안은 도시 공원까지만 나갔다. 거리와 집을 둘러싼 회색 도시 한가운데에서 무척이나 순수해 보이는 초록 식물들의 푸르름을 즐기려는 생각에서였다. 그러나 우연히 카를라와 마주칠 기회가 없어 그녀의 창문이 보이는 거리를 지나가보기로 했다. 처음으로 사랑에 빠진 젊은이처럼 너무나 달콤하고 황홀한 감정이었다. 오래전부터 나는 사랑이 아니라 사랑을 향한 열정적인 질주가 부족했었던 것이다.

그러나 공원 안에서 정면으로 장모와 마주치게 되어 곧바로 그곳을 빠져나왔다. 처음에는 이상한 생각이 들었다. 이른 아침 시간에 장모가 우리 집에서도 거리가 먼 그곳에 웬일로 나타난 걸까? 어쩌면 장모 역시도 병든 남편을 배신하고 있었을지 모른다. 그러나 내가 장모를 오해했다는 사실을 곧 알게 되었다. 그날 장모는 장인 곁에서 힘겨운 밤을 지새우고 나서, 의사를 만나 그 사실을 위로 받으러 가는 길이었다.

의사가 긍정적인 말을 했는데도, 장모는 나를 재빨리 지나쳐갈 만큼 매우 걱정스럽고 불안한 상태였다. 그 시간에 노인이나 어린이 아니면 가정부들이 주로 찾는 공원에서 나를 발견하고 놀랄 새도 없었다.

하지만 장모를 본 것으로 나는 다시 가족에 대한 강한 소속감을 느꼈다. 그러고는 굳은 결심으로 집을 향해 걸었다. 한 걸음씩 내디딜 때마다 나는 이렇게 중얼거렸다. "다시는 이러지 말자! 절대 안 돼!" 그날 장모는 자신의 고통을 통해 가장으로서의 모든 의무감을 내게 다시 부여했다. 그것은 좋은 교훈이었고, 그날 하루 종일 영향을 미쳤다.

아우구스타는 오전 내내 아버지 곁에 있느라 집을 비웠다. 그녀는 점심 식사를 하면서 내게 말했다. 장인 조반니의 건강 상태 때문에 다음 주로 예정된 아다의 결혼식을 연기할지 의논했다는 얘기였다. 하지만 장인은 벌써 상태가 호전되고 있었다. 저녁에 과식을 한 탓에 소화불량에 걸린 것이 병이 악화된 것처럼 착각하게 했던 것이다.

아내에게 아침에 공원에서 장모와 마주쳤으며 그때 이미 장모에게 얘기를 들었노라고 말했다. 아우구스타조차 내가 그곳을 산책했다는 데 놀라지 않았다. 하지만 나는 그녀에게 상황을 설명할 필요를 느꼈다. 나는 얼마 전부터 공원에서 산책을 즐기고 있으며, 벤치에 앉아서 신문을 읽기도 한다고 말했다. 그런 다음 이렇게 덧붙였다.

"올리비 씨 때문에 말이지! 나를 할 일 없게 만든 건 큰 실수야."

내 불평에 약간의 죄의식을 느낀 아우구스타가 고통스럽고 슬픈 표정을 지었다. 그 순간 나는 기분이 홀가분해졌다. 나는 아주 깨끗하고 평온한 마음으로 오후 한나절을 서재에서 보냈다. 그래서 사악한 모든 욕망에서 완전히 치유되었다고 진심으로 믿었다. 그 즈음 나는 「요한계시록」을 읽고 있었다.

매일 아침 떳떳하게 공원에 갈 수 있게 되었음에도 유혹에 저항하려는 마음이 굉장히 커져, 다음 날 외출했을 때 나는 공원과 정반대 방향으로 향했다. 얼마 전에 추천을 받은 새로운 바이올린 곡을 연주해보고 싶어서 악보를 구하러 찾아 다녔다.

집을 나서기 전에 장인이 아주 편안한 밤을 보냈으며 오후에 마차를 타고 우리 집에 올 거라는 소식을 전해 들었다. 장인도 그렇고 나 또한 드디어 결혼을 할 수 있게 된 귀도를 생각하며 기뻐했다. 모든 일이 잘 진행되고 있었다. 나와 장인을 제외하고서 말이다.

그러나 나를 카를라에게 이끈 건 다름 아닌 악보였다! 서점 점원이 내게 골라준 악보들 사이에 바이올린이 아니라 성악에 관한 책이 실수로 들어 있었다. 나는 조심스럽게 제목을 읽었다. 『E. 가르시아의 발성법에 관한 완벽 입문(가르시아 음악원)』이라는 책이었다.

점원이 다른 손님들에게 신경 쓰는 동안 나는 그 작은 책자를 읽기 시작했다. 나는 포르노 책에 접근하는 비행 청소년처럼 흥분에 휩싸여 책을 읽었다. 그것은 카를라에게 다가갈 수 있는 길이었다. 그녀는 그 책이 필요했고, 그녀에게 그 책을 알리지 않는 건 내 입장에서는 범죄 행위가 될 것이었다. 나는 책을 사서 집으로 돌아왔다.

가르시아의 작품은 이론과 실전, 두 부분으로 구성되어 있었다. 나는 코플러와 함께 카를라의 집에 가게 되면, 그녀에게 나만의 조언을 제대로 전달하기 위해 책의 내용을 확실히 이해하려는 각오로 책을 읽어갔다. 그러는 동안 나를 기다리는 흥미진진한 모험에 대한 생각을 여전히 즐기면서 나는 시간을 벌 것이고, 그렇지 않더라도 편안한 잠을 이어갈 수 있을 것이었다.

하지만 아우구스타가 한발 더 빨랐다. 그녀는 책을 읽고 있는 내게 다가와서 독서를 방해하고는, 고개를 숙여 자신의 입술로 내 뺨을 살짝 스쳤다. 그녀는 내가 뭘 하고 있는지 물었다. 내가 새로운 연주 악보에 관한 책을 읽고 있다고 하자 그녀는 바이올린 악보라고 생각했는지 자세히 들여다보지 않았다. 그녀가 내 방에서 떠났을 때 나는 방금 전 내가 겪은 위험이 얼마나 컸는지 깨달았고, 들키지 않도록 그 책을 서재에 두지 않는 게 좋겠다는 생각이 들었다. 당장 책의 주인이 될 사람에게 가져다줘야 했다. 그래서 나는 곧장 모험을 향해 성큼 발을 내디뎠다. 나는 내 욕망에 따라 행동하기 위해서 핑계 이상의 뭔가를 찾아냈다.

더 이상 망설임은 없었다. 나는 그 집의 층계참에 도착해서 곧장 왼쪽 문으로 향했다. 그러나 계단에 웅장하게 울려 퍼지는 「나의 깃발」이라는 노래를 듣기 위해 문 앞에서 잠시 멈춰 섰다. 카를라는 그동안 계속 똑같은 노래를 반복해서 불렀던 것 같았다. 나는 그 같은 어린아이다운 순진함에 사랑과 욕망이 가득한 미소를 지었다. 잠시 후 나는 노크 대신 조심스럽게 문을 열었다. 그러고는 소리 나지 않게 발끝으로 걸어 방 안으로 들어갔다. 나는 당장이라도 그녀를 보고 싶었다. 좁은 방 안에서 듣는 그녀의 목소리는 정말이지 귀에 거슬렸다. 그녀는 내가 처음 방문했을 때와 달리 굉장한 열정과 온 힘을 다해 노래하고 있었다. 그녀는 폐에서 모든 숨을 뿜어낼 수 있도록 의자 등받이에 몸을 기대고 앉아 있었다. 내게는 큼직한 머리끈으로 묶은 그녀의 머리만이 보였다. 나는 너무나 강렬한 감정에 사로잡혀 나도 모르게 뒤로 한 발짝 물러섰다. 그사이 그녀는 마지막 소절에 다다랐는데, 영영 노래를 끝내고 싶지 않은 눈치였다. 나는 그녀가 눈치채지 못하게 문을 닫고 다시 층계참으로 나왔다. 그 마지막 소절 역시 확실히 제 음을 내기 전에 고음과 저음 사이에서 불안정하게 흔들렸다. 카를라는 정확한 음계를 찾아야 했고, 이제 내가 가르시아가 되어 그녀를 가르칠 차례였다.

나는 잠잠해지는 걸 느끼고 문을 두드렸다. 그녀는 즉시 문을 열어주러 나왔다. 나는 문에 기대어 있던 그녀의 연약한 모습을 결코 잊지 못할 것이다. 그녀는 어두운 그늘 속에 서 있는 나를 알아보기 전까지 커다란 갈색 눈으로 나를 자세히 쳐다봤다.

하지만 그러는 사이 열정이 가라앉아 나는 다시 불안한 망설임에 사로잡혔다. 나는 아우구스타를 배신하려 하고 있지만 지난 며칠 동안 공원까지 가는 데 만족했던 것처럼 지금 또한 매우 수월하게 그 책을 건네주고 만족스럽게 돌아올 수 있을 거라고 생각했다. 잠시 동안이지만 내 마음속은 좋은 의도로 가득 찼다. 심지어 내가 흡연 습관을 버리기 위해 실행에 옮긴 적이 있는 이상한 충고까지 기억났는데, 그 경우에 효과를 발휘할 만한 방법이었다. 가끔 성냥불을 긋는 걸로 만족하고 그다음엔 담배와 성냥을 한꺼번에 던져버리라는 조언이었다.

카를라가 나를 알아보고 얼굴을 붉히며, 나중에 안 일이지만 집에서 입는 허름한 옷을 보이게 된 것이 부끄러워 도망가려 했기 때문에 책만 건네주고 돌아서기도 쉬웠을 것이다. 하지만 그녀가 알아봤으니 우선은 사과부터 해야 했다.

"당신이 관심 있을 것 같아 이 책을 가져왔어요. 원하면 이 책을 드리고 바로 가겠습니다."

그 말은 상당히 무뚝뚝하게 나왔다. 하지만 의미는 그렇지 않았다. 내가 발길을 돌려야 할지 아니면 그곳에 남아 아우구스타를 배신해야 할지 그녀가 결정하도록 떠넘겼기 때문이다. 그녀는 금세 결정을 내렸다. 아주 확실히 나를 붙잡기 위해 내 손을 잡아 나를 집 안으로 데리고 들어갔다. 감정이 내 눈을 멀게 했는데, 그 손의 부드러운 촉감 때문이 아니라 나와 아우구스타의 운명을 결정한 것 같은(당연히 그래야 할 것 같은) 익숙한 내맡김 때문이라고 생각한다. 그래서 어쩐지 마지못한 듯 끌려 들어간 것 같다. 나의 이 첫번째 배신 사건을 돌이켜볼 때, 결국 그녀 손에 끌려 들어간 것이 문제였다는 생각이 든다.

카를라의 발그레한 얼굴은 정말 아름다웠다. 그녀가 나를 기다린 건 아니지만 내심 나의 방문을 바랐다는 걸 깨닫고 나는 놀라면서도 기분이 좋았다. 그녀는 매우 기뻐하면서 말했다.

"당신은 그러니까 나를 다시 만나야겠다고 생각하신 거죠? 많은 신세를 지고 있는 불쌍한 소녀를 다시 봐야겠다고 말이죠?"

물론 내가 원했다면 바로 그녀를 끌어안았을 것이다. 하지만 그런 생각은 하지 않았다. 자칫 위험해 보이는 그녀의 발언에 대답조차 하지 않았다는 건 잊은 채, 가르시아에 대해, 그리고 그녀에게 그 책이 필요한 이유를 말하기 시작했다. 나는 깊이 생각하지 않은 말까지 내뱉을 정도로 열심히 얘기했다. 가르시아는 금속처럼 견고하고 공기처럼 부드러운 선율을 표현하도록 가르칠 것이며 또한 하나의 음은 곧은 선을 나타내는 게 아니라 다듬어진 면을 나타낼 수 있다고 설명할 것이라고 말했다.

그녀가 고통스러운 의구심을 드러냈을 때에서야 나의 열변은 멈췄다.

"그러니까 당신은 제가 노래하는 방식이 마음에 들지 않으신 거군요?"

나는 그녀의 질문에 당황했다. 나는 상대가 듣기에 너무나 가혹한 평을 했지만 의식조차 하지 못하면서 줄곧 좋은 의도로 강변했던 것이다. 어찌나 강변했던지 내내 노래에 대해서만 이야기하면서 그 집으로 절실하게 나를 이끌었던 사랑으로 다시 돌아온 것 같은 기분이었다. 어쨌든 애정이 담긴 말은 솔직한 내 면모를 보여주었다.

"어떻게 그런 생각을 할 수 있죠? 그렇다면 내가 여기 있겠습니까? 나는 저 층계참에서 한참이나 당신의 순수함이 승화된 달콤한 노래를 음미하며 서 있었어요. 그저 당신의 노래가 완벽해지려면 뭔가 다른 것이 필요하겠다는 생각뿐이었고, 그래서 이 책을 당신에게 주려고 가져온 거예요."

아우구스타에 대한 생각은 얼마나 강력했던가! 그 생각이 나로 하여금 욕망에 계속 저항하게 만들었다. 카를라는 아부에 가까운 내 말을 귀담아들었다. 그러나 그녀는 무슨 뜻인지 분석하지 못했다. 그녀는 비록 대단한 교양을 갖추진 않았지만, 놀랍게도 상식이 부족하진 않았다. 그녀는 자신의 재능과 목소리에 강한 의심을 가지고 있다고 털어놓았다. 자신의 실력이 전혀 나아지지 않는다고 느끼고 있었다. 일정한 시간 동안 철저히 성악 공부를 한 후에 그녀는 자신의 목소리에서 뭔가 새로운 재능이 발견되길 바라면서 「나의 깃발」을 계속 불렀다고 했다. 그러나 노래는 항상 똑같았다. 더 나빠지지도 않았고, 나를 포함해 그녀의 노래를 들은 사람들이 칭찬한 것처럼 어느 정도 괜찮은 수준으로 여겨지곤 했다(이 지점에서 그녀의 아름다운 갈색 눈동자는 여전히 미심쩍은 내 말의 의미를 확인받고 싶어 하는 것 같은 눈빛을 보냈다). 하지만 진정한 향상은 없었다. 그녀의 음악 선생은 예술에서 진전은 느리게 진행되는 것이 아니라 단번에 대단한 도약으로 나타나기에 어느 날 깨어보면 그녀가 뛰어난 예술가로 변신해 있을 거라고 말했다.

"하지만 아직도 먼 얘기죠." 그녀는 허공을 바라보면서, 권태와 고통으로 보낸 시간을 되돌아보는 듯했다.

정직은 무엇보다 진실한 것이라는 말이 있다. 내 입장에서는 불쌍한 소녀에게 성악을 포기하고 나의 연인이 되어달라고 하는 것이 가장 정직한 태도였을 것이다. 하지만 나는 아직 공원에서 멀리 벗어나는 모험을 하고 있는 게 아니었다. 더욱이 성악에 관한 내 판단에 대단한 확신이 있었던 것도 아니었다. 잠깐 동안 나는 딱 한 사람, 휴일이면 우리 집에서 나와 내 아내와 함께 지내던 성가신 코플러가 문젯거리로 떠올랐다. 내가 방문한 얘기를 코플러에게 하지 말라고 그녀에게 당부할 구실이 필요했다. 그러나 어떻게 둘러대야 할지 몰라 곧 그만두었다. 그런데 며칠 후, 불쌍한 그 친구가 병이 악화되어 죽는 바람에 문제가 해결되었다.

그러는 동안 나는 카를라에게 가르시아의 책에서 그녀가 찾고 있던 모든 것을 발견하게 될 거라고 말했다. 그녀는 아주 잠깐 그 책에서 기적을 얻을 수 있기를 바랐다. 그러나 책을 다 읽고 난 뒤에 그녀는 그 책의 마법적인 효과를 의심했다. 나는 가르시아의 이론을 이탈리아어로 읽었고, 그녀에게 이탈리아어로 내용을 설명했으며 그것으로 충분하지 않을 때는 트리에스테 방언으로 번역해서 들려주었다. 하지만 그녀는 자신의 성대가 변화하는 움직임을 전혀 느끼지 못했다. 그녀로서는 그 점이 증명되어야만 책의 진짜 효과를 인정할 수 있었던 것이다. 씁쓸하지만 얼마 못 가 나 역시도 그 책이 별 가치가 없다는 확신이 들었다. 책에 쓰인 문장들을 세 번 넘게 읽어보아도 도무지 어떻게 적용해야 하는지 알 수 없었다. 나는 그 책의 내용을 자유롭게 비판하면서 내 무능함에 대해 앙갚음을 했다. 가르시아는 인간의 목소리가 다양한 음성을 만들어낼 수 있으므로, 단순히 악기처럼 생각하는 것은 옳지 않다는 주장을 증명하기 위해 그와 내 시간을 낭비하고 있었다. 그의 말대로라면 바이올린 또한 악기들의 결합체쯤으로 여겨져야 했을 것이다. 아마도 나의 이러한 비평을 카를라에게 제대로 이해시키지 못한 것 같다. 하지만 소유하고픈 여인 곁에서 으스댈 기회가 왔는데도 그걸 활용하지 않기란 어려운 일이다. 사실 그녀는 나를 존경했다. 부정한 죄로 우리를 끌고 가지 않았지만 우리들의 매개체였던 그 책을 그녀는 눈에 띄게 거리를 두며 멀리했다. 나는 여전히 그 책을 포기할 수 없어 다음 번으로 기회를 미루었다. 그러나 코플러가 세상을 떠나서 더 이상 그 집을 찾아갈 핑계가 없었다. 그녀의 집과 우리 집 사이를 연결하던 고리가 끊어졌고, 거기서 더 나아간 행동은 내 의식으로 억압될 수밖에 없었다.

그러나 우리는 30분 남짓한 대화를 통해 기대 이상으로 친밀함을 느꼈고 상당히 가까워졌다. 음악에 관한 비평에 공감하면서 친밀한 사이가 되었다고 믿는다. 가여운 카를라는 그러한 친밀감을 기회로 자신의 슬픔과 노여움을 내게 털어놓았다. 코플러가 도움을 주면서 그녀의 집은 큰 어려움 없이 근근이 살아갈 수 있었다. 불쌍한 두 여인에게 가장 무거운 짐은 미래에 대한 걱정이었다. 왜냐하면 코플러가 그들에게 일정한 도움을 주었지만 마음 놓고 도움에 의존해서 살도록 허락하지는 않았기 때문이다. 그는 문제가 생기길 원하지 않았고, 그들 스스로 해결하기를 바랐다. 이후 그는 기부금을 그냥 베푸는 마음으로 주지 않았다. 그는 그 집의 진짜 주인이었고 아주 사소한 일이라도 자신에게 속속들이 알려주길 원했다. 만일 그들 모녀가 그에게 먼저 허락받지 않고 어떤 지출이라도 하면 큰일이 벌어졌다! 얼마 전에 카를라의 어머니가 몸이 좋지 않아서 카를라가 대신 집안일을 돌보기 위해 며칠 동안 성악 레슨에 소홀했다. 음악 선생에게 그 소식을 들은 코플러는 한바탕 난리를 쳤고, 자선가들에게 그들을 도와달라고 매달려도 이제 아무 소용이 없다고 소리치면서 떠나버렸다. 며칠 동안 그녀들은 불행한 처지에 버려질까 봐 걱정하며 두려움 속에서 지냈다. 이후에 그가 돌아와서 기부 조건을 다시 협상했고, 카를라가 정확히 하루에 몇 시간을 피아노 앞에 앉아 노래 연습을 해야 하는지, 집안일은 몇 시간 동안 할 수 있는지 정했다. 그는 하루 중 어느 때라도 갑자기 찾아와 확인할 거라고 위협했다.

"물론 그분은 우리가 잘되기만을 바라시죠. 하지만 전혀 중요하지 않은 일에도 너무 화를 내세요. 언젠가는 그분이 우리를 길거리로 쫓아낼지도 모르겠네요. 하지만 지금은 당신도 저희를 돌봐주시니까 그럴 위험은 없겠죠?"라고 그녀는 말을 끝마쳤다.

그녀는 다시 내 손을 잡았다. 내가 즉시 대답을 하지 않았기 때문에 그녀는 내가 코플러와 같은 생각을 가지고 있을까 걱정이 됐는지 한마디 덧붙였다.

"코플러 씨도 당신이 아주 좋은 분이라고 하셨어요!"

그 말은 나뿐만 아니라 코플러를 직접적으로 칭찬하는 말이었다.

카를라가 내게 묘사한 코플러의 인상은 무척 반감이 드는 이미지였으나 내게는 새로웠으며 흥미로웠고 호감까지 불러일으켰다. 나는 그를 닮고 싶었지만, 나를 이 집으로 이끈 욕망이 나를 그와 아주 다르게 만들었다! 그가 두 모녀에게 가져다준 돈이 다른 사람들에게 기부 받은 돈이라는 건 틀림없는 사실이지만, 그는 자신의 삶의 일부분을 바치면서 그들을 위해 어떤 수고도 마다하지 않았다. 그가 그들에게 화를 낸 것은 진실로 아버지의 심정에서였을 것이다. 그러나 나는 한 가지 의심이 들었다. 만일 그러한 노력이 욕망에서 비롯된 거라면? 나는 망설임 없이 카를라에게 물었다.

"코플러가 당신에게 키스를 요구한 적이 있습니까?"

"아니요, 절대로요!" 카를라는 강하게 부정했다. "제가 생활하는 모습에 흡족하실 때면 무뚝뚝하게 고개를 끄덕이시고, 가볍게 손을 잡아주셨다가 떠나세요. 화가 나면 악수도 거절하시고, 제가 놀라서 울고 있어도 모르는 척하세요. 그런 순간에 키스는 제게 해방감일 거예요."

내가 웃는 걸 보면서 카를라는 좀더 자세히 설명했다.

"제가 보답해야 하는 나이 많은 분의 키스는 고맙게 받아들이겠어요!"

진짜 환자들의 유리한 점이 이것이다. 실제보다 나이가 더 들어 보인다는 것.

나는 코플러와 비슷해 보이기 위해 어설픈 시도를 했다. 불쌍한 소녀를 너무 놀라지 않게 하려고 미소를 띠면서 그녀에게 말했다. 나 역시 누군가에게 관심을 가지면 그 사람의 삶에 깊숙이 관여하는 편이라고 말했다. 나 또한 예술을 공부할 때는 진지하게 임해야 한다고 생각하기 때문이다. 그러고는 내 역할에 흠뻑 빠져 미소마저 거두었다. 코플러가 시간의 가치를 깨닫지 못하는 여학생에게 엄격한 것은 옳은 일이었다. 그녀는 얼마나 많은 사람들이 그녀를 돕기 위해 희생하고 있는지 기억할 필요가 있었다. 나는 진심으로 진지하고 엄격했다.

그러다 어느새 점심 식사를 하러 갈 시간이 다가왔다. 특별히 그날은 아우구스타를 기다리게 하고 싶지 않았다. 나는 카를라에게 악수를 청했고 그 순간 그녀의 창백한 얼굴이 내 눈에 두드러져 보였다. 나는 그녀를 격려하고 싶었다.

"코플러와 다른 사람들 모두 당신을 후원하도록 언제나 최선을 다할 테니 걱정 마요."

그녀는 감사를 표했지만 여전히 기운이 없어 보였다. 나중에 안 일이지만 그녀는 내가 찾아갔을 때 이미 진실에 가까운 상황을 눈치챘고 내가 그녀를 사랑하게 되었다고 생각했으며, 그래서 안심했다는 것이다. 그러나 내가 떠나려고 했을 때, 그녀는 나 역시 다만 예술과 성악을 사랑할 뿐이라고 생각했다. 그래서 그녀가 노래를 잘하지 못하고, 실력이 나아지지 않으면 그녀를 버릴 거라고 생각했다는 것이다.

그래서 그녀는 너무나 낙심한 듯 보였다. 나는 동정심이 일었고, 더 이상 허비할 시간이 없었기에 그녀가 가장 효과적이라고 말했던 방법으로 그녀를 안심시켰다. 이미 문 앞에 와 있던 나는 그녀를 끌어당겨 조심스럽게 그녀의 갈래머리를 코로 쓸어 넘겼다. 그러다 내 입술이 그녀의 목에 닿았고, 심지어 치아까지 스쳤다. 내 행동은 장난처럼 보였고, 그녀 역시 웃음으로 넘겼지만 내가 떠날 때에야 겨우 웃을 수 있었다. 그때까지 그녀는 무기력하고 당황한 모습으로 내 품에 안겨 있었다.

나를 따라 층계참까지 나온 그녀는 내가 계단을 내려가자 웃으면서 물었다.

"언제 또 오실 거예요?"

"내일 아니면 더 나중에!" 나는 벌써 불분명하게 대답했다. 그러다 다시 결심을 굳혀 "내일 반드시 오겠소!"라고 말했다. 그러고는 지나친 위험에 빠지지 않으려는 욕망을 따라 "가르시아의 책을 계속해서 읽어 나갑시다"라고 덧붙였다.

그 짧은 순간에 그녀의 표정은 바뀌지 않았다. 처음의 불확실한 약속에도 고개를 끄덕였고, 두번째 약속에도 그랬고, 세번째 제안에도 역시 변함없이 미소를 지으며 고개를 끄덕였다. 나를 거부했던 아다도, 나를 받아준 아우구스타도, 그리고 내 마음대로 하도록 내버려둔 카를라 역시도 머뭇거리는 망설임은 없었다.

거리로 나오자 나는 내가 카를라가 아니라 아우구스타와 더 가깝다는 사실을 곧 깨달았다. 신선한 바깥 공기를 호흡했고 자유로운 기분을 한껏 느꼈다. 그녀의 목과 머리칼 아래서 멈췄기 때문에 내 행동은 짓궂은 장난에 그칠 수 있었고 달라진 것도 없었다. 하지만 카를라는 그 키스를 애정과, 무엇보다 후원의 약속으로 받아들였다.

그날 점심 식탁에서 나는 진심으로 괴로움을 느끼기 시작했다. 나와 아우구스타 사이에 거대하고 어두운 그림자처럼 위험한 모험이 놓여 있어 아우구스타가 눈치채지 않을 수는 없을 것 같았다. 나는 위축되고 죄책감에 시달리며 병든 느낌이었다. 나는 내 양심의 커다란 상처에서 울려오는 동정 어린 고통을 느꼈다. 나는 정신없이 식사하는 척하면서 굳은 각오에서 위로를 찾았다. 나는 '다시는 그녀를 안 만날 거야. 어쩔 수 없이 다시 만나야 한다면 그것이 마지막이 될 거야'라고 결심했다. 그렇게 많은 노력을 기울일 필요도 없었다. 카를라를 다시 만나지 않겠다는 단 한 가지 노력만으로 충분했다.

아우구스타가 웃으면서 물었다.

"걱정이 많아 보이는 걸 보니 올리비 씨에게 갔었군요?"

나 역시 웃음을 터뜨렸다. 말을 할 수 있다는 건 크나큰 위로였다. 하지만 말은 내면의 평화를 가져다줄 수 없었다. 말하기 위해서는 마음을 털어놓아야 하고, 그다음엔 위태로운 상황에 빠지기 때문이었다. 하지만 달리 방법이 없다 하더라도 다른 말을 하는 것으로 이미 큰 위안이었다. 나는 언제나 기쁘고 즐거운 마음으로 충분한 대화를 나눴다. 그러고 나면 기분이 한결 나아졌다. 나는 아우구스타가 원하는데도 그때까지 반대해왔던 작은 세탁실 얘기를 꺼냈다. 그러고는 당장 세탁실을 만들 수 있게 허락했다. 그녀는 요구하지 않았는데 내가 갑작스럽게 허락하자 몹시 감동해서 자리에서 일어나 내게 다가와 키스했다. 그녀의 키스는 또 다른 키스의 흔적을 완전히 지워버렸고, 나는 곧바로 기분이 좋아졌다.

그렇게 해서 우리는 세탁실을 갖게 되었고, 오늘날까지도 그 작은 건물 앞을 지나갈 때면 아우구스타가 그것을 원했고 카를라가 그것을 가능하게 만들었던 기억이 난다.

우리 부부의 애정으로 가득한 황홀한 오후가 이어졌다. 알 수 없는 고독 속에서 내 의식은 더욱 무덤덤해졌다. 다행히 아우구스타의 다정한 말과 애정이 나를 진정시켰다. 우리는 함께 외출했다. 나는 그녀를 처가에 데려다주었고, 저녁 시간 내내 그녀와 함께 보냈다.

잠자리에 들기 전에 자주 그래왔던 것처럼 이미 잠들어 새근새근한 숨소리를 내는 아내를 나는 한참이나 바라보았다. 그녀는 잠을 자면서도 전혀 흐트러짐이 없었다. 이불을 턱까지 올려 덮고, 숱이 적은 머리는 짧은 머리끈으로 묶어 목덜미에 늘어뜨려 놓았다. 그 순간 이런 생각이 들었다. '그녀에게 어떤 고통도 주지 않을 거야. 절대로!' 그러고는 편안히 잠이 들었다. 다음 날 카를라와 나의 관계를 분명히 할 것이고, 그 불쌍한 소녀가 억지로 키스하지 않고서도 미래에 대해 안심할 수 있는 방법을 찾을 작정이었다.

나는 기괴한 꿈을 꾸었다. 꿈에서 나는 카를라의 목에 키스만 하는 게 아니라 그녀의 목을 먹고 있었다. 그런데 불같이 타오르는 욕정으로 마구 공격해도 깨문 자국에서는 피가 흐르지 않았다. 살짝 구부러진 목은 여전히 그녀의 하얗고 매끄러운 피부로 덮여 있었다. 내 팔에 안겨 있는 카를라는 내가 깨물어도 고통스러워하지 않는 것 같았다. 정작 고통스러워한 사람은 갑자기 나타난 아우구스타였다. 나는 그녀를 안심시키기 위해 이렇게 말했다. "다 먹지는 않을 거야. 당신에게도 한 조각 남겨줄게."

꿈은 한밤중에 깨어나 어렴풋이 기억날 때에는 악몽처럼 느껴졌지만, 그전까지만 해도 그렇지 않았다. 꿈을 꾸는 동안에 아우구스타가 나타났는데도 내가 느낀 만족감을 방해하지는 못했다.

잠에서 깨어나는 순간 내 욕망의 강도와 그것이 아우구스타와 내게 알리는 위험의 크기에 대해 또렷이 인식했다. 아마도 내 옆에서 자고 있는 여인의 자궁에는 내가 책임져야 할 새로운 생명이 이미 잉태되고 있었을 것이다. 카를라가 내 연인이 되었을 때 그녀가 무엇을 요구할지 어찌 알겠는가? 내게는 그때까지 그녀가 거부해온 즐거움을 바라는 것처럼 보였다. 그렇다면 어떻게 내가 두 가정을 이끌 수 있을 것인가? 아우구스타는 실용적인 세탁실을 원했고, 카를라는 그보다 비용이 더 드는 뭔가를 요구할 것이다. 키스를 받은 후 웃으며 층계참에서 내게 인사하던 카를라를 나는 다시 바라보았다. 그녀는 이미 내가 그녀의 먹잇감이 되리란 걸 알고 있었다. 나는 그 사실이 두려워, 홀로 어둠속에서 신음 소리를 억누르지 못했다.

아내는 곧바로 잠에서 깨어 내게 무슨 일이냐고 물었다. 나는 내가 의식하지 못한 사이에 뭔가 고백이라도 외친 듯 여겨질까 봐 맨 처음 머릿속에 떠오르는 말로 짧게 대답했다.

"다가올 노후에 대해 생각했어!"

그녀는 웃었고, 잠결에 나를 위로하려 애썼다. 그녀는 내가 흘러가 버리는 시간에 상심할 때마다 늘 반복하던 말을 되풀이했다.

"그건 생각하지 마요. 아직 우리는 젊으니까…… 잠은 아주 좋은 거예요. 어서 자요!"

그녀의 충고는 적절했다. 나는 더 이상 생각에 잠기지 않고 잠이 들었다. 밤에 듣는 말은 한줄기 빛과도 같다. 빛이 바래는 환상과 비교해 현실의 면모를 일깨워주었다. 나는 왜 아직 연인도 아닌 불쌍한 카를라를 그토록 두려워했을까? 내 상황을 쓸데없이 불안해하고 안절부절못했던 것은 분명했다.

결국 아우구스타의 태중에 있으리라 생각했던 아기는 아직까지 생명의 기미를 보이지 않았지만 어쨌든 세탁실을 짓기로 했다.

나는 최선의 계획과 함께 잠자리에서 일어났다. 먼저 서재로 달려가 카를라에게 줄 약간의 돈을 봉투에 담아 준비했다. 그러면서 봉투를 건네는 동시에 그녀와 작별을 고할 작정이었다. 하지만 도움이 필요할 때 내가 알려줄 주소로 편지를 쓰면 언제든지 후원금을 우편으로 보내주겠다고 말할 셈이었다. 집을 막 나서려던 순간, 아우구스타가 다정한 미소를 지으며 친정집에 함께 가자고 했다. 귀도의 아버지가 결혼식에 참석하기 위해 부에노스아이레스에서 왔다는 것이다. 그래서 가족끼리 인사를 나눠야 할 것 같다고 했다. 물론 그녀는 귀도의 아버지보다 내게 더 신경 썼다. 그녀는 전날의 다정한 분위기를 되살리고 싶어 했다. 하지만 그것은 전날과 똑같지 않았다. 나의 계획과 실천 사이에서 시간을 낭비하는 것은 잘못된 일처럼 여겨졌다. 아우구스타와 내가 겉보기에 우리의 사랑을 돈독히 하며 나란히 걸어가는 동안, 다른 여인은 이미 내 사랑을 받고 있었다. 그것은 죄악이었다. 나는 그녀와의 산책이 빠져나올 수 없는 속박으로 느껴졌다.

장인 조반니는 건강 상태가 훨씬 좋아 보였다. 다만 발이 부어서 부츠를 신지 못할 뿐이었다. 그는 그런 불편쯤은 대수롭지 않게 여겼고, 나 역시 그랬다. 장인은 귀도의 아버지와 함께 응접실에 있다가, 내가 들어서자 사돈에게 나를 소개했다. 아우구스타는 어머니와 여동생을 보러 가기 위해 얼른 자리를 떴다.

프란체스코 스파이어 씨는 아들보다 교육을 훨씬 덜 받은 사람 같았다. 키가 작고 뚱뚱한 예순 살가량의 그는 자기 생각이나 주장이 별로 없어 보였고 활기도 적었다. 아마도 어떤 병을 앓고 청력이 약해진 탓인지도 모르겠다. 그가 말하는 이탈리아어에서 가끔 스페인어 단어가 튀어나왔다.

"카다 베스* 트리에스테에 왔습니다……"

두 노인은 사업 이야기를 나누었다. 그 사업은 아다의 미래를 위해 매우 중요한 사업이었기 때문에 조반니는 주의 깊게 듣고 있었고, 나는

---

* Cada vez: "기회가 생겨"라는 뜻의 스페인어.

건성으로 흘려들었다.

그러다 나는 나이 많은 스파이어 씨가 아르헨티나의 사업을 정리해 아들인 귀도에게 모두 물려주고 그 돈으로 트리에스테에서 회사를 차리도록 하겠다는 말을 들었다. 그러고는 본인은 부에노스아이레스로 돌아가 아내와 딸과 함께 남은 작은 농지를 가꾸며 살 거라는 것이었다. 나는 그가 왜 내 앞에서 조반니에게 그런 얘기를 꺼냈는지 이해하지 못했고, 지금도 마찬가지다.

어느 순간 두 사람은 나를 바라보면서 대화를 멈췄다. 마치 내게서 조언이라도 기대하는 듯이 나를 바라보았다. 그래서 나는 정중하게 의견을 말했다.

"작은 농지로는 생활하기에 충분하지 않을 듯합니다!"

장인 조반니는 즉시 큰 소리를 냈다.

"자네, 무슨 말을 하는 건가?"

쩌렁쩌렁한 목소리는 그의 전성기를 떠오르게 했지만, 그렇게 고함을 치지 않았다면 프란체스코 씨가 내 의견을 알아듣지 못했을 것이다. 프란체스코 씨는 얼굴이 하얘져서 말했다.

"귀도가 제 자금의 이자를 꼬박꼬박 지불할 수 있기를 바랍니다."

조반니는 여전히 큰 소리로 그를 안심시키려고 노력했다.

"이자뿐인가요! 필요하다면 두 배로라도 줘야지요! 당신 아들 아닙니까?"

프란체스코 씨는 그래도 마음이 놓이지 않은 듯 보였다. 그는 다름 아닌 내게서 안심이 될 어떤 말을 기대하고 있었다. 나는 노인이 이제 전보다 잘 듣지 못하기 때문에 충분히 들릴 만큼 큰 목소리로 대답했다.

그 후로 두 사업가의 대화는 계속되었지만, 나는 대화에 더 이상 끼어들지 않도록 조심했다. 조반니는 때때로 나를 감시하기 위해 안경 너머로 나를 쳐다보았다. 그의 무겁고 힘겨운 호흡은 일종의 협박 같았다. 그는 한참 얘기를 하다가 갑자기 내게 묻곤 했다.

"자네 생각엔 어때?"

나는 과장스러울 정도로 고개를 끄덕였다.

내 안에서 점점 더 커져가는 분노 때문에 동의하는 고갯짓도 더 열정적이고 과장스럽게 보였을 게 분명했다. 나의 선한 결심을 실행에 옮기는 데 필요한 시간을 낭비하면서 나는 이 자리에서 뭘 하고 있는 걸까? 나는 나와 아우구스타를 위한 일을 소홀하게 만들고 있다! 나는 자리를 뜰 구실을 마련했다. 하지만 마침 그 순간 응접실에 귀도와 함께 여인들이 들어왔다. 아버지가 도착한 직후 귀도는 신부에게 화려한 반지를 선물했다. 그들 중 아무도 나를 쳐다보거나 인사하지 않았다. 어린 안나까지도 그랬다. 아다는 벌써 손가락에 눈부신 보석을 끼고 있었고, 약혼자의 어깨에 팔을 올려놓으면서 아버지에게 반지를 보여주었다. 여인들은 황홀한 눈으로 그것을 쳐다보았다.

나는 반지 역시 관심 밖이었다. 혈액순환을 방해한다는 이유로 결혼반지를 끼지 않고 다녔으니 말이다! 나는 인사도 없이 응접실 문을 나섰고, 현관으로 가서 막 집을 빠져나갈 참이었다. 그러나 아우구스타가 내가 도망친 것을 눈치채고, 때맞게 나를 뒤따라왔다. 나는 그녀의 실망한 모습에 깜짝 놀랐다. 그녀의 입술은 결혼식 날 우리가 성당에 들어서기 직전처럼 창백했다. 나는 그녀에게 급한 볼일이 있다고 말했다. 순간, 며칠 전에 충동적으로 도수가 높지 않은 근시용 안경을 사서 조끼 주머니에 넣어두고 써보지 않은 것이 기억났다. 얼마 전부터 시력이 약해진 것 같아서 안과에 검사 예약을 했다고 그녀에게 말했다. 그녀는 내가 바로 가더라도, 먼저 귀도의 아버지와 예절을 갖춰 인사했으면 좋겠다고 말했다. 나는 전혀 내키지 않았지만 그녀의 말대로 따랐다.

다시 거실로 들어서자, 모두들 친절하게 내게 인사했다. 이제 나를 보내주겠구나 싶어 그 순간 기분이 좋아졌다. 많은 식구들 틈에서 적응이 안 돼 어리둥절해하던 귀도의 아버지가 내게 물었다.

"부에노스아이레스로 떠나기 전에 또 만나겠지요?"

"아! 카다 베스, 이 집에 오시면 아마 저를 보실 수 있을 겁니다!"

모두들 웃었고, 아우구스타에게 상당히 밝은 인사까지 받으면서 나는 의기양양하게 자리를 떠났다. 나는 마땅히 지켜야 할 모든 예절을 따른 뒤 자연스럽게 그 자리를 떠나 마음 편히 걸어갈 수 있었다. 하지만 그 순간까지 나를 붙잡고 있던 의혹에서 벗어나게 해준 또 다른 동기가 있었다. 나는 카를라의 집에 다다를 때까지 장인의 집에서 가능한 한 멀리 떠나왔다. 그 집에서는, 이번이 처음도 아니지만, 천박하게도 내가 귀도가 손해 보기를 은근히 바라고 있다고 의심했다. 나는 순전히 아무런 생각 없이 아르헨티나에 있는 농지에 대해 말했는데 조반니는 내 말을 즉시 귀도와 그의 아버지 사이를 틀어지게 하려고 일부러 지어낸 말로 해석했다. 필요하다면 귀도에게 내가 직접 설명하는 건 그리 어렵지 않다. 하지만 그런 식으로 나를 의심하는 조반니와 다른 사람들에게 복수하고 싶었다. 내가 아우구스타를 배신하기로 작정한 것은 아니었다. 그렇지만 내가 욕망하는 것을 한낮의 태양빛 아래 실행하고 있었다. 카를라를 찾아가는 것은 아직 아무런 죄도 되지 않았다. 오히려 그곳에서 장모를 한 번 더 마주치게 된다면, 그리고 그녀가 내게 뭘 하는 거냐고 묻는다면, 당장 이렇게 대답할 것이었다.

"왜요, 장모님! 당연히 카를라에게 가고 있죠!"

그때가 아우구스타를 생각하지 않고 카를라에게 갔던 유일한 날이었다. 장인의 질책이 내게 너무나 큰 모욕을 준 탓이다!

층계참에서는 카를라의 노랫소리가 들리지 않았다. 나는 잠시 두려운 생각이 들었다. 그녀가 외출한 걸까? 나는 문을 두드렸고, 안에서 들어오라고 하기도 전에 문을 열고 안으로 들어갔다. 카를라는 집에 있었지만, 그녀의 어머니도 있었다. 그들은 자주 그렇게 해왔다는 듯이 함께 바느질을 하고 있었다. 나는 그런 모습을 한 번도 본 적이 없었다. 두 사람이 커다란 시트 하나를 놓고 서로 떨어져서 가장자리를 바느질하고 있었다. 카를라를 보기 위해 달려온 나는 어머니와 함께 있는 카를라에게 온 것이다. 그것은 예상 밖의 상황이었다. 나는 좋은 계획도 나쁜 계획도 실행할 수가 없었다. 모든 것이 계속해서 미뤄지고 있었다.

어머니가 천천히 안경을 벗어 케이스에 넣는 동안 카를라가 얼굴을 붉히며 일어났다. 나는 내 마음을 당장 드러내는 것이 금지된 상황이라는 것 말고 다른 이유로 화를 낼 수 있다고 믿었다. 그 시간은 코플러가 성악 공부를 하라고 정해놓은 시간이 아닌가? 나는 나이 많은 부인에게 공손히 인사했다. 그러나 그러한 공손한 태도마저 견디기 힘들었다. 카를라에게도 인사했지만 거의 쳐다보지 않다시피 했다. 나는 그녀에게 말했다.

"이 책에서 뭔가 유익한 내용을 찾아볼 수 있을까 해서 왔어요."

그러고는 탁자 위, 우리가 놔둔 자리에 그대로 놓여 있는 가르시아의 책을 가리켰다.

나는 전날 앉았던 자리에 앉아 곧바로 책을 펼쳤다. 카를라는 처음에 내게 미소 지으려다가 내가 그녀의 친절한 태도에 반응하지 않는 걸 보고 조심스럽고 순종적인 태도로 곁에 앉아 책을 봤다. 그녀는 상황을 이해하지 못하고 머뭇거리고 있었다. 나는 그녀의 얼굴에 불쾌함과 고집을 뜻하는 뭔가가 쓰여 있는 것을 보았다. 코플러가 야단을 칠 때 짓던 표정이리라 짐작했다. 다만 그녀는 내가 야단치는 것이 코플러가 했던 훈계와 같은 성격인지 여전히 확신하지 못했다. 왜냐하면 나중에 말했던 대로 전날 내가 그녀에게 키스한 사실을 기억하고 있었고, 그래서 내가 결코 그녀에게 화를 내지 않으리라 믿고 있었기 때문이다. 따라서 그녀는 언제든지 불쾌한 표정을 상냥한 미소로 바꿀 준비가 되어 있었다. 나중에 시간이 없을 테니 여기서 말하자면, 그녀가 내게 허락한 단 한 번의 키스로 나를 완전히 길들였다고 생각하는 그녀의 믿음은 정말이지 마음에 들지 않았다. 그렇게 생각하는 여자는 너무나 위험하다.

하지만 그 순간에 내 마음은 질책과 비난으로 가득했을 코플러의 마음과 똑같았다. 나는 큰 목소리로 전날 이미 읽고, 내가 직접 분석한 바로 그 부분을, 의미 있어 보이는 단어들을 강조해가며 별다른 설명 없이 가르치듯 읽기 시작했다.

조금 떨리는 목소리로 카를라가 중간에 입을 열었다.

"이 부분은 이미 읽은 것 같은데요!"

그렇게 해서 마침내 다만 한마디라도 내 생각을 말해야 할 때가 왔다. 말은 역시나 어느 정도는 건강한 활기를 부여해준다. 내 말은 단순히 내 생각이나 태도보다 온화할 뿐만 아니라 실제로 나를 다시 사회인으로 되돌려놓았다. 나는 연인이 보일 법한 미소를 지으며 다정한 호칭으로 그녀를 불렀다.

"보세요, 카를라 양. 다음 부분으로 넘어가기 전에 이 부분을 다시

한 번 봤으면 해요. 혹시 어제 우리가 조금 성급하게 판단하지 않았나 싶군요. 가르시아가 말한 내용을 전부 이해하기 위해서 전체를 꼼꼼히 공부할 필요가 있다고 방금 전에 한 친구가 내게 알려주더군요."

마침내 나는 살아오면서 행운이 별로 없었던 탓에 틀림없이 그런 상황에 처해본 적이 없었을 늙은 부인을 배려해야겠다는 생각이 들었다. 나는 카를라에게 선사했던 것보다 더욱 노력을 다해 부인에게도 미소를 보냈다.

"아주 재미있는 건 아니지만, 성악을 전공하지 않는 사람에게도 유익한 내용이 있을 겁니다"라고 그녀에게 말했다.

나는 반응에 아랑곳하지 않고 책을 읽어나갔다. 카를라는 확실히 기분이 나아지고 있었고, 그녀의 육감적인 입술에는 미소와 비슷한 표정이 떠올랐다. 반면에 부인은 여전히 사냥꾼에게 붙잡힌 불쌍한 동물처럼 보였다. 그녀가 아직도 그 방에 남아 있는 이유는 단지 수줍음이 많아 방을 벗어날 핑곗거리를 찾지 못했기 때문이었다. 나로서는 그녀를 방에서 나가게 하고 싶은 마음을 드러낼 수는 없었다. 그것은 수상한 행동이 될 테니 말이다.

카를라는 나보다 더 대담했다. 그녀는 잠시 책 읽기를 멈춰달라고 예의 바르게 청하고는, 어머니를 향해 방에서 나가도 된다며 바느질은 오후에 다시 하자고 말했다.

부인은 내게 다가와 악수를 할지 망설였다. 나는 애정을 담아 그녀의 손을 잡고 나서 말했다.

"책을 읽는 것이 아주 재미있는 건 아니란 걸 이해합니다." 나는 그녀가 우리를 두고 떠나서 안타까운 척했다. 부인은 그때까지 가장자리를 잡고 있던 시트를 의자에 올려놓고서 방에서 나갔다. 카를라는 그녀를 따라 잠깐 층계참까지 가서 뭔가를 말했다. 그동안 나는 드디어 그녀를 곁에 두게 되어 흥분한 나머지 안절부절못했다. 그녀는 문을 닫으며 들어왔고, 자기 자리로 돌아가면서 다시 입가에 투정 부리는 어린아이 같은 표정을 지었다. 그녀가 말했다.

"매일 이 시간에 공부해요. 오늘은 급한 일을 처리해야 해서 어쩔 수 없었어요!"

"나는 당신이 노래하든 말든 상관하지 않는다는 걸 모르겠어요?"

나는 크게 소리치고서 그녀를 팔로 잡아당겨 처음엔 입술에 키스하고 그다음에 곧바로 전날 내가 키스했던 바로 그 자리에 키스했다.

이상했다! 그녀는 갑자기 울음을 터뜨리기 시작했고, 내게서 빠져나갔다. 그녀는 내가 그런 식으로 들어오는 걸 보고 너무나 슬펐다고 울먹이면서 말했다. 자신의 고통을 불쌍히 여기는 사람들처럼 그녀는 자기 연민 때문에 울고 있었다. 그녀의 눈물은 슬픔이 아니라 자기 이야기의 표현이었다. 사람들은 부당함에 항의할 때 눈물을 흘린다. 사실 키스 받을 만한 아름다운 소녀에게 공부를 강요하는 것은 부당했다.

결국 내가 생각했던 것보다 상황이 악화되어갔다. 나는 해명을 해야 했고, 변명을 꾸며낼 시간이 충분하지 않았기 때문에 진실 그대로 털어놓았다. 나는 그녀를 보고 싶고 키스하고 싶어서 참을 수 없었다고 말했다. 그래서 이른 시간에 그녀 집에 오기로 결심했고, 그 결심 때문에 밤을 지새우기까지 했다고 말했다. 그녀에게 오면서 어떤 일을 기대했는지는 당연히 말할 수 없었지만, 그건 그다지 중요하지 않았다. 그녀에게 찾아가 영원히 떠나겠다고 말할 결심을 했을 때 그녀를 내 품안에 안으려고 했을 때와 똑같은 고통스럽고 참을 수 없는 욕망을 느꼈던 것이 사실이었다. 그러고 나서 그녀에게 그날 아침에 일어난 일들에 대해 들려주었다. 아내가 함께 외출하기를 청했으며 나는 아내에게 이끌려 장인 집에 갔고 그곳에서 나와는 상관없는 사업 이야기를 꼼짝없이 앉아 들었다는 얘기를 했다. 결국 힘겨운 노력으로 그곳에서 벗어나 발걸음을 재촉하며 먼 길을 왔는데, 내가 발견한 것은 무엇인가? 방 안 가득 펼쳐진 시트였다!

카를라는 내게 코플러와 같은 면이 전혀 없다는 걸 깨닫고 웃음을 터뜨렸다. 그녀의 아름다운 얼굴에 번진 웃음은 무지개 같았고, 나는 그녀에게 또 한 번 키스했다. 그녀는 나의 애무에 반응하지 않았지만, 연약함을 지닌 나약한 여성을 사랑하는 나로서는 그녀의 순종적인 태도가 크게 느껴졌다. 처음으로 그녀는 코플러에게서 내가 아내를 몹시 사랑한다는 얘기를 들어 알고 있었다고 말했다.

"그래서 우리 둘 사이에 좋은 우정 이외에 다른 것은 있을 수 없을 거예요"라고 덧붙였다. 나는 그녀의 아름다운 얼굴에 진지한 결심의 그림자가 지나가는 걸 보았다.

그렇지만 나는 그녀의 사려 깊은 결심을 그다지 믿지 않았다. 그 말을 한 바로 그 입으로 그 순간 내 키스를 거부할 수 없었기 때문이었다.

카를라는 한참이나 자세히 말했다. 그녀는 두드러지게 나의 동정심을 불러일으키려 했다. 나는 그녀가 내게 했던, 그리고 그녀가 내 인생에서 사라졌을 때에야 믿게 된 모든 말을 기억한다. 나는 그녀가 내 곁에 있는 동안 언젠가 나와 내 가족을 파괴하려고 내게 자신의 영향력을 행사할 여자로 여기고 항상 그녀를 두려워했다. 그녀가 자신과 어머니의 삶을 보살펴주는 것 이상은 요구하지 않겠다고 나를 안심시켰을 때에도 나는 그녀를 믿지 않았다. 그녀가 자신에게 필요한 것 이상으로 내게서 뭔가를 얻어낼 생각을 한 적이 없다는 걸 지금은 안다. 그래서 그녀를 생각할 때면 내가 오해하고 너무나 잘못 사랑했다는 사실이 부끄러워서 얼굴이 붉어진다. 가여운 그녀는 내게서 아무것도 얻지 못했다. 나는 그들의 빚을 갚아주는 후원자들 중 한 사람이었기 때문에 그녀에게 모든 걸 줄 수 있었을지 모른다. 그러나 언제나 그녀가 요청할 때까지 기다렸다.

카를라는 아버지가 세상을 떠났을 때 자신이 맞닥뜨렸던 절망적인 상태에 대해 얘기했다. 그녀와 나이 든 부인은 생계를 위해 상인이 맡긴 자수 일감에 몇 달 동안이나 밤낮없이 매달려야 했다. 그녀는 하느님이 뜻하시는 대로 누군가의 도움이 있을 거라 믿고 있었고, 가끔 창가에서 그들을 도와줄 누군가가 나타날 거리를 바라보며 몇 시간을 보냈다고 한다.

그런데 코플러가 왔다. 그제야 그녀는 자신의 처지에 만족했다고 말했다. 하지만 그들에게 허락된 도움은 매우 비정기적이고 불규칙해서 그녀와 그녀의 어머니는 불안한 밤을 보내야 했다. 만약 어느 날 그녀가 성악을 위한 목소리도 재능도 가지고 있지 않다는 결론이 난다면 어떡할 것인가? 코플러는 당장 두 모녀를 버릴 것이다. 그러고는 몇 달 뒤에 극장에서나 공연하라고 말할지 모른다. 그런데 그 공연이 돌이킬 수 없는 대실패가 된다면?

그녀는 계속해서 내게 동정심을 불러일으키려고 노력하면서 가족의 경제적 궁핍이 사랑의 꿈마저 파괴했다고 말했다. 그녀의 약혼자가 그녀를 버리고 떠난 것이었다.

하지만 나는 여전히 동정심을 느끼는 것과는 거리가 멀었다. 나는 그녀에게 말했다.

“그 약혼자가 당신에게 키스를 많이 했겠군? 내가 하듯이?”

그녀는 내가 말을 끊자 웃었다. 결국 내가 향할 길을 가리키는 한 남자를 내 앞에서 본 셈이 되었다.

점심 식사를 하러 집에 갈 시간이 훨씬 지나 있었다. 나는 서둘러 가고 싶었다. 그날은 그것으로 충분했다. 간밤에 나를 괴롭히던 양심의 가책에서 많이 멀어졌으며, 나를 카를라 집으로 이끌었던 불안은 완전히 사라졌다. 하지만 마음이 편치 않았다. 어쩌면 평온하지 못한 것이 내 운명인 듯하다. 그녀는 아우구스타를 모욕하지 않을 우정이라는 이름으로 내게 많은 키스를 허락했으므로 후회는 없었다. 평상시처럼 내 몸에 알 수 없는 통증을 일으키는 불만의 원인이 밝혀진 것 같았다. 카를라는 거짓 불빛 속에 있는 나를 보고 있었다! 카를라는 아우구스타를 사랑한다면서도 끊임없이 키스를 원하는 나를 경멸했을 것이다! 그러나 내가 너무나 필요해서 존경하는 모습을 보이는 카를라 역시 마찬가지였다!

나는 그녀의 존경심을 얻기로 결심했다. 그래서 아무런 소용도 없이, 마치 자유로운 선택을 위해 배신을 저지르는 것처럼 나를 괴롭히는 말들을 했다.

나는 문 앞에 서서 억지로 내키지 않는 고백을 하는 심각한 남자의 모습으로 카를라에게 말했다.

“내가 아내를 사랑한다고 코플러가 당신에게 말했군요. 맞아요, 사실이에요. 나는 아내를 무척 존경해요.”

그런 후 내 결혼 이야기를 낱낱이 들려주었다. 다른 남자를 사랑했기 때문에 나에 대해 알려고도 하지 않았던 아우구스타의 언니를 사랑한 얘기며, 이후에 나를 거부한 또 다른 자매에게 청혼을 했다가 거부당한 일 그리고 마침내 어떻게 아우구스타와 결혼하게 되었는지 말해 주었다.

카를라는 즉시 이 이야기의 진실성을 믿었다. 나는 코플러가 우리 집에서 뭔가를 알아내어 그녀에게 전부는 아니지만 거의 사실인 특정 이야기를 들려줬다는 걸 알았다. 이제 내 입으로 그 사실을 정정하고 확인시킨 셈이었다.

"부인은 아름다운가요?" 수심 어린 표정으로 그녀가 물었다.

"보기에 따라 다르죠." 내가 말했다.

내 안에서 어떤 금지된 욕구가 여전히 움직이는 게 느껴졌다. 나는 아내를 존경한다고 말했지만, 그녀를 사랑한다는 말은 하지 않았다. 그녀를 좋아한다고도, 좋아하지 않는다고도 말하지 않았다. 그 순간 나 자신이 아주 솔직하게 느껴졌다. 지금은 그 말로 두 여인 모두를, 그리고 사랑 전체, 즉 나의 사랑과 그들의 사랑을 배신했다는 걸 안다.

진실을 말하자면 나는 여전히 마음이 편치 않았다. 그러니까 아직까지 뭔가가 채워지지 않았던 것이다. 나는 좋은 의도로 마련한 봉투를 떠올리고, 카를라에게 그것을 건네주었다. 그녀는 봉투를 열어보고는 며칠 전에 코플러가 한 달 치 생활비를 줬으며, 당장은 돈이 필요하지 않다고 말하며 돌려주었다. 진짜 위험한 여성들은 적은 돈은 받지 않는다는 오래전부터 내려온 얘기 때문에 나의 불안은 더욱 커졌다.

그녀는 내가 불편해하는 걸 눈치채고는 이 글을 쓰는 지금에서야 가치를 알게 된 사랑스러운 순진함으로 궁핍한 주방에서 그녀들에게 필요한 접시를 살 수 있게 몇 코로나만 달라고 했다. 그러고 나서 내 기억 속에 지워지지 않는 흔적을 남긴 일이 벌어졌다. 떠나기 전에 내가 그녀에게 키스를 했는데, 이번에는 그녀가 격정적으로 내 키스에 응답한 것이다. 나의 독약이 반응한 것이었다. 그녀는 아주 천진하게 말했다.

"난 당신이 좋아요. 왜냐하면 부유함마저도 망가뜨릴 수 없는 아주 좋은 사람이니까요."

그러고는 심술궂게 덧붙였다.

"당신을 기다리게 해서는 안 된다는 걸 이제 알겠어요. 그 위험 말고는 당신에게 다른 위험은 없어요."

층계참에서 그녀가 다시 물었다.

"성악 선생님을 코플러와 함께 저세상으로 보내버릴 수 있을까요?"

나는 급히 계단을 내려오면서 그녀에게 말했다.

"두고 보면 알겠죠!"

그래도 우리 관계에 여전히 해결되지 않은 문제가 남아 있었다. 물론 나머지는 모두 분명해졌다. 밖으로 나왔을 때 나는 그 점에 대해 불편함을 느꼈다. 나는 우유부단한 상태로 우리 집과 반대 방향으로 움직였다. 당장 카를라에게 돌아가 몇 가지 더 설명하고 싶은 욕망을 느꼈다. 아우구스타에 대한 나의 사랑을 말이다. 그녀를 사랑하지 않는다고 말하지 않았으므로 충분히 그렇게 할 수 있었다. 다만 내가 털어놓은 진실한 이야기의 결말로서, 아우구스타를 사랑한다고 말하는 걸 잊었음을 이제는 솔직히 말하고 싶다. 카를라는 내가 아우구스타를 전혀 사랑하지 않는다고 짐작했을 것이다. 그래서 자신의 사랑을 강렬히 증명하면서 내 키스에 열렬하게 반응했을 것이다. 그런 일만 없었다면 아우구스타의 신뢰심 가득한 시선을 더 쉽게 견딜 수 있었을 것이다. 조금 전에 카를라가 아내를 향한 나의 사랑을 안다고 말하는 것을 듣고 기뻤던 것을 생각하면, 그녀의 결정을 통해 내가 찾던 모험은 키스가 부가 된 우정의 형태로 나타났다.

나는 공원 벤치에 앉아, 지팡이로 그날의 날짜를 자갈 위에 무심하게 써내려갔다. 그러고는 씁쓸하게 웃었다. 그 날짜가 내 배신의 마지막을 표시하는 것이 아니라는 걸 알았다. 오히려 그날로부터 배신이 시작되었다. 나를 기다리는 너무나 매력적인 그 여인에게 돌아가지 않을 힘을 어디서 찾을 수 있을 것인가? 더욱이 내게는 이미 명예를 지킬 의무가 주어져 있었다. 나는 키스를 받았고, 그 대가로 도자기 몇 개를 사주는 것밖에는 해줄 수가 없었다! 그것은 이제 나를 카를라에게 속박하는 지불되지 않은 채무나 마찬가지였다.

점심 식사 자리는 슬펐다. 아우구스타는 내가 왜 늦었는지 따져 묻지 않았다. 나는 아무런 설명도 하지 않았다. 나는 무의식중에 비밀을 탄로할까 두려웠다. 더욱이 공원에서 집까지 오는 짧은 시간 내내 그녀에게 모든 걸 털어놓고 싶다는 생각을 했다. 그러니 그녀를 배신한 행위가 내 얼굴에 그대로 나타나 있을지 모를 일이었다. 그것이 내가 구원받을 수 있는 유일한 방법이었을 것이다. 그녀에게 자초지종을 모두 얘기했으면 나는 그녀의 보호와 감시 아래 놓였을 것이다. 그리고 그 행동은 긍정적인 믿음 속에서 정직함과 건강을 향한 출발처럼 그 날짜를 표시할 수 있을 만한 결의에 찬 행동이 되었을 것이다.

나는 아내와 이런저런 다른 이야기를 많이 나누었다. 기쁘게 보이려 애썼지만 애정 어린 태도를 보이려고 노력하기는 어려웠다. 그녀는 초조한지 숨이 가빠졌다. 내가 어떤 설명을 해주기를 기다리는 게 분명했다.

잠시 후 그녀는 겨울옷들을 옷장에 정리하는 수고로운 작업을 계속하기 위해 자리를 떴다. 긴 복도 끝에서 하녀의 도움을 받아 정리에 몰두하고 있는 그녀를 나는 오후 내내 힐끔힐끔 쳐다보았다. 그녀의 뼈아픈 고통은 그녀의 건강한 활동을 방해하지 못했다.

불안한 나는 침실과 화장실 사이를 자주 오갔다. 나는 아우구스타를 불러 적어도 그녀를 사랑한다는 말을 하고 싶었다. 왜냐하면 안쓰러울 정도로 단순한 그녀에게는 이 말만으로 충분할 테니까. 그러나 나는 계속 생각에 잠겨 담배를 피웠다.

물론 여러 가지 생각이 스쳐갔다. 심지어 카를라에게 달려가려고 다음 날이 빨리 오길 바라는 조바심에 자제력을 잃은 순간도 있었다. 그 욕망 역시 몇 가지 바람직한 결심을 하면서 충동적으로 생겨났을 것이다. 결국 가장 큰 어려움은 내가 의무를 다하고 책임을 져야만 한다는 사실이었다. 아내의 도움을 얻을 수 있는 고백을 한다는 것은 생각할 수 없는 일이었다. 어찌됐든 카를라는 내가 마지막에 키스로 맹세할 입술 위에 맴돌고 있었다! 카를라가 누구였던가? 의무에 대한 강요마저 그녀와 내가 직면한 가장 큰 위험이 되지 못했다! 다음 날이면 그녀는 나의 연인이 될 테니 말이다. 그 후에 어떤 일이 벌어질지 누가 알겠는가! 그녀에 대해 아는 것이라고는 어리석은 코플러가 내게 말해준 정도에 불과했다. 나보다 더 신중한 남자, 예를 들어 올리비 씨처럼 신중한 남자가 전해준 정보에 따르면, 코플러는 어떤 무역 거래 계약도 하지 않을 사람이었다.

집 안팎에서 부지런히 일하는 아우구스타의 아름답고 건강한 활동은 전부 허무한 것이었다. 내가 건강을 향한 집요한 노력으로 시도했던 결혼이라는 극약 처방은 실패로 돌아갔다. 나는 너무나 지독하게 병들어 있었으며, 나 자신과 다른 사람들에게 해를 끼치며 결혼한 남자로 남았다.

이후 실제로 카를라의 연인이 되었을 때, 나는 다시 그 슬펐던 오후를 생각하면서 왜 배우자로서의 의무를 저버리기 전에 남자다운 결심으로 자제하지 못했는지 이해하기 힘들었다. 나는 부도덕한 짓을 저지르기 전에 아내를 배신하는 것에 대해서 많이 슬퍼했었고, 그래서 쉽게 그것을 피할 수 있으리라 믿었다. 그러나 때늦은 후회는 소용없었다. 그 불안한 시간 속에서 내 사전의 알파벳 C*는 '마지막 배신'이라는 메모와 함께 대문자로 날짜가 찍혀 있다. 하지만 내게 연이은 배신을 하게 만든 첫번째의 진정한 배신은 바로 하루 뒤인 다음 날에 일어났다.

늦은 시간에 뭘 하면 좋을지 몰라 나는 목욕을 시작했다. 내 몸이 지저분하다고 느꼈고 깨끗이 씻고 싶었다. 그러나 물속에 몸을 담갔을 때 이런 생각이 들었다. '깨끗해지려면 모든 걸 이 물속에 풀어버려야 해.' 그러고 나서 나는 꼼꼼히 물기를 닦지도 않고 대강 옷을 입었다. 날이 저물고 있었고, 나는 창가에서 정원의 나무들이 새로 틔운 연두색 잎들을 바라보고 있었다. 갑자기 몸이 떨리고 알 수 없는 만족감이 들었다. 열이 나는 것 같았다. 내가 원하는 것은 죽음이 아니라 병이었다. 내가 원하는 걸 하기 위한 핑계를 만들어주거나 그것을 못하게 막아주는 어떤 병을 원했던 것이다.

한참을 망설이고 있는데 아우구스타가 나를 찾으러 왔다. 슬픔이 없는 너무나 상냥한 그녀를 보면서 나는 이가 부딪힐 정도로 온몸이 떨렸다. 그녀는 놀라서 나를 침대로 데려갔다. 나는 여전히 한기를 느끼며 이를 덜덜 떨고 있었지만 열이 없다는 건 진즉에 알고 있어서 의사

---

* 카를라Carla의 머리글자.

를 부르려는 그녀를 말렸다. 아내에게 불을 끄고 내 옆에 앉아 아무 말도 하지 말라고 부탁했다. 얼마나 그렇게 있었는지 모르겠다. 필요한 온기와 약간의 자신감을 다시 회복했다. 그러나 정신은 아직 너무나 흐릿했다. 그녀가 다시 의사를 부르겠다고 했을 때 나는 그녀에게 이상한 몸 상태의 원인을 알고 있으니 나중에 의사에게 얘기하겠다고 말했다. 나는 다시 고백하겠다는 결심으로 돌아갔다. 나를 짓누르는 억압에서 해방될 수 있는 길은 오직 그 길뿐이었다.

우리는 한동안 더 그렇게 있었다. 아우구스타가 소파에서 일어나 내 곁에 다가와 있다는 사실을 나중에 알아차렸다. 나는 두려웠다. 혹시 그녀가 모든 걸 눈치챘을지 몰랐다. 그녀는 내 손을 잡고 어루만졌다. 그런 후 자신의 손을 내 머리 위에 가만히 대고 열이 있는지 살폈다. 마침내 그녀가 말했다.

"당신은 이렇게 될 줄 알고 있었어요! 그런데 왜 이렇게 고통스러워 하죠?"

나는 그녀가 이상한 말을 하는 와중에 흐느낌을 참는 모습을 보고 깜짝 놀랐다. 그녀가 내 배신 행위를 암시하지 않는 건 분명했다. 내가 그렇게 될 줄 어떻게 예상했겠는가?

나는 무심하게 그녀에게 물었다.

"무슨 말을 하는 거요? 내가 뭘 예상했다는 거요?"

그녀는 혼란스러워하며 중얼거렸다.

"귀도의 아버지가 아다의 결혼식 때문에 온 거 말예요."

마침내 나는 상황을 이해했다. 그녀는 내가 아다의 결혼식이 임박해서 고통스러워한다고 믿고 있었다. 그녀는 정말이지 내 마음을 아프게 했다. 나는 그런 마음이 전혀 없었다. 그 점에서 나는 태어난 지 얼마 안 된 아기처럼 순수하고 결백했으며, 그래서 즉시 모든 억압에서 풀려났다. 나는 침대에서 벌떡 일어났다.

"당신은 내가 아다의 결혼 때문에 괴로워한다고 생각해요? 당신은 제정신이 아냐! 결혼한 후로는 더 이상 그녀를 생각하지 않았어. 오늘 귀도 아버지가 온 것도 기억하지 못했다고!"

나는 그녀에게 키스하고 마음 가득 진심으로 그녀를 포옹했다. 그리고 그녀가 자신의 의심을 부끄러워하는 솔직한 모습에 내 말투는 누그러졌다.

그녀 역시 어두운 구름이 걷힌 순진한 얼굴이었고, 우리 둘 다 배가 고파 서둘러 저녁 식사를 하러 갔다. 몇 시간 전까지만 해도 우리가 너무나 괴로워했던 똑같은 식탁에서 이제는 휴가 여행을 온 절친한 친구처럼 앉아 있었다.

그녀는 내가 아픈 이유를 말하겠다고 약속한 걸 기억하고 있었다. 나는 그 병이 내가 좋아하는 모든 걸 죄의식 없이 할 수 있는 능력을 주는 병이라고 둘러댔다. 아내에게 그날 아침 나이 든 두 어른과 함께 있으면서 이미 낙담한 기분이 들었다고 말했다. 그러고 나서 안과 의사가 처방해준 안경을 찾으러 갔다고 했다. 어쩌면 노화의 신호인가 싶어 더욱 풀이 죽었던 것 같다고 말했다. 그리고 몇 시간이나 거리를 돌아다녔다고 했다. 게다가 나를 몹시 고통스럽게 한 몇 가지 상상을 덧붙였다. 심지어 고백에 가까운 내용을 포함하고 있었던 기억이 난다. 상상이 빚어낸 질병과 어떤 연관이 있는지 모르겠지만, 우리가 똑바로 서고 생각하고 움직이며 그래서 죄를 짓고 후회하게 하는 우리의 몸속을 순환하는 피에 대해서도 말했다. 그녀는 카를라에 대한 이야기인지 몰랐지만, 나로서는 그녀에 대해 말한 것처럼 느껴졌다.

저녁을 먹은 후, 나는 안경을 끼고 한참 동안 신문을 읽는 척했다. 하지만 렌즈가 시야를 흐리게 했다. 술에 취한 듯 기분 좋은 어지러움이 늘어갔다. 나는 내가 읽고 있는 내용을 이해할 수 없다고 말했다. 나는 여전히 환자 행세를 했다.

잠을 이루지 못한 채 밤이 지나갔다. 나는 강렬한 욕망으로 가득 차 카를라와의 포옹을 꿈꿨다. 비뚜름한 갈래머리에 음정이 틀렸을 때 나오는 너무나 음악적인 목소리를 지닌 그녀만을 원했다. 그녀 때문에 내가 그토록 고통스러워했음에도 불구하고 그녀는 내게 여전히 매력적인 존재로 남았다. 나는 밤새도록 굳은 결심을 했다. 카를라를 연인으로 만들기 전에 그녀에게 솔직할 것이며, 아우구스타와 나의 관계에 대해 남김없이 모든 진실을 말하리라 다짐했다. 나는 혼자만의 고독을 느끼며 웃기 시작했다. 제 입으로 다른 여자를 사랑한다고 말하면서 한 여자를 정복하러 간다는 건 너무나 어처구니가 없었다. 아마 카를라는 소극적인 태도로 돌아가고 말 것이다! 그럼 어떻게 한다? 그 순간에는 그녀가 어떤 행동을 하더라도 감정에 솔직한 남자의 지배를 당해낼 수 없을 것이다.

다음 날 아침 나는 옷을 챙겨 입으면서 그녀에게 할 말을 중얼거렸다. 내 여자가 되기 전에 카를라는 한 가지 사실을 알아야 했다. 아우구스타가 성격은 물론 건강한 덕분에(내가 의미하는 건강에 대해, 또한 카를라를 교육시키는 데 필요한 건강에 대해 한참 설명할 참이었다) 내게서 존경심뿐만 아니라 사랑까지 얻을 수 있었다는 사실을 말이다.

커피를 마시면서 카를라에게 할 말을 준비하느라 곰곰이 생각에 잠겼다. 내가 집을 나서기 전에 아우구스타가 내게 가벼운 키스 정도의 애정 표현밖에는 받지 못했다는 다분히 의도적인 말이었다. 하지만 나는 온전히 그녀의 소유였다! 그녀를 향한 열정을 회복하기 위해 카를라에게 가는 것이었다.

카를라의 공부방에 들어가자마자 혼자인 그녀를 보고 나는 안도감을 느꼈다. 나는 곧바로 그녀를 끌어당겨 열정적으로 포옹했다. 그러나 그녀가 나를 힘껏 떠미는 바람에 나는 놀라고 말았다. 분명한 거부였다! 그녀는 별다른 이유를 말하지 않았고, 충격을 받은 나는 실망하여 입을 벌린 채 방 한가운데에 서 있었다.

그때 카를라가 재빨리 속삭였다.

"문이 열려 있는 게 안 보여요? 누가 계단을 내려오고 있잖아요?"

나는 훼방꾼이 지나갈 때까지 점잖은 손님처럼 보이려고 했다. 그러고 나서 우리는 문을 닫았다. 그녀는 내가 문에 꽂혀 있는 열쇠를 돌려 문을 잠그는 걸 보고 얼굴이 하얘졌다. 이제 모든 게 분명해졌다. 잠시 후 그녀는 내 품 안에 안겨 숨죽이는 목소리로 속삭였다.

"그걸 원하는 거야? 정말 원해?"

그녀는 내게 반말을 했는데 그것이 결정적이었다. 나는 즉시 대답했다.

"다른 건 원하지 않아!"

나는 미리 준비해간 말을 잊고 있었다. 곧장 나와 아우구스타의 관계에 대해 말하고 싶어서 먼저 얘기를 꺼내려 했다. 하지만 그런 말을 꺼낼 분위기가 아니었다. 그 순간 카를라에게 다른 얘기를 꺼내는 것은 그녀의 헌신적인 사랑의 중요성을 깎아내리는 짓이 될 것이었다.

남자들 가운데 가장 둔한 남자라도 그런 일은 저지르지 않는다. 새로운 여자와 이전 여자가 보여준 헌신의 중요성을 비교할 수 없다는 건 누구나 알고 있다. 처음으로 마음을 연 여자가 '우선 어제 당신에게 한 그 말을 해명해야겠어……'라는 말을 남자에게 듣는 것은 커다란 모욕이 될 것이다. 어제라니? 전날 일어난 모든 일은 다시 입 밖에 꺼낼 필요가 없으며, 만일 어떤 신사가 그렇게 느끼지 못하고 말을 한다면 그에게는 불상사가 될 것이다. 그러므로 아무도 그 사실을 눈치채지 못할 방식으로 행동해야 한다.

그런데 내가 바로 그런 신사였다. 솔직함이 뭔지 모르는 것처럼 그 상황에서 실수를 저질렀다. 나는 그녀에게 물었다.

"어떻게 나를 받아들이게 됐지? 그럴 만한 자격이 있었나?"

나는 고마움을 드러내고 싶었던 걸까 아니면 그녀를 비난하고 싶었던 걸까? 아마 설명을 시작하려는 시도였을 것이다.

그녀는 약간 놀란 얼굴로 나를 올려다봤다.

"당신이 나를 택한 것 같은데."

그리고 나를 비난하려는 의도가 없다는 걸 내비치기 위해 사랑스럽게 미소 지었다.

나는 여자들이 자신들이 늘 선택받았다고 말한다는 걸 기억했다. 그러고는 여자들은 선택되는 것은 물건이고, 사람들은 서로를 받아들이는 것임을 알고 자신들이 실수했다는 것을 깨닫는다. 그리고 이렇게 말한다.

"난 당신을 기다렸어요! 당신은 나를 행복하게 해주러 나타난 기사야. 당신이 결혼한 건 유감이지만 당신이 아내를 사랑하지 않는 걸 보고 적어도 나의 행복이 다른 사람의 행복을 파괴하지는 않을 거라는 걸 알게 됐어요."

나는 옆구리에 격렬한 통증을 느껴서 그만 그녀를 껴안아야 했다. 그러니까 사려 깊지 못한 내 말이 지닌 심각성이 나 때문에 부풀려졌던 것일까? 그건 다름 아닌 카를라를 내 여자로 만들기 위한 속임수가 아니었을까? 아우구스타를 향한 나의 사랑을 지금 얘기한다면, 카를라는 내가 그녀를 농락했다고 비난을 퍼부을 권리가 충분히 있었다! 그 순간에 해명과 변명은 더 이상 가능하지 않았다. 하지만 나중에 설명하고 자세히 밝힐 기회가 있을 것이다. 나와 카를라 사이에 생긴 새로운 관계가 안정되길 기다리면서 말이다.

그 순간 카를라 곁에서 아우구스타를 향한 나의 열정이 완전히 다시 태어났다. 이제 내 마음엔 오직 한 가지 열정만이 가득했다. 어서 달려가 나의 진짜 아내를 보는 것, 나프탈렌과 좀약 냄새가 풍기는 곳에서 집안 물건들을 정리하느라 개미처럼 열심히 일하고 있는 그녀를 보는 것이었다.

그러나, 하려다 만 이야기는 의무를 다하도록 압력을 가하는 또 다른 협박 같았다. 마음이 몹시 불편해진 나는 의무를 지켜야 했다. 카를라는 전날 내가 떠난 이후 곧바로 성악 선생님이 왔으며, 그녀가 그 자리에서 바로 그를 문밖으로 내쫓았다고 말했다.

나는 실망감을 감출 수 없었다. 우리의 비밀스러운 만남을 코플러에게 알리는 것이나 마찬가지였다!

"이런, 코플러가 뭐라고 하겠어?" 나는 크게 외쳤다.

그녀는 웃음을 터뜨리더니 이번에는 도망치듯 내 품 안으로 파고들었다.

"그 역시 우리 둘이서 문밖으로 쫓아내버리자고 말하지 않았던가요?"

그녀는 사랑스러웠지만 더 이상 나를 지배하지는 못했다. 나 역시 곧바로 점잖은 학자처럼 아무런 문제가 아니라는 태도를 취했다. 왜냐하면 그녀는 내가 아내에게 바랐던 대로 내 말을 가로막는 여자에게 마음속 깊이 품고 있던 앙금을 털어놓을 기회 역시 주었기 때문이다. 나는 그녀에게 말했다. "이 세상에서는 일을 해야 해."

왜냐하면 그녀가 이미 알고 있듯이 세상은 오로지 쓸모 있는 자만이 살아남는 악한 세상이기 때문이었다. 만약 내가 지금 죽게 된다면? 그녀에게 무슨 일이 일어나겠는가?

나는 그녀가 상처 입지 않을 만한 방식으로 그 계획을 포기할 가능성을 언급했는데, 실제로 그녀는 그 얘기에 감정이 격앙되었다. 그런 다음 나는 그녀를 낙담시키려는 뚜렷한 목적으로 그녀에게, 아내에게는 그저 내 바람을 표현하는 것으로 충분하다고 말했다.

"좋아요! 선생님에게 돌아오라는 전갈을 보내도록 할게요." 그녀는 체념한 듯 말했다. 그러고는 자기 선생에 대한 반감을 이야기하려고 했다. 그녀는 아무런 가치도 없는 똑같은 연습을 수없이 반복시키는 짜증나고 나이 든 선생의 지도를 매일 견뎌야 했다. 그녀는 선생이 아팠던 며칠을 제외하고는 기분 좋게 지낸 날이 있었는지 기억할 수 없었다. 그녀는 그가 죽기를 바라기까지 했지만 아직 그렇게 될 기미는 없었다.

마침내 그녀는 선생을 계속 만나야 하는 절망감에 거칠게 변했다. 그녀는 자신의 불행을 탓하면서 불평을 거듭 되풀이했다. 그녀는 불행했고, 돌이킬 수 없을 정도로 비참했다. 내 행동과 말하는 태도 그리고 나의 눈동자가 덜 가혹하고 덜 의무적이며 덜 지루한 삶을 약속하는 듯 보였기 때문에 즉시 나를 사랑하게 되었음을 떠올리면서 그녀는 눈물을 흘렸다.

그렇게 해서 나는 그녀의 흐느낌을 곧장 알아차렸고, 그녀의 그런 태도가 나를 성가시게 했다. 흐느낌은 그녀의 연약한 몸을 파고들어 뒤

흔들어놓을 정도로 격렬했다. 나는 곧바로 나의 재산과 인생이 느닷없이 잔혹한 공격을 받는 것처럼 느꼈다. 나는 그녀에게 물었다.

"당신은 내 아내가 이 세상에서 아무 일도 하지 않는다고 믿는 거요? 우리 두 사람이 말하고 있는 지금 그녀는 좀약과 나프탈렌 냄새를 들이켜면서 일하고 있어."

카를라는 울먹이면서 말했다.

"좋은 물건, 살림살이, 옷들…… 그녀가 부럽군요!"

심기가 불편해진 나는 그녀가 자신이 좋아하는 것들로 집을 가득 채우기 위해 그 모든 것을 내가 어서 사주길 바란다는 생각이 들었다. 하늘의 도움으로 다행히 나는 화를 내지 않았다. 그리고 '네게 의지하는 가여운 소녀를 위로하라!'고 마음에서 외치는 의무감의 목소리를 따랐다. 나는 그녀를 쓰다듬으며 달랬다. 그녀의 머리를 가볍게 손으로 쓸어 넘겼다. 그러자 그녀의 흐느낌은 잠잠해졌고, 폭풍이 지나간 후 내리는 폭우처럼 그치지 않는 눈물이 하염없이 흘러내렸다. 그녀는 계속해서 말했다.

"당신은 나의 첫사랑이에요. 그리고 나를 변함없이 사랑해주길 바라요!"

내가 첫사랑이라는 그녀의 고백은 앞으로 두번째 사랑이 가능하다는 말이어서 나는 별다른 감동을 느끼지 못했다. 우리는 이미 30분 전부터 대화를 나누는 중이었으므로 뒤늦은 고백인 셈이었다.

그것은 새로운 협박이나 마찬가지였다. 여자는 첫사랑의 연인에게 모든 권리를 가진다고 믿는다. 나는 그녀의 귀에 대고 부드럽게 속삭였다.

"당신 역시 나의 첫번째 연인이야…… 내가 결혼한 후로……"

목소리의 부드러움은 서로 다른 입장을 내세우며 비교하려는 시도를 무마시켰다.

그런 다음 나는 어떤 대가를 치르더라도 점심 시간에 늦고 싶지 않아서 그녀를 두고 떠났다. 집을 나서기 전에 나는 최선의 계획이라고 말했던 봉투를 다시 주머니에서 꺼냈다. 마음의 부담을 덜기 위해, 더 자유로워지기 위해 뭔가를 지불할 필요성을 느꼈다. 카를라는 다시 그 돈을 정중히 사양했고 그래서 나는 몹시 화가 났다. 하지만 나는 달콤한 말들을 외치면서 화난 모습이 드러나지 않도록 자제할 수 있었다. 나는 그녀를 때리지 않기 위해 큰 소리로 말했지만 아무도 그 이유를 알아차리지 못했을 것이다. 나는 그녀를 소유하면서 욕망의 절정에 다다랐다고 말했다. 그리고 지금 더욱더 그녀를 완전하게 돌봐주면서 그녀를 소유한 느낌을 가지고 싶다고 말했다. 그러니 그녀는 나를 화나게 하지 않도록 조심해야 한다. 그 때문에 내가 너무나 고통스럽기 때문이다. 나는 한편으로 달려가고 싶으면서도 머릿속에 떠오른 몇 가지 생각을 무뚝뚝하게 덧붙였다.

"당신 내 연인 아니야? 내 연인이라면 당신을 돌보는 건 내 책임이잖아."

놀란 그녀는 더 이상 거절하지 않고 봉투를 받았다. 그러면서 내 말이 분노의 표시인지 아니면 그녀가 바랐던 모든 것을 인정하는 사랑에서 나온 말인지, 진실이 무엇인지 살피면서 불안한 시선으로 나를 바라봤다. 내가 떠나기 전에 그녀의 이마에 키스를 하자 그녀는 조금은 안심한 눈치였다. 계단을 내려오면서 나는 그녀가 그 돈을 받고서 내가 자신의 미래를 책임지리라는 말에 어제 오후에 왔던 선생처럼 코플러마저 내쫓지 않을까 걱정이 되었다. 나는 당장 계단을 다시 올라가 그녀에게 가서 다시는 그런 행동으로 나를 부끄럽게 하지 말라고 타이르고 싶었지만 시간이 없어 발걸음을 재촉했다.

이 원고를 읽게 될 의사가 카를라 또한 흥미로운 정신분석 대상이라고 생각할까 두렵다. 음악 선생을 해고한 그녀의 결정은 너무나 성급했다고 여겨질 것이다. 나로서도 그녀가 자신의 사랑을 차지한 특권으로 내게 많은 배려를 기대했다고 느꼈다. 내가 그 가여운 소녀를 제대로 이해하기까지 수개월이라는 긴 시간이 걸렸다. 아마 그녀는 코플러의 불편한 감독에서 벗어나기 위해 어떤 일이라도 했을 것이다. 그녀를 무겁게 짓누르는 성악을 계속해나가기 위해서 부질없는 노력을 계속해야 한다는 너무나 쓰디쓴 사실을 깨달아야 했을 것이다. 하지만 그녀는 내 품에 안겨 있으면서도 여전히 노래를 불러야 한다는 걸 깨달았다. 그래서 분노와 고통이 적당한 표현을 찾지 못했다. 여러 가지 다른 이유에서 우리 둘 다 너무나 이상한 말을 했다. 그녀가 나를 좋아하게 되었을 때, 골치 아픈 계산에 가려져 있던 본연의 자연스러움을 되찾았다. 나는 한 번도 그녀와 있을 때 자연스러운 적이 없었다.

집으로 바삐 가면서 나는 다시 생각했다. '만일 내가 아내를 얼마나 사랑하는지 알면 그녀는 전혀 다르게 행동할 거야.' 실제로 그 사실을 알게 되었을 때 그녀는 정말 전혀 다른 반응을 보였다.

나는 탁 트인 바깥 공기를 마시며 자유를 호흡했고, 그녀와 타협한 것에 고통을 느끼지 못했다. 다음 날까지는 시간이 있었고, 나를 위협하는 난감한 문제들을 피할 수 있을 거라 생각했다.

서둘러 집으로 향하면서 나는 나의 지난 행실을 사회적 질서 탓으로 돌릴 용기까지 냈다. 결과를 두려워하지 않는다면 남자는 전혀 사랑하지 않는 여인들과도 이따금씩 사랑을 나눌 수 있도록 허용해야 한다.

나는 눈곱만큼도 양심의 가책을 느끼지 않았다. 양심의 가책이란 이미 저질러진 나쁜 행동을 후회하는 데서 오는 게 아니라 자신의 범죄 성향을 인식하는 데서 비롯된다고 나는 생각한다. 신체의 상반신은 하반신을 관찰하고 판단하기 위해 몸을 숙인다. 그리고 그것이 변형되었음을 발견한다. 그것을 볼 때 혐오감이 드는 것, 그것이 양심의 가책이라 불린다. 고대 비극에서도 희생자는 삶으로 돌아오지 못하고 양심의 가책은 지나쳐갔다. 그것은 변형된 것이 치유되었고, 누군가의 울음은 전혀 중요하지 않다는 의미였다. 커다란 기쁨과 사랑으로 나의 합법적인 아내에게 달려가는 내게 양심의 가책을 느낄 자리가 어디에 있겠는가? 오래전부터 나 자신은 그리 순수하게 느껴지지 않았다.

점심 식사 때 아무런 노력 없이도 아우구스타와 함께하는 것이 기쁘고 애정으로 가득했다. 그날 우리들 사이에는 어떤 불협화음도 없었다. 과장된 말이나 언성을 높이는 일도 없었다. 나는 정직하고 확실하게 내 여자인 아내에게 취해야 할 태도를 보였다. 다른 때였다면 내 편에서 과장된 애정 표현을 했을 텐데 그건 내 마음속에서 두 여인 사이에 치열한 전투가 벌어지고 있다는 표시였다. 그렇게 과장된 애정 표현을 통해 나는 보다 쉽게 아우구스타가 우리 사이에 비록 잠깐이지만 강력하게 드리워졌던 다른 여인의 그림자를 보지 못하게 이끌 수 있었다. 이런 걸 보면 그녀는 내가 완전히 그녀의 소유가 아니었을 때의 나를 더 좋아했다고 말할 수 있다.

나 자신 또한 평온한 내 모습에 조금 놀랐다. 그리고 그렇게 된 이유가 좋은 계획으로 준비한 봉투를 카를라가 받아들이도록 하는 데 성공했기 때문이라고 생각했다. 그럼으로써 그녀에게 보상했다고 생각한 건 아니었다. 하지만 면죄부를 얻기 위해 값을 치르기 시작했다는 기분이 들었다. 불행하게도 카를라와 연인 관계를 유지했던 시기에 금전적인 부분은 나의 가장 큰 걱정거리였다. 혹시나 모를 연인의 어떤 요구나 필요에 바로 대처하기 위한 자금을 마련하려고 기회가 있을 때마다 그녀에게 줄 돈을 서재의 비밀 장소에 따로 모아놓았다. 그렇게 모인 돈은 카를라가 나를 버리고 떠난 후 전혀 다른 일을 위해 쓰였다.

우리는 그날 저녁을 장인의 집에서 보내야 했다. 이틀 후에 있을 결혼식의 서곡으로 전통적인 피로연을 대신해서 가족들만 초대된 저녁 식사가 준비되었다. 귀도는 조반니의 건강 상태가 조금 호전되자 언제 또 나빠질지 몰라 그 기회를 살려 결혼하고 싶어 했다.

나는 아우구스타와 함께 이른 오후 시간에 장인 집으로 갔다. 가는 길에 나는 전날 그녀가 결혼식 때문에 괴로워한다고 의심한 일을 그녀에게 상기시켰다. 그녀는 자신의 불신을 부끄러워했고, 나는 나의 결백에 대해 한참 떠들었다. 만일 그날 집에 들어오면서 저녁에 결혼식 축하연이 있다는 사실조차 기억 못 했더라면 어쩔 뻔했는가?

가족들 외에 다른 초대 손님들은 없었지만, 말펜티 노부부는 화려하고 웅장하게 축하연이 준비되길 바랐다. 아우구스타는 거실 단장과 식사 테이블 준비를 부탁받았다. 알베르타는 그런 일은 알고 싶어 하지도 않았다. 얼마 전 그녀는 희극 경연에서 상을 받았고, 이제는 국립극장을 신속히 개혁하는 일에 착수했다. 나와 아우구스타는 사무실에서만큼이나 집 안에서도 명령을 내리는 데 재능이 탁월한 조반니 아래서 일하는 직원 루치아노와 하녀의 도움을 받으며 만찬 테이블 주위에서 일을 거들었다.

나는 테이블을 장식할 꽃을 운반해서 아름답게 배치하는 일을 도왔다. 나는 아우구스타에게 농담하면서 말했다. "봤지, 나 역시 그들의 행복에 한몫하고 있잖아. 만약 그들을 위해 신혼 침실까지 준비해달라고 요청하면 똑같이 즐거운 얼굴로 하겠어!"

나중에 우리는 공식 방문에서 막 돌아온 신랑 신부를 보러 갔다. 그들은 거실 한편에 자리를 잡았고, 나는 우리가 도착할 때까지 그들이 키스를 나누고 있었을 거라 추측했다. 신부는 외출복조차 갈아입지 않았고, 열기 때문인지 얼굴이 발그레하고 매우 아름다웠다.

신랑과 신부는 키스를 나눈 흔적을 감추기 위해 과학에 대해 열띤 논쟁을 한 것처럼 보이고 싶어 했던 것 같다. 터무니없는, 어쩌면 엉뚱하다고 할 행동이었다! 그들은 우리에게 은밀한 사생활을 드러내고 싶지 않았거나 그들의 키스가 누군가에게 고통을 줄 수 있다고 믿었던 걸까? 그렇지만 내 좋은 기분을 망가뜨리지는 않았다. 귀도는 아다가 그의 말을 믿지 않으려 한다고 말했다. 어떤 종류의 말벌이 자기들보다 강한 곤충을 침으로 마비시킨 다음 애벌레들의 먹이로 주기 위해 살아 있는 상태로 저장한다는 내용이었다. 나는 자연에 무척이나 기괴한 일들이 존재한다는 걸 기억하고 있었지만, 그 순간에는 귀도의 말에 동의하고 싶지 않았다.

"내가 자네 주변을 배회하는 말벌로 보이나?" 나는 웃으면서 그에게 말했다.

우리는 신랑 신부가 더 행복한 시간을 보내도록 그들을 남겨두고 다른 곳으로 갔다. 그렇지만 나는 기나긴 오후를 맞아야 했고 집으로 가 서재에서 저녁 식사를 기다리고 싶었다.

현관에서 우리는 장인의 침실에서 나오는 의사 파올리 씨와 마주쳤다. 그는 젊은 의사였지만 벌써 좋은 고객을 얻을 줄 알았다. 그는 아주 밝은 금발머리에 하얀 피부와 볼이 발그레한 키 큰 청소년 같았다.

건장한 체격 속에서 그의 눈동자는 그의 전체적인 인상이 진지하고 위엄 있게 보이도록 하는 데 중요한 역할을 했다. 안경은 그의 눈을 더 크게 보이게 했고, 그의 시선은 사물들을 어루만지는 듯했다. 그를 잘 알고 있는 지금, 정신분석의인 S 박사의 시선이 의도적으로 탐문하는 듯 보인다면 의사 파올리 씨의 눈길에는 멈추지 않는 호기심이 담겨 있다. 파올리 씨는 환자를 정확히 보지만, 환자의 아내와 그녀가 기대어 앉는 의자 역시 대충 지나치지 않았다. 이 두 명의 의사 중에 누가 자신의 환자들을 잘 보는지는 하느님만이 아실 것이다! 장인이 투병 생활을 하는 동안, 나는 위협적으로 다가오는 죽음을 가족들에게 알리지 말아달라고 당부하기 위해 자주 파올리 씨 병원에 갔었다. 어느 날인가 그는 평상시보다 오래 나를 쳐다보면서 미소를 띠었다.

"당신은 아내를 몹시 존경하시는군요!"

그는 뛰어난 관찰자였다. 사실 그 순간에 나는 아버지의 병 때문에 고통을 겪을 뿐만 아니라 매일 내게서 배신당하는 아내를 정말 존경하고 있었기 때문이다.

의사는 장인이 전날보다 상태가 좋아졌다고 말했다. 다행히 날씨가 따뜻해지는 계절이라 현재 그에게 다른 걱정은 없으며, 결혼할 신랑 신부는 마음 놓고 신혼여행을 갈 수 있을 거라는 의견을 내놓았다.

그는 "물론 예상하지 못한 합병증만 제외한다면요"라는 말을 조심스럽게 덧붙였다. 그 예상하지 못한 합병증이 나타났기 때문에 질병에 대한 그의 예측은 현실이 되고 말았다. 그는 떠나기 전에 코플러라는 사람이 그날 자신을 침상으로 불러 진찰받은 일을 떠올렸다. 그는 환자의 신장이 마비됐다는 충격적인 사실을 밝혀냈다. 끔찍한 치통이 전조 증상으로 나타났었다고 말했다. 그의 예측은 심각했지만 늘 그랬듯이 의구심이 들었다.

"그가 내일 떠오르는 태양을 볼 수 있다면 그의 생명은 연장될 수 있어요."

동정심으로 아우구스타의 눈가엔 눈물이 고였고, 당장 불쌍한 친구 집으로 가보라고 내게 청했다. 나는 잠시 망설인 후 기꺼이 그녀의 바람대로 따랐다. 왜냐하면 나의 영혼은 순식간에 카를라로 다시 채워졌기 때문이다. 그가 그 불쌍한 소녀에게 얼마나 가혹했던가! 코플러가 세상을 떠나면 그녀는 내가 속한 세계와 모든 소통이 끊어질 것이므로, 그녀는 어떤 부끄러움도 없이 층계참에 홀로 쓸쓸히 남을 것이었다. 나는 아침에 남긴 무뚝뚝하고 냉정한 인상을 지우기 위해 그녀에게 달려가야 했다. 하지만 나는 신중하게 먼저 코플러의 집으로 갔다. 그를 보고 온 이야기를 아우구스타에게 말해줘야 했기 때문이다.

나는 코플러가 사는 코르시아 스타디온의 소박하지만 편안하고 우아한 아파트를 알고 있었다. 어느 나이 든 은퇴자가 방 다섯 개 가운데 세 개를 그에게 내주었다. 집주인은 붉게 충혈된 눈에 숨을 헐떡이는 덩치 큰 노인이었는데, 내가 갔을 때 그는 어둡고 짧은 복도를 불안하게 왔다 갔다 하고 있었다. 그는 주치의가 임종 전의 고통을 겪고 있는 코플러의 상태를 확인한 후 방금 전에 떠났다고 말했다. 마치 죽어가는 사람의 평온함을 방해할까 봐 걱정하듯 노인은 여전히 숨이 차오른 낮은 목소리로 말했다. 나도 목소리를 낮췄다. 죽어가는 사람이 마지막 가는 길에 삶의 활기를 떠올리는 크고 또렷한 목소리를 듣기 싫어하는지 그렇지 않은지 분명하지 않지만, 그것이 인간의 도리라 여겨졌다.

노인은 죽어가는 친구가 어느 수녀에게 보살핌을 받았다고 말했다. 나는 숙연한 마음으로 잠시 그의 방문 앞에 멈춰 섰다. 가여운 코플러는 매우 정확한 리듬으로 힘겨운 숨을 내쉬며 자신의 마지막 남은 시간을 헤아리고 있었다. 그의 거칠고 힘겨운 호흡은 두 가지 소리를 냈다. 그가 들이쉬는 공기에서 나는 주저하는 듯한 소리와 그가 내뱉는 공기에서 생겨나는 짧고 가쁜 소리였다. 빨리 죽음을 맞이하려는 걸까? 두 소리가 잠깐 멈춘 순간, 나는 그 정지된 시간이 길어지면 새로운 삶이 시작될 거라고 생각했다.

노인은 내가 그 방으로 들어가길 원했지만 나는 내키지 않았다. 너무나 많은 죽어가는 사람들이 나무라는 표현으로 나를 붙잡았다. 나는 그 정지된 시간이 길어지길 기다리지 않고 카를라의 집으로 달려갔다. 잠긴 그녀의 방문을 두드렸지만 아무런 대답이 없었다. 참을성이 바닥난 나는 문을 걷어찼고, 그러자 내 뒤에서 거실 문이 열렸다.

"누구세요?"

카를라 어머니의 목소리였다.

그녀는 겁을 먹은 표정으로 주위를 두리번거렸다. 주방에 켜진 노란 불빛에 비친 나를 알아보았을 때, 그녀의 얼굴은 온통 새빨갛게 달아올랐는데, 하얀 머리 때문에 더 두드러져 보였다. 카를라는 집에 없었고, 그녀는 나를 맞이할 만한 유일한 곳이라 생각하는 공부방에 들어갈 수 있도록 방 열쇠를 가져오겠다고 했다. 그러나 나는 괜찮다고 말하고, 그녀의 주방으로 들어가 나무 의자에 반듯이 앉았다. 벽난로에 올려놓은 냄비 아래에서는 많지 않은 석탄이 타고 있었다. 나는 그녀에게 무슨 일이 있어도 저녁을 거르지 말라고 말했다. 그녀는 나를 안심시켰다. 그녀는 지나치게 익히면 안 되는 콩 요리를 하고 있었다. 이제 나 혼자 그 비용을 감당해야 했지만, 그녀가 집에서 준비하고 있던 가난한 음식에 내 마음은 부드러워졌고 연인을 만나지 못해 일어난 짜증이 풀렸다.

부인은 내가 여러 번 계속해서 앉으라고 말했는데도 그대로 서 있었다. 나는 카를라에게 코플러가 죽어간다는 너무나 슬픈 소식을 전하러 왔다고 무뚝뚝하게 말했다.

노부인은 두 팔을 떨어뜨리고 의자에 털썩 주저앉았다.

"이런, 세상에! 이제 우린 어떻게 하죠?"라고 그녀가 중얼거렸다.

그러고는 코플러에게 닥친 일이 그들의 일보다 더 안 좋다는 사실을 깨닫고 애도를 전했다.

"가엾은 양반! 아주 좋은 분이었는데!"

그녀의 얼굴은 벌써 눈물로 가득했다. 확실히 그녀는 불쌍한 그 남자가 제때 죽지 않으면 두 모녀가 그 집에서 쫓겨날 거라는 사실을 모르고 있었다. 그 점 역시 나를 안심시켰다. 나는 얼마나 절대적인 결정권을 쥐고 있는가!

나는 그녀를 안심시키고 싶었다. 그래서 코플러가 그때까지 그들에게 했던 것을 내가 이어서 할 거라고 말했다. 그녀는 자기가 우는 것이 자신의 처지 때문이 아니라고 했다. 그녀들 주위에 아주 좋은 사람들이 있었다는 사실을 알고 있으며, 너무나 훌륭했던 후원자의 불행한 운명 때문에 운다고 말했다.

그녀는 코플러가 어떤 병으로 죽어가는지 알고 싶어 했다. 나는 어떻게 예고된 재앙이 나타났는지 그녀에게 말하면서, 예전에 코플러와 고통의 중요성에 대해 나눴던 논쟁을 떠올렸다. 치아에서 1미터 정도 떨어진 콩팥이 기능을 멈췄기 때문에 그의 치아 신경이 매우 예민하게 반응해 도움을 요청했다는 얘기였다. 나는 조금 전에 들었던 거친 숨소리의 당사자인 친구의 운명에 매우 무관심했기 때문에 고통에 대한 그의 생각들로 이런저런 상상을 했다. 그가 다시 내 얘기를 듣는다면 상상으로 아픈 환자의 신경이 몇 킬로미터 떨어진 거리에서 발생한 질병 때문에 실제적으로 동증을 느낄 수 있다는 걸 이해한다고 말했을 것이다.

부인과 나 사이에는 이야기할 것이 거의 없었고, 나는 부인 말대로 카를라의 방에서 그녀를 기다리기로 했다. 나는 가르시아의 책을 집어 들고 몇 장 읽어보았다. 하지만 성악 창법은 내게 관심을 불러일으키지 못했다.

부인이 다시 내게로 왔다. 그녀는 카를라가 오지 않아서 안절부절 못했는데, 당장 급히 쓸 그릇들을 사러 갔다고 말했다.

나의 인내심은 곧 한계를 드러냈다. 나는 성난 목소리로 그녀에게 물었다.

"접시를 깨뜨렸어요? 제발 조심해서 쓸 수 없겠어요?"

그러자 노부인은 "두 장만 그런 건데…… 제가 깨뜨렸어요"라고 말을 더듬으며 자리를 떠났고, 나는 그녀에게서 벗어났다.

그 집에 있던 것들은 하나같이 망가져 있었는데 그렇게 한 사람은 노부인이 아니라 바로 카를라라는 걸 알고 있었기 때문에 잠시 웃음이 나왔다. 나중에 안 일이지만 카를라는 어머니를 살갑게 대하지 않았다. 부인은 후원자들에게 딸에 관한 이야기를 지나치게 많이 하게 될까 봐 병적으로 두려워했다. 한번은 카를라가 성악 수업을 귀찮아한다는 얘기를 순진하게도 코플러에게 털어놓았다. 코플러는 카를라에게 몹시 화를 냈는데, 이 때문에 그녀는 어머니와 감정이 좋지 않았다.

그래서 나의 사랑스러운 연인이 결국 내게 왔을 때 나는 그녀를 난폭하고 격렬하게 사랑했다. 그녀는 홀린 듯 말을 더듬었다.

"난 당신의 사랑을 의심하고 있었어요! 금세 나를 함부로 대하는 남자에게 버림받을까 봐 하루 종일 죽고 싶은 욕망에 시달렸어요!"

나는 자주 지독한 두통에 시달린다고 그녀에게 설명했다. 그 상태일 때 엄청난 인내심으로 견뎌내지 않으면 다시 아우구스타에게 달려갈 상황이 된다고 했다. 나는 통증에 대해 다시 말했고 그래서 욕망을 자제할 수 있었다. 나는 계속해서 둘러댔다. 그러면서 불쌍한 코플러의 죽음을 함께 슬퍼했다. 정말 함께였다!

카를라는 자신의 후원자가 맞은 잔혹한 최후에 전혀 무관심하지 않았다. 그녀는 이렇게 말하면서 얼굴빛이 창백해졌다.

"저는 제가 어떤 사람인지 알아요!" 그녀가 말했다. "오랫동안 혼자 있는 걸 두려워할 거예요. 그는 살아 있을 때부터 이미 저를 무섭게 대했으니까요!"

그리고 처음으로 내게 밤새도록 그녀와 함께 있어달라고 수줍게 부탁했다. 나는 전혀 그런 생각조차 하지 않았고, 그 방에서 30분도 더 지체할 수가 없었다. 하지만 그 가련한 소녀에게 처음으로 괴로움을 느낀 내 마음을 들키지 않도록 조심하면서, 그 집에는 그녀의 어머니도 있기 때문에 그런 일은 불가능하다고 말했다. 그녀는 실망이 역력한 기색으로 입술이 부루퉁해졌다.

"여기로 침대를 옮겨놓으면 돼요. 엄마는 저를 감시하지 못해요."

그래서 그녀에게 나를 기다리고 있을 결혼 축하연에 대해 말했다. 그러면서 그녀와 결코 밤을 지낼 수 없을 거라고 말해둘 필요를 느꼈다. 나는 방금 전에 내린 선의의 결심을 그녀에게 변함없이 다정한 어조로 차근차근 들려주었다. 하지만 그녀에게 희망을 안겨줄 어떤 약속도 하고 싶지 않았다. 그것은 저지르고 싶지 않은 또 다른 배신이나 마찬가지였다.

그 순간 나는 카를라와 나를 강하게 연결하는 고리가 무엇인지 느끼고 있었다. 애정에 대한 나의 결심 그리고 시간이 흐를수록 서서히 수정하거나 지워야 할 나와 아우구스타의 관계에 대한 거짓말이었다. 그러나 내 거짓말이 맺었던 열매를 너무나 잘 기억하고 있었기 때문에 신중하고 조심스럽게 그날 저녁의 거짓말을 바로잡기 시작했다. 나는 아내를 향한 의무감을 강하게 느끼고 있다고 그녀에게 말했다. 그녀는 마땅히 앞으로 더 사랑받을 자격이 있는 너무나 존경할 만한 여인이고, 그녀를 배신한 내 행위를 절대 알게 하고 싶지 않다고 말했다.

카를라는 나를 껴안으며 말했다.

"그래서 당신을 사랑해요. 처음 보자마자 느꼈던 대로 마음씨 좋고 자상한 분이에요. 가엾은 그녀에게 나쁜 짓은 절대 하지 않을게요."

아우구스타에게 가엾다는 말을 하는 건 싫었지만, 안쓰러운 카를라의 온화한 마음은 고맙게 여겨졌다.

그녀가 내 아내를 미워하지 않는 건 다행스러운 일이었다. 나는 고마움을 그녀에게 드러내고 싶어 사랑의 표시를 어떻게 할지 곰곰이 생각하다 드디어 방법을 찾아냈다. 그녀에게도 그녀의 세탁실을 선물했는데, 즉 성악 선생을 부르지 않아도 된다고 허락했다.

카를라는 애정으로 차올랐고, 나는 성가시긴 했지만 대단한 참을성으로 견뎌냈다. 그녀는 성악을 절대 포기하지 않을 거라고 내게 말했다. 그녀는 하루 종일 노래를 불렀으나 자신의 방식만을 고수했다. 그녀는 즉시 자신의 노래를 들려주고 싶어 했다. 그러나 나는 별로 듣고 싶지 않아 비겁하게 핑계를 대고 도망쳤다. 그날 밤에도 그녀는 자살을 생각했을 텐데 그것을 내게 털어놓을 시간을 전혀 주지 않았다는 생각이 든다.

나는 코플러의 집으로 다시 돌아갔다. 내가 그와 함께 시간을 보냈다는 사실을 아내가 믿게끔 환자의 최근 소식을 전해야 하기 때문이었다.

코플러는 내가 떠난 직후인 약 두 시간 전에 세상을 떠났다. 좁은 복도에서 끊임없이 오가던 은퇴한 노인의 안내를 받아 친구가 숨을 거둔 방으로 들어갔다. 시체는 벌써 수의가 입혀져 시트를 벗겨낸 침대 매트리스 위에 뉘여 있었다. 손에는 십자가가 쥐여 있었다. 집주인 노인은 낮은 목소리로 모든 장례 절차가 이뤄졌으며, 고인의 여조카가 시체 곁을 밤새 지키기 위해 올 거라는 이야기를 내게 했다.

나의 불쌍한 친구 옆에는 여전히 집주인 노인이 있다는 생각에 그냥 갈 수도 있었다. 하지만 나는 몇 분 동안이나마 그를 보려고 그곳에 머물렀다. 나는 질병과 타협할 때까지 삶을 이어가려고 끝까지 싸웠던 불쌍한 친구를 위해 진심 어린 애도의 눈물이 눈에서 솟구쳐 오르길 바랐다. "너무 슬프군요!"라고 나는 말했다. 많은 치료약이 존재하는 질병이 그를 잔인하게 살해했다. 어처구니없는 일 같았다. 하지만 나는 눈물을 흘리지 않았다. 코플러의 핼쑥한 얼굴은 죽음의 잔혹함 속에 있는 그 순간만큼 강해 보인 적이 없었다. 그의 얼굴은 색깔 있는 대리석 조각으로 만들어진 것 같았다. 그래서 어느 누구도 시체에 곧 닥쳐올 부패 현상을 예상할 수 없을 정도였다. 그 얼굴은 정말 살아 있는 듯했다. 어쩌면 오만한 표정으로 나를 비난하고 심지어는 노래를 부르고 싶어 하지 않는 카를라까지도 비난하는 것 같았다. 그러다 나는 죽은 사람이 다시 숨을 쉬는 것 같은 소리가 들려 깜짝 놀라고 말았다. 나는 그 소리가 집주인이 슬픔이 더해지면서 숨을 헐떡이는 소리였다는 걸 알고 곧 침착해졌다.

그는 나중에 나를 문까지 배웅했고, 죽은 친구처럼 작은 아파트가 필요한 사람을 알게 되면 자기에게 알려달라고 부탁했다.

"보시다시피 이러한 상황에서도 제 의무를 다했답니다. 그 이상, 아니 훨씬 더 많이 할 수 있어요!"

그는 처음으로 목소리를 높였는데, 미리 통보도 없이 방을 비운 불쌍한 코플러를 향한 원망이 메아리쳤다. 나는 그가 원하는 걸 모두 들어주면서 그 집을 빠져나왔다.

장인의 집에 다다랐을 때 나는 마침 그 순간 축하연이 식탁으로 이어졌음을 알았다. 그들은 내게 코플러의 소식을 물었고, 나는 축하연의 들뜬 분위기를 망치고 싶지 않아서, 코플러가 아직 살아 있고 그래서 여전히 어느 정도 희망이 있다고 말했다.

내게는 그 만찬이 너무나 슬프게 여겨졌다. 아마 모두들 가장 맛있고 다양한 진수성찬을 즐기고 있는데, 장인 혼자만 묽은 수프와 우유 한 잔을 대면하고 있어서 그랬는지 모르겠다. 장인은 식사하는 동안 달리 할 일이 없어서 다른 사람들의 입에 들어가는 음식을 바라보느라 정신이 없었다. 전채요리를 먹는 데 열중하는 프란체스코 씨를 보면서 그가 중얼거렸다.

"나보다 두 살이 많은 양반이야!"

그러고는 프란체스코 씨가 백포도주를 세 잔째 마시려 하자, 들릴락 말락 한 목소리로 투덜거렸다. "세 잔째야! 쓸개처럼 아주 쓴맛이었으면 좋겠군!"

나 또한 그 자리에서 먹고 마시지 않거나, 내 입으로 들어간 포도주에 대해서도 똑같은 독설이 쏟아지리라는 걸 몰랐다면, 장인의 말에 기분 상하지 않았을 것이다. 그래서 나는 몰래 먹고 마시기 시작했다. 장인이 우유잔에 큰 코를 대고 마시고 있거나 다른 이가 건넨 말에 그가 대답하는 틈을 타서 음식을 큼직하게 몇 입 삼키거나 가득 찬 포도주잔을 단숨에 비웠다. 알베르타는 오직 사람들을 웃게 만들려는 욕심으로 아우구스타에게 내가 포도주를 너무 많이 마시고 있다고 일렀다. 아내는 장난으로 검지를 들어 내게 그만 마시라고 경고했다. 그것은 나쁘지 않았지만 몰래 먹을 수 없게 되어 결과적으로 곤란해졌다. 그때까지 나에 대해서 거의 의식하지 못했던 조반니는 안경 너머로 아주 못마땅한 시선을 보냈다. 그가 말했다.

"나는 포도주나 음식에 탐욕을 부린 적이 없었어. 그런 탐욕스러운 남자는 진정한 남자가 아니라……" 그러고는 모르긴 몰라도 확실히 칭찬을 뜻하지 않는 마지막 단어를 여러 차례 되풀이했다.

포도주의 취기가 올랐기 때문에 사람들을 한바탕 웃게 만든 그 모욕적인 말은 내 마음에 비이성적인 복수심을 불러일으켰다. 나는 그의 입장에서 가장 큰 약점, 즉 그의 병을 들춰내어 공격했다. 나는 진짜 남자가 아닌 사람은 음식을 탐하는 자가 아니라 의사의 처방을 순순히 따르는 사람이라고 크게 외쳤다. 그리고 내가 장인의 입장이라면 정반대로 의사에 의존하지 않을 거라고 말했다. 또 나라면 내 딸의 결혼식에서—오직 딸을 사랑한다는 이유로—다른 사람이 먹고 마시는 것에 대해 뭐라 참견하는 건 결코 허락하지 않을 거라고 했다.

조반니는 화가 나서 나를 빤히 쳐다봤다.

"내 입장이 되어봐!"

"지금 제 입장으로는 성에 차지 않으신가요? 그럼 담배라도 피울까요?"

나의 약점을 스스로 드러낸 것은 그때가 처음이었다. 나는 내가 한 말을 입증하려고 담배 한 개비에 당장 불을 붙였다. 모두들 웃음을 터뜨렸고, 아무것도 모르는 프란체스코 씨에게 내 삶이 늘 '마지막 담배'라는 공허한 금연 결심으로 가득하다는 얘기를 들려주었다. 그러나 그것은 마지막 담배가 아니었다. 나 자신이 강하고 투쟁심 있게 느껴졌다. 그렇지만 내가 포도주를 장인의 큰 물컵에 따라 그에게 건넸을 때, 다른 이들의 지지를 금세 잃고 말았다. 모두들 조반니가 포도주를 마실까 봐 걱정이 되어 아우성이었고, 말펜티 부인까지 나서서 장인이 컵을 잡지 못하도록 컵을 멀리 떨어뜨려놓았다.

"정말 나를 죽일 셈인가?" 조반니는 진심을 알고 싶은 눈길로 나를 쳐다보면서 누그러진 목소리로 물었다. "자네, 포도주가 형편없군!" 장인은 내가 건넨 포도주를 마실 기미가 전혀 없었다.

나는 정말 낙담한 데다 패배한 기분이 들었다. 나는 용서를 빌기 위해 장인의 발 앞에 몸을 던지다시피 했다. 그러나 그 또한 포도주의 영향인 것 같아서 가까스로 참았다. 축하연이 계속 진행되는 동안 나는 용서를 구하면서 잘못을 고백할 참이었다. 최악의 실패로 끝난 첫번째 장난을 만회할 기회를 가질 만큼 고백은 상당히 길게 지속될 것 같았다. 이 세상 모든 것에는 때가 있다. 술 취한 모든 사람들이 포도주의 취기에 즉시 포로가 되지는 않는다. 나는 술을 지나치게 많이 마셨을 때도 멀쩡할 때와 마찬가지로 나 자신의 무모한 행동들을 분석하는데, 아마 똑같은 결과가 나왔을 것이다. 나는 내가 어떻게 장인을 괴롭힐 못된 생각을 하게 됐는지 나 자신을 계속해서 살펴보았다. 나는 피곤하다는 것, 죽을 만큼 피곤하다는 사실을 깨달았다. 만일 모두가 그날 내가 어떤 하루를 보냈는지 알았다면 나를 용서했을 것이다. 나는 두 번씩이나 한 여자를 소유했다가 잔인하게 버렸다. 그리고 두 번이나 아내에게 돌아와 또 두 번 배신했다. 그 순간 내게 행운이 찾아와 부질없이 눈물을 흘리려고 시도했던 죽은 친구에 대한 생각이 떠올랐고, 두 여인에 대한 생각이 사라졌다. 그렇지 않았다면 카를라에 대해 이야기하고 말았을 것이다. 포도주를 마시고 취기가 오르지 않았을 때에도 항상 고백하고 싶은 욕망이 있지 않았던가? 결국 나는 코플러에 대해 말했다. 모두들 그날 내가 소중한 친구를 잃었다는 사실을 알게 되길 바랐다. 그러면 그들은 나의 이상한 행동을 용서해줄 것이었다.

나는 코플러가 죽었다고, 정말 죽었다고 소리쳤다. 그때까지 입을 다물었던 이유는 거기 모인 사람들을 슬프게 하지 않기 위해서였다고 외쳤다. 아하! 이게 웬일인가! 마침내 내 눈에 눈물이 솟아오르는 것을 느꼈고 그 모습을 감추기 위해 시선을 다른 곳으로 돌려야 했다. 그러나 다들 내 말을 믿지 않았기 때문에 나는 웃었다. 그러자 포도주의 가장 확실한 특성인 완강한 고집이 발휘됐다. 나는 죽은 친구의 모습을 묘사했다.

"미켈란젤로 조각상 같더군요. 영원히 썩지 않을 돌로 조각한 듯 단단하게 말이죠."

그렇게 침묵이 찾아왔으나 어느 순간 귀도가 정적을 깨며 크게 외쳤다.

"지금 우리를 슬프게 할 생각입니까?"

그는 제대로 간파했다. 내가 생각했던 계획은 물거품으로 돌아갔다! 내가 한 말을 만회할 적절한 대답이 없었을까? 나는 볼썽사납게 웃기 시작했다.

"여러분은 속아 넘어갔군요! 그는 살아 있어요. 몸이 점점 좋아지고 있습니다."

모두 내 의중을 파악하려고 나를 쳐다보고 있었다.

"좋아지고 있어요. 나를 알아보고는 미소 짓기까지 했어요." 나는 진지하게 덧붙였다.

다들 내 말을 믿었지만 대체로 불쾌하다는 반응이었다. 조반니는 만일 다칠 염려만 없다면 접시를 있는 힘껏 내 머리에 던졌을 거라고 호통쳤다. 사실 이런 거짓 소식으로 파티를 망치는 것은 용서할 수 없는 일이었다. 만일 사실이었다면 아무런 잘못이 없을 터였다. 다시 그들에게 진실을 말하는 게 낫지 않았을까? 코플러는 죽었고, 나는 홀로 남겨지자마자 곧바로 그의 죽음을 슬퍼하며 누구의 강요에 의해서가 아니라 자발적으로 주체할 수 없이 많은 눈물을 흘렸을 것이다. 나는 적절한 말을 찾고 있었지만 장모인 말펜티 부인이 귀부인다운 엄숙함으로 나를 가로막았다.

"이제 그 가여운 환자 얘기는 그만둬요. 내일 다시 생각해요!"

나는 즉시 죽은 친구에 대한 생각을 완전히 떨쳐낼 만큼 순순히 그 말을 따랐다. '편안히 잠들길, 안녕! 나를 기다려다오! 곧 네 곁으로 돌아갈게!'

축배의 시간이 다가왔다. 조반니는 그때만 샴페인 한 잔을 마셔도 된다는 의사의 허락을 얻었다. 그는 진지하게 자신의 잔에 샴페인을 따르는 것을 지켜보았다. 그러고는 술잔이 차오를 때까지 잔을 입으로 가져가지 않았다. 아다와 귀도에게 진지하고 꾸밈없는 축하의 말을 전한 뒤에야 그는 천천히 마지막 한 방울까지 술잔을 비웠다. 장인은 나를 흘겨보면서 마지막 술 한 방울은 나의 건강을 빌며 마셨다고 말했다. 내가 알기에 전혀 긍정적이지 않은 그 기원을 무효로 하기 위해 나는 식탁보 아래에서 양손의 중지를 검지 위에 포개었다.

그날 밤 축하연의 나머지 기억은 약간 혼란스럽다. 기억나는 건 만찬 테이블에서 얼마 후 아우구스타가 나를 모범적인 남편의 본보기로 삼으면서 나에 대한 좋은 면들을 얘기한 것이다. 그러자 내 잘못이 모두 용서되었고 심지어 장인마저도 더 자상해졌다. 그러나 장인은 아다의 남편이 나처럼 좋은 남편이기를 바라며 덧붙여 뛰어난 사업가가 되기를, 무엇보다 훌륭한 사람이 되길 바란다면서 적당한 표현을 찾았으나 결국 마땅한 맺음말을 찾지 못했는데, 우리 중 누구도 도움을 주지 않았다. 그날 아침 처음으로 나와 만나서 나에 대해 잘 알지 못했던 프란체스코 씨 역시 그랬다. 나는 언짢아하지 않았다. 뉘우쳐야 할 커다란 잘못이 있다는 감정을 그 당사자가 어떻게 아무 일 아닌 척할 수 있겠는가! 내가 받을 자격이 없는 그 애정에서 비롯된 모든 무례한 언행들을 나는 즐거운 마음으로 기꺼이 받아들였다. 그리고 피곤하고 포도주로 혼란스러워진 마음속에 불륜을 저지를 만큼 나쁜 남자가 아닌 좋은 남편의 이미지를 고이 간직했다. 좋은 남자, 아니 아주 좋은 남편이 되는 것이 필요했다. 나머지는 중요하지 않았다. 나는 아우구스타에게 손으로 키스를 보냈고, 그녀는 기쁜 미소를 띠며 받았다.

이후 테이블에서는 흥겨운 분위기를 만들려는 사람들이 내가 취한 걸 이용해 건배를 제안하도록 부추겼다. 나는 그 순간 그곳에 있는 사람들 앞에서 나의 좋은 의도를 확실히 밝히는 것이 좋겠다는 판단이 들어 받아들였다. 그 순간의 나 자신에 대해 의심하지 않았는데, 나 스스로가 아우구스타가 묘사한 바로 그런 존재라고 느꼈기 때문이다. 하지만 나름의 방식으로 그 사실을 수긍한 많은 사람들 앞에서 내 생각을 표명한다면 나는 더 훌륭한 남자가 될 것이었다.

그래서 건배를 제안하면서 나는 나와 아우구스타에 대해서만 말했다. 그즈음 들어 나는 내 결혼과 관련된 이야기를 두번째로 한 셈이었다. 카를라에게는 아내에 대한 나의 사랑에 대해서는 침묵하면서 거짓으로 둘러댔고, 이번에는 반대로 내 결혼 이야기에서 매우 중요한 두 사람, 즉 아다와 알베르타에 대해서 언급하지 않음으로써 거짓말을 한 셈이 되었다.

나는 내게서 행복을 느낄 많은 시간을 앗아가고 그런 스스로를 위로할 수 없었던 나의 머뭇거림에 대해 이야기했다. 그러고는 거침없이 아우구스타의 경우에도 망설임이 있었다고 말했다. 그러나 그녀는 발랄하게 웃으면서 부정했다.

나는 약간의 어려움을 겪으며 간신히 연설의 주제를 다시 찾았다. 어떻게 해서 우리가 마침내 신혼여행지에 도착하게 되었는지, 또 어떻게 이탈리아의 박물관 곳곳에서 사랑을 나누었는지 자세히 들려주었다. 그럴듯하게 꾸며낸 이야기들을 집어넣은 거짓말에 스스로 도취되어 헤어날 줄 몰랐다. 그래서 사람들은 포도주 속에 진실이 있다고 말한다.

아우구스타가 내용을 바로잡기 위해 두번째로 내 말을 가로막았고, 걸작들이 나 때문에 위험해져서 그녀가 박물관을 피해야만 했던 이유를 말해주었다. 그녀는 딱 한 번 있었던 특별한 경험에 관해 사실적인 내용을 밝히는 데만 열중했다! 그 자리에 어떤 관찰자가 있었다면 사랑이 닿을 수 없는 환경에서 내가 기대하는 사랑이 어떤 성격인지 금세 알아냈을 것이다.

나는 여행에서 돌아와 우리의 신혼집에 도착한 이야기를 하면서, 다시 길고 지루한 이야기를 시작했다. 어떻게 두 사람이 이런저런 개조를 하면서 세탁실까지 마련해 집을 꾸몄는지 들려주었다.

아우구스타는 여전히 웃으면서 다시 내 얘기에 끼어들었다.

"이 자리는 결코 우리를 위한 축하 파티가 아니라 아다와 귀도를 위한 파티예요! 그들에 관한 얘기를 해요!"

모두들 떠들썩하게 공감을 표시했다. 나 역시 내 얘기 덕분에 그런 축하 자리에 으레 있기 마련인 즐겁고 화기애애한 분위기에 도달했다고 생각하며 웃었다. 하지만 더 이상 할 말을 찾지 못했다. 너무 많은 말을 한 것 같았다. 나는 연이어 여러 잔의 포도주를 마셨다.

"아다를 위해 건배!" 나는 잠시 그녀가 테이블보 아래에서 좋은 의도를 무색하게 만드는 뿔 모양의 손짓*을 하는지 보려고 잠시 말을 멈췄다.

"그리고 귀도를 위하여!" 나는 포도주를 단숨에 들이켠 다음 덧붙였다.

"진심을 다해!" 첫번째 건배에서 정확한 표현이 빠진 걸 깨닫고 나는 다시 외쳤다.

"이 잔은 앞으로 태어날 당신들의 첫 아이를 위해!"

결국에 누군가 말리지 않았다면 그들의 아이들을 위해 여러 잔을 더 마셨을 것이다. 그 가여운 죄 없는 아이들을 위해 나는 그 테이블에 있던 포도주를 전부 마셨을지 모른다. 그 이후의 기억은 더욱 희미해졌다. 딱 한 가지만이 뚜렷하게 기억나는데, 내 가장 큰 걱정은 술 취한 사람으로 보이는 것이 아니었다. 나는 멀쩡하게 몸을 가누고 있었고 말을 적게 했다. 나 자신을 불신하고 있었고, 말을 하기 전에 그 말을 일일이 분석할 필요를 느끼고 있었다. 평범한 대화가 계속되는 동안 불분명한 생각을 명확히 할 시간이 내게 없었으므로 대화에 끼어드는 것을

---

* 검지와 새끼손가락을 위로 뻗어 뿔 모양을 만드는 제스처. 불륜이나 간통을 저지르려는 의도를 의미한다. 미노타우로스 뿔 모양에서 유래.

포기해야 했다. 나 자신이 직접 어떤 화제를 꺼내 시작하고 싶었고, 그래서 장인에게 말했다.

"엑스테리외Extérieur가 2포인트 하락했다는 소식 들으셨어요?"

나는 전혀 관심 없던 증권가 정보를 얘기했다. 나는 다만 대체로 술 취한 사람들이 기억하지 못하는 진지한 사업 얘기를 하고 싶었을 뿐이었다. 장인은 사업 얘기에 솔깃한 반응을 보였지만 이내 불길한 소식을 알린다고 내게 불평을 터뜨렸다. 그의 속은 도무지 알 수가 없었다.

그래서 나는 내 옆에 있는 알베르타에게 관심을 돌렸다. 우리는 사랑에 대해 말했다. 그녀가 말하는 이론적인 부분이 흥미로웠는데, 그 순간 내게는 실제적인 체험이 전혀 관심 밖이었으므로 그녀와 사랑에 대해 말하는 것이 즐거웠다. 그녀는 내게 사랑에 대한 생각을 물었고, 나는 바로 그날 겪었던 경험에서 확실히 밝혀진 한 가지 생각을 즉시 얘기해주었다. 여자는 증권가의 어떤 주식보다도 가치 폭이 훨씬 넓은 대상이라는 견해였다. 알베르타는 내 말을 잘못 받아들였다. 그녀는 내 말의 의미가 모두가 알다시피 어떤 특정한 나이 대의 여자가 다른 나이 대의 여자보다 절대적으로 우월한 가치를 가진다는 뜻으로 생각했다. 나는 더 분명하게 설명했다. 어떤 여자가 특정한 아침 시간에 높은 가치를 지니다가, 정오에는 아무런 가치가 없다가, 오후에는 아침보다 두 배의 가치를 지니며, 저녁에는 마이너스로 끝을 맺을 수 있다는 예를 들었다. 나는 가치가 마이너스라는 의미를 자세히 말해주었다. 그것은 한 남자가 한 여자를 자기에게서 멀리, 아주 멀리 보내기 위해 치러야 할 값을 계산할 때 갖는 가치라고 설명했다.

그러나 가련한 희극 작가는 내가 발견한 사실이 정당하다고 보지 않았다. 그러는 동안 나는 그날 카를라와 아우구스타가 겪었던 가치의 변화를 기억하면서, 그 점에 대해서 확신을 가졌다. 내 생각을 더 잘 설명하고 싶었을 때 포도주가 끼어드는 바람에 나는 완전히 제 길을 벗어나고 말았다.

"자, 지금 처제가 X의 가치를 가지고 있고 내가 처제의 발을 밟아도 된다고 처제가 허락한다면, 처제의 가치는 최소한 또 다른 X만큼 즉시 증가할 거야"라고 말했다.

나는 당장 그 말을 실행에 옮겼다. 그녀는 얼굴이 빨개져서 발을 움츠렸고 대담해 보이려고 애쓰면서 말했다.

"하지만 이건 실제지 더 이상 이론이 아니에요. 아우구스타에게 물어봐야겠어요."

나 또한 그녀의 작은 발이 알쏭달쏭한 이론과 전혀 상관없다고 느꼈음을 고백해야겠다. 하지만 나는 세상에서 가장 순수한 사람이라도 되는 듯 외치면서 반박했다.

"이건 정말 순수한 이론이야 처제. 정말 순수하다고! 달리 받아들인다면 처제가 잘못된 거라고."

포도주가 만들어낸 환상은 진짜 사건들이었다.

오랫동안 나와 알베르타는 내가 쾌락을 즐기기 위해 그녀의 신체 일부를 건드렸다는 사실을 잊지 않았다. 말은 행동으로 드러났고, 행동은 말로 드러났다. 그녀가 결혼할 때까지 그녀는 내게 겸연쩍은 미소를 지으며 얼굴을 붉혔다. 그러다 나중에는 반대로 얼굴을 붉히며 화를 냈다. 여자들은 그러했다. 매일 그들은 과거에 대해 새롭게 해석한다. 그러므로 그들에게 삶은 단조로울 새가 거의 없다. 내 경우에는 반대로 내 행동에 대한 해석이 언제나 똑같았다. 그녀에게 한 행동은 강렬한 맛이 나는 작은 물건을 훔친 행위와도 같았다. 만일 어떤 시기에 내가 저지른 그 행동을 기억하도록 애써야 하거나 반대로 모든 것이 잊히도록 뭔가 대가를 치러야 한다면 그건 순전히 알베르타의 잘못이었다.

장인의 집을 떠나기 전에 더 심각한 일이 벌어졌던 기억이 난다. 나는 잠시 아다와 단둘이 남겨졌다. 조반니는 일찌감치 잠자리에 들었고, 다른 사람들은 귀도의 배웅을 받아 호텔로 가는 프란체스코 씨에게 작별 인사를 하고 있었다. 나는 어깨와 팔이 드러난 하얀 레이스 장식 드레스를 입은 아다를 오래도록 바라봤다. 나는 한동안 침묵했다. 그녀에게 뭐라고 말을 건네고 싶었지만 이리저리 분석을 당한 뒤라 내 입술에 맴도는 모든 문장들을 억누르고 있었다. '드디어 당신과 내 훌륭한 친구 귀도가 결혼하게 되어 얼마나 기쁜지 몰라요. 우리 사이의 모든 일은 이제 곧 끝날 겁니다'라고 말하고 싶었지만 그래도 되는지 곰곰이 생각한 기억이 난다. 모두들 우리 사이의 일이 여러 달 전에 끝났다는 걸 알고 있었기 때문에 나는 일부러 거짓말을 하고 싶었다. 내 생각에 그런 거짓말은 아주 멋진 결혼 축하 인사로 여겨졌고, 그렇게 아름답게 차려입은 여인이 칭찬을 듣는 것은 마땅하다. 그러나 오랜 고민 끝에 난 아무것도 하지 않았다. 포도주의 바다에서 헤엄치다가 나를 구해줄 널빤지를 발견한 셈이었다. 나는 나를 좋아하지도 않는 아다를 기쁘게 하려고 아우구스타의 사랑을 위기로 몰아넣을 뻔했다. 그러나 잠시 내 마음을 뒤흔들었던 의구심 속에서, 하려다 만 말들에서 벗어나려고 안간힘을 썼을 때에도 나는 아다에게 의미심장한 시선을 보냈다. 그러자 그녀는 달아날 준비를 하는지 당황한 기색으로 나를 주의 깊게 살펴본 다음 자리에서 일어나 밖으로 나갔다.

어떤 시선은 한마디 말만큼이나 아니 그보다 더 잘 기억되기 마련이다. 그것은 어떤 말보다 더욱 중요하다. 왜냐하면 세상 어떤 사전에도 여성의 옷을 벗길 수 있는 단어는 없기 때문이다. 그때 내 시선이 내가 생각했던 말들을 단순하게 변형시켜 진실을 왜곡했음을 지금은 알겠다. 아다의 눈으로 볼 때 나의 시선은 그녀의 옷 속을 파고들어 피부까지 쓰다듬으려는 시도로 보였을 것이다. 그리고 그것은 분명 '나와 당장 침대로 갈래요?'라는 의미였을 것이다.

포도주는 진실을 드러내주지 않기 때문에 너무나 위험하다. 아니, 어쩌면 진실만을 드러내기 때문에 위험할지도 모른다. 특히 포도주는 누군가의 현재 소망보다 잊힌 과거를 폭로한다. 그것은 비교적 최근에 장난처럼 떠올렸다 잊어버린 어처구니없는 생각들을 변덕스럽게 부각시킨다. 포도주는 지워진 기억을 무시하고 여전히 우리의 마음속에 남아 있는 모든 것을 읽어낸다. 그리고 우리는 수표에 실수로 잘못 기재한 날짜를 지울 수 없는 것처럼, 우리 마음속에 남아 있는 것 또한 흔적없이 지울 방법이 없다는 걸 안다. 우리의 모든 과거는 언제나 읽을 수 있으며, 포도주는 삶이 그 과거에 덧붙이는 것을 무시하면서 과거를 큰 소리로 읽어댄다.

집으로 가기 위해 아우구스타와 나는 마차를 탔다. 밤의 어둠 속에서 나는 아내를 포옹하고 키스하는 것이 의무처럼 여겨졌다. 왜냐하면 비슷한 상황에서 여러 번 그렇게 했기 때문이었다. 내가 그렇게 하지 않으면 그녀가 우리 둘 사이에 뭔가가 달라졌다고 생각할까 봐 두려워서였다. 우리 사이에 변한 건 아무것도 없었다. 포도주는 이것 역시 외치고 있었다! 그녀는 제노 코시니와 결혼했고, 제노 코시니는 변함없이 그녀 곁에 있었다. 그날 포도주가 나를 즐겁게 만들어 아다나 알베르타뿐만 아니라 포도주 잔만큼이나 많은 다른 여인들을 소유한다 해도 뭐가 대수였겠는가?

나는 잠이 들면서 잠깐 죽음의 침대에 누워 있는 코플러의 차디찬 대리석 같은 얼굴을 다시 떠올렸다. 그는 내가 그에게 약속했던 눈물을 요구하는 것 같았다. 그러나 잠이 나를 무기력하게 만들면서 와락 덮치는 바람에 그 순간에도 눈물이 나지 않았다. 나는 우선 그의 영혼에게 사과했다. '조금만 더 기다려주게. 곧 자네와 함께하겠네!' 하지만 나는 그의 장례식에마저 참석하지 않았기 때문에 결코 다시는 그와 함께하지 못했다. 집에서도 할 일이 많았고 바깥일까지 돌봐야 했기에 그를 위해 할애할 시간이 없었다. 아내와 나는 가끔 그에 관한 얘기를 했지만 내 포도주가 그를 얼마나 여러 번 죽였다가 되살렸는지 기억하면서 웃을 때뿐이었다. 오히려 그는 우리 집에서 죽은 이를 가리키는 속담처럼 자리 잡았다. 그래서 신문에서 종종 누군가의 부고를 올렸다가 내리는 것을 보면 우리는 "불쌍한 코플러 같네"라고 말한다.

다음 날 아침 나는 약간의 두통을 느끼며 일어났다. 편두통 때문에 조금 괴로웠는데 아마 전날 포도주를 많이 마신 탓에 취기가 남아서겠지만 곧 사라졌다. 그러나 나는 근본적으로 슬프지 않았다. 아우구스타는 내가 어제 결혼식 축하연에 오지 않았다면 자신이야말로 장례식에 있는 것처럼 끔찍했을 거라며 나를 안심시켰다. 그래서 나는 어제 행동에 대해서 후회하지 않았다. 그러나 용서되지 않는 단 한 가지 행동이 떠올랐다. 아다에게 추파를 던진 것 말이다!

그날 오후에 우리가 만났을 때, 아다는 불안한 기색으로 내게 악수를 청해서 나를 걱정하게 만들었다. 어쩌면 배려와는 거리가 멀었던, 도망치듯 빠져나간 자신의 행동을 의식하고 있었을지 모르겠다. 하지만 나의 시선 역시 끔찍하게 추한 행위였다. 나는 내 눈동자의 움직임을 정확히 기억하고 있었고, 그런 눈빛을 온몸으로 받은 그녀가 그걸 잊을 수 없으리라는 걸 충분히 이해했다. 점잖게 제부다운 태도로 실수를 만회할 필요가 있었다.

술을 너무 많이 마셔서 괴로울 때는 술을 더 마시는 방법 말고는 다른 좋은 치료법이 없다는 말이 있다. 그날 아침 나는 다시 정신을 차리기 위해 카를라의 집으로 갔다. 나는 더 열정적으로 살고 싶은 욕망을 가지고 그녀에게 갔다. 그것은 나를 다시 알코올로 이끄는 욕망이었다. 하지만 그녀의 집을 향해 걸으면서 그녀가 전날과 전혀 다른 삶의 열정을 불러일으켜주길 바랐다. 딱히 구체적인 어떤 의도가 있는 건 아니었지만 나로서는 솔직한 결심이었다. 그녀를 당장 버릴 수는 없다는 걸 나는 알고 있었지만, 천천히, 아주 천천히 도덕적인 행위로 나아갈 수 있었다. 그러면서 그녀에게 아우구스타에 대한 얘기를 계속해 나갈 생각이었다. 아름다운 어느 날, 그녀는 조금도 놀라지 않고, 내가 얼마나 나의 아내를 사랑하는지 알게 될 것이었다. 내 외투 주머니 속에는 어떤 경우든 대비하기 위해 얼마 정도의 돈이 든 봉투가 들어 있었다.

카를라의 집에 도착해서 그녀와 얘기를 나눈 지 15분쯤 지났을 때 그녀가 나를 원망하며 한마디 했는데 그 말이 오랫동안 내 귓가에 맴돌았다. "당신은 정말 사랑에 무례하군요!" 정말 그때 내가 무례했는지도 모르겠다. 나는 그녀에게 아내에 대한 얘기를 시작했고, 아우구스타를 향한 칭송들이 카를라의 귀에는 자신에게 쏟아지는 수많은 비난처럼 들렸던 것이다.

그러나 내게 상처를 준 사람은 카를라였다. 시간을 보내기 위해서 나는 그녀에게 축하연 자리에서 내가 말한 너무나 어울리지 않았던 축배사 때문에 나 자신에게 얼마나 화가 났었는지 얘기했다. 카를라가 내 얼굴을 자세히 살피며 말했다.

"당신이 아내를 사랑한다면 그녀 아버지 집에서 터무니없는 축배사로 실수를 저지르지 않았겠죠."

그러고는 내가 아내에게 느끼는 그 부족한 사랑을 보상하듯 내게 키스를 했다. 그러자 카를라를 생각하며 품었던, 나의 삶을 강렬하게 만들려는 변함없는 욕망이 나를 즉시 아우구스타에게 다시 데려다줄 것 같았다. 나의 사랑을 말할 수 있는 유일한 여인인 아우구스타에게로 말이다. 해장하듯이 마신 포도주가 너무 과했거나 턱없이 부족했던 모양이다. 하지만 그날 카를라와의 관계는 더 부드러워지고 마침내는 친밀감마저 느끼게 되었다. 나중에 깨달은 사실이지만 가여운 소녀는 충분히 그런 대접을 받을 만했다. 그녀는 내 의견을 듣고 싶다면서 여러 번 내게 노래를 불러주겠다고 했다. 하지만 나는 그녀의 노래에 대해 알고 싶지 않았고, 음악에 대한 그녀의 순진한 애정조차도 내 관심의 대상이 아니었다. 나는 그녀가 공부하기를 거부했기 때문에 더 이상 노래를 부를 필요가 없다고 말했다.

내 공격은 심각한 것이었다. 그녀는 너무나 심각한 상처를 입었고 그 때문에 고통스러워했다. 내 옆에 앉아 있던 그녀는 눈물을 보이지 않으려고 무릎에 포개어놓은 자신의 손을 물끄러미 바라보았다. 그녀는 내게 아까 했던 비난을 다시 퍼부었다.

"나한테 이정도로 심하게 대한다면, 당신이 사랑하지 않는 사람에게는 얼마나 무례하겠어요!"

마음씨 좋은 악마인 나는 카를라의 눈물에 마음이 움직였고, 그 작은 방에서 그녀의 뛰어난 목소리로 내 귀를 매료시켜달라고 부탁했다. 그러나 이번엔 그녀가 단호히 거절했고, 나는 요청을 들어주지 않으면 가버리겠다고 협박까지 하고 말았다. 나는 잠시나마 나의 자유를 다시 찾기 위한 핑곗거리를 얻은 기분이었다. 그러나 내 협박에 초라한 하녀는 시선을 떨군 채 피아노 앞에 가서 앉았다. 그러고는 아주 짧은 순간 감정에 집중했고, 모든 구름을 멀리 쫓아버리듯이 손으로 얼굴을 쓸어내렸다. 그녀는 놀랄 만큼 빠르게 노래할 준비를 갖추었다. 그리고 손에 가려져 있던 얼굴이 드러나자 이전의 고통스러운 흔적은 찾아볼 수 없었다. 나는 곧 크게 놀랐다. 카를라가 소리쳐 노래를 부르지 않고 이야기하듯 들려주었다. 소리치듯 부르는 기법은 나중에 그녀가 내게 말한 대로, 그녀의 음악 선생이 일방적으로 가르친 기법이라고 했다. 지금은 그와 함께 말끔히 쫓아냈다고 말했다. 그녀는 트리에스테 방언으로 된 노래를 불렀다.

> 사랑하는 건 사실이에요/ 뭐 나쁠 게 있나요?/ 그것을 원하는 당신은 열여섯/ 거기 바보처럼 서 있을 건가요?*

그것은 일종의 이야기나 고백이었다. 카를라의 눈동자는 심술궂은 장난으로 빛났으며, 가사보다 더 많은 내용을 고백하고 있었다. 고막이 상하지 않을까 하는 두려움은 없었다. 그래서 놀라움과 황홀함에 매료된 나는 그녀에게 가까이 다가갔다. 나는 그녀 옆에 앉았고, 그러자 그녀는 가장 가볍고 순수한 음률로 자유와 사랑을 원하는 열여섯 살 소녀의 이야기를 들려주기 위해 눈을 반쯤 감고, 그 누구도 아닌 나를 위해 그 노래를 불렀다.

처음으로 나는 카를라의 얼굴을 자세히 보았다. 깊고 동그스름한

---

* 트리에스테 지역 민요. Fazzo l'amor xe vero/ Cossa ghe xe de mal/ Volè che a sedes'ani/ Stio là come un cocal……

눈매와 낮은 광대뼈, 도드라진, 너무나 순결한 달갈형 얼굴은 눈처럼 하얀 피부로 인해 더욱 순수해 보였다. 이제 내게로, 또 불빛으로 고개를 돌린 그녀의 얼굴은 어떤 그림자로도 그늘지지 않았다. 그리고 투명해 보이는 그녀의 얼굴은 어쩌면 겉으로 드러나기에는 너무나 연약할지 모를 혈관을 잘 감싸고 있었고, 얼굴을 타고 흐르는 부드러운 선들은 사랑과 보호를 필요로 하고 있었다.

이제 나는 그녀에게 무조건적인 애정과 보살핌을 얼마든지 베풀 자세가 되어 있었다. 그녀는 그 순간 오직 내가 아내를 배신하지 않고 해줄 수 있는 아버지 같은 사랑만을 원하고 있었으므로, 언젠가 아우구스타에게 돌아갈 결심을 하게 될 순간이 오더라도 역시 그럴 작정이었다. 나는 너무나 만족스러웠다! 카를라와 그곳에 있었고, 그녀의 가냘픈 얼굴이 요구하는 것을 들어주었으며, 아우구스타에게서 떠나지 않고 있었으니 말이다! 카를라를 향한 나의 사랑은 너그러워졌다. 그때부터 정직하고 순수해져야 한다는 느낌이 들 때, 더 이상 그녀를 떠날 필요가 없었다. 그녀와 함께 있으면서 얼마든지 대화 내용을 바꿀 수 있었다.

이 새롭고 사랑스러운 감정은 그때 내가 발견한 그녀의 작은 달걀형 얼굴에서 생겨난 걸까? 아니면 그녀의 음악적 재능에서 비롯된 것일까? 재능 덕분이었음을 부정할 수 없다! 그 이상한 트리에스테 노래는 앞서 등장하던 소녀가 늙고 병들어 이제 죽음 말고는 다른 자유가 더 이상 필요하지 않다고 고백하는 소절로 끝을 맺는다. 카를라는 계속해서 심술궂은 장난스러움과 경쾌함을 쓸쓸한 노래에 담아냈다. 그러나 그녀는 새로운 관점으로 자신의 권리를 호소하기 위해 나이 든 체하는 소녀에 불과했다.

그녀가 노래를 마쳤을 때 나는 벅찬 감동을 느꼈고, 그녀 역시 나를 사랑하면서 처음으로 진심으로 나를 좋아했다. 그녀는 음악 선생이 그녀에게 가르쳤던 노래보다 그 짧은 노래가 더 내 마음에 들 거라는 걸 알고 있었다. 그녀는 슬픈 표정으로 말했다.

"안타까운 건 카페 상탕Cafes chantants에 가서 노래를 부르지 않으면 노래를 불러 생계를 이어갈 방법이 달리 없다는 거예요."

나는 세상일이 꼭 그렇지는 않다고 쉽게 그녀를 납득시켰다. 이 세상에는 노래 부르지 않고 음악을 전하는 많은 예술가들이 있었다. 그녀는 내게 그들의 이름을 말해달라고 했다. 그녀는 자신의 예술이 얼마나 중요해질 수 있는지 깨닫고 몹시 기뻐했다.

"지금 부른 노래가 소리를 고래고래 지르기만 하면 되는 다른 노래보다 훨씬 어렵다는 걸 알아요"라고 그녀는 순진하게 덧붙였다.

나는 미소를 지을 뿐 언쟁하지 않았다. 그녀의 예술인 성악은 물론 어려운 것이었고, 그녀가 아는 유일한 예술이기 때문에 그녀는 그 사실을 알고 있었다. 그녀는 그 짧은 노래를 부르기 위해 아주 오랜 시간 노력을 기울여야 했다. 그녀는 노래의 모든 단어와 모든 음의 억양을 바로잡으면서 그 사실을 여러 번 말하고 또 말했다. 지금은 다른 노래를 연습하고 있지만, 몇 주가 지나도 겨우 제자리걸음을 면하는 정도일 것이다. 그 전에는 자신의 노래를 들려주고 싶어 하지 않았다.

그 전까지는 무자비하고 비참한 장면들만 일어났던 그 방에서 달콤하고 낭만적인 순간들이 이어졌다. 이제 카를라에게 성악가라는 직업의 세계가 열리고 있었다. 그녀에게서 나를 자유롭게 풀어줄 직업, 그녀를 위해 코플러가 꿈꾸었던 것과 매우 비슷한 바로 그 직업! 나는 그녀에게 새로운 음악 선생을 찾아주면 어떻겠느냐고 제안했다. 그녀는 처음에 그 말을 듣고 깜짝 놀랐지만, 선생이 그녀에게 따분하거나 별로 도움이 안 된다고 여겨지면 그녀 마음대로 해고할 수 있다고 말하자 쉽게 받아들였다.

그날은 아우구스타와도 매우 좋은 시간을 보냈다. 나는 카를라의 집이 아니라 산책을 다녀온 것처럼, 아니면 두 모녀가 더 이상 그를 화나게 하지 않을 즈음 그 집을 나설 때의 코플러의 마음이 그랬을 법하게 평온한 마음이었다. 나는 오아시스를 발견한 것처럼 기분이 좋았다. 만약에 카를라와 나의 오랜 관계가 끊임없는 감정적 동요와 격정 속에서 지속되었다면 나와 내 건강에 심각한 해를 끼쳤을 것이다. 그날부터 예술적 아름다움이 만들어낸 결과처럼, 아우구스타에 대한 나의 사랑만큼이나 카를라에 대한 사랑을 새롭게 하기 위해 필요한 약간의 거리두기가 가능해졌고, 그로 인해 모든 일이 더욱 평온하게 흘러갔다. 카를라를 만나러 가는 행위는 매번 아우구스타를 배신하는 행위였다. 하지만 건강과 선한 의도라는 구실 속에서 모두 잊히고 말았다. 그리고 그 선한 의도라는 것도 카를라에게 앞으로 다시는 나를 보지 못할 거라고 말해버리고 싶은 욕망이 목까지 차올랐을 때처럼 잔인하고 감정적인 것이 아니었다. 나는 자상하고 아버지 같은 연인이었다. 그리고 나는 그녀의 직업에 대해서 생각하고 있었다. 날마다 한 여자를 떠났다가 다음 날 또 만나러 가는 일은 가여운 내 심장이 견디지 못할 만큼 힘겨운 일이었다. 반면에 카를라는 항상 내 영향력 아래 머물렀고, 이쪽저쪽 어느 방향이든 내 마음대로 명령을 내리곤 했다.

오랜 시간 동안 나의 선한 의도는 나로 하여금 카를라를 지도할 음악 선생을 구하러 도시를 돌아다니게 할 만큼 강력하지 않았다. 나는 언제나 앉아 있으면서 선한 의도를 즐기고 있었다. 그러던 어느 화창한 날, 아우구스타는 엄마가 된 것 같다고 고백했다. 순간 나의 선한 의도는 거인처럼 자라났고, 카를라는 음악 선생을 두게 됐다.

음악 선생 없이도 카를라가 성악이 아닌 새로운 예술 안에서 얼마든지 진지한 작업을 시작할 수 있을 거라고 확신했기 때문에 나는 오랫동안 음악 선생 찾기를 주저해온 것이다. 매주 그녀는 내게 새로운 노래를 들려주었는데, 노래하는 동안 가사와 곡의 특성을 조심스럽게 분석했다. 특정 음은 좀더 노련해져야 할 필요가 있었지만 결국에는 유연하게 다듬어지곤 했다. 카를라가 진정한 예술가라는 결정적인 증거는 맨 처음 터득한 자신만의 방식을 포기하지 않고 더 나은 노래가 될 때까지 자신의 노래를 계속해서 완성시켜나가는 모습에서 발견되었다. 나는 종종 그녀에게 첫번째 노래를 다시 부르도록 했다. 그리고 매번 노래를 부를 때마다 몇몇 새롭고 효과적인 발성이 더해진다는 사실을 알았다. 그녀는 알지 못했지만, 강한 전달력을 지닌 표현을 찾아내려고 부단히 노력하는 가운데 과장되거나 거짓으로 꾸민 음을 노래에 집어넣으려는 일이 한 번도 없었기에 놀라웠다. 진정한 예술가로서 그녀는 날마다 작은 건축물에 돌멩이를 하나씩 쌓아가고 있었다. 그리고 나머지는 그대로 두었다. 그녀의 노래는 감정에 호소하는 진부하고 틀에 박힌 노래가 아니었지만 그녀를 특징짓는 것은 풍부한 감성이었다. 카를라는 노래하기 전에 항상 얼굴에 손을 가져갔고, 그 손 뒤에서 아주 잠깐 동안 그녀가 완성해야 하는 단막극에 쏟아 넣는 데 필요한 감정을 이끌어내고 있었다. 그리고 그 희극이 항상 유치하지만은 않았다. 「오두막에서 태어난 로지나」*의 풍자적인 안내자는 자주 다그치긴 했지만 지나칠 정도는 아니었다. 카를라는 매일매일, 하루하루의 삶의 지혜를

* 트리에스테 지방 민요.

알려주는 것처럼 보였다. 카를라의 생각은 매번 달랐지만 같은 결말에 도달하며 끝이 났다.

그녀는 자신이 부른 노래에 대해 "나는 로지니가 좋아요. 그렇지 않다면 이 노래는 부를 가치가 없을 거예요"라고 말하곤 했다.

카를라가 무의식적으로 아우구스타를 향한 나의 사랑과 죄의식을 다시 타오르게 한 적이 몇 번인가 있었다. 실제로, 내 아내가 매우 견고하게 차지하고 있는 위치에 대해 카를라가 무례하고 공격적인 움직임을 보일 때마다 그 같은 일이 일어났다. 카를라는 밤새도록 나를 온전히 차지하려는 욕망으로 늘 가득 차 있었다. 그녀는 우리가 나란히 누워 잠을 잔 적이 없기 때문에 친밀함이 덜한 사이 같다고 털어놓았다. 나는 그녀에게 더욱 다정해지려고 노력하고 싶었고, 그녀를 기쁘게 하려고 단번에 거절하지 않았다. 하지만 밤새 창가에서 나를 기다리다 아침을 맞은 아우구스타를 보게 되는 일만큼은 피하고 싶었으므로 그와 같은 일이 일어나기란 불가능하다고 생각했다. 게다가 카를라와 밤을 보내는 것은 아내에게 또 다른 배신이 되지 않겠는가? 이따금씩 욕망으로 차올라 카를라에게 달려갈 때에는 그녀의 뜻대로 기쁘게 해주고 싶은 마음이 든다. 하지만 금세 그것의 불가능성과 부적절함을 보게 되었는데, 그렇게 그 생각은 좀처럼 나아가지도 못하고 실현되지도 못한 채 시간만 잡아먹고 있었다. 카를라와 나는 겉으로는 조만간 밤을 함께 보내자는 데 동의했다. 그러는 동안 제르코 가의 두 모녀가 사는 집을 두 부분으로 분리시켰던 세입자들을 내보낼 수 있게 되면서 그 일은 성사될 가능성이 높아졌다. 드디어 카를라가 자기 침실을 갖게 된 것이다.

귀도의 결혼식이 끝나고 얼마 후 장인이 위독한 상태에 빠졌고, 나는 경솔하게도 카를라에게 장모가 쉴 수 있도록 아내가 대신 장인 곁을 밤새 지킬 거라는 얘기를 하고 말았다. 더 이상 변명의 여지가 없었다. 아내에게는 너무나 고통스러울 게 뻔한 날 밤에 카를라는 내가 자신과 함께 밤을 보내야 한다고 고집을 부렸다. 나는 갑작스러운 요구에 저항할 용기가 없었고, 무거운 마음으로 그녀의 고집을 따르기로 했다.

나는 그날의 희생을 준비했다. 아침에 카를라에게 가지 않은 대신 저녁에 욕망으로 가득 차 그녀의 집으로 달려갔다. 그러면서, 아우구스타가 다른 이유들로 고통스러워할 때에 그녀를 배신했다고 해서 더욱 큰 배신이라고 믿는 것은 유치하다고 스스로에게 말했다. 가여운 아우구스타는 저녁 식사에 필요한 것들과 밤에 할 일 그리고 다음 날 아침 커피 마시는 것까지 찬찬히 설명했다.

카를라는 서재에서 나를 맞았다. 잠시 후 그녀의 어머니가 우리에게 소박한 저녁 식사를 가져다주었다. 나는 내가 가져온 후식들을 내놓았다. 노부인은 빈 그릇을 치우기 위해 곧 다시 돌아왔고, 나는 진심으로 당장 잠자리에 들고 싶었다. 하지만 그러기에 시간은 여전히 너무 일렀고, 카를라는 자신의 노래를 들어보라고 졸랐다. 그녀는 자신의 레퍼토리를 전부 노래했다. 연인을 기다리는 초조함은 카를라의 노래가 늘 내게 주었던 기쁨을 더욱 커지게 했기 때문에 확실히 즐거운 시간이었다.

"관객들은 당신에게 꽃다발과 박수를 아낌없이 보낼 거야." 나는 모든 관객이 내가 느낀 감동을 느끼기란 불가능하리라는 사실을 까맣게 잊고서 그녀에게 찬사를 보냈다.

우리는 마침내 전혀 꾸미지 않은 작고 허름한 방에서 한 침대에 누웠는데, 침대가 마치 벽에서 떨어져 나온 복도 같았다. 나는 여전히 잠이 오지 않았고, 만약 잠들지 않으면 공기가 턱없이 부족한 좁은 방 안에서 밤새 한숨도 잘 수 없을 것 같은 절망적인 생각이 들었다.

카를라의 어머니가 조심스러운 목소리로 카를라를 불렀다. 그녀는 대답하기 위해 출입문으로 가서 살짝 문을 열었다. 짜증난 목소리로 무슨 일이냐고 묻는 그녀의 목소리가 들렸다. 노부인은 겁이 난 듯이 잘 들리지 않는 몇 마디 말을 딸에게 했다. 그러자 카를라는 문을 닫기 전에 어머니의 얼굴에 대고 소리쳤다.

"날 그냥 내버려둬요. 오늘 밤 여기서 잔다고 이미 말했잖아요!"

그렇게 해서 나는 카를라가 줄곧 그 방에서 괴로운 밤을 보내다가 그날 우리가 함께 자게 된 침대를 비워두고 또 다른 침대가 있는 그녀의 예전 침실에서 어머니와 함께 잠을 잤었다는 사실을 알게 됐다. 그녀가 나를 졸라 아우구스타에게 잘못을 저지르도록 만든 것은 분명히 그러한 두려움 때문이었다. 그녀는 내가 전에 본 적이 없는 앙큼한 미소를 띠며, 자신의 어머니와 있을 때보다 나와 있을 때 더 안전한 느낌이 든다고 고백했다. 나는 옆방에 쓸쓸하게 남아 있을 침대를 생각했다. 나는 전에 그 침대를 한 번도 본 적이 없었다. 나는 질투심을 느꼈다! 그러고는 카를라가 불쌍한 자기 어머니에게 보인 태도에도 경멸스러운 기분이 들었다. 그녀는 자기 부모님을 돕기 위해 나와 함께 있기를 포기한 아우구스타와는 조금 다른 성격을 지닌 여자였다. 나는 특히나 부모님을 존중하지 않는 것에 민감했다. 안쓰러운 아버지의 변덕스러움을 많은 인내로 견뎌냈던 내게는 더더욱 그랬다.

카를라는 나의 질투뿐만 아니라 경멸도 알아차릴 수 없었다. 나는 하루 일과의 대부분을 누군가 나를 연인에게서 구제해주기를 빌면서 보내기 때문에, 내게는 질투할 어떤 자격도 없다는 사실을 떠올리면서 질투심을 드러내지 않으려고 애썼다. 이미 그녀를 완전히 떠나겠다는 다짐을 다시 굳힌 판국에 굳이 그 불쌍한 소녀에게 경멸을 드러낼 필요는 전혀 없었다. 방금 전 내게 질투심을 불러일으킨 것과 똑같은 이유로 나의 경멸심 역시 커졌다. 당장 필요한 것은 무더운 데다 턱없이 공기가 부족한 이 작고 누추한 방에서 가능한 한 빨리 벗어나는 것이었다.

서둘러 그곳을 떠나기 위해 꾸며냈던 변명조차 잘 기억나지 않는다. 나는 숨 가쁘게 옷을 입기 시작했다. 아내에게 열쇠를 건네주는 걸 잊어버려서, 만일 그녀가 돌아와서 열쇠가 없으면 집에 들어가지 못할 거라고 말했다. 나는 내 주장이 진실하다는 확실한 증거로 항상 주머니에 가지고 다니던 열쇠를 보여주었다. 하지만 카를라는 나를 붙잡으려는 시도마저 하지 않았다. 그녀는 옷을 입었고, 불빛을 비춰주기 위해 아래층까지 나를 바래다주었다. 어두운 계단에서 그녀는 심문하는 듯한 예리한 눈길로 나를 자세히 뜯어보았는데, 그것이 내 마음을 불편하게 했다. 그녀는 내 속마음을 알아차리기 시작했을까? 나는 시치미 떼고 아닌 척했지만 그리 쉬운 일은 아니었다. 나는 집에 가도록 해준 그녀에게 고마움을 표시하기 위해 그녀의 볼에 여러 차례 키스했고, 나를 그녀에게 이끈 열정에 여전히 사로잡혀 있음을 보여주려고 가장했다. 나는 내 연기가 아주 성공적이었다는 데 어떤 의심도 품지 않았다. 조금 전에 나눈 사랑에 도취된 카를라는 부모님이 지어주신 제노라는 볼품없는 이름이 반드시 나의 고유함을 드러내는 것은 아니라고 말했다. 그녀는 내 이름이 다리오이길 바랐을 것이다. 그리고 어둠 속에서 그녀는 나를 그렇게 부르면서 작별 인사를 했다. 잠시 후 그녀는 날씨가 심상치 않은 걸 깨닫고는 내게 우산을 가져가라고 했다. 그러나 나는 더 이상 그녀가 하라는 대로 할 수가 없었다. 나는 확고한 결심으로 열쇠를 손에 꼭 쥐고 달려갔다.

깊은 밤의 어둠은 이따금 눈부신 불빛에 흩어지곤 했다. 천둥이 멀리서 우당탕 소리를 내는 것 같았다. 대기는 여전히 고요했고 카를라의 작은 방 만큼이나 무더웠다. 후드득 몇 방울씩 떨어지는 빗방울 역시도 미지근했다. 하늘을 올려다보니 비가 곧 쏟아질 것 같아 나는 달리기 시작했다. 코프시아 스타디온에서 여전히 불을 켜고 문을 연 가게를 발견하고 나는 용케 비를 피할 수 있었다! 곧바로 거리에 소나기가 쏟아졌다. 폭우는 갑작스럽게 불어온 강한 회오리바람 때문에 그쳤는데, 바람을 따라 순식간에 천둥이 아주 가까이 몰려온 것처럼 보였다. 나는 깜짝 놀랐다! 그 시간에 코르시아 스타디온에서 벼락에 맞아 죽었다면 정말 수치스러웠을 것이다! 내가 밤에 거기까지 달려갈 수 있고, 그래서 항상 모든 걸 둘러대는 이상한 취향을 지닌 남자라는 걸 아내 역시 알고 있는 것이 다행이었다.

나는 한 시간 넘게 상점 현관에 머물러야 했다. 날씨는 잠잠해지려는 듯하다가 갑자기 또 다른 형태로 돌변하면서 돌풍과 비를 뿌렸다. 이제는 우박이 떨어졌다. 건물 관리인이 내게 볼일이 있는지 다가왔고, 나는 문 닫는 시간을 늦춰달라는 의미로 동전 몇 개를 그에게 쥐어주었다. 잠시 후 비를 흠뻑 맞은 하얀 옷을 입은 신사가 현관문 안으로 들어왔다. 그는 나이가 많고 말랐으며 무뚝뚝해 보였다. 그날 이후 그를 다시는 보지 못했지만, 그의 검은 눈동자에서 뿜어져 나오는 눈빛과 그의 몸 전체에서 흘러나오는 강한 기운 때문에 그를 잊을 수가 없다. 그는 갑작스레 퍼붓는 비에 온통 젖은 탓에 욕설을 쏟아냈다.

모르는 사람과 대화를 나누는 것은 언제나 즐거웠다. 그들과 있으면 나는 건강과 안정감을 느낀다. 그건 정말이지 휴식이었다. 나는 다리를 절뚝거리지 않도록 조심해야 하는데, 그래야 안심이 됐다.

마침내 날씨가 잠잠해졌을 때, 나는 곧장 우리 집이 아니라 장인의 집으로 향했다. 그 순간 나는 그곳으로 달려가 내가 왔음을 알리고 거기에 있다는 사실을 뿌듯하게 여겨야 할 것 같았다. 장인은 잠들어 있었고, 아우구스타는 한 수녀의 도움으로 자리를 비우고 내게 올 수 있었다. 그녀는 내가 오길 잘했다고 말했다. 그러고는 울면서 내 품에 안겼다. 그녀는 아버지가 끔찍하게 고통스러워하는 모습을 보았다.

그녀는 내가 온통 비에 젖은 걸 깨달았다. 그녀는 나를 소파에 앉히고는 담요를 덮어주었다. 그런 후 잠시 동안 내 곁에 머물렀다. 나는 몹시 피곤했고, 그녀가 나와 함께 머물 수 있는 그 짧은 시간 동안에도 몰려오는 잠과 싸웠다. 나는 무엇보다 내가 밤새도록 우리 가정에서 멀리 떨어져 연인과 머물면서 아내를 배신하지 않았기 때문에 스스로가 아주 결백하다고 느껴졌다. 나는 그 결백이 자랑스러웠고 그것을 배가하기 위해 고백에 가까운 말들을 꺼내기 시작했다. 그녀에게 내가 나약하고 죄책감을 많이 느낀다고 말했다. 그녀가 왜 그런지 설명을 요구하며 나를 바라봤기 때문에 나는 즉시 생각에 잠겼다. 그러고는 철학적인 비유를 들어 그녀에게 내 모든 생각과 숨결에서 죄책감을 느낀다고 얘기했다.

"그건 신앙인들도 그렇게 생각해요. 어쩌면 우리가 깨닫지 못한 잘못 때문에 이렇게 벌을 받는지도 몰라요!" 아우구스타가 말했다.

아우구스타는 하염없이 눈물을 흘리면서 이야기를 계속했다. 내 눈에 그녀는 나의 생각과 신앙인들의 생각 사이에 놓인 차이점을 잘 이해하지 못한 것 같았다. 그러나 나는 그 문제를 물고 늘어지고 싶지 않았다. 더욱 거세지는 바람의 단조로운 소리에, 나는 고백에 기울어진 마음이 가져다준 평온을 느끼며 몸과 마음을 회복시켜줄 긴 잠에 빠져들었다.

*

성악 선생을 구하는 문제는 몇 시간 만에 해결되있다. 나는 일찌감치 한 명을 꼽고 있었다. 솔직히 말하자면, 무엇보다 그가 트리에스테에서 가장 수완이 좋은 선생이라는 명성에 매료됐었다. 그를 직접 만나러 간 사람은 카를라 본인이었다. 나는 그를 본 적이 없지만 지금은 그에 대해 많은 걸 알고 있으며, 이 세상에서 내가 가장 존경하는 사람들 가운데 한 사람이라고 말해야겠다. 음악 선생 비토리오 랄리는 자신의 예술로 생계를 유지하는 예술가에게서는 발견하기 어려운 건강한 순진함이 돋보이는 사람이었다. 아무튼 그는 천재적이고 또한 건강하기에 시기심을 불러일으키는 남자였다.

나는 카를라의 목소리가 부드러워지고 더욱 유연하고 안정적으로 변화했음을 금세 느꼈다. 우리는 성악 선생이 예전에 코플러가 택했던 선생처럼 강압적으로 가르칠까 봐 걱정했다. 하지만 이번 선생은 카를라가 원하는 것을 잘 알고 거기에 잘 맞춰주는 것 같았다. 어쨌든 그는 그녀가 가장 좋아하는 장르에 항상 관심을 기울였다. 여러 달이 지난 후에야 그녀는 자신의 실력이 정교해지면서 어딘가 달라졌다는 걸 깨달았다. 그녀는 더 이상 트리에스테 민요를 부르지 않았고, 이후에는 나폴리 민요도 부르지 않았다. 그 대신 이탈리아의 고전 가곡을 거쳐 모차르트와 슈베르트 곡을 노래했다. 특히 모차르트의 「자장가」가 기억난다. 인생의 슬픔이 절절하게 느껴지는 곡이었다. 나의 연인이었으나 사랑하지는 않았던 철없는 소녀가 생각나는 날에는 어떤 원망처럼 귓가에 「자장가」가 메아리친다. 아기를 재우기 위해 너무나 다정하고 부드러운 노랫소리를 흥얼거리는 엄마 카를라의 모습이 떠오른다. 그녀는 잊을 수 없는 연인이긴 했어도 나쁜 딸이었으므로 좋은 엄마가 될 수 없었을 것이다. 그러나 엄마처럼 노래를 부르는 재능은 다른 장점을 압도하는 특징이었다.

카를라를 통해 음악 선생의 이야기를 알게 되었다. 그는 몇 년 동안 빈 국립음악원에서 수학했고, 이후 시력을 잃은 이탈리아의 훌륭한 작곡가를 위해 일할 수 있는 행운을 얻어 트리에스테에 왔다고 했다. 그는 작곡가가 작곡한 곡을 읊어주는 대로 악보에 기록하는 일을 했으나, 시력을 잃은 작곡가가 자신에게 보이는 완전한 신뢰를 즐기기도 했다. 그렇게 해서 그는 자신의 창작 의지와 매우 성숙한 예술적 확신, 그리고 언제나 젊은이다운 꿈들을 알게 되었다. 그는 일찌감치 모든 음악을, 더 나아가 카를라에게 필요한 음악 역시 내면 깊이 섭렵하고 있었다. 그의 외모 역시 카를라를 통해 묘사되었다. 젊고 금발에, 건장하고 다부진 체격을 지니고 있으며, 옷차림에는 신경 쓰지 않았다. 항상 말끔하지는 않지만 부드러운 셔츠와 느슨하고 여유 있는 검은 넥타이, 챙이 넓은 낡은 모자를 썼다. 카를라의 말에 따르면 그는 말수가 적은 사람인데, 몇 달 뒤에는 그녀와 곧잘 대화를 나누었고, 그때마다 그녀가 내게 말해준 바에 따르면 자신이 맡은 임무에 충실한 사람이라는 것이었다. 나로서는 카를라가 말한 대로 믿을 수밖에 없었다.

곧 나의 하루는 약간 복잡하게 얽혀들기 시작했다. 아침이면 나는 사랑과 쓰디쓴 질투심을 안고 카를라의 집으로 갔다. 격렬한 질투심은 하루 일과를 보내면서 훨씬 덜해지곤 했다. 젊은 음악 선생이 쉽고 좋은 먹잇감을 노리지 않는다는 건 불가능해 보였다. 카를라는 내가 그런 생각을 할 수 있다는 데 놀란 눈치였다. 하지만 놀라는 그녀 모습을 보고 나 또한 그만큼 놀라고 말았다. 처음 나와 그녀 사이에 어떤 일이 벌어졌는지 그녀는 잊었던 걸까?

어느 날 나는 질투심에 화가 단단히 나서 그녀에게 갔고, 당황한 그녀는 속시 선생을 해고할 준비가 되어 있다고 밝혔다. 나는 그녀가 단순히 내 후원이 끊길까 봐 두려워서 그런 반응을 보였다고 믿지 않는다. 왜냐하면 그 무렵 그녀는 내게 의심할 수 없는 애정 표현을 보여주었고, 때로는 그 표현들이 나를 행복하게 만들었기 때문이다. 물론 내가 그녀의 애정 표현을 받고 있을 기분이 아닐 때는 그 모든 것이 아우구스타에 대한 적대적인 행위처럼 보여 나를 시무룩하게 하기도 했다. 어쨌든 내가 얼마의 대가를 치르게 되든 나로서는 거부할 수 없었다. 아무튼 그녀의 갑작스러운 제안은 나를 당혹스럽게 했다. 사랑이나 후회의 순간에 직면했을 때, 그녀의 희생을 받아들이고 싶지 않았다. 질투와 사랑이라는 나의 두 가지 감정 상태에서 얼마간의 소통이 있어야 했고, 나는 하나의 상태에서 다른 상태로 넘어가면서 이미 부족한 나의 자유를 줄이고 싶지 않았다. 그래서 내가 질투로 몸부림칠 때라도 나는 그 질투심을 감출 수 있을 정도로 신중했기 때문에 그러한 제안은 받아들일 수 없었다. 나의 사랑은 너무나 분노에 차 있었다. 그리고 결과적으로 그녀를 욕망할 때와 그렇지 않을 때 역시 카를라는 내게 열등한 존재처럼 여겨졌다. 나를 배신하든 그렇지 않든, 그녀에 관한 것이 내게는 전혀 중요하지 않았다. 그녀를 미워하지 않게 되었을 때에는 그녀의 존재를 기억하지 못했다. 나는 아우구스타가 다스리는 건강과 정직함의 세계에 속해 있었다. 그런 이유로, 나는 카를라에게서 자유로워지는 즉시 몸과 마음 모두 아우구스타에게 돌아가곤 했다.

카를라가 내게 절대적인 신의를 보였기에, 나는 그녀가 얼마나 오랫동안 온전히 내 소유였는지 정확히 알고 있다. 당시 빈번하게 일어나던 나의 질투심은 숨겨진 정의감의 표현과는 아무런 상관이 없었다. 나는 내가 누리는 것에 톡톡히 대가를 치러야 했다. 먼저 사랑에 빠진 쪽은 음악 선생이었다. 그의 사랑의 첫번째 징후는 카를라가 내게 의기양양하게 들려줬던 어떤 특정한 단어들이었다. 카를라가 내게서 찬사를 들을 만큼 처음으로 예술적인 큰 성공을 나타내는 음악적 표현이었다. 그는 그녀에게 만약 수업료를 지불하지 못하게 되더라도 무료로 수업을 계속해주겠다고 했으리라. 그럼 나는 그녀의 따귀를 때려야겠지만, 사실 그 순간이야말로 그녀의 진정한 성공에 기뻐할 줄 아는 대범함을 보일 순간이었다. 카를라는 내 칭찬을 듣고 내가 레몬을 이로 베어 문 사람처럼 얼굴 전체에 경련을 일으킨 것도 몰랐다. 그녀는 때늦은 나의 찬사를 편안히 받아들였다. 음악 선생은 그녀에게 길지 않은 인생사의 모든 사건들을 이야기했다. 음악, 가난 그리고 가족에 관한 이야기였다. 그의 여동생이 문제를 많이 일으켜서 그는 여동생에 대한 반감을 카를라 앞에서 노골적으로 드러낼 정도였다. 그 반감은 내게 매우 위험스러워 보였다. 그리고 그들은 그의 노래 중 몇 곡을 함께 부르곤 했다. 카를라를 사랑할 때도 그녀를 족쇄처럼 느낄 때도 그 노래는 내게 형편없어 보였다. 비록 그 뒤로 그 노래들에 대한 어떤 언급도 듣지 못했지만 썩 괜찮았을지도 모른다. 그 뒤로 음악 선생은 미국에서 오케스트라를 지휘했는데, 어쩌면 그곳에서 그 노래들이 불리고 있을지 모르겠다.

그러던 어느 날 갑자기 그녀가 음악 선생이 자신에게 아내가 되어 달라고 청혼했으며, 그녀는 거절했다는 얘기를 털어놓았다. 그때 나는 정말 기분 나쁜 시간을 두 번 보냈다. 첫번째는 음악 선생을 기다렸다가 발길로 차서 밖으로 내쫓고 싶을 정도로 분노에 휩싸였을 때였다. 그리고 두번째는 근본적으로 아름답고 도덕적인 그녀의 결혼과 함께 나의 비밀 연애를 계속할 가능성을 마땅히 찾지 못했을 때였다. 그 결혼은 카를라가 나의 도움으로 시작됐다고 여기던 그녀의 경력이 아니라 나의 위치를 훨씬 더 확실하게 난순화해줄 것이었다.

왜 이 가련한 음악 선생은 그런 식으로 빨리 사랑에 빠져들었을까? 어느덧 1년 가까이 관계를 유지하다 보니, 나와 카를라 사이에는 모든 것이 익숙해져 있었다. 내가 그녀를 떠날 때 눈살을 찌푸리는 것 역시도 그랬다. 죄책감은 어느새 너무나 견디기 쉬운 것이 되었으며, 카를라가 여전히 사랑에 무례하다고 아무리 내게 비난을 퍼부어도, 그녀는 이미 그런 상황에 익숙해져 있는 것 같았다. 우리의 관계가 시작될 무렵처럼 내가 더 이상 난폭하거나 거칠게 굴지 않았기 때문에 그녀로서는 그렇게 되기가 쉬웠을 것이다. 처음의 과도한 열정을 견뎌냈으므로 나머지 시기는 비교적 부드럽고 온화해 보였음이 틀림없었다.

그래도 설사 카를라가 내게 더 이상 중요하지 않게 되었다 해도, 다음 날 내가 그녀를 찾아갔는데 그녀를 만나지 못한다면 화가 날 건 뻔한 일이다. 물론 카를라의 노래를 듣지 않고 아우구스타에게 바로 돌아갈 수 있다면 더 멋진 일이 될 테지만 말이다. 그 순간 나는 충분히 그럴 수 있다고 느꼈다. 그리고 먼저 그럴 수 있는지 시도해보고 싶었다. 그 순간 나의 계획은 대략 다음과 같았다. '내일 그녀에게 음악 선생의 프러포즈를 받아들이라고 해야지. 하지만 오늘은 그렇게 못하도록 방해할 거야.' 그러고는 엄청난 노력을 기울이며 연인답게 계속해서 처신했다. 이제 돌이켜보면 그 무렵의 내 모험은 내 연인을 다른 남자와 결혼시키려고 애쓰면서도 그녀를 여전히 내 소유로 남겨두려는 것이었지 싶다. 그것은 나보다 더 문란하더라도 더 현명하고 균형을 갖춘 남자가 사용할 법한 방법이었다. 하지만 사실은 이와 달랐다. 그녀는 음악 선생과 결혼해야만 했다. 그러나 그 결정은 오늘이 아니라 내일 내려져야 했다. 그것은 내가 결백함을 증명하려고 고집을 부리는 상태를 포기해야만 가능한 일이었다. 하루의 짧은 시간 동안 카를라를 사랑하고, 24시간 내내 그녀를 미워하는 일은 더 이상 가능하지 않았다. 전날과 크게 다를 바 없는 하루를 다시 살기 위해, 그리고 그것이 몰고 온, 또 내가 명심했어야 할 모험에 놀라기 위해, 매일 아침 갓난아이처럼 아무것도 모르는 듯이 일어나기란 불가능했다. 즉 더 이상은 가능하지 않았다. 카를라와의 관계에서 자유로워지려는 욕망을 다스리지 못한다면 나의 연인을 영원히 잃을 가능성이 도사리고 있었다. 나는 즉시 그 욕망을 억제했다!

그래서 결국 그날, 그녀가 내게서 의미를 잃었을 때 나는 카를라와 애정 행각을 벌였다. 위선적인 면과 격정적인 면에서 내가 포도주를 마시고 밤에 마차에서 아우구스타에게 했던 애정 행위와 비슷한 행위를 카를라에게 했다. 이번에는 포도주가 빠졌을 뿐이었고, 결국 나는 내가 쏟아낸 말들에 진심으로 감동받았다. 내가 그녀를 사랑하고 있으며, 이제 그녀 없이 지낼 수는 없다고 고백했다. 하지만 음악 선생 랄리가 그녀에게 줄 수 있는 것과 똑같은 걸 내가 해줄 수는 없으므로 그녀에게 삶의 희생을 요구하는 것처럼 여겨진다고 말했다.

오랜 시간 열정적인 사랑을 했지만 우리 관계에서 분명 (이전과는 다른) 새로운 변화를 일으킨 사건이었다. 그녀는 내 말을 무척 기뻐하며 듣고 있었다. 한참 후에 그녀는 랄리가 자신을 사랑한다고 해서 너무 괴로워할 일이 아니라고 나를 설득했다. 그녀는 그 점에 대해 전혀 생각하지 않고 있었다!

나는 언제나 똑같은 열정으로 그러나 지금은 감동을 느끼지 못하는 열정적인 감정으로 그녀에게 감사했다. 나는 마음에 어떤 부담을 느꼈다. 분명히 어느 때보다 최대한 그녀를 배려했다. 겉으로 보이는 나의 열정은 줄어들기는커녕 오히려 늘어났는데, 오로지 가여운 랄리를 두둔하는 말을 몇 마디 하기 위해서였다. 나는 결코 그를 잃고 싶지 않았다. 다음 날을 위해 그를 지키고 싶었다.

음악 선생을 계속 남겨둘지 아니면 해고할지 결정할 순간이 되었을 때, 우리는 즉시 의견이 일치했다. 나는 그녀에게서 결혼과 마찬가지로 음악 활동의 기회 역시 빼앗고 싶지 않았다. 그녀 또한 음악 선생이 수업 시간마다 필요한 연습을 하는 데 큰 도움을 주고 있다고 고백했다. 그녀는 내가 걱정할 필요 없이 안심하며 지낼 수 있다고 장담했다. 그녀는 나만을 사랑하며 다른 어느 누구도 사랑하지 않는다고 했다.

나의 배신은 눈에 띄게 넓어지고 깊어졌다. 나는 새로운 관계를 가능하게 하고, 그때까지 (우리) 부부 사이의 합법적인 애정으로만 국한되었던 영역을 침범하는 새로운 애정으로 연인에게 집착했다. 그러나 집으로 돌아오자 이 애정 역시 더 이상 존재하지 않았고 나는 다시 아우구스타에게 더 많은 사랑을 쏟았다. 카를라를 향한 내 감정은 오직 깊은 불신뿐이었다. 그 청혼 이야기가 과연 진실인지 누가 알겠는가! 어느 날 다른 남자와 결혼하지 않은 카를라가 뛰어난 음악적 재능을 지닌 아이를 안고 내 앞에 나타난다 해도 나는 놀라지 않을 것이다. 카를라에게 가는 동안 예전의 굳은 결심들이 다시 떠올랐다. 그 결심들은 그녀와 있을 때는 쉽게 단념하게 되다가도 그녀를 떠나기도 전에 금방 다시 살아나곤 했다. 어떤 결과도 얻지 못하고 부질없이 이어진 결심들이었다.

그리고, 이제 말할 다음의 일들 외에는 어떤 결과도 없었다.

여름이 지나고, 나의 장인은 돌아가셨다. 나는 귀도의 새 회사에서 비중 있는 일을 맡았다. 그곳에서 내가 옮겨 다닌 학부를 포함해 다른 어떤 곳에서보다 더 많이 일했다. 그 회사에서 했던 나의 활동은 더 나중에 얘기하겠다. 겨울이 지나 나의 정원에 처음으로 푸른 새잎들이 돋아났다. 그해 새잎들은 이전 해의 잎사귀들처럼 나의 낙담한 모습을 보지 않았다. 그해, 나의 딸 안토니아가 태어났다. 카를라의 음악 선생은 여전히 우리 곁에 있었지만, 카를라는 그 점에 대해 전혀 신경 쓰지 않았고 나 또한 여전히 그랬다.

그러나 카를라와 나의 관계에서는 실제로 중요하다고 생각되지 않았던 사건들 때문에 심각한 문제들이 생겼다. 그 문제들은 거의 알아차리지 못하고 지나갔는데, 그 문제들이 남긴 결과 때문에 부각되었다.

정확히 그해 초봄에 나는 카를라와 공원으로 산책을 하러 갔다. 그것은 내게 심각하게 체면이 구겨지는 일로 여겨졌지만, 카를라는 밝은 태양 아래 내 팔짱을 끼고 걷고 싶어 안달을 부렸고, 나는 결국 따라주었다. 우리는 아주 잠시라도 남편과 아내로 사는 것이 허락되지 않았고, 결코 그렇게 해서는 안 되었다. 그래서 새로운 시도 역시 안 좋게 끝나고 말았다.

방금 전에 활짝 갠 듯 화창한 하늘에서 쏟아져 내리는 따뜻한 봄기운을 더 잘 느끼기 위해 우리는 벤치에 앉았다. 평일 아침의 공원엔 사람이 없었고, 내게는 그 자리에서 움직이지 않고 있으면 누군가의 눈에 띌 위험이 줄어들 것 같았다. 그러나 예상과 달리, 목발을 짚은 툴리오가 54개의 근육을 움직이면서 느리지만 성큼성큼 걸어 우리 곁으로 다가왔다. 그는 우리를 쳐다보지도 않고 바로 옆에 앉았다. 그러고는 고개를 들었는데, 그 순간 그의 시선이 내 시선과 마주쳤다. 그가 인사했다.

"진짜 오랜만이야! 어떻게 지내나? 드디어 좀 한가해졌나?"

그는 바로 내 옆자리에 앉았고, 나는 깜짝 놀라 그가 카를라를 보지 못하도록 몸을 움직였다. 하지만 그는 나와 악수를 한 후에 물었다.

"자네 부인인가?"

그는 소개를 기다리고 있었다.

나는 조용히 말했다.

"카를라 제르코 양이네. 내 아내의 친구지."

나는 거짓말로 계속 둘러댔다. 나중에 툴리오에게서, 두번째 거짓말이 모든 걸 드러낼 만큼 결정적이었다는 얘기를 들어 알게 되었다. 나는 억지로 미소를 지으면서 이렇게 말했던 것이다.

"이분 역시 내가 앉아 있는 줄 모르고 우연히 내 옆에 앉았다네."

거짓말쟁이는 자기 말을 믿게 하려면 필요한 거짓말만 해야 한다는 사실을 잊어선 안 된다. 나중에 툴리오와 다시 만났을 때, 노동자 계층에 어울리는 상식을 가진 그가 내게 말했다.

"자네가 설명을 너무 많이 해서 자네가 거짓말을 하고 있고, 그 아름다운 아가씨가 자네 연인이라는 걸 눈치챘지."

그때는 이미 내가 카를라를 잃고 난 뒤였으므로 나는 그가 짐작한 것이 맞는다고 기꺼이 인정했다. 그리고 그녀가 날 버렸다고 쓸쓸하게 얘기했다. 그는 내 말을 믿지 않았는데, 나는 그의 그런 반응이 오히려 고마웠다. 그가 내 말을 믿지 않는 것이 어쩐지 좋은 징조로 느껴졌다.

그때 카를라가 이전엔 본 적이 없는 기분 나쁜 표정을 지었는데, 그 순간부터 그녀의 반항이 시작되었다는 것을 지금에야 알겠다. 나는 그 사실을 즉시 알아차리지 못했는데, 툴리오가 자신의 병과 치료에 대해 이야기하기 시작했고, 나는 그녀에게 등을 돌리고 툴리오의 말을 듣고 있었기 때문이었다. 나중에서야 여자는 제대로 정중하게 대우받지 못하고 잠깐이라도 소홀히 여겨지거나 공공연하게 무리에서 소외되는 것을 참지 못한다는 사실을 깨달았다. 그녀는 나보다 가여운 절름발이 친구에게 반감을 드러냈다. 그래서 그가 말을 건넸을 때 그녀는 대답하지 않았다. 나 역시 툴리오의 치료 방법에 관심이 생기지 않아서 툴리오의 얘기를 귀담아듣지 않았다. 나는 그가 그날 우리의 우연한 만남을 어떻게 생각하는지 알아내기 위해 그의 작은 눈을 바라보았다. 그는 어느덧 연금으로 생활하는 은퇴자였고, 하루 종일 자유로웠으므로 얼마든지 수다를 떨어 당시 트리에스테의 좁은 지역 공동체에 두루 소문을 퍼뜨릴 수 있다는 걸 알았다.

긴 침묵이 흐른 후, 카를라가 우리를 두고 떠나기 위해 자리에서 일어났다.

"그럼 다음에 또 봬요."

그녀는 나직이 속삭이며 자리를 떠났다. 그녀가 내게 화가 났다는 것을 알고 있었다. 그래서 툴리오의 존재를 계속 염두에 두면서 그녀를 달래기 위한 시간을 벌려고 노력했다. 나는 그녀가 원하는 대로 따르려는 마음으로 그녀가 주도권을 잡도록 하면서 함께 가도 괜찮겠느냐고 물었다. 그녀의 냉담한 인사는 날 버리고 떠나겠다는 분명한 뜻을 담은 것이어서 나는 처음으로 진지하게 두려움을 느꼈다. 그녀의 단호한 위협이 나를 숨 막히게 했다.

카를라는 주저없이 걸었지만, 정작 자신이 어디로 향하는지는 여전히 모른 채였다. 그 순간 그녀는 조금 있으면 풀릴 화가 잔뜩 차올라 있는 상태였다.

그녀는 기다렸다가 아무 말 없이 나와 나란히 걸었다. 그녀의 집에 도착했을 때, 그녀는 울음을 터뜨렸다. 하지만 나는 그녀가 내 품안에서 위로를 찾도록 자연스럽게 이끌었기 때문에 그 갑작스러운 울음에 놀라지 않았다. 나는 그녀에게 툴리오가 누구인지, 그리고 그가 혀를 잘못 놀리면 내가 얼마나 큰 피해를 입게 되는지 설명했다. 그녀가 울면서도 여전히 내 품안에 안겨 있는 걸 보면서 나는 더 확신에 차서 말했다. 그녀는 내가 창피당하길 바랐던 걸까? 나의 아내이자 내 딸의 엄마인 그 가여운 여인에게 고통을 주지 않기 위해 최선을 다하자고 우리는 늘 말하지 않았던가?

카를라는 다시 안정을 찾은 듯 보였다. 하지만 진정하기 위해서 혼자 있고 싶어 했다. 나는 흡족한 마음으로 얼른 자리를 비켜주었다. 그러나 우리 관계가 지속되는 동안 그녀는 끊임없이 자신이 나의 아내라는 걸 세상에 드러내 보이고 싶어 했다. 음악 선생과 결혼하길 원하지 않으면서 대신 그에게는 맡기길 거절했던 그 중요한 역할을 내게 요구하는 것 같았다. 카를라는 극장에 두 자리를 예약하라고 오랫동안 나를 다그쳤다. 서로 다른 입구로 들어와 우연히 옆자리에 나란히 앉은 것처럼 보이도록 말이다. 그녀와 나는 지나간 내 삶의 이정표이자 지금은 반대 반향을 가리키는 공원에 몇 번 간 것이 고작이었다. 그 이상은 결코 아무 일도 없었다! 그래서 나중에 나의 연인은 나와 너무나 닮아갔다. 이유 없이 갑자기 감정을 폭발하며 화를 내곤 했다. 그녀는 금방 제 기분으로 돌아왔지만 그런 그녀의 갑작스러운 분노는 나를 아주 순하고 착한 연인으로 만들기에 충분했다. 나는 하염없이 눈물을 흘리는 그녀의 모습을 자주 발견했다. 그리고 그녀가 겪는 슬픔에 대해 어떤 설명도 들을 수 없었다. 그건 아마 내가 끈질기게 설명을 요구하지 않았기 때문일 것이다. 그녀를 더 잘 알게 됐을 때, 즉 그녀가 나를 버리고 떠났을 때, 내게는 다른 설명이 필요하지 않았다. 그녀는 경제적인 필요에 내몰려 자신과 맞지도 않는 나 같은 사람과 연인이 되었던 것이다. 내 품안에서 그녀는 여인으로 변화했고, 순전히 내 추측이지만 정직한 여인이 되었다. 물론 모두 다 내 덕이라고 말할 수 없는데, 더 나아가 그 이후에 벌어진 안 좋은 일들은 온전히 내 탓이었다.

그녀에게 새로운 변덕이 생겨났는데, 처음엔 나를 놀라게 했으나 금세 고분고분해져서 나를 감동시켰다. 그녀는 나의 아내를 보고 싶어 했다. 그녀는 아내 곁에 가까이 가지 않을 것이며 결코 아내 눈에 띄지 않겠다고 약속했다. 나는 아내가 외출하는 시간을 정확히 알게 되면 알려주겠다고 약속했다. 그녀는 한적한 곳이어서 지나치게 눈에 띄는 우리 집 근처가 아니라 시내의 북적이는 거리에서 아내를 봐야 했다.

그 무렵 장모가 눈병이 나서 며칠 동안 눈에 붕대를 감고 있어야 했다. 장모는 견디기 힘들 정도로 따분해서 자신의 딸들이 돌아가면서 자신을 보살피도록 철저하게 간호를 시켰다. 아내는 아침에, 아다는 정확히 오후 4시까지 장모를 돌보았다. 나는 즉흥적인 해결책으로 카를라에게 아내가 매일 장모 집에서 정확히 4시에 나온다고 말했다. 지금까지도 내가 왜 카를라에게 아다를 아내라고 했는지 모르겠다. 음악 선생이 카를라에게 프러포즈를 한 후에 나의 연인을 내게 더 단단히 묶어둘 필요를 느끼고 있었던 건 사실이다. 내 아내가 얼마나 아름다운지 보게 되면 그런 여인을 자신과의 관계를 위해 희생시킨 남자를 더 소중하게 대할 거라 믿었던 것 같다. 그 시절 아우구스타는 아주 건강하고 좋은 유모일 뿐이었다. 일종의 경계심 역시 내 결정에 영향을 주었을 것이다. 나는 연인의 변덕스러운 기분을 두려워할 이유가 분명히 있었고, 만일 그녀가 아다에게 뭔가 경솔한 행동을 저지른다 해도, 아다는 내 아내에게 나를 망신시킬 시도 같은 건 결코 하지 않을 것이기 때문에 걱정할 필요가 없을 것이었다.

만일 카를라가 아다에게 나를 망신 준다면 나는 아다에게 모든 것을 얘기하고 어떤 자부심을 느끼며 진실을 말할 작정이었다. 그러나 나의 전략은 정말이지 예상하지 못한 결과를 불러왔다. 나는 왠지 불안한 마음으로 평상시보다 이른 아침에 카를라의 집으로 갔다. 그녀는 전날과 완전히 바뀌어 있었다. 굉장히 진지한 모습이 그녀의 우아한 얼굴에 가득했다. 그녀에게 키스하고 싶었지만 그녀는 나를 밀쳐내고는 자기 말을 순순히 듣도록 뺨에 살짝 키스하는 것만 허용했다. 나는 탁자 맞은편에서 그녀와 마주보고 앉았다. 그녀는 결코 서두르지 않으면서 내가 도착하기 전에 글을 쓴 종이를 집어 들었다. 그러고는 탁자 위에 놓인 악보들 사이에 놓았다. 그 종이에 별로 신경을 쓰지 않았던 나는 나중에서야 그것이 그녀가 음악 선생 랄리에게 쓰고 있던 편지라는 것을 알았다.

그렇지만 그 순간까지도 카를라의 마음은 불신으로 가득했다는 사실을 이제야 알겠다. 그녀의 진지한 눈동자는 나의 진심을 살폈다. 그러고는 혼자서 자신의 마음을 곰곰이 바라보기 위해 햇살이 비치는 창문으로 시선을 돌렸다. 누가 알겠는가! 만약 그녀 마음속에서 일어나는 갈등을 그 즉시 분명하게 알아차렸다면 나의 매력적인 연인을 여전히 내 곁에 붙잡아둘 수 있었을지 말이다.

그녀는 아다와 만난 일을 내게 들려주었다. 그녀는 장모의 집 앞에서 아다를 기다렸고, 그녀를 보자마자 즉시 알아보았다.

"실수할 일이 없었어요. 당신이 그녀의 아주 중요한 특징들을 묘사해줬으니까요. 아! 당신은 그녀를 정말 잘 알더군요!"

그녀는 숨이 콱 막혀오는 감정을 억누르기 위해 잠시 침묵을 지켰다. 그러고 나서 말을 이어갔다.

"당신들 사이에 무슨 일이 있었는지 모르지만 그렇게 아름답고 슬픈 여인을 다시는 배신하고 싶지 않아요! 그래서 오늘 음악 선생에게 그와 결혼할 준비가 되었다고 편지를 쓰겠어요!"

"슬픈 여인이라고?" 나는 놀라서 소리쳤다. "당신이 잘못 봤을 거야. 아니면 그녀가 신발이 너무 꽉 조여서 힘들어한 건지도 모르고."

아다가 슬프다고! 그녀는 항상 웃거나 미소를 지었다. 그날 아침에 우리 집 앞에서 잠깐 봤을 때도 그랬다. 그러나 카를라는 나보다 그녀를 더 잘 알고 있었다.

"신발이 너무 꽉 조인다구요? 천만에요. 그녀는 구름 위를 걷는 여신처럼 걸었어요!"

카를라는 점점 더 흥분하면서 아다에게서 '아! 정말 친절하시네요!'라는 말을 듣기까지 했노라고 내게 말했다. 아다가 손수건을 떨어뜨리자 카를라가 그것을 주워 아다에게 건넸다는 것이다. 그 짧은 감사의 말에 카를라는 눈물을 흘릴 정도로 감동했다. 그리고 두 여인 사이의 공감은 거기서 그치지 않았다. 아다는 카를라가 우는 것을 알아차렸고, 함께 마음 아파하는 눈길로 떠나갔다고 카를라는 확신했다. 카를라에게는 모든 것이 분명했다. 나의 아내는 내가 그녀를 배신하고 있다는 사실을 알고 있으며 그 때문에 고통 받고 있었다! 그래서 카를라는 나를 더 이상 만나지 않고 음악 선생 랄리와 결혼하려는 결심을 세운 것이었다.

나는 어떻게 나 자신을 변론해야 할지 몰랐다! 아다에 대한 반감에 차서 말하기는 쉬웠지만 아내에 대해서는 아니었다. 건강한 유모인 아우구스타는 내 마음속에서 벌어지고 있는 일에 대해 전혀 모르고 있었고, 자신의 성스러운 직무에 최선을 다하고 있었다. 나는 카를라에게 그녀가 아다의 딱딱한 시선을 느꼈는지 그리고 그녀의 목소리가 낮고 무뚝뚝하며 어떤 온화함도 찾아볼 수 없다는 걸 알아차렸는지 물었다. 당장 카를라의 사랑을 다시 차지하기 위해서 나는 기꺼이 나의 아내에게 다른 많은 단점들을 덧붙일 수 있었겠지만, 대략 1년 전부터 나는 연인과 있을 때 그녀에 대해 줄곧 칭찬을 아끼지 않았기 때문에 그럴 수 없었다.

나는 다른 방법으로 위기를 모면했다. 나는 눈가에 눈물이 맺히도록 강렬한 감정에 사로잡혔다. 아무런 문제없이 나 자신을 동정할 수 있을 것 같았다. 그러길 원하지 않았지만 내가 너무나 불행하다고 느끼는 혼란스러운 상태에 스스로를 내던졌다. 아다와 아우구스타 사이에 놓인 혼란은 견딜 수 없는 것이었다. 내 아내는 그다지 아름답지 않고, 카를라가 무척이나 연민을 느끼는 아다가 나에게 형벌 같은 커다란 고통을 주었다는 것이 진실이었다. 그래서 카를라가 나를 판단하는 것은 정말이지 부당했다.

나의 눈물은 카를라를 좀더 부드럽게 만들었다. "사랑하는 다리오! 당신의 눈물이 내 마음을 움직이는군요! 당신 둘 사이에 뭔가 오해가 있었던 게 분명해요. 그러니 지금은 그 오해를 푸는 게 중요해요. 당신을 너무 가혹하게 판단하고 싶지 않지만, 앞으로는 당신 아내를 배신하고 싶지 않아요. 그녀가 눈물을 흘리는 이유가 되고 싶지도 않고요. 그렇게 하기로 맹세했어요!"

맹세를 했음에도 결국에 카를라는 마지막으로 그녀를 배신하고 말았다. 그녀는 마지막 키스로 영원히 나와 헤어지려 했지만, 나는 잊히지 않을 키스로 만들고 싶었다. 그러지 않으면 슬픔과 회한으로 가득 차고 말 것이었다. 그래서 그녀는 맹세를 포기했다. 우리 둘은 나지막이 중얼거렸다.

"마지막으로!"

달콤한 순간이었다. 우리 둘이 내린 결심은 어떤 죄도 잊게 하는 효과가 있었다. 우리는 결백했고 지극히 행복했다! 나의 너그러운 운명은 완벽한 행복의 순간을 내게 남겨주었다.

나는 이별하는 순간까지 연극을 계속할 정도로 무척이나 행복을 느꼈다. 우리는 다시는 서로 만나지 않을 것이다. 그녀는 내가 항상 주머니에 넣고 다니던 봉투를 거절했다. 그리고 나에 대한 추억마저 원하지 않았다. 지나온 시간들 속에 우리의 모든 흔적을 인생에서 지워야만 했다. 그래서 나는 처음에 그녀가 원했듯이 아버지처럼 가볍게 이마에 키스를 했다. 그런 다음 계단에서 나는 잠시 망설였다. 상황이 조금 지나치다 싶게 심각해졌기 때문이었다. 만일 그녀가 내일이면 반대로 내 입장을 이해하리란 걸 알았다면 미래에 대한 생각은 그렇게 일찍 다가오지 않았을 것이다. 그녀는 층계참에서 계단을 내려가는 나를 바라보고 있었다. 그리고 나는 살짝 미소를 지으며 그녀에게 외쳤다.

"내일 봐!"

그녀는 깜짝 놀라 거의 경악하듯이 뒤로 물러섰다. 그러고는 "다시는 절대로요!"라고 말하며 자리를 떠났다. 나는 내가 원할 때 언제든 마지막 포옹을 할 수 있게끔 말을 해놓았다는 데 안심이 되었다. 특별한 욕망도 없고 해야 할 일도 없이 나는 아내와 시간을 보낸 다음 그 뒤에는 귀도의 사무실에서 하루 종일 평화로운 하루를 보냈다.

다른 약속이 사라지자 나는 아내와 딸과 더 가까워졌다. 그들에게 나는 평상시보다 뭔가 좀 달라져 있었다. 자상하기만 한 게 아니라 가정에 관심을 많이 쏟고 자상하게 집안일을 돌보는 진정한 아버지였다. 잠자리에 들면서 나는 마음속으로 다짐했다.

"모든 나날들이 오늘 같아야 해."

잠들기 전에 아우구스타는 내게 커다란 비밀을 털어놓고 싶어 했다. 그녀는 그날 어머니에게 듣고 그 사실을 알게 됐는데, 며칠 전에 귀도가 자신들의 하녀를 포옹하고 있는 장면을 아다가 목격했다는 것이었다. 아다는 매우 하찮은 일로 넘기려 했지만 하녀가 건방지게 처신했고, 아다는 그녀를 집에서 내쫓았다. 어제 그들은 귀도가 그 일을 문제 삼을까 봐 노심초사했었다고 했다. 만일 귀도가 불만을 터뜨렸다면 아다는 이혼을 요구했을 것이다. 그러나 귀도는 웃으면서 아다가 잘못 본 거라고 주장하며 은근슬쩍 넘어가려 했다. 그러면서 그는 그 하녀가 비록 아무 죄가 없더라도 처음부터 마음에 안 들었으며, 따라서 그녀를 쫓아내는 데 반대할 이유가 없노라고 말했다. 이렇게 모든 일이 해결되었다.

나로서는 남편이 그런 상황에 있는 걸 목격했을 때 놀란 아다가 어떤 상상을 했는지가 중요해 보였다. 여전히 의심할 만한 상황이었을까? 왜냐하면 그 두 사람이 서로 껴안고 있는 것처럼 보이는 장면이 실은 하녀가 귀도의 구두를 닦는 전혀 다른 상황이었을 수도 있기 때문이다. 나는 무척 상기되었다. 심지어 공정하고 침착하게 귀도를 판단하는 내 모습을 보여주고 싶을 정도였다. 아다는 분명히 질투심이 많은 성격이었고, 거리상의 차이와 두 사람의 위치를 왜곡해서 보았을 가능성이 있었다.

아우구스타는 고통스러운 목소리로 아다가 제대로 보았을 거라 확신했다. 그리고 지금은 지나친 애정 때문에 잘못 판단하고 있는 것이 분명하다고 말했다. 그러면서 덧붙였다.

"언니는 당신과 결혼하는 게 더 나았을 거예요!"

나는 점점 더 결백하다고 느끼면서 그녀에게 선심 쓰듯 말했다.

"당신 대신 처형과 결혼하는 게 더 나았을지는 두고 볼 일이지!"

그러고는 잠들기 전에 혼자 중얼거렸다.

"음흉한 사람! 자기 집을 그렇게 더럽히다니!"

나는 꽤나 솔직하게 귀도가 저지른 행실의 오점을 꼬집어 비난했다. 그 점에서는 나 자신은 나무랄 것이 없고 떳떳했기 때문이다.

다음 날 아침 나는 적어도 그날 첫날이 전날과 조금도 다름없기를 간절히 바라며 일어났다. 아마 전날의 달콤한 약속들이 나보다 카를라를 더 옭아매지는 않았을 것이다. 나는 그 점에서 완전히 자유로워진 기분이었다. 그 약속들은 속박당하기에는 너무나 아름다웠다. 카를라는 어떤 생각을 하는지 알고 싶은 초조함이 나를 서둘러 움직이게 했다. 나의 욕망은 또 다른 결심을 준비하는 그녀를 발견하는 것이었으리라. 오히려 즐거움이 가득한, 게다가 전보다 나아지려는 노력으로 꽉 찬 인생은 빨리 흘러갔을 테고, 나의 하루하루는 많은 부분이 선을 행하는 데에 그리고 아주 작은 부분만이 후회에 기울어졌을 것이다. 그해에 내게는 많은 계획들이 있었지만, 카를라에게는 단 한 가지, 나를 얼마나 사랑하는지 보여주는 것뿐이었기 때문에 나는 불안했다. 그녀가 이전 약속을 지키고 있는지, 아니면 낡은 결심을 깨고 이제는 새 결심을 실행하려고 결심했는지 추측하기 어려웠다.

카를라는 집에 없었다. 나는 몹시 실망했고 기분이 상해서 손가락을 깨물었다. 노부인은 나를 주방으로 들어오게 했다. 그녀는 카를라가 저녁 전에 돌아올 거라고 말했다. 카를라는 어머니에게 밖에서 식사할 거라고 말했고, 그래서 난로 위에는 보통 때 타오르던 작은 불꽃조차 보이지 않았다.

"당신은 모르고 계셨나요?" 노부인은 놀란 나머지 눈이 휘둥그레지면서 내게 물었다.

나는 근심에 잠겨 별 생각 없이 중얼거렸다.

"어제 들어서 알고 있었어요. 그렇지만 카를라가 말한 날이 바로 오늘인지는 몰랐습니다."

나는 정중히 인사를 한 다음 그곳을 나왔다. 하지만 남몰래 이를 부드득 갈았다. 밖에서 대놓고 화를 낼 만한 용기를 가지는 데는 시간이 필요했다. 나는 공원으로 가서 시간을 가지고 상황을 잘 이해하기 위해 30분가량 산책했다. 상황이 너무나 분명해서 나로서는 도저히 이해가 되지 않을 정도였다. 갑자기 인정사정없이 그와 같은 결심을 지켜야 하는 처지에 내몰렸다. 나는 아픔을 느꼈고, 정말 고통스러웠다. 나는 다리를 절뚝거리며 가쁜 숨과도 싸워야 했다. 그때 겪었던 호흡곤란이 지금까지 이어지고 있다. 숨은 수월하게 쉬지만, 의식적으로 숨을 쉬어야 하기 때문에 매번 호흡을 세어둔다. 만일 집중해서 주의하지 않으면 질식해 죽을 거라는 두려움에 사로잡히곤 한다.

그 시간에 나는 내 사무실로 가거나, 아니면 귀도의 사무실에 가는 편이 나았을지 모르겠다. 하지만 그곳을 떠나는 게 가능하지 않았다. 그럼 어떻게 할 것인가? 전날과는 확연히 다른 날이었다! 내 돈으로 노래를 가르치면서 나의 연인까지 빼앗아간 그 망할 음악 선생의 주소만이라도 알아야 했다.

결국 나는 카를라의 어머니에게 되돌아갔다. 나는 카를라에게 전할 말을 생각해냈다. 그녀가 나를 다시 만나도록 이끌어줄 말을 찾았다. 그녀를 가능한 한 빨리 되찾는 것이 가장 어려운 일이었다. 나머지는 큰 어려움이 없을 것이었다.

노부인은 주방 창가에 앉아 양말을 꿰매고 있었다. 그녀는 겁먹은 듯이 안경을 벗고, 내게 무슨 일로 다시 왔나 하는 의심스러운 눈길을 보냈다. 나는 망설였다! 그러고는 그녀에게 물었다.

"카를라가 랄리 씨와 결혼하기로 결심한 걸 아십니까?"

내게는 나 자신에게 말하는 것처럼 여겨졌다. 카를라가 내게 그 얘기를 두 번이나 했지만, 전날 나는 귀담아듣지 않았다. 다시 그 말을 떠올리는 순간, 카를라가 한 그 말은 귓등으로 흘러가지 않고 미끄러져 내 귓가를 울리며 아주 분명하게 전해졌다. 이제 그 말들이 청각 기관 깊숙이 닿자마자 나는 고통으로 심하게 일그러졌다.

노부인 역시 주저하면서 나를 바라봤다. 물론 그녀는 비난 받을지 모를 경솔한 말이 튀어나올까 봐 두려워하고 있었다. 잠시 후 그녀는 대단히 기뻐하며 참았던 말을 터뜨렸다.

"카를라가 말씀드렸나요? 그렇다면 그렇게 하겠죠! 전 그 애가 잘 처신하리라 믿어요! 당신은 이 일을 어떻게 보세요?"

카를라와 나의 관계를 낱낱이 알고 있다고 믿었던 교활한 노부인은 이제 행복하게 웃고 있었다. 나는 그녀를 때리고 싶었지만, 애써 참으며 음악 선생이 먼저 입장을 밝힐 때까지 기다리겠다고 말했다. 아무튼 내게는 그 일이 우선인 것 같았다.

노부인은 기뻐하면서 처음으로 내게 수다스럽게 말했다. 그녀는 나와 생각이 달랐다. 젊어서 결혼을 하면, 결혼 후에 경력을 쌓아야 한다. 왜 먼저 결혼을 해야 할까? 카를라는 그럴 필요가 별로 없었다. 하지만 노부인은 카를라가 이제 선생을 남편으로 얻을 것이므로 발성 연습에 돈이 적게 들 거라고 생각하는 모양이었다.

나의 인색함을 꾸짖는 의미로 들리는 이 말 때문에 그 순간 나를 위로해주는 한 가지 멋진 아이디어가 떠올랐다. 내가 항상 가슴 안쪽 주머니에 가지고 다니는 봉투에 상당히 많은 액수의 돈이 들어 있었다. 나는 주머니에서 봉투를 꺼내 카를라에게 전해주도록 노부인에게 건넸다. 어쩌면 나의 연인에게 적절한 방식으로 보상하려는 욕망도 있었던 것 같다. 그러나 더 강한 욕망은 그녀를 다시 만나 소유하는 것이었다. 카를라는 돈을 돌려주려고, 아니면 돈을 받았으므로 내게 감사를 전하려고 나를 다시 만나려 할 것이었다. 나는 심호흡을 했다. 모든 것이 아직 영영 끝난 것은 아니었다!

나는 노부인에게 가여운 코플러의 친구들이 내게 맡겨놓은 약간의 돈이 봉투에 들어 있다고 말했다. 그런 후 아주 침착하게 카를라에게 전할 말을 남겼다. 나는 일생토록 그녀의 좋은 친구로 남을 것이며, 도움이 필요하면 언제든지 나를 찾아오라고 말이다. 그래서 실제 나의 주소 대신 귀도의 사무실 주소를 그녀에게 전할 수 있었다. 나는 그곳에 올 때보다 훨씬 더 가벼운 발걸음으로 떠났다.

그러나 그날 나는 아우구스타와 격렬한 말다툼을 했다. 별것 아닌 사소한 일로 벌어진 다툼이었다. 나는 수프가 너무 짜다고 말했고, 그녀는 아니라고 고집스럽게 주장했다. 그녀가 나를 비웃는 것처럼 느껴져서 나는 미친 듯이 화가 났다. 그래서 식탁보를 거칠게 내 앞으로 잡아당겨서 테이블 위에 있던 식기들이 모두 바닥으로 떨어졌다. 보모의 팔에 안겨 있던 아기가 울기 시작했는데, 그 작은 입이 나를 나무라는 것처럼 보여서 나는 이루 말할 수 없이 부끄러웠다. 아우구스타는 얼굴이 하얘질 대로 하얘져서 어린 딸을 품에 안고 나가버렸다. 그녀의 행동 역시 지나쳐 보였다. 이제 나를 개처럼 혼자 식사하도록 놔둘 작정인가? 그러나 그녀는 아이를 두고 금세 다시 돌아와 식탁을 다시 차리고는 자기 접시 앞에 앉아서 저녁 식사를 계속하려는 것처럼 수저를 움직였다.

나는 혼잣말로 욕을 하고 있었지만, 나 자신이 이미 인간 본성의 폭력 안에 놓인 장난감이었다는 걸 알고 있었다. 폭력을 모으는 데 어려움이 없었던 본성이 그것을 폭발시키기는 더욱 수월했다. 나의 욕설은 이제 나의 아내를 위하는 척했던 카를라를 향해서 나오고 있었다. 내가 그랬듯 그녀도 내 아내에게 얼마나 잔인한 짓을 저질렀는가!

오늘날까지 변함없이 남아 있는 방식대로, 아우구스타는 그런 상태에 있는 나를 보고는 뭐라고 대꾸하지도 않고 울지도 않으며 시비를 걸지도 않았다. 내가 한풀 꺾여서 그녀에게 사과하자, 그녀는 한 가지를 당부하고 싶어 했다. 그녀는 웃지 않았고, 다만 내게 자주 기쁨을 주고 또 내가 수없이 자랑했던 그 모습 그대로 미소를 지었다.

나는 마음속 깊이 부끄러움을 느꼈다. 즉시 아이를 데려오자고 청했고, 딸아이를 내 품에 안고 오래도록 놀아주었다. 그런 후 딸아이를 내 머리 위에 앉히고, 내 얼굴을 덮은 딸아이의 옷자락 밑에서 아우구스타가 흘리지 않은 눈물로 대신 얼룩진 나의 두 눈을 말렸다. 나는 내 자존심을 낮춰가며 정식으로 사과하는 대신 딸아이와 놀아주는 것으로 아우구스타에게 다시 다가가고 있었다. 실제로 그녀의 두 볼은 벌써 순종적인 얼굴빛을 되찾았다.

이후 그날 역시 아주 잘 마무리되었고, 오후는 그 전날 오후와 비슷했다. 아침에 평상시와 같은 장소에서 카를라를 만나기나 한 것처럼 똑같았다. 나는 감정을 드러내는 것을 회피하지 않았다. 내가 괴상한 말이나 행동을 하더라도 아우구스타가 자애로운 엄마다운 미소를 되찾도록 해야 했기 때문에 나는 몇 번이고 반복해서 용서를 청했다. 그녀가 내 앞에서 단호한 태도를 취하려고 한다든지 아니면 완전하고 선한 판결처럼 보이는 평상시 그녀의 사랑스러운 미소까지 억누른다면 큰일이 아닐 수 없었다.

저녁에 우리는 귀도에 대해 다시 얘기를 나누었다. 겉보기에 그와 아다는 매우 평온하게 지내는 것 같았다. 아우구스타는 자기 언니의 너그러운 아량에 놀라워하고 있었다. 그렇지만 이번에는 내가 미소를 지었는데, 그녀가 자신의 아량이 얼마나 크고 넓은지 모르고 있었기 때문이었다. 나는 그녀에게 물었다.

"그럼 만일에 내가 우리 가정을 더럽힌다면, 날 용서하지 않을 거요?"

그녀는 잠시 망설였다.

"우리는 아이가 있잖아요. 그런데 아다는 형부와 언니를 묶어줄 자식이 없어요"라고 항변했다.

그녀는 귀도를 좋아하지 않았는데, 나를 고통스럽게 했기 때문에 그에게 안 좋은 감정이 있을 거라 이따금 생각한다.

몇 달 후에 아다는 귀도에게 쌍둥이를 선물했다. 그리고 귀도는 내가 왜 그토록 열렬히 축하했는지 전혀 이해하지 못했다. 이번에도 아우구스타의 판단에 따르면, 아이들이 생기면서 귀도는 이제 아무런 위험 없이 집안의 하녀들을 차지할 수 있었다.

그렇지만 다음 날 아침, 사무실 내 책상에서 카를라가 내 주소로 보낸 편지 봉투를 발견했을 때, 나는 숨을 몰아쉬었다. 나는 끝난 것은 아무것도 없으며, 필요한 모든 걸 취하며 살아갈 수 있다고 생각했다. 짧은 편지에서 카를라는 오전 11시에 그녀의 집 반대편 공원 입구에서 만나자고 했다. 그녀와 나는 그녀의 방으로 가지 않을 테지만, 그녀의 방에서 아주 가까운 장소에 있게 될 것이었다.

나는 기다릴 수 없어서 약속 시간보다 15분 일찍 도착했다. 만약 카를라가 약속 장소에 있지 않으면 나는 곧장 훨씬 편안한 그녀의 집으로 향할 작정이었다.

그날 역시도 따뜻하고 밝은 초봄의 기운을 가득 머금은 날이었다. 시끌벅적한 코르시아 스타디온을 벗어나 공원에 들어섰을 때, 나는 산들바람에 살랑거리는 나뭇가지들이 바스락거리는 전원의 고요한 풍경과 맞닥뜨렸다.

카를라가 나를 향해 걸어왔다. 나는 빠른 걸음으로 공원 출입구로 향했다. 그녀는 손에 내가 건넨 봉투를 들고 있었고, 인사 대신 미소도 짓지 않고 내게 다가왔다. 그녀의 창백한 얼굴에는 결연한 결심이 드러나 있었다. 그녀는 하늘색 줄무늬에 결이 거친 간편한 면 드레스를 입고 있었는데, 그녀에게 잘 어울려 보였다. 그녀 또한 공원의 일부 같았다. 나를 떠나는 순간에 욕망을 불러일으키는 가장 매력적인 옷차림을 한 의도가 원망스러웠다. 그러나 그녀의 옷차림은 봄의 첫날을 연상시켰다. 나의 길고 암울하고 격정적이었던 사랑 안에서 내 여자의 옷차림은 아주 사소한 부분이었다는 것을 기억할 필요가 있다. 나는 항상 그녀의 공부방으로 직접 갔었고, 검소한 여인들은 집에 머물 때면 매우 간소한 차림이기 마련이다.

그녀는 내게 손을 내밀었고 나는 그 손을 꽉 잡으면서 말했다.

"와줘서 고마워!"

그렇게 대화 내내 부드럽고 온화했다면 얼마나 예의 바르고 좋았을까!

카를라는 감정이 울컥해진 것 같았다. 그녀가 말할 때 경련이 일어난 것처럼 입술이 떨렸다. 가끔 그녀가 노래를 부를 때에도 그렇게 입술이 움직여서 음정이 틀리곤 했다. 그녀가 말했다.

"당신을 기쁘게 해주기 위해서라도 이 돈을 받고 싶어요. 하지만 그럴 수 없어요. 절대 그렇게 못해요. 제발 부탁이에요. 이 돈을 가져가요." 가까이서 눈물을 흘리는 그녀를 보면서 나는 즉시 그녀 말대로 돈 봉투를 받았다. 나중에 안 일이지만 그 장소를 떠난 뒤에도 나는 한참이나 봉투를 손에 쥐고 있었다.

"정말 내가 왜 그랬는지 더 이상 알고 싶지 않아?" 그녀가 전날 대답했다는 걸 생각하지 않고 나는 그렇게 물었다. 그러나 그토록 매력적으로 보이는 그녀가 나로 만족한다는 게 가능했을까?

"제노!" 그녀는 부드럽게 대답했다. "우리 다신 만나지 않기로 약속했잖아요? 우리가 한 맹세에 따라 당신이 이미 나를 알기 전에 지니고 있던 배우자로서의 의무를 나도 비슷하게 짊어졌어요. 내 언약은 당신의 언약만큼이나 신성해요. 이 시간 이후로 당신의 아내가 당신이 온전히 자신의 남자라는 걸 깨닫길 바라요."

그러니까 그녀의 생각 속에서 아다의 아름다움은 여전히 중요한 의미를 지니고 있었다. 만일 그녀가 선언한 이별이 아다 때문이라고 확신했었다면 나는 위기를 모면할 궁리를 했을 것이다. 나는 그녀에게 아다가 내 아내가 아니라고 사실을 말했을 것이고, 그녀에게 사팔뜨기 눈에 건강한 유모의 혈색을 지닌 아우구스타를 보여주었을 것이다. 그러나 그녀가 택한 의무가 더 중요한 게 아니었을까? 그것에 대해 대화를 나눌 필요가 있었다.

나 또한 욕망이 차올라 입술을 떨면서도 차분히 얘기하려고 노력했다. 나는 그녀가 여전히 내 여자라는 사실을 알리고, 따라서 자기 마음대로 결정을 내릴 권리가 없다고 말해주었다. 내 머릿속에서는 내가 말하고 싶어 하는 내용을 뒷받침할 과학적 증거, 즉 다윈이 아랍 암말을 대상으로 했던 유명한 실험이 머릿속에서 떠다녔다. 하지만 다행히도 나는 그 실험에 대해서는 한마디도 하지 않았다. 다만 짐승들과 그들의 육체적 정절에 대해서 웅얼거렸던 것 같다. 그 순간 나는 그녀에게나 내게 허용되지 않는 가장 곤란한 대화 주제를 포기했다. 그리고 내가 말했다.

"어떤 의무에 헌신한다는 거지? 우리가 1년 넘게 간직해왔던 애정과 비교해서 어떤 중요성을 지닐 수 있느냐고?"

나는 좀더 강한 행동이 필요하다고 느끼면서, 거기에 들어맞는 어떤 말도 찾지 못한 채 그녀의 손을 거칠게 잡아당겼다.

그녀는 내가 그와 같은 일을 맹세한 것이 처음인 것처럼 꽉 잡은 내 손을 힘껏 뿌리쳤다.

"아뇨." 그녀는 선언하듯 말했다. "난 더 신성한 언약을 했어요! 제게도 똑같은 언약을 한 남자와요."

의심할 여지가 없었다! 그녀는 자신에게 어떤 언약도 하지 않은 남자에 대한 증오심으로 순식간에 양 볼이 빨갛게 달아올랐다. 그러고는 더 확실하게 설명했다.

"어제 우리는 그의 어머니를 모시고 서로 팔짱을 끼고서 거리를 걸었어요."

그것은 내 여인이 영원히 내게서 멀리 떠나버렸다는 증거였다. 나는 미친 듯이 그녀를 따라잡으려 했다. 맛있는 고기 조각을 차지하려 달려드는 개처럼 뛰면서 미친 듯이 그녀를 붙잡으려 했다. 나는 거칠게 그녀의 손을 다시 잡았다.

"그럼 우리도 그렇게 서로 손을 잡고 걷자고. 다른 사람들에게 잘 보이도록 코르시아 스타디온을 지나 키오차 아케이드를 거쳐 멀리 코르소를 가로질러 성 안드레아까지 걷고 정반대편인 우리의 방으로 돌아오자고. 온 도시가 우리를 볼 수 있게 말이야."

그때, 나는 처음으로 아우구스타를 포기하고 있었다!

그녀는 다시 내 억센 손아귀를 뿌리치고 차갑게 말했다.

"그래봐야 어제 우리가 걸었던 길과 다를 바 없어요!"

나는 한 번 더 매달렸다.

"그럼 그가 알아? 모든 걸 아느냐고? 어제도 네가 내 여자였다는 걸 알아?"

"네, 그는 모든 걸 알고 있어요."

그녀는 자랑스럽게 말했다.

나는 낙담한 기분이었고, 원하는 고기를 차지할 수 없을 때 그것을 가진 사람의 옷을 물어뜯는 개처럼 분노에 싸여 말했다.

"네 남편 될 사람은 비위가 아주 좋군. 오늘은 나를 삼키고 내일은 네가 좋아하는 모든 걸 먹어치우겠군."

나는 내가 무슨 말을 하는지 알 수 없었다. 다만 고통으로 소리칠 뿐이었다. 그러나 그녀는 가젤영양처럼 온순한 갈색 눈에 어울리지 않게 경멸하듯 비아냥거렸다.

"내게 그런 말을 해요? 왜 그 사람한테 직접 말할 용기가 없어선가요?"

그녀는 내게 등을 돌리고 빠른 걸음으로 출입구를 향해 갔다. 나는 벌써 내가 한 말을 후회했고, 그러면서 카를라가 나를 차갑게 대한 태도에 크게 놀라 마음이 어두워졌다. 그녀로 인해 나는 그 자리에서 꼼짝하지 않았다. 내가 그녀를 뒤따라가기로 마음먹었을 때, 하늘색과 흰색이 어우러진 그녀의 작은 몸은 빠르고 잰걸음으로 벌써 공원을 빠져나가려 하고 있었다. 나는 그녀에게 뭐라고 말할지 몰랐지만, 이렇게 헤어지는 건 불가능했다.

나는 그녀의 집으로 가는 대문 앞에서 그녀를 멈춰 세웠다. 그리고 다만 솔직하게 그 순간에 느끼는 크나큰 고통만을 얘기했다.

"그렇게 많이 사랑했으면서 겨우 이렇게 헤어지는 거야?"

그녀는 내게 대답도 하지 않고 안으로 들어갔고, 나는 그녀를 따라 계단을 올라갔다. 잠시 후 그녀는 반감에 찬 눈길로 나를 쳐다봤다.

"당신이 내 신랑을 보고 싶다면 따라오세요. 들리지 않아요? 지금 피아노를 연주하는 사람이 그예요."

그 순간 나는 리스트가 슈베르트의 곡을 재해석한 「이별Abschied」의 선율을 들었다. 나는 어린 시절에 펜싱 검이나 몽둥이를 다룬 적이 없긴 하지만, 겁이 많은 남자는 아니었다. 그때까지 나를 뒤흔들었던 거대한 욕망은 갑자기 사라지고 말았다. 남자로서 싸워 이기려는 결투 의지만이 남아 있었다. 나는 권리가 없는 어떤 것을 오만하게 요구했었다. 나의 실수를 줄이기 위해 지금 싸워야만 했다. 그러지 않으면 자기 신랑에게 나를 처벌하게 하려고 벼르는 그 여인에 대한 기억이 참을 수 없을 만큼 끔찍해질 것이기 때문이다.

"좋아!" 나는 그녀에게 말했다. "당신이 허락하면 같이 갈게."

나는 두려움 때문이 아니라 제대로 처신하지 못할까 봐 걱정스러워

심장이 뛰었다.

나는 그녀 가까이서 계단을 올라갔다. 그러나 갑자기 그녀는 멈춰 서더니 벽에 기대어 아무 말 없이 울기 시작했다. 위에서는 계속해서 내가 사준 피아노로 연주되는 「이별」의 선율이 울려 퍼지고 있었다. 카를라의 울음은 그 소리를 아주 슬프고 격정적으로 들리게 했다.

"나는 당신이 원하는 걸 할 거야! 내가 떠나가길 바라?" 나는 그녀에게 물었다.

"그래요." 그녀는 겨우 짧은 말을 내뱉었다.

"그럼 영원히 안녕! 당신이 원했으니 영원히 안녕이야!"

그러고는 나 역시 슈베르트의 「이별」을 휘파람으로 낮게 따라 부르면서 천천히 계단을 내려갔다. 착각이었는지 모르겠지만, 그녀가 나를 부르는 것 같았다.

"제노!"

그 순간 그녀는 자신이 붙인 다리오라는 이상한 이름으로 나를 부를 수도 있었으리라. 하지만 그래도 나는 멈춰 서지 않았을 것이다. 나는 어서 빨리 그곳을 떠나고 싶었다. 나는 그제야 예전의 순수한 모습으로 아우구스타에게 돌아가고 있었다. 암캐에게 접근했다가 발로 걷어차인 수캐가 그 순간 아주 순진무구한 모습으로 달려가는 꼴이었다.

다음 날 나는 공원으로 향해 가는 순간에 처했던 상황을 다시 생각해보았고, 내가 그저 단순히 겁쟁이였다는 기분이 들었다. 비록 애칭은 아니지만 그녀가 나를 불렀고, 나는 대답을 하지 않았으니 말이다! 그날은 뒤이어 찾아올 쓰라린 슬픔과 고뇌의 수많은 나날 중 고통의 첫날이었다. 왜 내가 그렇게 떠나버렸는지 도저히 이해가 되지 않았고, 그 남자에 대한 두려움 또는 추잡한 소문에 대한 두려움을 가졌다는 것에 죄의식을 느꼈다. 지금이라면 카를라에게 도시 전체를 배회하자고 제안했을 때처럼 어떤 희생이라도 새롭게 받아들일 것이었다. 나는 기회를 잃어버렸다. 어떤 여자들에게는 그런 기회가 단 한 번뿐이라는 걸 너무나 잘 알고 있었다. 내게는 그 한 번의 기회로 충분했을 것이다.

나는 당장 카를라에게 편지를 쓰기로 결심했다. 다시 그녀에게 다가가기 위한 노력을 하지 않고서는 단 하루도 그냥 흘려버릴 수 없었다. 내가 할 수 있는 모든 깨우침을 몇 마디 말에 담기 위해 편지를 쓰고 또다시 썼다. 또한 그녀에게 편지를 쓰는 것 자체가 내게 커다란 위로가 되었기 때문에 여러 번 그녀에게 다시 편지를 썼다. 그것은 내가 필요로 했던 감정의 발산이었다. 나는 그녀에게 화를 낸 것에 용서를 빌었다. 그리고 나의 거대한 사랑의 감정은 진정되기 위한 시간이 필요하다고 주장했다. 나는 이렇게 덧붙이곤 했다. '하루하루가 또 다른 평온을 가져다줄 거요.' 그리고 이를 갈면서 이 문장을 수없이 적었다. 그런 후 내가 그녀에게 했던 말들을 스스로 용서할 수 없으며, 용서를 구하고 싶다고 그녀에게 적었다. 안타깝게도 랄리가 그녀에게 해줄 수 있는 것을 그리고 그녀가 간절히 바라는 것을 나는 해줄 수가 없었다.

나는 편지가 대단한 결과를 가져올 거라 예상했다. 랄리가 모든 걸 알고 있을 터라 카를라는 그에게 편지를 보여줄 것이고, 랄리 편에서는 나와 같은 수준의 친구를 얻을 수도 있을 것이었다. 심지어 셋이 누리는 달콤한 인생으로 나아갈 수 있을 거라는 꿈까지 꾸었다. 왜냐하면 나의 사랑은 카를라에게 애정을 구할 수 있도록 허락만 된다면 그 순간 부드러워질 것이기 때문이었다.

편지를 보낸 뒤 사흘째 되는 날에 그녀에게서 짧은 답장을 받았다. 편지에서 나는 제노로도 다리오로도 불리지 않았다. 그녀는 다만 '고마워요! 당신 역시 모든 축복을 누릴 만한 부인과 행복하게 지내세요'라고만 썼다. 그녀는 당연히 아다를 두고 말하고 있었다.

적절한 기회는 지속되시 않았다. 여자의 머리끄을 잡아 멈춰 세우지 않으면 여자들에게서 기회는 절대 계속 생겨나지 않는다. 나의 욕망은 격렬한 분노로 바뀌었다. 아우구스타를 향한 분노가 아니었다! 카를라와의 일을 후회하고 아우구스타에게 진실해 보이는 가식적이고 실없는 미소를 계속 지으면서도 나의 마음은 카를라로 가득 차 있었다.

그러나 뭔가를 해야만 했다. 그렇게 매일 기다리고 고통스러워할 수는 결코 없었다! 나는 더 이상 그녀에게 편지를 쓰고 싶지 않았다. 여자들에게 글을 적은 종이는 너무나 별 볼일 없는 것이다. 더 좋은 방법을 찾을 필요가 있었다.

어떤 구체적인 계획도 없이 나는 공원으로 달려갔다. 그러고는 아주 천천히 카를라의 집과 층계참에 다다라 주방 문을 두드렸다. 가능했다면 랄리를 만나는 일은 피했을 것이다. 하지만 그와 마주치는 것에 기분 상하지는 않았을 것이다. 내가 필요하다고 느끼던 위기 상황이 될 것이었다.

노부인은 평상시대로 두 개의 커다란 불길이 타오르는 난로 옆에 있었다. 그녀는 나를 보고는 화들짝 놀랐지만 곧 착하고 악의 없는 모습으로 웃었다. 그녀가 말했다.

"이렇게 보게 되어 기뻐요! 매일 만나는 데 익숙해져서 저희와 완전히 발길을 끊지는 못하실 줄 알았어요."

그녀는 쉽게 수다를 떨었다. 카를라와 비토리오의 사랑은 대단하다고 내게 말했다. 그날 그와 그의 어머니는 그들의 집에 식사를 하러 올 예정이었다. 그녀는 웃으면서 덧붙였다.

"매일 가르쳐야 하는 성악 수업이 많은데도 딸아이에게 시간을 많이 냈었는데 그것도 곧 끝날 거예요. 잠시도 떨어져 있지를 못한답니다."

그녀는 어머니다운 행복한 미소를 짓고 있었다.

몇 주 후에 그들이 결혼할 거라는 소식도 들려주었다.

나는 불쾌한 기분이 들어 하마터면 문밖으로 나가버릴 뻔했다. 그러나 노부인의 수다가 내게 좋은 생각을 불러일으키거나 어떤 희망을 줄 수 있기를 바라면서 애써 참았다. 내가 카를라에게 저지른 마지막 실수는 내게 도움이 될지도 모르는 온갖 가능한 일들을 생각해보기도 전에 그 자리를 떠났다는 것이었다.

잠시 나는 좋은 생각이 떠올랐다고 믿었다. 나는 노부인에게 혹시 딸 곁에서 죽을 때까지 집안일을 하겠다고 결정했는지 물었다. 카를라가 자기 어머니에게 아주 자상하진 않다는 걸 알고 있다고 말했다.

그녀는 난로 옆에서 부지런히 일을 하면서도 내 말을 듣고 있었다. 그녀는 내게 없는 순진무구한 면이 있었다. 그녀는 카를라가 아무 일도 아닌 것에 화를 잘 낸다고 불평했다. 그러고는 자신은 아무 잘못이 없노라고 주장했다.

"당연히 전 매일 늙어가고 모든 걸 쉽게 잊어버리죠. 그건 내 잘못이 아니에요!"

그러나 그녀는 지금 모든 일이 잘되어가길 바라고 있었다. 행복한 지금, 카를라의 변덕스러운 기분이 줄어들 테니 말이다. 게다가 비토리오는 처음부터 그녀를 매우 존중했다. 마침내 파스타와 과일로 요리를 만드는 데 열중하면서 노부인이 덧붙였다.

"제 딸아이와 함께 지내는 것이 제 의무랍니다. 그 밖에 다른 일은 할 수가 없어요."

나는 어떤 불안감에 그녀를 설득하려고 시도했다. 나는 그녀에게 노예와 같은 지독한 속박에서 얼마든시 자유로워질 수 있다고 말했다. 내가 여기 있지 않은가? 지금까지 카를라에게 주었던 월 생활비를 그녀에게 계속 줄 것이다. 나는 누군가를 후원하고 싶었다! 내게는 딸의 일부분처럼 보이는 노부인과 지속적인 관계를 유지하고 싶었다.

노부인은 내게 감사의 뜻을 전했다. 나의 선량한 마음 씀씀이에는 감탄하면서도, 딸을 떠나라는 내 제안에는 웃음을 터뜨렸다. 그것은 생각할 수 없는 일이었다.

거절의 말은 내 이마에 날아와 부딪쳤다! 나는 카를라가 없는 곳에서 그리고 그녀에게로 가는 길마저 보이지 않는 곳에서 다시 건잡을 수 없는 고독을 느꼈다. 그 길이 적어도 표시를 남길 수 있으리라는 착각에 빠져 마지막 노력을 다했던 기억이 난다. 나는 그 집을 떠나기 전에 노부인에게 언제 마음이 바뀔지 모른다고 말했다. 그때는 나를 꼭 기억해달라고 노부인에게 부탁했다.

그 집을 나오면서 내 마음은 좋은 일을 하려다가 부당한 취급을 받은 것처럼 모멸감과 슬픔에 찬 분노를 느꼈다. 노부인은 내 말에 폭소를 터뜨려 내 마음을 몹시 상하게 했다. 그 웃음소리는 여전히 내 귓가에 울려 퍼지고 있었다. 이는 나의 마지막 제안에 대한 단순한 조롱을 넘어서는 것이었다.

나는 그 상태로 아우구스타에게 가고 싶지 않았다. 나는 나의 운명을 예상하고 있었다. 만일 내가 곧장 그녀에게 간다면, 그녀를 함부로 다룰 것이고, 그녀는 내 마음을 몹시 아프게 하는 하얗게 질린 창백한 얼굴로 내게 복수할 것이었다. 나는 마음을 조금 진정시킬 만한 속도로 거리를 걷는 편을 택했다. 그러고 나니 실제로 마음이 차분해졌다! 나는 내 운명에 대한 불평을 그만두고, 커다란 불빛이 길 위에 있는 내 모습 전체를 비춰주는 것처럼 나 자신을 바라봤다.

나는 카를라에게 돌아와달라고 요구한 것이 아니라, 그녀의 포옹을, 특히 마지막 포옹을 원했을 뿐이다. 얼마나 우스운 일인가! 나는 슬픔을, 즉 나의 우스꽝스러운 이미지에 얹힌 약간의 심각함을 던져버리기 위해 입술을 깨물었다. 나는 나 자신에 대한 모든 걸 알고 있었고, 그래서 내가 유아기를 벗어날 절호의 기회가 온 것 때문에 괴로워한다는 것이 용납될 수 없었다. 카를라는 내가 그토록 원했던 대로 더 이상 내 곁에 없었다.

마음속에 그러한 생각을 지닌 채 얼마 후 아무런 계획 없이 도착한 도시 중심가에서 짙은 화장을 한 여자가 내게 신호를 보냈고, 나는 주저 없이 그녀에게 달려갔다.

나는 점심 식사에 늦었다. 그래도 아우구스타는 나를 반겨주었고 나는 그녀를 아주 다정하게 대했다. 하지만 나는 딸아이에게 키스할 엄두조차 내지 못했을 뿐만 아니라 몇 시간 동안 아무것도 먹을 수 없었다. 나 자신이 아주 불결하게 느껴졌다! 나의 잘못과 양심의 가책을 숨기기 위해 다른 때처럼 아픈 척하지 않았다. 다가올 미래에 대한 결심으로 위로를 얻을 수 있을 것 같지 않았고, 그래서 처음으로 나는 아무것도 하지 않았다. 어둡고 음울한 나의 현실에서 눈부신 미래를 끌어내는 일상의 리듬으로 돌아오는 데 많은 시간이 필요했다.

아우구스타는 내게 또 무슨 일이 생겼다는 걸 눈치챘다. 그 사실을 깨닫고 그녀는 웃었다.

"당신과 있으면 전혀 지루하지가 않아요. 당신은 매일 다른 사람이에요."

그랬다! 도시 외곽의 그 여자는 어느 누구와도 닮지 않은 내 안에 있는 여자였다.

나는 오후와 저녁 모두 아우구스타와 보냈다. 그녀는 여러 가지 일로 몹시 바빴고, 나는 그런 그녀 옆에 나른하고 무기력하게 있었다. 나는 내 집의 정직한 삶이라는 맑은 물결에 이끌려 그렇게 힘없이 옮겨진 것 같았다.

나는 그 물결에 스스로를 내맡겼다. 그 흐름은 나를 다른 세계로 데려다주었지만, 나를 깨끗이 씻기지 못했다. 오히려 반대였다! 천만에! 물결은 나의 불결함을 드러내고 있었다.

자연히 기나긴 밤을 보내며 나는 새로운 결심에 다다랐다. 첫번째는 가장 엄격했다. 옛 연인이 사는 곳으로 향하는 나 자신을 깨달을 때 즉시 나를 처벌할 무기를 준비할 작정이었다. 이 결심은 내게 좋은 영향을 주어, 침울했던 기분에서 잠시 벗어나게 해주었다.

침대에 누운 나는 슬픔에 빠져들지 않고, 오히려 수면 중인 사람의 규칙적인 호흡을 흉내 냈다. 그렇게 해서 카를라와 만나면서 아내를 배신하려고 했던 바로 그때처럼 아내에게 모든 걸 고백하고 나 자신을 깨끗이 하고 싶다는 오랜 바람으로 돌아왔다. 그러나 이제는 너무나 어려운 고백이었다. 잘못된 행위의 심각성 때문이 아니라 그것이 빚어낸 결과의 복잡함 때문이었다. 아내와 같은 심판관 앞에서 정상참작을 할 수 있는 증거들을 제시해야 할 것이고, 그것들은 카를라와의 관계가 깨어지게 된 예상하지 못한 잔인함에 대해 말할 수 있어야만 가능했다. 그렇게 되면 어느덧 오래된 나의 배신 행위 또한 고백해야 할 것이다. 그것은 배신보다 더 순수하지만 한 남자의 아내에게는 훨씬 더 모욕적이었다.

나 자신을 자세히 들여다보는 노력을 통해 나는 훨씬 더 이성적인 결심들에 다다랐다. 내가 잃어버린 관계이자 내가 필요로 하는 어떤 관계를 서둘러 만들어가며 비슷한 실수를 반복하지는 않겠다고 생각했다. 그러나 새로운 여인의 등장 역시 나를 놀라게 했다. 수많은 위험들이 나와 나의 가정을 공격할 것이다. 이 세상에 또 다른 카를라는 없었다. 내가 사랑하는 여자까지 사랑하려고 했고, 단지 내가 전혀 사랑하지 않는 또 다른 여자를 그녀 앞에 아내로 내세운 이유만으로 사랑을 포기한 다정하고 마음 착한 그녀를 쓰디쓴 눈물로 그리워했다!

7. 사업 이야기

새로 설립한 회사에서 나와 함께 일하기를 원한 쪽은 귀도였다. 나는 하루라도 빨리 그 일을 맡고 싶었지만, 결코 그가 나의 욕망을 알아차리게 하고 싶지 않았다. 무기력한 생활에서 친구의 사업 제안은 반가운 소식이었다. 그러나 아직 다른 문제가 있었다. 나는 좋은 사업가가 될 수 있다는 희망을 여전히 버리지 못했다. 그래서 올리비 씨에게 배우기보다 귀도를 가르치는 편이 그렇게 되기가 더 수월해 보였다. 이 세계에서 대다수 사람들은 서로의 의견을 들으면서 배우곤 하는데, 때로는 아무에게도 듣고 배울 수 없는 경우도 있다.

내가 사업을 돕는 데는 다른 이유도 있었다. 나는 귀도에게 쓸모 있는 사람이 되고 싶었다! 무엇보다도 그를 좋아하는 데다, 그는 사람들에게 강하고 자신감 있게 보이고 싶어 하지만, 내가 볼 때 그는 무기력해 보였고 다른 사람의 도움이 절실해 보였다. 그를 도와주고 싶었다. 게다가 나한테도 그렇고 아우구스타가 보기에도 그렇고, 내가 귀도와 가까워지면 가까워질수록 아다에 대한 내 무관심이 더 분명하게 드러날 것이었다.

아무튼 나는 사업을 도와달라는 귀도의 말을 예상하지 못했고, 귀도 입장에서도 내가 회사에서 일어나는 업무에 대해 관심이 없는 걸 보면서 사업에 그다지 열정이 없다고 생각하고 있었기 때문에 그 말은 일찌감치 나오지 않았다.

어느 날 그가 내게 말했다.

"나는 상업학교 과정을 모두 마쳤지만, 회사를 잘 운영하는 데 필요한 세부적인 부분을 모두 살피는 데는 자신이 없네. 사실 사업가가 그 모든 걸 다 알 필요가 있겠나. 장부 관리가 필요하면 장부 관리원을 부르고, 법률적인 해결이 필요하다면 변호사를 부르고, 회사의 회계 문제를 정리해야 한다면 회계사를 부르면 되니까 말이네. 하지만 시작부터 자기 회계 업무를 낯선 사람에게 맡겨야 하는 건 조금 껄끄러운 일이지!"

그것이 나를 그의 사업에 끌어들이려는 의도를 밝힌 첫번째 암시였다. 솔직히 나 또한 회계 실무라고는 올리비 씨의 업무 지시대로 고작 몇 달 동안 회사 장부를 맡은 경험이 전부였지만, 귀도에게는 내가 외부인이 아닌 유일한 회계사임이 틀림없었다.

그는 사무실 가구들을 고르러 갔을 때 처음으로 우리의 사업 협력 가능성에 대해 말했다. 그는 사장실에 놓을 책상 두 개를 당장 주문했다. 나는 얼굴을 붉히며 그에게 물었다.

"왜 두 개인가?"

그가 대답했다.

"다른 하나는 자네를 위한 거네."

나는 그를 껴안고 싶을 정도로 고마움을 느꼈다.

우리가 상점에서 나왔을 때, 귀도는 살짝 당황해서 자기 회사에 내 자리를 마련하기에는 아직 이르다고 설명했다. 귀도는 내 자리를 자신의 방에 마련할 것인데, 다만 가끔 내 마음이 내킬 때 그를 찾아와 일을 봐달라고 했다. 그는 내게 아무것도 강요하지 않았고, 그 역시 구속되지 않기를 바랐다. 만약 그의 사업이 잘 풀리면 회사 경영진으로 나를 정식 채용할 것이었다.

자기 사업에 대해 말하면서 귀도의 잘생기고 까뭇한 얼굴이 몹시 진지해졌다. 그는 앞으로 몰두할 사업의 모든 기반 작업을 벌써 생각해 놓은 듯했다. 그는 내 머리 너머 먼 곳을 바라보았고, 나는 그의 사려 깊은 진지함을 매우 신뢰했다. 나 또한 그가 보고 있는 것을 바라보았다. 틀림없이 그에게 행운을 가져다줄 사업 구상들을 말이다. 그는 우리 장인이 큰 성공을 거둔 탄탄대로를 걷거나 올리비 씨가 헌신해온, 수익은 적으나 확실하고 안정적인 길을 걷고 싶어 하지 않았다. 그에게는 그들 모두가 옛날 옛적 상인들이었다. 완전히 다른 길을 가야 할 필요가 있었다. 그래서 그는 기꺼이 내게 협력을 구했다. 아직 내가 노인들에게 물들지 않았기 때문이었다.

사실이 그랬다. 내게 첫 사업 성공은 선물처럼 주어진 것이었고, 두번째부터는 기쁨에 얼굴이 달아올랐다. 그렇게 해서 나는 그가 내게 보여준 기대와 격려에 부응하기로 했다. 나는 그와 함께, 그를 위해 일했고, 때로는 쉬지 않고 때로는 여유롭게 일하면서 거의 2년 동안 사장실의 내 자리를 지켰다. 그 자리에 있는 명예 말고는 아무런 보상 없이 그와 함께 또 그를 위해 일했다. 그 시간은 분명히 내가 가장 오랫동안 한 가지 일에 몰두한 기간이었다. 다만 그 점을 자랑할 수 없는 이유는 오직 그러한 나의 활동이 내게나 귀도에게 어떤 이익도 가져오지 못했기 때문이다. 모두들 알다시피 사업이란 오직 결과로만 판단할 수 있기 때문이다.

나는 회사를 세우는 데 걸리는 시간인 약 석 달 동안 큰 사업의 길로 들어선다는 믿음을 갖고 있었다. 내게는 그 시간이 서신이나 회계 같은 세부적인 일들을 관리하는 것만이 아니라 사업상 거래에도 눈을 뜰 수 있는 기회가 되리란 걸 알았다. 그러나 귀도는 내게 커다란 영향력을 행사해 나를 무너뜨릴 수도 있었는데, 다행히 내게 찾아온 큰 행운이 그걸 막아주었다. 그가 어떤 신호만 보내도 나는 그에게 달려갔다. 내 삶의 많은 부분을 돌아볼 시간을 갖고 난 뒤 그 일에 관해 쓰고 있는 지금까지도 여전히 나의 어리석음을 탓하는 이유이기도 하다.

그리고 내가 그에게 집착하는 것이 병의 확실한 증상처럼 여겨지기 때문에 지금도 그 2년 동안의 일에 대해 쓰고 있다. 내가 큰 사업을 알기 위해 그에게 다가간 이유가 무엇이며, 그 직후에 그에게 작은 사업을 가르치기 위해 남아 있으려 한 이유는 또 뭐였을까? 단지 귀도와의 끈끈한 우정이 아다에 대한 무관심을 의미하는 것처럼 보이기 때문에 그 자리를 마음에 들어 했던 걸까? 누가 내게 이 모든 걸 부추겼을까? 우리가 각자 부지런히 낳은 아이들에 대해 서로 무관심한 것으로 충분하지 않았을까? 내가 귀도를 싫어한 건 아니지만 그는 분명 내가 자유롭게 선택한 친구는 아니었다.

그에게서는 나를 화나게 만드는 단점들이 너무나 뚜렷하게 눈에 띄었다. 오랜 세월 동안 나는 내 자유를 희생하면서 그에게 시간을 내주었고, 오직 그를 돕기 위해서 가장 피하고 싶은 곤란한 위치에 제 발로 끌려갔다! 가장 확실한 병의 증거와 대단한 미덕의 분명한 증거, 이 둘은 서로 밀접하게 관련돼 있다. 이건 비록 시간이 흘러 우리 사이에 하루도 빠짐없이 얼굴을 보는 사람들 간에 생겨나는 친밀한 애정이 생겼다 해도 여전히 진실이다. 그리고 내가 그에게 느낀 애정은 매우 깊었다! 그가 세상을 떠난 뒤로 오랜 시간 동안 내가 그를 얼마나 그리워하는지 느꼈다. 그와 그의 사업이 내 인생에서 많은 부분을 차지했기 때문에 오히려 내 삶 전체가 텅 빈 것처럼 여겨졌다.

우리가 첫 사업을 준비하면서 무턱대고 가구부터 구입한 실수를 저지른 일이 문득 떠올라 웃음이 난다. 가구를 받기로 해놓고는, 여전히 사무실을 어디에 마련할지 결정하지 못했던 것이다. 사무실을 선택하는 문제로 나와 귀도 사이에 의견이 엇갈려 배달이 늦춰졌다. 장인과 올리비 씨의 경우를 보더라도 사무실은 창고 감시가 가능하도록 늘 창고 근처에 있었다. 귀도는 질색하면서 불평을 터뜨렸다.

"트리에스테 사무실들은 말린 대구와 무두질한 가죽 냄새로 악취가 진동해!"

그는 멀리서도 감시가 가능할 거라 확신하면서도 한편으로는 망설였다. 어느 맑은 날, 가구점 주인이 가구들을 가져가라고 그에게 통보했다. 그러지 않으면 길거리에 내던질 것이라고 으름장을 놓았다. 그러자 그는 사무실을 구하러 달려갔다. 그는 마지막에 소개받은 곳으로 결정했다. 근처에 창고가 없는 데다 시내 한복판에 위치한 사무실이었다. 그래서 우리는 이후로 영영 창고를 갖지 못했다.

사무실은 햇빛이 잘 드는 넓은 방 두 개와 창문이 없는 작은 방 하나로 구성되어 있었다. 창고 같은 작은 방 문 위에는 이탤릭체로 회계라고 쓰인 팻말을 붙였다. 그리고 다른 두 방 중 한 곳에는 자금실이라는 팻말을, 다른 방에는 영국적인 느낌을 풍기는 개인 업무실(private)이라는 팻말을 달았다. 귀도 역시 영국에서 무역을 공부했다. 그래서 그곳에서 배운 유용한 개념들을 도입했다. 자금실은 당연히 단단하고 보안이 철저한 철제 금고와 예스러운 창구를 갖춰야 했다. 우리가 쓸 방인 개인 업무실은 두 개의 책상과 소파 한 개 그리고 여러 개의 안락한 의자를 갖추고 짙은 갈색 벨벳 카펫이 깔린 고급스러운 방으로 변했다.

그다음엔 책과 여러 가지 사무용품들을 구입했다. 여기서 내가 맡은 사장 역할은 매우 중요했다. 내가 주문을 하면 물품들이 도착하는 일이 반복됐다. 어쩌면 모든 걸 일일이 다 챙기지 않는 것이 더 좋았을지도 모르지만 사무실에 필요한 모든 것들을 주문하는 것이 내 임무였다. 그래서 나는 나와 귀도 사이의 커다란 차이점을 발견했다고 믿었다. 내가 알고 있는 건 무엇이든 말할 필요가 있었고, 그래야 그를 움직일 수 있었다. 그는 내가 아는 것을 자신도 알게 되면 그제야 물건을 구입하곤 했다. 가끔 그가 아무 거래도 하지 않는, 즉 사지도 않고 팔지도 않을 때가 있었는데, 이 역시 내게는 스스로 많이 알고 있다고 믿는 독단에서 비롯된 것으로 여겨졌다. 나라면 아무것도 하지 않겠다는 결정조차도 그렇게 단호할 수는 없었으리라.

나는 물품을 구입하는 데 매우 신중했다. 올리비 씨에게 회계 장부와 거래 내역서 묶음을 가지러 갔었는데, 그 뒤로 올리비 씨의 아들이 장부 정리를 도와주었고, 이중 확인을 위한 회계 장부를 한 번 더 설명해주었다. 모든 내용이 어렵지는 않았지만 아주 쉽게 잊혔다. 장부를 대조하게 되는 순간, 그는 내게 그 내용까지 설명해주어야 할 것이었다.

귀도와 나는 그 사무실에서 우리가 할 일을 아직도 모르고 있었다(그때 귀도 역시 모르고 있었다는 걸 이제야 알게 됐다). 그래서 회사 조직에 관한 모든 걸 논의했다. 일시적으로 직원들이 필요할 때는 사무실 어디에 배치할지에 대해서 며칠 동안 이야기를 나눴던 기억이 난다. 귀도는 가능한 한 자금실에 많이 배치하자고 제안했다. 하지만 당시 우리의 유일한 직원인 새내기 루치아노가 금고가 있는 곳에 자금과 관련된 사람이 아닌 외부인들이 있어서는 절대 안 된다고 주장했다. 풋내기 사원의 충고를 받아들이기는 상당히 어려운 문제였다! 그때 내게 갑자기 좋은 생각이 떠올랐다.

"영국에서는 모든 걸 수표로 결제하는 것 같아."

그건 트리에스테에서 들었던 말이었다.

"대단해! 나도 지금 기억나. 어떻게 그걸 잊고 있었을까!" 귀도가 말했다.

귀도는 루치아노에게 수표를 쓰면 돈을 그토록 민감하게 신경 써서 관리할 필요가 없음을 한참이나 자세하게 설명하기 시작했다. 수표는 원하는 대로 지불할 때마다 이 사람에게서 저 사람에게로 도는 것이었다. 우리는 대단한 성공을 거두었고, 루치아노는 입을 다물었다.

그는 귀도에게 배운 만큼 큰 이익을 얻었다. 우리의 새내기 사원은 오늘날 트리에스테에서 매우 존경받는 사업가가 되었다. 그는 여전히 미소를 지으며 겸손한 태도로 내게 인사한다. 귀도는 늘 하루 일과의 일정 부분을, 먼저 루치아노를 그다음엔 나를 그러니까 비서를 가르치는 데 쓰곤 했다. 그가 금전적 손실을 보지 않기 위해 오랫동안 사업상 거래를 위한 아이디어를 가다듬었던 기억이 난다. 그리고 내게 그러한 사업의 핵심 내용을 설명했다. 그는 내가 눈에 띄게 빨리 이해하는 걸 보면서 다음엔 루치아노에게 그것을 설명하기 시작했다. 루치아노는 아직 수염이 나지 않은 얼굴에 커다란 눈동자를 반짝이며 매우 주의 깊게 한참 동안 귀담아들었다. 귀도가 괜한 시간 낭비를 했다고 말할 수는 없다. 왜냐하면 루치아노는 우리 가운데 사업에 성공한 유일한 인물이기 때문이다. 또 아는 것이 힘이라는 말이 있지 않은가!

그 무렵 부에노스아이레스에서 페소화가 들어왔다. 그것은 심각한 일이었다! 처음에는 별일 아닌 것처럼 여겨졌지만, 트리에스테 시장은 새로운 외국 화폐를 맞이할 준비가 되어 있지 않았다. 우리는 다시 젊은 올리비 씨의 도움이 필요했다. 그는 우리에게 수표를 발급받는 방법을 가르쳐주었다. 이후 어느 순간부터 올리비 씨의 눈에 우리가 잘 따라온 것처럼 보였는지 우리들만 덩그러니 남겨졌기 때문에, 무겁고 번거로운 현금을 내밀면 우리에게 수표장을 건네줄 은행을 찾아낼 때까지 귀도는 주머니에 현금을 가득 채우고 여러 날을 지내야 했다. 그렇게 우리는 은행에서 수표를 발급받아 곧장 사용하는 방법을 깨쳤다.

귀도는 수표 계좌 개설을 알려준 올리비 씨에게 연락을 할 필요성을 느꼈다.

"장담하는데, 친구 회사와 절대 경쟁하지는 않을 거요!"

그러나 사업에 대해서 다른 생각을 가지고 있던 젊은 남자가 대답했다.

"우리가 다루는 물품들에서 계약자들이 넘쳐나면 좋겠군요. 더 나아지겠죠!"

귀도는 입이 벌어져 있었다. 항상 그래왔듯이 그는 너무나 잘 이해했고, 이론을 원하는 사람에게 자신이 터득한 이론을 집중적으로 전해주며 몰두했다.

그가 받은 고등교육의 영향인지 귀도는 부채와 채권에 대한 개념이 그다지 정확하지 않았다. 그는 내가 자본 계정과 지출 내역을 정리하는 모습을 놀라워하며 지켜보았다. 이후 그는 회계 전문가가 됐다. 거래를 시작할 때는 우선 먼저 회계적인 관점으로 분석하곤 했다. 실제로 그에게 회계 지식은 세상에 어떤 새로운 관점을 부여하는 것처럼 여겨졌다. 그는 어디에서나 채무자와 채권자가 생겨나는 것을 보았다. 심지어 두 사람이 서로 주먹을 날리거나 키스를 하고 있을 때에도 말이다.

그는 엄청난 신중함으로 무장하고 사업에 뛰어들었다고 말할 수 있다. 여러 사업을 거절했는데, 여섯 달 동안은 상황을 꿰뚫어보는 이의 느긋한 태도로 모든 거래를 거절했다.

그는 종종 "안 되겠어!"라고 말했는데, 단호한 그 한마디는 전혀 본 적이 없는 품목에 관한 것일 때에도 정확한 계산의 결과처럼 느껴졌다. 그러나 그의 신중함은 사업상 이익이나 손실을 어떻게 회계를 통해 얻어낼 수 있을지 예상하는 데 허비되었다. 그가 터득했던 마지막 비법이었고, 그것이 그의 모든 사업 개념을 지배했다.

나의 불쌍한 친구에 대해 그토록 나쁘게 말해야 하는 것이 유감스럽지만, 나 자신을 더 잘 이해하기 위해서라도 진실해져야 할 것 같다. 성실하게 부지런히 일하기 어려울 만큼 온갖 예측과 가정이 난무하는 우리의 작은 사무실은 그의 수많은 생각들로 인해 업무가 마비될 정도였다. 언젠가 위탁 업무를 시작하기 위해 우리는 1천 장에 가까운 안내장을 우리의 잠재 고객들에게 우편으로 보냈다. 귀도가 다음과 같은 생각을 털어놓았다.

"이 안내장들을 보내기 전에, 안내장 내용에 관심을 가질 사람들을 미리 알면 우표를 많이 절약할 수 있을 텐테 말이야!"

그 말 자체는 별로 대수로울 것 없었지만, 그는 그 점을 너무나 안타까워했다. 그러고는 주소를 적고 봉투에 봉한 안내장들을 공중으로 던지기 시작했다. 그 행위는 과거에 내가 했던 실험과 비슷한 뭔가를 떠올렸지만, 내게는 의도한 지점에 결코 다다르지 못할 것처럼 보였다.

당연히 나는 그가 제외시킨 안내장들을 모아놓지도 발송하지도 않았다. 왜냐하면 그가 정말 진지한 생각으로 그렇게 행동한 것이 아니라고 확신할 수 없었고, 그가 지불하는 우표를 낭비해서는 안 되었기 때문이다.

나의 행운은 귀도와 함께 파산하는 걸 막아주었지만, 그 똑같은 행운이 그의 사업에서 내가 지나치게 관여할 수 있는 부분을 차단하기도 했다. 트리에스테 사람들 중 내 말이 사실이 아니라고 생각하는 사람이 많기 때문에 큰 목소리로 솔직하게 털어놓겠다. 그와 함께 지낸 시간 동안 나는 말린 과일의 경우처럼 문득 떠오른 생각을 내비치며 나선 적이 결코 없었다. 한 번도 어떤 거래를 하도록 그를 떠민 적이 없었고, 거래를 하지 못하도록 방해한 적도 없었다. 나는 철저히 조언가였다! 나는 그가 적극적이고 현명한 태도를 지니도록 충고했다. 그러나 그의 돈을 불확실한 사업판에 과감하게 던질 생각은 하지 못했다.

그의 곁에서 나는 매우 무기력하고 소극적이었다. 그가 옳은 길로 가도록 노력했고, 어쩌면 너무나 무기력한 탓에 성공하지 못했는지도 모르겠다. 그러나 둘이 함께 일할 때면 돈키호테와 산초 판사가 따로 없었다. 그는 일을 추진하고, 나는 사업 내용을 평가하고 분석한 뒤에 착한 산초처럼 장부들을 들고 천천히 그를 쫓아다녔다.

위탁 사업은 완전히 실패작으로 돌아갔지만, 우리에게 어떤 손해도 끼치지 않았다. 우리에게 물건을 보낸 사람은 빈의 문구회사 사장이 유일했다. 그 문구들의 일부분은 루치아노가 판매했다. 루치아노는 우리에게 들어오는 위탁량이 어느 정도인지 서서히 알게 되었고, 귀도에게서 거의 모든 판매를 위임받으려 했다. 귀도는 사업 규모가 작고 또 첫 사업이 잘되어야 하기 때문에 결국 허락했다. 이 첫번째 사업은 우리가 지불하고 관리해야 할 꽤 많은 양의 문구들을 창고에 쌓아두게 되는 부정적인 결과를 초래했다. 우리 회사보다 훨씬 더 규모가 큰 회사가 오랜 시간 처리해온 양이었다.

시내 중심에 위치한 빛이 잘 드는 작은 사무실이 몇 날 동안 우리의 즐거운 안식처였다. 그곳에서 한 일은 아주 적었고(별로 이득이 없었던 주문과 공급을 같은 날 진행하기 위해서 포장을 뜯고 비우는 두 가지 업무가 포함되어 있었던 것 같다) 의욕 많은 젊은 사업가답게 많은 이야기들이 오고 갔으며, 사업에 대해서는 순진한 루치아노와도 많은 대화를 나누었다. 사업에 대해서 말할 때면 루치아노는 여자 이야기에 귀가 쫑긋해지는 그 나이 또래 젊은이들처럼 적극적이었다.

그때까지만 해도 나는 아직 카를라와 헤어지지 않았기 때문에 순진한 친구들과 허물없이 지낼 수 있어 쉽게 즐거움을 느꼈다. 그리고 그 시절에 대해서 하루 종일 기쁘게 추억할 수 있다. 저녁에 집에 돌아오면 아우구스타에게 많은 이야기를 들려주었고, 사무실과 관련된 모든 것들을 말해줄 수 있었다. 그녀를 속이려고 어떤 과장이나 거짓말을 덧붙일 필요가 없었다.

아우구스타가 걱정스럽게 말할 때 나는 조금도 걱정하지 않았다.

“그럼 언제부터 돈을 벌게 되겠어요?”

돈이라고? 그것에 대해서 우리는 아직 생각조차 해보지 않았다. 사업 초기에는 돈을 벌기보다 상품과 시장 그리고 우리의 미개척지를 공부하는 데 신경 써야 한다는 사실을 알고 있었다. 회사는 그렇게 하루아침에 갑자기 커지는 것이 아니었다! 그리고 아우구스타 역시 내 설명을 듣고 나서야 잠잠해졌다.

이후 우리의 사무실에 아주 떠들썩한 손님이 찾아왔다. 태어난 지 몇 달 안 된 활발하고 호기심 많은 사냥개 한 마리였다. 귀도는 그 개를 매우 사랑했고, 그 개를 위해 우유와 고기를 늘 빠짐없이 준비해놓았다. 나는 할 일이 없거나 생각할 거리가 없을 때, 우리가 그 의미를 알아챌 수 있는 너덧 가지의 영특한 자세를 취하면서 사무실을 이리저리 뛰어다니는 녀석을 귀엽게 바라봤다. 하지만 그토록 소란스럽고 침 흘리는 녀석이 우리와 함께 있는 것이 적절해 보이지 않았다! 내가 보기에 우리 사무실에 그 개가 있다는 것이 귀도가 회사를 경영할 자질이 부족하다는 첫번째 증거였다. 일에 대한 진지함이 전혀 없음을 보여주었다. 나는 그의 개가 우리의 사업을 성장시킬 수 없다고 설득하려 했지만, 그럴 만한 용기가 없었던 데다 어떤 말을 하든 그는 내 입을 막았다.

그래서 새로운 동료인 개를 교육시키는 데 신경을 써야 할 것 같았다. 귀도가 자리에 없을 때면 몇 번이나 발길질을 하면서 쾌감을 느꼈다. 처음에 개는 깨갱거리며 신음 소리를 냈지만, 내가 실수로 찬 것이라 믿었는지 다시 다가왔다. 그러나 두번째로 걷어차였을 때는 그것이 어떤 의미인지 알아차리고 구석에 웅크렸다. 귀도가 사무실에 도착할 때까지 평화란 없었다. 나는 죄 없는 동물을 거칠게 대한 것을 후회했다. 하지만 너무 늦은 후회였다. 나는 개를 다정하게 대해봤지만 개는 더 이상 나를 신뢰하지 않았고, 귀도가 있을 때면 눈에 띄게 적대감을 드러냈다.

"이상하군!" 귀도가 말했다. "자네가 어떤 사람인지 알아서 다행이지 그렇지 않았다면 의심했을 거야. 개들은 여간해서 반감을 드러내며 으르렁거리지 않거든."

나는 귀도의 의심을 풀기 위해 어찌어찌해서 그 개의 반감을 사게 되었는지 이야기했다.

얼마 지나지 않아 귀도와 나는 어떤 문제로 작은 충돌을 겪었다.

정말이지 대수롭지 않은 문제였다. 대단한 열정으로 회계에 관심을 갖던 그는 가족이 쓸 비용을 회사의 일반재정 예산 맨 첫자리에 끼워 넣으려 했다. 나는 곧바로 올리비 씨와 상의한 후 이 계획에 반대했고, '카다' 노인의 수익을 지켰다. 회사의 재정에 귀도나 아다 그리고 쌍둥이들의 출생 비용까지 집어넣는 것은 정말 있을 수 없는 일이었다. 이 지출은 귀도가 개인적으로 부담해야지 회사가 부담할 비용이 아니었다. 이후 이러한 지출을 보상하기 위해 나는 부에노스아이레스에 편지를 써서 귀도의 월급을 조정하려고 했다. 그의 아버지는 반대했다. 왜냐하면 귀도가 벌써 수익의 75퍼센트를 가져가고, 그의 아버지는 나머지 부분만을 받고 있었기 때문이었다. 내게는 타당한 대답이라 여겨졌지만, 귀도는 회사 경영자의 관점에서 문제를 논하기 위해 아버지에게 장문의 편지들을 썼다. 부에노스아이레스는 너무나 멀었고, 회사가 문을 닫을 때까지 편지는 계속되었다. 하지만 결국 내 생각이 옳았다! 일반재정 예산은 고스란히 남았고 귀도의 개인 지출로 훼손되지도 않았다. 그리고 회사 자산은 회사가 문을 닫으면서 한 푼도 남김없이 전부 정리되었다.

우리 회사에 들어온 다섯번째(사냥개 아르고를 포함해서) 사원은 카르멘이었다. 나는 그녀가 고용되도록 돕는 역할을 했다. 면접이 있던 날 나는 카를라의 집에서 머무르다 사무실에 왔다. 나는 매우 느긋한 기분이었는데, 탈레랑 페리고르*가 아침 8시에 느꼈을 만한 여유로움이었다. 그러다 어두운 회사 복도에서 어떤 아가씨를 보았고, 루치아노는 그녀가 개인적으로 귀도와 면담을 하고 싶어 한다고 내게 말했다.

* Charles Maurice de Talleyrand- Périgord(1754~1838): 나폴레옹 시대 프랑스의 정치가이자 외교관.

나는 몇 가지 할 일이 있었기 때문에 그녀에게 밖에서 기다리라고 말했다. 귀도가 잠시 후 우리 방으로 들어왔는데, 그 아가씨를 보지 못한 것이 틀림없었다. 그래서 루치아노가 그 아가씨가 제출한 소개서를 가져왔다. 귀도는 그것을 읽은 뒤 말했다.

"안 돼!" 그는 더운 탓에 외투를 벗으며 무뚝뚝하게 말했다. 하지만 곧 머뭇거렸다.

"그녀를 추천한 사람을 봐서라도 직접 말하는 게 좋겠군."

귀도가 그녀를 들여보내라고 했다. 나는 그가 좀 전에 벗어놓은 외투를 재빨리 걸치려고 몸을 움직이는 걸 보고서야 그녀를 쳐다보았다. 귀도는 반짝이는 눈동자와 햇빛에 잘 그을린 발그레한 얼굴의 아름다운 아가씨에게 고개를 돌렸다.

지금 생각해보면, 카르멘 정도로 아름다운 여자들은 많이 봐왔다. 하지만 그녀처럼 첫눈에 두드러질 정도로 도발적인 아름다움을 뽐내는 여자는 없었다. 일반적으로 여자들은 자신의 욕망을 충족시키기 위해 먼저 스스로를 꾸미게 마련인데, 그녀는 그럴 필요가 없었다. 그녀를 바라보며 나는 미소를 짓고 또 웃었다. 그녀는 자기 제품의 우수성을 외치며 세계를 돌아다니는 사업가 같았다. 그녀는 일자리를 얻기 위해 찾아온 것이었지만, 나는 면접을 그만두고 이렇게 질문할 뻔했다.

"무슨 일을 할 수 있나요? 침실에서?"

그녀의 얼굴은 화장을 하지 않았지만 얼굴에 깃든 색채들은 아주 뚜렷했다. 감청색은 너무나 푸르렀고, 발그레한 볼은 완벽에 가까운 기교로 잘 익은 과일 같았다. 그녀의 커다란 갈색 눈동자는 빛살의 움직임 하나하나가 큰 중요성을 갖는 풍요로운 빛을 되비추고 있었다.

귀도는 그녀에게 앉으라고 권했고, 그녀는 얌전하게 우산 끝을 바라보거나 반질한 자신의 부츠를 바라보고 있었다. 귀도가 그녀에게 말을 건넸을 때 그녀는 급히 시선을 들어 올려 빛이 나는 얼굴을 그에게로 향했다. 나의 불쌍한 고용주는 눈에 띄게 당황했다. 그녀는 검소하게 차려입었지만, 그녀의 육체에는 어떤 겸손함도 없었기 때문에 그럴 필요가 없었다. 오직 부츠만이 고급스러웠는데, 벨라스케스*가 자신의 모델들의 발아래 놓던 하얀 종이를 연상시켰다. 벨라스케스 역시 그 배경에서 카르멘을 떼어놓기 위해 검은 에나멜 위에 그녀를 올려놓았을 것이었다.

나는 조용히 대화 내용을 듣고 있었다. 귀도는 그녀에게 속기를 할 줄 아는지 물었다. 그녀는 전혀 모른다고 고백했지만, 말하는 내용을 받아 적은 경험은 많다고 덧붙였다. 신기했다! 크고 늘씬하고 무척이나 조화로운 자태의 그녀가 거친 목소리를 냈다. 나는 놀라움을 가라앉힐 수가 없었다.

"감기 걸렸나요?" 내가 그녀에게 물었다.

"아니요! 왜 그런 질문을?" 그녀가 내게 대답했다.

나를 향한 시선이 너무나 강렬했기 때문에 나는 또 한 번 놀라고 말았다. 그녀는 자신이 아주 특이한 목소리를 가지고 있다는 걸 모르고 있었고, 나는 그녀의 작은 귀 역시 보이는 것처럼 대단히 완벽하지는 않을 거라 추측했다.

귀도는 그녀에게 영어와 프랑스어 또는 독일어를 하는지 물었다. 우리는 아직 어떤 언어가 필요할지 몰랐기 때문에 그는 그녀에게 선택권을 주었다. 카르멘은 독일어를 할 줄 알지만 아주 조금밖에 못 한다

* Diego Velázques(1599~1660): 17세기에 활동한 스페인의 화가로, 「교황 인노켄티우스 10세」「시녀들」 같은 작품을 남겼다.

고 대답했다.

귀도는 이유를 달지 않고서는 어떤 결정도 내리지 않았다.

"우리는 독일어를 할 줄 아는 직원은 필요 없어요. 내가 유창하게 잘하기 때문에."

아가씨는 결정적인 확답을 듣고 싶어했지만, 내가 보기에 이미 결론이 난 것 같았다. 그녀는 서둘러 말했다. 자신이 신입사원이 되면 업무에 필요한 일을 배울 수 있고, 그래서 아주 적은 월급으로도 만족할 수 있다고 말했다.

한 남자에게 미치는 여성적 아름다움의 첫번째 영향력은 그를 인색함에서 벗어나게 하는 것이다. 귀도는 그런 사소한 일들에 대해서는 신경 쓰지 않는다는 의미로 어깨를 으쓱해 보였다. 그는 그녀가 받아들일 만한 조건으로 봉급을 제시했고, 매우 진지하게 속기를 배우라고 당부했다. 자기 입으로 앞으로 채용될 사원은 능숙한 속기사가 될 거라고 장담했으므로, 그가 이 당부를 한 것은 오직 나를 의식해서 내린 것이었다.

그날 저녁 나는 아내에게 새로 뽑은 사원에 대해 얘기했다. 아내는 지나칠 정도로 불쾌해했다. 나는 아무 얘기도 안 했는데, 아내는 대뜸 귀도가 그 여자를 자신의 애인으로 삼으려고 일자리를 주었을 거라고 여겼다. 나는 귀도가 그녀를 마음에 들어 하는 태도를 조금 보이긴 했지만, 바로 원상태로 돌아갈 것이며 무엇보다 아직 어떤 결론을 낼 만한 일도 없었다고 주장하며 아내와 언쟁을 벌였다. 어쨌든 카르멘은 전체적으로 훌륭해 보였다.

며칠 뒤, 우연인지 아다가 우리 사무실에 찾아왔다. 귀도는 아직 자리에 없었고, 아다는 그가 몇 시에 오는지 물으려고 잠시 나와 함께 있었다. 잠시 후 그녀는 망설이는 걸음으로 옆방으로 향했다. 그때 방에는 카르멘과 루치아노만이 있었다. 카르멘은 알파벳 글자들을 하나씩 눈으로 좇으면서 타자기 앞에서 연습을 하고 있었다. 그녀는 아름다운 눈을 들어 자신을 뚫어지게 보고 있는 아다를 쳐다봤다. 두 여인은 얼마나 다르던지! 어딘가 서로 조금 닮긴 했지만 카르멘은 절정에 오른 아다처럼 보였다. 정말이지 매우 부유하게 차려입은 한쪽 여인은 아내이거나 어머니로 보였고, 다른 여인은 타자기 때문에 옷이 더럽혀질까 봐 검소한 작업복을 입었는데도 누군가의 연인처럼 보였다. 과연 이 세상에 어째서 아다의 지극히 아름다운 눈동자가 카르멘의 눈동자보다 빛나지 않는지, 그리고 사실 눈동자는 빛을 발하는 기관이 아니라 사물과 사람을 바라보기 위한 신체 기관이라는 것을 설명할 수 있는 똑똑한 사람들이 있을지 모르겠다. 카르멘은 경멸 섞인, 그러나 의구심 역시 가득한 아다의 시선을 잘 참아냈다. 그녀의 시선에는 어쩌면 약간의 시기심도 들어 있지 않았을까, 아니면 내가 그렇게 느낀 걸까?

그 광경은 나를 거절했던 바로 그 아다, 여전히 아름다운 아다를 마지막으로 본 순간이었다. 이후 그녀는 재앙 같은 임신을 했고, 쌍둥이를 세상에 나오게 하려고 외과 수술을 받아야만 했다. 그리고 얼마 후 심각한 병에 걸려 자신의 모든 아름다움을 빼앗기고 말았다. 그래서 나는 그날의 방문을 아주 또렷이 기억한다. 하지만 내가 그날을 기억하는 또 다른 이유는 그 순간 나의 모든 호감이 다른 여인과는 너무나도 다른 겸손하고 온화한 아름다움을 지닌 카르멘에게 향했기 때문이다. 나는 카르멘을 사랑하지 않았고, 그녀의 눈부신 눈동자와 빛나는 얼굴색, 거친 목소리 그리고 마지막으로 어떻게 회사에 고용됐는지만 알 뿐이었다. 그녀 탓이 아니었다. 반면에 그 순간 나는 정말 아다를 좋아했는데, 한때 너무나 갈망했으나 소유하지 못한, 지금은 아무런 관심이 없는 여자를 단순히 좋아한다는 건 아주 이상한 일이다. 어쨌든 우리의 욕망을 불태웠던 시간이 다른 시간들과 다를 게 없어졌다가, 우리가 살아가는 동안 중요성을 잃고 거의 잊고 지냈던 어떤 것들처럼 한 번 더 나타날 수 있다는 것이 놀라웠다.

나는 그녀의 고통을 빨리 끝내고 싶어서 그녀를 다른 방으로 데려갔다. 잠시 후 사무실에 돌아온 귀도는 아내를 보고 그다지 달가워하지 않았다. 아다는 자신이 찾아온 타당한 이유를 그에게 말했다. 그러고는 자리를 떠나려 하면서 그에게 물었다.

"사무실에 새로운 사원을 뽑았나 봐요?"

"그래!" 귀도가 말했다. 그러고는 당황한 티를 내지 않기 위해 대화를 끊고 내게 자신을 찾아온 사람이 없었는지 물었다. 그러나 그는 내게서 부정적인 답변을 들어야 했다. 그는 마치 중요한 방문을 기다렸던 사람처럼 안타까워하는 시늉을 했다. 그러나 내가 알기로 우리가 기다리는 손님은 아무도 없었다. 그러자 그는 곧바로 무심한 표정으로 아다에게 말했다.

"우리는 속기사가 필요했어!"

나는 귀도가 속기사를 남성 명사로 말하는 실수마저 하는 걸 너무나 재미있게 들었다.

카르멘의 등장은 우리 사무실에 커다란 활기를 가져왔다. 그녀의 눈동자, 우아한 자태 그리고 그녀의 얼굴색에서 전해지는 생기를 말하는 게 아니다. 바로 사업에 관한 얘기다. 귀도는 그 아가씨의 출현으로 일에 박차를 가했다. 무엇보다 나와 다른 모든 사람들에게 이 새로운 직원이 꼭 필요했다는 걸 증명하고 싶어 했다. 그리고 그는 매일 새로운 일들을 생각해냈다. 그 후 오랫동안 귀도의 활동은 여사원에게 더욱 잘 보이기 위한 효과적인 수단이었다. 그는 전례 없는 효율성을 성취해냈다. 그는 그녀가 받아 적는 알파벳 형태를 기르쳐주고, 아주 많은 단어들의 철자를 고쳐주어야 했다. 그럴 때마다 항상 자상하게 대했다. 그 여자가 어떤 보상을 하더라도 넘치지 않았을 것이었다.

귀도가 사랑의 이름으로 생각해낸 사업 중 일부가 그에게 결실을 가져다주었다. 한번은 결과적으로 금지된 어떤 품목을 다루는 거래에 그가 오랫동안 공을 들인 적이 있다. 우리는 어느 순간 우리도 모르는 사이에 우리에게 발등이 찍혀 괴로워하는 남자와 마주하게 되었다. 남자는 그 품목과 관련해서 우리가 관여한 것이 무엇인지 알고 싶어 했다. 남자는 우리가 외국의 힘 있는 경쟁사들의 대리인이라고 추측하고 있었다. 처음에는 귀도가 어찌 된 일인지 혼란스러워하는 눈치였고, 나는 상황이 악화되는 걸 걱정했다. 남자는 우리의 순진함을 눈치채고는 우리를 향해 웃었다. 그리고 우리가 아무것도 얻지 못할 거라고 장담했다. 결국 그의 말이 옳았다. 하지만 우리가 결과를 받아들이기까지 많은 시간이 필요했고, 카르멘은 꽤 많은 편지를 써야 했다. 우리는 문제의 그 품목이 권력을 가진 세력에 둘러싸여 있기 때문에 손을 댈 수 없는 것이라는 사실을 알게 됐다. 나는 그 사업에 대해 아우구스타에게 아무 말도 하지 않았지만 그녀가 내게 그 말을 꺼냈다. 귀도가 우리의 속기사가 얼마나 많은 업무를 감당했는지 아내에게 증명하기 위해 아다에게 그 사실을 말해버렸기 때문이다. 하지만 성사되지 않은 그 사업은 귀도에게 여전히 중요하게 남아 있었다. 그는 매일 그 사건을 언급했다. 세상 어떤 도시에서도 그런 일은 일어나지 않을 거라 확신했다. 우리의 사업 환경은 비참했고, 의욕적인 상인들이 모두 떨어져나갔다.

귀도의 운명도 처지가 다르지 않았다.

그 무렵 광기와 같은 열정 속에서 혼란스러운 업무가 끝없이 우리 손에 맡겨졌다. 그중 하나가 실제로 우리의 손을 태워 아픈 상처를 남겼다. 우리가 그것을 찾아 나선 것이 아니었다. 그 사업이 우리를 공격해 들어왔다.

우리는 달마티아 사람인 타치크라는 남자의 손아귀에서 놀아났다. 그는 귀도의 아버지와 아르헨티나에서 일한 적이 있는 인물이었다. 그는 처음에는 단순히 우리가 알려줄 수 있는 사업 정보를 얻으러 찾아왔다.

타치크는 무척 잘생긴 젊은이였다. 지나치다 싶을 정도로 아름다웠다. 키가 훤칠하고 힘이 센 그는 검푸른 눈동자와 미묘한 조화를 이루는 올리브색 얼굴빛, 긴 눈썹 그리고 황금빛이 나는 짧고 빽빽한 갈색 콧수염을 지니고 있었다. 이렇듯 다채로운 색이 조화를 이룬 인물인 그는 카르멘과 짝이 되기 위해 태어난 남자로 보였다. 그도 그렇게 여겼는지 매일 우리를 찾아왔다. 사무실 안에서 오가는 대화는 나날이 길어졌지만 전혀 지루하지 않았다. 두 남자는 카르멘을 차지하기 위해 싸우고 있었다. 사랑에 빠진 모든 동물들처럼 그들은 자신들의 가장 뛰어난 특성을 보여주려고 했다. 귀도는 달마티아 남자가 자기 집에도 찾아와 아다를 알게 되어 조금 자제를 했지만, 카르멘의 눈에는 어떤 것도 귀도에 대해 흠을 낼 수 없었다. 그녀의 눈빛을 너무나 잘 알고 있는 나는 즉시 그 사실을 알았다. 그러나 타치크는 훨씬 나중에서야 알아차리는 바람에 그녀를 더 자주 보기 위해서 공장에서 만든 많은 양의 비누를 시세보다 훨씬 비싼 값에 우리에게 구입했다. 나중에 그는 사랑에 눈이 어두워 우리를 재앙 같은 거래로 끌어들였다.

타치크의 아버지가 꾸준히 관찰한 결과, 주기적으로 황산구리 가격이 올랐다가 다시 내리는 것을 알았다. 그래서 타치크는 가장 적절한 시기라는 판단에 영국에서 60여 톤 정도의 황산구리를 사들였다. 우리는 오랫동안 그 거래에 대해 논의했고, 영국 회사와 연락을 취하면서 거래를 준비했다. 그 후 타치크의 아버지는 적절해 보이는 좋은 시기라고 판단되자 아들에게 전보를 보냈다. 그리고 거래를 마무리 지을 적절한 가격까지 일러주었다. 사랑에 빠져 있던 타치크는 우리에게 달려왔고, 카르멘의 아름답고 다정하며 관심 깊은 시선을 보상으로 받으면서 거래를 우리에게 맡겼다. 가엾은 달마티아인은 그녀의 시선을 받아들였지만 그것이 귀도를 향한 사랑의 표현이라는 걸 모르고 있었다.

귀도가 그 거래를 침착하고 확신 있게 추진한 기억이 난다. 영국에서는 우리가 물품을 다시 옮길 필요 없이 구매자에게 직접 물건이 도착하도록 트리에스테 항구에 화물을 보낼 준비를 할 수 있었다. 귀도는 수익을 얻을 수 있는 수입 물량을 정확히 했고, 나의 도움으로 구매를 위해 영국 회사 측에 조건으로 제시할 거래 한계를 정했다. 영어사전의 도움을 받아가며 우리는 함께 영어 문서를 작성했다. 한번 그것을 보내고 나서 귀도는 손을 비비며, 쉽고 가벼운 노력의 대가로 얼마나 많은 돈이 금고에 쏟아져 들어올지 계산하기 시작했다. 신의 가호를 유지하기 위해 그는 내게 약간의 성과급을 주기로 약속했다. 그리고 무슨 생각에서인지 거래를 도운 카르멘에게도 약간의 성과급을 주기로 약속했다. 우리 둘 다 거절하고 싶었지만, 그는 최소한 받아주는 척이라도 하라고 당부했다. 그렇게 하지 않으면 우리가 불운을 겪을까 두려워했다. 그래서 나는 그를 안심시키기 위해 즉시 제안을 받아들였다. 나는 오직 그가 잘되기만을 바라는 마음이었지만 그가 그 사실을 의심할 수 있다는 걸 수학적인 확신으로 알고 있었다. 우리가 서로 불행해지기를 원치 않을 때 우리는 서로를 사랑할 수 있지만, 우리의 꿈틀거리는 욕망은 우리가 관여하는 사업만을 따라다닌다.

거래는 모든 각도에서 신중히 다뤄졌다. 심지어 귀도는 몇 개월이나 지나야 우리가 이익을 취할 수 있는지까지도 계산했던 기억이 난다. 또 그의 가족과 사무실, 즉 가끔씩 그가 부르던 대로 그의 두 가정, 혹은 집안일에 매우 무심해졌을 때 말하던 대로 그의 두 사무실을 먹여 살릴 수 있을지 계산했다. 거래는 지나치게 신중했다. 어쩌면 그 때문에 성공하지 못했는지도 모른다. 런던에서 짧은 문서가 도착했다. 발송한 그날 황산구리의 가격을 공시한 공지문이었다. 우리의 구매자가 허락한 가격보다 훨씬 오른 가격이었다. 이윤은 물 건너간 셈이었다. 타치크는 그 소식을 듣고 얼마 후에 트리에스테를 떠났다.

그 무렵 나는 거의 한 달 동안 사무실에 나가지 않았다. 그래서 회사에 도착한 편지 한 통이 내 손에 들어오지 못했다. 겉으로 봐서는 공격적이지 않았지만 귀도에게 심각한 결과를 불러오는 내용이었다. 영국 회사는 우리에게 공문서 내용을 확인시키면서, 만일 거래를 취소하지 않으면 이전의 주문이 유효하다는 내용을 알렸다. 귀도는 주문 취소를 전혀 생각하지 못했고, 나는 사무실에 돌아왔을 때 그 일을 더 이상 기억하지 못했다. 그렇게 여러 달이 지나고 어느 날 저녁, 귀도가 문서를 들고 집으로 나를 찾아왔다. 그는 문서 내용을 이해하지 못했고, 전보에는 틀림없는 회사 주소가 적혀 있는데도 불구하고 실수로 우리 회사 주소로 잘못 온 것이라 생각했다. 그것은 우리가 사무실에서 업무를 시작하기도 전에 정식으로 등록한 주소였다. 영국에서 온 공지문에는 단 세 단어만이 적혀 있었다. '60톤 주문 확정'. 그걸 보자마자 나는 즉시 그 의미를 알아차렸다. 우리가 취급했던 그토록 막대한 거래 물량은 오직 황산구리뿐이었기 때문이다. 나는 그에게 말했다. 우리가 주문을 실행하려고 확정지었던 가격이 제시됐고, 따라서 우리는 황산구리 60톤의 자랑스러운 주인이라는 의미라고 말해주었다.

귀도는 반박했다.

"내가 한 주문이 이렇게 늦게 실행됐는데 어떻게 그대로 받아들일 거라고 생각할 수 있지?"

귀도는 그 전보를 받은 사실을 기억하지 못했지만, 우리 사무실에는 분명 첫번째 전보에 대한 확인 편지가 있을 거라는 생각이 떠올랐다. 불안해진 그는 당장 사무실로 가서 그 편지가 있는지 보자고 했다. 나는 그 말이 무척 반가웠다. 내가 한 달 동안 사무실에 가지 않은 사실을 모르고 있던 아우구스타 앞에서 그런 얘기를 하기 싫었기 때문이다.

우리는 서둘러 사무실로 달려갔다. 귀도는 런던까지 진출할 수 있었을 자신의 첫번째 큰 거래가 물거품이 되어가는 상황을 보는 게 몹시 언짢았다. 우리는 사무실 문을 열고는 어둠 속에서 더듬더듬 우리 방으로 가는 길을 찾았다. 그러고는 라이터를 켜서 비춰봤다. 그러자 편지가 당장 눈앞에 나타났고, 내가 예상했던 내용이 적혀 있었다. 편지는 취소되지 않은 유효한 주문이 실행되었다는 내용을 알리고 있었다.

귀도는 화가 나서인지 아니면 자신의 시선을 숨기고 싶어서인지 모르겠지만, 아주 단순명료한 말로 확실히 통보한 편지를 이마 가까이 대고 바라봤다.

그는 자세히 들여다보며 말했다. "생각해보면, 단 두 마디만 썼어도 이런 손실을 충분히 막을 수 있었을 거야!"

그가 나를 직접적으로 비난한 건 분명 아니었다. 나는 그동안 사무실에 없었고, 또 편지가 어디 있는지 알았다면 즉시 찾았겠지만 그날 전에는 한 번도 본 적이 없었기 때문이었다. 그러나 어떤 비난에서도 완전히 자유로워지기 위해서 나는 그에게 단도직입적으로 말했다.

"내가 없는 동안 자네가 신경 써서 모든 우편물을 읽었어야지!"

귀도가 얼굴을 찌푸렸다. 그는 어깨를 으쓱하고는 중얼거렸다.

"이 거래가 행운이 다 됐다는 걸 증명하는 셈이네."

잠시 후 그는 나를 두고 떠났고, 나는 집으로 돌아갔다.

타치크의 말이 옳았다. 어떤 시기에 황산구리의 가격이 날이 갈수록 계속 내려가고, 우리가 주문한 황산구리를 다른 구매자에게 그 가격에 팔 수 없는 상황을 겪게 될 거라고 했다. 우리의 적자는 늘어났다. 첫날 귀도는 내게 조언을 구했다. 그는 우리가 감당해야 할 손실에 맞서 작은 손해를 감수하고서 팔 수 있었을 것이다. 나는 조언하고 싶지 않았지만, 다섯 달 이상은 계속해서 가격이 하락할 거라고 했던 타치크의 확신을 상기시킬 필요가 있었다. 귀도가 웃었다.

"이제 그 시골뜨기 놈한테 내 사업을 지도해달라고 하는 수밖에 없군."

나는 그 시골뜨기가 여러 해 전부터 달마티아의 작은 도시에서 황산구리의 시세를 지켜보면서 시간을 보내고 있다고 말하며 그 말을 바로잡으려고 노력했던 기억이 난다. 나는 귀도가 그 거래에서 겪을 손해에 대해 어떤 후회나 죄책감을 느낄 수 없었다. 만일 그가 내 말에 귀 기울였다면 손해는 줄어들었을 것이었다.

나중에 우리는 에이전트 한 사람과 황산구리 거래에 대해 의견을 나누었다. 그는 키가 작고 뚱뚱했으며 활기차고 머리 회전이 빨랐다. 그는 우리가 황산구리를 사들인 것을 질책했지만, 타치크와는 다른 생각을 가지고 있었다. 그의 말에 따르면 황산구리가 시장 가격을 형성할 때 금속 가격의 영향을 반영한다는 것이었다. 귀도는 이 말에 어떤 확신을 얻었다. 그는 에이전트에게 (황산구리와 관련한) 모든 가격 변동에 대해 알려달라고 부탁했다. 그는 오로지 손실 없이 팔고 싶어 하면서 적절한 때를 기다렸을 테지만, 큰 도움이 되지는 못했을 것이다. 에이전트는 상황을 간파한 듯 웃고는 대화를 계속해나가면서 한마디를 던졌는데, 그 말이 내게 아주 진실하게 들렸다.

"이 세상에 작은 손실을 포기하는 사람들이 별로 없다니 신기해요. 큰 손실은 바로 대량 실업 상태로 이어지니까요."

귀도 역시 예외가 아니었다. 그러나 나는 그가 대단해 보였다. 에이전트에게 우리가 그 구매를 하게 된 경위를 얘기하지 않았기 때문이었다. 나는 그 얘기를 귀도에게 했고, 그 말에 그는 우쭐해했다. 그가 내게 말하길, 구매 얘기를 하면 우리와 우리가 다루는 물품 역시 불신하게 만들까 봐 걱정되었다는 것이다.

그러고 나서 한동안 우리는 더 이상 황산구리에 대해 말하지 않았다. 런던에서 지불과 운송 지침을 요청하는 편지가 도착하기 전까지 그랬다. 60톤을 받아 보관해야 한다니! 귀도는 머리를 굴리기 시작했다. 우리는 여러 달 동안 그 물품을 보관하는 데 얼마나 지불하게 될지 계산했다. 어마어마한 금액이었다! 나는 아무 말 하지 않았지만, 중개인은 물품이 트리에스테 항구에 도착하는 것을 반겼을 것이다. 왜냐하면 조만간 그 물건을 파는 일을 그가 맡게 될 것이기 때문이었다. 귀도에게 그 금액은 엄청난 것처럼 여겨졌지만, 에이전트는 물품 가격의 시세로 보면 대단하지 않다는 걸 귀도에게 상기시켰다.

귀도는 자신이 처한 상황이 어처구니가 없었는지 웃기 시작했다.

"나는 황산구리를 고작 백 킬로그램을 가지고 있는 게 아니야. 무려. 60톤이나 가지고 있다고, 이건 말도 안 돼!"

그는 에이전트의 정확한 계산에 동의하면서 얘기를 끝냈다. 가격이 조금 오르면 갑작스러운 변화가 있지 않는 한 과도한 투자에 따른 비용이 보상될 것이라는 전망 때문이었다. 자신만의 어떤 사업 아이디어가 떠오를 때면 귀도는 완전히 그 생각에 사로잡혀 머릿속에서 다른 생각을 고려할 틈이 없었다. 그의 아이디어는 이랬다. 관세자유항인 트리에스테에서 구매한 물품은 판매자가 출발지인 영국에서 운송비를 지불해야 했다. 만약 귀도가 구입한 물품을 판매자들에게 되판다면 그들은 운송비를 절약하게 될 것이다. 그리고 귀도는 트리에스테에서 제안받는 가격보다 훨씬 더 유리한 가격을 책정하여 이득을 볼 수 있을 것이었다. 그의 생각은 그다지 현실성이 없었지만 그의 기분을 맞추기 위해 어느 누구도 그 일을 문제 삼지 않았다. 언제인가 일이 해결되자 그는 얼굴에 꼭 염세주의 철학자처럼 보이는 씁쓸한 미소를 지으며 말했다.

"이 일에 대해서는 더 이상 이야기하지 맙시다. 정말이지 값비싼 수업이었어. 이제는 거기서 얻은 걸 활용할 줄 아는 게 필요해요."

그러나 그 이야기는 계속 이어졌다. 그 뒤로 그는 사업상 거래를 거절하는 그만의 단호함을 결코 회복하지 못했다. 연말에 나는 그에게 회사가 기록한 적자 금액을 보여주었다. 그가 중얼거렸다.

"그 망할 황산구리가 화근이었어! 항상 그 손실을 메울 방법을 찾는다고!"

내가 사무실을 비운 것은 카를라가 나를 떠나는 바람에 벌어진 일이었다. 나는 더 이상 카르멘과 귀도의 사랑 놀음을 지켜볼 수 없었다. 그들은 내 앞에서 서로 쳐다보고 미소를 지었다. 마지막 날 업무가 끝난 저녁에 나는 굳게 결심하고 두 사람에게는 아무런 말도 하지 않은 채 회사를 그만두었다. 나는 귀도가 내게 회사를 떠난 이유를 물을 때까지 기다렸다가 그때 되면 이야기할 작정이었다. 내가 공원을 배회하며 벌인 애정 행각에 대해 그가 전혀 몰랐기 때문에 강하게 나갈 수 있었다.

그건 일종의 질투심이었다. 왜냐하면 카르멘이 더욱 온화하고 순종적인 귀도의 카를라로 보였기 때문이었다. 그는 첫번째 여인의 경우처럼 두번째 여인도 나보다 운이 좋았다. 그는 내가 시기하는 자신의 자질들을 단지 행운이라고 여겼고 나는 계속해서 열등감을 느꼈는데, 어쩌면 그래서 나는 그를 비난할 구실을 찾게 되었는지도 몰랐다. 바이올린 연주에 대한 그의 자신감과 동시에 삶에 대한 그의 거침없음이 그 뒤를 따랐다. 나는 어느덧 아우구스타를 위해 카를라를 희생했다고 확신했다. 카를라가 내게 허락한 2년 동안의 행복을 다시 생각하면 그녀가 어떻게 그런 상태로 그토록 오랜 시간을 견딜 수 있었는지 선뜻 이해하기 어려웠다. 아우구스타를 향한 사랑의 마음으로 내가 날마다 그녀를 모욕했던 건 아니었을까? 그러나 귀도는 아다를 생각하는 일 없이 카르멘과 즐길 줄 알았다. 그의 거침없는 영혼에 두 여인 정도는 그다지 많은 게 아니었다. 그와 비교하면 나는 정말이지 순진하게 여겨졌다. 나는 사랑 없이 아우구스타와 결혼했다. 그러나 아무런 괴로움 없이 그녀를 배신할 수 없었다. 그 역시 아다를 사랑하지 않으면서 결혼했을지 모른다. 하지만 나는 이제 아다에게 아무 감정도 없었다. 다만 그녀가 내게 불러일으킨 사랑의 감정을 기억하고 있었고, 내가 그녀를 너무나 사랑한 까닭에 그 자리에 지나치게 오래 머물렀던 것 같다.

귀도가 나를 찾아오지는 않았다. 견디기 힘든 권태에서 벗어나기 위해 내가 스스로 사무실로 돌아갔다. 그는 우리가 맺은 계약, 곧 내가 그의 사업에 성실히 참여해야 할 어떤 의무도 없다는 계약 내용에 따라 처신했고, 우리 집에서 나와 마주쳤을 때나 다른 경우에도, 고맙게도 내게 늘 변함없는 깊은 우정을 보여주었다. 그리고 그는 자신이 나를 위해 구입한 사무실 책상을 내가 비웠다는 사실을 기억하지 못하는 것처럼 보였다. 우리 사이에는 오직 내가 느끼는 당혹스러움만이 있었다. 다시 내 자리로 돌아갔을 때 그는 내가 단 하루 사무실에 결근한 것처럼 나를 맞아주었다. 그리고 자신의 사업 파트너로 돌아온 것에 대한 기쁨을 표현했다. 그는 일을 다시 시작하겠다는 내 말을 듣고는 이렇게 외쳤다.

"자네 장부를 아무도 못 건드리게 한 건 정말 잘한 일이었어!"

정말 내가 두고 간 그대로 놓여 있는 장부와 신문이 보였다.

루치아노가 내게 말했다.

"이제 당신이 오셨으니 우리 다시 시작해봐야죠. 귀도 사장님은 시도하셨던 거래 건들이 성사되지 않아 낙담하신 듯해요. 제가 한 말은 사장님께 절대 얘기하지 마세요. 하지만 사장님께 용기를 드리셨으면 해요."

실제로 나는 사무실에서 처리할 일이 거의 없다는 걸 깨달았다. 하긴 황산구리 때문에 생긴 적자가 우리를 괴롭히기 전까지 우리는 한가한 시간을 보냈었다. 나는 귀도가 더 이상 카르멘을 자신의 지시 아래서 일하게 할 필요성을 절실히 느끼지 않는다고 결론내렸다. 그들이 서로의 마음을 확인하는 시기는 지났으며 이제는 그녀가 그의 애인이 되었다는 걸 금세 알아차렸다.

카르멘이 나를 반갑게 맞아주어 나는 놀랐다. 왜냐하면 그녀는 나를 보자마자 내가 완전히 잊어버린 한 가지 일을 상기시켰기 때문이었다. 사무실을 떠나기 전에 나는 더 이상 나만의 애인이 없던 때였는지라 많은 여자들을 쫓아다녔는데 카르멘도 그 여자들 중 한 명이었다. 그녀는 약간 당황하면서 진지하게 내가 귀도를 좋아하고 내 조언들이 그에게 유익할 거라 생각하기 때문에 나를 다시 보게 되어 기쁘다고 말했다. 그리고 내가 허락한다면 나와 아름답고 형제 같은 우정을 나누고 싶다고 했다. 그녀는 그렇게 말하면서 오른손을 활짝 펴서 내게 내밀었다. 언제나 온화해 보이는 그녀의 아름다운 얼굴에서 형제 같은 순수한 우정을 일깨우는 신중한 자태가 엿보였다.

그때를 떠올리니 얼굴이 화끈거린다. 내가 더 일찍 깨달았더라면 다시는 그 사무실로 돌아가지 않았을 것이다. 엇비슷한 많은 일들 가운데서 대단히 짧고 단순한 일이었다. 따라서 만일 내가 그때 기억하지 못했다면 그런 일이 있었는지도 모를 뻔했다. 카를라와 헤어진 며칠 뒤 나는 카르멘의 도움을 받으며 장부들을 검토했었다. 장부의 내용을 자세히 보려다가 그만 그녀의 허리를 팔로 감싸게 되었는데 결국에는 그녀를 끌어안고 말았다. 카르멘은 화들짝 놀라며 내게서 빠져나갔고, 나는 부랴부랴 사무실을 떠났다.

아무렇지 않게 미소 지으며 무마시킬 수도 있는 일이었다. 여자들은 남자들의 그런 짓궂은 행동을 미소로 넘기려는 경향이 있으니까 말이다! 나는 그녀에게 이렇게 말할 수 있었을 것이다.

"내 유혹이 성공적이지 못했군요. 당신을 원망하지 않아요. 당신이 허락할 때까지 친구로 지내고 싶어요."

혹은 그녀와 귀도에게 용서를 청하며 진지한 남자다운 대답을 할 수도 있었을 것이다. "나를 용서해줘요. 그때 내 상태가 어땠는지 알기 전에는 나를 판단하지 말아줘요."

하지만 아무 말도 나오지 않았다. 내 목은 원망스러운 응어리로 콱 막혀 있었고, 아무 말도 할 수 없었다. 나를 완강히 거부했던 모든 여자들이 내 삶을 완전한 비극으로 물들였다. 나는 그토록 끔찍한 시절을 보낸 적이 없었다. 나는 아무런 대꾸 없이 입을 다물고 그저 화를 가라앉히기 위해 이를 갈았으리라. 어쩌면 내가 품고 있던 어떤 희망이 완전히 사라진 고통 때문에 말문이 막혔는지도 모르겠다. 고백하지만, 나의 떠나보낸 애인을 대체할 사람 중 카르멘보다 더 좋은 사람은 없다. 조금 매몰찼던 내 연인은 이별을 고할 때까지 내 곁에 살 수 있게 해달라고 요구했었다. 연인 사이에서 둘 중 한 명은 덜 무모하기 마련이다. 당시에는 내 생각을 분명히 밝히지 않았지만 나는 그것이 어떤 의미인지 느끼고 있었다. 그리고 지금은 그것을 안다. 카르멘의 연인이 된다면 나는 아다에게 좋은 일을 하게 될 테고 아우구스타에게 지나치게 상처를 주지 않았을 것이다. 아다에게나 아우구스타에게나 귀도와 내가 각자 한 여자를 차지하는 것보다 그것이 훨씬 배신감이 덜했을 것이다.

며칠이 지난 뒤, 나는 카르멘에게 대답했다. 지금도 그 생각을 하면 여전히 부끄러워진다. 카를라의 이별 통보가 불러일으킨 본능적 욕망은 나를 부도덕한 지경으로 몰아넣기 위한 핑계를 찾았다. 인생에서 저지른 어떤 행동도 그처럼 마음 깊이 후회한 적이 없었다. 우리가 내뱉은 저속하고 비열한 말들은 우리 자신의 열정이 이끄는 악랄한 행위보다 더욱 강하게 죄책감을 불러일으킨다. 물론 여기서 말이란 오로지 행동이 아닌 것을 가리킨다. 왜냐하면 나는, 예를 들어 이아고*의 말은

* 셰익스피어의 비극 『오셀로』에 등장하는 간교한 악인.

철저히 행동이나 마찬가지라는 걸 잘 알고 있기 때문이다. 그러나 이아고의 말을 포함한 모든 행동은 어떤 쾌락이나 이익을 얻기 위해서 행해진다. 그래서 모든 생명체는 자신이 재판관이 되어 판단해야 할 영역에 스며들어 있으므로 스스로에게 아주 자비로운 재판관이 된다. 그러나 어리석은 언어는 싸움이 패배로 끝났는데도 망상 속에서 스스로 이겼다며 작은 만족감을 준다. 그것은 상처를 주려고 하거나 위로하려고 한다. 언어는 언제나 거대한 은유의 바다 한가운데서 움직인다. 그리고 언어가 뜨거워졌을 때, 말은 자신에게 말을 건넨 사람을 불태우듯 고통스럽게 한다.

나는 카르멘에게서 그녀가 회사에 막 입사했을 때 보였던 얼굴색이 사라졌음을 깨달았다. 나는 그 이유를 그녀가 겪고 있는 어떤 고통 때문이라고 짐작했다. 그 고통은 육체적인 것이 아니라 귀도를 향한 사랑 때문인 것 같았다. 남자들은 다른 남자에게 맹목적으로 순종하는 여자들에게 쉽게 동정심을 갖는다. 그녀들은 자신들이 기대할 만한 애인의 장점을 자신들이 순종하는 그 남자들에게서 결코 얻지 못한다. 아마 내 경우처럼 여자들은 자신들을 쥐락펴락하는 남자를 사랑하는지도 모르겠다. 하지만 그녀들은 사랑의 모험이 현실에서 어떻게 끝나는지도 절대 잊지 않는다. 나는 솔직히 카르멘에게 연민을 느꼈다. 그것은 아우구스타에게 또는 카를라에게 한 번도 느끼지 못한 감정이었다. 나는 그녀에게 말했다. “당신이 나를 친구로 받아들이겠다는 호의를 보였으니, 당신에게 충고를 좀 해도 될까요?”

카르멘은 허락하지 않았다. 왜냐하면 곤란한 상황에 처한 여인들이 으레 그렇듯 그녀 역시 충고를 공격으로 생각했기 때문이다. 그녀는 얼굴을 붉히며 말을 더듬었다.

"이해가 안 돼요! 왜 그렇게 말하는 거죠?" 그러고는 곧바로 내 입을 막아버렸다.

"만일 충고가 필요하면 꼭 당신에게 갈게요, 코시니 씨."

그래서 나는 그녀에게 도덕적인 훈계를 하지 못했고, 그건 내게 좋지 않은 일이었다. 그녀에게 도덕적인 충고를 확실히 하면서 나는 솔직함의 가장 높은 단계에, 가장 높은 차원의 솔직함에 오를 수 있었을 것이다. 어쩌면 그녀를 다시 내 품안에 넣으려고, 내 품에 안으려고 시도하면서 말이다. 게다가 엉터리 조언자 역할을 맡고 싶어서 더 이상 조바심내지 않았을 것이다.

매주 여러 날 동안, 귀도는 사냥과 낚시에 빠져서 사무실에는 나타나지 않았다. 그러나 나는 다시 돌아온 후로 한동안 날마다 장부를 살피느라 성실하게 일에 몰두하며 지냈다. 나는 자주 혼자 일을 했는데, 나와 함께 있던 카르멘과 루치아노는 나를 사무실의 책임자로 여겼다. 카르멘은 귀도의 빈자리 때문에 힘들어 하는 것 같지 않았다. 그래서 나는 그녀가 귀도가 즐겁게 지낸다는 사실에 기뻐할 정도로 그를 많이 사랑한다고 생각했다. 그가 자리를 비우게 될 날들을 미리 전해 들었을 것이다. 왜냐하면 그녀가 그를 불안하게 기다리는 기색이 전혀 없었기 때문이다. 나는 아우구스타를 통해 아다가 자주 자리를 비우는 남편에 대해 볼멘소리로 불평한다는 걸 알고 있었다. 말하자면 카르멘과는 전혀 달랐던 것이다. 아무튼 아다의 불만은 그것만이 아니었다. 사랑받지 못하는 여인들이 모두 그렇듯이 아다는 남편의 크고 작은 잘못에 대해 똑같은 감정으로 불만을 터뜨렸다. 귀도는 단지 아다만을 배신한 것이 아니라 집에 있을 때면 항상 바이올린을 연주했다. 내게 크나큰 고통을 주었던 그 바이올린은 여러 기능을 지닌 아킬레스의 창이었다. 나는 그가 사무실에도 바이올린을 가져왔었다는 걸 알게 됐다. 그는 바이올린으로 아름다운 변주곡 「이발사Barbiere」를 연주하며 카르멘의 환심을 샀다. 이후 사무실에서는 더 이상 연주될 일이 없었기 때문에 바이올린은 다시 다른 곳으로 옮겨졌다. 결국 아내와 의무적으로 대화를 해야 하는 귀도의 지루함을 덜어주게 될 집으로 되돌아갔다.

나와 카르멘 사이에는 정말 아무 일도 없었다. 아주 일찌감치 나는 그녀가 성별을 바꾸기라도 한 것처럼 철저하게 무관심했다. 아다를 대하는 것과 비슷했던 셈이다. 두 사람을 향한 절절한 동정심 외엔 아무것도 없었다. 정말 그랬다!

귀도는 내게 넘치도록 친절을 베풀었다. 내가 그를 홀로 남겨두고 떠났던 한 달 동안 그가 회사에서 나의 역할을 존중하는 법을 배웠다고 나는 생각한다. 카르멘 같은 젊은 여자는 가끔 즐거움을 줄 수 있지만 하루 종일 함께한다면 한시도 그녀를 견디지 못할 것이다. 그는 내게 사냥과 낚시를 함께 하자고 초대했다. 나는 사냥을 너무나 싫어하기 때문에 그를 따라 사냥하러 가는 걸 한사코 거절했다. 그러나 어느 날 저녁 지루함을 이기지 못해 그와 낚시를 하러 가고 말았다. 물고기는 우리에게 아무런 소통 수단이 되지 못했고, 우리의 동정심을 불러일으키지도 못했다. 물고기는 물속에서 건강하고 자유롭게 헤엄칠 때도 헐떡이며 숨을 쉬었다! 죽음에 이르러서도 모습이 바뀌지 않았다. 물고기가 고통을 느낀다면, 그 고통은 비늘 아래 완전히 감춰져 있을 것이다.

어느 날 귀도는 내게 밤낚시를 가자고 제안했다. 나는 아우구스타가 그날 저녁 외출을 허락할지 그리고 밖에서 오랫동안 있어도 괜찮을지 몰라 결정을 미루었다. 나는 귀도에게 그의 배가 사르토리오 항구에서 밤 9시에 떠난다는 걸 기억하고 있으며, 가능하면 가겠노라고 말했다. 그래서 그가 그날 밤 나를 만나지 못하리라는 것, 그리고 이전에도 여러 번 그랬듯이 내가 약속을 지키지 못할 거라는 사실을 곧바로 알아차릴 거라 생각했다.

그러나 그날 밤 나의 어린 딸 안토니아가 우는 바람에 집에서 쫓겨나듯 나갔다. 엄마가 달랠수록 어린 딸은 더욱 크게 울었다. 그래서 울부짖는 어린 젖먹이의 작은 귀에 대고 나만의 방식으로 혼내는 소리를 버럭 질렀다. 그러자 아이는 너무 놀라서 울기 시작했기 때문에 울음소리의 리듬만 달라졌다. 이후 나는 더 큰 소리로 혼을 내려고 시도할 뻔했다. 하지만 아우구스타는 귀도의 초대를 때마침 기억하고는, 만일 내가 늦게 집에 돌아오면 혼자서 먼저 잠자리에 들겠다고 말하며 현관문까지 나를 배웅했다. 실제로 나를 멀리 보내 내일 아침까지 내가 집에 돌아오지 않는다면 그녀는 나 없이 충분히 혼자서 커피를 마실 것이었다. 나와 아우구스타 사이에는 작은 의견 차이가 있는데, 성가신 아이들을 다루는 방식에서 생각이 엇갈렸다. 내가 보기에 아이의 고통은 우리가 겪는 고통보다 덜 중요하고, 어른에게 큰 누를 끼치지 않도록 야단칠 필요가 있었다. 반면에 아내는 우리가 아이들을 낳았으므로 아이들의 못마땅한 모습 역시 참아야 한다는 것이다.

나는 약속 시간에 도착할 충분한 여유가 있었다. 그래서 여자들을 쳐다보면서 나와 아우구스타 사이의 모든 의견 차이를 극복할 특별한 방법이 없을까 생각하며 천천히 도시를 가로질러 갔다. 그러나 내가 생각한 방법을 사용하기에는 인류가 충분히 진화하지 않았다!

그것은 먼 미래의 일이었다. 아우구스타와 내가 언쟁을 벌일 필요조차 없다. 작은 장치만 있으면 된다! 그 장치는 바퀴 달린 좌석과 선로가 있는 단순한 가정용 전차가 될 것이었다. 그 위에서 어린 딸은 하루 종일 시간을 보낼 수 있을 것이다. 그리고 전기 버튼을 누르면 우는 아이가 탄 장치가 달리기 시작해서 집에서 가장 먼 곳에 도달할 것이다. 그리면 아이가 우는 소리가 밀어지면서 듣기 좋은 소리로까지 들리게 될 것이다. 그러면 나와 아우구스타는 조용하고 다정한 분위기로 함께 지낼 수 있을 것이었다.

수많은 별이 가득하고 달이 뜨지 않은 밤이었다. 아주 먼 곳까지 보이는 그런 밤이었다. 그래서 마음이 부드러워지고 고요해졌다. 나는 돌아가신 아버지의 마지막 작별의 눈길을 여전히 간직하고 있을 별들을 바라봤다. 나의 아이들이 엉망진창으로 더럽혀져 악을 쓰는 끔찍한 시기가 지나갈 것이다. 그 후에 그들은 나를 닮아갈 것이다. 나는 의무대로, 아무 노력 없이 그들을 사랑할 것이다. 아름답게 펼쳐진 거대한 밤에 나는 어떠한 계획을 세울 필요도 없이 온전한 평화를 느꼈다.

도시에서 흘러온 불빛들이 사르토리오 항구 끝자락의 나지막한 토대 위에 세워진 오래된 집들 사이사이로 갈라져나갔다. 칠흑 같은 어둠과 높고 어두우며 잔잔한 수면은 아주 느리게 부풀어 오르는 듯했다.

나는 하늘도 바다도 더 이상 바라보지 않았다. 내게서 몇 걸음 떨어진 곳에서 한 여자가 나의 호기심을 자극했다. 여자는 어둠 속에서 잠시 빛나는 에나멜 부츠를 신고 있었다. 내 눈에는 마치 어떤 좁은 공간과 어둠 속에서 키가 크고 우아해 보이는 그 여자가 나와 함께 어느 방에 갇혀 있는 것 같았다. 생각을 덜 한다면 가장 즐거운 모험이 일어날 수 있었다. 그 여자가 갑자기 나에게 다가오는 걸 보면서 나는 잠깐 들뜬 기분이었다. 그러나 카르멘의 거친 목소리를 들었을 때 그 기분은 금세 가시고 말았다. 그녀는 나 역시 낚시를 하러 가게 된 걸 알고는 반가운 척을 했다. 하지만 어둠 속에서 그녀의 그런 목소리로는 속마음을 감출 수 없었다.

나는 쭈뼛거리며 그녀에게 말했다. "귀도가 나를 초대했어요. 하지만 당신이 불편하면 다른 할 일을 찾아보겠소. 당신들 둘만 남겨놓지요!"

하지만 그녀는 그날 세 번이나 나를 보게 되어 기쁘다고 말하며 내 제안을 만류했다. 루치아노도 와 있기 때문에 배 안에서 사무실 직원 전체가 함께하게 될 거라고 말했다. 만약 우리가 모두 가라앉기라도 한다면 우리의 사업은 어찌 된단 말인가! 그녀가 루치아노도 왔다고 말한 것은 내게 모임의 순수성을 증명하기 위해서였음이 분명했다. 그러고 나서 카르멘은 여전히 수다스럽게 이야기를 계속했다. 우선 귀도와 낚시를 가는 것이 처음이라고 말했다가 결국 두번째라고 고백했다. 그녀는 보트의 '만곡부'에 앉는 것이 불편하지 않다는 얘기를 불쑥 꺼냈는데, 나는 그녀가 그 용어를 아는 것이 이상하게 여겨졌다. 결국 그녀는 귀도와 처음 낚시하러 갔을 때 그 용어를 알게 됐다고 털어놓을 수밖에 없었다.

"그날 우리는 잉어가 아니라 고등어를 낚으러 갔어요. 아침에요." 첫 여행이 완전히 순수했음을 밝히기 위해 그녀가 덧붙였다.

그녀에게 얘기를 더 들을 시간이 없었던 것이 안타까웠다. 내게 중요한 사실을 남김없이 모두 알 수 있었을 텐데 말이다. 하지만 귀도의 보트가 사케타의 어둠 속에서 빠르게 우리에게 다가왔다. 나는 변함없이 의문에 싸여 있었다. 카르멘이 나타난 순간 내가 그 자리를 떠났어야 하지 않았을까? 내가 그의 초대를 거절한 것이나 마찬가지였기 때문에 어쩌면 귀도는 우리 둘 모두를 초대할 의사가 없었을지 모른다. 그러는 동안 보트가 부두에 닿았고, 어둠 속에서도 젊은 아가씨답게 자신감 있는 카르멘이 자기에게 내민 루치아노의 손을 무시하고 배에 올라탔다. 내가 망설이는 모습을 보고 귀도가 소리쳤다.

"시간 낭비하지 말자고!"

나 역시 펄쩍 뛰어 보트에 올라탔다. 나의 행동은 거의 무의식적이었다. 귀도의 고함 소리 때문에 벌어진 결과였다. 나는 되돌아가고 싶은 간절한 열망으로 육지를 바라봤지만, 잠시 머뭇거리는 동안 배에서 내리는 것이 불가능해졌다. 나는 그리 크지 않은 뱃머리에 자리를 잡고 앉았다. 어둠에 익숙해지자 맞은편 배꼬리 부분에 귀도가 앉아 있는 것이 보였다. 그리고 카르멘은 만곡부에 서 있었고, 루치아노는 노를 저으며 우리를 따로 떼어놓고 있었다. 나는 그 작은 보트가 아주 편하거나 안전하게 느껴지지 않았다. 하지만 금방 익숙해졌고, 나는 다시 평온하게 내 마음을 달래주는 별들을 바라봤다. 우리들의 처가에서 고용한 일꾼인 루치아노가 있어서 귀도가 아다를 배신할 위험이 없을 거라는 것, 그래서 내가 그들과 있는 것이 전혀 나쁠 게 없다는 건 사실이었다. 나는 그 하늘과 바다 그리고 크고 거대한 고요를 마음껏 즐길 수 있기를 간절히 바랐다. 만약 후회가 밀려오고 고통스럽다면 집에서 어린 안토니아에게 시달림을 받는 편이 더 나을 것이었다. 선선한 밤공기는 나의 폐부 가득 차올랐고, 나는 마음속 깊이 좋아하는 귀도와 카르멘의 일행이 되어 즐거워질 수 있다는 걸 깨달았다.

우리는 등대를 지나 드넓은 바다에 도착했다. 몇 마일 앞에 수많은 배들이 불빛을 반짝이고 있었다. 물고기를 낚으려고 너도 나도 미끼를 드리우고 있었다. 우리는 해상 경계선의 거무스름하고 단단한 구조물을 지나 성 안드레아 해안을 따라 위아래로 움직이기 시작했다. 그 장소는 어부들이 좋아하는 구역이었다. 우리 가까이에 있는 다른 많은 배들이 우리와 똑같은 방식으로 조용히 낚시를 하고 있었다. 귀도는 세 개의 낚싯대를 준비했고, 낚싯바늘 끝에 미끼로 쓸 새우들을 끼웠다. 그는 나의 낚싯대가 단순히 낚시봉만 달려 있는 것이어서 물고기들이 좋아할 거라고 말하면서 우리들 각자에게 낚싯대를 나눠주었다. 나는 어둠 속에서 나의 낚싯대 끝에 매달린 새우를 슬쩍 훑어보았다. 새우는 몸통 윗부분을 천천히 움직이는 것 같았다. 껍질로 보호되지 않은 부분이었다. 그 움직임 때문에 내게는 새우가 고통에서 벗어나려고 명상에 잠긴 것처럼 보였다. 아마 몸속 기관에서 발생한 고통을 명상을 통해 새로운 경험이나 간지럼 정도로 느끼며 아주 작게 줄일 수 있을 것이다. 나는 귀도가 일러준 대로 낚싯줄을 18미터 정도 물속으로 드리웠다. 이어서 카르멘과 귀도가 자신들의 낚싯줄을 던졌다. 귀도는 뱃머리에서 낚싯줄들이 서로 엉키지 않도록 기술적으로 노를 저어가며 배를 밀어내고 있었다. 루치아노는 그런 방식으로 배를 몰 만한 상황은 아직 아니었던 것 같았다. 아무튼 루치아노는 수면 위까지 올라온 미끼에 매달린 물고기를 작은 그물로 건져 올려 모으는 일을 하고 있었다. 오랫동안 그는 할 일이 전혀 없었다. 귀도가 끊임없이 이런저런 수다를 떨었다. 글쎄, 귀도가 사랑 때문이 아니라 낚시를 가르치고 싶은 열정으로 카르멘을 데려왔을지 누가 알겠는가. 나는 그 얘기를 계속해서 듣고 있기 싫었다. 물속에서 낚싯줄에 걸려 조그만 머리를 까딱거리며 입질하는 물고기들의 살고자 하는 욕구를 지켜보면서 그 작은 동물에 대해 계속 생각하고 싶었다. 만일 물속에서 계속 그러고 있었다면, 더 많은 물고기를 낚아 올렸을 것이다. 하지만 귀도가 나를 몇 번이나 불렀고, 나는 그의 낚시 이론을 듣고 있어야만 했다. 물고기는 여러 번 미끼를 건드릴 것이고, 우리는 그것을 느끼게 될 것이었다. 하지만 줄이 팽팽해질 때까지 낚싯줄을 잡아당겨서는 안 된다는 것이었다. 그래서 우리는 물고기가 확실히 입으로 미끼를 물어 줄을 잡아당길 때까지 기다려야 했다. 귀도는 어느 때처럼 설명을 길게 했다. 그는 물고기가 미끼를 무는 순간 우리가 손으로 느낄 감각에 대해 정확히 설명하고 싶어 했다. 나와 카르멘이 뭔가가 미끼에 닿을 때마다 손에 전해지는 움직임을 벌써 경험으로 알고 있었을 때에도 그는 설명을 계속했다.

우리는 미끼를 새로 끼우기 위해 낚싯대를 여러 번 들어 올려야 했다. 생각에 잠긴 듯한 작은 생물은 미끼를 피할 줄 아는 눈치 빠른 물고기들의 입속에서 복수를 하지 못한 채 최후를 맞고 있었다.

배에는 약간의 맥주와 파니니*가 있었다. 귀도는 끝이 없는 수다를 양념으로 곁들였다. 그는 이제 바다에 잠재해 있는 어마어마한 부에 대해 떠들었다. 그것은 루치아노가 예상한 것처럼 물고기나 물에 잠긴 보물에 관한 것이 아니었다. 바닷물 속에는 금이 녹아 있었다. 그는 문득 내가 화학을 공부했다는 사실을 떠올리고는 말했다.

"자네 역시 이 금에 대해 뭔가 알고 있겠지."

나는 화학에 대해 많이 알고 있지 않았지만, 내가 장담할 수 없는 사실에 대해 입장을 밝히는 위험을 무릅쓰고 그의 말에 동의했다.

"바다에 녹아 있는 금은 다른 금들보다 가치가 높아요. 여기 녹아 있는 나폴레옹 금화 하나를 만들려면 금화 다섯 개는 필요할 겁니다."

우리가 떠 있는 바다에 숨겨진 부가 진짜인지 확인해줄 말을 듣기 위해 나를 걱정스럽게 쳐다보던 루치아노는 실망한 나머지 등을 돌렸다. 그에게는 바닷속 금은 더 이상 중요하지 않았다. 귀도는 내가 말한

---

* 소시지, 치즈, 햄, 채소 등의 재료를 빵 사이에 넣어 만든 이탈리아식 샌드위치.

그대로 그 금 가격이 정확히 다섯 배라고 믿으며 내 말에 동의했다. 실제로 그는 전부 머릿속에서 지어낸 내 엉터리 주장을 사실이라고 확신하면서 칭찬을 늘어놓았다. 그는 나를 그다지 경계할 필요가 없는 인물로 느끼는 것 같았다. 그리고 그에게서는 지금 자신의 발치에 누워 있는 카르멘으로 인한 어떤 질투의 그림자도 찾아볼 수 없었다. 나는 잠깐 동안 그를 당혹스럽게 만들까 하는 생각을 했다. 이제 더 잘 기억난다고 하면서 바다에서 금을 추출해 나폴레옹 금화를 만들려면 금화 다섯 개가 아니라 단지 세 개가 필요하다고 말하거나 아니면 아예 열 개가 필요할 거라고 으름장을 놓으면서 말이다.

그러나 그 순간 그만 내 낚싯대가 갑자기 엄청난 입질에 팽팽해져서 모든 신경이 그리로 쏠렸다. 나 역시 끌려가는 바람에 소리를 질렀다. 귀도가 단박에 내 옆에 와서 낚싯대를 빼앗아갔다. 나는 기꺼이 낚싯대를 그에게 내주었다. 그는 낚싯대를 위로 끌어당기기 시작했고, 처음에는 짧게 끊어서 끌어당기다가 저항이 줄어들자 아주 길게 줄을 잡아당겼다. 그러자 어두운 물속에서 거대한 생물의 은빛 몸체가 반짝이는 것이 보였다. 물고기는 고통이 따르는 데도 아무런 저항 없이 빠르게 헤엄치고 있었다. 물고기는 죽음을 향해 급히 달려가느라 소리 없는 비명을 질렀기 때문에 나는 말없는 생물의 고통 또한 이해했다. 나는 재빨리 숨을 헐떡이는 물고기를 붙잡았다. 루치아노는 그물로 물고기를 끌어올리고는 가차 없이 잡아채면서 주둥이에서 낚싯바늘을 뺐다. 그는 큼직한 물고기를 만지작거렸다.

"3킬로그램짜리 잉어예요!"

그는 몹시 부러워하면서 수산시장에서 흥정될 만한 가격을 말했다. 이윽고 귀도가 그 시간에는 물살이 고요해서 물고기를 더 잡기 어려울 거라고 판단 내렸다. 그는 어부들이 바닷물의 수위가 오르지도 내려가지도 않을 때에는 물고기들이 먹이를 먹지 않아서 물고기를 잡을 수 없다고 믿는다는 얘기를 했다. 그러고는 벅음직스러운 미끼 때문에 동물에게 초래되는 위험에 대해서 장황하게 설명했다. 그러더니 자신을 위험에 빠뜨리는 줄 깨닫지 못한 채 껄껄 웃으며 말했다.

"오늘 밤 우리 중에서 낚시를 할 줄 아는 사람은 자네뿐이야."

내가 잡은 물고기가 여전히 배 안에서 펄떡거려서 그걸 본 카르멘이 소리를 질렀다. 귀도는 꿈쩍도 하지 않고 웃길 참으로 능청스럽게 물었다.

"또 다른 잉어인가?"

당황한 카르멘이 대답했다.

"그런 것 같아요! 하지만 낚싯바늘을 벌써 뺐잖아요!"

나는 귀도가 욕망에 이끌려 그녀를 살짝 꼬집었다고 확신한다.

나는 그 배에 있는 것이 당혹스럽게 느껴졌다. 낚싯바늘이 끌어올릴 결과물에 더 이상 흥미가 없었다. 오히려 나는 불쌍한 물고기들이 미끼를 물 수 없게 낚싯대를 움직였다. 나는 졸음이 밀려온다고 말했다. 그리고 귀도에게 성 안드레아 해변에 나를 내려달라고 부탁했다. 그러고는 그가 품을지 모를 의심을 없애려고 노력했다. 그날 카르멘이 비명을 질러 기분이 나빠졌기 때문에 내가 떠난다고 의심할 수 있었다. 그래서 저녁에 어린 딸이 울음을 그치지 않았던 상황을 얘기하고 아이가 아프지 않은지 빨리 가서 확인하고 싶다고 했다.

언제나처럼 마음 씀씀이가 좋은 귀도는 배를 해안으로 몰았다. 그는 내가 잡은 잉어를 주었지만, 나는 거절했다. 다시 바다에 던져서 자유롭게 풀어주라고 당부했다. 루치아노가 반대하며 볼멘소리를 내는 사이 귀도가 자상하게 말했다.

"내가 물고기에게 생명과 건강을 돌려줄 수 있다면 그렇게 하겠네. 하지만 이제 이 불쌍한 짐승은 요리 재료로 쓰일 수밖에 없어!"

나는 눈으로 떠나는 그들을 좇았다. 그들은 내가 내려서 생긴 빈자리를 활용하지 못하고 있었다. 한군데 모여 있어서 보트의 뱃머리가 조금 들어 올려졌고, 배꼬리 부분은 너무 무거워진 상태로 떠나갔다.

딸이 열병에 걸린 걸 알았을 때 나는 그것을 하늘의 형벌이라고 여겼다. 귀도에게 사정 얘기를 할 때 딸아이의 건강 상태를 모르면서도 걱정을 했기 때문에 내가 진짜로 딸아이를 아프게 만든 건 아니었을까? 아우구스타는 여전히 잠자리에 들지 못했다. 하지만 방금 전에 다녀간 의사 파올리 씨가 심각한 병이 아니라 증세가 심한 급성 열병이 확실하다고 해서 그녀를 안심시켰다. 우리는 한참 동안 안토니아를 지켜봤다. 안토니아는 헝클어진 갈색 곱슬머리에 열이 올라 푸석하고 새빨개진 얼굴로 힘없이 작은 침대에 누워 있었다. 울지는 않았지만 이따금씩 짧은 신음 소리를 냈는데, 그러다 심각한 경련을 일으켰다. 오, 하느님! 딸의 고통을 제게 넘겨주소서! 그 애가 편안히 숨 쉴 수 있다면 제 삶의 일부를 바치겠습니다. 그 애를 사랑하는 게 힘들다고 생각했던, 그리고 아이가 아파하는 동안 아이와 멀리 떨어져 회사에서 모든 시간을 보낸 것에 대한 제 자신의 크나큰 후회를 어떻게 떨쳐버릴 수 있겠습니까?

"아다 언니를 닮았어요!" 아우구스타가 울먹이며 말했다. 정말이었다, 정말 그랬다! 그때 우리는 처음으로 안토니아가 자랄수록 점점 더 아다를 닮아간다는 사실을 깨달았다. 그 애가 닮아가는 가여운 여인의 운명이 그 애에게 닥칠지 모른다는 생각을 하면 가끔 심장이 떨리는 기분이다. 우리는 딸아이의 침대를 아우구스타의 침대 곁으로 옮긴 후 잠자리에 들었다. 그러나 나는 잠을 이룰 수 없었다. 내가 보낸 나날들이 밤의 이미지들 속에서 고통과 후회, 죄책감으로 비쳐지던 그 밤들처럼 마음이 무겁게 내려앉았다. 딸아이의 병이 내 탓인 것처럼 죄책감이 들었다. 나는 반발했다! 나는 순수했고 모든 걸 털어놓을 수 있었다. 그리고 모든 걸 말했다. 나는 아우구스타에게 카르멘과의 만남에 대해 얘기했다. 그녀도 밤낚시를 하러 배를 탔다는 것 그리고 그녀가 소리를 질렀던 일에 대해 확실한 증거는 없지만 귀도가 짓궂은 애무를 한 게 아닌가 의심이 들었다는 얘기를 했다. 그러나 아우구스타는 그 점에 대해 확신했다. 그렇지 않다면 왜 카르멘이 소리를 지른 후에 곧바로 귀도의 목소리가 기분 좋게 올라갔겠는가? 나는 아내의 확신을 누그러뜨리려 애썼지만, 여전히 얘기를 계속해야 했다. 나는 지루함을 견디지 못해 집밖으로 나갔다는 것과 안토니아를 더 사랑하지 않은 데 대해 몹시 죄책감을 느끼고 있다고 말하면서 나와 관련된 일들 역시 고백했다. 나는 즉시 마음이 가벼워졌고 깊은 잠에 빠져들었다.

다음 날 아침, 안토니아의 몸 상태가 나아져 열이 거의 내려갔다. 안토니아는 조용히 누워서 편안히 숨을 쉬고 있었다. 그러나 작은 몸으로 힘겨운 싸움을 하느라 지친 것처럼 얼굴이 창백하고 허약해져 있었다. 안토니아는 간밤의 짧은 전투에서 벌써 이기고 빠져나온 게 분명했다. 내게도 다가온 그 평온함 속에서 나는 비굴할 정도로 귀도의 뜻을 순순히 따른 것을 후회했다. 그리고 아우구스타에게 아무에게도 내가 의심한 일들을 얘기하지 않겠다는 다짐을 받고 싶었다. 그녀는 의심이 아니라 확실한 증거라고 반발했다. 그러고는 그녀는 내가 원하는 대로 모두 약속했고, 나는 안심하고 사무실로 갔다.

귀도는 아직 출근하지 않았고, 카르멘이 내가 떠난 뒤에 자기들이 운이 아주 좋았던 일을 들려주었다. 내가 잡은 것보다 더 작기는 하지만 무게가 꽤 나가는 잉어 두 마리를 잡았다는 것이다. 나는 그 말을 믿고 싶지 않았다. 그들이 내가 있을 때는 그저 방관하던 일에 내가 자리를 비우자 열심히 몰두했다는 게 믿기지 않았다. 그때 바닷물은 잔잔하지 않았던가? 그들은 언제까지 바다에 있었단 말인가?

나를 납득시키기 위해 카르멘은 루치아노에게도 잉어 두 마리를 잡은 사실을 확인시켰다. 그때부터 나는 루치아노가 귀도의 눈에 들기 위해 어떤 일이든 할 수 있을 거라고 생각했다.

언제나처럼 평온하게 황산구리 거래가 이루어지던 시기에, 사무실에 잊지 못할 한 가지 이상한 일이 일어났다. 나는 그 일을 잊을 수 없는데, 귀도의 끝없는 과신이 증명된 사건이자 인식하기 어려운 어떤 빛 속으로 나를 몰아버린 사건이기 때문이다.

사무실에 우리 넷이 모두 나와 있던 어느 날이었다. 언제나처럼 루치아노 혼자 일 얘기를 하고 있었다. 그의 말 가운데 뭔가가 귀도의 귀에 거슬렸는데, 카르멘이 있는 자리에서 비난을 듣는 것은 그에게 참기 어려운 일이었다. 그러나 반박하기도 어려웠는데, 루치아노가 여러 달 전에 그에게 제안했던 거래를 귀도가 거절하는 바람에 거래와 관련된 사람에게 거액의 돈을 돌려주어야 했기 때문이다. 귀도는 사업을 무시하는 말을 하고는, 이번 일에 운이 따라주지 않았으니 훨씬 더 고상한 다른 활동으로 돈을 벌 수단을 찾을 거라는 말을 덧붙이며 끝을 맺었다. 예를 들면 바이올린 연주를 하면서 말이다. 모두들 그의 말에 동의했고 나 역시 그랬다. 하지만 조건이 있었다.

"단, 많이 연구한다는 조건으로."

나의 조건이 그를 불쾌하게 만들었고, 그는 즉시 대답했다. 만일 연구를 해야 한다면 (굳이 음악이 아니더라도) 예를 들어 문학과 같은 다른 여러 가지를 할 수 있을 거라고 말했다. 그 자리에 있던 다른 이들 역시 그 말에 동의했고 나 역시 약간 주저하면서 공감했다. 나는 위대한 문학가들이 잘 떠오르지 않았고, 그 가운데 귀도와 비슷한 한 사람을 찾아내기 위해 기억을 떠올리려 애썼다.

그 순간 귀도가 소리쳤다.

"재미있는 우화 좋아하나? 나는 이솝처럼 당장 우화를 써보겠어!"

그를 제외하고 모두들 웃었다. 그는 타자기를 준비했고, 곧바로 누군가 말하는 것을 받아 적듯이 타자기로 꽤 중요한 일을 하는 듯 과장된 몸짓으로 첫번째 우화를 썼다. 그는 순식간에 루치아노에게 완성된 원고를 넘기려다 생각이 바뀌었는지 다시 그것을 가져가 타자기에 끼워 넣었다. 그러고는 두번째 우화를 썼다. 하지만 이번에는 처음 것보다 더 공을 들였는데, 영감을 표현한 몸짓도 멈추고 여러 번이나 원고를 수정해야 했다. 그래서 나는 두 우화 중에 첫번째 작품이 그가 창작한 것이 아니라고 생각했다. 이와 달리 두번째 작품은 내가 보기에 순전히 그의 머리에서 나온 꽤 그럴싸한 것이었다. 첫번째 우화는 새장의 문이 열려 있다는 걸 깨닫게 된 어느 작은 새에 관한 이야기였다. 처음에는 그 기회를 이용해서 새장 밖으로 날아가버릴까 생각했으나, 나중에는 자신이 없는 동안 새장 문이 닫혀서 자유를 잃게 될까 봐 두려워 새장 안에 남기로 한 내용이었다. 두번째 우화는 코끼리에 관한 이야기였는데, 그것은 정말 코끼리다운 거대한 이야기였다. 다리가 약해 고통스러워하던 몸집 큰 코끼리가 유명한 의사에게 진찰을 받으러 갔다. 의사는 거대하고 육중한 다리를 보더니 이렇게 소리쳤다.

"이렇게 튼튼한 다리는 생전 처음 보는군."

루치아노는 우화의 내용을 이해하지 못했기 때문에 별다른 감흥이 없었다. 큰 소리로 웃고는 있었지만, 그에게 우화는 상업적으로 잘 팔릴 만한 종류의 우스운 이야기였던 것 같았다. 새가 새장으로 돌아올 자유를 잃을까 두려워한다는 얘기와 의사가 코끼리의 약한 다리를 보고 감탄한다는 설명을 들었을 때도 그는 즐거워하며 웃었다. 하지만 곧 질문을 던졌다.

"이 두 우화에서 무엇을 얻을 수 있죠?"

귀도가 우월감을 드러내며 말했다.

"그것을 창작한 기쁨, 게다가 더 많은 이야기를 쓰다 보면 많은 돈도 벌 수 있지."

카르멘은 루치아노와 달리 감동에 흠뻑 빠져 있었다. 그녀는 두 우화를 복사할 수 있도록 허락을 구했다. 그리고 귀도가 원고에 펜으로 서명까지 한 후에 원고를 넘겼을 때 그녀는 감격해서 고마워했다. 그런데 나는 뭘 해야 했던 걸까? 나는 카르멘의 인정을 받기 위해 싸울 필요가 없었다. 이미 말한 대로 그녀는 내게 전혀 중요하지 않았다. 하지만 그때 내 반응을 떠올리면 우리의 욕망이 투영되지 않은 여인마저도 우리를 싸움으로 밀어 넣을 수 있다는 사실을 인정해야겠다. 실제로 중세 영웅들은 한 번도 본적 없는 여인들 때문에 싸우지 않았는가? 내게 그날이 온 것이었다. 나의 가련한 육체가 느끼는 고통은 갑자기 찌르는 듯 아파왔고, 나 역시 당장 우화를 지어내어 귀도와 싸우지 않으면 고통이 사그라들지 않을 것 같았다.

나는 타자기를 건네달라고 했고, 정말이지 갑작스럽게 이야기를 만들어냈다. 내가 지은 우화들 중 첫번째는 내 마음속에 오래전부터 머물러 있었던 이야기였다. 나는 즉흥적으로 「삶의 찬가」라는 제목을 지었다. 그런 다음 짧은 감상을 적은 후에 그 아래에 「대화록」이라고 적었다. 내가 보기에 동물들을 묘사하는 것보다 동물들이 직접 말하도록 하는 게 더 쉬울 것 같았다. 그렇게 동물의 아주 짧은 대화에서 나의 우화가 태어났다.

생각 많은 새우: 삶은 아름다워. 하지만 그 삶이 머물러 있는 자리를 조심해야 해.

잉어(치과 의사에게 달려가며): 삶은 아름다워. 하지만 먹음직스러운 고기에 날카로운 고리를 감추고 있는 배신자 미끼들을 없애야 해.

이제 두번째 우화를 만들어낼 차례였다. 하지만 이야기에 등장할 동물이 마땅히 떠오르지 않았다. 나는 구석진 자리에 누워 있는 개를 바라봤고, 개 역시 나를 쳐다봤다. 겁 많은 개의 눈빛을 보자 어떤 기억이 떠올랐다. 불과 며칠 전에 귀도가 사냥에서 돌아왔는데 벼룩이 잔뜩 붙어 있었다. 그래서 그는 사무실 사물함을 깨끗이 청소하러 간 적이 있었다. 그 순간 나는 즉시 이야기가 떠올라 단번에 써 내려갔다.

'옛날 옛적에 많은 벼룩에 물린 왕자가 있었습니다. 그가 신들에게, 크고 탐욕스러운 벼룩 한 마리에게만 벌을 내려달라고 빌었습니다. 딱 한 마리에게만. 그리고 나머지 벼룩들은 다른 사람들에게 보내라고 호소했습니다. 그러나 어떤 벼룩도 인간이라는 동물과 단둘이 있으려고 하지 않았습니다. 그래서 그는 모든 벼룩을 그대로 두어야 했습니다.'

그 순간 내가 지은 우화들이 훌륭해 보였다. 우리의 머리에서 나온 것들은 태어나자마자 평가를 받지 않는다면 가장 사랑스러운 형태를 지닌다. 진실을 말하자면, 그때 창작한 나의 이야기는 창작에 많은 노력을 기울이는 지금 봐도 마음에 든다. 죽을 운명을 지닌 인간이 만든 삶의 찬가는 죽음을 바라보는 사람들에게 많은 위안을 주고, 죽어가는 많은 사람들이 죽음이라는 불행을 피할 수 있는 타인들의 삶을 찬미하는 노래를 부르며 그들이 죽어가는 이유라 여겨지는 것을 말하기 위해 마지막 숨을 다한다는 것 역시 사실이다. 두번째 우화에 대해서는 말하고 싶지 않다. 귀도 스스로 신랄하게 평을 했는데, 그가 웃으면서 소리쳤다.

"이건 우화가 아니라 나를 동물 취급하는 방법이군."

나는 그를 따라 웃었고, 우화를 쓰라고 나를 떠밀었던 고통이 즉시 가라앉았다. 루치아노는 내가 전달하려 한 내용을 설명하자 웃었다. 그리고 나의 우화나 귀도의 우화를 읽기 위해 돈을 지불할 사람은 아무도 없을 거라는 걸 알았다. 그러나 카르멘은 내 우화를 좋아하지 않았다. 그녀는 내 이야기가 정말 새롭게 지어낸 이야기인지 의심하는 눈초리로 쳐다보았는데, 그 눈빛이 이렇게 외치는 것 같았다.

"당신은 귀도를 사랑하지 않아요!"

그녀의 눈빛은 정말이지 나를 당황스럽게 했는데, 그 순간 그녀가 분명히 잘못 이해하지 않았기 때문이다. 그를 위해 이익과 상관없이 일하던 내가 귀도를 사랑하지 않는 것처럼 행동한 것은 잘못이라고 생각했다. 내 태도에 대해서 조심해야 했다.

나는 귀도에게 다정하게 말했다.

"자네 우화가 내 것보다 더 뛰어나다는 걸 기꺼이 인정하네. 그렇지만 내 우화들은 내가 난생처음으로 쓴 것이라는 점은 알아줬으면 하네."

그는 순순히 물러서지 않았다.

"혹시 자네는 내가 이전에 다른 우화들을 썼다고 생각하나?"

그 말에 카르멘의 시선이 이미 부드러워졌다. 나는 여전히 더 부드러운 시선을 이끌어내려고 귀도에게 말했다.

"자네는 확실히 우화를 창작하는 데 특별한 재능을 가지고 있어."

하지만 그 칭찬은 두 사람 모두를 웃게 만들었고, 곧이어 나 역시 웃고 말았다. 모두들 유쾌하게 웃었다. 왜냐하면 내 말은 누가 들어도 악의 없는 말이었기 때문이다.

황산구리 거래는 우리 사무실에 더할 나위 없이 심각한 분위기를 몰고 왔다. 우리는 더 이상 한가하게 우화를 지을 시간이 없었다. 우리에게 제안이 들어온 거의 모든 거래들이 대부분 받아들여졌다. 일부 거래는 어느 정도 이익을 가져다주기도 했지만 적은 규모였다. 적자를 본 다른 거래 건들은 반대로 큰 규모들이었다. 사업 이외의 일에서는 매우 너그러운 귀도의 사업상 큰 약점은 이해하기 어려운 인색함이었다. 어떤 거래가 잘되어갈 때면 그는 성급하게 계산에 들어갔고, 거기서 주어지는 작은 이익을 차지하는 데 급급했다. 그러나 성공적이지 못한 거래에서는 주머니를 털어 투자하는 것은 물론 그런 시기를 늦추는 것마저도 제대로 결정한 적이 없었다. 이 때문에 그가 입은 손실이 항상 심각하고 수익은 적었다고 생각한다. 사업가의 자질은 머리끝부터 발끝까지 그가 경영하는 전체 조직의 결과물에 따라 판가름 난다. 귀도에게는 그리스인들이 말하던 '헛똑똑이'라는 말이 적합할 것 같다. 정말 영리하지만 또한 정말 바보 같았다. 그는 명민함으로 가득 차 있었지만 그 명민함은 점점 더 아래로 미끄러지는 비탈길에 기름을 칠하는 격이었다.

황산구리 거래 건과 더불어, 그에게 예상치 못하게 쌍둥이가 생겼다. 쌍둥이 출산 소식을 듣는 순간 그의 얼굴은 기쁨과 거리가 먼 놀란 표정이었다. 하지만 내게 그 소식을 알리면서 그는 곧 나를 몹시 웃게 만든 농담을 늘어놓았다. 그는 쌍둥이 소식에 즐거워하면서 못마땅한 기색을 내비치지 않았다. 쌍둥이와 황산구리 60톤을 연관 지으면서 말했다.

"나는 큰 사업을 할 운명인가 봐!"

그를 위로하기 위해 나는 아우구스타가 둘째 아이를 임신한 지 7개월째 접어들었다고 말하며, 나도 곧 아이들 일로 인해 그가 감당할 무게에 다다를 것이라고 했다. 그는 언제나 재치 있게 대답했다.

"좋은 회계사로서 찬찬히 따져보면 내 눈엔 똑같은 일로 보이지 않는군."

얼마 동안 그는 쌍둥이에게 크나큰 애정을 품었다. 하루 일과의 일부를 꼬박꼬박 언니네 집에서 보내던 아우구스타가 내게 말하길, 그가 매일 몇 시간을 언니와 갓난아기들에게 할애하고 있다고 했다. 쌍둥이들을 어루만지고 자장가를 불러주었고, 아다는 결혼생활 중에 새로운 애정이 다시 피어오른 것처럼 느껴질 만큼 그런 그에게 매우 고마워하고 있다고 했다. 그 무렵 귀도는 자식들이 스무 살이 되었을 때 작은 기반을 마련할 수 있도록 하기 위해 상당히 많은 돈을 보험회사에 쏟아부었다. 내가 직접 그 금액을 그의 채무로 기록했기 때문에 기억한다.

나 역시 쌍둥이들을 보러 오라고 초대받았다. 오히려 아우구스타에게서 내가 아다에게도 인사할 수 있는 기회라는 말이 나왔다. 그러나 아다는 출산한 지 열흘이 지났는데도 침대에 있어야 했으므로 내 인사를 받을 수 없었다.

쌍둥이들은 부모의 침실 옆 작은 방에 놓인 두 개의 요람 안에 누워 있었다. 침대에 누워 있던 아다가 나를 보고 소리쳤다.

"아이들 예쁘죠, 제노?"

나는 그녀의 목소리에 놀라 멈칫했다. 그 목소리는 너무나 부드러웠다. 그것은 어떤 노력이 느껴지긴 하나 너무나 다정하게 들려 진정한 마음의 외침처럼 느껴졌다. 의심할 여지없이 그녀의 목소리에서 묻어나는 다정함은 모성애에서 우러나온 것이었다. 하지만 그녀가 내게 말을 건넬 때 바로 그 다정한 목소리를 발견했기 때문에 나는 그 점에 감동했다. 그 다정함은 마치 아다가 단지 내 이름만 부른 것이 아니라 '소중한'이라든가 '내 형제'와 같은 어떤 사랑스러운 호칭을 덧붙여서 부르는 것처럼 느껴지게 했다! 나는 기쁘게 대답했다.

"예쁘고 귀엽고, 둘 다 당신을 꼭 닮은 굉장히 사랑스러운 아이들이네요."

사실 내 눈에는 창백한 죽은 아이들처럼 보였다. 두 아이 모두 보채며 칭얼거리고 있었다.

귀도는 빠르게 이전의 삶으로 돌아왔다. 황산구리 거래 이후로 사무실에 더욱 성실하게 나왔지만 매주 토요일이면 사냥을 떠나서 월요일 아침 늦게까지 돌아오지 않았다. 그는 점심 시간 전에 사무실을 둘러보러 나오곤 했다. 낚시를 하러 갈 때면 그는 종종 저녁에 떠나 바다 위에서 밤을 보내곤 했다. 아우구스타는 아다가 그 일로 속상해하고 있다고 말했다. 걷잡을 수 없는 질투심에다 하루의 대부분을 혼자 보내는 것에 괴로워하고 있다는 얘기였다. 아우구스타는 귀도가 사냥을 가든 낚시를 가든 여자들과 동행하지 않는다는 사실을 강조하면서 그녀를 안심시키려고 노력했다. 그러나 누가 알려줬는지 모르지만 아다는 카르멘이 가끔 귀도와 낚시를 하러 간다는 사실을 벌써 알고 있었다. 나중에 귀도는 도움이 많이 되는 여직원에게 친절하다고 해서 나쁠 건 전혀 없다는 얘기를 덧붙이면서 그 사실을 고백했다. 게다가 루치아노가 항상 참석하지 않았던가? 그는 아다가 싫어하는 것을 보고, 다시는 그녀를 불러들이지 않겠다고 약속하는 것으로 끝을 맺었다.

그는 비용이 많이 드는 사냥과 낚시 모두 포기하고 싶지 않다고 선언했다. 그러면서 일을 열심히 하겠다고 말했다. 실제로 그 시기에 우리 사무실에서는 처리할 일이 무척 많았다. 그리고 그에게 낚시와 사냥은 약간의 기분전환으로 여겨졌다. 아다는 그러한 남편의 입장을 받아들이기 어려웠다. 그녀는 남편이 가장 좋은 휴식을 가족에게서 얻으리라 생각했기 때문이다. 아우구스타는 무조건 언니 말에 동의했다. 그러나 그건 너무나 소란스러운 휴식처럼 보였다.

그때 아우구스타가 주장했다.

"그리고 당신도 거의 매일 집에 없잖아요. 쉬는 날도요."

그 말은 사실이었지만 나는 나와 귀도 사이에 큰 차이가 있다는 걸 설명해야 했다. 하지만 그 점을 자랑하지는 못했다. 나는 아우구스타를 어루만지며 말했다.

"나는 달라. 당신이 아주 철저히 교육했으니까 당신 덕이지."

불쌍한 귀도의 상황은 날이 갈수록 점점 더 악화되어갔다. 처음에는 어린 쌍둥이들을 돌볼 유모를 단 한 명만 두었다. 왜냐하면 아다가 쌍둥이들 중 한 명에게 모유 수유를 할 수 있을 거라 생각됐기 때문이었다. 그러나 그녀는 수유를 할 수 없었고, 결국 또 한 명의 유모를 불러들여야만 했다. 귀도는 나를 웃기고 싶어 할 때면 사무실을 오가면서 박자에 맞춰 이렇게 말했다. "아내 한 명…… 아기 둘…… 유모 둘!"

아다가 특히 미워하는 것이 한 가지 있었다. 바로 귀도의 바이올린이었다. 그녀는 쌍둥이의 울음소리는 견디었지만 바이올린 소리는 끔찍이 싫어했다. 그녀가 아우구스타에게 말했다.

"난 바이올린 소리를 들으면 개처럼 맞서서 짖고 싶어져!"

이상했다! 언니와 달리 아우구스타는 내 서재 앞을 지나다 내가 연주하는 소리를 들으면 행복해했다!

"그렇지만 아다의 결혼도 사랑해서 한 결혼이었잖아." 나는 놀라서 이렇게 말했다. "바이올린이야말로 귀도의 가장 큰 장점 아닌가?"

내가 처음으로 아다를 다시 봤을 때 이런 대화들은 완전히 잊혔다. 나는 처음으로 그녀의 병을 알아차린 장본인이었다. 11월 초순의 어느 음습하고 흐린 쌀쌀한 날이었다. 그날 나는 평상시와 다르게 오후 3시에 사무실을 나왔다. 따뜻한 서재에서 몇 시간 동안 휴식을 취하고 공상에 잠겨야겠다고 생각하면서 집으로 서둘러 가고 있었다. 서재에 들어서기 위해 긴 복도를 지나다가, 아우구스타의 작업실 앞에서 발걸음을 멈췄다. 아다의 목소리가 들렸기 때문이다. 그녀의 목소리는 나를 불렀던 그날처럼 부드러운 듯하면서 무언가 망설이는 목소리였다. 나는 낯선 호기심에 떠밀려 그 방으로 들어갔다. 조용하고 차분한 아다가 자기 자신은 조금도 울지 않으면서 다른 이들을 울리는 몇몇 여배우들을 떠올리는 목소리를 내고 있었는데, 그 이유를 알고 싶은 이상한 호기심에 떠밀려 나는 그 방으로 들어갔다. 사실 나는 그렇게 들리도록 꾸민 목소리거나 내가 그렇게 느낀 것이라 생각했다. 꽤 여러 날이 지났는데도 그녀의 목소리는 여전히 똑같이 감정에 흔들리는 흥분된 목소리였기 때문에 목소리의 주인공을 보지 않고서도 나는 그녀의 목소리를 알아차렸다. 아다를 그런 식으로 흥분시킬 수 있는 화제는 귀도 말고 없었기 때문에 나는 두 자매가 귀도에 대해 이야기했다고 생각했다.

그러나 예상과 달리 두 여인은 함께 커피를 마시면서 세탁물이라든지 하인들 이야기 등등 집안일에 대해 말하고 있었다. 하지만 아다를 보자마자 그 목소리가 그냥 그런 척한 게 아니라는 걸 이해했다. 그녀의 얼굴 역시 감정적으로 흥분되어 있었는데, 나는 처음으로 매우 달라진 그녀의 모습을 발견했다. 그리고 그 목소리는 감정과 어긋나 있었고, 그녀의 몸 상태를 정확히 반영하고 있었다. 그래서 진실하고 솔직했는데, 나는 즉시 그것을 느꼈다. 나는 의사가 아니라서 그녀가 어떤 병에 걸린 거라고 생각하지는 않았다. 하지만 아다의 외모가 변화된 이유가 혹시 출산 후 회복기를 가지면서 받은 영향이 아닐까 싶었다. 그러나 귀도가 자기 아내에게 일어난 그토록 큰 변화를 알아차리지 못했다는 사실을 어떻게 설명할 수 있겠는가? 한편 나는 내가 무척이나 두려워했던 그녀의 눈을 기억하고 있었다. 그 눈이야말로 냉정하게 사물과 사람들을 평가해서 그들을 받아들이거나 밀어낸다는 사실을 깨달았기 때문이었다. 그녀의 날카로운 눈을 기억하고 있던 나는 마치 더 잘 보기 위해서 동공에 힘을 준 것처럼 더 커지고 달라진 그녀의 눈을 금세 확인할 수 있었다. 빛을 잃은 생기 없고 핼쑥한 그녀의 작은 얼굴에 큰 눈이 어울리지 않게 두드러져 보였다.

그녀는 깊은 애정을 담아 내게 손을 내밀었다.

"이미 알고 있어요. 제부는 틈만 나면 아내와 딸을 보러 오는군요." 그녀가 내게 말했다.

아다의 손은 땀으로 젖어 있었고, 나는 그녀의 몸이 쇠약해졌다는 걸 알았다. 그녀가 다시 기운을 차리면 예전의 혈색과 뚜렷한 얼굴선 그리고 눈동자의 그윽함을 되찾을 수 있을까 상상해봤다.

귀도를 향한 비난으로 들리는 그녀의 말을 곰곰이 생각해봤다. 나는 회사의 소유주인 귀도가 사무실에 관련된 일들에 나보다 훨씬 큰 책임감을 가지고 있다고 기분 좋게 대답했다.

그녀는 내 말이 진심에서 나온 것인지 확인하려는 듯 탐정처럼 나를 쳐다봤다.

"그렇긴 해도 내가 보기에는 아내와 아이들을 위한 시간을 조금은 낼 수 있을 것 같아요"라고 그녀가 말했다. 그리고 그녀의 목소리는 눈물로 가득 차 있었다. 그녀는 아량 있는 미소를 다시 지으며 덧붙여 말했다.

"회사 일 외에 사냥과 낚시까지 하잖아요! 그것들을 하는 데 많은 시간을 쏟아붓고 있어요."

그녀는 변덕스러운 태도로 갑자기 화제를 돌려, 귀도가 사냥과 낚시를 해서 가져온 식재료 덕분에 그들이 식탁에서 즐겨 먹는 맛있는 음식에 대해서 이야기했다.

"그렇지만 기꺼이 포기하겠어요!" 그녀는 한숨과 눈물로 호소했다. 그래도 불행하다는 말은 하지 않았다! 그녀는 자신이 끔찍이 사랑하는 두 아이들이 없는 삶은 상상조차 할 수 없다고 말했다! 아이들이 각자 자기 유모가 있는 지금 그들을 더 사랑한다고 약간 신경질적인 미소를 띠면서 말했다. 그녀는 잠을 많이 자지 않지만 한번 졸음이 몰려올 때면 아무도 그녀를 방해하지 않는다고 했다. 정말 잠을 거의 자지 않느냐고 내가 묻자 그녀는 그것이 가장 큰 문제라고 심각하고 혼란스러운 표정으로 대답했다. 그러고는 행복한 얼굴로 말했다.

"하지만 벌써 좋아지고 있어요!"

잠시 후 그녀는 두 가지 이유를 대며 우리 곁을 떠났다. 저녁 전에 어머니의 안부를 살피러 가야 하고, 또 커다란 난로를 여러 개 켜둔 우리 집의 온도가 너무 더워서 견디기 어렵다는 게 이유였다. 그 온도가 적당히 따뜻하다고 판단한 나는 그녀가 지나치게 더위를 느끼는 것이 건강하다는 표시라고 생각했다.

"그렇게 많이 약해진 것 같지 않네요." 나는 미소를 띠면서 말했다. "내 나이가 되면 얼마나 다르게 느껴지는지 알게 될 거예요." 아다는 자신이 젊다는 말을 듣고 매우 기뻐했다.

나와 아우구스타는 층계참까지 그녀를 배웅했다. 그녀에게는 우리의 우정이 절실히 필요한 것처럼 보였다. 그녀는 발걸음을 조금 옮기는 데도 처음에는 아우구스타의 팔을 붙잡았고 그다음엔 나의 팔에 의지하면서 걸었다. 나는 즉시 뻣뻣하게 굳었는데, 내게 닿는 모든 여자의 팔을 세게 붙잡는 오래된 습관이 되살아날까 두려웠다. 층계참에서 그녀는 여전히 많은 얘기를 했고, 아버지를 떠올리면서 15분 동안 세번째로 그녀의 두 눈에 다시 눈물이 맺혔다. 그녀가 떠났을 때, 나는 아우구스타에게 그녀가 여자가 아니라 물을 뿜는 분수 같다고 말했다. 아다가 어떤 병을 앓고 있는 걸 보았지만, 전혀 대수롭지 않게 여겼다. 그녀의 눈은 커져 있었고 얼굴은 야위었으며 목소리가 변했고, 성격 역시 이전에 없던 다정함이 나타났지만 나는 그것을 전부 쌍둥이 출산 후에 생긴 두 배의 모성애와 연약함의 영향이라고 생각했다. 아무튼 내가 뛰어난 관찰자라는 사실이 드러났다. 왜냐하면 나는 모든 징후를 봤지만 '병!'이라는 사실 그대로의 단어를 말하지 않으려고 애써 모르는 척했기 때문이다. 그녀는 병에 걸렸다!

다음 날 아다를 치료해온 산부인과 의사가 파올리 씨에게 진료를 요청했고, 파올리 씨는 곧바로 '바제도병'이라는 생소하게 들리는 단어를 내뱉었다. 귀도는 전문적인 의학 지식으로 내게 질병을 설명했다. 그러면서 무척이나 고통스러워하는 아다를 마음 아파했다. 하지만 나는 어떤 악의적인 생각없이, 귀도의 연민과 그가 말한 지식이 대단하지 않다고 생각했다. 그가 아내에 대해 말하는 동안 슬퍼하는 모습이 역력했지만, 카르멘에게 문서 내용을 불러줄 때는 삶에서 느끼는, 또는 가르치는 데서 느끼는 모든 기쁨이 고스란히 드러났다. 그는 그 병에 이름을 붙인 사람이 괴테의 친구였던 바제도라고 믿고 있었다. 하지만 내가 백과사전에서 그 질병에 대해 알아보니, 바제도는 다른 사람의 이름이었다.

바제도병은 무시무시하고 심각한 질병이었다! 내게는 그 병을 알아본 것 자체가 너무나 중요했다. 나는 여러 편의 관련 논문을 읽으며 그 병을 공부했고, 우리 신체 기관의 근본적인 비밀을 그제야 발견한 것 같았다. 나는 나와 같이 많은 사람들이 어떤 구체적인 생각에 몰두하면 한동안 두뇌 전체가 다른 생각들을 차단하면서 그 생각에 집중한다고 믿는다. 공동체에서도 똑같은 일이 일어나지 않는가! 다윈이 그렇게 살았고, 그전에는 로베스피에르와 나폴레옹이 그랬으며, 비스마르크가 온 우주 위에 군림하지 못할 때 리비히* 혹은 레오파르디**가 그랬다. 하지만 바제도병에 대해서는 나만이 몰두해 있었다!

내게는 그 병이 생명의 근원에 빛을 비춘 것 같았다. 모든 신체 기관은 하나의 선 위에 자리를 잡는다. 그런데 바제도병이 발병한 한쪽 지점에서는 빠른 속도로 생명력의 격렬한 소모가 일어나고 조절되지 않는 심장 박동이 일어난다. 한편 반대편에서는 신진대사가 매우 저하되어 신체 기관들이 쇠약해지고 소진된 것처럼 보이지만 진행이 느려진 병으로 죽어가기 시작한다. 이 두 질병 사이의 정확한 중간 지점은

---

* Justus Freiher von Liebig(1808~1873): 독일의 화학자로 유기화합물의 분자 구조 연구로 유명하다.

** Giacomo Leopardi(1798~1837): 이탈리아의 시인이자 언어학자.

하나의 정거장에 지나지 않는 건강처럼 불분명하게 결정된다. 중앙과 바제도병 같은 한 극단 사이에 거대한 욕망과 야망, 즐거움 그리고 또한 일로 삶을 소모하고 악화시키는 모든 것들이 놓여 있다. 다른 쪽에는 삶의 접시에 사소한 부스러기들만을 던지고, 사회에 부담감으로 나타나는 불필요한 수명 연장을 준비하면서 아끼고 저축하는 것들이 있다. 이 부담 역시 필요한 요소처럼 보인다. 바제도병 환자들이 사회를 떠밀어줄 것이므로 사회는 진보한다. 그리고 다른 사람들이 사회를 견디고 있기 때문에 추락하지 않는다. 나는 한 사회를 건설하고 싶어 한다면 더욱 단순하게 그 일을 해낼 수 있다고 확신한다. 하지만 사회는 한쪽 끝의 갑상샘종과 다른 쪽 끝의 부종으로 형성됐으며 여기에는 치료법이 없다. 그 중간에는 초기 갑상샘종이나 부종을 지닌 사람들이 있다. 그리고 그 전체 선 위에 있는 모든 인류에게는 절대적인 건강이란 존재하지 않는다.

아우구스타가 내게 말한 대로 아다 역시 갑상샘종을 피해갔지만 병의 다른 모든 증세를 가지고 있었다. 불쌍한 아다! 그녀는 내게 건강과 균형 잡힌 조화로움의 표상이었다. 오랜 시간 동안 나는 그녀가 아버지의 사업 파트너이자 그녀와 똑같은 냉정한 정신을 지닌 남자를 남편으로 선택했다고 생각했던 만큼 그녀는 내게 건강과 균형 잡힌 조화로움의 표상이었다. 그러나 이제 그녀는 정신적 쇠약으로 그녀를 끌어당기는 병에 붙잡혀 있었다. 그녀와 함께 나 역시 가벼운 그러나 만성적인 병에 걸렸다. 나는 지나치게 많은 시간 동안 바제도병에 대해 생각했다. 나는 이미 우주 어디에 안착하더라도 결국 그 병에 걸릴 거라고 믿고 있다. 그러니 계속 움직여야만 한다. 삶은 독을 지니고 있지만 해독하는 데 쓰이는 다른 종류의 독 역시 가지고 있다. 달리면서 치명적인 독을 피하고 다른 독들을 이용할 수 있을 뿐이다.

나의 병은 강박적인 생각, 꿈, 그리고 두려움이었다. 이것은 분명히 이성적인 판단에 기인한다. 타락의 의미는 건강의 상실을 뜻하며, 여기서 말하는 건강은 우리 삶의 일부를 이뤘던 건강을 말한다. 이제 나는 아다의 건강이 어떤 상태인지 알고 있다. 그녀가 타락한 만큼, 건강했을 때 나를 거절했던 그녀가 나를 다시 사랑하도록 할 수 있을까?

이런 끔찍한 생각(혹은 이러한 희망)이 어떻게 내 머릿속에서 생겨났는지 모르겠다!

혹시 아다가 나를 불렀을 때, 그녀의 부드럽고 갈라진 목소리가 사랑의 목소리로 들렸기 때문일까? 불쌍한 아다는 무척 추했고, 나는 더 이상 그녀를 원하지 않았다. 그러나 우리의 지난 과거를 돌이켜보면서 만일 그녀가 나를 향한 갑작스러운 사랑에 휩싸인다면, 영국 친구에게 황산구리 60톤을 받은 귀도의 상황을 연상시키는 몹시 힘들고 곤란한 상황에 처하게 될 거라는 생각이 들었다. 정확히 똑같은 경우였다! 불과 몇 년 전에 나는 그녀에게 사랑을 고백했고, 그녀 여동생과의 결혼을 취소하려는 어떤 행동도 취하지 않았다. 이러한 경우 그녀는 법이 아니라 기사도 정신에 보호받지 못한 것이다. 나는 그녀에게 아주 강한 책임감을 느꼈었다. 만약 그녀가 아주 오랜 세월이 지나 심한 갑상샘종이 생긴 바제도병에 걸려 나타났다면, 나는 사랑 고백에 대한 명예를 지켜야 했을 것이다.

그러한 상상은 아다에게 더 다정한 생각을 갖게 했다. 그때까지 아다가 겪는 고통들이 귀도 때문이라는 사실을 알게 되었을 때, 나는 그 사실에 마냥 기뻐하지 않았다. 하지만 알 수 없는 만족감으로 우리 집에 대해 생각했다. 아다가 들어가길 거부했던, 하지만 아무런 고통도 없는 곳. 지금은 많은 것이 변했다. 내가 본 의학 지식들이 틀리지 않는다면 나를 경멸하며 밀어냈던 그때의 아다는 더 이상 없었다.

아다의 병은 심각했다. 며칠 후 의사 파올리 씨가 그녀를 가족들과 격리시켜 볼로냐의 요양원으로 보내라고 조언했다. 나는 귀도에게 그 소식을 들어 알았지만, 이후에 아우구스타가 말하길, 불쌍한 아다는 그 순간에도 굉장한 불쾌감을 감추지 않았다는 얘기를 들려줬다. 귀도는 자기 아내가 집에 없는 동안 가족들을 돌볼 안주인의 자리에 카르멘을 불러다놓을 뻔뻔한 생각을 가지고 있었다. 아다는 그러한 제안에 대한 생각을 공개적으로 말할 용기가 없었지만, 마리아 이모에게 집안 살림을 맡기도록 허락하지 않으면 집에서 한 발짝도 움직이지 않겠다고 엄포를 놓았다. 그래서 귀도는 별 도리 없이 받아들였다. 하지만 그는 계속해서 아다가 비워둔 자리에 카르멘을 데려올 수 있다는 생각을 키워가고 있었다. 어느 날 그는 카르멘에게 사무실 일이 아주 바쁘지 않다면 자신의 집안 살림을 맡기고 싶다고 말했다. 루치아노와 나는 서로 의아하게 쳐다봤다. 그리고 우리는 각자 귀도의 얼굴에서 어떤 교활한 속셈을 분명하게 발견했다. 카르멘이 얼굴을 붉히며 받아들일 수 없다고 중얼거렸다.

"그래. 세상 사람들의 어리석은 시선 때문에 아주 도움이 될 만한 일을 할 수 없겠지!" 귀도가 화가 나서 말했다.

그 역시 금방 입을 다물었는데, 아주 흥미진진할 듯한 얘기를 짧게 끝내서 놀라웠다.

가족 전체가 아다를 역까지 배웅했다. 아우구스타는 언니에게 줄 꽃을 사오라고 부탁했다. 아름다운 난초 꽃다발을 사들고 조금 늦게 도착한 나는 그 꽃다발을 아우구스타에게 건네주었다. 아다가 우리를 지켜보고 있었고, 아우구스타가 꽃다발을 전해주자 우리에게 말했다.

"두 사람 다 진심으로 고마워!"

그 말은 내게서도 꽃을 받았다는 의미였지만, 다정하고 또 조금은 무심한 자매간의 우애를 표현한 것이라 느꼈다. 바제도병은 분명 아무 상관이 없었다.

행복감에 헤아릴 수 없을 정도로 커진 그녀의 눈동자 때문에 불쌍한 아다는 어린 신부처럼 보였다. 그녀의 병은 모든 감정을 (진실한 것처럼) 꾸며낼 줄 알았다.

귀도는 그녀를 요양원까지 데려다주러 함께 떠났고 며칠 후에 돌아올 예정이었다. 우리는 벤치에 앉아 기차가 출발하기를 기다렸다. 아다는 기차 차창에 얼굴을 내밀고 앉아 우리가 보이지 않을 때까지 계속해서 손수건을 흔들었다.

아다가 떠난 후 우리는 눈물 흘리는 말펜티 부인을 집까지 바래다주었다. 우리가 떠나려 하는 순간에 장모는 아우구스타에게 키스를 한 뒤 내게도 키스를 했다.

"미안하네!" 그녀는 흐르는 눈물 속에 웃으면서 말했다. "아무 생각 없이 했지만, 허락한다면 또 한 번 키스를 해주고 싶네."

어느덧 열두 살이 된 어린 안나도 내게 키스하고 싶어 했다. 약혼하기 위해 국립극단을 떠나려고 준비 중이었던 알베르타는 평상시에는 나와 조금 소원한 관계였지만 그날은 내게 손을 내밀어 뜨거운 악수를 청했다. 나의 아내가 화사하고 건강했기 때문에 모두들 나를 좋아했다. 그들은 아내를 병들게 만든 귀도에 대한 반감을 그런 식으로 표현하고 있었다.

그러나 바로 그 무렵 나는 별로 좋지 않은 남편이 될 위기에 처해 있었다. 내 잘못은 아니었지만 별 생각 없이 털어놓은 꿈 때문에 아내에게 큰 고통을 주었다.

꿈은 이랬다. 꿈에서 아우구스타와 아다 그리고 나, 이렇게 셋이 있었다. 우리는 어느 창가에 서 있었는데, 정확히는 우리들의 세 집, 즉 내 집, 장모의 집 그리고 아다의 집 중에서 가장 작은 장모의 집 주방 창가에 있었다. 실제로 그곳에서는 작은 뜰이 바라보이지만, 꿈에서는 코르소 거리가 내다보였다. 자그마한 창턱은 공간이 너무나 비좁았는데, 우리 한가운데 서 있던 아다가 우리의 팔을 붙잡고 내게 바싹 붙어 있었다. 나는 그녀를 쳐다보았고, 그녀의 눈빛은 예전처럼 다시 냉정하고 단호했으며, 그녀의 맑디맑은 얼굴에서 목덜미까지 하늘거리는 곱슬머리로 덮여 있었다. 그 곱슬머리는 아다가 내게 등을 돌렸을 때 너무나 자주 보았던 곱슬머리였다. 매우 냉정한 모습 때문에(내가 볼 때 그것이 그녀의 건강한 모습 같았다), 그녀는 내 약혼식 날 밤 테이블에서 이야기를 나누던 순간으로 돌아간 것 같았다. 나는 농담으로 아우구스타에게(물론 그녀에게도 신경을 쓰려고 노력하면서) 말했다. '그녀가 다시 건강해진 게 보이지? 정말이지 바제도는 온데간데없군. 그렇지 않아?' 우리들 중 혼자만 거리를 바라보고 있는 아우구스타에게 내가 물었다. 우리 역시 창밖을 내다보려고 노력했고, 밖에서는 수많은 사람들이 소리를 지르면서 험악한 분위기로 무리지어 지나가고 있었다. '도대체 바제도가 어디 있는 거야?' 나는 다시 한 번 물었다. 잠시 후 그를 보았다. 거리의 군중이 뒤를 따르는 가운데 앞장서서 가고 있는 사람이 바제도였다. 커다란 누더기이지만 수가 촘촘히 놓인 비단 망토를 걸친 늙은 거지였다. 바람에 날려 헝클어진 하얀 머리칼로 덮인 큰 머리와 동공이 툭 튀어나온 두 눈은 공포와 위협적인 분위기를 조장하며 뒤따라오는 야수 같은 사람들을 불안한 시선으로 바라보고 있었다. 그러자 군중이 소리쳤다. '저 전염병자를 죽이자!'

그런 후 아무런 일 없이 텅 빈 밤이 지나갔다. 이어서 곧바로 가장 가파른 계단에 아다와 내가 단둘이 있었다. 우리들의 세 집 가운데 내 집의 다락방으로 연결된 계단이었다. 아다는 몇 계단 더 높은 곳에서 나를 향해 돌아서 있었다. 내가 계단을 올라가려고 하는 동안 그녀는 내려오고 싶어 하는 것 같았다. 나는 그녀의 다리를 껴안았고, 그녀는 몸이 약해서인지 아니면 나와 더 가까이 있으려고 그러는지 모르지만 내게로 몸을 기울였다. 순식간에 그녀는 병에 걸려 흉측해진 것 같았다. 하지만 이내 나는 숨을 헐떡이며 그녀를 바라보면서 창가에 나타난 모습대로 아름답고 건강한 그녀를 다시 볼 수 있었다. 그녀가 딱딱한 목소리로 내게 말했다. '먼저 올라가요. 내가 곧 따라갈게요!' 준비된 나는 그녀를 앞지르기 위해 달리면서 앞으로 나아가고 있었지만, 내 다락방 문이 조금씩 열리기 전에 도착할 만큼 충분히 빠르지 않았다. 그러자, 문이 열리고 하얗고 숱 많은 바제도의 수북한 머리가 겁먹은 표정과 무시무시한 표정을 오가는 바로 그 얼굴로 나타났다. 망토 사이로 초라하고 가련한 몸과 휘청거리는 다리가 보였다. 나는 달아나는 데 성공했지만 아다를 앞서기 위한 것인지 그녀를 피하기 위해서인지 분명치 않았다.

그때 나는 가쁜 숨을 쉬며 밤중에 깨어나 잠이 덜 깬 상태로 아우구스타에게 꿈의 전부를 부분부분 이야기했다. 그러고는 더 편안하고 깊은 잠으로 다시 빠져들었다. 의식이 몽롱한 상태에서, 나는 무분별하게 나의 잘못들을 고백하고 싶은 오래된 욕망을 따랐다고 생각한다.

아침에 아우구스타는 얼굴빛이 너무나 창백했다. 나는 전날 밤 꾼 꿈을 하나도 빠짐없이 기억하고 있었지만, 그녀에게 정확히 어디까지 말했는지는 기억나지 않았다. 그녀는 고통스러운 체념의 표정으로 내게 말했다.

"언니가 아파서 떠났기 때문에 당신이 행복하지 않은 거예요. 그래서 언니가 꿈에 나오는 거예요."

나는 어이없어 웃으면서 변명했다. 내게는 아다가 중요한 게 아니라 바제도가 중요했다. 그래서 아우구스타에게 바제도에 대해 공부했으며, 실제로 증상에 적용해보기도 했다는 얘기를 했다. 하지만 그녀를 납득시켰는지는 모르겠다. 꿈에 나온 이야기를 들춘다면 변명하기가 어렵다. 그것은 멀쩡한 의식으로 그녀를 배신하고 즉시 다시 돌아온 것과는 전혀 별개의 일이기 때문이다. 아무튼 아우구스타의 그러한 질투 때문에 내가 곤란을 겪을 일은 전혀 없었다. 왜냐하면 그녀는 아다를 너무나 사랑했기 때문에 그 면에서 그녀의 질투는 어떤 시샘의 그림자도 드리우지 않았고, 그녀는 여전히 더욱 다정한 태도로 나를 대해주었다. 그리고 내 사소한 애정 표현 하나하나에도 변함없이 고마워했다.

며칠이 지나서 귀도가 아주 좋은 소식을 가지고 볼로냐에서 돌아왔다. 요양원 원장이 아다가 치료 이후 집에서 평화로운 안정을 찾는다는 조건으로 완치를 보장했다고 했다. 귀도는 별 생각 없이 요양원 의사의 소견을 간단히 언급했다. 그러나 그는 말펜티 가족이 그 소견서에 많은 의심을 품게 되었다는 걸 깨닫지 못했다. 나는 아우구스타에게 말했다.

"당신 어머니의 키스를 더 많이 받게 될까 무섭군."

귀도는 마리아 이모가 살림을 맡은 집에서 아주 잘 지내는 것 같지는 않았다. 가끔 사무실을 이리저리 걸어 다니며 중얼거렸다.

"아이 둘…… 유모 셋…… 아내 없음."

사무실에서도 더욱 자주 자리를 비웠다. 좋지 않은 기분을 동물들을 사냥하고 낚시하는 데 퍼부으면서 비워냈기 때문이다. 그러나 연말 즈음이 되자, 우리는 볼로냐에서 아다가 완치되었다는 진단을 받았으며 집으로 돌아올 준비를 하고 있다는 소식을 들었다. 그런데 그 소식을 들은 귀도가 그리 행복해 보이지 않았다. 그가 마리아 이모에게 익숙해졌든지 아니면 그녀를 견디는 일이 쉽거나 재미있는 일이라는 걸 조금 깨달았던 걸까? 그는 당연히 내게는 나쁜 기분을 드러내지 않았다. 혹시 아다가 재발 가능성이 없다는 확실한 진단을 받기 전에 너무 성급하게 요양원을 떠나는 게 아닌가 하는 의심을 드러내는 정도였다. 실제로 얼마 후 그녀가 그해 겨울이 지나기도 전에 볼로냐로 다시 돌아가야 했을 때, 그는 그것 보란 듯이 내게 말했다.

"그러게 내가 뭐랬나?"

그렇긴 해도 나는 자신만만한 그의 태도 속에 뭔가를 미리 내다볼 줄 안다는 사실에서 느끼는 자부심 외에 다른 기쁨이 있었다고 생각하지 않는다. 그는 아다가 아프길 바라지 않았다. 하지만 그녀가 볼로냐에서 오랫동안 편안하게 머무르길 바랐을 것이다.

아다가 돌아오는 날 아우구스타는 작은 아들 알피오를 낳기 위해 침대에 누워 있었는데, 언니가 돌아온다는 소식에 무척이나 감동했다. 아우구스타는 내가 꽃을 들고 역으로 가서 아다에게 자신이 그날 당장 언니를 보고 싶어 한다는 말을 전해달라고 했다. 그리고 만일 아다가 역에서 곧장 집으로 올 수 없으면, 즉시 집으로 돌아와서 아다의 근황과 집안의 대단한 자부심이었던 그녀의 아름다움이 완전히 회복되었는지 알려달라고 했다.

기차역에는 나와 귀도 그리고 알베르타뿐이었는데, 말펜티 부인은 하루 일과의 대부분을 아우구스타를 돌보며 보내고 있었기 때문이었다. 벤치에 앉은 귀도는 아다가 도착하길 기다리며 무척이나 기뻐하는 모습을 보이려고 애쓰고 있었다. 알베르타는 딴청을 피우는 척하면서 귀도가 하는 말을 귀담아듣고 있었다. 나중에 내게 말하길, 그에게 대답하기 싫어서 일부러 딴청을 부렸다고 했다. 내 입장에서는 귀도와 함께 상황을 연출하는 일이 이제 별로 힘들지 않았다. 나는 그가 카르멘에게 애정 표현을 해도 모르는 척하는 데 익숙해졌고, 그가 자신의 아내에게 저지른 잘못들을 함부로 입에 올린 적조차 없었다. 그래서 그가 사랑하는 아내가 돌아와 기뻐하는 모습을 반기며 바라보듯이 신중한 태도를 취하는 것이 어렵지 않았다.

기차가 정확히 정오에 역으로 들어오자, 귀도는 기차에서 내리는 아내를 맞으러 달려갔다. 그는 아다를 감싸 안고 다정하게 키스했다. 키가 더 작은 아내에게 키스를 하기 위해 구부정해진 그의 등을 바라보며 나는 '대단한 배우야!'라고 생각했다. 잠시 후 그는 아다의 손을 잡고 우리에게로 데려왔다.

"여기 우리의 헌신 덕에 회복된 내 아내가 왔습니다!"

그 순간 그의 연기가 드러나고 말았다. 왜냐하면 그가 불쌍한 아다의 얼굴을 자세히 들여다보았다면, 우리의 헌신이 아니라 우리의 무관심의 대상이었음을 깨달았을 것이기 때문이다. 아다의 얼굴은 양 볼이 회복되긴 했지만 제자리를 벗어나 있었기 때문에 엉망이었다. 그것은 마치 살들이 자리를 떠났다가 다시 돌아와 어디에 속해 있었는지 잊어버린 것만 같았다. 그녀의 볼살은 너무 아래로 처져 있었다. 그래서 자연스러운 볼이라기보다 부어오른 모습이었다. 그리고 눈은 제자리에 돌아왔지만 전에 돌출되었을 때 생긴 손상을 회복할 수 있는 것은 아무것도 없었다. 뚜렷하고 아름다웠던 얼굴선은 모양이 바뀌었거나 무너졌다. 우리가 역에서 빠져나온 순간, 눈부신 겨울 햇살에 비친 그녀의 얼굴색이 더 이상 이전에 내가 사랑했던 그 빛이 아님을 보았다. 그녀의 얼굴은 창백했고, 근육 부분에는 붉은 반점들이 군데군데 빨갛게 피어올라 있었다. 얼굴을 보면 건강과는 거리가 멀어서, 다들 그녀를 속인 것만 같았다.

나는 즉시 아우구스타에게 아다가 소녀 시절과 똑같이 매우 아름다웠다고 말했고, 그녀는 그 사실에 무척 행복해했다. 나중에 아내는 그녀를 보고 난 후 나의 연민 어린 거짓말을 여러 번 확인해주었다. 그녀가 말했다.

"언니는 어렸을 때처럼 예뻐요. 우리 딸이 닮아야 할 텐데!"

자매의 눈은 아주 예리하지 않다는 게 증명되었다.

이후로 나는 오래도록 아다를 다시 보지 못했다. 그녀에겐 아이들이 많았고, 우리 역시 그랬다. 그렇지만 아다와 아우구스타는 일주일에 몇 번이나 함께 지내려고 했다. 하지만 언제나 내가 집을 떠나 있는 시간이었다.

회사의 대차대조표를 정리할 시기가 다가오자 나는 할 일이 많아졌다. 실제로 이때가 내 인생에서 가장 많은 일을 한 시기였다. 며칠 동안 나는 사무실 책상에 열 시간이나 꼼짝없이 앉아 있곤 했다. 귀도는 회계사를 불러 내 업무를 돕게 하겠노라고 했지만, 내가 거절했다. 내가 업무를 맡았으니 그것을 처리하는 건 내 의무였다. 나는 귀도에게 타격이 컸던 지난 한 달 동안의 결근을 보상할 작정이었다. 그리고 귀도에 대한 애정이 없다면 불가능한 나의 부지런함을 카르멘에게 보여주는 것이 좋았다.

그런데 회계장부를 정리하면서 회사가 설립된 첫해에 생긴 큰 손실을 발견했다. 걱정이 된 나는 그에 대해 귀도에게 자세히 말했지만, 사냥을 하러 떠나느라 바삐 서두르던 그는 내 말을 귀담아들으려 하지 않았다.

"자네가 생각한 만큼 대단히 심각하지는 않을 테니 두고 보라구. 올해는 아직 끝나지 않았어."

사실 새해를 맞이하기까지 아직 여드레가 남아 있었다.

그래서 나는 아우구스타에게 이 일을 털어놓았다. 처음에 그녀는 내가 입을 피해를 생각했다. 여자들은 항상 그런 법이다. 하지만 아우구스타는 그중에서도 더 특별했다. 그녀는 귀도 때문에 발생한 손실의 책임을 나 또한 어느 정도 짊어져야 하지 않는지 내게 물었다. 그녀는 당장 변호사와 상의할 것을 원했다. 그러는 동안 귀도와 떨어져 지내고 사무실에 출근하는 것도 그만둘 필요가 있었다.

내가 귀도의 회사에서 직원 이상의 신분이 아니라서 아무것도 책임질 것이 없다는 걸 아내에게 이해시키기란 쉬운 일이 아니었다. 그녀는 고정된 임금을 받지 않는 사람을 직원으로 볼 수 없으며 고용주와 비슷한 위치라고 주장했다. 그녀는 확신에 차서 자신의 견해를 밝혔다. 당시 그녀는 내가 사업적으로 좋지 못한 평판을 듣고 그만둘 것이 불 보듯 뻔한 일에서 당장 손을 떼더라도 손해 볼 것이 전혀 없다는 걸 알았기 때문이었다. 아, 나의 사업가적 명성은 날아간 것인가! 나 역시 명예를 구하는 것이 중요하다는 데 동의했다. 그녀가 그 문제로 깊이 고민한 만큼 그녀가 바라는 대로 해야겠다는 결론에 다다랐다. 대차대조표 작성은 내가 시작했으므로 직접 마무리하기로 했다. 하지만 이후에는 돈벌이와 무관한 내 서재로 돌아와서 지낼 방법을 찾아야 할 것이었다.

그러나 그 무렵, 나 자신에 대한 흥미로운 경험을 했다. 업무에서 손을 떼겠다고 결정을 내렸는데도 나는 내 업무를 그만둘 수 없었다. 그 점에 나 스스로 놀라고 말았다! 상황을 제대로 이해하기 위해서는 모든 가능성을 검토해볼 필요가 있다. 그래서 예전에 영국에서 죄수를 수력으로 움직이는 물레방아 위에 올려놓고 중노동에 처했던 것이 기억났다. 죄수는 일정한 리듬으로 다리를 움직이도록 강요당했는데, 만일 그렇게 하지 않으면 그의 다리는 산산조각이 날 것이었다. 사람들은 일할 때 항상 자신이 일하는 분야에 대한 압박감을 갖는다. 일을 하지 않을 때도 마찬가지인 것이 사실이다. 나와 올리비 씨는 언제나 똑같이 일에 매달렸다. 다만 다른 점은 내가 다리를 움직여야만 하는 방식으로 일하지 않았다는 점뿐이다. 우리의 자세는 아주 상반된 결과를 불러왔다. 하지만 지금은 그것이 비난 받을 일도 칭찬 받을 일도 아니라는 걸 안다. 아무튼 돌아가는 바퀴에 매달려 있거나 아니면 고정된 물체에 매달려 있다는 게 다를 뿐이다. 자유롭게 벗어나 있는 것은 언제나 어렵다.

대차대조표 업무를 마무리 지은 후, 나는 발길을 아예 끊겠다고 마음먹으면서도 여러 날 동안 사무실에 계속 출근했다. 결심이 서지 않은 상태로 집을 나와 우물쭈물 망설이다가 거의 언제나 사무실로 향하는 방향을 택하곤 했다. 앞으로 나아갈수록 방향은 확실해졌다. 그리고 평상시대로 귀도 맞은편 자리에 앉았다. 다행히 어느 순간이 되자 나는 내 자리를 떠나지 말 것을 부탁받았고, 즉시 수락했다. 그와 동시에 그 자리에 옴짝달싹할 수 없게 붙잡혔음을 깨달았다.

1월 15일에야 대차대조표 업무가 마무리됐다. 정말 재앙에 가까운 일이었다! 우리는 자본금의 절반을 잃고 끝을 맺었다. 귀도는 경솔함이

탄로 날까 두려워서 젊은 올리비 씨에게 회사 장부를 보이고 싶지 않았을 것이다. 그러나 나는 올리비 씨가 자신의 풍부한 경험으로 모든 상황을 뒤바꿀 만한 어떤 큰 실수를 발견하길 바라면서 끝까지 고집을 부렸다. 얼마간의 액수가 지금까지 속해 있던 채권에서 빠져나와 자산으로 옮겨갈 가능성이 있었다. 그래서 정정이 된다면 중요한 차액이 발생할지 모를 일이었다. 올리비 씨는 미소를 지으면서 최대한 신중하게 살펴보겠다고 귀도에게 약속했다. 그리고 그는 나와 함께 하루 종일 일했다. 안타깝게도 그는 어떤 실수도 찾아내지 못했다. 나는 둘이 한 재검토 작업을 통해 많은 것을 배웠고, 이제는 그때보다 더 어려운 대차대조표까지 맡아서 마무리할 줄 알게 됐다.

"이제 어떻게 하실 거죠?" 안경을 쓴 젊은 올리비 씨가 떠나기 전에 물었다. 나는 그의 말이 시사하는 바를 이미 알고 있었다. 내가 어렸을 때 사업에 대해 자주 말했던 아버지가 이미 내게 그것을 가르쳐주었다. 재정법에 따라, 자본금의 절반을 상실한 경우 우리 회사는 파산할 것이 뻔했고, 어쩌면 새로운 자본으로 즉시 회사를 재설립해야 할 터였다. 나는 그가 반복하는 조언을 가만히 들었다. 그가 덧붙여 말했다.

"형식상의 문제죠." 그는 웃으면서 말했다. "절차를 밟지 않으면 손해가 더 커질지도 몰라요!"

저녁에 귀도 역시 여전히 갈피를 잡지 못하고 회계장부를 다시 들여다보기 시작했다. 그는 마구잡이로 이쪽저쪽 총액을 확인하면서 아무런 요령 없이 일을 했다. 나는 쓸데없는 수고를 그만두게 하고 싶었고, 그에게 올리비 씨의 조언을 전했다. 회사가 곧 파산할지 모르며 외형 이전에 경영이 문제라고 했다.

그때까지 귀도는 장부상의 심각한 오류를 찾느라 수척한 얼굴이었다. 입에서 역겨운 맛이 나는 사람처럼 입술을 삐쭉거리며 얼굴을 잔뜩 찡그렸다. 내 말을 듣고 그는 표정을 환하게 하려고 애써 노력하며 고개를 들었다. 그는 곧바로 알아듣지 못했지만, 상황을 이해하자 금세 진심 어린 웃음을 보이기 시작했다. 나는 그의 얼굴 표정을 이렇게 해석했다. 정정될 수 없는 손실 금액과 맞닥뜨리기 전까지 심란하고 시큰둥했다가, 그에게 사장이자 주인이라는 느낌을 다시 갖게 하는 제안으로 고통스러운 문제가 멀찌감치 밀려날 때는 행복하고 단호해진 것이다.

그는 이해하지 못했다. 그에게는 올리비 씨의 조언이 적이 건네는 조언쯤으로 비쳐졌다. 나는 올리비 씨의 조언이 회사가 또 다른 자본금을 잃고 파산의 위기에 몰렸을 때 특별히 가치가 있다고 그에게 설명했다. 만일 회사 장부의 대차대조표 작업을 다 마치고도, 올리비 씨가 조언한 회생 방법들을 실행하지 않은 채 파산을 맞는다면 그건 범죄가 될 것이었다. 그래서 내가 덧붙였다.

"사기성 파산에 대한 법적 처벌은 감옥행일세!"

귀도의 얼굴이 순식간에 빨개졌다. 나는 그가 뇌출혈을 일으킬까 두려웠다. 그가 소리쳤다.

"이번 경우에 올리비 씨는 내게 조언해줄 필요가 없어! 그런 일이 일어나더라도 나 혼자서 해결할 수 있어!"

그의 결심은 확고했다. 나는 자신의 책임을 제대로 인식하고 있는 사람과 마주한 느낌이었다. 나는 목소리 톤을 낮췄다. 그리고 온전히 그의 편에 섰다. 고려해볼 가치가 있다던 올리비 씨의 조언을 잊고 나는 그에게 말했다.

"내가 올리비 씨에게 말한 것도 바로 그거였네. 파산에 대한 책임은 자네가 지는 거고, 자네가 자네 아버지와 함께 소유한 이 회사의 운명에 대해 어떤 결정을 내리든 우리는 따라야 하지."

정말로 나는 이 말을 올리비 씨가 아니라 아내에게 전했다. 귀도의 당당한 선언을 들은 뒤에 올리비 씨에게 그 사실을 말할 수도 있었을 것이다. 왜냐하면 그 결정과 용기가 언제나 나를 압도했기 때문이다. 나는 이미 그의 장점 아니 단점에서 비롯된 것일 수도 있는 특유의 당당함 또한 매우 사랑하고 있었다. 나는 아우구스타를 안심시키려고 그의 말을 모두 전할 생각이었기 때문에 이렇게 주장했다.

"아마도 당연한 말이겠지만, 자네도 알다시피 사람들은 내가 사업에 전혀 재능이 없다고들 하지. 자네가 시킨 업무를 처리할 수는 있지만, 자네가 결정한 일의 책임을 떠맡을 수는 없다네."

귀도는 당연하다는 듯 동의했다. 그는 적자 재정에 대한 고통을 잊을 만큼 회사에서 내가 맡았던 역할에 매우 흡족해했다. 그가 자신의 생각을 밝혔다.

"나 혼자 책임을 지겠네. 모든 것이 내 이름으로 처리되었으니까. 나와 가까운 사람들이 책임을 떠맡고 싶다 해도 허락하지 않겠네."

아우구스타에게 설명할 부분들은 아무 문제없이 잘 지나갔지만, 내가 요구한 정도를 훨씬 뛰어넘는 대답이었다. 그래서 그가 자신의 다짐을 밝히면서 보인 태도를 살펴볼 필요가 있었다. 그는 반쯤 실패한 사람이 아니라 사도처럼 보였다! 그는 지나간 대차대조표를 편안하게 받아들였고, 그 순간부터 나의 주인이자 군주가 되어가고 있었다. 대부분의 우리 삶에서 일어나는 다른 많은 일들처럼 이번에는 그를 향한 나의 애정이 과도한 자신감을 드러낸 그의 표현 때문에 억눌리고 말았다. 그는 음정이 틀리고 있었다. 그렇다. 바로 이렇게 말해야겠다. 저 위대한 음악가가 음정이 틀리는 실수를 저지르고 있었다!

나는 퉁명스럽게 그에게 물었다.

"자네 아버지께 보낼 장부 사본을 내일 준비할까?"

잠시 동안 나는 그에게 상당히 무례한 퇴사 선언을 할 각오를 하고 있었다. 장부를 덮자마자 즉시 사무실에 그만 나오겠다고 말하려 했다. 그러나 내게 다가올 수많은 자유 시간을 어떻게 써야 할지 몰라 그렇게 하지 않았다. 그러나 나의 요구는 내가 다시 목구멍으로 삼켜버린 선언을 거의 완벽하게 대신했다. 그러면서 그가 회사 사무실에서 유일한 책임자가 아님을 상기시켰다.

그는 내 말에 놀란 기색이었다. 왜냐하면 그때까지 확실한 나의 동의 아래 얘기되었던 것과 앞뒤가 맞지 않아 보였기 때문이다. 그가 이전의 어투로 내게 말했다.

"그 사본을 어떻게 만들어야 할지 자네에게 말해주겠네."

나는 큰 소리로 반발했다. 평생토록 그때 귀도에게 외친 것처럼 누구에게 소리친 적이 없었는데, 때때로 그가 말귀를 못 알아듣는 귀머거리 같아서였다. 나는 그에게 법적으로는 회계 관리자의 책임 또한 존재한다고 주장했다. 게다가 나는 자금 내역의 엉뚱한 조합으로 만들어진 정교한 사본을 준비하지도 못했다.

얼굴이 하얘진 그는 내가 옳다는 걸 알았다. 하지만 그는 사장으로서 자신의 장부에서 어떤 정보도 끄집어내지 않도록 지시를 내렸다고 덧붙였다. 나는 그 점에서는 그가 옳았다고 기꺼이 인정했다. 그러자 그가 다시 확신에 차서 자기 아버지에게 직접 편지를 쓰겠다고 단언했다. 그는 당장 편지를 쓰고 싶어 하는 것처럼 보일 정도였지만, 곧 생각이 바뀌어 내게 바깥 공기를 쐬러 가자고 제안했다. 나는 그러자고 했다. 그가 아직도 대차대조표를 충분히 이해하지 못했고, 그래서 한편으로 제쳐두기 위해 몸을 움직이고 싶어 한다고 추측했다.

그날의 산책은 내 약혼식이 끝난 후 밤에 했던 산책을 떠올렸다. 하늘에는 안개가 짙게 깔려 있어서 달이 보이지 않았다. 하지만 그 아래 풍경은 똑같았다. 여전히 맑은 공기를 마시며 사람들이 활달하게 거닐었기 때문이다. 귀도 역시 기억 속에 있던 그날 밤을 떠올렸다.

"그날 이후 처음으로 우리가 함께 걷는군. 기억하나? 자네는 그때 내게 설명했지. 달에서도 여기처럼 서로 키스를 나눈다고 말이네. 지금 달에서는 영원한 키스가 계속되겠군. 오늘 밤엔 보이지 않으니 확실하군. 그런데 여기 지상에서는……"

그는 아다에 대해 다시 나쁘게 말하고 싶은 걸까? 병든 불쌍한 그 여인을? 나는 그의 말에 동의하는 척하면서 부드럽게 그의 말을 막았다(나는 그가 그 일을 잊도록 도우려고 따라 나섰던 건 아닐까?).

"그렇지! 이 지상에서는 늘 키스를 할 수는 없지! 그러나 저 위에는 키스의 이미지만 있을 뿐이지. 키스는 무엇보다 움직임이라고."

나는 그의 모든 근심들, 즉 아다와 회계장부에서 멀어지려고 노력했다. 사실 나는 저 위에서 하는 키스는 쌍둥이를 낳지 않는다는 말을 하려다 참았다. 그러나 그는 회계장부에서 훌훌 벗어나기 위해 자신의 불행을 한탄하는 것보다 더 좋은 방법을 찾지 못했다. 내가 예상했던 대로 그는 아다에 대해 불평했다. 결혼한 첫해에 그가 얼마나 힘들었는지 불만을 터뜨리기 시작했다. 아주 귀엽고 예쁜 쌍둥이 얘기는 꺼내지도 않고 아다의 병에 대해서 말했다. 그는 아다의 병이 그녀를 쉽게 화내고 성급하며 질투심 많게 만들었고, 동시에 사랑스러움은 거의 앗아갔다고 생각했다. 그의 넋두리는 쓸쓸하게 외치는 것으로 끝을 맺었다.

"인생은 불공평하고 고달파!"

나는 귀도와 아다를 생각할 때 내 판단을 함축하는 한 단어가 떠올랐지만, 나로서는 절대 말해서는 안 되는 단어였다. 그러나 무슨 말이라도 해야 할 것 같았다. 그는 삶을 두 개의 형용사로 규정하면서 자신의 이야기를 끝냈는데, 두 형용사 다 본질적이지는 못했다. 나는 그가 한 말을 곰곰이 생각하고 더 나은 걸 발견했다. 많은 경우 우리는 우연한 결합처럼 단어들의 소리를 따르며 사물을 이야기한다. 그러고 나면, 말하는 것이 그에 따라 소모되는 호흡을 가치 있게 하는지 확인하자마자, 가끔은 우연한 결합이 어떤 생각을 낳는다는 사실을 발견한다. 내가 말했다.

"삶은 추하지도 아름답지도 않아. 하지만 각각 나름대로 고유한 것이야!"

그렇게 말하고 나자 내가 중요한 사실을 말한 것처럼 느껴졌다. 그렇게 정의 내린 삶은 내게 아주 새로워 보였다. 마치 기체와 액체 그리고 고체로 이뤄진 삶의 몸뚱이들을 처음 본 것처럼 바라보았다. 만일 삶에 적응하지 못해 우리의 상식을 벗어나 있는 누군가에게 그 얘기를 한다면 그는 목적 없이 지어진 거대한 건축물 앞에서 숨이 콱 막혀버릴 것이다. 그는 내게 물을 것이다. '당신들은 어떻게 삶을 견뎠나요?' 그러나 이야기를 다 듣고 나면, 그는 볼 수는 있어도 만지지는 못하도록 하늘 높이 걸려 있는 천상의 몸들에서 죽음을 둘러싼 신비에 이르기까지 그 모든 것들에 대해 이렇게 외칠 것이다.

'정말 고유하군요!'

"삶이 고유하다고!" 귀도가 웃으면서 말했다. "그건 어디서 읽었나?"

나는 어디에서도 읽은 적 없다고 딱 잘라 말할 필요는 없었다. 그렇게 말하면 내 말이 그에게는 덜 중요해질 것이기 때문이었다. 하지만 삶에 대해 생각할수록 삶이 아주 고유하다는 사실을 점점 더 분명하게 발견하게 되었다. 그것이 아주 기괴한 방식으로 우리와 함께 놓여 있는 것을 보려고 외부에서 들여다볼 필요는 전혀 없었다. 그저 우리 인간이 삶에서 기대했던 모든 것을 기억하는 것으로 충분하다. 기억을 통해 어쩌면 우리는 실수로 인간이 삶 안에 놓였을 뿐 삶에 속하지는 않는다는 결론에 도달할 정도로 아주 이상한 삶의 모습을 볼 수 있을 것이다.

우리는 어느 방향으로 산책할지 결정하지도 않고서, 예전처럼 발길 닿는 대로 걸어 결국은 벨베데레 거리 꼭대기에 올라갔다. 그날 밤, 길에 늘어선 담벼락을 발견하고 귀도는 그 위에 올라가 예전에 산책했던 그때와 똑같이 드러누웠다. 그는 노래를 흥얼거렸는데, 아마 자신의 생각에 짓눌려 있는 모양이었다. 그리고 틀림없이 회계장부에 기록된 어마어마한 손실액에 대한 생각에 잠겼을 것이었다. 그러나 나는 그 장소에서 그를 죽이고 싶어 했던 기억이 떠올랐다. 그리고 그때의 내 감정과 지금의 감정을 비교하면서 더욱더 비교 불가능한 삶의 고유성을 강렬히 바랐다. 그러나 나는 불과 조금 전에 야심에 찬 개인적인 변덕 때문에 불쌍한 귀도에게 화를 낸 사실을 떠올렸다. 그것도 그의 삶에서 가장 불행한 날들 중 하루인 그날에 말이다. 나는 곰곰이 생각에 몰두했다. 신중하고 꼼꼼하게 정리한 대차대조표 때문에 겪고 있는 귀도의 괴로움을 나는 큰 고민 없이 부추기고 있었다. 그리고 곧 답을 알 수 없는 의문과 흥미진진한 기억이 떠올랐다. 의문은 과연 나는 선한가 아니면 악한가, 하는 것이었다. 기억은 새롭지 않은 그 의문에서 갑자기 연상된 기억이었다. 기억 속에서 나는 어린아이였고, 분명히 짧은 치마를 입고 있었는데, 내가 얼굴을 들어 미소 짓고 있는 엄마에게 물었다. '나착해요, 나빠요?' 많은 사람들이 아이에게 착하다고 말하는데, 또 다른 많은 사람들이 장난으로 나쁜 아이라고 말하면 어린아이에게는 이런 의문이 생겨날 수밖에 없다. 아이가 그런 고민에 빠져 있다는 게 전혀 놀라운 일이 아니었다. 오, 비교 불가능한 삶의 고유성이여! 매우 순진무구한 상태로 벌써 아이의 마음에 파고든 의문을 인생의 중반을 넘긴 어른이 풀지 못했다는 사실이 놀라웠다.

어두운 밤, 일찌감치 그를 죽이고 싶었던 적이 있는 바로 그 장소에서 그 의문이 나를 아주 깊은 불안 속으로 밀어 넣었다. 최근에야 겨우 유아 상태를 벗어난 아이의 머릿속에 그 의문이 맴돌더라도 그 때문에 많이 괴로워하지는 않았을 것이다. 왜냐하면 어른들이 아이들에게 악이 고쳐질 수 있다는 얘기를 들려주기 때문이다. 나는 심각한 불안에서 벗어나기 위해 다시 그렇게 믿고 싶었고 그럴 수 있었다. 만일 그러지 못했더라면 나와 귀도, 그리고 너무나 슬픈 우리의 삶 때문에 눈물을 흘렸을 것이다. 나의 결심은 망상을 새롭게 만들었다. 그것은 귀도 옆에 남아 그와 그 가족들의 삶이 걸린 그리고 내게는 전혀 중요하지 않은 그의 사업이 발전하도록 협조하겠다는 결정이었다. 나는 그를 위해 바삐 움직이고, 머리를 짜내고 공부하게 될 가능성을 직감했다. 그리고 그를 돕기 위해 모험을 마다하지 않는 훌륭하고 천부적인 사업가가 될 가능성을 받아들였다. 너무나 고유한 이 삶에서 그토록 안개 자욱한 밤에 생각한 것이 바로 그것이었다!

그동안 귀도는 대차대조표에 관한 생각을 그만두었다. 자리에서 일어난 그는 담담해 보였다. 마치 내가 전혀 아는 바 없는 어떤 결정을 내린 듯이 그는 아버지에게 아무 말도 하지 않을 것이라고 내게 말했다. 그렇게 하지 않으면 그 불쌍한 노인이 여름의 태양 아래 있다가 우리가 맞닥뜨린 겨울 안개로 험난한 여행을 시작할 것이기 때문이었다. 그는 처음에는 손실액이 막대해 보였지만 혼자서 전부 감당해야 하는 것이 아니라면 이제는 그다지 많지 않아 보인다고 말했다. 아다에게 그중 절반을 부담하라고 요청할 수 있었고, 다음 해에 얻을 수익의 일부로 보상할 계획이었다. 손실액의 나머지 절반은 그가 책임지겠다고 했다.

나는 아무 말도 하지 않았다. 조언도 해서는 안 된다는 생각까지 들었다. 그렇게 하지 않으면 두 부부의 판단을 내게 떠맡겨 내가 절대로 원하지 않는 일을 하게 될 수 있기 때문이었다. 더욱이 그 순간에 아다가 직접 사업에 뛰어들면 좋은 거래를 성사시킬 수 있는 제안들이 많았다.

나는 귀도를 그 집 대문 앞까지 바래다주었다. 그리고 그를 좋아하겠다는 계획을 조용히 실천하기 위해 그의 손을 오래도록 붙잡고 악수했다. 그러고는 뭔가 친절한 말을 할 게 없을까 궁리하다가 이런 문장을 찾아냈다.

"쌍둥이들이 얌전히 잠들어서 자네가 잘 수 있기를 바라네. 확실히 휴식을 취해야 하니까." 나는 자리를 떠나면서 더 좋은 말을 찾지 못한 것이 후회되어 입술을 깨물었다. 이제 유모들이 쌍둥이를 돌보고 있어 그의 잠을 방해할 수 없다는 걸 알았어야 했는데! 그래도 그가 고맙게 받아들였으므로 어떤 식으로든 좋은 의도로 이해했을 것이다.

집에 돌아와서 나는 침실에서 아이들과 자고 있는 아우구스타를 발견했다. 알피오는 엄마 가슴에 안겨 있었고, 안토니아는 고개를 돌린 채 어린이 침대에 잠들어 있었다. 나는 늦게 들어온 이유를 설명해야 했다. 그래서 귀도가 부채에서 벗어나기 위해 고안한 방법까지 그녀에게 들려주었다. 아우구스타에게 귀도의 제안은 터무니없게 여겨졌다.

"내가 아다 언니 입장이라면 거절하겠어요." 그녀는 어린 아들을 놀라게 하지 않으려고 낮은 목소리로 말했지만 흥분해서 외쳤다.

나는 좋은 뜻이 담긴 나의 제안을 생각하며 따져 물었다.

"그래서 귀도와 똑같은 어려움이 나한테 일어나면 당신은 도와주지 않을 거야?"

그녀가 웃었다.

"그건 아주 다른 얘기예요! 우리 둘 사이에는 그들보다 더 좋은 해결 방법이 나타날 테니까요!" 그러고는 품에 안겨 있는 아들과 안토니아를 가리켰다. 그러고 나서 그녀는 잠시 생각에 잠기더니 계속해서 말했다. "만약에 우리가 지금 아다 언니에게 당신이 조만간 그만둘 사업을 유지할 목적으로 언니 돈을 투자하라고 권했다가 돈을 잃기라도 한다면 우리가 보상을 해야 하지 않을까요?"

그것은 뭘 모르고 한 생각이었지만 나는 새로운 이타주의에 휩쓸려 주장했다.

"그렇겠지, 하지만 왜 안 되겠어?"

"우리에게는 돌봐야 할 아이들이 둘이나 있잖아요?"

진작 아이들을 봤다면! 그 질문은 정말이지 의미가 없는 수사학적 껍데기였다.

"그들도 애들이 둘이잖아?"

나는 옳거니 승리를 외치며 물었다.

그녀는 요란하게 웃기 시작했다. 그 바람에 알피오가 놀라 젖을 먹다 말고 금방 울음을 터뜨렸다. 그녀는 얼른 아들을 달랬지만 여전히 웃고 있었다. 그래서 나는 그녀의 웃음을 내 유머 감각의 승리로 받아들였다. 사실은 그 질문을 던졌던 순간에 모든 아이들의 부모들과 모든 부모들의 아이들을 향한 크나큰 사랑이 가슴속에서 뭉클하게 느껴졌다. 그러나 웃음이 나오면서 그 사랑은 흔적 없이 사라지고 말았다.

하지만 내가 본질적으로 선하지 않다는 고뇌 역시 희미해졌다. 불안했던 문제는 해결된 듯했다. 아직까지 다른 많은 것들과 마찬가지로 인간은 선하지도 악하지도 않았다. 선함은 눈부신 빛이었고 잠시나마 인간의 어두운 영혼을 밝혀주었다. (내 영혼에 있었으며 언젠가는 틀림없이 돌아올) 그 빛을 전해줄 타오르는 횃불이 필요했고, 생각하는 존재인 인간은 그 빛에 힘입어 어둠 속에서 나아갈 방향을 선택할 수 있었다. 그래서 스스로 선하게, 아주 선하게 그리고 항상 선하게 보일 수 있었다. 그리고 이 사실이 중요하다. 빛이 돌아오는 순간, 우리를 놀라게 하지도 눈부시게 하지도 않을 것이다. 나는 빛이 필요하지 않았으므로 먼저 그 빛을 불어 끄려 했다. 왜냐하면 내가 앞으로 나아갈 계획, 곧 내가 나아갈 방향을 알고 있었기 때문이었다.

선한 인간이 되려는 결심은 평온하고 실제적이었으며, 그때 나는 침착하고 냉정했었다. 이상한 일이다! 지나친 선함이 나 자신과 능력을 과신하게 만들었다. 내가 귀도를 위해 무얼 할 수 있었을까? 그의 사무실에서 나는, 내 사무실에서 나이 든 올리비 씨가 상사 노릇을 하는 것과 마찬가지로 다른 사람들 위에서 군림하고 있었다. 하지만 그것으로는 충분히 증명하지 못했다. 아주 현실적이고 구체적으로 생각해서 다음 날 귀도에게 내가 무슨 조언을 할 것인가? 혹시 나의 직감이 아닐까? 다른 사람들의 돈으로 도박을 하는 노름판에서조차도 직감을 따르지 않는데 말이다! 회사를 살리기 위해서는 매일 일거리를 만들어야 하고, 그러기 위해 조직 안에서 매시간 일해야 한다. 나는 그런 일을 할 수 있는 사람이 아니었고, 지루한 삶이라는 형벌을 받아 선함의 영향

아래 스스로 순종하는 것이 옳다고 여기지도 않았다.

그렇지만 귀도와 함께 책임을 떠맡으려는 경우처럼 나 역시 선함에 기쁨을 느끼도록 만들어진 존재라는 느낌이 들었다. 나는 잠들 수가 없었고 여러 번 깊은 한숨을 쉬었다. 그러다 한번은 끙끙 앓았다. 올리비 씨가 내게 얽매였듯이 귀도의 사무실에 내가 얽매였다고 느껴졌다.

아우구스타가 잠결에 중얼거렸다.

"무슨 일이에요? 올리비 씨와 또 무슨 언쟁이라도 벌였어요?"

그것이야말로 미처 떠올리지 못한 생각이었다! 나는 귀도에게 젊은 올리비 씨를 관리자 자리에 데려오라고 조언할 작정이었다! 나는 매우 진지하고 일에 열심인 그 청년을 내 사업과 관련해서 몹시 못마땅하게 여겼었다. 아버지 올리비 씨의 뒤를 이어 자신들의 사업 방식을 고수하느라 나를 완전히 배제했기 때문이었다. 그러나 귀도의 사무실에서 일하기에는 모두에게 이익을 가져다줄 만한 아주 적합한 인물처럼 보였다. 회사에 그의 자리를 마련해주면 귀도는 위기에서 살아날 것이고, 젊은 올리비 씨는 내 사무실이 아니라 귀도의 사무실에서 더 실력을 발휘할 테니 말이다.

나는 그 생각에 사로잡혀 얘기를 더 하기 위해 아우구스타를 깨웠다. 그녀 역시 잠에서 완전히 깰 정도로 그 얘기에 귀를 기울였다. 그녀는 그렇게 하면 내가 귀도가 벌여놓은 일들에서 더 수월하게 벗어날 수 있을 거라고 여겼다. 나는 편안한 마음으로 잠이 들었다. 나는 죄책감을 가질 필요 없이 오히려 훌륭하게 귀도를 구할 방법을 찾아냈다.

잠잘 시간까지 아껴가며 모든 노력을 다해 진심으로 고민해서 나온 조언이 거절당하는 걸 보는 것보다 더 참기 어려운 일은 없다. 더욱이 내게는 또 다른 노력이 있었다. 나 자신이 귀도의 사업에 큰 역할을 할 수 있다는 망상을 스스로 제거하려는 노력이었다. 그건 정말 굉장한 노력이었다. 처음에는 진정한 선량함에 다다랐고 그다음에는 절대적인 객관성에 이르렀다가 마침내 지옥으로 보내졌다!

귀도는 노골적인 반감을 드러내며 내 조언을 거절했다. 그는 젊은 올리비 씨가 그럴 만한 능력이 있다고 믿지 않았고, 게다가 노인네 같은 그의 외모를 싫어했다. 거기다 그의 수척한 얼굴에서 몹시 번쩍거리는 안경을 더더욱 못마땅해했다. 우리 사이에 오간 대화들은 정말 내게 귀도의 마음 저 밑바닥에는 오직 한 가지 생각, 곧 나를 괴롭히려는 욕망만이 있다고 믿게 했다. 마지막에 그는 젊은 올리비가 아니라 늙은 올리비 씨를 회사 대표로 받아들이겠다는 말로 나와 얘기를 마무리했다. 하지만 나는 그들과 협력해서 일하도록 귀도를 이끌 수 있을 것 같지 않았다. 게다가 나는 당장 올리비 씨를 대신해서 그의 아들이 내 회사 대표로 일할 수 있으리라고 확신하지 못했다. 나는 언쟁을 벌이다가 귀도에게 실수로 나이 든 올리비 씨는 별 소용이 없고 적합하지 않다고 말했다. 그가 말린 과일을 적당한 때에 구매하지 않으려고 고집을 부린 탓에 내가 얼마나 많은 돈을 써버렸는지 그에게 털어놓았다.

"그랬었군!" 귀도가 외쳤다. "그 노인의 능력이 고작 그 정도라면 그의 후계자인 아들은 오죽하겠나?"

결국 좋은 뜻으로 시작한 제안은 내가 경솔하게 이야기를 꺼내는 바람에 아주 씁쓸하게 끝이 났다.

며칠 후 아우구스타가 내게 말하길, 귀도가 아다에게 대차대조표에 기록된 손실 금액의 절반을 그녀의 돈으로 충당하는 게 어떻겠냐는 제안을 했다는 것이다. 아다는 단번에 거절했고, 아우구스타에게 이렇게 불평했다고 한다.

“나를 배신하면서 내 돈까지 원하고 있어!”

아우구스타는 형부가 말한 대로 하라고 언니에게 충고할 용기는 없었지만, 남편의 불륜을 의심하는 그녀의 판단을 되돌리기 위해 최선을 다했다고 털어놓았다.

아다는 우리가 생각하는 것 이상으로 모든 내용을 다 간파하고 있다는 걸 넌지시 알리듯 대답했다. 그리고 아우구스타는 내게 이런 주장을 펼쳤다. “남편을 위해서라면 아내는 어떤 희생이라도 감수해야죠.” 그러나 귀도에게도 똑같이 해당될까?

날이 갈수록 귀도의 태도는 정말 이상해졌다. 사무실에는 가끔 나타났고, 오더라도 30분 이상을 머무는 일이 없었다. 그는 깜박 잊고 집에 손수건을 두고 온 사람처럼 사무실을 빠져나갔다. 그가 아다에게 새로운 제안을 하기 위해 간다는 걸 나중에 알았다. 그녀를 자기 뜻대로 따르게 할 확실한 제안을 하기 위해서였다. 그의 모습은 정말이지 너무 많이 울었거나 너무 고함을 지르거나 아니면 땀에 흠뻑 젖은 사람의 모습 같았다. 그리고 우리가 있는 자리에서 목이 쉬고 눈가에 눈물이 맺힐 정도로 감정이 격해지는 지경에 이른 것 같았다. 나는 그에게 무슨 일이 있는지 물었다. 그는 나와 상관없다는 걸 보여주기 위해, 쓸쓸하지만 다정한 미소를 지으며 대답했다. 마음을 가라앉히고 나서 그가 말했다. 아다가 질투가 심해 그를 괴롭히고 있다는 것이었다.

그는 아다와 자신이 사적인 문제로 말다툼을 벌였다고 내게 말했다. 나는 그들 사이에 ‘사업상 손익 계산 문제’에 관한 얘기 역시 오갔을 거라는 걸 알고 있었다. 그러나 그건 중요하지 않은 것 같았다. 귀도가 내게 그렇게 얘기했고, 아다 또한 아우구스타에게 자신의 질투에 관해서만 내비치며 그렇게 말했다. 말다툼 중에 일어난 폭력 역시 귀도의 얼굴에 깊은 흔적을 남겼고 그의 말이 사실임을 증명하고 있었다.

이후 두 부부 사이에는 금전 문제로 언쟁이 일어났다. 자존심 강한 아다는 질투라는 격정적인 고통에 휘둘리면서도 절대로 그 사실을 입 밖에 꺼내지 않았다. 그리고 귀도는 죄책감을 의식한 탓인지 아다가 여자로서 분노하는 것을 느꼈으나, 세상에 다른 일은 없는 것처럼 계속해서 사업 문제만 물고 늘어졌다. 그는 점점 더 돈 문제에 매달렸고, 그녀는 사업 얘기에는 꿈쩍하지 않았다. 그녀는 아이들을 위해 돈을 남겨놔야 한다는 한마디 말로 귀도의 제안을 거부했다. 그리고 그가 일을 통해 얻을 평화와 아이들에게 돌아갈 이익, 법적인 절차의 테두리 안에서 지내는 안전함 등, 다른 주제로 말을 돌리면 그녀는 단호하게 '안 된다'는 결론을 내렸다. 그것은 귀도를 자극하고 그의 욕망 또한 부추겼다. 하지만 두 사람 모두 다른 사람들에게 얘기할 때는 자신들이 사랑과 질투 때문에 고통을 받고 있다고 믿었다.

그것은 오해였고, 적절한 순간에 불미스러운 금전 문제를 끝내기 위해 내가 개입하는 걸 방해했다. 나는 그 문제가 실제적으로는 중요하지 않다는 사실을 귀도에게 증명할 수 있었다. 회계사로서 내가 조금 느리고, 장부에 기록된 흰 바탕의 검은 글씨들을 잘 이해하지 못하지만 귀도가 아다에게 요구하는 투자금이 상황을 크게 바꾸지 못할 거란 사실만은 빨리 이해했던 것 같다. 사실 투자를 하는 게 무슨 소용이 있겠는가? 아다가 대차대조표에 그녀의 돈을 쏟아붓는 데 동의하지 않는 한 손실액은 결코 적어 보이지 않았고, 귀도는 그녀에게 직접 요구하지도 않았다. 많은 손실을 입고 나서도 새로운 투자금을 회사에 끌어들이면서 조금 더 위험을 감수하려 했다는 사실이 밝혀지면 법이 절대 눈감아주지 않을 것이었다.

어느 날 아침 귀도가 사무실에 나오지 않았다. 우리는 전날 저녁에 그가 사냥을 하러 떠나지 않았다는 걸 알았기 때문에 이상하게 여겼다. 점심 시간에 몹시 놀라고 흥분한 아우구스타가 귀도의 소식을 전했다. 그가 전날 밤에 자살을 시도했다는 것이다. 지금은 위험한 상태에서 벗어났다고 했다. 솔직히 고백하지만 아우구스타가 전한 비극적인 그 소식이 나를 화나게 했다.

그는 아내의 저항을 무너뜨릴 극단적인 수단을 택한 것이다! 나는 그가 아주 신중하고 치밀하게 계획해 그런 행위를 저질렀다는 것 역시 즉시 알아차렸다. 왜냐하면 모르핀 주사를 맞기 전에 뜯어진 모르핀 마개를 손에 쥐고 보이도록 했기 때문이었다. 그래서 그가 의식을 잃은 첫번째 징후를 보이자 아다가 의사를 불렀고, 그는 곧바로 위험한 상태에서 벗어났다. 아다는 공포에 떨며 밤을 보냈다. 의사가 중독 증세에 대해 확실하게 진단을 내리지 못하며 환자의 상태를 지켜봐야겠다고 했기 때문이다. 더욱이 귀도가 아직 의식이 완전히 돌아오지 않은 상태로 깨어났을 때, 그가 추진하던 활발한 사업을 방해하며 자신을 고통스럽게 만든 그녀를 원망하고 비난한 탓에 그녀의 걱정과 불안은 깊어갔다.

아다는 그가 요구하던 제안을 즉시 받아들였다. 나중에는 결국 자신을 보호할 목적으로 공개적으로 말했다. 그녀는 오랫동안 참았던 모든 비난과 원망을 그에게 쏟았다. 아다가 품고 있던 그의 불륜에 대한 모든 의혹을 풀었기 때문에 그렇게 그들은 서로 화해에 이르렀다. 그는 힘이 넘쳤고, 그녀가 카르멘 얘기를 꺼내자 언성을 높였다.

"당신, 질투하는 거야? 좋아. 당신이 원하면 오늘 당장 해고하겠어."

아다는 아무런 대답을 하지 않았다. 그녀는 그런 식으로 제안을 허락했고 남편이 약속을 지켜야 한다고 생각했다.

나는 귀도가 의식이 몽롱한 상태에서 그렇게 행동할 수 있었다는 데 놀랐다. 그리고 그가 투약했다고 말한 소량의 모르핀조차 흡수하지 않았다고 믿기에 이르렀다. 나로서는 수면 상태에 들어가기 위해 뇌의 의식이 흐려지고 몽롱해지는 현상들 가운데 하나가 가장 단단한 영혼의 빗장을 풀어헤쳐 그를 더없이 솔직한 고백으로 이끈 것이라 생각한다. 나야말로 최근에 그런 경험을 한 사람이 아닌가? 그 일로 해서 귀도를 향한 나의 경멸과 반감이 커졌다.

아우구스타가 아다의 근황을 전하며 눈물을 흘렸다. 맙소사! 아다는 더 이상 두려움에 떠는 듯한 커다란 눈동자를 지닌 아름다운 여인이 아니었다.

내가 당장 귀도와 아다를 찾아가야 할지 아니면 아무것도 모르는 척하고 있다가 사무실에서 귀도를 만나는 게 더 나을지 나와 아내 사이에 긴 이야기가 오고 갔다. 그들을 방문하는 것이 내게는 견디기 어려운 고달프고 성가신 일처럼 여겨졌다. 그를 보면서 어떻게 내 감정을 말하지 않을 수 있을 것인가? 나는 속으로 이렇게 말했다.

'남자로서 할 짓이 아니잖은가! 나는 결코 자살하고 싶지 않지만, 만일 그렇게 하기로 결정한다면 당장 행동으로 옮겨 죽으리라는 건 의심할 여지가 없네!'

그것이 솔직한 내 감정이었고, 아우구스타에게 그렇게 말하고 싶었다. 그러나 귀도를 나와 비교하면서 너무 자랑을 늘어놓는 것처럼 느껴졌다.

"너무나 섬세한 우리의 신체 조직을 파괴하는 데 화학자처럼 머리를 쓸 필요는 전혀 없어. 우리가 사는 도시에서는 거의 매주 가난한 어린 재봉사들이 허름한 방에서 몰래 준비한 인산염을 마시고 자살하고 있잖아? 그 독극물을 마시기만 하면 육체적 고통으로 일그러진 얼굴로 죽음에 이르지. 그렇다면 그 죽음에서 그녀의 순수한 영혼이 무슨 소용이 있겠어?"

아우구스타는 자살한 재봉사의 영혼이 매우 순수하고 결백하다는 말에 수긍하지 않았고, 내가 아다의 집을 방문하도록 마음을 돌리려 애썼다. 그녀는 내가 뻘쭘해질까 봐 두려워할 필요가 없다고 말했다. 아내는 귀도와도 얘기를 나눠봤는데, 지극히 평범한 행동을 한 것처럼 아주 담담하게 그녀를 대했다고 했다.

나는 아우구스타를 만족시킬 만큼 그녀의 주장에 충분히 공감하는 모습을 보이지 않은 채 집을 나섰다. 나는 잠시 망설이다 아내를 기쁘게 해주기로 결심하고 귀도의 집으로 향했다. 가까운 거리만큼이나 내 발걸음의 움직임이 더해갈수록 귀도에 대한 나의 판단이 누그러졌다. 바로 며칠 전에 내 마음을 비췄던 불빛이 내게 가리킨 방향을 떠올렸다. 귀도는 나 스스로 너그럽기로 약속한 철없는 소년이었다. 만일 그가 자살을 먼저 시도하지 않았다면 그 역시 언젠가는 성숙함에 도달했을 것이다.

하녀는 아다의 서재로 보이는 작은 방으로 나를 안내했다. 그날은 음울했고, 하나뿐인 창문에 무거운 커튼이 드리워진 좁은 공간은 어두웠다. 벽에는 아다와 귀도의 부모님 초상화가 걸려 있었다. 나는 잠시 그곳에 머물러 있었다. 얼마 후 하녀가 나를 부르러 왔다. 나는 하녀를 따라 귀도와 아다가 있는 침실로 향했다. 넓은 침실은 두 개의 커다란 창문과 태피스트리 그리고 밝은 색 가구 덕분에 흐린 날에도 빛이 환하게 들어왔다. 귀도는 붕대가 감긴 머리로 침대에 누워 있었고, 아다는 그 곁에 앉아 있었다.

귀도가 멋쩍은 기색 없이 나를 맞았다. 오히려 아주 생기 있고 말짱한 정신 상태였다. 그는 졸린 듯 보였지만 내게 인사하고 또 자리를 내주기 위해 침대에서 몸을 온전히 일으키려 했다. 그러나 그는 이내 베개에 쓰러져 눈을 감았다. 그는 모르핀의 엄청난 효과를 흉내 내야 한다는 걸 떠올렸던 걸까? 어쨌거나 귀도는 분노가 아닌 동정심을 불러일으키고 있었고, 나는 아주 좋은 사람이 된 기분이었다.

나는 곧바로 아다를 쳐다보지 않았다. 바제도병에 걸린 그녀의 모습이 두려웠다. 그러나 그녀를 바라본 순간 나는 기쁨을 감추지 못했다. 왜냐하면 그보다 더 나쁜 상태를 예상하고 있었기 때문이었다. 그녀의 눈동자는 정말 정상치보다 커져 있었지만, 양볼 가득 부어오른 얼굴은 가라앉아 내 눈에는 더욱 아름다워 보였다. 그녀는 품이 넓은 빨간 드레스를 입고 있었는데, 턱밑까지 가려져 안쓰러운 몸을 감추고 있었다. 그녀에게는 뭔가 정결함이 느껴졌고, 두 눈 때문에 매우 엄격해 보였다. 나는 내 감정을 온전히 나타낼 수 없었지만 정말이지 내가 사랑했던 아다와 닮은 어느 여인이 내 옆에 있다는 생각이 들었다.

어느 순간 귀도가 눈을 번쩍 떴다. 그러고는 베개 밑에서 아다의 사인이 살짝 보이는 수표 한 장을 꺼내 내게 주었다. 그 수표를 현금으로 바꿔서 내가 아다의 이름으로 개설해놓아야 하는 계좌에 예금하라고 부탁했다.

"아다 말펜티로 할까 아니면 아다 스파이어로 할까?" 그는 농담 삼아 아다에게 물었다.

그녀는 어깨를 으쓱하고는 말했다.

"당신과 제부가 어느 쪽이 더 나은지 알잖아요."

"다른 등록은 어떻게 해야 할지 나중에 말해주겠네." 귀도는 짧게 덧붙였는데, 그것이 내 기분에 거슬렸다. 나는 그에게 등록을 원하면 직접 하라고 말하면서 몽롱한 상태로 빠져든 그를 뒤흔들어댈 참이었다.

그러는 동안 아다가 큰 잔에 담긴 블랙커피 한 잔을 그에게 주었다. 그는 이불 밑에서 팔을 들어 두 손으로 커피를 입에 가져갔다. 그러자 코가 잔 속에 들어갔는데, 그 모습이 꼭 어린아이 같았다. 내가 자리를 뜨려 하자 그가 다음 날 사무실에 출근하겠다고 장담했다. 나는 벌써 아다에게 인사를 건넨 터라 그녀가 대문까지 나를 따라왔을 때 적잖이 놀랐다. 그녀가 숨을 헐떡이며 말했다.

"부탁이에요, 제노! 잠깐 이리 와봐요. 한 가지 말할 게 있어요."

나는 그녀를 따라 아까 머물던 작은 응접실로 갔다. 이제는 쌍둥이 중 한 명의 울음소리가 들려왔다. 우리는 서로의 얼굴을 마주보고 서 있었다. 그녀는 여전히 숨이 차 있었고, 오직 그 이유로 나는 잠시 생각에 잠겼다. 예전에 자신을 얼마나 사랑했는지 묻기 위해서 나를 그 작은 방으로 데리고 온 것이라고 생각했다.

어둠 속에서 본 그녀의 커다란 눈은 두려움을 안겨주었다. 불안으로 가득해진 나는 그 상황에서 내가 어떻게 처신해야 할지 스스로에게 묻고 있었다. 그녀를 품에 안고 내게 뭔가를 물어야 하는 그녀의 난감한 상황을 무마시키는 게 도리가 아닐까? 당장 어떤 태도를 취해야 할 것인가! 인생의 크나큰 어려움들 중 하나가 여자가 원하는 것을 헤아리는 것이다. 여자가 하는 말을 귀담아듣는 건 소용이 없다. 한 번의 시선으로 대화 전체가 무의미해질 수 있기 때문이다. 여자가 원해서 아늑하고 어두운 방에 함께 있는 순간에는 이것마저 우리 남자들의 길잡이가 되어주지 못한다.

나는 그녀의 마음을 알아내지 못하면서, 나 자신을 이해하려고 노력했다. 나의 욕망은 어떤 것이었을까? 나는 그녀의 눈동자와 비쩍 마른 그 몸에 키스하고 싶었던 걸까? 분명한 대답을 할 수 없었다. 조금 전 푸근한 옷차림을 한 엄격하고 정숙한 여인의 모습에서 내가 사랑했던 소녀처럼 사랑스럽고 욕망을 불러일으키는 여인의 모습을 봤기 때문이다.

그러는 사이 그녀는 걱정과 불안함에 눈물을 흘렸다. 그래서 그녀가 바라는 것과 내가 원하는 것을 알 수 없는 시간이 더 길어졌다. 마침내 그녀는 갈라진 목소리로 귀도를 향한 자신의 사랑을 한 번 더 내게 말했다. 따라서 나는 더 이상 그녀에게 의무감이든 권리든 느낄 필요가 없었다. 그녀가 더듬거리며 말했다.

"아우구스타가 말하길, 당신이 귀도를 떠나고 싶어 하고 그가 벌인 일에 더 이상 얽매이지 않길 바란다고 하더군요. 부탁할게요. 계속 남아서 그를 도와줘요. 남편이 혼자서 사업을 할 수 있을 거라 생각하지 않아요."

그녀는 이미 내가 하고 있는 역할을 계속해서 해주길 요청하고 있었다. 그건 사소하다고 할 아주 작은 부분이어서, 나는 더 보태어 승낙하려고 했다.

"당신이 그토록 원한다면 계속해서 귀도를 돕겠어요. 오히려 지금까지 해왔던 것보다 훨씬 효과적으로 그를 돕기 위해 최선을 다하겠어요."

나는 또 한 번 과장하고 말았다! 실수를 저지르는 순간 그 사실을 깨달았지만 포기할 수 없었다. 나는 아다에게 그녀가 내가 도저히 거절할 수 없게끔 부탁을 하고 있노라고 말하고 싶었다. 아니 어쩌면 그렇게 그녀를 속이고 싶었는지 모르겠다. 그녀는 나의 사랑이 아니라 지지를 원했다. 그리고 나는 그녀에게 둘 다 허용할 준비가 되어 있다고 말하고 있었다.

아다는 즉시 내 손을 잡았다. 나는 온몸이 떨렸다. 한 여자가 손을 내밀 때 그녀는 많은 것을 내어주는 것이다! 나는 항상 그런 느낌을 가졌다. 여자가 한 손을 내게 허락하는 순간 한 여자의 전부를 움켜쥐는 것 같았다. 나는 그녀의 키를 그리고 나와 그녀 사이의 뚜렷한 대조를 느꼈다. 그것은 흡사 포옹을 하는 것 같은 기분이었다. 확실히 다정하고 친밀한 접촉이었다.

그녀가 덧붙여 말했다.

"나는 곧 볼로냐의 요양원으로 돌아가야 해요. 당신이 귀도와 함께 한다면 크게 안심이 될 거예요."

"귀도 옆에 있을게요!" 나는 단념한 표정으로 대답했다. 체념한 내 모습이 그녀의 청을 받아들여 기꺼이 희생하겠다는 뜻이라는 걸 아다는 믿어야 했다. 하지만 그녀는 내가 꿈꾸었던 욕망으로 따라올 생각이 없었기 때문에 나는 아주 평범하고 현실적인 일상으로 되돌아가려 했다.

나는 완전히 땅으로 내려오기 위해 최선을 다했다. 그리고 곧바로 간단하지 않은 회계 문제가 머릿속에 떠올랐다. 주머니에 넣어둔 수표를 아다의 계좌에 들어갈 현금으로 바꿔야 했다. 이것은 분명했지만, 이러한 입금이 대차대조표 총액에 어떤 영향을 줄지는 확실하지 않았다. 아다가 이 세계에는 다양한 성격의 회계장부가 있다는 걸 알지 못할 거라는 의심이 들어 그 점에 대해서는 침묵을 지켰다.

그러나 나는 하고 싶은 말을 하지 않은 채 그냥 그 방에서 나오기는 싫었다. 결국 회계에 대해서 말하는 대신에 나는 다른 말을 했다. 그때 그 자리에서 경솔하게 내던진 그 말은 다만 뭔가를 말하기 위한 것이었다. 그러나 나는 곧 그 행동이 나를 위해, 아다를 위해 그리고 귀도를 위해 대단히 중요하다고 느꼈다. 하지만 무엇보다 한 번 더 비굴해진 나 자신에게 큰 의미를 지닌 일이었다. 오랜 세월 너무나 중요하게 간직해왔던 그 말을 꺼내기 위해 아다와 귀도 부모님 네 명의 초상화가 벽에 걸려 있는 어두운 방에서 나는 너무 쉽게 입술을 움직여 그녀에게 고백했다.

"아다, 당신은 나보다 훨씬 망상이 심한 남자와 결혼했어요!"

한마디 말이 시간을 거스를 수 있다니 놀라웠다! 그 자체가 이전의 사건들과 연결된 사건이었다! 그것은 비극적인 사건이 되어버렸다. 왜냐하면 아다와 직접 관련되어 있었기 때문이다. 며칠 동안의 기다림 끝에 그녀를 만나 가까이서 걸을 수 있었고, 어리석게 사랑의 약속처럼 이해했던 그녀의 미소를 얻기 위해 온갖 노력을 다했던 그곳, 눈부신 햇살이 쏟아지던 도시의 거리에서 아다가 나와 귀도를 놓고 선택했던 그 시간을 내 기억 속에서 결코 그때처럼 생생하게 되새길 수 없을 것이었다! 또한 기억하는 것은 당시 나는 다리 근육의 경련 때문에 이미 열등한 존재가 되어버렸지만, 귀도는 별난 지팡이를 가지고 다니는 것이 이상하게 여겨지지 않을 정도로 어떤 열등감에도 구애받지 않으며 아다보다 훨씬 자유롭게 돌아다녔다는 것이다.

아다가 낮은 목소리로 말했다.

"정말 그래요!"

그러고는 사랑스럽게 미소를 지으며 덧붙였다.

"하지만 내가 생각했던 것보다 당신이 훨씬 좋은 사람이어서 아우구스타를 생각하면 다행이에요." 그러더니 한숨을 쉬고는 "귀도가 제가 기대했던 사람이 아니라는 고통을 덜어줄 정도로 기뻐요"라고 말했다.

여전히 의심스러운 나는 계속 침묵을 지켰다. 그녀의 말은 귀도가 그렇게 되어야 한다고 바랐던 그런 모습을 정작 내가 갖게 되었다고 말하는 것처럼 들렸다. 그렇다면 그녀의 마음은 사랑일까? 그녀가 계속 말을 이어갔다.

"제부는 우리 집안에서 가장 대단한 남자예요. 우리의 신뢰를 한몸에 받는 우리의 희망이죠."

그녀는 다시 내 손을 잡았고, 나는 지나치다 싶을 정도로 그녀의 손을 꼭 쥐었다. 하지만 그녀가 재빨리 손을 빼는 바람에 모든 의문이 사라졌다. 그리고 그 어두운 방에서 나는 다시 어떻게 처신해야 할지 알았다. 아마도 자신의 반응을 무마시키기 위해서인지 그녀는 또 다른 다정함을 드러냈다. "내가 당신을 고통스럽게 했던 걸 안타깝게 생각하고 있어서예요. 정말 많이 힘들었나요?"

나는 곧장 내 과거의 어둠을 응시했다. 그때의 고통을 다시 찾아내기 위해서였다. 그리고 얼버무리듯 말했다.

"그래요!"

조금씩 희미하게 귀도의 바이올린이 떠올랐다. 그리고 내가 아우구스타에게 매달리지 않았다면 그날 그들이 거실에서 나를 어떻게 내쫓았을지 생각했다. 그리고 말펜티 가족의 응접실이 기억났다. 그곳에서 루이 16세 시대 테이블 주위에서 사랑을 속삭이고, 다른 테이블에서는 그 광경을 바라보았었다. 갑자기 카를라도 생각났다. 아다가 그녀와도 있었기 때문이다. 그러자 내가 아내에게 푹 빠져 있다고 말하던 카를라의 목소리가 생생하게 되살아났다. 실은 아내가 아니라 아다였다. 눈물이 눈가에 솟구치는 동안 나는 반복해서 말했다.

"그래요! 많이! 너무나 많이!"

아다가 울먹이듯 대답했다.

"정말 미안해요. 정말!"

그녀는 힘을 내어 말했다.

"하지만 지금은 아우구스타를 사랑하잖아요!"

흐느낌에 잠시 말이 끊겼다.

내가 아우구스타에 대한 사랑을 긍정하는지 아니면 부정하는지 들으려고 그녀가 말을 멈춘 것인가 싶어 당황스러웠다. 다행히 그녀는 내게 말할 시간을 주지 않고 이야기를 계속해나갔다.

"이제 우리 둘 사이에는 진정한 형제애가 있고 또 그래야 해요. 난 당신이 필요해요. 난 이제 어머니로서 저 애들을 보호해야 해요. 힘겨운 이 일을 도와줄래요?"

감정이 격해진 그녀는 꿈에서처럼 거의 내게 기대다시피 했다. 그러나 나는 그녀의 말을 따르기로 했다. 그녀는 내게 형제애를 부탁하고 있었다. 나를 그녀에게 단단히 속박했던 사랑의 의무가 또 다른 권리로 변해가고 있었다. 그런 이유로 나는 즉시 그녀에게 귀도를 돕고 그녀를 도울 것이며 앞으로 그녀가 원하는 것을 하겠다고 약속했다. 내가 좀 더 신중했더라면 그녀가 내게 맡긴 임무가 적절하지 않다고 말했어야만 했다. 하지만 그랬다면 그 순간에 잊을 수 없는 감정을 모두 사라지게 했을 것이었다. 아무튼 나는 몹시 감동하여 나의 부족함을 느낄 수 없었다. 그 순간에 나는 어느 누구에게 견주어도 결코 부족함이 없다고 생각했다. 귀도의 결점 역시도 그에게 필요한 열정을 불어넣어줄 몇 마디 말로 사라질 수 있었다.

아다는 층계참까지 나를 배웅했다. 그녀는 난간에 기대서서 내가 내려가는 모습을 지켜보았다. 카를라도 항상 그랬지만, 귀도를 사랑하는 아다가 나를 그렇게 배웅하는 것이 이상하게 여겨졌다. 나는 계단을 다 내려가기 전에 감사한 마음으로 그녀를 보고 인사를 하려고 다시 한 번 고개를 들었다. 사랑하는 사람들이 하는 행동이었지만 형제간에 우애를 드러낼 때도 볼 수 있는 모습이었다.

그렇게 해서 나는 기분 좋게 그곳을 떠났다. 그녀는 층계참까지만 바래다주었고 그 이상은 아니었다. 의심할 것은 더 이상 없었다. 우리는 결국 이렇게 됐다. 나는 그녀를 사랑했었고, 이제는 아우구스타를 사랑했다. 하지만 오랜 내 사랑은 헌신적인 내 선택에 권리를 주었다. 그녀는 변함없이 아이를 사랑했지만 내게는 크나큰 형제애를 간직하고 있었다. 내가 자신의 여동생과 결혼했기 때문만이 아니라 우리 사이에 비밀스러운 관계를 만들었던 고통들을 보상하기 위해서였다. 그 모든 것이 이 삶에서 맛보기 힘든 매우 달콤한 것이었다. 이 진한 달콤함이 내게 진정한 건강을 가져다줄 수 없을까? 실제로 나는 그날 난처해질 일 없이 그리고 통증도 느끼지 않고 걸었다. 나 스스로가 대단하고 강인하게 느껴지면서 새로운 자신감이 마음속에 자리 잡았다. 부끄럽게도 나는 비열한 방식으로 아내를 배신했던 일을 잊었으며, 다시는 그러한 일을 하지 않겠다고 다짐했다. 그리고 아다가 얘기한 대로 나는 정말 내가 집안에서 가장 대단한 남자라고 생각했다.

우쭐한 영웅심이 사그라들자 나는 다시 되살리고 싶어졌다. 하지만 아다가 볼로냐에 가 있는 동안 그녀가 이미 말한 대로 새로운 용기와 격려를 이끌어내기 위한 나의 노력은 흐지부지돼버렸다. 그래! 귀도를 위해 내가 할 수 있는 얼마 안 되는 일을 다 해보자. 하지만 그러한 계획은 내 허파 안의 공기도, 혈관에 흐르는 피도 활발히 늘리지 못했다(한마디로, 그 계획은 내 안에서 열정을 불러일으키지 못했다). 아다에 대해서는 내 마음에 깊고 따뜻한 새로운 애정이 남았다. 아우구스타에게 쓴 그녀의 편지에서 이따금 사랑스러운 말들이 그녀와 함께 떠올랐다. 나는 마음 깊이 그녀의 애정을 간직했고, 그녀의 치료가 성공적으로 이뤄지길 진심으로 바랐다. 예전의 건강과 아름다움을 온전히 되찾을 수 있으면 얼마나 좋을까!

다음 날 귀도가 사무실에 나와 그가 벼르고 있던 손실액 상환 문제를 즉시 살펴보기 시작했다. 그가 제안했다.

"그럼 대차 잔고 절반을 아다의 계좌로 대체합시다."

그가 원하던 것이 바로 그것이었다. 아무 소용없는 일이었다. 만일 내가 며칠 전과 같이 그의 뜻에 무관심한 집행자였다면 아주 간단히 그 일을 처리했을 테고 그런 다음에는 더 이상 아무런 신경을 쓰지 않았을 것이다. 그러나 나는 모든 걸 솔직히 말해야겠다는 의무감이 들었다. 우리가 발생시킨 적자를 없애는 것이 그리 쉬운 일이 아니라는 걸 그에게 알려야 일을 더 잘할 수 있도록 격려할 수 있을 것 같았다.

나는 내가 아는 대로 그에게 설명했다. 아다가 그 돈을 준 것은 그녀의 계좌에 입금하도록 하기 위해서였고, 따라서 우리가 적자의 절반을 다른 한쪽에서 집어넣으면 앞으로 문제가 생길 수 있다고 했다. 그가 계좌에 입금하고 싶어 하는 손실액 부분이 차변 기입 전체에 속하게 될 것이며, 그것은 적자를 없애는 것이 아니라 오히려 적자를 확정하는 것이었다. 그 점에 관해 많이 생각했기 때문에 그에게 모든 걸 자세히 설명하기가 쉬웠다. 나는 결론적으로 말했다.

"올리비 씨가 예상했던 일이 발생한다는 가정 아래, 당장 전문 회계사에게 장부를 보이지 않는다면 적자가 우리 장부에 고스란히 증거로 남을 걸세."

그는 어리둥절한 표정으로 나를 쳐다봤다. 그는 내 말을 이해할 만큼 회계에 대해 충분히 알고 있었다. 그러나 욕망이 증거에 대한 생각을 방해하고 있었기 때문에 그는 그 말의 의미를 알아차리지 못했다. 나는 그가 모든 현실을 직시하도록 덧붙여 말했다.

"아다가 그런 투자를 하면서 아무런 목적도 없었다고 생각하나?"

마침내 그가 상황을 깨달았을 때, 그는 얼굴이 몹시 창백해졌고 신경질적으로 손톱을 물어뜯기 시작했다. 그는 여전히 꿈속을 헤매는 듯했지만 이성적으로 처리하길 원했다. 그리고 어설픈 대장 노릇을 하며 끝까지 대차 잔고를 고집했다.

"모든 책임에서 자네를 제외시키기 위해 내가 장부를 써서 사인까지 해야겠군!"

이제 알았다! 그는 꿈을 꿀 수 없는 세계에서 계속 꿈꾸기를 원하고 있었다. 복식부기도 없이 말이다!

나는 벨베데레 거리 꼭대기에서 나 자신에게, 그 후에는 그의 집 어두운 방에서 아다에게 한 약속을 기억했다. 그러고는 너그럽게 말했다.

"자네가 원하는 대로 당장 상환을 하겠네. 자네 사인으로 날 보호할 필요도 없어. 나는 방해하려는 게 아니라 도우려고 여기 있는 거니까!"

그가 다정하게 내 손을 잡았다.

"삶은 힘들어." 그가 말했다. "그리고 자네 같은 친구가 옆에 있어서 내게는 큰 힘이 되네."

우리는 감정이 북받쳐 서로의 눈을 바라봤다. 그의 눈이 그렁그렁

했다. 나까지도 위협하는 뭉클한 감정에서 벗어나기 위해 나는 웃으며 말했다.

"삶은 힘들지. 하지만 아주 고유해."

그러자 그 역시 마음에서 우러나는 웃음을 보였다.

그런 후 그는 내가 어떻게 대차계좌를 처리할지 보려고 내 옆에 머물렀다. 일은 몇 분 만에 끝났다. 그 대차 잔고는 폐쇄했고 아다의 계좌 또한 무효화했다. 그렇지만 별도의 장부에 신용장을 기록했다. 모든 관련 문서가 자연재해로 사라질 경우를 대비해서, 그리고 이자를 지불해야 하는 근거를 갖기 위해서 따로 기록했다. 대차 잔고의 나머지 절반은 귀도의 계좌에서 이미 위협적일 만큼 부채를 증가시키고 있었다.

회계사들은 특성상 쉽게 화를 내는 동물들이다. 적자 문제를 처리하면서 나는 이런 생각이 들었다. '대차 잔고라 이름이 붙은 계좌가 타살되었고, 다른 계좌, 즉 아다의 계좌는 자연사했다. 왜냐하면 생명을 지속시킬 방법을 찾지 못했고, 그러기는커녕 의심스러운 채무자인 귀도의 계좌를 죽일 줄도 몰랐기 때문이다. 귀도의 계좌야말로 우리 회사의 진짜 열린 무덤이었다.'

사무실에서 회계에 대한 이야기는 오랜 시간 계속되었다. 귀도는 법의 올가미(그가 그렇게 불렀다)를 피해 자산을 보호할 수 있는 다른 방법을 찾느라 여념이 없었다. 나는 그가 몇몇 회계사에게도 조언을 구했었을 거라 생각한다. 어느 날 그가 사무실에 와서 예전 장부들을 없애자고 제안했기 때문이다. 새 장부를 만들어 누군가의 명의로 거짓 판매를 기록한 다음 아다가 빌려준 돈으로 물품대를 갚았다고 꾸며내자는 얘기였다. 희망에 가득 차 사무실로 달려온 그에게 실망을 안겨줘야 하는 건 고통스러웠다! 그는 바로 나를 화나게 하는 사기 행위를 제안하고 있었다. 그때까지 우리는 암묵적으로 동의했던 사람들에게 손해를 끼칠지 모를 위협을 가하면서 어떻게든 현실을 바꾸려고만 했다. 그러나 지금은 허위로 무역 거래를 만들어내고 조작하고 싶어 했다. 나 또한 그렇게 해야만 우리가 떠안은 적자의 모든 흔적을 말끔히 지울 수 있다는 생각이 들었다. 그 가격에 말이다! 그러려면 역시 구매자의 이름을 조작하거나 그런 식으로 꾸며낼 만한 사람의 허락을 얻어 명의를 빌릴 필요가 있었다. 내가 온 정성을 기울여 작성한 장부들이었지만 내게는 그걸 없애는 걸 막을 아무런 명분이 없었다. 그러나 새로운 장부를 만드는 것이 문제였다. 나는 반대 의견을 제시했고, 결국 귀도를 설득했다. 서류를 쉽게 조작할 수는 없다. 게다가 상품의 실물과 소유권을 증명하는 서류 역시 위조가 필요하다.

귀도는 자신의 계획을 포기했다. 그러나 다음 날 또 다른 계획을 가지고 사무실에 나타났다. 이번에도 역시 옛날 장부를 폐기하는 내용이 포함되어 있었다. 비슷한 논의를 거쳐야 할 일들에 일일이 대꾸하기에 지쳐서 내가 항의했다.

"자네가 그 문제를 많이 생각하니까 누가 봐도 파산할 준비를 한다고 보겠군! 그렇지 않다면 자네의 자본금이 많이 감소되는 것이 뭐가 그렇게 중요한가? 지금까지 자네 장부를 들여다볼 권리를 가진 사람은 아무도 없었어. 지금은 열심히 일할 때지 시시한 일에 신경 쓸 때가 아니라고."

그는 그 생각이 자신의 강박관념이라고 고백했다. 그렇지 않았다면 어떻게 됐을 것인가? 운이 나쁘면 당장 법에 걸려 감옥에 갇힐 수 있었다!

나의 법 지식을 통해 나는 올리비 씨가 그와 같은 대차대조표 장부를 만든 사업가의 의무가 어떤 것인지 아주 정확히 설명했다는 걸 알고 있다. 하지만 나는 귀도가 강박관념에서 자유로워지도록 내 변호사 친구와 상담할 것을 조언했다.

그는 이미 그렇게 했다고 대답했다. 그러나 그런 목적으로 상담을 받지는 않았다고 했다. 아무리 변호사라 해도 자신의 비밀을 털어놓고 싶지 않았기 때문이었다. 하지만 사냥을 같이 갔던 변호사 친구에게 물어 애기를 들어봤다고 했다. 그래서 그는 올리비 씨가 실언한 것도 아니고 부풀려서 말한 것도 아니라는 걸 알고 있었다…… 안타까운 일이었다!

그러한 노력이 허망하다는 생각에 그는 회계장부를 조작하려고 궁리하는 일을 그만두었다. 그렇지만 평정심을 되찾은 것도 아니었다. 사무실에 출근할 때마다 장부들을 바라보는 그의 얼굴은 어두워졌다. 어느 날 그는 사무실에 들어오면 감옥에 있는 것 같아서 뛰어나가고 싶어진다고 속마음을 털어놓았다.

어느 날 그는 내게 물었다.

“아우구스타가 우리 대차대조표 장부에 관해서 모두 알고 있나?”

그 질문에는 어떤 책망이 느껴져서 나는 얼굴이 달아올랐다. 하지만 분명한 것은 아다가 장부에 대해서 알고 있다면 아우구스타 역시 알고 있을 가능성이 높았다. 반드시 그렇게 생각한 것은 아니었지만 그가 나를 비난한다기보다 내 반응을 보고 싶어 하는 것 같았다. 그래서 나는 중얼거렸다.

“아다에게 들었거나 아니면 아다에게 전해들은 알베르타가 말했겠지!”

나는 아우구스타에게 그 말이 흘러들어갈 수 있는 대부분의 경로를 알고 있었다. 그러니 내 말은 그녀가 가장 가까운 사람인 내게서 그 얘기를 고스란히 들었다는 사실을 부정하는 것으로밖에 보이지 않았다. 하지만 입을 다무는 것이 별 소용 없다는 생각이 들었다. 안타까운 일이었다! 나와 아우구스타 사이에 아무런 비밀이 없다는 사실을 당장 그 자리에서 고백했더라면, 나는 훨씬 더 정직하고 떳떳한 기분이 들었을 것이다! 그러한 솔직한 행동이 고백하기에 더 수월하고 결백을 주장하기에도 나았을 것이다. 그러나 그것은 가장 허물없는 우정을 흔들어놓기에 충분하다. 귀도나 내 삶에서 별로 중요한 일은 아니었지만, 그로부터 며칠 후에 예전 황산구리 거래 때 참여했던 말주변 좋은 수다쟁이 브로커가 길거리에서 나를 불러 세운 일이 있었다. 그는 작은 키로 무릎을 구부려가며 과장스럽게 아래위로 나를 훑어보면서 비아냥거리듯 말했다.

"황산구리 거래처럼 당신들이 다른 좋은 사업을 성사시켰다는 말이 돌더군요!"

그는 놀라서 하얗게 질린 내 얼굴을 바라보며 악수를 건네고는 덧붙여 말했다.

"진심으로 당신들 사업이 잘되었으면 좋겠군요. 이 말을 달리 듣지 않기를 바랍니다!"

그러고는 그는 자리를 떠났다. 나는 그가 고등학교에 다니는 어린 안나와 같은 반 친구인 자신의 딸에게서 우리 얘기를 전해들었을 거라 짐작했다. 나는 귀도에게 그의 경솔한 발언에 대해 언급하지 않았다. 내 중대한 임무는 쓸데없는 걱정거리들에서 그를 보호하는 것이었다.

나는 귀도가 카르멘을 위해 어떤 입장도 취하지 않은 것에 적잖이 놀랐다. 왜냐하면 그는 공식적으로 아내에게 그녀를 해고하겠다고 약속했기 때문이다. 나는 아다가 처음처럼 몇 달 뒤에 집으로 돌아올 거라 믿고 있었다. 하지만 그녀는 트리에스테에 들르지 않고 곧장 마조레 호수에 있는 작은 별장으로 갔고, 얼마 후에 귀도는 그곳으로 아이들을 데려갔다.

그 여행에서 돌아온 귀도는 자신이 한 약속을 기억하고 있었는지 아니면 아다가 그 약속을 상기시켰는지 모르지만, 내게 카르멘을 내 사무실, 즉 올리비 씨의 사무실에 고용할 수 있는지 물었다. 그 사무실에는 직원을 새로 들일 여유가 없다는 걸 그나 나나 이미 알고 있었다. 하지만 귀도가 간절히 요청했기 때문에 나는 책임자인 올리비 씨와 상의해보겠노라고 했다. 다행히 올리비 씨의 직원 한 명이 그 무렵 회사를 떠났지만, 최근 몇 달 동안 카르멘이 귀도가 제공한 자유로운 분위기에서 일하며 받았던 월급보다 적은 돈을 받는 자리였다. 내 생각에 귀도는 그런 식으로 회사 비용으로 자신의 여자들에게 돈을 지불하는 것 같았다. 올리비 씨는 내게서 카르멘의 업무 능력에 대해 들었다. 내가 아주 상세히 소개한 덕분인지 그는 고용했던 직원과 똑같은 조건으로 그녀를 채용하겠다고 제안했다. 그 사실을 귀도에게 알리자 그는 난감한 표정으로 머리를 긁적였다.

"어떻게 지금 받는 월급보다 더 적은 돈을 줄 수 있지? 이미 받고 있는 만큼 그녀에게 줄 수 있도록 올리비 씨와 협상해볼 수 없나?"

나는 그건 불가능하다는 걸 알고 있었다. 게다가 올리비 씨는 우리처럼 자신의 직원들과 엉뚱한 짓을 도모하는 사람이 아니었다. 카르멘이 월급보다 업무 능력이 떨어진다는 사실을 알게 되면 그는 가차 없이 그녀를 해고할 것이었다. 어쨌거나 일은 이렇게 끝났다. 올리비 씨는 어떤 확실한 대답을 하거나 요구하지 않았고, 카르멘은 우리 사무실에서 계속 그녀의 아름다운 눈동자를 번뜩이게 됐다.

나와 아다 사이에는 비밀이 하나 있었는데, 계속 비밀로 유지되어야 한다는 바로 그 이유 때문에 중요하게 남아 있었다. 그녀는 변함없이 아우구스타에게 편지를 썼지만 한 번도 내게 상황 설명을 요구하지 않았고, 내게 귀도를 부탁한다는 말조차 쓰지 않았다. 나 역시 그 점에 대해서 말하지 않았다. 어느 날 아우구스타는 나에 관해 적은 아다의 편지를 보여주었다. 그녀는 먼저 내 근황을 물었고, 내가 아량을 베풀어 귀도의 사업이 어떻게 되어가는지 뭔가 말해주기를 청하며 호소하는 것으로 끝을 맺고 있었다. 그녀가 내게 요청하고 있다는 걸 느꼈을 때 나는 마음이 무거웠다. 그리고 평상시처럼 귀도 소식을 알기 위해 내게 묻는 것이라는 생각이 들었을 때 마음이 한시름 놓였다. 다시금 내가 넘겨짚어야 할 일은 아무것도 없었다.

나는 아우구스타의 동의를 얻고 귀도에게는 비밀로 하고서 아다에게 편지를 썼다. 나는 정말이지 그녀에게 사업상 보내는 편지를 쓸 목적으로 책상 앞에 자리를 잡았다. 그리고 그녀에게 현재 귀도가 예리한 통찰력과 집중력으로 경영하는 사업 방식에 매우 만족한다고 적었다.

그것은 사실이었거나, 그게 아니라도 그날만큼은 내가 그에게 만족했던 것이다. 그가 여러 달 동안 도시에 저장되어 있던 상품들을 팔면서 수익을 올리는 데 성공한 직후였기 때문이다. 그가 더 부지런해진 것처럼 보인 것은 사실이었지만, 그러나 그는 매주 사냥과 낚시를 하러 다녔다. 나는 아다가 회복하는 데 도움이 될 것 같아서 흔쾌히 과장된 칭찬을 늘어놓았다.

편지를 다시 읽어봤지만 충분하지 않았다. 뭔가 내용이 부족했다. 아다가 내게 편지를 썼으니, 내 소식 역시 알고 싶다는 뜻이 분명했다.

그래서 그 소식이 빠져 있는 건 무례한 행동이었다. 그리고 조금씩 천천히—마치 지금 내게 벌어진 일처럼 생생하게 기억한다—다시 그 어둑한 방에서 아다와 얼굴을 맞대고 있는 것처럼 책상에 앉아 있는 나 자신이 당혹스럽게 느껴졌다. 내게 내민 그 작은 손을 꼭 잡아야 했을까?

나는 편지를 썼지만, 위태롭고 곤란한 말들을 피해 가기 위해서 다시 써야만 했다. 그녀를 다시 보길 바라고, 건강과 아름다움을 완전히 되찾길 바란다고 썼다. 이것은 또 내게 단지 손만 내민 여자의 허리를 잡는 격이었다. 내가 할 일은 다만 그 작은 손을 잡는 것이었고, 내가 의도하는 모든 것, 결코 말해서는 안 되는 모든 것을 나타내기 위해 부드럽게 오래도록 그 손을 잡는 것이었다.

그 길고 부드러운 그리고 의미 있는 악수를 대신할 수 있는 무언가를 찾기 위해 몇 번이고 다시 읽었던 문장들 전체를 언급하지는 않겠다. 그러나 다만 이후에 쓴 문장들만 얘기하겠다. 나는 한참이나 나를 위협하는 늙음에 대해 길게 적었다. 늙어감에 대한 두려움 없이 한순간도 평온하게 지낼 수 없었다. 하루하루 내 피에 그리고 내 뼈와 혈관에 늙음을 의미하는 뭔가가 더해지고 있었다. 매일 아침 잠에서 깨어나면 세상은 더 음울한 얼굴로 나타났다. 그러나 모든 것이 조화로워 보였기 때문에 그 사실을 깨닫지 못했다. 전날의 색채마저 다음 날에는 자취를 감추고 말았다. 그렇지 않다면 나는 그것을 알아차렸을 테고 다시 깊은 후회가 나를 절망으로 몰아갔을 것이었다.

나는 대단히 만족스럽게 그 편지를 보낸 걸 또렷이 기억한다. 편지에 적힌 글들 때문에 내가 곤란해질 일은 전혀 없었다. 만일 아다의 생각이 나와 똑같다면 그녀가 그날의 다정한 악수를 이해할 것이 확실해 보였다. 늙음에 대한 그 긴 푸념이 시간을 가로질러 달려가는 처지에 놓여 더 이상 사랑에 가닿을 수 없는 두려움에 지나지 않는다는 걸 짐작하는 데는 약간의 예리함이 필요했다. 그것은 내가 사랑을 향해 외치는 듯 보였다. "이리 와, 여기로!" 그러나 그 사랑을 원했는지는 확신이 서지 않는다. 만일 의심스럽다면 내가 대충 그렇게 쓴 걸로 알고 있는 부분에 대해서만 그럴 것이다.

아우구스타에게 보여주기 위해 나는 늙음에 대한 푸념이 드러나게 내버려두면서 편지의 복사본을 남겼다. 그녀는 그러한 내 행동을 이해하지 못하겠지만 신중함은 해가 되지 않는다. 만약 아우구스타가 그 편지를 본다면 마치 내가 그녀의 언니 손을 잡고 있는 사이에 그녀가 나를 쳐다보고 있는 것처럼 느껴지면서 얼굴이 화끈해질 것이다! 틀림없이! 나는 여전히 얼굴이 붉어지곤 했다. 그리고 아다에게서 감사 카드를 받았을 때에도 얼굴이 빨개졌다. 그녀는 내 늙음에 대해 적은 수다스러운 이야기들을 조금도 언급하지 않았던 것이다. 내가 그녀에게 전혀 거리낌이 없는 데 반해 그녀는 훨씬 더 나를 조심스러워하는 것 같았다. 그녀는 내가 잡고 있던 손을 빼지 않았다. 내 손 안에 자신의 손을 힘없이 포개어놓았는데, 여성에게 그러한 태도는 허락을 의미하는 하나의 방식이다.

편지를 쓰고 난 며칠 뒤, 귀도가 주식 투자를 시작했다는 걸 알았다. 브로커인 닐리니의 경솔한 발언으로 알게 된 사실이었다.

나는 오래전부터 닐리니를 알고 있었는데, 그와 내가 고등학교 동창이기 때문이었다. 그는 삼촌의 사무실에 입사하기 위해 졸업 전에 학교를 떠났었다. 이후로 몇 번인가 만났는데, 서로 다른 우리의 운명이 우리들의 관계에서 나를 우월한 위치로 만들어놓았다. 처음에 그는 내게 인사를 건넸고, 이따금 나와 가까워지려 노력했다. 내게는 그의 그런 태도가 자연스러워 보였다. 그러나 정확하지 않지만 어느 시기인가, 그가 내게 몹시 거만하고 불손한 태도를 보였을 때 언뜻 이해가 잘되지 않았다. 그는 더 이상 내게 인사하지 않았고 내가 먼저 인사해야 마지못해 겨우 답하곤 했다. 나는 그 점이 약간 마음에 걸렸다. 왜냐하면 내 피부는 매우 예민해서 쉽게 붉으락푸르락해졌다. 하지만 어쩌겠는가? 어쩌면 귀도의 사무실에서 그의 부하 직원으로 일하고 있는 것처럼 보이는 나를 발견했는지 모르겠다. 그렇다면 내게 충분한 설명이 된다. 아니면 그의 삼촌이 죽으면서 그가 독립적인 증권 거래인이 되어 오만해졌으리라 추측해볼 수 있다. 좁은 그 세계에서 그런 상황들은 종종 있게 마련이다. 이전에 아무런 시비거리가 없었는데도 화창한 날 서로를 적대적이고 경멸스러운 눈길로 쳐다보기도 한다.

그래서 그가 사무실로 들어오는 것을 보고 나는 깜짝 놀랐다. 나는 혼자 있었고, 그는 귀도를 찾았다. 그는 모자를 벗고 내게 악수를 청했다. 그러고는 곧장 아무 거리낌 없이 사무실에 있는 커다란 소파에 편안하게 털썩 주저앉았다. 나는 그를 눈여겨 바라봤다. 아주 오랫동안 그를 보지 못한 데다 이렇게 가까이에서 본 적도 없었다. 무엇보다 그가 내게 드러내는 반감 섞인 표정이 나의 관심을 끌었다.

그때 그는 마흔 즈음이었다. 목덜미와 관자놀이에 오아시스처럼 남은 빽빽한 검은 머리를 제외하고는 거의 다 벗어진 대머리에다가 노란 얼굴 그리고 큼직한 코에 지나치게 살집이 많아 아주 못생겨 보였다. 그는 작고 말라서 최대한 똑바로 서 있는 것처럼 보이는데도 그와 말할 때면 목이 살짝 뻐근해지는 것을 느낄 정도였다. 그것이 내가 그에게 베풀 수 있는 유일한 호의였다. 그날 그는 웃음을 참고 있는 것처럼 보였고, 그의 얼굴은 비웃음이나 멸시로 가득한 것 같았으나, 그가 내게 친절하게 인사하고 난 뒤라 내게 상처를 줄 수는 없었다. 나중에 나는 그 야릇한 표정이 변덕스러운 자연의 장난처럼 그의 얼굴에 굳어진 것이라는 걸 알게 됐다. 그의 작은 위턱과 아래턱은 정확히 맞물려 있지 않았고, 한쪽 입이 벌어져 있어 영락없이 비웃는 듯한 표정이었다. 그는 아마도 하품을 할 때를 제외하고는 영 벗어버릴 수 없는 가면에 순응하여 어쩌면 가까운 지인들을 조롱하기를 즐겼을지도 모르겠다. 그는 바보가 아니었고, 독 묻은 화살을 쏘아대지만 특히 그 자리에 없는 사람들을 겨냥하기를 즐겼다.

그는 두서없이 여러 이야기를 늘어놓았는데, 특히 증권 거래의 경우 허풍이 심했다. 그는 마치 어떤 한 사람에 대해 상세히 묘사하는 것처럼 증권 거래에 대해 말했다. 예컨대 협박에 시달려 공포와 불안에 떨거나 무기력하게 잠이 든 것처럼 묘사하거나 웃을 줄도 알고 울 줄도 아는 얼굴을 가진 여자에 대해 이야기하듯이 증권 거래에 대해 얘기했다. 그는 여자가 춤을 추며 계단을 올라가는 모습을 그리기도 하고 아니면 너무 급격히 위험하게 내려오는 모습을 그리기도 했다. 그런 후에는 그녀가 어떤 소중한 가치를 조심스레 다루는 듯이, 또 다른 가치의 숨통을 조이는 듯이, 혹은 사람들에게 겸손과 적극적 행동을 가르치는 것처럼 그녀에게 감탄하며 치켜세웠다. 왜냐하면 지혜와 분별력을 갖춘 사람만이 그녀를 다룰 수 있기 때문이었다. 증권계에는 많은 돈들이 널려 있지만 그것을 주워 모으려고 허리를 숙이는 일은 쉽지 않았다.

나는 그에게 담배 한 개비를 건넨 후에 계속 기다리도록 내버려두었다. 그리고 내가 처리해야 할 업무에 집중했다. 얼마 지나지 않아 그는 피곤한 기색을 비쳤고, 더 이상은 기다리지 못하겠다고 말했다. 그는 단순히 리오 틴토라는 이상한 이름의 어떤 주식 거래에 대해 귀도에게 말해주러 온 것뿐이었다. 그는 그 전날 귀도에게 그 주식을 매입하라고 권했었다—그렇다. 정확히 스물네 시간 전이었다—그날 주가는 약 10퍼센트 정도 상승했었다. 그는 진심으로 호탕하게 웃기 시작했다.

"우리가 여기서 말하는 동안 내가 기다리고 있는 사이에도 장을 마감한 주식거래소는 아마 남은 일들을 처리할 거네. 만약 스파이어 씨가 이제 그 주식을 매입하고 싶어 한다면 얼마를 주고 사야 할지 모를 정도네. 주식 동향을 따라 예측한 대로지."

그는 오랫동안 주식을 파악해온 자신의 탁월한 안목을 자랑했다. 그러더니 느닷없이 내게 물었다.

"자네는 누가 더 좋은 선생이라고 생각하나? 대학교인가 아니면 주식거래소인가?"

그의 턱은 여전히 조금 주저앉았고, 비웃는 듯 벌어진 입가는 더욱 커졌다.

"물론 주식거래소지!"

나는 확신에 차서 말했다. 그래서인지 그는 떠날 때 내게 다정한 악수를 했다. 어쨌거나 귀도는 주식 거래에 뛰어든 것이었다! 내가 좀 더 주의를 기울였더라면 그 전에 눈치챌 수 있었을 것이다. 왜냐하면 최근 우리가 사업에서 벌어들였던 무시할 수 없는 수익의 정확한 총액을 귀도에게 보여주었을 때, 그는 흐뭇하게 미소를 짓기는 했지만 뭔가 시큰둥하게 고작 이것이냐는 듯이 바라보았기 때문이다. 그는 고작 그 돈을 벌기 위해 우리가 그토록 혹독하게 일했던 것이냐고 불평했다. 그러니 우리가 작년에 잃은 적자를 회복하려면 이런 거래를 몇십 개는 성사시켜야 하는 것이었다! 불과 며칠 전에 그를 칭찬하는 글을 썼던 내가 이제 무엇을 해야 한단 말인가?

잠시 후에 귀도가 사무실에 들어왔다. 그리고 나는 닐리니가 한 말을 그에게 고스란히 전했다. 그는 자신이 주식에 투자하고 있음을 내가 알게 되었다는 걸 알아차리지 못할 정도로 매우 걱정스럽게 얘기를 듣더니, 곧장 사무실을 나갔다.

저녁에 나는 아우구스타와 그 얘기를 했다. 아다가 걱정하지 않게 비밀로 하고 대신 귀도가 벌이고 있는 위험한 일들을 장모에게 알리기로 했다. 그녀는 나 역시 그의 무모한 계획들을 말리는 데 최선을 다해 달라고 부탁했다.

나는 귀도에게 해야 할 말을 한참 동안 준비했다. 드디어 적극적인 선의의 계획들을 실행했고, 아다에게 한 약속을 지켰다. 어떻게 하면 귀도가 순순히 내 말을 들을지 알고 있었다. 나는 이렇게 설명할 것이다. 주식에 뛰어들면 누구나 경솔해지게 마련이고, 자기 뒤에 대차대조표가 뒤따르는 사업가는 가장 그렇다라고 말이다.

다음 날 나는 아주 순조롭게 시작했다.

"그럼 자네는 지금 주식에 투자하는군? 설마 감옥에 가고 싶은 건 아니겠지?" 나는 그에게 단도직입적으로 물었다. 나는 앞으로 벌어질 상황을 대비했고, 그가 그런 식으로 계속 회사를 경영한다면 당장 회사를 떠날 거라는 말까지 마련해놓고 있었다.

귀도는 즉시 날이 선 상대를 누그러뜨릴 줄 알았다. 그는 그때까지 비밀을 지켰지만 이제는 다 큰 아이처럼 포기하고 그가 벌이고 있는 일들에 대해 내게 상세히 말했다. 그는 내가 모르는 나라의 광산 주식에 투자하고 있었는데, 우리의 대차대조표에 기록된 적자를 메우기에 충분할 만큼 벌써 이익을 가져다주었다. 이제 어느 정도 투자 위기는 넘졌고, 그래서 내게 모두 털어놓을 수 있었다. 그는 자신이 얻은 수익을 잃을 위기에 처하게 되면, 간단히 투자를 그만두겠다고 했다. 만일 행운이 그를 계속해서 도와준다면, 항상 위태로운 상태에 있는 장부에 곧장 정기적으로 수익금을 넣을 것이라고 말했다.

내가 보기에 화를 낼 일이 아니었다. 오히려 그를 축하해줘야 할 일이었다. 나는 그에게 회계 문제에 대해서 어느 정도 안심해도 좋다고 말했다. 왜냐하면 현금 유용이 가능하기 때문에 가장 골치 아픈 회계 문제를 관리하기가 아주 쉬웠기 때문이다. 회사의 적자 장부들에 아다의 계좌가 직접 손실을 메우고, 최소한 내가 말하던 적자가 줄어드는 순간 우리 회사, 즉 귀도의 계좌와 우리의 회계가 처한 지옥 같은 현실은 한결 숨통이 트일 것이었다.

이후 나는 그에게 되도록 빨리 몇 가지 정산을 하자고 제안했고, 주식 거래로 얻은 수익을 회사 계좌에 넣자고 제안했다. 다행히 그는 내 제안을 받아들이지 않았는데, 하마터면 나는 위험한 주식 투자자의 회계사가 되어 막대한 책임을 뒤집어쓸 뻔했다. 그렇게 해서 상황은 마치 나를 철저히 배제시킨 것처럼 흘러갔다. 그는 타당해 보이는 이유를 내세워 나의 제안을 거절했다. 그는 자신의 부채를 그렇게 서둘러 갚는 데 회의적이었는데, 누군가의 돈이 행운을 가져다준다는 도박판의 널리 알려진 미신 때문이었다. 나는 믿지 않지만 내가 투자를 한다면 나 역시 조심할 것은 어떤 것이든 그냥 소홀히 넘기지 않을 것이다.

잠시 동안 나는 어떤 반박도 하지 않고 귀도의 얘기를 들어주었다는 사실에 스스로를 나무랐다. 하지만 자기 남편이 주식시장에서 큰돈을 번 비법을 들려주며 말펜티 부인 역시 똑같은 방식으로 반응하는 것을 본 순간, 게다가 아다 또한 어떤 사업이건 도박과 같다고 생각한다고 말하는 걸 들었을 때, 나는 이 상황에서는 누구라도 내게 어떤 비난도 할 수 없을 거라는 사실을 알았다. 위험한 길을 가는 귀도를 말리기 위해서는 나의 반대 의사만으로는 충분하지 않을 것이다. 가족 구성원들 전체가 내 의사를 지지하지 않는다면 아무 소용이 없을 테니 말이다.

그렇게 해서 귀도는 주식 투자를 계속했고, 가족 전체가 그의 편이었다. 나 또한 그 대열에 참여했다. 닐리니와 흥미로운 친구 관계를 맺은 것도 사실이었다. 그가 무식한 데다 거드름을 피웠기 때문에 그를 견딜 수 없었던 게 사실이다. 하지만 나는 그에게서 좋은 조언들을 기대하던 귀도의 입장을 생각해서 그가 나를 다정하고 충실한 친구로 믿게 할 만큼 내 감정을 제대로 감출 줄 알았다. 내가 그를 친절하게 대한 것은 아마도 그의 적대감 때문에 불편함을 느끼고 그걸 피하고 싶은 욕망이 발동했기 때문이리라. 그 정도로 그의 못생긴 얼굴에 드러난 비웃음이 강력한 동기가 되었다. 그러나 그는 오고 갈 때 악수를 건네고 인사를 하는 정도를 넘어선 친절은 결코 보이지 않았다. 때때로는 지나치게 공손해서, 나는 진심을 담은 그의 친절을 받아들이지 않을 수 없었다. 그것은 정말이지 이 세상에서 드러날 수 있는 최상의 친절함이었다. 그는 밀수된 담배를 내게 구해다주었고, 그가 치른 아주 적은 값만을 대가로 받았다. 만일 내가 그를 더 좋아했다면 그는 나를 자신의 세계로 끌어들여 도박을 벌이도록 할 수 있었을 것이다. 하지만 나는 절대 그렇게 하지 않았다. 오로지 그를 더 자주 보지 않기 위해서였다.

하지만 실제로는 그를 너무나 자주 봤다! 그는 카르멘에게 반한 것도 아니었는데, 우리 사무실에서 꽤 많은 시간을 보냈다. 그는 나와 어울리기 위해서 오곤 했는데, 주식 거래에 광범위하고 깊은 영향을 주는 정치에 대해서 내게 가르쳐주려고 혈안이 되어 있는 것 같았다. 그는 내게 거물급 인사들이 언제 서로 악수를 했으며 다음 날에는 어떻게 배신을 하고 돌아섰는지 자세히 알려주었다. 나는 반감이 들어 전혀 귀담아듣지 않았기 때문에 그가 미래까지 예측했는지는 알 수 없다. 나는 바보 같고 늘 틀에 박힌 미소를 지어 보였다. 우리들의 오해는 그가 내 미소를 부러움과 동경의 표시로 잘못 이해한 데서 온 것이 분명할 것이다. 그 점에 대해 나는 아무런 잘못이 없다.

다만 나는 매일 반복되는 그의 일상만 알 뿐이었다. 가령 나는 그가 정체가 의심스러운 이탈리아인이라는 걸 알 수 있었다. 왜냐하면 그는 트리에스테가 오스트리아의 지배 아래 있는 것이 더 낫다고 여기기 때문이었다. 그는 독일을 흠모했는데, 특히 아주 정확히 제시간에 도착하는 독일 기차를 칭찬했다. 그는 나름대로 사회주의자였고, 개인이 10만 코로나 이상을 소유하는 것이 금지되길 바랐다. 어느 날 그가 귀도와 대화를 나누면서, 자신이 1페니*도 넘지 않게 정확히 10만 코로나를 갖고 있다고 말했을 때 나는 웃지 않았다. 그리고 그에게 1페니라도 돈을 더 벌면 자신의 이론을 정정할 것인지조차 묻지 않았다. 우리 사이는 정말 이상한 관계였다. 나는 그와 함께 웃을 줄도, 그를 비웃을 줄도 몰랐다.

그가 자신의 주장을 늘어놓을 때는 주로 소파에 허리를 똑바로 세운 채 앉아 있었는데, 내가 아래턱이라고 말하던 그 구멍이 나를 향해 있는 동안 그의 눈동자는 천장을 쳐다보고 있었다. 말하자면 그는 그 구멍으로 나를 보고 있었던 것이다! 나는 이따금 그가 그런 자세로 다른 생각에 잠긴 틈을 타 그에게서 벗어나고 싶었지만 그는 곧장 내게

* 100페니가 1코로나이다.

질문하며 내 주의를 환기시키곤 했다.

"내 말 듣고 있나?"

그날 허심탄회하게 감정을 토로한 뒤에, 귀도는 오랫동안 자신의 일에 대해 내게 말하지 않았다. 처음에는 닐리니가 몇 가지를 귀띔해주었지만, 나중에는 그 역시도 더더욱 말을 아꼈다. 나는 아다를 통해 귀도가 계속 수익을 올리고 있다는 사실을 알게 됐다.

집으로 돌아온 아다는 다시 추해져 있었다. 살이 쪘다기보다 부어 있었다. 그녀의 볼은 부풀어 이번에도 제자리를 벗어나 있었다. 두 눈은 이전의 아름다운 형태를 영영 잃어가고 있었다. 나의 놀라움은 몹시 컸는데, 왜냐하면 그녀를 보고 온 귀도와 다른 사람들에게서 날이 갈수록 그녀가 새로운 활력과 건강을 되찾고 있다는 말을 들었기 때문이었다. 하지만 여성의 건강함은 맨 먼저 그녀의 아름다움으로 나타난다.

아다는 내게 다른 놀라운 일들도 안겨주었다. 그녀는 내게 다정하게 인사를 했지만, 아우구스타에게 인사하는 것과 다를 바 없었다. 우리 사이에는 더 이상 어떤 비밀도 없었다. 그리고 확실히 그녀는 나를 무척이나 고통스럽게 한 옛일 때문에 눈물을 흘렸던 그 순간을 더 이상 기억하지 못했다. 나로선 더 나은 상황이었다! 결국 그녀가 내게 휘두를 수 있는 자신의 권리를 잊고 있다는 것이 아닌가! 잊어가고 있었다! 그녀는 내가 그녀의 좋은 제부이며, 아내와 나의 다정한 관계가 한결같음을 보았기 때문에, 오직 그 이유만으로 나를 사랑했다. 그것은 언제나 말펜티 가문의 열렬한 호의를 이끌어내곤 했다.

어느 날 그녀가 나를 매우 놀라게 한 일이 있었다. 아다는 여전히 자신이 아름답다고 믿었던 것이다! 멀리 호수에서 그녀에게 접근한 남자들이 몇 명 있었고, 그녀가 그 상황들을 즐겼음이 분명했다. 그녀는 그 일들을 지나치게 강조했다. 사랑에 빠진 한 남자가 적극적으로 다가오는 것을 피하기 위해 그 별장을 떠나야 했다는 이유가 과장처럼 여겨졌기 때문이었다. 아마도 이전에 그녀를 몰랐던 사람에게는 덜 추해 보였을지 모르기 때문에 어느 정도는 진실이었다고 인정한다. 하지만 그녀의 눈과 얼굴빛 그리고 얼굴의 형태는 아주 심하지는 않지만 많이 달라져 있었다! 우리에게 그녀가 더욱 못생겨 보인 것은 과거의 그녀 모습을 기억하고 있어서 병에 걸려 파괴된 아름다움의 흔적을 더욱 분명하게 알아차렸기 때문이었다.

어느 날 저녁 아우구스타와 나는 귀도와 아다를 우리 집에 초대했다. 정말이지 가족 간의 친밀하고 유쾌한 모임이었다. 우리 넷이 여전히 약혼 시절을 유지하고 있는 것 같았다. 그러나 아다의 머릿결은 윤기를 잃어 어떤 불빛에도 빛이 나지 않았다.

헤어지는 순간에, 나는 아다가 망토를 걸치도록 도와주려고 잠시 그녀와 단둘이 있었다. 나는 곧 우리의 관계에 대해 조금 다른 느낌이 들었다. 우리는 단둘이 남겨졌고, 어쩌면 다른 사람들이 나타나는 걸 원하지 않는다는 말을 서로에게 할 수 있었을지도 모르겠다. 나는 그녀가 옷 입는 걸 도와주는 동안 그녀에게 해야 할 말을 곰곰이 생각한 끝에 얘기했다.

"귀도가 지금 투자 중인 걸 알죠?" 나는 진지한 목소리로 그녀에게 말했다. 결코 잊혔으리라고 생각하지 않는 우리의 지난 만남을 기억에서 되살리려고 그런 말을 한 것인지 나는 지금도 가끔 의문이 든다.

"네." 그녀는 미소를 띠며 말했다. "아주 잘하고 있어요. 사람들 말로는 그 분야에 상당한 전문가가 됐다네요."

나는 그녀와 함께 크게 웃었다. 모든 책임에서 홀가분해진 기분이

들었다. 그녀는 자리를 떠나면서 나지막이 물었다.

“카르멘이라는 여자는 여전히 사무실에 있나요?”

말이 끝나기가 무섭게 그녀가 자리를 떴기 때문에 나는 미처 대답을 하지 못했다. 우리 사이에는 더 이상 지나간 과거가 없었다. 그렇지만 그 자리에 그녀의 질투가 있었다. 그 감정은 우리의 지난 만남에서처럼 살아 있었다.

지금 다시 생각해보면, 귀도가 주식에 뛰어들어 돈을 잃기 시작했다는 징후가 두드러지게 나타나기 전에 일찌감치 그 사실을 알아차렸어야만 했다는 생각이 든다. 그의 얼굴에서는 환히 빛나던 승리의 기색이 사라졌고, 다시 적자 상태로 마감된 대차대조표에 대한 커다란 근심이 드리워졌다.

“자네는 왜 그런 걱정을 하나?” 아무것도 모르는 나는 순진하게 그에게 물었다. “거기 적힌 실제 차액을 전부 메울 만큼 충분한 자금을 이미 주머니에 가지고 있지 않나? 돈이 많으면 감옥 갈 걱정이 없다네.” 나중에 알았지만 당시 그의 주머니에는 돈 한 푼 남아 있지 않았다. 나는 그렇지 않다고 확신할 만한 많은 낌새들을 알아채지 못하고, 오히려 그가 행운을 거머쥐었다고 아주 철석같이 믿었다.

8월의 어느 날 저녁, 그는 내게 또 낚시를 가자고 제안했다. 보름달에 가까운 밝은 달빛 아래 낚싯바늘에 뭔가 걸려들 가능성은 거의 없었다. 하지만 그는 바다에서 온기를 가진 생물을 몇 마리 찾아낼 수 있을 거라며 고집을 꺾지 않았다. 실제로는 아무것도 얻지 못했다. 첫 시도에서 우리는 아무것도 건어 올리지 못했고, 루치아노가 멀리 저어 간 배에 낚싯줄들을 그냥 걸어놓았다. 분명 바다 밑바닥까지 밝게 비추는 달빛이 몸집 큰 물고기들의 시야를 또렷하게 만들어 우리가 파놓은 함정을 알아차리게 하는 것 같았다. 그 덕분에 작은 물고기들 역시 낚싯바늘에 걸리지 않은 채 미끼만 물어뜯어 먹고 교묘히 빠져나가는 게 분명했다. 우리의 미끼는 작은 생물들에게 주는 선물에 불과했다.

귀도는 배꼬리에서, 나는 뱃머리에서 잠을 청했다. 잠시 후 그가 중얼거렸다.

"이 환한 달빛이 너무나 슬프군!"

아마 그가 그렇게 얘기한 이유는 달빛이 그의 잠을 방해했기 때문일 것이다. 그래서 나는 그를 기분 좋게 해주는 것은 물론, 멍청한 얘기로 우리가 조금씩 흘러들고 있는 무한한 고요를 방해하지 않으려고 잠자코 있었다. 하지만 루치아노가 대뜸 자기는 그 빛이 너무나 좋다고 말했다. 귀도가 대답하지 않자 나는 그를 조용히 시키고 싶었다. 그래서 그에게 이 세상의 모든 것들을 훤히 드러내 보이기 때문에 달빛은 분명 슬픈 거라고 말했다. 게다가 낚시를 방해하고 있다고 했다. 루치아노는 웃더니 입을 다물었다.

우리는 오랜 시간 침묵을 지켰다. 나는 달을 쳐다보면서 여러 번 하품을 했다. 나는 그들을 따라서 그 배에 올라탄 것을 후회하고 있었다.

귀도가 느닷없이 내게 물었다.

"자네는 화학을 공부했으니까 베로날*과 나트륨 베로날 중에 어느 것이 더 효과적인지 말해줄 수 있겠지?"

솔직히 나는 나트륨 베로날이 있는지조차 몰랐다. 화학자는 세상을 기억하고 있는 만큼 안다고 둘러댈 수도 없는 노릇이다. 나는 그저 화학책을 뒤적여 관련 정보를 알아낼 수 있는 정도나 아니면 지금처럼 내

* Veronal: 독일의 제약 회사 바이에르에서 만든 진정·수면제의 상품명.

가 모르는 화학 물질에 대해 토론할 수 있는 정도만 알고 있을 뿐이다.

나트륨이라? 나트륨 화합물이 가장 쉽게 흡수되는 물질이라는 사실은 널리 알려져 있다. 또한 나트륨에 대해 내가 어느 정도 정확히 기억하는 것은 내가 들었던 어떤 강의에서 교수가 나트륨에 대해 감탄을 쏟았던 것뿐이었다. 나트륨은 원소들이 가장 빠르게 움직이기 위해서 올라타는 운반 수단이다. 그 교수는 염화나트륨이 유기체와 유기체 사이를 어떻게 지나가고, 어떻게 오직 중력만으로 지구의 가장 깊은 구멍, 즉 바다로 결집되면서 나아가는지 강조했다. 내가 교수의 생각을 정확히 기억하고 있는지 모르겠지만 그 순간 나는 어마어마한 양의 염화나트륨을 떠올리며 무한한 경의를 담아 나트륨에 대해 말했다.

잠시 머뭇거린 후 귀도가 다시 물었다.

"그럼 죽고 싶은 사람은 나트륨 베로날을 먹어야 하나?"

"그렇지." 내가 대답했다.

그러고는 머릿속에 자살을 미리 그려보는 사람들이 있음을 떠올리면서도 귀도에게 인생의 쓰디쓴 실패 경험이 있다는 건 미처 깨닫지 못한 채 나는 덧붙여 말했다.

"그리고 죽고 싶지 않은 사람은 순수 베로날을 먹어야 하지."

귀도가 베로날에 깊은 관심을 보일 때, 뭔가 다른 의심을 품을 만했다. 하지만 나는 아무것도 알아차리지 못했고, 온통 나트륨에만 정신이 쏠려 있었다. 그 뒤로 며칠 동안 나는 나트륨의 특성들을 밝히는 새로운 이론들을 찾아내 귀도에게 알려주었다. 결합이나 동화 작용 대신 두 물질 사이를 강하게 묶어주는 아말감을 활성화시키기 위해서 수은에 나트륨을 첨가한다는 이론이었다. 나트륨은 금과 수은 사이의 매개 물질이다. 그러나 귀도에게 베로날은 더 이상 중요하지 않았고, 지금 생각해보면 그 무렵 증권 시장을 바라보는 그의 시야가 개선되었다는 생각이 든다.

일주일이 지나는 동안 아다는 사무실에 세 번이나 찾아왔다. 두번째 방문이 지나서야 그녀가 나와 얘기하고 싶어 한다는 생각이 들었다.

처음 왔을 때 그녀는 닐리니와 마주쳤다. 그가 한 번 더 나를 가르치려 들 때였다. 그녀는 한 시간 가까이나 닐리니가 떠나기를 기다렸다. 그녀는 힘겹게 그와 긴 얘기를 나누었고, 그래서 그는 자신이 남아있어야 한다고 믿었다. 두 사람의 소개가 끝난 다음, 닐리니의 구멍 난 아래턱이 내게로 향하지 않아서 나는 한숨을 돌렸다. 나는 그들의 대화에 참여하지 않았다.

닐리니는 그럴듯한 언변을 선보이기까지 했다. 그는 테르제스테오 증권거래소에서 마치 어느 부인의 응접실처럼 온갖 악의적인 소문이 돌고 있다고 말해 아다를 놀라게 했다. 오직 증권거래소에서만 그러한 정보들을 얻을 수 있다는 것이 그의 생각이었다. 아다가 보기에 그는 여자들을 비하하는 것처럼 보였다. 그녀는 악의적인 소문이 무슨 말인지도 모르겠다고 말했다. 그 지점에서 내가 대화에 끼어들었다. 그녀를 알고 지내온 오랜 세월 동안 그녀의 입에서 악의적인 소문은커녕 그것을 떠올릴 만한 어떤 말도 들은 적이 없다고 확실히 못 박기 위해서였다. 내게는 그 말이 그녀를 비난하는 것처럼 들려서, 라고 말하면서 미소를 지었다. 그녀는 다른 사람들의 일에 관심이 없었기 때문에 뒤에서 누굴 험담하는 사람이 아니었다. 이전에 그녀가 아주 건강했을 때 그녀는 몇 가지 일에만 전념했고, 병이 그녀를 덮쳤을 때 그녀 안에는 질투심이 차지한 작은 빈 공간만이 남아 있었다. 그녀는 진정한 에고이스트였지만, 나의 증언을 감사하게 받아들였다.

닐리니는 그녀도 나도 믿지 않는 척했다. 그는 나를 오래전부터 알고 있다고 말했고, 나를 굉장히 순진한 면을 가진 사람으로 믿는다고 했다. 그 말에 나는 기분이 좋아졌고, 아다 역시 즐거워했다. 그러나 그가—제3자 앞에서 처음으로—내가 자신의 가장 친한 친구 중 한 명이고, 그래서 아주 깊이 나를 잘 알고 있다고 떠벌렸을 때 나는 몹시 기분이 언짢아졌다. 직접 반박하지는 않았지만, 그의 뻔뻔한 선언에 나는 마치 간통한 사실을 군중 앞에서 공개적으로 비난받는 젊은 여자처럼 모욕감을 느꼈다.

닐리니가 말한 대로 나는 무척 순진했다. 그러므로 아다는 여성이 지닌 특유의 영리함으로 내 앞에서 나에 대한 악의적인 험담을 얼마든지 늘어놓을 수 있었을 것이다. 그래도 나는 전혀 눈치채지 못했을 것이다. 내가 보기에 아다는 미심쩍은 칭찬들을 여전히 즐기고 있는 것 같았다. 그러다 나는 그녀가, 닐리니가 수다 떨기에 지쳐 그 자리를 떠나길 바라면서 얘기를 계속하도록 놔두었다는 걸 나중에야 알았다. 그녀는 인내심 있게 기다렸다.

아다가 두번째로 사무실에 온 날, 나는 귀도와 함께 있었다. 그때 그녀의 얼굴 표정에서 인내심의 한계를 느꼈고, 그녀가 바로 나를 원하고 있다고 추측했다. 그녀가 다시 찾아오지 않을 때까지 나는 혼자 공상에 빠져 있었다. 사실 그녀는 내게 사랑을 요구했던 게 아니었지만, 너무나 자주 나와 단둘이 있기를 바랐다. 남자들에게는 여자들이 뭘 원하는지 아는 것이 여간 힘든 일이 아니다. 왜냐하면 때로는 여자들조차 자신들이 원하는 게 뭔지 모르기 때문이다.

그러면서도 나는 그녀의 말에서 어떤 새로운 감정을 읽을 수 없었다. 그녀는 감정에 목이 메는 소리로 내게 말했지만 내게 호소하는 말은 아니었다.

그녀는 어떤 이유로 카르멘이 해고되지 않았는지 알고 싶어 했다. 나는 그녀에게 올리비 씨 사무실에 자리를 마련해주려고 시도했던 일까지 포함해서 내가 알고 있는 모든 정황을 들려주었다.

내가 한 말이 귀도가 했던 말과 정확히 들어맞았기 때문에 그녀는 곧 차분해졌다. 그 뒤로 나는 그녀에게는 걷잡을 수 없는 질투의 불길이 주기적으로 나타난다는 사실을 알게 됐다. 그 주기는 뚜렷한 이유 없이 찾아오고 그녀를 안심시키는 말 한마디에 사라져버리곤 했다.

그녀는 두 가지를 더 질문했다. 하나는, 여직원에게 일자리를 찾아주는 게 정말 그 정도로 어려우냐는 것이었고, 다른 하나는 카르멘의 가족이 그녀의 수입에 의존해서 살아가야 하느냐는 것이었다.

나는 그녀에게 당시만 해도 현실적으로 트리에스테에서 여성들이 사무직 일자리를 찾기가 어렵다고 설명했다. 그녀의 두번째 질문에 대해서는 대답해줄 수가 없었다. 카르멘의 가족에 대해서는 전혀 알지 못하기 때문이었다.

"그런데 귀도는 그 집 식구들을 전부 알고 있어요." 아다가 화가 나서 중얼거렸다. 그리고 그녀의 뺨에 다시 눈물이 흘러내렸다. 그러고는 그녀는 떠나기 전에 내 손을 꼭 잡고 고마움을 표시했다. 흐르는 눈물 사이로 미소를 지으며 나에게 의지할 수 있게 됐다고 말했다. 그 미소는 확실히 제부에게 보이는 미소가 아니라 비밀을 공유한 사람에게 보내는 미소였기 때문에 나는 마음에 들었다. 나는 그 미소에 걸맞은 모습을 보이려고 노력하며 중얼거렸다.

"귀도가 걱정스러운 건 카르멘 때문이 아니라 주식 투자 때문이에요!"

그녀는 어깨를 으쓱했다.

"그건 별 문제가 안 돼요. 엄마와도 그 얘길 했어요. 아빠 역시 주식시장에서 투자를 하셨었고, 많은 수익을 올리셨어요!"

나는 그 대답에 불안해졌다.

"닐리니가 마음에 들지 않아요. 내가 그의 친구라는 건 전혀 사실이 아니에요!"

그녀가 놀란 얼굴로 나를 쳐다봤다.

"내가 보기엔 신사 같던걸요. 귀도 역시 그를 무척 좋아하고요. 그리고 지금은 그이가 사업에 아주 신중하다고 믿어요."

나는 그녀에게 귀도에 대해 나쁘게 얘기하지 않기로 결심했다. 그러고는 입을 다물었다. 혼자 있게 되자, 나는 귀도가 아니라 나 자신에 대해 생각했다. 아다가 마침내 여동생처럼 느껴지는 것이었다. 그녀는 사랑을 약속하지도 않았고 사랑으로 실랑이를 벌이지도 않았다. 여러 날 동안 불안하고 착잡한 마음으로 도시를 배회했다. 그러면서도 결국 나 자신을 이해할 수 없었다. 왜 나는 카를라가 나를 떠나던 그 순간에 와 있는 듯한 기분이 드는 걸까? 그때와 같은 일은 전혀 일어나지 않았다. 솔직히 나는 언제나 모험을 즐기거나 그와 비슷한 복잡한 관계를 원했다는 생각이 든다. 아다와 나의 관계는 이제 복잡한 상황과는 거리가 멀었다.

어느 날 닐리니는 편안한 의자에 걸터앉아 평상시보다 더 많은 예상들을 쏟아냈다. 지평선에서 검은 먹구름이 일어나고 있다는 얘기였는데, 그것은 다름 아닌 투자금의 상승을 가리키는 말이었다. 주식시장은 한순간에 포화 상태가 되어 더 이상 아무것도 흡수할 수 없었다!

"나트륨을 포기하세!" 내가 제안했다.

그는 갑작스러운 제안이 탐탁지 않았지만, 화를 내지 않으려고 내 말을 못 들은 척했다. 한 순간에 세상의 돈이 부족해지고 그래서 가치가 올라간 것이었다. 그는 한 달이나 앞서서 미리 예상했었는데도, 지금 일어난 일들에 놀라워했다.

"그들은 모든 돈을 달로 날려 보낼 걸세!" 내가 말했다.

"이건 웃을 일이 아니네. 심각한 상황이라고." 닐리니는 여전히 천장을 바라보면서 말했다.

"이제 누가 진정한 싸움꾼의 정신을 가졌는지, 누가 첫 방에 나뒹굴지 알게 될 걸세."

나는 이 세상 돈이 어떻게 희귀해질 수 있는지 이해하지 못했듯이, 닐리니가 가치를 증명해야 하는 싸움꾼들 틈에 귀도를 끼워 넣었다는 걸 눈치채지 못했다. 나는 그의 따분하고 긴 일장 연설을 흘려듣는 데 너무나 익숙해져 있어서, 별 생각 없이 지나치고 말았다.

그러나 불과 며칠 뒤에 닐리니는 전혀 다른 입장을 취했다. 새로운 사건이 터진 것이었다. 그는 귀도가 또 다른 주식 중개인과 투자를 진행했다는 사실을 알아냈다. 닐리니는 몹시 흥분한 어투로 따지기 시작했다. 자신은 귀도에게 한 치의 빈틈 없이 최선을 다했다는 항의였다. 이 일에 대해 그는 내가 증언해주기를 바랐다. 그는 나를 여전히 가장 좋아하는 친구라고 주장하지만 그런 내 앞에서마저 귀도의 비밀을 지키지 않았으면서 말인가? 하지만 이제 와서는 어떤 비밀이라도 마음껏 폭로할 수 있는 입장이었다. 그리고 내 귀에 대고 소리칠 수 있었다. 귀도가 머리끝까지 털릴 지경이라고 말이다. 그는 자신의 방식대로 일을 처리했더라면 최소한의 이익을 보장할 수 있고, 좋은 시기를 기다릴 수 있었을 거라고 확신했다. 그렇지만 귀도가 처음으로 저지른 적대 행위는 그에게 쓰라린 고통을 안겨줄 정도로 크나큰 것이었다.

아다와 다르지 않았다! 닐리니의 질투는 대적할 수 없는 것이었다. 나는 그에게서 정보를 듣고 싶었지만, 그는 오히려 점점 더 격앙되어 자신이 입은 상처에 대해 끊임없이 떠들어댔다. 그래서 자신의 의도와 달리 그는 오히려 신중해 보였다.

오후에 사무실에서 귀도를 만났다. 그는 절망과 졸음 사이에서 어중간한 상태로 소파에 드러누워 있었다. 내가 그에게 물었다.

"자네 이제 몽땅 털린 건가?" 그는 즉시 대답하지 않았다. 잠시 후 안색이 좋지 않은 얼굴을 가리고 있던 팔을 들어 올리고 그가 말했다.

"나보다 더 불쌍한 사람을 본 적이 있나?"

그는 다시 팔을 내리고 자세를 바꿔 뒤로 돌아누웠다. 그러고는 눈을 감고 내가 있다는 사실은 벌써 잊어버린 듯했다. 나는 어떻게 그를 위로해야 할지 몰랐다. 정말 그가 세상에서 자신이 가장 불행하다고 생각한다면 그건 나를 모욕하는 것이었다. 그의 말은 과장이 아니라 아주 명백한 거짓말이었다. 할 수만 있다면 그를 도왔겠지만 그를 위로하기란 불가능했다. 내가 보기에 귀도보다 결백하고 귀도보다 더 불행한 사람이라도 동정을 받을 수 없을 것이었다. 그렇지 않으면 우리 삶에는 동정심을 위한 자리는 사라지게 되고, 감당하기 어려운 권태와 무기력이 자리 잡을 것이기 때문이다. 자연의 법칙은 우리에게 행복할 권리가 아니라 슬픔과 고통을 부여했다.

먹을 것이 많으면 여기저기서 기생충들이 달려든다. 만일 기생충이 적으면 그들은 앞다투어 재생산할 것이다. 그렇게 되면 곧 먹이가 부족해질 것이다. 자연은 계산하지 않고 몸으로 부딪혀 직접 경험한다. 먹이가 충분하지 않으면 소비하는 생물들이 먼저 고통을 받고 죽음을 거쳐 수가 감소된다. 그렇게 해서 잠시 균형이 이루어진다. 불평할 게 뭐가 있는가? 늘 모두가 불평을 한다. 가진 것이 전혀 없는 사람들은 부당함을 외치며 죽어가고, 가진 자들은 그들이 상당히 큰 비중을 차지할 권리가 있음을 주장한다. 왜 침묵하면서 살다가 죽지 않는가? 반면에 넘치는 식량을 차지할 줄 알고 대놓고 박수를 한껏 받으며 기세등등하게 나타나는 사람의 기쁨은 솔직해 보인다. 인정할 수 있는 유일한 외침은 승리자의 환호다.

귀도는 어떤가! 그는 부를 거머쥐거나 지키는 데서도 역시 필요한 능력이 턱없이 부족하다. 그는 내기 판에 다녀와 돈을 잃었다고 울고 있었다. 그러니까 점잖은 신사다운 태도가 전혀 아니었고, 내게는 혐오감을 일으켰다. 오직 그런 이유로 귀도가 나의 다정한 위로를 절실히 필요로 하는 순간에 그는 위안을 얻지 못했다. 내가 마음속으로 여러 번 되풀이했던 의도들마저도 나를 거기까지 데려가지는 못했다.

그러는 동안 귀도의 호흡은 점점 더 규칙적이고 시끄러워지고 있었다. 그는 자고 있었다! 불운이 닥쳤다고 그토록 용기가 없다니! 그는 식량을 빼앗기고는, 혹시나 조금이라도 되찾아올 수 있지 않을까 하고 눈을 똑바로 뜨는 대신에 그것을 온전히 차지하는 꿈을 꾸기 위해 눈을 감고 있었을 것이다.

나는 아다가 그에게 닥친 불행을 알고 있는지 궁금해졌다. 나는 큰 소리로 그에게 물었다. 그는 깜짝 놀라 일어나더니, 갑자기 들이닥친 자신의 불행을 인식하느라 잠시 어리둥절해했다.

"안 돼!" 그가 중얼거렸다. 그러고는 다시 눈을 감았다.

확실히 심각하게 상처 입고 충격받은 사람들은 잠으로 도피하려는 경향이 있다. 수면은 다시 힘을 주었다. 나는 여전히 망설이며 그를 쳐다봤다. 하지만 그가 자고 있는데 어떻게 도울 수 있겠는가? 지금은 잠을 잘 때가 아니었다. 나는 그의 한쪽 어깨를 잡고 거칠게 흔들었다.

"귀도!"

그는 진짜 잠들었던 모양이다. 여전히 졸음 가득한 눈으로 나를 멀뚱히 쳐다보더니 물었다.

"왜 그러나?" 그 말이 끝나기 무섭게 나는 화난 표정으로 다시 물었다. "그러니까 뭘 원하느냐고?"

나는 그를 돕고 싶었다. 안 그랬다면 그를 깨울 필요조차 없었을 것이다. 나 역시 화가 났고, 지금은 잠을 잘 때가 아니라 어떻게든 서둘러 대책을 마련해야 한다고 소리 질렀다. 우리 가족 구성원 전체와 부에노스아이레스에 있는 그의 가족들 모두 머리를 맞대고 계산하고 의논해야 할 일이 있었다.

그제야 귀도가 일어나 앉았다. 그는 여전히 그런 식으로 잠에서 깬 것을 못마땅해했다. 그는 내게 퉁명스럽게 말했다.

"나를 자도록 그냥 놔두는 편이 더 좋았을 거야. 지금 누가 나를 도와주겠나? 지난번에 자금 상황을 해결하기 위해 자금이 조금 필요했을 때 어땠는지 기억 안 나나? 지금은 어마어마한 액수라고! 이젠 나보고 어쩌라는 건가?"

나는 냉정하게 나와 내 가족의 몫을 빼앗겨야 하는 것에 화가 나서 소리쳤다.

"그럼 나는 여기 없는 건가?" 그러고는 내가 희생해야 할 몫을 효과적으로 줄이려는 인색한 마음에 말했다. "아다는 없나? 장모님은 안 계신가? 자네를 돕기 위해 우리가 힘을 모으는 게 불가능한가?"

그는 일어나 나를 포옹하려는 듯이 다가왔다. 하지만 그건 내가 정말 원하지 않는 행동이었다. 그에게 도움을 주면서 이제 나는 그를 나무랄 권리를 가지게 됐다. 그리고 그것을 최대한 이용했다. 나는 그의 실제적인 약점과 그 순간까지 지속해왔고 그를 실패로 몰아넣은 섣부른 그의 과신 또한 질책했다. 그는 누구와도 의논하지 않고 자신의 생각대로만 행동했다. 나는 여러 번 그를 위기에서 구하고 말리기 위해 대화를 시도했었다. 그러나 그는 닐리니만 신뢰하면서 번번이 대화를 거절했었다.

그 순간 귀도가 피식 웃었다. 정말 웃었다. 불쌍한 사람! 그는 보름 전부터 더 이상 닐리니와 일하지 않았다고 내게 말했다. 그가 거래하는 회사마다 불운을 가져다준다는 게 이유였다. 귀도의 성격은 잠을 잘 때나 이렇게 웃을 때나 분명했다. 그는 자기 주변의 모든 사람을 파멸시키고도 웃고 있었다. 나는 엄격한 심판관으로 행세했다. 귀도를 구하기 위해서 우선 그를 교육시켜야 할 필요가 있었기 때문이다. 나는 그가 얼마나 손실을 입었는지 알고 싶었다. 그래서 그가 정확히 모르겠다고 대답했을 때 화가 났다. 그가 상대적으로 적은 금액이라며, 매달 15일에 정산해야 하는 총액을 언급하자 더더욱 화가 치밀었다. 단 이틀을 남겨둔 시점인데도, 귀도는 월말까지 시간이 있고 상황이 변할 수 있다고 주장했다. 시장의 자금 부족 현상은 영원히 지속되지 않을 거라고 말이다.

나는 고함을 쳤다.

“이 세상에 돈이 다 사라지면 그땐 달에서라도 캐올 건가?” 나는 하루라도 더는 투자해서는 안 된다고 덧붙였다. 이미 엄청난 손실을 입은 마당에 더 이상의 위험을 감행할 필요는 없었다. 또한 주식으로 인한 손실은 나와 그(즉 그의 아버지), 장모 그리고 아다 이렇게 네 등분으로 나눠서 감당하면 된다고 말했다. 위험이 적은 우리의 사업으로 돌아와야 하며, 우리 사무실에서 닐리니는 물론 다른 어떤 주식 중개인들도 다시는 보고 싶지 않다고 했다.

그는 부드럽고 온순하게 내게 소리 지르지 말라고 부탁했다. 왜냐하면 가까이 있는 사람들에게 우리 얘기가 들릴 수 있기 때문이었다.

나는 진정하려고 무던히 애썼다. 그리고 낮은 목소리로 계속 또 다른 비난들을 퍼부었다. 그의 손실은 정말이지 범죄 수준이었다. 그와 같은 재난을 헤쳐 나오려면 거대한 짐승이 되어야 할 정도였다. 정말 그는 하나부터 열까지 확실한 수업을 받을 필요가 있다고 여겨졌다.

그러자 귀도가 조용히 반발했다. 대체 주식에 투자해보지 않은 사람이 누구인가? 아주 탄탄한 사업가였던 우리 장인은 주식 투자를 하느라 생전에 몇 가지 업무 책임을 등한시한 것이 하루 이틀이 아니었다. 게다가 귀도가 알다시피 나 역시 투자를 했었다.

나는 그와 나의 경우는 다르다고 주장했다. 그는 자신의 전 재산을 주식에 투자하는 위험을 저질렀지만 나는 고작 한 달 수입을 투자했을 뿐이다.

미성숙하게 자기 책임을 회피하려는 귀도의 모습이 나를 슬프게 했다. 그는 닐리니가 자신에게 큰 행운을 안겨줄 거라고 믿게 만들어 자신이 원했던 액수보다 훨씬 많이 투자하도록 유인했다고 주장했다.

나는 씁쓸한 웃음을 짓고 그를 비웃었다. 닐리니는 자신의 일을 한 것이므로 원망할 대상이 아니라고 말이다. 그리고 닐리니를 떠난 후에 또 다른 중개인과 거래하면서 서둘러 투자를 늘리지 않았던가? 닐리니가 알지 못하는 주식에 투자를 시작했다면 새로운 중개인과의 관계를 자랑할 수도 있었을 것이다. 중개인을 바꾸고, 똑같이 위험스러운 투자를 계속하는 것은 손실을 만회하기에 적당한 방법이 아니었다. 결국 그는 자신을 조용히 내버려두길 원했고, 목에서 나오는 흐느낌으로 자신이 큰 실수를 저질렀음을 인정했다.

나는 그를 책망하는 걸 멈췄다. 이제는 진실로 동정심이 일어나 그가 원한다면 그를 안아주었을 것이다. 나는 즉시 내가 약속한 돈을 마련하겠다고 말했다. 그리고 장모에게 얘기하는 것도 내가 직접 하겠다고 했다. 대신 그는 아다를 맡아 문제를 해결해야 했다.

장모와 얘기하는 건 얼마든지 하겠지만 아다에게 말해야 하는 건 너무나 고통스럽다고 그가 털어놓았을 때 나의 동정심은 더 커졌다.

"여자들이 어떤지 자네도 알지! 사업을 모르다가 오직 잘됐을 때에만 이해하지!" 그는 아다에게 아무 말 하지 않고, 장모에게 가서 모든 사실을 아내에게 전해주십사 청하겠다고 마무리 지었다.

그는 자신의 결정에 대단히, 크게 기뻐했다. 우리는 함께 밖으로 나왔다. 내 옆에서 고개를 숙이고 걷는 그를 보면서, 좀 전에 그를 혹독하게 대했던 것이 후회스러웠다. 그러나 그를 사랑한다면 다른 도리가 있겠는가? 파멸을 향해 나아가기를 원하지 않는다면 자신을 되돌아봐야만 했다! 아내와 얘기하는 것마저 그토록 두려워하면서 어떻게 아내와의 관계가 좋아지기를 바라겠는가!

그러나 그는 다시 나를 화나게 할 꼼수를 떠올렸다. 걸어가면서 그는 아주 만족스러운 계획을 궁리해냈는데, 아내와 말하지 않는 것만이 아니라 그날 밤 아예 그녀를 보지 않기로 한 것이다. 당장 사냥을 떠나겠다는 것이었다. 그 계획을 세운 뒤로 그는 모든 근심 걱정에서 해방됐다. 모든 생각에서 벗어나 탁 트인 공기를 쐬러 갈 수 있다는 상상만으로도 그는 벌써 그곳에 가서 마음껏 즐기고 있는 것처럼 보였다. 나는 그 점에 분노했다! 바로 그 같은 모습으로 그는 분명히 가족과 나의 행복을 위협하는 투기를 다시 시작하러 주식시장으로 돌아갈 것이 뻔했다.

귀도가 내게 말했다.

"이 마지막 즐거움을 만끽하고 싶어. 오늘 일은 싹 잊고 나와 함께 가세."

여기까지는 웃으면서 말했지만, 내 심각한 얼굴을 보더니 그 역시 심각한 얼굴로 덧붙였다.

"그런 충격적인 일을 겪은 뒤에는 휴식이 필요하다는 걸 자네도 알아야 해. 그런 다음엔 다시 싸움터의 내 자리로 돌아가기가 훨씬 쉬워질 걸세."

그의 목소리에는 의심할 수 없는 솔직한 감정이 깃들어 있었다. 그래서 나는 화를 누그러뜨리고 필요한 자금을 마련하기 위해 도시에 남아 있어야 한다고 말하면서 그의 초대를 거절하는 정도에서 그칠 수 있었다. 그것 자체가 이미 비난이었다! 죄 없는 나는 내 자리에 머물고 문제를 일으킨 그는 즐거운 시간을 보내러 갈 수 있었으니 말이다.

우리는 말펜티 부인 집 대문 앞에 이르렀다. 귀도에게서는 앞으로 그를 기다리는 몇 시간 동안의 즐거움을 기대하는 기쁜 기색을 더 이상 찾아볼 수 없었다. 나와 있는 동안 그의 얼굴에는 내가 안겨준 고통이 고스란히 새겨져 있었다. 하지만 나와 헤어지기 전에 그는 의젓하고, 내가 보기엔 깊은 슬픔의 앙금 같은 표현으로 출구를 찾아냈다. 그는 내게서 진정한 친구의 모습을 발견하게 되어 진심으로 놀랐다고 말했다. 그는 내가 기꺼이 짊어지려는 희생을 받아들일지 망설여지는데, 그 의미는 그가 어떤 식으로든 내게 책임을 떠맡기지 않았고, 그래서 돈을 주거나 주지 않거나 내 자유라는 걸 알기 바란다는 말이었다.

그때 나는 얼굴이 붉어졌으리라 확신한다. 당혹감을 떨쳐버리기 위해 나는 그에게 말했다.

“자네는 어째서 내가 마음을 돌리고 싶어 하길 바라는 건가? 자네는 조금 전까지 내게 아무것도 요구하지 않았는데 내가 자청해서 자네를 도왔다는 건가?”

그는 어딘가 불분명하게 나를 쳐다보고는 말했다.

“자네가 원한다면 물론 받아들이겠네. 그리고 감사하네. 하지만 우리는 완전히 새로운 계약을 하게 될 걸세. 어떤 계약이든 논쟁거리는 있기 마련이니까. 일거리가 생기면 자네는 계속해서 자리를 지킬 테고 월급을 받아야겠지. 우리는 전혀 다른 기반 위에 새로운 회사를 차리게 될 걸세. 그렇게 되면, 우리가 실전에 뛰어든 첫해에 발생한 손실에서 다른 피해가 생길까 봐 더 이상 전전긍긍하지 않아도 되네.”

나는 대답했다.

“이번 손실은 더는 아무 의미가 없네. 그러니 더 이상 생각하지 말게. 지금은 자네가 감당해야 할 부분을 신경 쓰게나. 장모님을 잘 설득해보게. 지금으로서는 그것밖에 중요한 게 없네.” 그렇게 우리는 헤어졌다. 나는 귀도가 자신의 가장 속 깊은 감정을 드러낸 순진함에 미소를 지었다고 믿는다. 그는 내게 감사를 표하지도 않고 나의 선물을 받아들이기 위해서 그 긴 이야기를 내게 했다. 그러나 나는 아무런 핑계도 대지 않았다. 그가 다름 아닌 내게 감사해야 한다는 사실을 알고 있는 것으로 만족했다.

그러나 그와 헤어지면서 나 역시 이제 막 자유로운 공기를 쐬러 간 듯한 안도감을 느꼈다. 정말이지 그를 사업가답게 교육시켜야 한다거나 좋은 길로 이끌어야 한다는 생각들에서 벗어나 자유를 느끼고 있었다. 사실 선생은 제자보다 더 얽매여 있다. 나는 그에게 해결 자금을 마련해주기로 단단히 결심했다. 당연히 그에 대한 애정 때문인지 아니면 아다 때문인지 그도 아니면 혹시 그의 사무실에서 일했기 때문에 내게 부여될 일부 책임감에서 벗어나기 위해서인지는 말하지 못하겠다. 어쨌든 내 재산의 일부분을 희생하기로 결심했고, 지금도 여전히 내 인생의 그날을 흐뭇하게 바라보고 있다. 그 돈이 귀도를 구하고, 내게는 의식의 커다란 안정감을 보장해주었다.

나는 더없이 고요한 마음으로 저녁까지 걸었다. 그러느라 주식시장에 가서 올리비 씨에게 실로 엄청난 액수의 돈을 받아 와야 하는 시기를 놓쳤다. 그 일이 당장 급한 건 아니라고 생각했다. 나는 당장 쓸 수 있는 상당한 돈을 지니고 있었고, 매달 15일에 치러야 하는 상환에 투입하기에 충분했다. 월말에 해결해야 할 문제는 더 나중에 준비해도 될 일이었다.

그날 저녁에는 더 이상 귀도에 대해 생각하지 않았다. 나중에, 즉 아이들이 잠자리에 들었을 때 나는 여러 번 아우구스타에게 귀도의 재정 위기와 내가 갚아야 하는 손실에 대해 여러 차례 설명하려 했다. 하지만 언쟁으로 기분이 상하고 싶지 않았다. 그리고 모두가 그 손실의 상환을 결정하게 될 순간에 아우구스타를 설득하는 것이 좋겠다고 생각했다. 게다가 귀도는 자신이 느긋한 시간을 즐기는 동안 내가 화가 났었는지 궁금해할 테니 말이다.

잠을 푹 자고 난 다음 날 아침 나는 주머니를 돈으로 두둑히 채우고 사무실로 향했다(예전에 카를라에게 거절당한 돈 봉투를 가지고 있었다. 그때까지 당사자인 그녀나 그녀의 상속자를 위해 은행에서 인출할 수 있었던 약간의 돈을 더 보태 아주 소중하게 간직하고 있었다). 카르멘이 서류철을 정리하고, 루치아노가 곱셈 덧셈과 씨름하는 사이에 나는 신문을 읽으며 아침나절을 보냈다.

점심 시간에 집으로 돌아왔을 때, 나는 어쩔 줄 몰라 하며 낙담해 있는 아우구스타를 발견했다. 그녀의 얼굴은 나로 인한 슬픔으로 매우 창백했다. 그녀는 조심스럽게 내게 말했다.

"귀도를 구하기 위해 당신 재산의 일부를 희생하기로 결심했다면서요! 나는 그 사실을 알 권리가 없었던 거군요……"

그녀는 자신의 권리에 회의적인 생각이 들었는지 잠깐 주저하는 눈치였다. 그러고는 왜 말하지 않았느냐고 나를 나무라기 시작했다.

"내가 아다 같지 않은 건 사실이에요. 왜냐하면 당신이 하는 일에 단 한 번도 반대한 적이 없으니까요."

그녀에게 무슨 일이 일어났는지 깨닫는 데 시간이 좀 걸렸다. 아우구스타는 귀도 문제로 엄마와 옥신각신하고 있는 아다의 집에 들렀다. 아우구스타를 보자 아다는 큰 울음을 터뜨렸고, 아다로서는 절대 받아들이고 싶지 않은 나의 관대한 결정에 대해 아우구스타에게 말했던 모양이었다. 아다는 오히려 아우구스타에게 내가 그 제안을 취소하게 만들라고 당부했다.

나는 그 순간 아우구스타가 언니를 향한 질투라는 자신의 오래된 고질병으로 괴로워하고 있다는 걸 알아차렸다. 하지만 나는 대수롭지 않게 여겼다. 내가 놀란 건 아다가 보인 태도였다.

"화난 것 같았소?" 나는 몹시 놀란 눈으로 물었다.

"아니요! 아니에요! 나쁜 일이 아니잖아요!" 솔직한 아우구스타가 소리쳤다. "내게 키스를 하고 껴안았어요…… 어쩌면 당신 대신 포옹한 건지 모르겠네요."

그 표현은 매우 재미있게 들렸다. 그녀는 나를 의심의 눈초리로 찬찬히 살펴봤다.

나는 대꾸했다.

"아다가 날 사랑한다고 생각하는 거야? 대체 무슨 생각을 하는 거요?"

그러나 나는 나를 몹시 화나게 만드는 아우구스타의 질투심을 가라앉히지 못했다. 그 시간에 귀도는 더 이상 즐기지 못하고 틀림없이 장모와 아내 사이에서 끔찍한 15분을 보내고 있을 터였다. 하지만 나 역시 너무나 짜증스러웠고, 아무런 죄 없이 지나치게 고통을 겪고 있다는 생각이 들었다.

나는 아우구스타를 어루만지며 달래보려고 했다. 그녀는 얼굴을 멀찌감치 떨어뜨려 나를 자세히 보더니, 아주 부드러운 비난으로 나를 감동시켰다.

"당신이 나도 사랑하는 걸 알아요"라고 내게 말했다.

확실히 아다의 감정 상태는 그녀에게 중요하지 않았다. 하지만 내 감정은 중요했다. 순간 나의 결백을 증명할 생각이 떠올랐다.

"그럼 아다가 나를 사랑하나?" 나는 웃으면서 말했다. 그러고는 내 모습을 잘 보이게 하려고 아우구스타에게서 좀 떨어진 뒤 아픈 아다 흉내를 내려 양볼을 살짝 부풀리고 아주 이상하게 눈을 크게 치켜떴다. 아우구스타는 어이없는 표정으로 나를 쳐다보다가 이내 내 의도를 알아차리고는 폭소를 터뜨렸지만 이내 부끄러워했다.

"안 돼요! 제발 언니를 놀리지 마요"라고 말했다. 그러고는 여전히 웃으면서 내가 아다의 얼굴을 보기 흉하게 망가뜨린 부종을 아주 똑같이 흉내 냈다고 고백했다. 나 또한 아다를 흉내 내면서 그녀를 포옹한 듯 느껴졌기 때문에 그 사실을 알고 있었다. 그리고 혼자 있을 때 나는 여러 번 욕망과 혐오감이 깃든 노력으로 그 흉내를 되풀이했다.

오후에 나는 귀도를 만나리라는 기대감으로 사무실로 갔다. 한동안 그를 기다리다가 그의 집으로 가보기로 했다. 올리비 씨에게 필요한 자금을 요청해야 할지 결정해야 했다. 그 사실을 알고 한껏 의기양양해진 아다를 다시 보는 일이 거북했지만 어쨌든 내 도리를 다해야 했다. 그 여인이 아직도 어떤 놀라운 일들을 내게 선사할지 모를 일이었다!

귀도의 집 층계에서 나는 힘들게 계단을 오르고 있는 장모와 마주쳤다. 장모는 그때까지 귀도의 일과 관련해 이미 결정된 사항들을 아주 길고 자세하게 들려주었다. 전날 저녁 그들은 파산 지경에 이른 귀도를 구하기 위한 대책을 궁리했으나 의견이 분분했다. 아침에서야 내가 귀도의 손실액을 메우기 위해 애쓴다는 사실을 아다가 알고, 단호하게 거절했다는 게 전부였다. 장모는 그녀의 편을 들었다.

"무슨 일을 벌이려는 건가? 아다는 가장 아끼는 동생을 빈털터리로 만들었다는 후회를 하고 싶어 하지 않는다네."

층계참에서 장모는 숨을 고르고 또한 말을 하기 위해 잠깐 멈춰 섰다. 그러고는 아무에게도 해를 주지 않고 일이 끝날 거라고 웃으면서 말했다. 점심 식사 전에 그녀와 아다 그리고 귀도가 변호사에게 조언을 구하러 갔다. 그 변호사는 집안의 오랜 친구이자 지금은 어린 안나의 후견인이었다. 변호사 말에 따르면, 법적으로 의무가 없기 때문에 돈을 지불할 필요가 없다는 것이었다. 귀도는 명예와 의무에 대해 말하면서 팽팽하게 맞섰지만 아다를 포함해서 모두가 단번에 돈을 지불하지 않겠다는 입장이었고, 그 역시 그 결정을 받아들여야 했다.

"그러면 증권거래소에서 귀도의 회사에 파산 선고를 하게 됩니까?"

나는 당황스러워하며 말했다.

"그럴 걸세!" 말펜티 부인이 마지막 계단을 오르기 전에 숨을 몰아 쉬며 말했다.

여느 때처럼 귀도는 점심 식사 후에 휴식을 취하러 갔다. 너무나 익숙한 그 작은 응접실에서 아다가 홀로 우리를 맞이했다. 그녀는 나를 보자 잠시 혼란스러워했다. 나는 그녀가 느끼는 혼란이 무슨 의미인지 정확하고 분명하게 알아차릴 수 있었다. 잠시 후 그녀는 자세를 가다듬고, 미리 들켜버린 여성스러운 망설임을 지우려는 듯 남자같이 씩씩하고 당찬 태도로 내게 악수를 청했다.

그녀가 말했다.

"아우구스타 역시 나처럼 고맙다고 말할 거예요. 뭐가 뭔지 너무 혼란스러워서 지금 느끼는 감정을 어떻게 표현해야 할지 모르겠어요. 게다가 전 환자니까요. 그래요. 아주 아픈 환자죠! 다시 볼로냐의 요양원으로 가야 할 것 같아요!"

흐느끼는 울음소리에 말이 끊겼다.

"당신에게 이제 한 가지만 부탁할게요. 제부 역시 그 돈을 줄 수 없는 입장이라고 귀도에게 얘기해주세요. 그러면 그의 마음을 돌리기가 더 쉬울 거예요."

처음에 아다는 자신의 병을 떠올리면서 흐느껴 울었다. 그러고는 남편 얘기를 계속하기 전에 다시 울음을 터뜨렸다.

"그는 어린애 같아요. 그래서 아이처럼 다뤄야 해요. 만일 제부가 그에게 돈을 주겠다는 걸 남편이 알면 불필요하게 자신의 남은 재산마저 희생하려는 생각을 끝까지 고집할 거예요. 증권거래소에서 파산이 허용된다는 걸 너무나 잘 알기 때문에 불필요하다고 말하는 거예요. 변호사가 애기해줬어요."

그녀는 내 의견을 묻지 않고 지체 높은 변호사의 견해를 내게 전하고 있었다. 증권가를 오래 출입한 나의 의견 역시 변호사의 생각 못지않게 비중을 차지할 수 있었다. 하지만 나는 내가 어떤 의견을 가졌었는지조차 떠올리지 못했다. 다만 내가 곤란한 상태에 놓였다는 생각만 들었다. 나는 귀도에게 약속한 책임을 철회할 수 없었다. 그것은 그의 귀에 대고 무례하게 퍼부은 비난들에 대한 보상이었다.

"아다!"

나는 머뭇거리며 말했다.

"나 자신이 하루아침에 그렇게 말을 바꿀 수 있다고 생각하지 않아요. 당신이 바라는 대로 일이 진행되도록 귀도에게 직접 설득하는 게 낫지 않겠어요?"

말펜티 부인은 언제나처럼 내게 큰 호의를 보이며 말했다. 내 특별한 처지를 잘 이해하고 있으며, 그러나 귀도가 필요한 총액의 4분의 1만을 책임지겠다고 할 때에야 자신들도 그의 바람대로 따를 거라고 말했다.

그러나 아다는 울음을 멈추지 않았다. 그녀는 손수건으로 얼굴을 가리고 울면서 말했다.

"당신이 잘못했어요. 정말 그토록 어마어마한 제안을 한 건 너무나 잘못한 일이에요. 이제 당신이 얼마나 잘못된 결정을 내렸는지 보게 될 거예요!"

그녀는 큰 감사와 깊은 원망 사이에서 제자리를 찾지 못하는 것 같았다. 잠시 후 그녀는 나의 금전적 도움에 대해서는 더 이상 말하고 싶지 않으며, 돈을 마련하지 말아달라고 부탁했다. 그러지 않으면 그녀가 직접 그 돈을 주지 못하도록 나를 방해할 것이며 어떻게든 귀도가 그 돈을 받는 걸 막겠다고 했다.

나는 거짓말로 끝을 맺어서 몹시 곤혹스러웠다. 그녀에게 그 돈은 벌써 준비했다고 말하고, 무게가 거의 나가지 않는 돈 봉투가 들어 있는 가슴 안쪽 주머니를 가리켰다. 그러자 이번엔 아다가 진정 감탄하는 표정으로 나를 바라봤다. 그러지 않았으면 더 좋았을 텐데 하는 눈빛이었다. 어쨌든 아다 앞에서 과장되게 나를 드러내려는 이상한 성향 탓이라고밖에 달리 설명할 수 없는 나의 이 거짓말 때문에 나는 귀도를 기다리지 못하고 그 집을 급히 빠져나와야 했다. 만약 반대 상황으로 내가 가지고 있다고 말한 돈을 건네달라고 했더라면 나는 무슨 낯짝을 할 수 있었겠는가? 나는 사무실에 급한 볼일이 있다고 말하고는 서둘러 자리를 떠났다.

아다는 나를 대문까지 배웅했고, 귀도를 우리 집에 보내 나의 너그러운 아량에 감사를 전하고 정중히 거절하도록 하겠다고 약속했다. 그녀는 몸이 부르르 떨릴 정도로 단호한 결의로 입장을 분명히 했다. 그 약속은 내 편으로 공격하러 오겠다는 말 같았다. 당연히 안 될 일이었다! 그 순간 그녀는 나를 사랑하지 않았다. 나의 너그러운 행동은 지나치게 버거운 것이었다. 그걸 받아야 하는 사람들을 압박하게 되니 상대가 반발하는 게 놀랄 일이 아니었다. 나는 사무실로 가면서 아다의 태도 때문에 생긴 불쾌한 기분에서 벗어나려고 노력했다. 귀도가 아닌 다른 누구에게도 그런 희생을 감수하지 않았다는 사실을 생각했다. 아다가 무슨 상관이란 말인가? 또다시 그런 일이 생긴다면 당장 아다 본인에게 그 사실을 알려야겠다고 재차 다짐했다.

나는 또 한 번 거짓말을 했다는 후회에 빠져들지 않기 위해 사무실에 갔다. 나를 기다리는 사람은 아무도 없었다. 아침부터 보슬비가 내리고 있었고, 연이은 빗방울들이 어중간한 봄 공기를 확실히 상쾌하게 만들어주었다. 사무실에 가려면 꽤나 성가신 멀고 긴 도로를 따라 걸어야 하는 반면 집에는 몇 걸음만 걸으면 갈 수 있었다. 나는 책임을 다해야 한다는 생각이 들었다.

잠시 후 귀도의 사무실에 발걸음이 닿았다. 그는 나하고만 지내기 위해 루치아노를 사무실에서 내보냈다. 그는 한눈에 봐도 아내와 싸우느라 지친 얼굴이었다. 울고 고함을 지른 것이 분명했다.

그는 자기 아내와 장모의 계획에 대해 내 생각이 어떤지 물었다. 그는 내가 벌써 그들과 얘기를 나눈 걸 알고 있었다. 그에게는 내가 주저하는 것으로 보였을 것이다. 나는 두 여인들의 생각에 동의할 수 없다고 말하고 싶지 않았다. 그리고 내가 만약 그들의 의견을 따른다면 귀도의 입장과 새로운 갈등을 불러일으킬 것도 나는 알았다. 게다가 도움을 주는 데 망설이는 걸로 보이는 것이 나는 몹시 싫었다. 그래서 결국 우리는 결정은 내가 아니라 귀도가 해야 한다는 아다의 생각에 동의했다. 나는 그에게 냉정히 계산하고, 다른 사람들을 생각해서 그들의 의견 역시 들을 필요가 있다고 말했다. 나는 그런 매우 중대한 문제에 조언을 해줄 능력을 갖춘 사업가가 아니었다. 그래서 시간을 벌기 위해 그에게 내가 올리비 씨와 의논하길 원하느냐고 물었다.

내가 말을 마치자마자 그는 고함을 질렀다.

"그 엉터리 영감탱이!" 그가 소리쳤다. "그는 이 일에서 제외시키게!"

나는 올리비 씨를 변호할 생각이 전혀 없었지만, 귀도를 진정시키기 위해서 잠자코 있을 수만은 없었다. 우리는 전날과 똑같은 상황에 놓여 있었다. 하지만 지금 고함을 지르는 쪽은 그였고, 입을 다문 쪽은 나였다. 순서의 문제였다. 나는 팔다리가 마비될 정도로 당혹스러워서 어찌할 바를 몰랐다.

그러나 그는 끈질기게 내 의견을 듣고자 했다. 나는 거룩하다고 믿는 직관 덕분에 아주 만족스럽게 말했다. 내 말이 어떤 효과를 지녔든지 간에 뒤따라올 재앙이 비껴갈 정도로 훌륭했다. 나는 지불에 대한 두 가지 문제점을 나누어 거론하며 월말 지불과 15일 지불을 얘기했다. 15일에 지불해야 하는 금액은 상대적으로 많지 않으니 여인들이 맡아 해결하도록 하는 게 좋겠다고 했다. 그러면 다른 지불액에 대해서 신중하게 준비할 수 있는 시간을 벌게 될 거라고 했다.

귀도가 내 말을 가로막고 물었다.

"아다가 내게 말하기로는 자네가 벌써 그 돈을 준비해 주머니에 넣고 있다더군. 지금 가지고 있나?"

나는 얼굴이 빨개졌다. 하지만 위기에서 벗어날 또 다른 거짓말을 금세 찾아냈다.

"자네 집에서 장모와 처형이 그 돈을 받지 않아서 조금 전에 은행에 넣어두었네. 하지만 원하면 언제든지 다시 찾을 수 있어. 당장 내일 아침에라도."

그러자 그는 그렇게 생각을 바꾼 나를 비난했다. 바로 전날 나는 모든 걸 제대로 처리하기 위해 다른 지불 건을 늦추고 싶지 않다고 떠들어대지 않았는가! 그는 불같이 화를 냈고, 결국에는 소파를 뒤집어엎으며 화풀이를 했다! 그는 속으로 닐리니와 자기를 주식 투기에 끌어넣은 다른 중개인들을 사무실 밖으로 던져버렸을 것이다. 오! 그는 주식에 빠져들면서 빈털터리가 될 가능성을 직감했을 것이다. 하지만 그는 아무것도 알지 못하는 여인들의 말에 순순히 따르는 법이 결코 없었다.

나는 그와 악수를 하기 위해 다가갔고, 만일 그가 허락한다면 포옹까지 할 생각이었다. 그가 결정을 내리길 바라는 마음 외에 다른 뜻은 없었다. 주식은 이제 그만두고 날마다 회사 일에 매진하기를! 그것은 우리의 미래와 그의 독립이 걸린 문제였다. 이제 짧은 시련기를 보내는 문제가 남았다. 하지만 그 뒤에는 모든 것이 쉽고 간단해질 것이었다.

잠시 후 그는 낙담한 듯 기운이 없었지만 한결 차분해진 상태로 내 곁을 떠났다. 그 역시 비록 어려운 상황이지만 강한 결심을 굳힌 듯했다.

"아다에게 돌아가겠네!" 그는 중얼거리듯 말하며 씁쓸하지만 확신에 찬 미소를 지었다.

나는 그를 문까지 바래다주었다. 만일 대기하고 있는 마차가 없으면 그의 집까지 동행할 작정이었다.

정의와 심판의 신 네메시스가 귀도의 뒤를 쫓고 있었다. 그와 헤어진 지 30분쯤 뒤에 나는 그를 도우러 그의 집에 가는 것이 내 입장에서 할 수 있는 신중한 행동이라는 생각이 들었다. 그가 위험을 감수할 수 있을지 의심해서가 아니다. 하지만 이제 어느덧 나는 온전히 그의 편이었고, 아다와 말펜티 부인이 그를 돕도록 설득하는 데 도움을 줄 수 있었다. 증권가에서 실패는 썩 내키지 않는 일이었지만, 우리 네 사람이 손실을 함께 감당하는 것은 무의미한 일이 아니었다. 하지만 우리 중 누구도 실패를 인정하지 않았다.

그때 나의 막중한 의무는 귀도를 돕는 것이 아니라 내가 약속한 금액을 다음 날 그 앞에 준비해놓는 거라는 생각이 떠올랐다. 나는 곧장 올리비 씨를 찾아갔고, 또 다른 싸움에 대비했다. 나는 여러 해 동안 내 회사에 상당히 큰 금액을 예치해두고 있었다. 그 돈이 수개월 사이에 내 어머니의 재산으로 남게 되었다. 올리비 씨가 그 문제를 까다롭게 걸고 넘어지지 않기를 바랐다. 왜냐하면 그때까지 나는 그에게 이자와 수익이 얼마나 되는지 한 번도 물어본 적이 없었고, 그런 질문으로 결코 그를 불편하게 만들고 싶지 않았기 때문이다. 최소한 그 이자와 수익의 총액만으로도 귀도가 입은 손실을 막을 수 있다는 건 확실했다.

그날 저녁 나는 올리비 씨를 만나지 못했다. 내가 들어갔을 때는 그가 막 사무실에서 퇴근한 뒤였다. 직원들은 그가 증권거래소로 갔을 거라 추측했다. 하지만 그곳에서도 나는 그를 보지 못했다. 그래서 나는 그가 명예직을 맡고 있는 어느 협회에서 가까운 그의 집으로 찾아갔다. 거기서 그를 만날 수 있었지만 이미 밤이 깊었다. 거리를 온통 수로로 만들어버린 폭우가 줄기차게 쏟아지고 있었다.

그날 밤새도록 폭우가 쏟아졌는데, 그 뒤로 오랫동안 기억에 남을 만한 폭우였다. 비는 조용히 소리 없이 수직으로 엄청난 양의 빗방울을 떨구었다. 도시를 에워싼 고지대에서 흙탕물이 내려와 도시의 쓰레기와 한데 엉켜 빈약한 도시의 수로를 막아버렸다. 비가 그치길 기다리느라 쓸데없이 비를 피해 있다가 집으로 가기로 마음먹었을 때, 그리고 비가 계속 내릴 날씨여서 비가 그치길 바라는 게 소용없다는 생각이 들었을 때, 사람들은 도로의 가장 높은 둔덕까지 출렁이는 물길을 걸어 집으로 돌아갔다. 나는 온갖 욕설을 퍼부으며 뼛속까지 젖어서 집으로 달려갔다. 심한 욕설을 내뱉은 이유는 올리비 씨가 있는 곳을 알아낼 아주 소중한 시간을 허비했기 때문이었다. 내 시간을 허비해서 아까운 것이 아니라, 헛된 수고를 했다는 확신이 들 때 참을 수 없이 고통스럽다. 나는 빗속을 달리면서 이렇게 생각했다.

'모든 일은 내일 생각하자. 뭔가 더 분명하고 아름다워지고 축축함은 사라졌을 때 말이지.'

모든 결정은 동이 트는 아침에 다시 생각해봐야 한다고 아우구스타에게 말했던 내 판단을 확신했다. 나는 옷을 갈아입고 젖은 몸을 말린 다음, 혹사당한 발을 위해 편안하고 따뜻한 슬리퍼를 신었다. 먼저 저녁 식사를 한 후, 잠자리에 들어 다음 날 아침까지 깊이 잠들었다. 밤새 굵은 빗방울이 채찍질을 하듯 내 방 유리창을 두드리는 동안에도 나는 깨지 않았다.

그날 밤에 일어난 사건들을 나는 뒤늦게야 알게 됐다. 먼저, 큰 비가 도시 곳곳에 홍수를 일으켰다는 것 그리고 귀도가 죽었다는 소식이었다. 그런 일이 어떻게 일어날 수 있었는지는 훨씬 나중에서야 알게 됐다. 전날 밤 11시쯤, 장모가 가고 나서 귀도는 자신이 엄청난 양의 베로날을 삼켰다는 걸 아내에게 알렸다. 그는 자신이 죗값을 치렀다는 사실을 아내가 납득하길 바랐다. 그녀를 껴안고 키스하며 그녀를 고통스럽게 한 것에 대해 용서를 빌었다. 그러고 나서 그는 아직 말을 더듬기 전에 그녀가 자기 인생의 유일한 사랑이었다고 고백했다. 그 순간 그녀는 남편의 고백도, 그가 죽음에 이를 만큼 많은 독극물을 삼켰다는 사실도 믿지 못했다. 그가 의식을 잃은 것조차 믿기지 않았다. 오히려 그녀에게 다시 돈을 뜯어내려고 그런 시늉을 하는 거라고 생각했다.

그렇게 한 시간 가까이 지나서, 그가 여전히 깊이 잠들어 있는 걸 보고 심각한 일이 벌어진 걸 깨닫고 그녀는 자신의 집에서 멀지 않은 곳에 사는 의사에게 전갈을 썼다. 그녀는 자신의 남편이 다량의 베로날을 삼켜서 응급 처치가 필요하다고 적었다.

그때까지 집 안에는 어떤 동요도 없었다. 그런 까닭에 조금 전에 집에 들어온 늙은 하녀는 자신의 임무가 얼마나 중대한지 알아차리지 못했다.

비가 잠시 잦아들었을 때, 하녀는 무릎까지 차오른 물을 헤쳐가다 그만 메모지를 잃고 말았다. 하녀는 의사 앞에 가서야 그 사실을 깨달았다. 그러나 응급 상황임은 말할 수 있었고 의사에게 함께 가자고 재촉했다.

의사 말리 씨는 50세 정도 된 남자였다. 그는 뛰어난 의사와는 거리가 멀었지만 언제나 최선을 다해온 경험 많은 의사였다. 그는 이렇다 할 큰 고객은 없었지만 수많은 회원들이 몸담고 있는 어느 단체에서 많은 활동을 하고 있었다. 따라서 그는 여느 의사들에 비해 경제적으로 그다지 풍족한 건 아니었다. 그는 방금 전에 집에 도착해 벽난로 옆에서 젖은 몸을 말리고 몸을 녹이는 중이었다. 그 따뜻한 곳을 버려두고 나와야 하는 그의 심정을 상상하는 건 어렵지 않다. 불쌍한 친구의 죽음을 자세히 추적하면서 나는 의사 말리 씨와 잘 알게 되었다. 다시 밖으로 나갔을 때 그는 우산이 비가 새는 것을 느꼈다. 그는 농부들이 비가 올 때 집에 있는다는 걸 떠올리면서 농업 대신 의학을 공부한 것을 후회했다.

귀도의 침대에 도착한 그는 아주 침착한 아다를 발견했다. 의사가 오자 그녀의 머릿속에는 귀도가 몇 달 전 자살을 흉내 내면서 그녀를 놀라게 했던 일이 선명하게 떠올랐다. 그녀에게 더 이상 책임을 물을 수 없었지만, 의사에게는 모든 걸 알려야 하기 때문에 그 사실을 말했다. 자살 시도라 믿게 만드는 정황들도 예외는 아니었다. 그리고 이 정보들이 의사의 귀에는 허황되게 들렸다. 그는 독극물 중독을 치료하기 위해 불려왔다는 사실을 전달받지 못했기 때문에, 처치에 필요한 모든 기구들을 챙겨오지 못했다. 그는 아다가 알아듣지 못하는 말로 구시렁거리며 불만을 터뜨렸다. 최악의 상황은 위세척을 시도하기 위해서 필요한 의료 기구들을 가져오지 않은 게 아니라, 그가 직접 같은 길을 두 번이나 오가면서 그것을 가지러 가야 하는 것이었다. 의사는 귀도의 맥박을 확인하고서 그의 상태를 놀라워했다. 그는 아다에게 귀도가 항상 매우 깊은 수면 상태를 보였는지 물었다. 아다는 그렇다고 대답했지만 그 순간은 아니었다. 의사는 귀도의 동공을 살펴봤다. 즉시 빛에 반응했다! 그는 가끔씩 진한 블랙커피를 몇 스푼씩 귀도의 입에 떠 부어주라 당부하면서 그 자리를 떠났다.

나는 밖으로 나온 그가 화가 나서 이렇게 중얼거렸다는 것 또한 알게 됐다.

"이런 날씨에 거짓 자살 시도 같은 걸 하다니. 법으로 처벌해야 해!"

그를 만났을 때 나는 그의 과실에 대해서 비난할 생각은 하지 않았다. 하지만 그가 눈치를 채고 자신을 변호했다. 내게 말하길, 다음 날 아침 귀도가 죽었다는 사실을 알고서, 의식을 되찾은 그가 다른 베로날을 더 삼킨 것이 아닌가 의심했을 만큼 놀랐다는 것이었다. 그러고 나서 그는 의술의 세계를 모르는 사람들은 의사가 의술을 실행하는 과정에서 자기만 생각하느라 의사를 위험에 빠뜨리는 환자들에 맞서 자신을 방어하는 데 익숙해진다는 걸 상상하지 못할 거라 덧붙였다.

의사가 떠나고 한 시간이 조금 더 지난 뒤, 아다는 귀도의 굳게 다문 이 사이로 커피를 떠먹이는 데 지치고 말았다. 귀도는 점점 더 조금만 받아들였고 나머지는 흘러 베개를 적시는 걸 보다가 그녀는 다시 깜짝 놀라 하녀에게 의사 파올리 씨를 불러오라고 했다. 이번에 하녀는 메모지를 단단히 챙겼다. 하지만 의사가 사는 곳까지는 한 시간이 넘게 걸렸다. 비가 많이 오자 자연히 그녀는 자주 멈춰 서서는 주랑(柱廊) 지붕 아래에서 비를 피하게 됐다. 몸을 적시는 정도가 아니라 휘몰아치는 비였다.

의사 파올리 씨는 집에 없었다. 그는 조금 전에 어떤 환자의 호출을 받고 일찍 돌아오겠다고 하면서 떠났다는 것이었다. 그러나 환자의 집에서 비가 그치길 기다리기로 했는지 소식이 없었다. 의사의 가정부는 나이가 지긋한 아주 자상하고 친절한 부인이었다. 그녀는 아다의 하녀를 난로 가까이 앉게 한 다음 지친 그녀를 돌봐주었다. 의사가 왕진을 간 환자의 주소를 남겨놓지 않아서 두 여인은 함께 난롯가에서 여러 시간을 보냈다. 의사는 비가 그쳐서야 돌아왔다. 그가 전에 귀도를 처치했던 도구들을 챙겨 아다의 집에 도착했을 때는 날이 밝아오고 있었다. 그의 침대에서 의사가 할 일은 단 한 가지였다. 귀도가 벌써 죽었다는 사실을 아다에게 감추고, 아다가 그 사실을 알기 전에 말펜티 부인을 오도록 하는 일이었다. 감내하기 힘든 고통에 빠질 아다를 보살피게 하려는 의도였다.

그 때문에 우리는 아주 뒤늦게야 대략적인 소식을 전해들었다. 그의 부고를 듣고 침대에서 일어난 나는 불쌍한 귀도를 향해 마지막으로 걷잡을 수 없는 분노를 느꼈다. 어처구니없는 행동으로 모든 불행을 엉망진창으로 만들었다! 아이를 두고 갈 수 없었던 아우구스타를 놔두고 나는 혼자 집을 나섰다. 밖으로 나오자 나는 의심스러운 생각에 사로잡혔다! 내가 약속한 돈을 마련해서 귀도에게 가기 위해 은행문이 열리고 올리비 씨가 사무실에 출근할 때까지 기다려야 할까? 이렇듯 나는 이미 통고 받은 귀도의 사망 소식조차 믿기지 않았던 것이다!

진실은 의사 파올리 씨에게서 들었다. 나는 그와 계단에서 마주쳤다. 나는 거의 쓰러질 정도로 심한 충격에 휩싸였다. 귀도와 함께 살아오면서 그는 내게 매우 중요한 사람이었다. 그가 살아 있는 동안 나는 어떤 빛 속에 있는 그를 보아왔다. 그 빛은 내 일상의 큰 부분을 비춰주었다. 그가 죽으면서 그 빛이 변했다. 순식간에 프리즘을 통과해 간 것처럼 갑작스럽게 나를 눈부시게 했다. 그는 크나큰 실수를 저질렀지만 그가 죽으면서 그의 잘못들은 아무것도 남아 있지 않았음을 곧 깨달았다. 내게는 온갖 좋은 비문으로 덮인 묘지에서 그 지역에 죄인들이 어디 묻혔느냐고 물었다는 옛이야기 속의 그 어릿광대가 어리석어 보였다. 죽은 사람들은 더 이상 죄인들이 아니었다. 귀도는 이제 순수했다! 죽음이 그를 정화시켰다.

의사 파올리 씨는 아다의 슬픔을 위로하다 감정이 울컥했다. 그는 그녀가 보낸 그 끔찍한 밤에 대해 내게 몇 가지 얘기를 해줬다. 귀도가 삼킨 독극물의 양이 어떤 응급조치로도 구할 수 없었을 양이라는 말을 이제 어느 정도 그녀가 믿도록 만든 것 같았다. 그녀가 달리 생각했다면 얼마나 큰일인가!

의사가 힘없이 덧붙였다.

"그렇지만 내가 몇 시간 전에 도착했더라면 그를 살렸을 겁니다. 빈 독약 병들을 발견했거든요."

나는 그것들을 조사했다. 치명적인 분량이었지만 다른 것들보다 조금 더 독한 정도였다. 파올리 씨는 약의 용법이 적혀 있는 약병 몇 개를 내게 보여주었다. 베로날. 그러니까 나트륨 베로날이 아니었다. 다른 누구라도 알 수 있듯이 그때 나는 귀도가 죽고 싶어 하지 않았다는 걸 확신할 수 있었다. 그러나 나는 결코 아무에게도 그 얘기를 하지 않았다.

의사 파올리 씨는 그날만큼은 아다를 만나려 하지 말라고 내게 당부한 뒤에 떠났다. 그는 아다에게 강력한 안정제를 복용하게 했고, 금세 효과가 나타날 거라 믿었다.

아다가 나를 두 번 맞이했던 그 작은 방에서 조용한 울음소리가 복도에까지 들려왔다. 드문드문 무슨 뜻인지 알아들을 수 없는 말도 들렸지만, 거의 슬픈 탄식으로 가득했다. 그이라는 단어가 여러 차례 되풀이되어 들려와 그녀가 하는 말을 가늠해볼 수 있었다. 그녀는 세상을 떠난 가여운 이와 자신의 관계를 새롭게 되살리고 있었다. 살아 있을 때 함께했던 관계와는 전혀 다른 것이어야 했다. 내게는 남편이 살아 있을 때 그녀가 잘못을 저질렀다는 확실한 증거로 보였다. 그는 모두의 허락을 얻어 주식 투자를 했기 때문에 모두가 가담한 범죄로 죽어간 것이었다. 그가 손실액을 감당해야 했을 때는 모두가 그를 혼자 내버려두었다. 그리고 그는 그 값을 지불하려고 서둘렀던 것이다. 가족들 중에 정말 아무런 상관이 없었던 유일한 사람인 내가 그를 도와야 한다는 의무감을 느꼈다.

가여운 귀도가 안방 침실에 시트에 덮인 채로 혼자 쓸쓸히 누워 있었다. 몸은 벌써 상당히 굳어졌고, 얼굴에는 애를 쓴 표정이 아니라 원치 않았던 죽음을 맞이해 너무나 놀란 표정이 깃들어 있었다. 구릿빛의 잘생긴 그의 얼굴에 원망과 비난이 묻어나고 있었다. 분명히 나를 향한 건 아니었다.

나는 아우구스타에게 가서 언니를 돌보러 가라고 재촉했다. 감정이 매우 북받쳐 올랐고, 아우구스타는 나를 껴안으며 울었다.

"당신은 형부에게 형제나 마찬가지였잖아요." 그녀가 중얼거렸다. "지금에서야 그의 좋지 않은 기억을 깨끗이 씻어내기 위해 우리 재산의 일부를 희생하려고 했던 당신 뜻에 동의해요."

나는 가여운 친구에게 모든 공로를 돌렸다. 그러는 동안 사무실 문 앞에 부고문을 붙였다. 회사 소유주의 죽음으로 문을 닫는다는 내용을 알리는 글이었다. 부고는 내가 직접 작성했다. 그러나 겨우 다음 날에야, 아다의 동의를 얻어 장례 절차를 시작했다. 아다가 묘지까지 관구 행렬을 따라가겠다고 결정한 것을 나는 그때 알았다. 그녀는 가능한 한 모든 애정을 그에게 표하고 싶어 했다. 안쓰러운 아다! 무덤에서 느끼는 후회가 얼마나 큰 고통인지 알고 있었다. 나 역시 아버지의 죽음으로 너무 큰 고통을 겪었다.

나는 닐리니와 함께 그날 오후 회사를 정리했다. 귀도가 처했던 상황과 관련해 간단한 대차대조표를 작성했다. 소름끼치도록 무서웠다! 모든 빚을 다 청산했다면 귀도는 회사의 자본을 다 잃을 뿐만 아니라 꼭 그만큼의 빚을 또 지게 될 상황이었다.

고인이 된 불쌍한 친구를 돕기 위해서 내가 나서야만 했다. 하지만 나는 꿈을 꾸는 것 외에 실질적인 면에서 할 줄 아는 게 없었다. 처음 떠오른 생각은 내 평생을 그 사무실에서 헌신하고, 아다와 그의 자녀들을 위해 일하는 것이었다. 하지만 잘해내리라 확신할 수 없었다.

내가 아주 멀리 시선을 두고 있는 동안 닐리니는 평상시와 다름없이 수다를 떨었다. 그 역시 귀도와의 관계를 근본적으로 바꾸고 싶어 했다. 지금은 그도 모든 걸 이해하고 있었다! 그에게 등을 돌렸을 때 불쌍한 귀도는 이미 자신을 자살로 몰고 갈 병의 영향을 받고 있었던 것이다. 그래서 어느덧 모든 것이 잊혔다. 일이 그렇게 돼버렸다고 말하면서 닐리니는 설교를 했다. 원망은 누구에게도 도움이 되지 못했다. 그는 언제나 귀도를 좋아했었고 그러므로 그렇게 받아들이길 원했다.

결국 닐리니의 꿈과 내 꿈이 서로 겹쳐지며 한데 섞였다. 그와 같은 재앙의 피난처를 순환이 느린 사업에서가 아니라 여전히 주식시장에서 찾겠다는 꿈이었다. 그리고 닐리니는 개인적으로 친한 친구의 얘기를 내게 들려주었다. 그는 마지막 순간에 투자를 두 배로 늘리면서 살아남을 수 있었다는 것이다.

우리는 오랜 시간 함께 얘기를 나눴다. 하지만 귀도가 시작한 투기판에 들어오라는 닐리니의 제안은 정오 직전에 마무리 지어졌다. 나는 즉시 수락했다. 마치 내 친구를 되살린 것처럼 기쁘게 그 제안을 받아들였다. 결국 불쌍한 귀도의 이름으로 나는 리오 틴토rio tinto, 사우스 프렌치south french 등등 이상한 이름의 주식들을 엄청나게 사들였다.

그렇게 해서 내 인생에서 가장 힘겨운 50시간의 작업이 시작됐다. 내가 매매 신청한 주식들이 구매되었는지를 기다리며 밤 늦게까지 사무실 안을 초조하게 서성였다. 귀도의 자살이 알려져, 증권거래소에서 그의 이름으로 더 이상 주식을 구매할 수 없다고 할까 봐 두려웠다. 그러나 꽤 여러 날 동안 그의 죽음은 자살로 알려지지 않았다.

드디어 닐리니가 내가 신청한 주식들이 모두 구매되었다고 알려주었을 때 나는 진심으로 큰 흥분을 느꼈는데, 구매 결정 통보를 받은 순간부터 이미 상당히 큰 금액을 잃었다는 보고를 받을 때까지 흥분은 점점 증가했다. 그 흥분 상태는 정말 고단한 노동으로 기억된다. 몰래 카드를 매만지면서 줄기차게 50시간 동안 노름판에 앉아 있었던 걸 기억하면 신기한 기분이 든다. 그토록 오랜 시간 그런 수고를 마다하지 않고 버틸 줄 알았던 사람은 내가 아는 한 아무도 없다. 가격 변화가 있을 때마다 그것을 기록하고 따져본 후 먼저 투자했다 다시 뺐다 하는 일은 나를, 결국 내 친구를 만족시켰다. 심지어 나는 불면의 밤을 연거푸 보냈다.

나는 가족들 중 누군가가 내가 착수한 구제 계획을 말리러 올까 봐 염려하면서, 그달 15일이 됐을 때 지급할 돈에 대해서 아무에게도 말하지 않았다. 모든 금액은 내가 지불했다. 왜냐하면 다른 사람들은 묘지에 안장될 귀도의 시신 곁에 있었으므로 그 일에 대해서 기억하지 못했기 때문이다. 결국 행운이 나를 도와주어 지불할 돈은 귀도가 살아 있을 때 예상했던 액수보다 적었다. 귀도의 죽음에 대해 내가 느끼는 슬픔도 마찬가지였다. 나의 서명과 내 돈의 위험성 등 가능한 모든 방법을 끌어내 스스로를 위험에 빠뜨리면서 그 슬픔 또한 누그러뜨릴 수 있을 것 같았다. 그의 곁에서 오래전 시도해보려 했던 선한 의지의 꿈이 거기까지 나를 따라와주었다. 나는 그것에 너무 흥분되어 더 이상 내 판단대로 주식 투자를 하지 않았을 만큼 그 감정에 사로잡혔다.

하지만 '흠집내기'(이것은 나의 특기였다)에 이끌려 결국엔 귀도의 장례식에 참석하지 못했다. 사정은 이랬다. 장례식이 있던 바로 그날, 내가 사들였던 주식의 가치가 껑충 뛰어올랐다. 닐리니와 나는 손실액을 얼마나 만회할 수 있는지 계산하느라 시간을 보냈다. 귀도의 아버지 스파이어 씨의 투자금 중 이제 절반을 되찾은 것이었다! 자부심을 느낄 만한 놀라운 결과였다. 닐리니가 몹시 조심스러운 투로 예견했던 일이 현실로 벌어졌다. 그는 당연하다는 듯이, 자신이 했던 말을 되풀이하던 순간에 보였던 의심은 온데간데없이 사라졌고, 확실한 예언자인 양 행동했다. 내 생각에 그는 그러한 경우도 예상했고 또 그 반대도 예상했다. 그러니 그가 틀릴 수는 없었지만 나는 그렇게 얘기하지는 않았다. 왜냐하면 내게는 그가 야망을 가지고 일을 하는 모습이 더 만족스러웠기 때문이었다. 그의 욕망 또한 주식 가격에 영향을 미칠 수 있었다.

우리는 오후 3시가 되어서야 장례식이 2시 45분에 시작된다는 걸 떠올리고는 사무실을 나와 달려갔다. 키오차Chiozza 건물에서 멀리 장례 행렬이 보였다. 아다를 위해 한 친구가 장례식에 보낸 마차를 알아볼 수 있었다. 나는 광장에 있는 마차에 올라, 마부에게 장례 행렬을 따라가라고 요구했다. 그 마차에서 닐리니와 나는 계속해서 주식 투자에 대해 얘기를 나눴다. 우리는 느리게 가는 마차에 불만을 늘어놓으면서 이미 죽고 없는 불쌍한 친구 생각에서 점점 멀어지고 있었다. 우리가 지켜보지 않은 사이에 주식시장에서 무슨 일이 벌어졌는지 누가 알겠는가? 어느 순간 닐리니가 나를 빤히 쳐다보면서 왜 나 자신의 판단대로 투자를 하지 않는지 이유를 물었다.

"지금은…… 가여운 친구의 뜻대로 일하는 걸세." 내가 대답했다. 그런데 왜 내 얼굴이 붉어졌는지 모르겠다. 나는 잠시 망설인 뒤에 덧붙였다.

"그런 다음에 나 자신을 생각하겠네." 닐리니에게 항상 친구로서 온전히 나를 지켜주면서 게임판에 이끌 수 있다는 희망을 주고 싶었다.

그러나 나는 그에게 감히 하지 못했던 말을 바로 그 순간 혼자 되뇌었다.

"나를 자네 손에 맡기지는 않을 거야!"

그러자 그가 또 예언을 시작했다.

"글쎄 이런 기회를 누가 가질 수 있을는지 모르겠군!"

그는 주식시장에 매시간 기회가 있다는 걸 내게 가르쳐준 사실을 잊고 있었다.

우리가 장례식장에 도착해 마차들을 세우는 곳에 다다랐을 때, 닐리니는 창문 밖으로 머리를 내밀고는 깜짝 놀랄 정도로 소리를 질렀다. 마차가 그리스인 묘지로 향해 가는 장례 행렬을 뒤따르기 시작했다.

"귀도 씨가 그리스인이었나?" 그가 놀라며 물었다.

정말 장례 행렬은 가톨릭 묘지를 지나 유대인, 그리스인, 개신교인 아니면 세르비아인 묘지와 같은 몇몇 다른 묘지들을 향해 가고 있었다.

"어쩌면 개신교인이었을 수도 있겠군!" 처음에 나는 그렇게 말했지만 곧바로 가톨릭교회에서 있었던 그의 결혼식을 도운 기억이 떠올랐다.

"뭔가 착오가 생긴 게 분명해!" 나는 사람들이 그를 다른 곳에 묻으려는 걸로 생각하고 외쳤다.

갑자기 닐리니는 작은 얼굴에 크게 벌려 보기 흉해진 입으로 마차가 뒤집어질 정도로 주체할 수 없는 폭소를 터뜨리며 웃었다.

"우리가 잘못 안 거야!" 그가 소리쳤다. 그는 호탕한 웃음을 자제하고, 내게 잔소리를 퍼부었다. 나는 당연히 장례식 시간과 참석하는 사람들 따위를 확인하고 마차가 어디로 가는지 봤어야 했다. 그것은 다른 사람의 장례 행렬이었다.

화가 난 나는 그의 말에 웃음도 나오지 않았고, 이제는 그의 잔소리를 견디기 어려웠다. 왜 그도 자세히 보지 않았는가? 나는 장례식보다 주식에 더 신경을 써야 했다는 오직 그 이유로 불쾌한 기분을 다스렸다. 우리는 마차에서 내려 가톨릭 묘지 입구로 향했다. 마차가 우리를 따라왔다. 다른 고인의 유가족들이 놀란 눈으로 우리를 쳐다보고 있다는 걸 알았다. 마지막 장소까지 따라와 추모하고서 왜 가장 중요한 순간에 가여운 고인을 버리고 가는지를 어떻게 설명해야 할지 몰랐다.

참을성을 잃은 닐리니가 나를 앞질러 갔다. 그가 잠깐 머뭇거리다 문지기에게 물었다.

"귀도 스파이어 씨 장례 행렬이 벌써 도착했습니까?"

문지기는 우스워 보이는 그 질문에 전혀 놀라지 않은 것 같았다.

그는 모르겠다고 대답했다. 다만 30분 사이에 두 장례 행렬이 묘지 안으로 들어갔다는 말만 했다.

어리둥절해진 우리는 서로 의견을 물었다. 장례 행렬이 벌써 안으로 들어갔는지 밖에 있는지 도무지 알 수 없었다. 그래서 내 생각대로 결정했다. 이미 시작되었을지 모를 장례식에 끼어들어 방해하는 건 있을 수 없는 일이었다. 그러므로 묘지 안에 들어가지 않기로 했다. 그러나 돌아가다가 장례 행렬과 맞닥뜨리는 건 더더욱 싫었다. 그래서 하관의식에 참석하길 포기하고 세르볼라 너머로 한참 돌아서 도시로 돌아가기로 했다. 자신을 알고 있는 아다를 생각해서 끝까지 참석하겠다는 닐리니를 위해 마차는 두고 왔다.

나는 아무와도 마주치지 않으려고 빠른 걸음으로 마을로 향하는 시골길을 올랐다. 어느 사이엔가 장례 행렬을 잘못 쫓아갔던 것이나 불쌍한 귀도의 마지막을 함께하지 못한 것이 조금도 안타깝지 않았다. 장례식에서 시간을 허비할 수가 없었다. 다른 의무가 나를 압박하고 있었다. 그것은 친구의 명예를 되살려야 한다는 것 그리고 미망인과 그 자녀들을 위해 그의 재산을 지켜야 한다는 것이었다. 잃은 돈의 4분의 3을 되찾으면 아다에게 말할 참이었다(머릿속으로는 모든 계산을 수없이 되풀이하고 있었다. 귀도가 아버지 재산의 두 배를 잃었고, 내가 개입한 후로 손실액이 재산의 절반 정도로 줄어들었다. 그러니 정확했다. 내가 손실액의 4분의 3을 만회했다). 그녀는 틀림없이 그의 장례식에 참석하지 않은 나를 용서해줄 것이다.

그날 날씨는 다시 맑게 개었다. 봄 햇살이 눈부시게 빛났고, 여전히 물기를 머금은 시골 들판의 공기는 맑고 상쾌했다. 여러 날 틀어박혀 지내다 움직이자 나의 허파는 깊이 호흡하며 팽창하고 있었다. 나는 아주 건강하고 힘이 넘쳤다. 건강은 비교할 때 드러났다. 나는 불쌍한 귀도와 나를 비교하면서 험한 길을 올랐다. 그가 쓰러진 싸움에서 나는 승리를 거머쥐며 높이 올라갔다. 내 주위의 모든 것이 건강하고 활력이 있었다. 푸릇푸릇한 어린 수풀이 자라는 들판 역시 그랬다. 전날의 재앙 같았던 폭우가 지금은 이로운 영향만 주고 있었고, 빛나는 태양은 아직 차디찬 땅이 목말라하는 따스한 온기를 내려줬다. 만일 날씨가 혹독하게 바뀌지 않았다면 재앙에서 벗어난 만큼이나 맑고 푸르른 그 하늘이 별로 마음에 와 닿지 않았을 것이었다. 하지만 이것은 경험을 통해 예측한 것일 뿐, 나는 그 상황을 정확히 기억하지 못했다가 지금 이 글을 기록하면서 겨우 떠올릴 수 있었다. 그 순간 내 마음에는 나의 건강과 언제까지나 건강 그대로인 자연 전체에 대한 감탄만이 맴돌았다.

나의 걸음은 더욱 빨라졌다. 발걸음이 매우 가볍게 느껴져서 기분이 좋았다. 세르볼라 언덕을 달리다시피 빠르게 내려왔다. 평지인 성 안드레아 거리를 지날 때는 다시 천천히 걸었다. 하지만 변함없이 아주 수월하게 걷는 기분이었다. 바람이 나를 데려다놓는 듯했다.

나는 가장 가까운 친구의 장례식장에서 오는 길이라는 걸 까맣게 잊고 있었다. 걸음과 호흡 모두 승리에 도취된 사람 같았다. 그렇지만 승리의 기쁨은 나를 시합장에 내려오게 한 내 가여운 친구에게 바치는 오마주였다.

나는 마감된 주식 종가를 보기 위해 사무실로 갔다. 조금 더 약세이긴 했지만 신용을 빼앗아갈 정도는 아니었다. 나는 다시 '주식을 매만지러' 돌아갈 것이었고, 내가 목표에 도달하리라는 걸 의심하지 않았다.

나는 마침내 아다의 집으로 향해야 했다. 아우구스타가 문을 열어주러 나왔다. 그녀는 나를 보자마자 물었다.

"당신, 어떻게 장례식에 안 올 수가 있어요. 우리 집안의 유일한 남자가요?"

나는 우산과 모자를 내려놓고 잠시 멈칫하며 말했다. 두 번 말하지 않기 위해서 아다에게도 당장 해명하고 싶다고 했다. 그러면서 장례식에 빠질 수밖에 없었던 중요한 이유가 있었다고 아내에게 사정을 설명했다. 나는 더 이상 큰 확신이 들지 않았고, 갑자기 피로 때문인지 허리에 통증이 느껴졌다. 아우구스타의 눈에는 온 집안을 떠들썩하게 했을 게 분명한 나의 불참에 대해 과연 변명할 수 있을지 미심쩍어 하는 것처럼 보였을 것이다. 내 앞에는 장례식에 참석했던 사람들이 모두 보였다. 슬픈 예식에서 그들은 잠시 고통을 잊고 내가 어디에 있었는지 어리둥절해했던 것이다.

아다는 오지 않았다. 나는 그녀가 내가 자신을 기다렸다는 사실조차 전달받지 못했다는 걸 나중에 알았다. 대신 장모가 와서 이전에 본 적이 없는 눈살을 찌푸린 엄한 표정으로 내게 말하기 시작했다. 나는 사정을 이야기했지만, 묘지에서 도시로 건너왔다는 확신을 심어주기에는 너무 멀리 와 있었다.

나는 더듬더듬 말했다. 진실에서 비껴간 몇 가지 핑계를 댔다. 귀도의 도움으로 용기를 내어 주식 투자를 시작했다는 진실 대신, 장례식 시간 바로 얼마 전에 주문을 하기 위해 파리에 공문서를 보내야 했고, 그래서 답장을 받기 전에는 사무실을 나설 수 없었다고 말했다. 실제로 닐리니와 나는 파리에 전보를 보내야 했었다. 그러나 그 일은 이틀 전이었고, 이틀 전에 우리는 답장까지 받았다. 아무튼 진실로는 나를 변명하기에 충분하지 않다고 생각했다. 어쩌면 며칠 전부터 우리가 욕심을 내서 진행하고 있는 국제 거래와 관련한 일들을 장모에게 모두 털어놓을 수 없기 때문이었으리라. 하지만 말펜티 부인은 귀도의 손실액이 줄어들었다는 얘기에 나를 용서했다. 그녀는 눈가에 눈물을 흘리며 고마워했다. 나는 다시 집안의 유일한 남자가 됐다. 게다가 이번엔 최고의 남자였다.

장모는 내게 저녁에 아우구스타와 함께 아다를 보러 오라고 했다. 그때 모든 사실을 얘기하겠다고 했다. 당장은 아다가 누구를 만나 얘기할 상황이 아니었다. 나는 기꺼이 그러겠다고 하고 아내와 함께 그 집을 나왔다. 그 집을 떠나기 전에 아우구스타조차 아다에게 인사할 생각을 하지 못했다. 그 정도로 아다는 자신에게 말하고 있는 사람마저 알아차리지 못할 정도로 망연자실한 상태에서 절망적인 통곡을 반복하고 있었다.

나는 어떤 희망이 생겼다.

"그럼 내가 불참했다는 걸 아다가 알아차린 게 아니란 말이야?"

아우구스타는 자신이 입을 다물었어야 했다고 고백했다. 내가 오지 않자 아다가 지나치게 원망과 한탄을 드러냈다는 것이다. 아다는 그녀에게 내가 오지 않는 이유를 물었고, 아우구스타가 나를 보지 못했기 때문에 아무것도 모르겠다고 대답하자, 그녀는 귀도가 가족 모두에게 미움을 받았기 때문에 그렇게 죽은 거라고 울부짖으며 다시 절망에 빠졌다는 것이다.

아우구스타는 내가 혼자서 얼마나 귀도의 문제를 도우려 했는지 아다에게 상기시켰어야 했다. 만약 내 의견에 귀 기울였다면, 귀도가 자살을 시도하거나 모방할 이유가 전혀 없었을 것이라고 말이다.

대신 아우구스타는 침묵을 지켰다. 아다와 언쟁을 하면서 그녀에게 더 가혹한 상황이 될까 봐 몹시 마음이 쓰였던 것이다. 오히려 아우구스타는 장모의 설명을 듣고 아다가 나를 탓했던 부당함을 깨달을 거라 믿고 있었다. 나 또한 그런 믿음이 있었다고 말해야겠다. 아니 그 순간부터 아다가 얼마나 놀랄지 그리고 내게 얼마나 감사를 표현할지 기대했음을 고백해야겠다. 바제도병으로 인해 그녀에겐 이미 모든 것이 과장되어 있었다.

사무실로 돌아온 나는 주가가 다시 약간 상승했음을 확인했다. 아주 소폭의 상승이었지만 벌써 다음 날 아침 개장 시에 원금을 회복하리라 기대할 수 있었다.

저녁 식사를 마친 후, 나는 혼자서 아다의 집으로 가야 했다. 아우구스타가 딸아이의 투정 때문에 나와 함께 가기 어려웠기 때문이다. 장모가 나를 맞이하면서, 자신은 몇 가지 부엌일을 마저 마쳐야 하니 나 혼자 아다와 얘기를 나누라고 말했다. 그러고는 아다가 나와 단둘이 있게 해달라고 부탁했노라고 귀띔했다. 다른 사람들이 들어서는 안 되는 뭔가를 내게 말하고 싶어 한다는 것이었다. 이미 두 번이나 아다와 함께 있었던 그 작은 응접실에 나를 남겨두고 가기 전에 장모가 미소 지으며 말했다.

"아다는 자네가 귀도의 장례식에 오지 않은 걸 아직 용서할 준비가 안 됐네. 그렇지만…… 곧 그렇게 될 걸세!"

그 작은 방에서 내 심장은 여전히 뛰었다. 이번에는 내가 사랑하지 않는 사람에게 사랑받는 두려움 때문이 아니었다. 조금 전 장모의 말 때문에 불쌍한 귀도의 장례식에 참석하지 않은 내 잘못이 너무나 컸다는 걸 깨달았기 때문이었다. 아다 역시 그녀에게 재산을 돌려주려고 불참한 것을 너그럽게 이해하려 했으나 당장 나를 용서할 수는 없었다. 나는 자리에 앉아 귀도의 부모님 초상화를 바라보았다. 나이 든 카다 씨는 내 행동에 대해 만족스러운 듯한 분위기였으나, 귀도의 어머니, 곧 부푼 소매 옷을 입고 풍성한 머리에 어울리는 작은 모자를 쓴 마른 부인은 아주 엄한 분위기였다. 누구든 카메라 앞에서는 평상시와 다른 모습을 취하기 마련이다. 그래서 그 얼굴들을 살펴보는 나 자신이 어처구니없게 여겨졌다. 귀도의 어머니는 내가 아들의 장례식에 참석하지 않을 거란 사실을 전혀 예상할 수 없었을 것이다!

하지만 아다가 내게 말한 그 방식은 고통스러운 충격이었다. 그녀는 내게 말하려고 벼른 내용을 오랫동안 연습한 것이 분명했다. 그녀는 짐작하지 못했던, 그래서 귀담아들을 마음의 준비가 되어 있지 않았던 나의 해명과 반박 그리고 직설들을 정말이지 아무렇지 않게 넘겨버렸다. 그녀는 화들짝 놀란 한 마리 말처럼 끝까지 일방적으로 자기 길만을 내달렸다.

아다는 소박하게 검은 옷을 입고 들어왔다. 헝클어진 머리는 누군가가 머리채를 잡아챈 듯이 부스스하게 뒤엉켜 있었다. 그녀는 내가 앉아 있는 탁자로 다가와서 탁자 위에 두 손을 짚고 나를 빤히 쳐다보았다. 비정상적으로 부풀어 올랐던 그녀의 작은 얼굴은 다시 야위어 있었다. 귀도가 그녀를 자기 여자로 차지했을 때만큼 아름답지는 않았지만, 아무도 그녀를 보면서 그녀가 앓던 병을 떠올리진 못할 것 같았다. 병의 흔적은 없었다. 그러나 지금은 너무도 큰 고통을 드러내고 있었다. 나는 그녀의 엄청난 고통을 마음 깊이 이해했다. 그래서 할 말을 찾지 못했다. 그녀를 보면서 나는 생각했다. '어떤 말을 해야 형제처럼 그녀를 감싸 안고 위로하고 마음껏 울 수 있게 할까?' 이후, 내가 공격을 당했을 때는 제대로 응수하고 싶은 마음이 굴뚝같았지만, 소심하게 반응한 탓인지 그녀는 내 말을 듣지도 않았다.

그녀는 일방적으로 말하고 또 말했다. 그래서 나는 그녀가 한 말을 모두 옮겨놓을 수가 없다. 내 기억이 틀리지 않다면, 처음에 그녀는 진지하게 감사의 말로 시작했다. 하지만 그녀와 아이들에게 최선을 다했다는 고마운 마음은 아니었다. 그러고는 즉시 비난으로 돌아섰다.

"아무 가치도 없는 일 때문에 그이가 죽었는데, 또 똑같은 방식으로 일했군요!"

내게 하는 말을 비밀로 하려는 것처럼 그녀는 목소리를 낮췄다. 그녀의 목소리에는 귀도와 나를 향한 애정이 빚어낸 엄청난 분노의 열기가 깃들어 있는 것 같았다.

"제부가 장례식에 오지 않은 걸 용서해요. 어쩔 수 없었을 테니 용서할게요. 그이도 살아 있었다면 당신을 용서했을 거예요. 그이 장례식에서 당신이 뭘 할 수 있었겠어요? 그를 사랑하지 않았던 당신이! 당신처럼 좋은 사람은 나를 위해 그리고 내 눈물을 보고 울었겠죠. 하지만 그를 위해서는 아니에요. 당신이 미워했으니까! 가여운 제노! 나의 형제여!"

그녀가 진실을 무시하면서 내게 그 같은 말을 했다는 건 크나큰 충격이었다. 나는 반박했지만 그녀는 내 말을 듣지 않았다. 나는 소리를 질렀던 것 같다. 그게 아니라면 적어도 목까지 차오르는 이런저런 말을 뱉어내고 싶은 충동을 느꼈다.

"터무니없고 말도 안 되는 거짓말, 중상모략이오. 어떻게 그런 생각을 하지?"

그녀는 여전히 낮은 목소리로 말했다.

"나 역시 그를 사랑할 줄 몰랐어요. 생각으로도 그를 배신한 적은 없지만 그를 지킬 힘이 없다는 건 느껴왔어요. 아우구스타와 당신의 관계를 지켜보면서 시기했었어요. 귀도가 나를 대했던 것보다 좋아 보였으니까. 당신이 장례식에 참석하지 않은 것에 감사해요. 그렇지 않았다면 오늘마저 아무것도 깨닫지 못했을 테니까요. 그런데 모든 걸 보고 이해하게 됐어요. 내가 그를 사랑하지 않았다는 것을. 그게 아니라면 어떻게 그의 대단한 내면을 가장 완벽하게 표현하는 바이올린까지 미워할 수 있었겠어요?"

그때 나는 머리를 팔에 괸 채로 얼굴을 감쌌다. 그녀가 내게 쏟아내는 말들은 너무나 부당한 모함이었다. 어처구니없는 얘기들이 그녀의 다정한 목소리에 무척이나 순화되어 있었다. 그래서 나로서는 그 기세를 꺾기 위해 필요한 신랄한 반응을 할 수 없었다. 게다가 아우구스타는 내게 벌써 언쟁이 일어나지 않도록, 그리고 많은 고통이 발생하지 않도록 침묵을 지키는 본보기를 보여주었다. 그러나 내가 눈을 감자 암흑 속에서 그녀의 말들이 만들어놓은 딴 세계가 보였다. 모두 사실이 아닌 세계였다. 그녀는 나 역시 귀도를 늘 미워했고, 그의 곁을 한결같이 지키면서 공격할 기회를 노리고 있었다고 이해한 것 같았다. 그러고 나서 귀도를 그의 바이올린과 한데 묶었다. 그녀가 자신의 고통과 마음 속 가책에서 벗어날 방법을 찾고 있다는 것을 몰랐다면, 그 바이올린이 언급된 이유가 귀도의 입장에서 내 마음을 원망한다는 표시로 생각했을 것이다.

잠시 후 암흑 속에서 귀도의 시신이 다시 보였다. 그의 얼굴에는 삶을 버리고 저 세상으로 떠난 놀라움이 영원히 새겨져 있었다. 나는 소스라치게 놀라며 고개를 똑바로 들었다. 눈을 감고 암흑 속에서 바라보는 부질없는 행동보다 아다의 비난과 마주하는 것이 더 나았다.

그러나 그녀는 변함없이 나와 귀도에 대해 말하고 있었다.

“그리고 당신, 가여운 제노, 그런 줄도 모르고 그를 미워하면서 계속 그의 곁에서 살았군요. 나의 사랑을 얻으려고 그에게 최선을 다했어요. 그럴 수는 없는 거예요! 이렇게 끝났어야 해요! 나도 한때는 사랑을 이용해볼까 생각했었죠. 당신이 그의 주변에 있으면 많은 도움이 되고 그를 보호할 수 있다고 생각했어요. 그는 오직 그를 사랑하는 사람에게만 보호받을 수 있었는데, 우리 중 아무도 그를 사랑하지 않았어요.”

“그를 위해 내가 뭘 더 할 수 있었단 말인가요?” 나는 그녀에게나 나 자신에게 나의 결백을 전하기 위해 뜨거운 눈물을 흘리며 물었다. 어느 때는 눈물이 고함을 대신한다. 나는 큰 소리로 외치고 싶었지만, 말을 해야 하는지조차 의심스러웠다. 하지만 그녀의 비난을 넘어서야만 했고, 그래서 울음이 나왔다.

“사랑하는 형제여! 그를 구해줘요. 나나 당신, 우리가 그를 구해야 해요. 나는 그의 곁에 있었지만 진정한 사랑으로 부족함을 채워주지 못했어요. 그리고 당신은 멀리 자리를 떠나 있었어요. 그가 묻힐 때까지도 여전히 자리에 없었죠. 그러고는 당신의 사랑으로 완전히 무장해서 당당히 나타났어요. 그러나 먼저 그를 돌보지 않았어요. 그랬더라면 그는 당신과 그날 밤까지 있었을 거예요. 그리고 당신이 그에 대해서 걱정했다면 뭔가 심각한 일이 일어나려 한다는 걸 짐작할 수 있었을 거예요.”

눈물이 흘러 말을 하기 어려웠지만, 진실을 바로잡기 위해 몇 마디만을 웅얼거렸다. 그 전날 밤 그는 습지에서 사냥하며 여유로운 시간을 보냈고, 이 세상에 어느 누구도 다음 날 밤 그가 어떤 일을 벌일지 미리 알 수 없었을 거라 말했다.

"그는 사냥이 필요했던 거예요. 그게 필요했던 거라고요!"

그녀는 소리를 높여 나를 질책했다. 그러더니 지나치게 고함을 지른 탓인지 갑자기 한순간에 무너져 내렸고, 의식을 잃고 바닥에 쓰러졌다.

나는 순간 장모를 부르길 주저했던 기억이 난다. 그녀가 기절했다는 사실이 대화 내용의 심각성을 드러낸 것 같아서였다.

말펜티 부인과 알베르타가 뛰어왔다. 말펜티 부인은 아다를 부축하면서 내게 물었다.

"그 대단한 주식 얘기를 했나? 오늘만 벌써 두번째 기절이네!"

장모는 내게 잠시 물러나 있으라고 당부했고, 나는 다시 들어가야 할지 아니면 떠나야 할지 몰라 복도에서 기다렸다. 나는 아다에게 마지막으로 설명할 말을 준비하고 있었다. 그녀는 내가 제안했던 대로 일이 진행됐더라면 불행을 확실히 막을 수 있었을 거란 사실을 잊고 있었다. 그녀가 내게 얼마나 끔찍한 형벌을 퍼부었는지 알게 하기 위해서는 이 말만으로 충분했다.

잠시 후 말펜티 부인이 내게 와서 아다가 다시 의식을 차렸고, 내게 인사하고 싶어 한다고 말했다. 그녀는 조금 전까지 내가 앉아 있던 소파 위에서 안정을 취하고 있었다. 아다는 나를 보더니 울기 시작했고, 내가 보는 가운데 눈물을 흘렸다. 그녀는 땀으로 젖은 작은 손을 내게 내밀었다.

"이것으로 작별이에요, 제노! 부탁이에요. 기억하세요! 영원히 기억하세요! 절대 잊지 마요!"

장모가 와서 내가 기억해야 하는 게 무엇인지 물었다. 그리고 나는 아다가 주식시장에서 귀도의 이름으로 벌인 모든 일을 즉시 철회하길 원한다고 대답했다. 나는 거짓말에 얼굴이 화끈거렸고, 아다가 아니라고 반박할까 봐 두려웠다. 그러나 그녀는 거짓을 밝히는 대신 소리치기 시작했다.

"그래요! 맞아요! 모든 건 철회되어야 해요! 그 괴물 같은 주식 얘기는 다시는 듣고 싶지 않아요!"

그녀는 다시 더 창백해졌고, 말펜티 부인이 그녀를 진정시키기 위해 즉시 그녀가 원하는 대로 일이 처리될 거라고 안심시켰다.

잠시 후 말펜티 부인이 나를 문까지 배웅해줬다. 그리고 내게 일을 서둘러 처리하지 말라고 부탁했다. 귀도의 이익을 생각하는 편이 더 잘하는 일이라는 것이었다. 그러나 나는 이제 그런 확신이 없다고 대답했다. 위험이 굉장히 큰 일인 데다, 다른 이들의 수익을 그런 식으로 함부로 다룬다는 것이 더 이상은 무리였다. 나는 더 이상 주식 게임을 믿지 않았다. 적어도 나의 '주식 매만지기'가 주식시장의 흐름을 통제할 수 있으리라는 믿음이, 신뢰감이 사라졌다. 그래서 결과가 그렇게 나온 데 대해 만족하고 즉시 손을 떼야 했다.

아우구스타에게는 아다의 말을 그대로 옮기지 않았다. 왜 내가 그녀를 슬프게 해야 하는가? 그러나 아다가 한 말은 아무에게도 말하지 않았기 때문에 더더욱 내 귓가를 잔혹하게 두드렸고, 오랜 세월 나를 따라다녔다. 무엇보다 내 영혼 속에서 울려 퍼졌다. 지금까지도 수없이 그 말을 분석한다. 나는 귀도를 사랑했다고 말할 수 없지만, 그것은 다만 그가 이해하기 힘든 남자였기 때문이다. 하지만 나는 형제처럼 그의 곁에 있었고, 할 수 있는 한 그를 도왔다. 아다의 비난은 부당하다.

이후로 그녀와 단둘이 있었던 적은 없다. 그녀는 내게 할 말이 없었고, 아픈 기억을 되살리지 않기 위해서일지 모르지만 나 역시 어떤 해명을 요구하지 않았다.

주식 투자는 예상했던 대로 마무리되었다. 귀도의 아버지는 처음에 편지를 받고 전 재산을 잃은 줄 알고 있다가 절반을 되찾아 무척 기뻐했다. 내가 이룬 성과였지만, 정작 나는 내가 예상한 만큼 기뻐할 수 없었다.

아다는 아이들을 데리고 시댁 식구들과 살러 부에노스아이레스로 떠날 때까지 늘 나를 다정하게 대해주었다. 그녀는 나와 아우구스타와 지내길 좋아했다. 가끔 나는 그녀가 했던 모든 말이 실은 견딜 수 없는 고통의 분출이고 그녀는 그 일을 기억조차 못한다고 단정 지으려 했다. 아니, 단정 짓고 싶었다. 그러나 한번은 우리가 모인 자리에서 귀도 얘기가 나왔을 때, 그녀는 그날 얘기했던 모든 내용을 두 마디로 정리했다.

"불쌍한 사람, 누구에게도 사랑받지 못했어!"

아이들 중 한 아이를 팔에 안고 배에 오르던 순간 그녀가 내게 키스했다. 그리고 잠시 옆에 아무도 없을 때 내게 말했다.

"영원히 안녕, 제노. 나의 형제여. 난 내가 그를 충분히 사랑하지 않았다는 사실을 언제나 기억할 거예요. 당신은 그걸 알아야 해요. 난 미련 없이 내 나라를 떠나요. 내 죄책감에서 멀리 떠나는 것 같군요!"

나는 고민을 하다 그녀를 나무랐다. 그녀는 좋은 아내였으며, 나는 그 사실을 알고 증언할 수 있다고 말했다. 그녀의 생각을 돌리는 데 성공했는지 모르겠다. 그녀는 더 이상 아무 말도 하지 않았고, 흐느낌을 애써 참았다. 이후 오랜 세월이 지나, 그녀가 나와 헤어지면서 그때 내가 했던 말을 그녀가 내게 퍼부었던 비난들과 함께 되새기고 싶어 했다는 얘길 들었다. 하지만 그녀가 나를 혹독히 비난했음을 안다. 물론 나는 내가 귀도를 좋아하지 않았다고 자신을 비난하고 싶지 않다.

그날은 어둡고 음울한 날이었다. 큰 구름 하나가 하늘을 뒤덮어 어두워진 것 같았다. 항구에서 돛대에 낡은 깃발을 단 어느 커다란 고기잡이배 한 척이 힘껏 노를 저어 출항을 시도하고 있었다. 단 두 명의 남자가 배를 몰고 있었는데, 힘껏 끊임없이 노를 저은 후에야 이제 막 커다란 배가 움직이기 시작했다. 그들이 멀리서 수고를 덜어줄 미풍을 만날지 모르겠다.

증기선 갑판에서 아다가 손수건을 흔들며 작별 인사를 하고 있었다. 그러고 나서 그녀는 돌아섰다. 분명히 귀도가 잠들어 있는 성 안나 묘지를 바라보고 있었으리라. 그녀의 우아하고 작은 얼굴이 점점 멀어지면서 희미해져갔다. 내 눈에서 흐르는 눈물이 시야를 가렸다. 그렇게 그녀는 우리를 떠났고, 앞으로 영원히 나의 결백을 증명할 수 없게 되었다.

8. 정신분석

1915년 5월 3일

나는 정신분석을 끝냈다. 여섯 달 동안 그 과정을 거치면서 내 상태는 전보다 나빠졌다. 아직 의사와 상담을 그만두지 않았지만, 내 결정을 되돌릴 수 없다. 어쨌든 나는 어제 의사에게 내 상태가 혼란스러우며, 따라서 며칠 동안 나를 기다려야 할 거라는 내용의 편지를 보냈다. 내가 화내지 않고 그를 비웃을 수 있는 확신이 있었다면 나는 그를 다시 만났을 것이다. 하지만 결국엔 그에게 달려들게 될까 봐 염려스러웠다.

전쟁이 발발한 뒤로 이 도시는 전보다 더욱 따분해져갔다. 정신분석을 대체하기 위해 나는 내 소중한 기록으로 다시 돌아갔다. 일 년 전부터 나는 한 단어도 쓰지 않았다. 치료를 받는 동안 오직 자신의 진료에 정신을 집중해야 한다고 주장하는 의사의 처방을 이 경우에도 따른 것이다. 왜냐하면 그가 지켜보지 않는 상태에서 내면에 집중하는 것이 자칫 나의 솔직함과 평안함을 억압할 수 있기 때문이었다. 하지만 지금은 어느 때보다 평정심을 잃고 병들어 있다. 오히려 글을 쓰면서 내가 받았던 치료보다 더 쉽게 병을 이겨내리라 믿는다. 적어도 이것이 더 이상 아프거나 후회스럽지 않은 어느 과거에 중요성을 다시 부여하고, 피곤한 현재를 더욱 빠르게 떠나보내는 진정한 방법이라고 확신한다.

내가 완치되었다고 의사가 말했을 때 나는 온전히 그의 말을 믿었고 그의 의견에 깊은 신뢰감을 가지고 따랐다. 한편으로 나를 괴롭히는 고통들을 인식하면서도 그것을 무시했다. 나는 고통들에게 말했다. "너희는 결국 진짜가 아니야!" 하지만 지금은 너무나 확실하다! 그것들은 정말 존재했다! 내 다리뼈들은 살과 근육을 찌르는 떨리는 가시로 변해 갔다.

하지만 이게 다는 아니었다. 이것이 내가 치료를 포기한 이유도 아니다. 만일 의사와 상담하면서 집중했던 시간들이 놀라움과 감정들을 계속해서 드러내는 시간들이었다면 나는 그 시간을 포기하지 않았을 것이다. 아니면, 그것을 그만두기 위해 나의 다른 활동을 모두 가로막는 전쟁이 끝나길 기다렸을 것이다. 그러나 이제 나는 모든 것을 알게 되었다. 즉 정신분석이 어리석은 환영에 지나지 않으며, 마치 내가 그 우스꽝스러운 의사의 동반자 노릇을 견뎌낸 것처럼 몇몇 히스테릭한 나이 든 부인들을 감동시키기에 좋은 속임수라는 것, 관찰자인 척하는 의사가 자신의 눈과 위대하고 새로운 이론을 내세워 이 세상의 모든 현상들을 모두 놓치지 않겠다는 자신만만함으로 저지르는 속임수라는 사실을 말이다. 이제 내게 자유롭게 주어진 시간을 글을 쓰는 데 사용할 것이다. 솔직하게 내 치료 이야기를 쓰겠다. 나와 의사 사이의 모든 솔직함은 사라졌고 이제는 한숨 돌리고 있다. 더 이상은 어떤 강요도 없다. 억지로 믿음을 가져야 할 필요도 없으며, 믿음을 가진 척하지도 않을 것이다. 다름 아닌 진짜 나의 생각을 더 잘 드러내기 위해서, 그에게 거꾸로 된 존경심을 보여야 한다고 생각한다. 그는 매일 새로운 얘기들을 만들어내기 위해 그 점을 이용해왔다. 나의 치료는 끝나야 했다. 왜냐하면 내 병은 이미 발견되었기 때문이다. 그것은 세상을 떠난 소포클레스가 불쌍한 오이디푸스를 자신의 시대에 분석한 내용에 불과했다. 즉 내가 어머니를 사랑했고 나의 아버지를 죽이고 싶어 한다는 내용 말이다.

그 사실에 나는 화를 내지 않았다! 나는 완전히 사로잡혀 그 얘기를 들었다. 그것은 나를 가장 고귀한 차원으로 끌어올리는 병이었다. 신화 시대에서 유래하는 고대인들의 질병이라니! 손에 펜을 들고 있는 지금도 화가 나지 않는다. 마음으로 비웃을 뿐이다. 내가 그 병을 앓지 않았다는 가장 확실한 증거는 내가 낫지 않았다는 사실이다. 이 증거는 의사 역시 고개를 끄덕일 것이다. 그는 마음을 편히 하는 편이 좋을 것이다. 그의 말들이 내 유년의 기억을 망가뜨릴 수 없다. 눈을 감으면 즉시 순수하고 어린아이 같은, 어머니를 향한 나의 사랑이 그리고 아버지를 향한 나의 크나큰 사랑과 존경심이 보인다.

의사는 그저 내 망할 고백만 지나치게 신뢰할 뿐 내게 그걸 수정할 기회조차 주지 않을 것이다. 맙소사! 그는 의학만 공부한 사람이라, 방언으로 말하고 쓸 수는 없는 우리가 이탈리아어로 글을 쓴다는 것이 어떤 의미인지 모르는 것이다. 글로 고백하는 것은 언제나 거짓이다. 모든 토스카나어 단어로 우리는 거짓말을 한다! 의사가 만일 우리가 문장을 준비해서 모든 걸 어떻게 말하길 좋아하는지, 그리고 사전에서 찾아야 할 표현들을 어떻게 피해 가는지 알았다면 좋았을 것이다! 정말 그렇게 우리 삶에서 주목할 만한 에피소드들을 선택한다. 만약 방언으로 말했다면 우리 삶이 전혀 다른 모습을 지닐 거라는 건 짐작할 만하다.

의사가 내게 고백하길, 자신의 기나긴 분석 경험을 통틀어 자신이 내게서 끌어냈다고 믿었던 유년 시절의 이미지들과 맞닥뜨린 내 감정만큼 강렬한 감정은 본 적이 없다는 것이다. 그런 이유로 그는 언제든지 내가 완치되었음을 증명할 태세가 되어 있었다.

나는 그 감정을 과장한 게 아니었다. 오히려 내가 평생토록 지녔던 나의 깊은 감정들 가운데 하나였다. 유년의 이미지를 떠올렸을 때 나는 땀으로 얼룩지고, 그 이미지를 만났을 때 눈물로 흠뻑 젖었다. 나는 이미 순진무구하고 순수했던 지난날을 다시 살 수 있다는 희망을 가졌었다. 여러 달이 지나도 그 희망이 나를 지지하고 생기를 불어넣었다. 그건 혹시 살아 있는 기억으로 한겨울에 5월의 장미를 얻겠다는 얘기가 아니었을까? 의사는 내 삶에서 어느 하루가 가장 선명히 나타나는 것을 볼 때 그 기억이 가장 뚜렷하고 완전할 거라 확신했었다. 장미는 향기로 가득했을 테지만 가시 역시 많았을 것이다.

그 이미지들을 뒤따라 달려가는 노력으로 나는 결국 그 세계에 다다랐다. 이제는 그것이 내가 꾸며낸 이미지들이었음을 안다. 그러나 꾸며내는 것은 창조이지 거짓말이 아니다. 나의 이미지들은 열병이 난 사람에게서 나타나는 환영 같은 것이었다. 사방에서 보이게끔 방을 어슬렁거리다가 툭 건드리기도 하는 그 허상들은 견고함과 색채, 살아 있는 것들의 뻔뻔스러움을 지니고 있었다. 나는 간절히 원하는 마음으로 그 이미지들을 보호했다. 그것은 내 머릿속에 있을뿐더러, 내가 바라보던 공간 속에 있었다. 공기와 빛 그리고 내가 지나쳐간 곳이면 어디서든 나타났던 무딘 모서리까지도 느껴지는 공간이었다.

그 환상을 쉽게 떠올리거나, 지독한 나태함으로 애써 연관지어놓은 장면에 불과하다고 여겨지는 무감각한 상태에 다다르면, 나는 그 이미지들이 아주 오래전 어느 날들의 진정한 재현이라고 믿었다. 그 영상들을 떠올릴 때 아무런 감정적 동요 없이 이내 흐려졌기 때문에 나는 곧 아니라고 의심할 수 있었다. 마치 거기에 없었던 사람에게서 이야기를 전해 듣고 기억하듯이 그것들을 떠올렸다. 만일 진짜 과거의 재현이었다면 그 기억을 갖게 되었을 때처럼 웃고 울기를 계속했을 것이다. 그러면 의사가 기록하면서 말했을 것이다. '우리는 이러했고, 저러했습니다'라고. 사실은 이미지들의 뼈대, 그림으로 그려진 기호 이상을 보지 못했다.

나는 내 유년 시절이 다시 의식의 세계로 떠올랐다고 믿기에 이르렀다. 왜냐하면 그 시기의 이미지들 중 첫 이미지가 내게 각인되어 있는 듯한 어떤 부끄러운 기억의 순간과 비교적 가까운 어느 한 시절로 나를 데려다 놓았기 때문이다. 동생이 아직 입학하기 전에 나 혼자 일년 동안 학교를 다녔었다. 내가 떠올린 그 기억의 시간이 아마도 그해에 속해 있는 것 같았다. 나는 화창한 봄날 아침 집에서 나와 늙은 가정부 카티나의 손을 잡고 언덕 아래 시내로 내려가는 공원을 지나갔다. 내가 떠올린 장면에서 동생이 보이지 않았지만 그는 집안의 대장이었다. 내가 학교로 향하는 동안 자유롭고 행복한 집에서 뛰노는 동생의 목소리가 들렸다. 나는 학교에 가기 싫어서 떨어지지 않는 발걸음으로 혼자 투덜대며 가고 있었다. 그때 내 마음은 깊은 슬픔으로 가득했다. 학교로 등교하는 장면은 보이지 않았지만, 내 마음속 슬픔이 내게 말하고 있었다. '나는 매일 학교에 가는데, 동생은 항상 집에 있구나'라고. 실제로 아주 길지 않은 시간이 지난 후 나보다 딱 한 살이 어린 동생 역시 학교에 갔다. 그러나 꿈의 진실은 내게 다른 얘기를 하는 것 같았다. 나는 언제나 학교에 가는 벌을 받았고, 동생은 집에 머물도록 허락을 받았다는 진실 말이다. 나는 카티나 옆에서 걸으면서 형벌의 시간을 계산해봤다. 정오까지 참아야 했다! 그동안 동생은 집에 있다! 학교에서 꾸중과 놀림을 당했던 그 시절에도 '애들이 동생은 건드리지 못하는구나'라는 생각을 했었다. 그것은 거대한 증거의 연상 장면이었다. 카티나는 키가 작았지만, 당시 내가 너무나 작았기 때문에 내게 확실히 커 보였다. 당시에도 그녀는 나이가 무척 많아 보였다. 그러나 어린 사람들의 눈에는 나이 든 사람들이 언제나 늙어 보이게 마련이다. 나는 학교에 가기 위해 서둘러 뛰어야 할 길에서 그 무렵 트리에스테에 인도가 생기면서 등장한 이상하게 생긴 작은 기둥들까지 쳐다봤다. 시내 중심가에 있는 그 작은 기둥들을 어른이 되어서도 보려면 꽤 많은 시간을 기다려야 했다. 하지만 그날 카티나와 지나간 거리에 있던 기둥들은 내 유년 시절이 끝나자 더 이상 그 자리에 없었다.

과거의 이미지들이 실제라는 믿음이 내 내면에서 계속 이어졌다. 그 꿈에 영향을 받아 곧이어 차가운 기억이 그 시절의 다른 특이한 기억들을 불러냈을 때 역시 마찬가지였다. 주된 내용은 역시 내 동생이 학교에 가는 나를 시기했던 것이었다. 나는 그 사실을 알아차렸다고 자신했지만 즉시 꿈의 진실을 부정하기에는 충분하지 않았다. 나중에 가서 모든 진실이 밝혀졌다. 실제로 질투가 있었지만 꿈에서는 다르게 변해 있었다.

두번째 연상은 첫번째 연상보다 훨씬 이전 시기로 나를 데려갔다. 우리 집의 방이었는데 어느 방인지는 모르겠다. 실제 있었던 다른 방보다 훨씬 더 넓었기 때문이다. 이상하게도 나는 닫힌 방 안에 혼자 있었다. 그 즉시, 실제로 일어나기 어려웠던 짧은 연상에서 특이한 점을 발견했다. 그 방은 그 순간 어머니와 카티나가 머무르고 있던 장소에서 멀리 있었다. 그리고 또 한 가지는 나는 아직 학교에 다니지 않았다.

방은 온통 흰색이었으나, 햇빛이 눈부시게 방 안에 가득 차 있었기 때문에 그 방이 아주 하얗게 보이지 않았다. 그 순간 태양이 벽을 따라 지나가고 있었을까? 분명히 해가 높이 떠 있었는데도, 나는 내 침대에서 카페라테가 가득 담긴 컵을 손에 들고 차 수저로 설탕을 넣어 저어가며 홀짝홀짝 마시고 있었다. 어느 순간 더 이상 차 수저로 저을 것이 없어지자, 나는 컵 바닥을 혀로 핥으려 했다. 하지만 실패했다. 그래서 결국 한 손에 컵을 들고 다른 한 손에 수저를 든 채로 있다가, 내 옆 침대에 있는 남동생을 쳐다봤다. 동생은 아직도 컵 안에 코를 들이밀고 커피를 홀짝이고 있었다. 드디어 동생이 고개를 든 순간, 동생의 얼굴 전체가 햇살로 가득한 반면 내 얼굴엔 그림자가 드리워졌다. 그의 얼굴은 창백할 정도로 하얗고 턱이 살짝 튀어나와 조금 흉해 보였다. 그가 내게 말했다.

"수저 좀 빌려줄래?"

카티나가 깜빡 잊고 그에게 수저를 가져다주지 않았다는 걸 그 순간 알게 됐다. 나는 조금도 망설임 없이 대답했다.

"그래! 대신 네 설탕을 조금 주면 빌려줄게."

나는 가치를 높이기 위해서 수저를 높이 들어 올렸다. 그러나 금세 카티나의 목소리가 방 안에 쩌렁쩌렁 울렸다.

"창피해라! 바가지 장사꾼이네!"

놀람과 부끄러움이 나를 다시 현실로 곤두박질치게 했다. 나는 카티나에게 대들고 싶었지만 그녀와 동생 그리고 어리고 순수한 바가지 장사꾼인 당시의 나는 심연으로 떨어지면서 사라졌다.

힘겹게 다다른 그 이미지를 파괴할 정도로 그토록 심하게 부끄러움을 느낀 것이 후회스러웠다. 온순하게 아무 대가 없이 주었다면 좋았을 것이다. 아마도 내가 저지른 최초의 못된 행동을 따지고 들지 않는 게 좋았을 것이다. 어쩌면 카티나는 나를 벌주기 위해 어머니의 도움을 청했을 것이다. 그리고 결국 그녀를 다시 보았을 것이다. 그렇지만 며칠 뒤에 그녀를 봤다. 아니 다시 봤다고 믿었다. 내가 연상한 어머니의 모습이 내 침대 맡에 걸린 어머니의 초상화와 너무나 닮았기 때문에 환상이었다고 즉시 생각할 수도 있었다. 그러나 어머니의 모습은 살아 있는 사람처럼 움직였다는 사실을 고백해야겠다.

아주 눈부신 햇빛이었다! 내가 믿고 있던 어린 시절이 다른 모습이라고 의심하기 어려운 이미지로 태양처럼 눈부시게 내게 다가왔다. 식탁에서 보낸 오후 시간이었다. 아버지는 집에 돌아와 엄마 옆에 있는 소파에 앉아 계신다. 엄마는 앉아 계신 식탁에 테이블보와 시트와 같은 하얀 천들을 수북이 올려놓고 지워지지 않는 잉크로 이니셜 도장을 찍고 계신다. 나는 식탁 아래서 구슬을 가지고 놀고 있다. 나는 점점 엄마에게 가까이 간다. 아마 엄마가 내 놀이에 함께해주길 바라는 것 같다. 그러다 엄마와 아빠의 발 사이에 걸리고, 나는 테이블에 널린 하얀 천을 붙잡는다. 그러자 대참사가 일어난다. 잉크가 내 머리에 쏟아져 내 얼굴과 옷, 엄마의 치마를 적시고, 아빠의 바지에 작은 얼룩을 남긴다. 아버지는 내게 발차기를 날리려고 한쪽 다리를 든다……

그 순간 때마침 나는 나의 먼 여행에서 돌아왔다. 나는 이곳에 어른으로, 늙은이로 있다는 데 안심했다. 사실이 그렇다! 잠깐 나를 위협해오는 형벌에 괴로워했다. 그리고 곧바로 나를 보호할 행동을 취할 수 없었다는 게 슬펐다. 물론 다음 장면에서 엄마가 그러실 테지만. 하지만 누가 시간을 거슬러 도망치는 그 이미지들을 붙잡아둘 수 있을 것인가? 그 이미지들이 실재한다고 믿는 동안은 이것이 나의 관념이었다! 지금은 불행히도(오! 얼마나 괴로운지!) 더 이상 그 점을 믿지 않는다. 그리고 그 이미지들이 과거에 지나온 장면들이 아니라는 걸 안다. 그러나 안개가 걷힌 두 눈은 환영들에게 자리를 내주지 않는 진정한 기억의 공간을 새롭게 바라보고 있다.

나는 또 다른 날에 기억해냈던 이미지들에 대해서 계속 이야기하겠다. 그날 의사는 그 이미지들에 대한 얘기를 듣고 내가 완치되었다고 진단 내릴 만한 중요성을 부여했었다.

나는 반쯤 수면 상태에 들어가 악몽 속에서 꼼짝하지 못하는 꿈을 꾸었다. 다시 어린아이가 된 나 자신이 꿈에 나타났다. 그리고 나는 오직 그 아이가 어떤 꿈을 꾸는지 보기 위해서 꿈속에 들어갔다. 아기는 작은 몸을 가득 채우는 안락함을 느끼며 말없이 누워 있었다. 아기는 드디어 오랜 욕망을 채운 것 같았다. 그러나 아기는 그곳에 버려져 혼자 누워 있었다! 꿈속에서 멀리 있는 것들까지 보고 들을 수 있는 것처럼 아기는 또렷이 보고 듣고 있었다. 아기는 우리 집의 어느 방에 누워 방 지붕 위에 있는 새장을 보고 있었다(그 방법은 하느님만이 아신다). 새장은 단단한 벽에 문과 창문이 없었지만 맑고 향기로운 공기가 가득 차 있고 밝은 빛이 환하게 비추고 있었다. 그리고 아기는 자신만이 그 새장에 가지 않고서도 가까워질 수 있음을 알았다. 어쩌면 새장이 그에게 내려올 것이기 때문이었다. 그 새장에는 가구가 소파 하나밖에 없었다. 그리고 그 소파 위에 풍만한 여자가 앉아 있었다. 우아하게 생긴 그 여자는 검은 옷을 입고 있었으며 금발에 크고 푸른 눈동자를 지녔고, 매우 하얀 손과 작은 발에 에나멜 구두를 신고 있었는데, 그녀의 치마

아래에서는 옅은 빛줄기만이 새어나오고 있었다. 그 여자는 정확히 검은 옷에 에나멜 구두를 신은 형체로만 보였다고 말해야겠다. 그녀가 전부였다! 그리고 어린아이는 그녀를 소유하는 꿈을 꿨지만 아주 이상한 방식이었다. 아기는 머리끝부터 발끝까지 조각조각 그녀를 먹을 수 있다고 확신했다.

지금 생각해보면, 내 원고를 매우 찬찬히 주의 깊게 읽은 의사가 내가 카를라를 만나러 가기 전에 꾸었던 꿈을 기억하지 못했다는 게 놀랍다. 얼마 후 그것을 다시 생각했을 때, 이번 꿈이 더욱 어린아이 같고 조금 더 다양하게 변형된 꿈이라는 생각이 들었다.

반면에 의사는 모든 내용을 조심스럽게 기록한 후 내게 조금 어수룩한 태도로 물었다.

"당신 어머니가 금발에 풍만한 체형이셨나요?"

나는 그 질문에 놀랐다. 그리고 우리 할머니 역시 그러하셨다고 대답했다. 하지만 그가 볼 때 나는 치료가 잘되어 완치된 사람이었다. 나는 그 점을 즐기기 위해 그와 많은 얘기를 나누었고, 따라야 할 사항들을 잘 지켰다. 즉 더 이상 캐묻거나 조사하거나 깊이 생각하는 게 아닌 진정하고 성실한 재교육이었다.

그때부터 의사 앞에 앉아 있는 시간들은 정말 끔찍한 고문이었다. 다만 움직일 때는 멈추기가 너무나 어렵고, 멈춰 있을 때는 움직이기가 너무 어려웠기 때문에 계속할 따름이었다. 몇 번인가 그가 너무나 심각하게 얘기하는 순간 나는 용기를 내어 반발했다. 그가 생각하는 대로 내 모든 말과 생각이 죄악에 가깝다는 건 전혀 사실이 아니었다. 그러자 그는 눈을 부릅떴다. 그가 보기에 나는 치유되었는데, 나는 그 사실을 인정하고 싶지 않은 것이었다! 진짜 맹점은 이것이었다. 내가 아버지의 아내를 그러니까 나의 어머니를 아버지에게서 빼앗고자 했다는 걸 깨닫고 나서도 나는 내가 나은 것을 느끼지 못했단 말인가? 나의 완고함은 순순히 말을 듣지 않았다. 그렇지만 의사는 내가 재교육을 마쳤을 때 훨씬 더 좋아졌다고 인정했다. 앞으로 그런 생각들(아버지를 살해하고 자기 어머니와 키스하고 싶어 하는 욕망)에 익숙해질 것이므로. 대다수 가정에서 자주 일어나기 때문에 죄책감으로 괴로워할 필요가 없는 아주 결백한 일들처럼 말이다. 궁극적으로 나는 무엇을 놓치고 있었나? 어느 날 그가 내게 말했다. 내가 아직은 발열 없이 살아가는 게 어색한, 어느 정도 회복기에 있다고 말했다. 그러므로 그것에 적응할 차례가 온 것이었다.

의사는 내가 아직 그러한 상태가 아님을 느꼈고, 재교육 후에도 이따금씩 다시 치료로 돌아갔다. 그는 다시 꿈 분석을 시도했지만 우리는 더 이상 어떤 실제적이고 의미 있는 꿈을 얻지 못했다. 오랜 기다림에 지쳐 나는 한 가지를 고안해냈다. 그와 같은 꿈의 연상이 얼마나 어려운지 미리 알았다면 하지 않았을 것이다. 한참 꿈속에 잠겨 있는 것처럼 말을 더듬는 것도 전혀 쉽지 않았다. 온몸이 땀에 젖거나 하얗게 질리기도 하는데, 자기를 속여서는 안 되며, 때때로 온 힘이 들어가 얼굴이 달아오르기도 하지만, 자신이 하는 말을 부끄러워해서는 안 된다. 나는 새장의 여인에게 되돌아간 듯이 말했다. 그리고 그 작은방 벽에 갑자기 생긴 구멍으로 그녀의 한쪽 발을 내밀게 하여 핥고 먹으려 했다. '왼쪽 발, 왼쪽 발!' 나는 이전에 꾼 꿈들과 더 비슷해 보이게 할 특징을 꿈에 집어넣으면서 중얼거렸다. 의사가 내게 요구한 것이 그 병이라는 걸 완벽하게 이해했음을 나는 그런 식으로 증명했다. 어린 오이디푸스가 바로 그런 식으로 행동했다. 아버지에게 오른발을 남겨두기 위해 어머니의 왼발을 핥았다. 실제처럼 상상하려고 노력하면서 나는 그 발의 맛을 음미한 듯 나 자신까지 속였다. 너무나 역겨웠다.

의사만이 아니라 나 역시도 젊은 시절의 사랑스러운 이미지들이 실제적이든 그렇지 않든 다시 한 번 찾아와주길 원했을 것이다. 하지만 그것을 재현할 필요성은 느끼지 못했다. 의사 옆에서는 더 이상 나타나지 않았으므로, 그와 멀리 떨어져 그 이미지들을 불러오려는 시도를 했다. 혼자서는 그 이미지들을 잊어버릴 위험이 있었지만, 벌써 어떤 치료도 신경 쓰지 않았다! 나는 여전히 12월에 5월의 장미를 원했다. 난 그것을 이미 갖고 있었다. 왜 다시 가질 수 없겠는가?

고독 속에서 나는 상당히 지루해졌다. 하지만 나중에는 얼마 동안 과거의 이미지들을 대신했던 뭔가가 떠올랐다. 과학적으로 어떤 중요한 발견을 했다고 단순히 믿어버린 적이 있다. 나는 생리학적 색채 이론 전체를 완성하라는 부름을 받았다고 믿었다. 보색을 얼마든지 자유롭게 다룰 수 있다는 점에서 나의 앞선 스승들인 괴테와 쇼펜하우어도 결코 상상하지 못했던 이론이었다.

나는 내 서재 소파 위에서 창문에 얼굴을 대고 대부분의 시간을 보냈다는 사실을 알아둘 필요가 있다. 내가 보았던 것은 바다와 수평선이었다. 그 무렵의 어느 날 저녁 구름이 드문드문 떠 있는 하늘이 노을로 물들어 있었고, 나는 구름의 투명한 가장자리를 오랫동안 응시하며 관찰했다. 놀랍도록 아름답고 푸르고 깨끗하고 부드러운 색채였다. 하늘에는 구름 가장자리를 물들인 빨간 색채 역시 많이 있었지만 아직은 옅은 빨강이었고 햇빛의 하얀 광선이 직접 닿아 힘없이 묽어졌다. 눈이 부신 나는 잠시 멈췄다가 눈을 감았다. 그러자 나의 관심과 애정이 푸른색으로 향했다. 나의 망막 위에 그 보색인 빛나는 빨강색이 만들어졌기 때문이었다. 그 색은 밝지만 하늘에서는 옅은 빨강색과 아무런 상관이 없었다. 나는 내게서 만들어진 그 색채를 바라보며 소중히 어루만졌다. 가장 큰 놀라움은 눈을 떴을 때 일어났다. 그 불타는 빨강이 온 하늘을 가득 채우고 오랫동안 다시 찾아내지 못한 푸른 에메랄드빛까지 덮은 것이다. 그러니까 나는 자연이 물드는 방식을 발견한 것이다. 당연히 여러 차례 그 경험이 반복되었다. 색이 번져나가는 움직임 역시 아름다웠다. 내가 다시 눈을 떴을 때, 하늘은 나의 망막에 나타난 색채를 당장 받아들이지 않았다. 오히려 잠시 주춤하는 사이에 강렬한 빨강색에 가려졌던 푸른 에메랄드 색을 다시 보게 되었다. 미처 생각하지 못한 빨강이 밑에서부터 솟아올라와 격렬한 불길처럼 번져나갔다.

내 관찰이 정확하다는 확신이 들었을 때, 나는 우리들의 지루한 분석이 활기를 띠기 바라면서 의사에게 그것을 얘기했다. 의사는 내 망막이 니코틴의 영향으로 매우 민감했다고 말하면서 그것과 결부시켰다. 하마터면 나는 내 어린 시절의 사건들이 재현된 꿈의 이미지들마저 니코틴의 영향으로 나타난 거냐는 말을 내뱉을 뻔했다. 만일 그랬다면 나는 내가 치료된 게 아니라는 걸 그에게 드러내는 셈이 되었을 테고, 그는 처음부터 다시 치료를 시작하자고 권했을 것이었다.

그 괴물 같은 의사는 그처럼 니코틴에 중독된 나를 늘 믿지 않았다. 그가 병적인 흡연이라고 말했던 질병에서 나를 치료하려고 시도했던 재교육에서도 그 사실이 나타났다. 그는 이렇게 말했다. '흡연이 당신에게 해를 끼치는 건 아니다. 담배가 무해하다고 확신한다면 정말 그럴 것이다.' 그러고는 덧붙였다. '이제 당신 아버지와의 관계가 훤히 드러났고 성인인 당신 판단으로 아버지와 경쟁하기 위해 흡연이라는 악습을 지니게 된 것을 이해할 수 있다. 그와 경쟁하려는 자신을 내면의 도덕적 감정이 담배의 독성 효과로 벌한 것이다'라고.

그날 나는 터키인처럼 담배를 피워대며 병원을 떠났다. 과연 의사의 말대로인지 시험할 필요가 있었고, 나는 기꺼이 자발적으로 나섰다. 그날 하루 종일 쉬지 않고 담배를 피웠다. 그리고 밤이 되자 전혀 잠이 오지 않았다. 만성기관지염이 재발되었는데, 계속 가래를 뱉는 것만 봐도 의심의 여지가 없었다.

다음 날 나는 의사에게 담배를 많이 피웠으며, 이제는 그것이 내게 중요하지 않다고 얘기했다. 의사는 웃으면서 나를 쳐다봤다. 그가 자부심으로 가득 차오른 걸 알다. 그는 침착하게 내 재교육을 시작했다! 그는 발을 내딛는 흙덩이마다 꽃이 피어오르리라는 확신으로 재교육을 진행했다.

재교육에 관해선 딱히 기억하는 바가 없다. 말하자면 별다른 기억이 없다. 의사 방에서 나오면 물에서 나온 개처럼 몸을 털고, 물에 젖지 않았는 데도 땀으로 흥건해지곤 했다.

그렇지만 교육 담당자가 의사 코프로시크 씨가 내게 너무나 깊은 슬픔을 불러일으켰던 말들을 내 안에서 끌어낸 것은 옳은 일이었다고 말했을 때 몹시 화가 났던 기억이 난다. 그렇다면 아버지가 돌아가시면서 내 따귀를 때리려 했을 때 나는 맞았어야 했을까? 그가 이것까지 얘기했는지는 모르겠다. 대신 내가 확실히 아는 것은 그가 아버지의 자리에 장인을 놓고 내가 미워했다고 단정 지었다는 것이다. 이 세상의 많은 사람들이 사랑의 대상 없이 살아갈 수 없다고 믿는다. 그런데 그의 생각에 나는 미움의 대상이 없으면 삶의 균형을 잃는다는 것이다. 그 딸들 중 누구와 결혼했어도 나의 미움이 향하는 자리에 그들의 아버지가 놓여 있기 때문에 상관이 없다는 것이다. 그래서 나는 최선을 다해

꾸린 가정에 흠집을 냈으며, 아내를 배신했고, 만일 내가 성공했다면 아다와 알베르타까지 유혹했을 것이 분명하다는 것이다. 당연히 그 점을 부정할 생각은 없다. 오히려 의사가 크리스토퍼 콜럼버스가 아메리카에 도착했을 때 모습을 흉내 내며 그 말을 했을 때 나는 웃고 말았다. 나는 그가, 아름다운 두 여자와 침대로 가고 싶다는 나의 얘기를 들으면서 '왜 그녀들과 침대로 가고 싶은지 봅시다'라는 질문을 던지는, 이 세상에서 유일한 사람이라고 생각한다.

나로서는 그가 나와 귀도의 관계에 대해서 말할 수 있다고 믿는 것 또한 가장 견디기 어려운 것이었다. 내가 직접 고백한 이야기를 통해 그는 귀도와 나의 관계가 반감으로 시작되었다는 사실을 알았다. 그의 생각에 그러한 반감은 결코 멈추지 않았고, 아다가 귀도의 장례식에 내가 불참한 것을 그 반감의 마지막 표현이라고 본 것이 옳았다는 것이다. 내가 그 당시 아다의 재산을 살리려는 것으로 사랑을 표현하려 했는지 기억나지 않았다. 그리고 그녀에게 그 사실을 상기시키려고 해본 적도 없었다.

의사는 귀도와 관련해서는 심지어 나를 취조하는 것만 같았다. 그는 아다에게 선택받은 귀도가 내가 묘사하는 인물일 수 없다고 주장했다. 그는 우리가 정신분석에 참여하는 병원에서 아주 가까이에 있는 커다란 목재 저장소가 귀도 스파이어 회사의 소유라는 사실을 알아냈다. 왜 나는 그 사실을 말하지 않았을까?

만일 내가 그 얘길 했더라면 이미 골치 아픈 나의 실체에 새로운 문제가 더해졌을 것이다. 그 사실을 제외시킨 것은 이탈리아어로 한 고백이 완전하지도 솔직할 수도 없다는 증거에 지나지 않는다. 목재 저장소에는 트리에스테에서 우리가 주문한 광범위하게 다양한 품질의 목재

들이 있었다. 게르만 방언을 쓰는 지역이나 크로아티아, 독일, 가끔은 프랑스에서 (전나무와 전혀 품질이 다른 잡목을) 주문한 것들이었다. 누가 내게 제대로 된 어휘를 가르쳐줄 것인가? 나 같은 늙은이는 토스카나 목재 상인의 업무를 맡아야 했을까? 어찌 됐든 귀도 스파이어 사의 목재 저장소는 적자만 남겼다. 그리고 그 회사의 운영은 언제나 사소한 일이었기 때문에 나는 그 점에 대해 할 말이 없었다. 도둑이 들어 마치 주술사들의 테이블을 만들려는 목적이었던 것처럼 게르만 방언을 쓰는 지역에서 수입한 목재들을 싹쓸이해 간 것을 제외하고는 말이다. 나는 의사에게 귀도에 관한 정보를 나의 아내나 카르멘 아니면 모두가 아는 큰 사업가인 루치아노에게 얻으라고 제안했다. 내가 알기로 그는 그들 중 아무에게도 연락을 취하지 않았다. 비난과 의심으로 가득한 그의 병원 전체를 그 정보 때문에 드러내기가 두려워 연락하지 않았다고 믿어야겠다. 글쎄 그가 왜 나한테 미움을 샀는지 모르겠다. 그 역시 자기 어머니를 쓸데없이 욕망해서 전혀 상관도 없는 사람에게 복수를 하는 히스테리 환자가 분명하다.

결국, 나는 내가 비용을 지불해야 하는 의사와 실랑이하는 데 너무나 지치고 말았다. 그 꿈들도 내게 좋지 않은 영향을 주었다고 생각한다. 내가 원할 때면 언제든 담배를 피울 수 있는 흡연의 자유가 나를 짓누르는 결과가 되고 말았다. 나는 좋은 생각이 떠올랐다. 나는 의사 파올리 씨에게 갔다.

오랜 세월 그를 보지 못했다. 그는 머리가 조금 하얘졌지만, 다부진 체격은 아직 그 나이에 비해 지나치게 살집이 오르지 않았고 구부정하지도 않았다. 그는 언제나 부드럽고 자상한 시선으로 주변을 바라보았다. 왜 내게 그렇게 보였는지 그제야 깨달았다. 확실히 그는 바라보는 것을 좋아한다. 아름다운 것들과 추한 것들을 어루만지듯 사랑스럽게 바라본다.

나는 그에게 내가 정신분석 치료를 계속해야 한다고 생각하는지 물을 작정으로 찾아갔다. 그러나 조사관같이 냉정하게 바라보는 그의 시선을 마주하자 나는 용기를 잃었다. 어쩌면 내 나이에 그와 같은 터무니없는 얘기를 늘어놓았다면 아주 우스꽝스러워졌을지 모르겠다. 파올리 씨가 내게 정신분석을 금지시켰다면 내 입장이 아주 단순해질 우려가 있어 입을 다물어야 했던 것이 안타까웠다. 아니 그보다 그가 커다란 눈으로 지나치게 오랫동안 나를 관찰하는 것이 오히려 무척 유감스러웠을 것이다.

그에게 내 불면증과 만성기관지염, 당시 나를 괴롭히던 볼에 난 뾰루지에 대해서 그리고 다리에 욱신거리는 통증과 마지막으로 나의 이상한 건망증 증세에 대해 말했다.

파올리 씨는 내가 있는 자리에서 소변을 검사해 분석했다. 혼합물의 색깔이 검게 변하자, 파올리 씨는 생각에 잠겼다. 이것이야말로 진정한 분석이지 더 이상 정신분석이 아니었다. 나는 화학자로서 실험에 몰두하던 나의 먼 과거를 흐뭇함과 감격스러운 마음으로 기억했다. 그 시절 내게는 시험관과 시약이 있었다! 시약이 격렬하게 반응하지 않으면 시험관은 잠잠하다. 시험관 안에서는 아무런 저항이 일어나지 않거나 아주 미미한 온도 상승으로 인한 저항이 생길 뿐이다. 가상 실험은 턱없이 부족하다. S 박사의 마음에 들기 위해 나는 어린 시절의 새로운 특징들을 지어내곤 했는데, 이건 소포클레스의 진단으로 확인받아야 할 내용이었다. 그때 내 태도가 어땠는지 그 시험관을 보면서 아무런 기억이 나지 않았다. 이것은 모두 진실이었다. 분석될 대상은 검사

과정에서 언제나 똑같은 성질을 유지하면서 시료를 기다렸다. 누가 와서 얘기하더라도 결과는 항상 똑같은 말이었다. 정신분석에서는 전혀 반복되는 것이 없다. 똑같은 이미지들도 똑같은 말들도 없다. 그렇지 않다면 정신분석은 다른 이름으로 불려야 할 것이다. 그것을 심리적 모험이라고 부르자. 분석이 시작되면 환자는 강도를 만날지 친구를 만날지 모르는 숲으로 향하는 것 같은 상황에 놓인다. 그리고 모험이 지나간 것마저 모른다. 여기서 정신분석은 심령술을 떠올리게 한다.

하지만 의사 파올리 씨는 내 증상이 설탕과 관련 있다고 믿지 않았다. 그는 소변 검사 내용을 분석하고 나서 다음 날 나를 다시 보자고 했다. 나는 당뇨병이라 생각하고 기분 좋게 병원을 떠났다. S 박사에게 가서 이제 내 병의 원인을 어떻게 분석할 거냐고 따져 물을 각오가 되어 있었다. 그러나 그 의사는 충분히 만났으므로 설령 비웃기 위해서라도 그를 다시 보고 싶지 않았다. 당뇨병은 내게 커다란 위안이었음을 밝혀야겠다. 아우구스타에게 그 사실을 얘기하자 그녀는 이내 눈물을 글썽였다.

"당신은 평생토록 병 얘기를 너무 많이 했어요. 한 가지만으로 끝내요!"

그녀는 그렇게 말하고는 나를 위로하려고 애썼다.

나는 내 질병을 사랑했다. 상상 속의 질병보다 실제 질병을 더 좋아했던 불쌍한 코플러가 떠올랐다. 나는 어느 정도 그에게 동의했다. 실제 병은 아주 간단하다. 그냥 병이 생기도록 놔두면 그만이다. 사실 어떤 의학책에서 내 달콤한 질병에 대한 설명을 읽었을 때, 다양한 단계의 생명(죽음이 아니다!) 프로그램을 발견했다. 진단은 영원히 안녕이다. 드디어 나는 그것에서 자유로웠다. 모든 것이 나의 간섭 없이 제 갈

길을 갈 것이다.

나의 병이 언제나 아주 달콤했다는 사실 또한 깨달았다. 환자는 종양만 조심한다면 잘 먹고 마시며 큰 고통을 느끼지 않는다. 그러고는 아주 달콤한 혼수상태에서 죽어간다.

얼마 후 파올리 씨가 내게 전화를 걸었다. 그는 검사 결과 당분의 흔적이 없다고 알려주었다. 나는 다음 날 그에게 갔다. 그는 먼저 다이어트 처방전을 써주었고, 나는 며칠만 따라 하다가 그만두었다. 그리고 무슨 내용인지 읽을 수도 없는 식이요법을 적어주었는데, 한 달 동안은 건강에 효과가 있었다.

"당뇨병이 그렇게 무서웠습니까?" 그는 미소를 띠면서 물었다.

나는 동의하지 않았지만 당뇨병이 나를 버린 지금 몹시 외로운 기분이 들어 아무 말도 하지 않았다. 그는 내 말을 믿지 않았을 것이다.

그 무렵 닥터 비어드 박사가 쓴 신경쇠약에 관한 뛰어난 저서를 접하게 됐다. 나는 그의 조언을 따랐고 책에 쓰여 있는 그의 처방에 따라 8일마다 약을 바꾸었다. 처음 몇 달간은 효과가 있는 듯했다. 살아 있을 때 코플러는 그 당시의 나처럼 풍부한 의학적 조언을 얻지 못했다. 그 후 그 책에 대한 믿음, 신뢰 또한 사라졌지만 그래도 나는 정신분석을 받을 날짜를 하루하루 연기했다.

그러던 어느 날 나는 S 박사와 마주쳤다. 그는 치료를 포기하기로 결정했는지 내게 물었다. 그렇지만 그는 매우 친절했는데, 나를 자기 손에 쥐고 흔들 때보다 훨씬 더 친절했다. 확실히 그는 나를 치료하길 원하고 있었다. 나는 집안일과 관련해서 신경 써서 해결해야 할 급한 볼일이 있다고 말했다. 그리고 한숨 돌리게 되면 바로 그에게 돌아가겠다고 했다. 나는 내 원고를 돌려달라고 부탁하고 싶었지만 감히 입이 떨어지지 않았다. 그것은 내가 더 이상 치료를 받지 않겠다고 말하는 것이나 마찬가지였기 때문이다. 내가 치료에 관심이 없고 그 결과를 감내하겠다는 걸 그가 깨닫게 될 때 다시 시도해볼 생각이었다.

나와 헤어지기 전에 그는 다시 치료를 시작하길 바라는 의미심장한 몇 마디를 남겼다.

"당신이 자신의 내면을 살펴본다면 달라져 있다는 걸 발견하게 될 겁니다. 비교적 짧은 시간에 당신을 건강하게 만들었다는 사실을 아시게 되면 곧 제게 돌아오시게 될 겁니다."

하지만 진실을 말하자면, 그의 도움으로 내 정신을 연구하려고 애쓰면서 나는 새로운 병들을 앓게 되었다. 나는 그의 치료에서 탈피해보려 한다. 꿈과 기억을 피할 것이다. 그것들 때문에 나의 불쌍한 머리가 목 위에 있는지 확신을 느끼지 못하는 처지가 되고 말았다. 나는 끔찍할 정도로 산만하다. 사람들과 말하고 뭔가를 얘기할 때 나도 모르게 조금 전에 했던 말이나 취했던 행동과는 다른 뭔가를 기억하려고 한다. 그리고 더 이상 기억하지 못하거나 내게 굉장히 중요한 듯한 생각을 떠올리려 한다. 그 중요성은 아버지가 돌아가시기 직전에 가지셨고 당신마저 기억하실 수 없었던 생각들이 지닌 중요성이었다. 정신병원에서 삶을 끝내고 싶지 않다면 나는 이 장난감들을 던져버려야 한다.

1915년 5월 15일

우리는 루치니코에 있는 별장에서 이틀간의 휴일을 보냈다. 내 아들 알피오가 다시 감기에 걸리는 바람에 제 누나와 몇 주 더 별장에서 지낼 것이다. 우리는 오순절을 지내기 위해 다시 그곳으로 돌아갈 것이다.

나는 마침내 나의 달콤한 습관으로 되돌아갔고, 담배를 끊는 데 성공했다. 의사의 멍청한 조언이 허용했던 자유로움에서 탈피한 뒤로 나는 훨씬 좋아졌다. 벌써 이 달의 중간에 이른 오늘 나는 달력을 정기적이고 정돈된 해결책으로 삼는 데 따르는 문제에 부딪혔다. 어떤 달도 나란히 똑같은 달은 없었다. 결심을 실행할 방법을 더 확실히 하기 위해서 흡연과 함께 뭔가 다른 것이 끝나야 할 필요가 있다. 예를 들어 달력의 날짜가 그렇다. 하지만 7월과 8월 그리고 12월과 1월을 제외하고는 날짜 수가 똑같이 짝을 이루는 달이 없다. 시간은 정말 혼란스럽다!

마음을 가다듬기 위해서 두번째 날 오후를 홀로 이손조 강변에서 보냈다. 흐르는 물을 바라보는 것보다 더 좋은 몰입은 없다. 가만히 멈춰 서서 지켜보면, 흐르는 물은 한 순간도 쉬지 않고 제 빛깔과 모양을 달리하며 어지럽게 흘러간다.

이상한 날이었다. 구름이 계속해서 모양을 바꾸는 걸 보면 분명 하늘 높이 강한 바람이 불고 있었지만, 아래는 고요한 날씨였다. 이따금 흘러가는 구름 사이로 보이는 태양이 언덕과 산꼭대기에 뜨거운 햇살을 쏟아내며, 모든 풍경을 감싸는 구름 그림자 가운데서 5월의 싱그러운 푸름을 비추고 있었다. 기온은 따뜻했고, 하늘에 떠다니는 구름 역시 어딘가 봄기운을 지니고 있었다. 확실했다. 날씨가 맑게 개고 있었다!

그날 자연에 몰입한 나의 경험은 잔인한 삶이 허락한, 그리고 자신이 희생자라고 생각하고 느끼는 걸 마침내 그만두는 위대한 목적이 실현되는 정말 드문 순간 중 한때였다. 빛나는 햇살에 너무나 사랑스럽게 부각되는 푸르른 자연 한가운데서 나는 내 삶과 내가 앓는 병을 향해서도 미소 지을 수 있었다. 여자는 내게 엄청난 중요성을 지닌다. 어쩌면 부분부분, 여자의 작은 발과 허리, 입 등이 내 나날들을 채웠을 것이다. 그리고 지난 삶과 내 병을 되돌아보면서 그것들을 사랑하고 이해했다!

내 삶이 이른바 건강한 남자들의 삶이 아니라 어떤 순간을 제외하고는 매일 자신의 여자와 다투거나 다투고 싶어 하는 남자들의 삶이었다면 얼마나 멋졌을까. 그와 달리 나는 언제나 사랑과 함께했다. 내 여자를 생각하지 않을 때조차, 다른 여자들을 생각하는 나 자신을 용서하기 위해서라도 애써 그녀를 떠올렸다. 다른 남자들은 자기에게 실망한 여자들을 포기하고 삶에 절망한다. 삶은 내 욕망을 억압한 적이 없으며, 사랑의 환영은 어떤 표류 후에도 더욱 완벽한 자태와 목소리, 육체를 꿈꾸며 즉시 새롭게 다시 태어났다.

그 순간, 진지한 관찰자인 S 박사에게 꾸며댔던 많은 거짓말 중에 아다가 떠난 뒤에 더 이상 아내를 배신한 적이 없다고 했던 거짓말이 떠올랐다. 이 거짓말에도 그는 자신의 이론을 적용했다. 하지만 그곳 강변에서 느닷없이 놀라운 진실이 떠올랐다. 며칠 전부터, 어쩌면 치료를 포기했던 순간부터 나는 다른 여자들을 곁에 두려고 찾지 않았다. S 박사 주장대로 내가 나은 것일까? 언제부터인가 여자들이 나 같은 늙은이를 쳐다보지 않는다. 만일 내가 그녀들을 그만 쳐다본다면 우리 사이의 모든 관계는 끝난 것이다.

그와 비슷한 의구심이 트리에스테에서 들었다면, 나는 금세 해결했을 것이다. 여기에서는 그것이 조금 더 어려웠다.

며칠 전에 나는 카사노바와 동시대 모험가인 다 폰테의 회고록을 접하게 되었다. 그 역시 분명히 루치니코를 지나갔었고, 나는 고운 화장에 팔다리를 크리놀린으로 감싼 그의 귀부인들을 만나는 상상을 했다. 맙소사! 속옷으로 꽁꽁 동여매어 몸을 감싸면서도 그녀들은 어떻게 그렇게 쉽게 또 그토록 자주 사랑에 빠져들었던가?

크리놀린에 대한 기억은 치료에도 불구하고 상당히 흥분을 일으키는 듯하다. 그러나 나의 욕망은 여전히 뒤죽박죽이어서 확신하기에는 충분하지 않다.

내가 찾던 경험은 조금 나중에 나타났다. 하지만 대가가 적지 않았다. 그녀를 차지하기 위해서 나는 내 삶에서 가졌던 가장 순수한 관계를 훼손하고 파괴했다. 나는 테레지나와 마주쳤다. 그녀는 우리 별장 옆에 있는 농장 소작인의 큰딸이었다. 그의 아버지는 2년 전에 홀아비가 되었고, 그의 수두룩한 자식들은 테레지나를 엄마로 생각했다. 체격이 다부진 이 소녀는 아침에 눈을 뜨자마자 일을 해서 잘 때가 되어서야 다음 날 일을 시작할 수 있는 힘을 모으기 위해 일을 멈추었다. 그날 그녀는 평상시 남동생이 돌보도록 맡겨진 당나귀를 끌고 가고 있었다. 산비탈에서는 당나귀가 소녀의 무게를 감당할 수 없기 때문에 그녀는 싱싱한 채소를 실은 수레 옆으로 나란히 걷고 있었다.

1년 전에 테레지나는 내 눈에 어린아이로 보였었다. 그래서 그녀에게 아버지 같은 친근감과 미소만을 보였었다. 요전에 그녀를 다시 봤을 때도 그녀가 컸다는 사실을 알아차렸지만 여전히 내가 사랑할 수 없는 덜 자란 어린아이로 보였다. 구릿빛 얼굴이 더 진지해지고, 가녀린 어깨가 더 넓어졌으며, 노동으로 지친 작은 몸에 가슴이 봉긋해 있었지만, 어린 동생들이 따르는 모성 본능과 나이답지 않은 다부진 생활력을 지닌 어린아이에 그쳤다. 그 엉터리 같은 치료와 내 질병이 어느 상태인지 증명할 필요성이 없었다면 그때에도 나의 결백함에 생채기를 내지 않고서 루치니코를 떠날 수 있었을 것이다.

그녀는 크리놀린을 입지 않았다. 얼굴은 동그스름하고 미소를 띠고 있었으며 화장을 모르는 맨얼굴이었다. 그녀는 맨발이었는데, 무릎까지 다리를 드러내 보이고 있었다. 작은 얼굴과 발 그리고 다리는 나를 홍분시키지 않았다. 테레지나가 드러낸 얼굴과 팔다리는 모두 같은 색깔이었다. 공기 중에 모두 드러낸 그 부위들은 훤히 드러나 있어도 전혀 이상할 게 없었다. 아마 그 때문에 나를 흥분시키지 못했던 것 같다. 그러나 나는 스스로 너무나 냉정한 모습에 놀랐다. 치료 후에는 크리놀린이 필요했던 걸까?

나는 한숨 돌리며 당나귀를 쓰다듬었다. 그런 후 테레지나에게 다가가 손에 10코로나를 쥐어주었다. 그것이 첫번째 접근이었다! 지난해 그녀와 동생들에게 아버지 같은 애정을 표현하려고 겨우 몇 페니를 건네주었었다. 그러나 부성애는 전혀 다른 것이다. 테레지나는 많은 용돈에 깜짝 놀랐다. 그녀는 조심스럽게 짧은 치마를 걷어 올려 어디에 있는지도 모를 속주머니에 지폐를 넣었다. 그렇게 해서 나는 그녀의 허벅지 윗부분을 보았다. 그러나 거기 역시 여전히 까무잡잡하고 순수했다.

나는 당나귀에게 돌아와 머리에 입맞춤을 했다. 나의 애정 표현이 당나귀를 흥분시켰다. 주둥이를 길게 빼더니 언제나 신기하게 들었던 사랑의 큰 울음소리를 냈다. 둘 사이의 먼 거리를 뛰어넘어 첫 울음소리는 얼마나 의미 있는가. 당나귀는 계속해서 울음소리를 냈다. 그러다 점점 수그러들더니 결국에는 절망하는 울음소리로 바뀌었다. 가까이서 들으니 고막이 찢어질 듯 아팠다.

테레지나는 웃었고, 그녀의 웃음이 내게 용기를 주었다. 나는 그녀에게 돌아가 당장 그녀의 팔을 붙잡았다. 나는 나의 감각을 확인하면서 손으로 천천히 어깨까지 더듬어 올라갔다. 하늘에 감사하게도 나는 아직 낫지 않았다! 제때에 치료를 그만둔 것이었다. 그러나 테레지나는 회초리로 당나귀를 치며 갈 길을 재촉했고, 당나귀를 따라가며 나를 떠났다.

그 시골 소녀가 나에 대해 관심이 없어도 나는 행복했기 때문에 진심으로 웃으면서 그녀에게 말했다.

"너 남자 친구 있니? 사귀어봐야 해. 아직 없다면 정말 안타까운 일이구나!"

그녀는 점점 더 멀어지면서 내게 말했다.

"만일 사귄다면 당연히 아저씨보다 훨씬 젊은 사람일 거예요!"

나의 기쁨은 그 때문에 사그라들지 않았다. 테레지나에게 간단한 수업을 해주고 싶었다. 그러고는 보카치오의 문장을 기억해내려고 애썼다. '볼로냐에서 오신 알베르토 선생은, 그와 사랑에 빠져서 자신들을 부끄럽게 만들길 원했던 한 여인을 진정 부끄러워했소.' 하지만 알베르토 선생의 생각은 사실과 달랐다. 말게리다 데 기솔리에리 부인이 그에게 이렇게 말했기 때문이다. '고귀한 당신은 현명하고 훌륭한 분이라서 당신의 사랑은 내게 소중해요. 그 사랑이 나의 명예를 살려줘요. 당신의 사랑에 당신의 모든 기쁨이 깃들어 있듯이요.'

나는 더 잘해보려고 노력했다.

"넌 언제 노인들에게 눈길을 줄 거니, 테레지나?" 나는 벌써 멀어진 그녀에게 잘 들리도록 외쳤다.

"저도 늙었을 때요." 그녀는 멈추지 않고 재미있다는 듯이 웃으며 소리쳤다.

"그때 되면 노인들은 너에게 관심이 없을 거야. 내 말 들어! 난 그들을 잘 알아!"

나는 내 몸속에서 곧장 올라오는 짓궂은 유머를 즐기며 외쳤다.

그 순간 하늘 어디에선가 구름들이 열리며 햇살이 비쳤다. 그 햇살은 내게서 40미터 가까이 떨어져 있고 10미터나 그 이상 더 높은 지대에 있는 테레지나에게 가닿았다. 그녀는 까무잡잡하고 작았지만 눈부시게 빛나고 있었다! 태양은 나를 비추지 않았다! 늙은이가 되면 재치와 유머를 가졌어도 그늘에 있게 된다.

1915년 6월 26일

전쟁이 닥쳤다! 마치 재미있는 옛날이야기를 듣는 것처럼 걱정하는 것이 부질없다는 듯 전쟁 이야기를 들어오던 내가 공포스러운 세계 한가운데로 휘말려 들어갔다. 그와 동시에 내가 조만간 어떤 상황에 처하게 될지 깨닫지 못한 나 자신에 놀랐다. 나는 바닥이 불타고 있는 건물 안에서 평화롭게 살고 있었다. 그리고 얼마 후면 건물 전체가 나와 함께 화염 속에 묻히게 되리라는 걸 예상하지 못했다.

전쟁은 나를 잡아 버려진 물건처럼 함부로 휘둘렀다. 전쟁은 단 한 번에 내 가족 전체와 나의 사업 조언가까지 빼앗아갔다. 하룻밤 사이에 나는 전혀 다른 사람이 되었다. 아니 더 정확히는 나의 24시간 전체가 전혀 새로워졌다. 어제부터 나는 조금 더 평온해졌다. 드디어 한 달의 기다림 끝에 가족으로부터 첫 소식을 받았기 때문이다. 가족들을 다시 볼 수 있다는 희망을 모두 잃었는데, 가족들은 토리노에서 무사히 잘 지내고 있었다.

나는 하루 종일 사무실에서 지내야 했다. 할 일이 전혀 없었다. 그러나 이탈리아 시민권자인 올리비 씨 가족이 떠나야 했고, 얼마 안 되는 직원들이 여기저기서 벌어지는 전투에 참전하러 자리를 떠났다. 그래서 나는 문지기처럼 내 자리를 지키고 있어야 했다. 저녁이면 창고의 무거운 열쇠들을 들고 집으로 돌아간다. 아주 마음이 편안해진 오늘은 긴 시간을 잘 보내도록 해줄 이 원고를 사무실에 가져왔다. 아마 긴 시간을 잘 보내게 될 것이다. 실제로 원고는 내게 굉장한 15분을 선사한다. 원고를 읽다 보면 사소한 일들에 신경을 쓸 수 있을 정도로 이 세상에 아주 고요하고 평화로운 시대가 있었음을 깨닫는다.

진지하게 과거의 삶으로 돌아가 단 한 시간이라도 다시 살 수 있는 반의식 상태로 떨어뜨리겠다고 누군가를 초대하는 것 역시 멋질지 모르겠다. 나는 그의 얼굴에 대고 실컷 비웃을 것이다. 전혀 중요하지 않은 것들을 찾아가기 위해 어떻게 이런 현실을 포기할 수 있는가? 이제야말로 내 건강과 질병에서 완전히 떨어져 나온 것 같다. 나는 우리의 비참한 도시를 걷는다. 전쟁에 참전하지 않고 매일 먹는 데 필요한 것을 찾는 특권이 주어진 사람 같다는 기분으로 우리의 비참한 도시를 걷는다. 누구와 비교해도 나는 매우 행복하다고 느낀다. 특히 가족들이 잘 지낸다는 소식을 들었을 때부터 완벽하게 선한 신들마저 분노할지 모르겠다는 생각이 든다.

전쟁과 나는 폭력적인 방식으로 만났지만 지금 내게는 조금 우스워 보인다.

아우구스타와 나는 아이들과 함께 오순절을 보내기 위해 루치니코로 돌아갔었다. 5월 23일 나는 아침 일찍 일어났다. 칼스바트 소금을 먹고, 커피를 마시기 전에 산책 또한 해야 했다. 루치니코에서 이 치료를 하는 동안 금식할 때 몸 전체가 아주 건강해져서 심장이 더욱 활발하게 움직일 준비가 된다는 사실을 깨달았다. 하지만 바로 당일 몸에 아주 좋았던 금식으로 인한 배고픔 때문에 고생하느라 내 이론을 완전히 수정해야 했다.

아우구스타는 내게 인사하려고 베개에서 온통 하얀 머리를 들어 올렸다. 그 순간 딸에게 장미를 선물하겠다고 약속했던 게 생각났다. 우리의 유일한 장미덩굴은 시들어서 미리 준비했어야 했다. 내 딸은 아주 아름다운 소녀로 성장했는데, 아다와 닮았다. 딸과 있으면 나는 잠시 동안 무뚝뚝한 교육자 행세를 잊었고, 역시 딸에게도 있는 여성성을 존중하는 기사 역할을 맡았다. 딸아이는 즉시 자신의 권력을 믿고 나와 아우구스타가 크게 즐거워하는 걸 악용했다. 그녀는 장미를 원했고, 우리는 그걸 준비해야만 했다.

나는 두 시간 가까이 걸어가야 했다. 눈부신 태양이 떠 있었고, 집으로 돌아올 때까지 쉬지 않고 계속 걸을 생각이었기 때문에 겉옷과 모자도 챙기지 않았다. 다행히 장미 값을 치러야 하는 건 기억해서 겉옷 주머니에 넣어둔 지갑을 가지고 나왔다.

맨 먼저 테레지나의 아버지가 있는 가까운 들판으로 향했다. 그에게 장미를 꺾어달라고 부탁하고 돌아오는 길에 가지러 오겠다고 말할 참이었다. 나는 허물어진 담장으로 둘러싸인 넓은 뜰 안으로 들어갔다. 그곳에는 아무도 없었다. 나는 테레지나의 이름을 크게 불렀다. 그 집 아이들 중 가장 어린 여섯 살쯤 된 막내가 집에서 나왔다. 나는 아이의 손에 동전 몇 개를 쥐어주었고, 아이는 식구들이 모두 아침 일찍 흙을 다져야 하는 감자밭에서 하루 종일 일하기 위해 이손조 너머로 갔다고 했다.

그 소식에 나는 아무렇지 않았다. 그 밭을 알고 있었고, 거기까지 가려면 대략 한 시간 정도 걸린다는 걸 알고 있었다. 두 시간 정도 걸을 계획을 세웠기 때문에 나는 산책하면서 구체적인 목적을 이룰 수 있어서 기뻤다. 모르는 길을 걷다가 갑자기 지쳐서 걸음이 중단될 우려는 없었다.

나는 길보다 더 높은 평원을 가로질러 갔다. 그래서 길 가장자리와 꽃이 활짝 핀 나무들만 보였다. 나는 진심으로 기쁘고 행복했다. 셔츠만 걸치고 모자도 없이 너무나 가벼운 기분이 들었다. 나는 아주 맑은 공기를 들이마셨다. 얼마 전부터 걸으면서 독일 친구가 내게 가르쳐준 니마이어 허파 운동을 할 때 자주 사용하는 방법이었다. 오래 앉아 생활하는 사람에게 아주 유익한 운동법이었다.

밭에 도착하자 길가에서 일하고 있는 테레지나가 보였다. 나는 그녀에게 다가갔다. 그러자 저 멀리서 그녀의 아버지와 정확하지는 않지만 테레지나의 두 남동생들이 함께 일하고 있다는 걸 깨달았다. 남동생들의 나이는 정확히 알 수 없지만 열 살과 열네 살 사이인 듯했다. 그런 힘든 일을 하면 노인들은 지치게 마련이지만 게으른 젊은이들보다 항상 더 열심이다. 나는 웃으면서 테레지나에게 가까이 갔다.

"넌 아직 기회가 있어. 테레지나. 너무 미루지 마라."

그녀는 내 말을 이해하지 못했고 나는 그녀에게 아무 설명도 하지 않았다. 그녀는 지난번 일을 기억하고 있지 않기 때문에 예전 우리들의 관계로 다시 돌아갈 수 있었다. 나는 이미 여러 번 표현을 했고, 이번에도 우호적인 반응을 보여주었다. 나는 몇 마디 말을 그녀에게 던지면서 눈으로만 그녀를 어루만졌다.

장미에 대해선 테레지나의 아버지와 쉽게 합의가 이뤄졌다. 그는 내가 원하는 만큼 꺾어 가도록 허락했는데, 가격에 대해서는 따로 말하지 않았다. 그는 즉시 하던 일로 돌아가길 원했다. 내가 집으로 돌아가려고 움직이자 그가 생각이 달라졌는지 내 뒤를 따라왔다. 그는 내게 와서 아주 낮은 목소리로 물었다.

"무슨 소식 못 들으셨어요? 사람들 말로는 전쟁이 터졌다고 하더군요."

"이미 시작됐어요! 모두들 알고 있어요! 일 년 전쯤에요." 내가 대답했다.

"그 얘기가 아니라," 그가 참지 못하고 말했다. "제 얘기는……" 그러고는 이탈리아 국경 근처를 힐끗 가리켰다. "그 사실을 정말 모르세요?" 그는 걱정스러운 얼굴로 내 대답을 기다렸다.

나는 확신을 가지고 그에게 말했다. "제가 아무것도 모른다면 바로 아무 일도 없다는 뜻이라는 걸 아시게 될 겁니다. 전 트리에스테에서 왔는데 그쪽에서 가장 최근에 들은 소식은 전쟁이 확실하게 저물어간다는군요. 로마에서는 전쟁을 원하는 정부 내각을 쓰러뜨리고 지금은 졸리티 정권이 장악했답니다."

그는 즉시 안심했다.

"그래서 이 감자들을 흙으로 덮고 잘 보살피는 겁니다. 나중에 우리 소유가 될 테니까요. 세상에는 수다쟁이들이 많은 법이죠!"

그는 소맷자락으로 이마에 흐르는 땀을 닦았다.

매우 만족해하는 그를 보면서 나는 그를 더 기쁘게 하려고 노력했다. 나는 행복한 사람들을 너무나 사랑한다. 그래서 나는 정말 기억하기 싫은 것들을 얘기했다. 만약 전쟁이 터지더라도 이곳에서는 싸우지 않을 거라고 장담했다. 무엇보다 지금 그들이 싸우고 있는 바다가 있고, 게다가 유럽에는 전쟁을 원하는 사람에게 전투할 곳이 부족하지 않으니 말이다. 플랑드르와 프랑스의 여러 지역이 있었다. 또한 나는—누구한테 들었는지 기억나지 않지만—이 세상은 전쟁터에서도 정성스럽게 수확한 감자들이 필요하다는 말을 들었다. 나는 많은 말을 했다. 여전히 테레지나를 바라보면서 많은 말을 했다. 작고 가냘픈 테레지나는 땅에 웅크리고 앉아 괭이로 파기 전에 땅을 매만지고 있었다.

농부는 완전히 안심이 되어 자기 일터로 돌아갔다. 그러나 나는 평온한 마음의 일부를 그에게 주어 훨씬 덜한 상태가 되었다. 루치니코에 있는 우리는 국경과 너무 가까운 게 사실이었다. 나는 그것에 대해 아우구스타에게 말했다. 트리에스테로 돌아가는 게 좋을 것이고, 어쩌면 더 멀리 가도 좋겠다는 생각이었다. 물론 졸리티가 정권을 다시 잡았지만, 그것이 계속 유지될지 다른 누가 장악할지 모를 일이었다.

루치니코로 향하는 길에서 행진하는 소대급 병사들을 우연히 만났는데, 이 일이 나를 더 초조하게 만들었다. 아주 젊은 군인들이 아니었고 군복과 장비들이 매우 형편없었다. 그들은 트리에스테에서 두를린다나Durlindana라고 부르는 칼을 차고 있었다. 그 긴 검은 1915년 여름에 오스트리아에서 그들이 되찾아온 것이었다.

서둘러 집에 가야겠다는 불안한 마음으로 나는 얼마 동안 그들 뒤에서 걸었다. 잠시 후 그들에게서 은은한 약초 냄새가 풍겨왔다. 그리고 나는 걸음을 늦추었다. 나의 불안과 조급함은 어리석은 것이었다. 그것은 농부의 불안에 동요되어 불안해진 것으로 멍청한 짓이었다. 어느덧 멀리 나의 별장이 보이고 길 위에는 더 이상 군인들이 보이지 않았다. 드디어 나의 카페라테를 마시기 위해 나는 걸음을 빨리했다.

나의 모험은 여기서 시작되었다. 길을 가던 나는 어느 보초병의 검문을 받았다. 그가 소리쳤다. "Zurück(뒤로 돌아가시오)!" 그는 정말 총을 쏠 자세를 취했다. 그가 독일어로 소리쳤기 때문에 그에게 독일어로 말하고 싶었다. 하지만 그가 아는 독일어는 그 단어뿐이었는지 점점 더 위협적으로 되풀이했다.

뒤로 돌아가야 했다. 알아듣게 하려면 쏘는 게 낫겠다고 말하는 다른 병사를 두려움에 떨며 계속 쳐다보면서 나는 그 병사가 더 이상 보이지 않을 때까지 위압감 속에서 돌아갔다.

그러나 나는 별장에 빨리 가야겠다는 생각을 여전히 포기하지 않았다. 나는 오른쪽 언덕을 넘어가면 위협적인 오솔길 뒤편으로 멀리 돌아서 도착할 거라 생각했다.

언덕을 오르는 건 어렵지 않았다. 우거진 수풀이 나보다 먼저 그곳을 지나가야 했던 많은 사람들의 발길에 짓눌려 있었기 때문이었다. 틀림없이 도로 통행이 금지되는 바람에 그곳으로 지나가야 했을 것이다. 나는 걸어가면서 확신을 되찾았고, 루치니코에 도착하면 즉시 마을 이장에게 내가 겪은 부당한 수모에 대해 항의해야겠다고 생각했다. 주민들이 그런 취급을 받도록 허락되었다면, 루치니코에는 아무도 오지 않을 것이었다!

그러나 언덕 꼭대기에 오른 나는 야생 약초 냄새를 풍기는 소대 군인들이 그곳을 장악한 걸 보고 소름끼치게 놀랐다. 많은 군인들이 작은 농가 그늘에서 쉬고 있었다. 그 집은 내가 오래전부터 알고 있는 농부들의 집이었는데, 당시에는 전부 비어 있었다. 그들 중 세 명이 보초를 서고 있는 것 같았다. 하지만 내가 가는 길 쪽은 아니었다. 몇몇 군인들은 손에 든 지도에 그림을 그려가며 그들에게 지시를 내리는 장교 앞을 반원형으로 둘러싸고 있었다.

나는 인사하기 위해 필요할지 모를 모자 하나 갖고 있지 않았다. 나는 여러 차례 고개를 숙여 인사를 하면서 내가 지을 수 있는 가장 밝은 미소를 지어 보였다. 내가 장교에게 가까이 가자 그는 부하들에게 말하던 것을 멈추고 나를 쳐다보기 시작했다. 그를 에워싸고 있던 다섯 명의 병사들도 내게 시선을 집중했다. 그 시선들을 받으며 평평하지 않은 땅에서 움직이려니 여간 힘들지 않았다.

장교가 고함쳤다.

“Was will der dumme Kerl hier(저 멍청이가 여기서 뭘 원하는 거야)?”

아무런 이유 없이 나를 모욕하는 태도에 놀란 나는 남자답게 모욕당한 것을 갚아주고 싶었다. 하지만 경솔해지지 않기 위해 다시 걸음을 옮겨 루치니코로 향하는 길로 가려고 했다. 장교는 한 발짝이라도 더 가면 나를 쏘겠다고 고래고래 소리를 지르기 시작했다. 나는 곧바로 아주 공손해져서 그날부터 이 글을 쓰는 오늘까지 변함없이 아주 공손한 태도로 지내왔다. 장교는 교양을 쌓아야 할 야만인이었지만 독일어를 정확히 구사하는 장점을 갖고 있었다. 그러한 장점이 있다는 사실을 염두에 두면 부드럽게 말하기가 더 쉬워졌다. 만일 그 짐승이 독일어마저 이해하지 못한다면 더 큰 일이었다. 나는 아마 기절했을 것이다.

내가 충분히 유창하게 독일어를 말하지 못한 게 유감스럽다. 독일어를 유창하게 구사했다면 기분이 언짢아진 장교를 웃게 만들기가 수월했을 테니까. 그에게 루치니코에서 카페라테가 나를 기다리고 있으며 군인들 때문에 지체되고 있노라고 말했다.

그가 웃었다. 맹세코 그는 분명히 웃었다. 그는 변함없이, 여전히 욕설을 하면서 웃었고, 내가 말을 다 마칠 때까지 기다려주지 않았다. 루치니코의 카페라테는 다른 사람들이 마실 거라고 말했고, 커피도 그렇지만 나를 기다리는 아내도 있다는 말을 듣자 버럭 소리를 질렀다.

“Auch Ihre Frau wird von anderen gegessen werden(당신 아내도 다른 사람들에게 잡아먹히겠지).”

그는 어느 정도 나보다 뛰어난 유머를 보여주었다. 그런 뒤, 다섯 명의 졸병들이 떠들썩하게 웃은 탓에 더더욱 모욕적으로 느껴질 수 있는 그런 말을 해서 미안해하는 듯했다. 그는 진지한 모습으로 내게 며칠 동안은 루치니코에 가지 못할 거라고 설명했다. 그러고는 오히려 더 이상 그 질문을 하지 말라고 내게 호의적으로 충고했다. 그 질문 자체로 내가 위험해질 수 있다는 것이다!

"Haben Sie verstanden(알겠소)?"

나는 이해했지만, 5백 미터도 안 되는 거리에 있는 카페라테를 포기하기는 결코 쉽지 않았다. 다만 내가 그 언덕을 내려가면 그날 나의 별장에 다시는 도착할 수 없기 때문에 나는 돌아가기를 망설였다. 그리고 시간을 벌기 위해서 나는 온순하게 장교에게 물었다.

"최소한 제 겉옷과 모자라도 가지러 루치니코로 돌아가려면 누구에게 물어봐야 합니까?"

나는 장교가 지도를 들고 부하 군인들에게 지시를 내리는 시간이 지체되었음을 눈치챘어야 했다. 그러나 그토록 화를 불러일으키리라고는 예상하지 못했다.

그는 귀청이 떨어지도록 고함을 질렀다. 더 이상 그 질문을 해서는 안 된다고 이미 말하지 않았느냐는 것이다. 그러고는 악마가 나를 데려가고 싶어 하는 곳으로 가라고(wo der Teufel Sie tragen will) 명령했다. 누군가 나를 어딘가로 데려간다는 생각이 그렇게 불쾌하지는 않았지만, 나는 너무나 지쳤기 때문에 여전히 머뭇거리고 있었다. 그럴수록 장교는 고함을 지르며 점점 더 화를 냈고, 무척이나 위협적인 태도로 주변에서 있던 다섯 명의 군인 중 한 명을 병장이라 호칭하며 자기 앞으로 불렀다. 그러고는 그 병사에게 나를 언덕 아래로 데리고 내려가 고리치아로 향하는 길에서 멀리 사라질 때까지 지켜보라는 지시를 내렸다. 만약 내가 명령에 복종하지 않으면 총을 발사하라고 명령했다.

그래서 나는 오히려 다행이라 여기고 꼭대기에서 내려왔다.

"Danke schön(고맙습니다)." 나는 전혀 놀릴 의도 없이 말했다.

병장은 이탈리아어를 꽤 잘하는 슬라브인이었다. 장교가 보는 앞에서는 난폭해야 한다고 생각하는 것 같았다. 그는 나를 내려가는 길로 데려가며 소리쳤다.

"Marsch(빨리 가)!" 하지만 조금 더 멀리 내려오자 친절하고 온화하게 대했다. 내게 전쟁에 대한 새로운 소식을, 그리고 이탈리아의 개입이 임박한 게 사실인지 물었다. 그는 대답을 기다리며 불안한 얼굴로 나를 쳐다보고 있었다.

그러니까 전쟁을 하는 그들조차 전쟁이 있는지 없는지 모르고 있었다! 나는 그를 가능한 한 안심시키고 싶어서 테레지나 아버지에게도 전해주었던 소식을 말했다. 그 후 그들은 내 의식 속에 깊이 남아 있다. 전쟁이라는 끔찍한 폭풍우 속에서 아마도 내가 안심시켰던 모든 사람들이 죽었을 것이다. 죽음이 닥쳤을 때 그들의 얼굴에 어떤 놀라움과 경악이 새겨졌을지 누가 알겠는가! 그것은 나의 억제할 수 없는 긍정주의였다. 장교의 말 속에서 아니면 그 고함 소리에서 나는 전쟁을 듣지 않은 걸까?

병장은 무척 기뻐했고, 내게 고마움을 표시하기 위해 더는 루치니코에 가려고 시도하지 말라는 조언까지 해주었다. 내가 전해준 소식을 근거로, 나를 집에 못 가게 방해했던 명령이 다음 날 해제될 수 있다고 주장했다. 그러면서도 우선 트리에스테에 가서 특별통행허가권을 얻을 수 있을지 모를 사령본부를 찾아가도록 충고했다.

"트리에스테까지요?" 나는 놀라서 물었다. "트리에스테까지 겉옷도 모자도 카페라테도 없이 가라고요?"

병장은 자신이 아는 바대로, 우리가 말하는 동안에도 보병대들이 이탈리아로 넘어가는 길목을 차단하고 폐쇄된 새로운 국경을 만들고 있다고 말해주었다. 그는 우월한 자의 미소를 띠며 자기 생각에 루치니코로 가는 가장 빠른 길은 트리에스테를 지나가는 길이라고 주장했다.

그 얘기를 듣고 나는 단념하고 말았다. 트리에스테로 가기 위해 정오에 출발하는 기차를 타야겠다고 생각하면서 나는 고리치아로 향했다. 나는 걱정스럽고 불안했지만 컨디션은 아주 좋았다고 말해야겠다. 담배를 조금 피웠고 먹은 것은 전혀 없었다. 오래전부터 내게 부족했던 가벼움을 느끼고 있었다. 계속해서 걸어야 한다는 것도 전혀 불쾌하지 않았다. 다리가 조금 아프긴 했지만, 고리치아까지 끄떡없을 것 같았다. 나의 호흡은 아주 자유롭고 깊었다. 활기차게 걸으면서 다리가 따뜻해지자 걷는 것이 사실 부담스럽지 않았다. 이렇듯 건강한 상태에서 평상시와 다르게 발걸음이 빨랐기 때문에 즐겁게 박자를 맞춰 걸었고, 다시 긍정적인 생각으로 돌아갔다. 여기저기서 위협을 가하고 있지만 아직 그들은 전쟁에 이르지 않았다. 그렇게 고리치아에 도착했을 때 나는 그날 밤을 보낼 호텔방을 잡아야 할지 그리고 다음 날 루치니코로 돌아가 이장에게 불만을 얘기해야 할지 망설였다.

우선 우체국으로 달려가 아우구스타에게 전화했다. 하지만 별장에서는 아무도 전화를 받지 않았다.

우체국 직원은 머리숱이 적고 작은 체구를 지닌 남자였는데 엄격해 보이면서도 뭔가 우스꽝스럽고 고집불통으로 보였다(그에 대한 유일한 기억이다). 내가 대답 없는 전화에 성질을 부리며 욕을 퍼붓는 소리를 듣고서 그가 내게 다가와 말했다.

"오늘만 벌써 네번째네요, 루치니코에서 대답이 없는 전화 말예요." 내가 그를 향해 고개를 돌렸을 때 그의 눈에는 크게 기쁨에 들뜬 사악함이 번뜩였다!(나는 실수를 저지른 것이었다! 지금까지도 그의 표정을 기억하고 있다!) 그리고 그의 빛나는 눈은 내가 진짜 놀라고 화가 났는지 보려고 내 눈치를 살폈다. 상황을 이해하기까지 10분은 족히 걸렸다. 그 순간 모든 게 확실해졌다. 루치니코는 이미 전선에 있거나 곧 전선에 들어갈 상황이었다. 직원의 의미심장한 눈길을 완벽히 이해했을 때, 나는 아침부터 마시지 못한 커피와 점심을 먹기 위해 카페로 향했다. 그러나 곧 방향을 바꿔 역으로 갔다. 가족들과 더 가까이 있고 싶었기에, 병장 친구의 조언을 따라 트리에스테로 향했다.

나의 짧은 여행 동안 전쟁이 발발했다.

나는 아주 일찍 트리에스테에 도착하리라 생각하면서 고리치아 역에서 시간이 있었는데도 오래전부터 그토록 원하던 커피 한 잔 마시지 않았다. 기차에 올라 혼자 자리를 잡고 아주 이상하게 헤어지게 된 가족들 생각에 잠겼다. 기차가 몬팔코네 너머까지 잘 갔다.

전쟁은 아직 거기까지 다다르지 않은 것 같았다. 나는 아마 루치니코에서 국경에서처럼 상황이 뒤바뀔지 모른다고 생각하면서 평정심을 되찾았다. 그 시간에 아우구스타와 우리 아이들이 이탈리아 영토로 여행 중일 수도 있었다. 이렇게 안심이 되자 놀랄 만큼 엄청난 배고픔이 밀려와 나는 긴 잠에 빠져들었다.

나를 깨운 건 아마 배고픔이었을 것이다. 기차는 트리에스테의 사쏘니아라는 곳 중간에 멈춰 섰다. 옅은 안개가 시야를 가려서인지 바다가 아주 가까운데도 보이지 않았다. 카르소는 5월에 대단히 풍요롭고 눈부시지만, 다른 시골에서 볼 수 있는 생명력과 색채로 넘쳐나는 화려한 봄에 물들지 않은 사람만이 이해할 수 있다. 높이 솟아오른 암벽은 부드럽고 어린 수풀로 감싸여 있다. 그러나 이 풀들은 금세 풍경을 뒤

덮어버릴 만큼 자라기 때문에 연약하지 않다.

다른 상황이라면 극심한 허기를 느끼면서도 아무것도 먹을 수 없는 상황에 굉장히 화를 냈을 것이다. 그러나 그날은 내가 속해 있는 역사적 사건의 심각성이 나를 압도하며 체념으로 이끌고 있었다. 내가 담배 몇 개비를 건네준 기차 차장은 나를 신경 써주기는커녕 빵 한 조각 주지 않았다. 나는 아무에게도 그날 아침 내가 겪은 일을 말하지 않았다. 트리에스테에 가서 가까운 몇몇 사람에게만 말할 생각이었다. 내가 귀를 세우고 있는 그곳에는 국경으로부터 어떤 싸움 소리도 들려오지 않았다. 우리는 이탈리아를 향해 내려가는 여덟 혹은 아홉 대의 기차를 지나 보내면서 그 장소에 멈춰 있었다. 곪은 상처(오스트리아처럼 곧바로 이탈리아 국경이 피해를 입었다)가 터졌고, 고름을 짜낼 도구가 필요했다. 그리고 불쌍한 사람들은 노래를 부르고 낄낄거리며 그곳에 가고 있었다. 그 기차들 모두에서 그와 같은 기쁨과 흥겨움의 소리가 흘러나왔다.

내가 트리에스테에 도착했을 때는 이미 도시에 밤이 내려와 있었다.

수많은 등불들이 뿜어내는 빛으로 밤은 환하게 빛나고 있었고, 셔츠 소매 차림으로 집에 가는 나를 본 한 친구가 내게 소리쳤다.

"어디서 강도질을 했나?"

집에 도착한 나는 드디어 음식을 먹고 곧바로 잠자리에 들었다.

정말 거대한 피로가 나를 침대로 밀어 넣었다. 내 머릿속에서 다투는 희망과 의심이 만들어낸 피로라고 생각한다. 나는 언제나 아주 잘 지냈고, 정신분석을 하면서 과거의 이미지들을 떠올리다 만난 짧은 꿈속에서 그날 나의 하루를 또 한 번 어린아이 같은 긍정적인 공상으로 마감했던 것을 기억한다. '국경에서는 아직 아무도 죽지 않았고 그래서 평화는 다시 시작될 수 있다'라고.

지금 나의 가족은 건강하고 안전하다는 걸 안다. 내 삶은 불만스럽지 않다. 할 일이 많지 않지만 내게 게으르다고 말할 수는 없을 것이다. 사고파는 게 모두 금지되어 있다. 사업은 평화가 찾아왔을 때 다시 시작될 것이다. 스위스에 있는 올리비 씨가 내게 몇 가지 조언을 보냈다. 만일 그의 조언대로 한다면 모든 것이 달라진 이 환경에서는 혼란만 늘어날 뿐이다. 그러면서 이 순간에 나는 아무것도 하지 않는다.

1916년 3월 24일

지난해 5월부터 보잘것없는 이 원고에 손 한 번 대지 않았다. 스위스에서 S 박사가 내게 편지를 보내 자기가 아직 읽지 않은 부분을 보내달라고 부탁했다. 흥미로운 요구인 데다 이 원고를 그에게 보내지 않을 이유가 없다. 그는 내가 그에 대해서 그리고 그의 치료에 대해서 어떻게 생각했는지 확실히 보게 될 것이다. 그는 내 회고록 전부를 가지고 있기 때문에 얼마 안 되는 이 장들과 앞으로 기꺼이 덧붙일 나머지 원고들을 받게 될 것이다. 나는 하루 종일 사업에 매진하기 때문에 시간이 별로 없다. 그러나 S 박사에게는 내게 일어난 일들을 얘기하고 싶다. 이제 나는 아주 분명한 생각들을 가지고 있다고 굳게 믿는다.

그는 질병과 약점에 대해 기록한 고백을 받을 거라 생각하겠지만, 지긋한 내 나이가 허락하는 만큼 정정하고 완벽한 건강을 묘사한 기록을 받게 될 것이다. 나는 치유되었다! 단지 정신분석을 하기 싫다는 게 아니라, 전혀 필요 없다는 의미다. 나의 건강은 단순히 많은 실패자들 가운데서 우월하다고 느끼는 상황에서는 얻지 못한다. 내가 건강하다고 느끼는 것은 상대적인 것이 아니다. 나는 절대적으로 건강하다. 오래전부터 나는 내 건강이 바로 나의 확신에 지나지 않으며, 그런 내 건강이 상태에 만족하기보다 치료를 원하는 최면 상태의 몽상가가 저지를 범한 어리석음에 불과하다는 것을 알고 있었다. 내가 어떤 고통으로 괴로워하는 건 사실이지만, 나의 대단한 건강에서 그것들은 중요하지 않다. 나는 여기저기에 난 상처에 응급처치를 할 수 있지만, 나머지 몫은 몸이 스스로 움직이고 싸워나갈 것이다. 절대 괴저처럼 부동 상태로 멈춰서는 안 된다. 고통과 사랑, 그리고 인생까지도 괴롭다는 이유로 질병처럼 여겨져서는 안 된다.

나는 건강을 확신하기 위해서 나의 운명과 격렬히 맞서 싸우고, 그리고 무엇보다 승리로 내 몸을 바꾸고 뜨겁게 해야 한다고 생각했다. 나를 치료한 건 내 사업이었다는 것을 S 박사가 알았으면 한다.

작년 8월 초까지 나는 충격에 빠져 무기력한 시선으로 전쟁으로 혼란스러워진 세상을 바라보았다. 그래서 나는 '구매'를 시작했다. 이 단어를 강조하는 것은 전쟁 이전보다 높은 가치의 의미를 지니기 때문이다. 사업가의 입에서 이 말이 나오면 어떤 품목을 사들일 준비가 되어 있다는 의미였다. 그러나 내가 그 말을 했을 때는 내게 공급될 어떤 상품이든지 공급되는 대로 사들이는 구매를 뜻했다. 강한 사람들 모두가 그렇듯이 내 머릿속에는 오직 한 가지 생각뿐이었고, 그것을 위해 살았고 그것이 내 행운이었다. 올리비 씨는 트리에스테에 없었다. 그러나 그가 그러한 위험을 허락하지 않았으리란 건 확실하다. 그리고 다른 사람들에게 비밀로 했을 것이다. 그러나 내게는 전혀 위험이 아니었다. 나는 대단한 확신으로 좋은 결과를 내다보고 있었다. 우선 전쟁 시기의 오랜 관습에 따라 모든 재산을 금으로 바꾸기 시작했다. 하지만 금을 사고파는 일에는 상당한 어려움이 따랐다. 운반하기 좋은 액체 형태의 금은 좋은 상품이었고 나는 금을 독점하다시피 구매했다. 때에 따라서는 팔기도 했지만 언제나 구입한 물량 이내에서 판매했다. 왜냐하면 어느 순간 나의 구매와 판매 행위들이 아주 좋은 결과로 나타나기 시작했기 때문이다. 이것은 내가 필요로 했던 큰 사업 수단을 제공했다.

큰 자부심을 가지고 기억하는 것은, 나의 첫번째 구매가 실은 매우 어리석은 행동이었다는 것이다. 그때 나는 오로지 나의 새로운 구상을 즉시 실현하려는 생각뿐이었다. 그리 많지 않은 향을 구매한 것이 시작이었다. 판매자는 벌써 부족해지기 시작한 송진을 대체할 수 있는 제품이라며 향에 대해 떠벌렸다. 하지만 화학 공부를 한 나는 향이 전혀 다른 성분인 송진을 절대로 대체할 수 없음을 확실히 알고 있었다. 다만 세계가 송진의 대체물로 향을 받아들여야 하는 경제적 어려움에 다다를 거라 생각했다. 그래서 구매했다! 며칠 후 그중 일부를 팔았고, 처음에 구입한 양을 사들이는 데 필요했던 금액을 벌어들였다. 그 돈을 받은 순간 나는 힘과 건강을 되찾은 기분을 느끼며 가슴을 활짝 폈다.

의사가 내 원고의 이 마지막 부분을 받게 되면 내게 전부 돌려줄지 모르겠다. 나는 아주 분명하게 그대로 다시 쓰겠다. 왜냐하면 내가 이 마지막 시기를 몰랐다면 어떻게 나의 삶을 이해할 수 있었겠는가? 어쩌면 나는 지금의 내가 되기 위해서 그 오랜 세월을 살아왔을 것이다!

당연히 나는 순진하지 않고, 내 삶을 병의 한 징후로 보는 의사를 용서한다. 위기와 포기를 거쳐 진행되고, 날마다 좋아졌다 나빠지는 일이 반복된다는 점에서 삶은 어느 정도 병과 닮았다. 질병과 다른 점은, 삶은 언제나 죽음으로 끝난다는 것이다. 삶은 치료를 견디지 못한다. 삶을 치료한다는 것은 우리 몸에 있는 구멍들을 상처라고 믿으면서 틀어막고 싶어 하는 것과 같다. 그렇다면 우리는 치료되자마자 질식해서 죽을 것이다.

현실의 삶은 뿌리부터 타락해 있다. 인간은 나무와 짐승들의 자리를 차지했고, 공기를 오염시켰으며, 자유로운 공간을 빼앗았다. 앞으로 더 나쁜 일들이 일어날 수 있다. 안쓰럽고 활동적인 이 동물은 더 강력한 힘을 지닌 것들을 찾아내 억압할지 모른다. 이러한 위협이 공중에 감돈다. 거기에는 많은 수의 사람들이 누리는 막대한 부가 따를 것이다. 모두들 좁은 땅을 나누어 서로 차지할 것이다. 누가 공기와 땅의 부족을 치유할 것인가? 생각만 해도 숨이 막힌다!

하지만 이것만이 아니다. 건강해지려는 노력은 모두 허무하다. 그러한 노력은 다만 신체기관의 특정한 발달이 일어나는 짐승에게나 해당되는 얘기다. 제비는 이동하는 것 외에 다른 삶이 불가능했기 때문에 자신의 신체 기관에서 가장 중요한 부분이 된 날개를 움직이는 근육이 발달했다. 두더지는 땅속에서 생활하므로, 몸 전체가 필요에 맞게 변형되었다. 말은 더 커지고 발이 발달했다. 다른 동물들의 발달 과정에 대해서는 모르지만 그러한 상태일 것이고, 이러한 과정은 결코 개체 자신의 건강을 해치지 않을 것이다.

그러나 안경을 쓴 남자는 자신의 몸 밖에서 도구를 발명한다. 그것을 발명한 사람에게는 건강과 명예가 따르는 반면 그것을 사용하는 사람에게는 그것들이 거의 언제나 부족하다. 도구들은 사고팔고, 훔치는 대상이 된다. 그리고 인간은 점점 더 교활해지고 더 약해진다. 오히려 인간의 교활한 생각이 커질수록 인간의 약점도 늘어나게 마련이다. 인간의 초기 도구들은 팔의 연장처럼 보였고, 그 자체로는 효과적이지 못했다. 그러나 이제 도구는 더 이상 팔다리와 아무런 관련이 없다. 창조주가 온 지구에 부여한 법을 어기면서 질병을 만드는 것이 인간의 도구이다. 가장 강력한 법이 사라졌고, 우리는 건강을 잃었다. 이것이야말로 정신분석이 필요하다. 대다수 도구들을 소지한 사람들의 횡포 아래 질병과 고통이 번질 것이다.

어쩌면 우리는 유례가 없는 도구들의 재앙을 통해 건강으로 돌아오게 될 것이다. 독가스가 사라지게 되면 여느 사람들과 똑같은 한 인간이 이 세상의 어느 방에서 현재 있는 폭탄들은 장난감으로 여겨질 만큼 가공할 만한 폭발물을 몰래 만들 것이다. 그리고 또 여느 사람들 같지만 조금 더 병든 사람들 중 누군가는 그 폭발물을 훔쳐서 효과가 가장 극대화될 수 있는 지점에 설치하기 위해 지구 한가운데로 오를 것이다. 아무도 듣지 못하는 거대한 폭발이 일어날 것이고, 먼지구름으로 돌아간 지구는 빌붙어 사는 기생충도 질병도 없이 유유히 천국을 떠돌 것이다.

의식과 무의식의 경계에서

이탈로 스베보

이탈로 스베보Italo Svevo, 본명 에토레 슈미츠Ettore Schmitz는 1861년 12월 19일 이탈리아 북동부 도시 트리에스테Trieste에서 유대인 아버지와 어머니 사이에서 태어났다. 열두 살에 독일 뷔르츠부르크 근처 기숙사 학교에 보내져 그곳에서 공부했고, 이후 트리에스테에서 상업을 공부했다. 그러나 가업으로 물려받으리라 예상했던 아버지의 사업이 실패하면서 생계를 위해 일자리를 구해야 했는데, 이 무렵 창작에 열중하여 소설과 희곡 등을 습작했다. 결혼 후 베네치아에 설립된 장인의 도료 회사에서 일했으나, 이 시기는 전작 소설들의 실패로 문학에서 멀어진 시기이기도 했다. 그는 젊은 시절부터 문학에 깊이 매료되어 여러 나라의 다양한 책들을 탐독했고, 철학에도 지대한 관심을 가졌다.

트리에스테는 원래 오스트리아의 도시였는데 스베보가 출생하던 해에 이탈리아가 통일되면서 이탈리아 북동부 프리울리 주의 주도가 되었다. 오스트리아와 이탈리아 문화 그리고 트리에스테 고유의 분위기가 공존하는 이 이국적인 도시에서 작가 스베보 역시 자연스럽게 여러 문화의 영향을 받았다. 오스트리아에 접한 이탈리아 국경 도시인 탓에 트리에스테는 여러 문화의 영향을 받아 여느 이탈리아 도시와 다른 분위기를 형성했는데, 이탈리아적인 성격이 덜한 이국적인 분위기의 도시였다. 이런 곳에서 유대인이었던 스베보는 자신의 정체성에 의문을 품으며 스스로에게 여러 가지 질문을 던졌으리라.

그의 필명 이탈로 스베보Italo Svevo의 이탈로는 이탈리아인을, 스베보는 독일 슈바벤인을 뜻하며, 이는 '독일 슈바벤 출신 이탈리아인'이라는 의미를 담고 있다. 실제로 독일계 유대인 아버지를 둔 이탈로 스베보의 문화적·정신적 원류는 이탈리아와 독일 그리고 유대인으로서의 정체성이 함께하는 것이었고, 이것이 때로는 모호성과 불안 혹은 우유부단함으로, 때로는 다양하고 폭넓은 철학적 정신을 포용하고 심화시키는 특성으로 자리 잡았다.

이러한 환경은 그에게 이탈리아와 독일을 비롯한 전 유럽적인 성격을 갖게 하는 토대가 되었다. 카프카, 프루스트 그리고 릴케처럼 그는 현실에서 '낯섦'을 느꼈고, 그가 가진 복잡하고 불안한 성격은 내면의 의식으로 관심을 돌리게 했다. 그러나 『어떤 인생*Una Vita*』(1892), 『노년기*Senilità*』(1898) 등 초기 작품의 잇단 실패로 스베보는 오랜 침묵의 시간을 보내게 된다. 세번째 소설인 『제노의 의식*La coscienza di Zeno*』(1923)에는 이탈로 스베보 개인의 자전적인 체험이 녹아들어 있다. 이탈리아어, 독일어, 트리에스테 방언 등 다중 언어의 환경에서 태어나고 자란 작가의 독특한 경험들은 여러 문화의 요소들이 모여들어 유럽 전반의 분위기와 이탈리아적 특징들이 동시에 자리 잡게 하는 데 영향을 주었다. 19세기 후반 유럽 문학에 영향을 준 낭만주의와 자연주의에 이어 20세기 초반 정신 문화계에 엄청난 영향력을 행사한 프로이트의 '정신분석'을 흡수한 이탈로 스베보의 작품들은 특히 『제노의 의식』에서 절정을 이룬다.

스베보는 전작들의 잇단 실패로 1907년까지 외부적으로 절필에 가까운 시간을 보내지만 비평가와 독자들의 무관심에도 이탈로 스베보라는 문학적 알터 에고Alter Ego를 잃지 않으며 일상의 삶을 이어나간다. 그러다 1907년에 영국에서 사업을 시작하게 된 그는 같은 해 트리에스테에 체류 중이던 영어 교사 제임스 조이스를 만나게 된다. 제임스 조이스와의 만남은 문학을 사랑하는 사람들의 교류 이상의 의미를 지니는 일대 사건이었다. 제임스 조이스는 이탈로 스베보에게 문학적 영향을 미쳤을 뿐만 아니라 제대로 평가 받지 못했던 그의 작품에서 높은 문학성을 발견하고 유럽에 그를 알리는 역할을 했다는 데 큰 의의가 있다. 제임스 조이스는 이탈로 스베보의 재능을 알아보고 그가 글쓰기를 계속하도록 격려했으며, 때를 기다리고 있던 이 알려지지 않은 작가를 세상에 알리는 역할을 했다.

스베보는 사업차 유럽의 여러 나라를 여행했고, 장인이 프로이트에게 정신분석을 받게 된 걸 계기로 프로이트의 정신분석을 가까이서 직접 경험했다. 평소 '병'에 대해 사색해오던 스베보는 이를 계기로 자신의 자전적인 경험을 바탕으로 한 정신분석적인 글을 구상했고, 이는 1923년 발표된 『제노의 의식』에서 구체적으로 형상화되었다. 『제노의 의식』을 받아본 제임스 조이스는 라르보Larbaud, 크레미외Cremieux 등 비평가들에게 작품을 보내 소개했고 '흡연'이라는 주제와 '시간의 흐름'이라는 기법에 크게 주목했다.

친구이자 문학자인 발레리오Valerio Jahier에게 보내는 편지에서 스베보는 다음과 같이 밝혔다.

> "프로이트 이론이 매우 흥미로운 건 사실이네. 내가 그에게 정신분석을 받았더라면 내 소설은 내적으로 더욱 풍요로워졌을 걸세."
> (1927년 12월에 보낸 편지에서)

이처럼 프로이트의 정신분석은 그의 소설에서 매우 중요한 부분을 차지하고 있다.

『제노의 의식』은 제임스 조이스의 추천으로 프랑스 비평가 발레리 라르보에게 높이 평가받으며 프랑스 문단에 알려졌으며, 이탈리아에서는 시인 에우제니오 몬탈레의 헌사로 주목을 끌기 시작했다. 이를 계기로 『제노의 의식』은 1925년부터 점차 주목 받기 시작했다. 그러나 안타깝게도 스베보는 3년 후인 1928년 9월, 가족과 자동차를 타고 가던 중 교통사고를 당해 세상을 떠났다.

『제노의 의식』

『제노의 의식』은 이전의 이탈리아 소설에서 두드러졌던 자연주의와 진실주의에서 나타나는 내레이션에서 한 걸음 더 나아가 '제노'라는 한 개인의 의식을 따라가는 심리적 기법을 시도한 소설이다. 스베보는 이 작품을 1919년에 쓰기 시작해서 1922년에 완성했고, 1923년 볼로냐의 한 출판사에서 자비로 출간했다.

"이 작품은 자서전이지만 내 이야기는 아닙니다"라고 이탈로 스베보는 『제노의 의식』을 소개했다. 그러므로 이 소설은 어느 한 사람의 이야기가 아닌 많은 사람들의 자화상이라 할 수 있다.

일인칭 화자인 제노 코시니의 내적 독백이 주를 이루는 이 소설은 한 남자의 의식을 따라가며 그 의식을 통해 되살아난 과거의 기억을 기록한 자서전이라 할 수 있다. 오직 제노의 의식을 거쳐서 알게 되는 그와 주변인들의 삶은 매우 주관적이며 개인적인 기억의 산물이다. 그러나 제노가 회상하는 과거의 기억은 그의 의식에 투영된 하나의 독립된 세계이며 유일무이한 세계 그 자체라 볼 수 있다.

부유한 사업가 제노 코시니는 무기력하고 신경증적인 인물로서 자신의 병을 제대로 이해하기 위해 정신과 의사에게 자신의 이야기를 털어놓는다. 오랫동안 그의 주치의였던 S 박사는 제노에게 내면에 떠오르는 기억들을 글로 써볼 것을 제안한다. 제노는 의사의 권유대로 매일 기억을 기록하게 된다. 치료에 도움이 될 거라는 의사의 말에 과거의 기억을 거슬러 올라가는 것으로 시작된 제노의 자서전에서 그의 의식 저편에서 흐릿해져 있던 기억들이 하나씩 되살아난다. 때로는 스스로도 혼란스러울 만큼 그 기억이 진짜인지 어떤 꿈인지 모호한 상태에 이르기도 하고, 별로 중요하지 않게 여겨지던 과거에 그가 끊임없이 집착해왔음을 깨닫는가 하면 의식의 수면 깊이 감춰져 있던 사건의 이면과 행동의 의미들이 표면에 떠오르기도 한다.

『제노의 의식』은 제노 개인의 친숙하면서도 낯선 과거가 현재의 삶을 비추고 미래의 거울이 되어 예언적인 이야기들을 쏟아내는 구조를 보이고 있다. 그러나 시간이 순차적이지 않고 중요한 의미를 지닌 사건들이 앞서거나 뒤에 등장하면서 인간의 내면세계가 기억의 틀에 한정되어 있지 않고 매우 유동적이고 유기체처럼 살아 움직이는 것을 보여준다.

주인공인 제노 또한 고정적이지 않고 매우 가변적인 인물로서 안정적인 일상 뒤에서 끊임없이 방황하고 갈등하는 인간의 내면을 대표하는 인물로 등장한다. 제노는 부유한 집안 출신의 사업가이며 경제적으로 풍족함을 누리는 부르주아 계층의 인물이지만, 그가 겪는 정신적 혼돈은 끊임없이 그를 불안하게 하고 충동적인 행위로 내몬다. 그는 떠도는 오디세우스처럼 현실에서 부유하며 뿌리를 내리지 못하는 인간 유형을 대변한다고 볼 수 있다.

제노의 과거는 세기말적인 분위기를 지닌 동시에 우아함을 잃지 않으려는 20세기 초 인물상을 대변하고 있다. 잊고 싶은 과거들이 하나씩 떠오르면서, 그는 무의식 속에 자리 잡은 갈등의 요인들과 맞닥뜨리게 된다. 아들의 행동을 오해한 아버지는 죽기 직전에 그를 거부하고, 담배를 끊으려는 제노의 노력은 언제나 수포로 돌아간다. 흡연은 늘 마지막 담배라는 결심의 번복으로 이어지듯이 제노의 삶 역시도 금지된 것에 대한 반발처럼 위태로운 생활을 이어간다.

아내를 사랑하면서도 비밀스러운 연인을 만들고 결국 아내를 향한 애정 고백으로 끝을 맺는데, 제노의 아내 아우구스타는 제노가 일찍 떠나보낸 어머니와 같이 변함없는 사랑을 베풀고 그를 지지하는 모성적 인물이다. 제노는 아내의 사랑에 깊이 의존하며 그녀에게 절대적인 신뢰를 갖고 있지만 금지된 불륜은 흡연처럼 반복되어 그에게 죄의식을 불러일으킨다.

이 소설에서 '건강하지 못함'은 '건강'만큼이나 중요한 의미를 지닌다. 건강하지 못해 병을 앓고 있는 사람이 병이 가져온 불행과 고통을 가장 잘 알고 있으며 '병'이라는 실체를 누구보다 깊게 이해하기 때문이다. 그래서 제노는 건강하지 못해서 오히려 건강을 알고 있으며 아프기 때문에 병에 대해서 잘 아는 인간이 되었다. 그러니까 그는 병을 바라볼 수 있는 인간이 된 것이다.

이러한 특징은 『제노의 의식』에서 결말과 더불어 아주 중요한 의미를 지닌다. 제노라는 한 개인의 병에서 인류의 병, 즉 세계의 병으로 시선이 확대되어 나아감은 물론, '병'에서 벗어나 본래의 건강한 상태로 돌아가기를 바라는 예언자적인 시선이 이 소설에 담겨 있기 때문이다.

아우구스타의 이니셜 A는 마지막 알파벳 Z 이니셜을 가진 제노와 대비를 이루어, 그녀가 새로운 시작과 희망을 상징한다면 제노는 파국과 죽음을 뜻하는 어두운 이미지로 다가온다. 그러나 마지막이 또 다른 시작을 낳는다고 할 때, 제노가 말하는 지구의 폭발은 본래의 건강이 회복되는 시작을 전제로 한 파멸이라고 할 수 있다.

제노의 인생은 중심을 잃고 타락에 사로잡힌 듯하다. 그러나 뒤에 찾아온 무기력과 도덕적인 병폐는 그러한 충동마저 사라지게 하여 그에게서 건강을 빼앗아가며, 운명의 장난처럼 끊임없이 그를 괴롭힌 불안마저 내면을 무감각하게 만들어버린다.

무의식과 의식의 경계

『제노의 의식』에서 주인공 제노는 자신의 지난 삶을 회상한다. 하지만 이 소설은 실제 그의 삶이 어떠했는지 나열한 기록이 아니라, 제노라는 한 개인의 시각에서 과거와 현재를 오가며 기록한 인생의 발자취라 할 수 있다. 이것은 프루스트 소설들에서 볼 수 있는 '의식의 흐름'에 따라 기술되고 있으며, 그는 과거의 잃어버린 시간들을 찾아 나섬으로써 생의 의미를 발견해나간다.

제노는 현재에서 과거로, 다시 과거에서 현재를 오가며 자신의 꿈과 내면에 떠오르는 이미지들을 기술하고 있는데, 이러한 심리적이면서 실험적인 작품 세계로 인해 『제노의 의식』은 20세기 이탈리아 문학의 주요 작품으로 평가받는다.

주인공 제노의 실존적이고 인간적인 위기는 인간의 보편적인 위기의식과 맞물린다. 여기서 이탈로 스베보는 제노의 심리 흐름을 제대로 표현하기 위해 '내면의 독백'이란 형식을 취하고 있다. 과거와 현재, 진실과 거짓의 공존은 이 작품의 독특하고 정신분석적인 개성을 잘 나타내준다. 이러한 시도는 현대인이 직면한 문제를 내면 분석을 통해 예리하게 통찰하는 과정 속에서 리얼리티를 획득한다.

이렇듯 이탈로 스베보는 『제노의 의식』을 통해 20세기 초반 유럽의 심각한 위기를 드러낸 유일한 이탈리아 작가로 평가받고 있으며, 유럽 현대 문학사에서 중요한 위치를 차지하고 있다.

제노에게 기억은 미래와 현재와도 관련 있지만 과거와 더욱 깊은 연관성을 지닌다. 그것은 기억의 힘을 통해 현재에서 과거로 향하는 의식의 힘이면서 무의식을 파고든다. 자전적인 형식의 이 소설은 어떤 사건이나 인물보다 '제노'라는 인물이 드러나는 것이 소설의 중심이자 핵심이라 할 수 있다. 글을 쓰고 분석하는 것은 의사의 영역이었지만 이러한 환경과는 거리가 있던 제노가 오히려 글을 쓴다. 프로이트에 의해 정신분석이 시도되고 알려진 지 얼마 되지 않은 시점에서 소설 속 의사는 자신을 정신분석의라 소개하면서 이 분석이 계속될 수 있도록 자신의 환자 제노에게 자서전을 쓰도록 권한다. 정작 제노는 출간하는 데

관심이 없었지만 의사는 그가 정신분석을 계속 받도록 하기 위해, 또 어떤 의미에서 환자의 고집을 꺾기 위해 출간을 결심한다. 『제노의 의식』은 진실과 거짓이 뒤엉킨 인간의 삶을 투영하지만 중요한 핵심에 도달하기 위한 한 인간의 노력이기도 하다.

이탈로 스베보는 작가라는 의식을 가지고 있었으나 마흔이 넘어서야 그것을 실현했다. 소설로 자기 세계를 실현하기까지 그는 늘 문학을 향한 열정을 지니고 있었고, 영국과 프랑스 문학 등 유럽의 문학에 많은 관심을 가지고 접해왔다. 그러나 그의 작품에서 작가의 관점이나 주제의식은 노골적으로 드러나기보다 겉으로 드러난 현상 뒤에 감춰진 형태로 표현되었다. 『제노의 의식』은 오랜 시간에 걸쳐 준비된 작품이었고, 그것은 철저히 에토레 슈미츠가 아닌 이탈로 스베보의 세계였다. 이탈로 스베보는 단순히 에토레 슈미츠의 필명이 아니라 또 다른 영혼, 즉 작가의 창조적 영혼이었고, 작가는 에토레 슈미츠와 이탈로 스베보가 공존하는 삶을 살았다. 사회적인 생활과 일상에서는 에토레 슈미츠로서, 그리고 소설을 쓸 때는 철저히 이탈로 스베보로서 살았던 작가의 세계는, 두 영혼이 공존하면서 서로 다른 세계와 문화가 충돌하고 갈등하기보다 사유와 철학의 폭을 넓혀주는 역할을 했다.

베네치아의 성공적 사업가의 딸과 결혼한 이탈로 스베보는 영국 런던 근교에 에나멜 공장을 세웠고, 1907년 제임스 조이스에게 영어를 배우면서 그와 우정을 쌓았다. 그리고 제임스 조이스의 권유로 소설을 쓰기 시작했다. "에토레 슈미츠가 이탈로 스베보를 만들었다면 스베보는 제노를 만들었다"라는 평이 있을 정도로 작가의 일상과 창조 작업 그리고 소설의 주인공은 깊은 연관성을 지니고 있다. 스베보는 유럽 문화에 조예가 깊었고, 특히 쇼펜하우어와 키르케고르 철학에 심취해 있었다. 이러한 철학적 사고는 스베보의 글쓰기에 반영되어 결과적으로 『제노의 의식』에 바탕이 되었다.

『제노의 의식』은 '병'이라는 외적 징후가 나타내는 내적 문제들을 들여다보기 위해 외부에서 분석을 시작하는 구조를 보인다. 흡연에서 시작된 징후는 질병의 고질적인 원인이 의식 너머 무의식 세계에 뿌리를 두고 있음을 암시하며 이야기는 외부에서 내부로, 표면에서 심연으로, 현재에서 과거로 이동한다. 결국 제노의 의식이 가닿는 지점을 향한 이 의식의 여정은 삶에 대한 의식과 맞닿아 있다.

건강을 되찾기 위한 의식의 여행은 한 개인의 삶으로 국한되는 것이 아니라 묵시록적인 결말로 이어진다. 이는 당시 발표된 문학의 영향을 받은 것으로, 세기 말에서 20세기 초에 이르는 시대에 전쟁과 인간의 병을 목격했기 때문일 것이다. 실존적인 문제와 모더니티의 위기는 제노가 항상 추구했던 건강과 돈, 힘이 부질없다는 깨달음으로 연결된다. 이 모든 것을 다 얻은 것으로 묘사되던 제노는 마지막 결말 부분에 이르러 묵시록적인 문제의식을 제기한다. 개인적이고 자전적인 내용으로 전개되던 소설은 이 지점에서 인간 사회와 자연에 대한 시각으로 확대되는데, 이러한 관점이 가능한 것은 병든 의식이 한 개인의 몸에서 벗어나 인류의 몸을 이루고 있다고 보았기 때문이다. 이것은 작가의 철학적 사고가 드러나는 부분으로, 지구의 폭발로 촉발되는 '다시 태어남'은 훗날 '앙겔루스 노부스Angelus Nobus', 곧 '파국의 천사'를 언급한 벤야민의 관점을 연상시킨다. 결말에서 알 수 있는 사실은 소설이 제노를 주인공으로 한 연대기적 성격에서 지구와 인류의 새로워짐을 예언하는 묵시록적 성격으로 변화했다는 점이다. 다양한 해석이 나올 수 있는 요소 역시 이러한 특징에서 비롯된다.

미셸 푸코의 말대로 병든 자는 자신의 비정상성을 알고 있으며, 이는 타자들의 의식과 우주에서 분리된 차이에 대한 감각을 동반한다. 의사가 모든 병에 대한 의식을 갖춘 건강한 부류가 아니듯이, 환자는 자기 자신을 포함해 모든 것을 부정하고 무시하는 병적 부류가 아니라는 사실이다.

환자야말로 병에 대해 인식하고, 병든 자신에 대해, 그리고 병이 유발한 의식의 고통을 자각하는 존재이며 건강하지 못함으로써 진정한 '건강'이 무엇인지 알 수 있는 존재이다. 그를 환자로 만드는 것은 무의식에 압도당한 광기가 아니라 건강에 대한 강박적인 욕망일 뿐이다. 제노 역시 환자의 입장에서 의식을 좇아가면서 무의식이야말로 모든 사고와 행동의 주체라는 사실, 그것이 의식보다 더 중요하다는 사실을 깨닫는다.

프로이트가 강박신경증 환자에 관해 설명한 대로, 제노는 귀도와의 관계에서 질투를 느끼면서도 상대를 필요로 하는 나르시시스트적 성향을 보인다. 귀도는 제노에게 친구이자 적이며, 사랑과 증오를 동시에 투사하는 대상인 것이다. 또한 그들은 해결할 수 없는 갈등을 해결하기 위해 타나토스, 즉 죽음 충동을 느끼는 인물들이다.

『제노의 의식』은 제노를 통해 정말 병든 이가 누구인지 묻고 있다. 병든 사람이야말로 진실을 보는 사람이고, 스스로 건강하다고 생각하는 이 세계는 오히려 병으로 가득 차 있어 파멸의 길을 가고 있음을 보여준다. 의식이 닿을 수 없는 무의식을 보듯이 제노는 이 세계의 현상계를 파악하고 묵시록적인 예고로 지구가 병들어가고 있음을 보여준다. 그는 건강해지려는 강박에서 벗어나 병을 인정하는 진정한 의미의 '건강'을 찾은 것이다.

병든 인류와 병든 세계에 던지는 제노의 해결책은 지구의 '폭발'이라는 묵시록적 결말로 끝맺는다. 그러나 이 '폭발'은 태초의 모습을 간직한 '새로 태어남'을 뜻하며, 훼손되지 않은 본래의 '건강함'으로 돌아가는 것을 의미한다고 할 수 있다. 자칫 결말 부분이 불행하고 비극적인 해결로 보이지만 세상의 병을 알게 된 제노의 입장에서는 이것이야말로 가장 제노다운 의식으로 귀결된 것으로 보인다. 이것이 벤야민이 말한 '파국의 천사'가 기다리는 새로운 세상이며, 아감벤이 말한 '도래하지 않은 미래'일 것이다.

시인 에우제니오 몬탈레에게 보낸 편지에서 이탈로 스베보는 『제노의 의식』은 전작과 다른 소설이고, 한 편의 자서전이지만 그 자신의 이야기는 아니라고 말한다. 그는 혼자 있을 때 스스로 제노라고 의식하려 했으며, 일상의 삶에서 제노처럼 걷고 담배를 피우는가 하면 자신의 과거와 닮았을 제노의 사건들을 모두 과거의 시간으로 불러들이곤 했다고 고백한다.

카프카가 "고백과 거짓말은 결국 같은 것이다. 진실을 털어놓을 수 있으려면 감춰야 한다"라고 생각했듯이, 제노 또한 거짓말의 베일 너머로 진실을 숨기고, 때로는 진실과 거짓이 모호해지고 혼재하는 인간의 의식을 표현하고 있다. 그의 기억이, 더 나아가 제노 자신이 이러한 필요의 산물이라 할 수 있다. 이러한 이유에서 제노의 고백은 역설적으로 진실일 가능성을 내포하고 있다.

기억을 더듬어 올라간 과거의 진실을 떠올리며 제노는 고백하고 때로는 변명하거나 자신을 위로하지만 이는 대화 뒤에 또 다른 대화가 숨겨져 있는가 하면, 진실인 듯 아닌 듯 모호한 경계에서 위태롭게 전개되기도 한다. 오직 자신의 창으로 바라보는 것이 기억이기 때문이며 어떤 현상에 대한 객관적인 인식은 애초부터 불가능한, 즉 모든 기억은 자아의 색채로 변형되고 달라지는 각기 다른 의식 체계에 속하기 때문일 것이다. 제노라는 화자의 자기 분석이 바로 그 자신에 의해 이루어지고 있으므로 그 어떤 사실도 기억의 그물망에서 명확히 빠져나와 홀로 존재하지 않을 것이다. 해부된 일상은 거짓일 수도 있고 진실일 수도 있지만 제노의 기억은 기억하는 것으로 진실일 수 있다. 어쩌면 진실보다 더 중요한 것은 그의 '기억'에 있을 것이다. 그의 기억은 의식의 흐름을 따라 과거에서 더 먼 과거로, 다시 현재로 오가며 전개된다. 한 가지 흥미로운 사실은 이 책의 결말에 가면 작가의 시점이 과거와 현재 사이에 머물던 기억에서 벗어나 미래의 '폭발'을 예언할 수 있는 예언자적인 위치로 급상승한다는 것이다. 이것은 지구의 폭발만큼이나 의식적으로 폭발한 제노의 모습을 보여주는 것이라 할 수 있다.

이탈로 스베보는 '제노'라는 인물을 통해 도시의 화려함과 부흥을 인간과 세상의 병적 의식과 결부시켜 해부한다. 제노는 19세기 말을 지나 전쟁과 불황을 경험한 20세기 초반 동시대인들을 대표하는 인물이라 할 수 있으며, 무기력한 권태와 고질적인 병폐를 되풀이하는 불안하고 신경증적인 심리를 대변하고 있다. '건강'에 대한 제노의 강박증적 집착이 야기하는 삶의 동요를 드러내고, '건강'이 의미하는 '삶의 충실함'에서 멀어져 무기력하고 지친 인간의 모습을 담고 있는 이 소설은 외부의 부유함이나 안정이 아닌 내적인 문제에 대한 이야기라 할 것이다.

작가 연보

1861 12월 19일 출생(본명 에토레 슈미츠).
부유한 유대인 상인인 아버지 프란체스코 슈미츠와 역시 유대인 가문의 어머니 알레그라 모라비아 사이에서 8남매 중 여섯째로 태어남.

1863 10월 21일 동생 엘리오 슈미츠 출생. 훗날 이탈로 스베보에 관해 알 수 있는 『일기*Diario*』 저술.

1867 형 아돌포와 함께 트리에스테에 있는 유대인 초등학교에 입학.

1872 가업을 잇기를 바라는 아버지의 뜻에 따라 형 아돌포, 동생 엘리오와 함께 상업학교에 진학.

1874 형 아돌포와 함께 독일 뷔르츠부르크 근교 제그니츠암마인의 상업학교에 입학. 주로 유대인 상인들의 자녀들이 유학하며 공부하던 학교로, 이 시기에 괴테와 실러의 문학에 심취하면서 작가의 꿈을 키워나감.

1878 트리에스테로 돌아온 뒤 무역과 교역을 목적으로 설립된 고등상업학교에 진학. 후에 1893년부터 1900년까지 이 학교에서 독일어와 프랑스어 상용문(商用文)을 가르침.

1881 1월 오스트리아 군대에 지원, 시험을 통과했으나 어깨 비대칭을 이유로 입대가 취소됨. 이 무렵 에밀 졸라의 소설에 크게 영향을 받아 몇몇 희곡 작품을 창작.

1883 8월 아버지 프란체스코 슈미츠 파산 선언.

1886 9월 26일 동생 엘리오 세상을 떠남. 그해 화가 움베르토 베루다와 친분을 쌓으며 예술과 문학적인 교류의 장을 형성.

1887 12월 첫 소설 『어떤 인생*Una vita*』을 쓰기 시작.

1892 『어떤 인생』을 브람 출판사에서 자비로 출간. 이때 처음으로 이탈로 스베보라는 필명 사용.

같은 해 아버지의 장례식을 계기로 아내가 될 리비아 베네치아니를 만남.

1895 어머니 알레그라 모라비아 세상을 떠남. 오스트리아 빈으로 이주할 계획을 세우고, 그해 12월 20일 리비아 베네치아니와 약혼.

1896 리비아 베네치아니와 결혼.

1897 9월 딸 레티치아 태어남.

1898 두번째 소설 『노년기*Senilita*』를 브람 출판사에서 자비로 출간하여 발표.

1899 장인이 경영하는 도료 회사에 들어감.

1902 『제노의 의식*La coscienza di Zeno*』의 바탕을 이루는 흡연과 관련한 한 남자의 자서전을 구상.

1904 8월 예술적으로 교류하던 화가 움베르토 베루다가 세상을 떠나자 몇 달 뒤인 10월 그의 유작 전시회를 개최.

1906~07 1904년부터 트리에스테에 거주하고 있던 영어 교사 제임스 조이스와 인연을 맺음. 제임스 조이스는 『노년기』를 쓴 무명 작가를 곧바로 알아보았고, 두 사람 사이가 점차 가까워짐. 조이스는 스베보에게 『젊은 예술가의 초상』을 읽어보도록 권했고, 스베보는 조이

스에게 헤브라이즘에 관한 책들을 소개하며 교유함.

1911 정신분석 이론을 처음으로 접함. 실제로 스베보의 장인 브루노 베네치아니가 빈에서 프로이트에게 정신분석 치료를 받음. 스베보는 프로이트의 제자들 중 슈테켈Stekel을 만나 무의식에 대해 깊은 관심을 가지게 됨.

1915~22 1914년에 발발한 제1차 세계대전의 영향으로 사업이 중단됨. 친척들이 모두 영국이나 스위스 등지로 피신해 있는 동안 스베보는 아내와 단둘이 폭격이 계속되던 트리에스테에 남아 전쟁의 폭력성을 경험함.

1919 『제노의 의식』을 쓰기 시작함.

1923 『제노의 의식』을 볼로냐의 카펠리 출판사에서 자비로 출간.

1924 1월 30일 『제노의 의식』을 파리에 있는 제임스 조이스에게 보냄. 다음 해 1월 15일 프랑스 비평가 라르보에게 『제노의 의식』에 관한 비평을 발표하고 싶다는 편지를 받음. 그해 연말 이탈리아 시인 에우제니오 몬탈레가 『제노의 의식』에 대한 칼럼을 문예지에 발표. 이후 프랑스를 중심으로 유럽 문학계에서 점차 주목받기 시작.

1928 9월 12일 아내와 손자 그리고 운전사와 함께 자동차를 타고 가던 중 교통사고를 당해 다음 날 세상을 떠남.

기획의 말

'대산세계문학총서'를 펴내며

2010년 12월 대산세계문학총서는 100권의 발간 권수를 기록하게 되었습니다. 대산세계문학총서의 발간은 앞으로도 계속될 것이고, 따라서 100이라는 숫자는 완결이 아니라 연결의 의미를 지니는 것이지만, 그 상징성을 깊이 음미하면서 발전적 전환을 모색해야 하는 계기가 된 것은 분명합니다.

대산세계문학총서를 처음 시작할 때의 기본적인 정신과 목표는 종래의 세계문학전집의 낡은 틀을 깨고 우리의 주체적인 관점과 능력을 바탕으로 세계문학의 외연을 넓힌다는 것, 이를 통해 세계문학을 바라보는 우리의 시각을 전환하고 이해를 깊이 해나갈 수 있도록 한다는 것이었다고 간추려 말할 수 있습니다. 그리고 궁극적으로는 우리의 인문학을 지속적으로 발전시켜나갈 수 있는 동력이 될 수 있기를 희망하는 것이었습니다. 이러한 기본 정신은 앞으로도 조금도 흩트리지 않고 지켜나갈 것입니다.

이 같은 정신을 토대로 대산세계문학총서는 새로운 변화의 물결 또한 외면하지 않고 적극 대응하고자 합니다. 세계화라는 바깥으로부터의 충격과 대한민국의 성장에 힘입은 주체적 위상 강화는 문화나 문학의 분야에서도 많은 성찰과 이를 바탕으로 한 발상의 전환을 요구하고 있습니다. 이제 세계문학이란 더 이상 일방적인 학습과 수용의 대상이 아니라 동등한 대화와 교류의 상대입니다. 이런 점에서 대산세계문학총서가 새롭게 표방하고자 하는 개방성과 대화성은 수동적 수용이 아니라 보다 높은 수준의 문화적 주체성 수립을 지향하는 것이며, 이것이 궁극적으로 한국문학과 문화의 세계화에 이바지하게 되리라고 믿습니다.

또한 안팎에서 밀려오는 변화의 물결에 감춰진 위험에 대해서도 우리는 주의를 게을리하지 말아야 할 것입니다. 표면적인 풍요와 번영의 이면에는 여전히, 아니 이제까지보다 더 위협적인 인간 정신의 황폐화라는 그늘이 짙게 드리워져 있는 것이 사실입니다. 대산세계문학총서는 이에 대항하는 정신의 마르지 않는 샘이 되고자 합니다.

'대산세계문학총서' 기획위원회

대 산 세 계 문 학 총 서

001-002 소설 **트리스트럼 섄디**(전 2권) 로렌스 스턴 지음 | 홍경숙 옮김

003 시 **노래의 책** 하인리히 하이네 지음 | 김재혁 옮김

004-005 소설 **페리키요 사르니엔토**(전 2권) 호세 호아킨 페르난데스 데 리사르디 지음 | 김현철 옮김

006 시 **알코올** 기욤 아폴리네르 지음 | 이규현 옮김

007 소설 **그들의 눈은 신을 보고 있었다** 조라 닐 허스턴 지음 | 이시영 옮김

008 소설 **행인** 나쓰메 소세키 지음 | 유숙자 옮김

009 희곡 **타오르는 어둠 속에서/어느 계단의 이야기** 안토니오 부에로 바예호 지음 | 김보영 옮김

010-011 소설 **오블로모프**(전 2권) I. A. 곤차로프 지음 | 최윤락 옮김

012-013 소설 **코린나: 이탈리아 이야기**(전 2권) 마담 드 스탈 지음 | 권유현 옮김

014 희곡 **탬벌레인 대왕/몰타의 유대인/파우스투스 박사** 크리스토퍼 말로 지음 | 강석주 옮김

015 소설 **러시아 인형** 아돌포 비오이 까사레스 지음 | 안영옥 옮김

016 소설 **문장** 요코미쓰 리이치 지음 | 이양 옮김

017 소설 **안톤 라이저** 칼 필립 모리츠 지음 | 장희권 옮김

018 시 **악의 꽃** 샤를 보들레르 지음 | 윤영애 옮김

019 시 **로만체로** 하인리히 하이네 지음 | 김재혁 옮김

020 소설 **사랑과 교육** 미겔 데 우나무노 지음 | 남진희 옮김

021-030 소설 **서유기**(전 10권) 오승은 지음 | 임홍빈 옮김

031 소설 **변경** 미셸 뷔토르 지음 | 권은미 옮김

032–033 소설 **약혼자들**(전 2권) 알레산드로 만초니 지음 | 김효정 옮김

034 소설 **보헤미아의 숲/숲 속의 오솔길** 아달베르트 슈티프터 지음 | 권영경 옮김

035 소설 **가르강튀아/팡타그뤼엘** 프랑수아 라블레 지음 | 유석호 옮김

036 소설 **사탄의 태양 아래** 조르주 베르나노스 지음 | 윤진 옮김

037 시 **시집** 스테판 말라르메 지음 | 황현산 옮김

038 시 **도연명 전집** 도연명 지음 | 이치수 역주

039 소설 **드리나 강의 다리** 이보 안드리치 지음 | 김지향 옮김

040 시 **한밤의 가수** 베이다오 지음 | 배도임 옮김

041 소설 **독사를 죽였어야 했는데** 야샤르 케말 지음 | 오은경 옮김

042 희곡 **볼포네, 또는 여우** 벤 존슨 지음 | 임이연 옮김

043 소설 **백마의 기사** 테오도어 슈토름 지음 | 박경희 옮김

044 소설 **경성지련** 장아이링 지음 | 김순진 옮김

045 소설 **첫번째 향로** 장아이링 지음 | 김순진 옮김

046 소설 **끄르일로프 우화집** 이반 끄르일로프 지음 | 정막래 옮김

047 시 **이백 오칠언절구** 이백 지음 | 황선재 역주

048 소설 **페테르부르크** 안드레이 벨르이 지음 | 이현숙 옮김

049 소설 **발칸의 전설** 요르단 욥코프 지음 | 신윤곤 옮김

050 소설 **블라이드데일 로맨스** 나사니엘 호손 지음 | 김지원 · 한혜경 옮김

051 희곡 **보헤미아의 빛** 라몬 델 바예-인클란 지음 | 김선욱 옮김

052 시 **서동 시집** 요한 볼프강 폰 괴테 지음 | 안문영 외 옮김

053 소설 **비밀요원** 조지프 콘래드 지음 | 왕은철 옮김

054–055 소설 **헤이케 이야기**(전 2권) 지은이 미상 | 오찬욱 옮김

056 소설 **몽골의 설화** 데. 체렌소드놈 편저 | 이안나 옮김

057 소설 **암초** 이디스 워튼 지음 | 손영미 옮김

058 소설 **수전노** 알 자히드 지음 | 김정아 옮김

059 소설 **거꾸로** 조리스-카를 위스망스 지음 | 유진현 옮김

060 소설 **페피타 히메네스** 후안 발레라 지음 | 박종욱 옮김

061 시 **납** 제오르제 바코비아 지음 | 김정환 옮김

062 시 **끝과 시작** 비스와바 쉼보르스카 지음 | 최성은 옮김

063 소설 **과학의 나무** 피오 바로하 지음 | 조구호 옮김

064 소설 **밀회의 집** 알랭 로브-그리예 지음 | 임혜숙 옮김

065 소설 **붉은 수수밭** 모옌 지음 | 심혜영 옮김

066 소설 **아서의 섬** 엘사 모란테 지음 | 천지은 옮김

067 시 **소동파사선** 소동파 지음 | 조규백 역주

068 소설 **위험한 관계** 쇼데를로 드 라클로 지음 | 윤진 옮김

069 소설 **거장과 마르가리타** 미하일 불가코프 지음 | 김혜란 옮김

070 소설 **우게쓰 이야기** 우에다 아키나리 지음 | 이한창 옮김

071 소설 **별과 사랑** 엘레나 포니아토프스카 지음 | 추인숙 옮김

072-073 소설 **불의 산(전 2권)** 쓰시마 유코 지음 | 이송희 옮김

074 소설 **인생의 첫출발** 오노레 드 발자크 지음 | 선영아 옮김

075 소설 **몰로이** 사뮈엘 베케트 지음 | 김경의 옮김

076 시 **미오 시드의 노래** 지은이 미상 | 정동섭 옮김

077 희곡 **셰익스피어 로맨스 희곡 전집** 윌리엄 셰익스피어 지음 | 이상섭 옮김

078 희곡 **돈 카를로스** 프리드리히 폰 실러 지음 | 장상용 옮김

079-080 소설 **파멜라(전 2권)** 새뮤얼 리처드슨 지음 | 장은명 옮김

081 시 **이십억 광년의 고독** 다니카와 슌타로 지음 | 김응교 옮김

082 소설 **잔지바르 또는 마지막 이유** 알프레트 안더쉬 지음 | 강여규 옮김

083 소설 **에피 브리스트** 테오도르 폰타네 지음 | 김영주 옮김

084 소설 **악에 관한 세 편의 대화** 블라디미르 솔로비요프 지음 | 박종소 옮김

085-086 소설 **새로운 인생(전 2권)** 잉고 슐체 지음 | 노선정 옮김

087 소설 **그것이 어떻게 빛나는지** 토마스 브루시히 지음 | 문항심 옮김

088-089 산문 **한유문집-창려문초(전 2권)** 한유 지음 | 이주해 옮김

090 시 **서곡** 윌리엄 워즈워스 지음 | 김숭희 옮김

091 소설 **어떤 여자** 아리시마 다케오 지음 | 김옥희 옮김

092 시 **가윈 경과 녹색기사** 지은이 미상 | 이동일 옮김

093 산문 **어린 시절** 나탈리 사로트 지음 | 권수경 옮김

094 소설 **골로블료프가의 사람들** 미하일 살티코프 셰드린 지음 | 김원한 옮김

095 소설 **결투** 알렉산드르 쿠프린 지음 | 이기주 옮김

096 소설 **결혼식 전날 생긴 일** 네우송 호드리게스 지음 | 오진영 옮김

097 소설 **장벽을 뛰어넘는 사람** 페터 슈나이더 지음 | 김연신 옮김

098 소설 **에두아르트의 귀향** 페터 슈나이더 지음 | 김연신 옮김

099 소설 **옛날 옛적에 한 나라가 있었지** 두샨 코바체비치 지음 | 김상헌 옮김

100 소설 **나는 고故 마티아 파스칼이오** 루이지 피란델로 지음 | 이윤희 옮김

101 소설 **따니아오 호수 이야기** 왕정치 지음 | 박정원 옮김

102 시 **송사삼백수** 주조모 엮음 | 이동향 역주

103 시 **문턱 너머 저편** 에이드리언 리치 지음 | 한지희 옮김

104 소설 **충효공원** 천잉전 지음 | 주재희 옮김

105 희곡 **유디트/헤롯과 마리암네** 프리드리히 헤벨 지음 | 김영목 옮김

106 시 **이스탄불을 듣는다**
오르한 웰리 카늑 지음 | 술탄 훼라 아크프나르 여 · 이현석 옮김

107 소설 **화산 아래서** 맬컴 라우리 지음 | 권수미 옮김

108–109 소설 **경화연(전 2권)** 이여진 지음 | 문현선 옮김

110 소설 **예피판의 갑문** 안드레이 플라토노프 지음 | 김철균 옮김

111 희곡 **가장 중요한 것** 니콜라이 예브레이노프 지음 | 안지영 옮김

112 소설 **파울리나 1880** 피에르 장 주브 지음 | 윤 진 옮김

113 소설 **위폐범들** 앙드레 지드 지음 | 권은미 옮김

114–115 소설 **업둥이 톰 존스 이야기(전 2권)** 헨리 필딩 지음 | 김일영 옮김

116 소설 **초조한 마음** 슈테판 츠바이크 지음 | 이유정 옮김

117 소설 **악마 같은 여인들** 쥘 바르베 도르비이 지음 | 고봉만 옮김

118 소설 **경본통속소설** 지은이 미상 | 문성재 옮김

119 소설 **번역사** 레일라 아부렐라 지음 | 이윤재 옮김

120 소설 **남과 북** 엘리자베스 개스켈 지음 | 이미경 옮김

121 소설 **대리석 절벽 위에서** 에른스트 윙거 지음 | 노선정 옮김

122 소설 **죽은 자들의 백과전서** 다닐로 키슈 지음 | 조준래 옮김

123 시 **나의 방랑—랭보 시집** 아르튀르 랭보 지음 | 한대균 옮김

124 소설 **슈톨츠** 파울 니종 지음 | 황승환 옮김

125 소설 **휴식의 정원** 바진 지음 | 차현경 옮김

126 소설 **굶주린 길** 벤 오크리 지음 | 장재영 옮김

127–128 소설 **비스와스 씨를 위한 집(전 2권)** V. S. 나이폴 지음 | 손나경 옮김

129 소설 **새하얀 마음** 하비에르 마리아스 지음 | 김상유 옮김

130 산문 **루테치아** 하인리히 하이네 지음 | 김수용 옮김

131 소설 **열병** 르 클레지오 지음 | 임미경 옮김

132 소설 **조선소** 후안 카를로스 오네티 지음 | 조구호 옮김

133–135 소설 **저항의 미학(전 3권)** 페터 바이스 지음 | 탁선미 · 남덕현 · 홍승용 옮김

136 소설 **신생** 시마자키 도손 지음 | 송태욱 옮김

137 소설 **캐스터브리지의 시장** 토머스 하디 지음 | 이윤재 옮김

138 소설 **죄수 마차를 탄 기사** 크레티앵 드 트루아 지음 | 유희수 옮김

139 자서전 **2번가에서** 에스키아 음파렐레 지음 | 배미영 옮김

140 소설 **묵동기담/스미다 강** 나가이 가후 지음 | 강윤화 옮김

141 소설 **개척자들** 제임스 페니모어 쿠퍼 지음 | 장은명 옮김

142 소설 **반짝이끼** 다케다 다이준 지음 | 박은정 옮김

143 소설 **제노의 의식** 이탈로 스베보 지음 | 한리나 옮김